Paixões Perigosas

Da Autora:

Para Minhas Filhas

Juntos na Solidão

Sombras de Grace

O Lugar de uma Mulher

Três Desejos

A Estrada do Mar

Uma Mulher Traída

O Lago da Paixão

Mais que Amigos

De Repente

Uma Mulher Misteriosa

Pelo Amor de Pete

O Vinhedo

Ousadia de Verão

Paixões Perigosas

A Vizinha

A Felicidade Mora ao Lado

Impressões Digitais

Família

Barbara Delinsky

Paixões Perigosas

3ª EDIÇÃO

Tradução
A. B. Pinheiro de Lemos

Copyright © 1992, Barbara Delinsky
Título original: *The Passions of Chelsea Kane*

Capa: Leonardo Carvalho
Editoração: DFL

2013
Impresso no Brasil
Printed in Brazil

CIP-Brasil. Catalogação-na-fonte
Sindicato Nacional dos Editores de Livros, RJ.

D395p 3ª ed.	Delinsky, Barbara Paixões perigosas / Barbara Delinsky; tradução A. B. Pinheiro de Lemos. – 3ª ed. – Rio de Janeiro: Bertrand Brasil, 2013. 518p. Tradução de: The passions of Chelsea Kane ISBN 978-85-286-1227-1 1. Romance americano. I. Lemos, A. B. Pinheiro de (Alfredo Barcellos Pinheiro de), 1938- . II. Título.
06-4398	CDD - 813 CDU - 821.111(73)-3

Todos os direitos reservados pela:
EDITORA BERTRAND BRASIL LTDA.
Rua Argentina, 171 – 2º andar – São Cristóvão
20921-380 – Rio de Janeiro – RJ
Tel.: (0XX21) 2585-2070 – Fax: (0XX21) 2585-2087

Não é permitida a reprodução total ou parcial desta obra, por quaisquer
meios, sem a prévia autorização por escrito da editora.

Atendimento de venda direto ao leitor:
mdireto@record.com.br ou (21) 2585-2002

Agradecimentos

$\mathcal{E}$nquanto eu pesquisava sobre pedreiras de granito e a vida numa pequena cidade da Nova Inglaterra, tive a sorte de conversar com muitos dos fascinantes habitantes do estado de New Hampshire. Entre os mais generosos com seu tempo e informações, os quais merecem mais do que agradecimentos, estavam Jane Boisvert, do Centro de Planejamento do Estado, em Concord, Vic Mangini, do Greenfield Inn, SueAnne Yglesias, do Fitzwilliam Inn, e Howard Holman, carteiro de Fitzwilliam há inacreditáveis sessenta anos. Também estendo meus agradecimentos mais profundos à arquiteta Margot Chamberlin, da Three-Point Design, de Cambridge, Massachusetts, por seu tempo e competência.

Gostaria de agradecer à minha editora, Karen Solem, tanto por sua fé inabalável em meu trabalho quanto pela determinação para que mais leitores o apreciem. Da mesma forma, agradeço à minha agente, Amy Berkower, por sua paciência e os sólidos conselhos que me deu ao longo dos anos.

Finalmente, como sempre, ofereço agradecimentos e amor à minha família: meu marido, Stephen, que invariavelmente destina parte de seu tempo como advogado para responder às minhas perguntas, a nosso filho mais velho, Eric, que tem me ajudado com mais que umas poucas alterações no enredo, e aos gêmeos Andrew e Jeremy, que monitoram minha carreira com uma sabedoria além de seus anos.

Prólogo

Ela lutou contra um impulso compulsivo para empurrar de volta. Não queria que o bebê nascesse agora. Não estava preparada para largá-lo. Queria mantê-lo por mais tempo. Mas seu corpo não cooperava. Assumira o controle e era implacável no empenho em alcançar seu objetivo. Desde o início do trabalho de parto, na noite anterior, as contrações haviam sido fortes, mais uma punição a acrescentar a tudo o que já sofrera. Agora, porém, eram ainda mais cruéis, comprimindo sua barriga e deixando-a sem fôlego. E forçavam a criança em seu útero para baixo, até que não pôde mais evitar que as coxas, trêmulas, se abrissem, assim como não pôde se livrar da garota que se inclinava entre suas pernas.

O quarto estava escuro, iluminado apenas pelo brilho da estufa a lenha e o frágil véu do amanhecer. Em momentos de alucinação entre as dores, ela imaginava que decidira que o bebê nascesse naquele momento, sem ninguém acordado para ver ou ouvir, sem ninguém para saber. Na escuridão, o bebê que fora um escândalo na sociedade de Norwich Notch seria banido, a mancha removida. Quando o sol nascesse, a cidade estaria limpa outra vez.

Veio outra contração, a dor tão intensa que ela gritou. O som ressoou pelo silêncio, seguido por outro grito. No instante seguinte, a pressão em sua barriga começou a atenuar, assim como o esforço frenético para respirar. Esse som também reverberou pelo sossego do amanhecer. Com o retorno da razão, ela absorveu toda a ironia da situação. Uma terrível nevasca deveria estar turbilhonando furiosa em torno da pequena cabana, para assinalar o nascimento da criança que causara tanta comoção... e se não uma nevasca, ela pensou, à beira da histeria, pelo menos o tipo de chuva torrencial que costumava desabar em New Hampshire no final de março. A lama deixaria a estrada intransponível. Ninguém conseguiria alcançá-la. E ela poderia ficar com a criança por mais algum tempo.

Mas não havia rajadas de vento ou neve turbilhonando. Não havia uma chuva torrencial nem lama. O amanhecer era silencioso, escarnecendo dela com sua absoluta tranqüilidade.

Ela sentiu o estômago se contrair todo. Uma dor insuportável envolveu sua cintura, em ondas que pareciam cada vez mais apertadas. Queria a mão de alguém para segurar, o conforto de saber que pelo menos uma pessoa se importava. Mas não havia mão alguma ali, nenhuma alma preocupada. Por isso ela apertou com toda força o lençol amarrotado e rangeu os dentes para deter um grito que borbulhava do fundo da garganta.

— Faça força — murmurou a voz suave entre suas pernas. Pertencia à filha da parteira, uma garota de dezesseis anos que fora incumbida de fazer o parto da criança menos desejada da cidade. Em sua inocência, a voz era gentil, até mesmo excitada, enquanto exortava:

— Faça força... já estou vendo a cabeça. Pressione mais um pouco.

Ela tentou não fazê-lo. Dar à luz seu bebê seria abrir mão da única vida que já criara, e perderia a criança para sempre depois que ela saísse de seu corpo. Ela especulou se o bebê sabia disso. Se queria isso. Parecia ter uma absoluta determinação em nascer. Ela refletiu que não podia culpá-lo por tanta vontade de sair de seu corpo. Ela nada tinha para oferecer, além de amor, o que não era suficiente para manter o bebê vestido e alimentado. Fora por isso, pelo bem da criança, que aceitara entregá-la para adoção. Concordara com a decisão, mas a odiara... e continuava odiando.

A dor que a atingiu em seguida expulsou todos os pensamentos da mente, com exceção de um, o de que morreria com certeza. Os dedos esbranquiçados retorceram o lençol velho, enquanto o corpo se contorcia em agonia. Por um instante, quando a dor intensa se desvaneceu, ela ficou desapontada ao descobrir que continuava ali, trêmula e suada, o corpo todo dolorido. O desapontamento ainda persistia quando ela foi envolvida outra vez pela contração. Numa reação instintiva, fez pressão para baixo.

— Isso mesmo — exortou a garota, com voz trêmula. — Mais um pouco... Pronto! Saiu!

O bebê deixou seu corpo tremendo, mas a dor persistiu. Aumentou para envolver seu coração e sua mente, e não foi atenuada pelo grito novo e pungente que soou mais alto que sua respiração difícil e ruidosa. Ela tentou ver a criança, mas mesmo que houvesse mais claridade, sua barriga era uma barreira bulbosa. Quando tentou se soerguer, os braços, trêmulos, não foram capazes de sustentá-la.

— É uma menina? — indagou ela, caindo de volta na cama. — Eu queria uma menina.

— Faça mais um pouco de força.

Ela sentiu uma pontada. Houve outra contração, outra cólica intensa, e, quando passou, veio um angustiante sentimento de perda.

— Meu bebê... — sussurrou ela, arrasada. — Quero meu bebê.

Como em resposta, a criança começou a chorar ao pé da cama. Era um som tão saudável que chegava a ser cruel. Se a criança nascesse morta, ela poderia lamentar e sobreviver. Mas dar à luz uma criança saudável só para abrir mão dela era um sofrimento insuportável.

— Quero ver meu bebê.

Não houve resposta. Ela percebeu que algo acontecia ao pé da cama e compreendeu que a garota estava limpando o bebê.

— Por favor...

— Disseram para não lhe mostrar.

— É meu bebê.

— Você concordou.

— Se eu não olhar agora, *nunca mais* verei.

O trabalho ao pé da cama continuou.

— *Por favor!*

— Ele me disse para não mostrar.

— Ele não vai saber. Só por um minuto.

Ela tentou se erguer de novo, mas o bebê estava num cesto, ao lado do calor da estufa, e suas forças cederam antes que pudesse fazer mais do que apoiar os cotovelos na cama. E desta vez foi com um senso de derrota que desabou no colchão fino. Sentia-se fraca, dolorida e muito cansada. Há nove meses que vinha lutando... muito antes de começar o trabalho de parto. Era velha demais para ter um bebê, alegavam as pessoas, e pela primeira vez ela acreditou. Não tinha mais condições de lutar.

Fechou os olhos e deixou que a garota a limpasse com uma esponja, primeiro a área do parto, depois o resto do corpo, molhado de suor. As lágrimas que escorriam pelas faces diminuíram de pura exaustão. Mas os pensamentos continuaram frenéticos. Conhecia o plano. Tudo estava acertado. O advogado viria em breve.

Uma camisola limpa foi enfiada pela cabeça, as cobertas puxadas para mantê-la aquecida. Mas o conforto oferecido pelas mãos gentis da garota apenas aumentou a desolação que ela sentia. Seu futuro seria tão árido quanto tudo o que pensara de si mesma durante todos aqueles anos. Não tinha certeza se seria capaz de continuar.

Subitamente, ela sentiu um novo movimento na cama e o corpinho do bebê envolto numa manta junto de si, enquanto a garota sussurrava:

— Não conte a ninguém.

Ela abriu os olhos, puxou uma ponta da manta e sugou o ar, trêmula. À claridade difusa do amanhecer, a criança era perfeita. Olhos grandes e espaçados, um nariz pequeno e perfeito, a boca parecendo um botão de rosa... era mesmo uma menina, com o melhor de cada um dos pais... doce e forte. Nesse instante, a mãe compreendeu que tomara a decisão certa. Não haveria barracões desmantelados, roupas esfarrapadas ou refeições insuficientes para aquela criança. Não haveria desdém dos habitantes da cidade, nenhuma humilhação, nenhum abuso, mas sim uma vida de privilégio, respeito e amor.

Ela virou de lado e aconchegou a criança contra o peito. Beijou a testa quente, aspirou o cheiro de bebê, passou as mãos pelo corpo envolto com a manta. Apertou-o com mais força quando as lágrimas

voltaram. Caíram mais depressa desta vez, acompanhadas por solu-
ços tão intensos que ela mal ouviu a batida na porta.

A garota ao lado da cama inclinou-se no mesmo instante para
pegar o bebê.

— Ele chegou.

— Não... oh, não...

Ela se agarrou ao bebê, cobrindo a cabeça com a sua, não tanto
para proteger a criança, mas para proteger a si mesma. Sem a criança,
não era nada.

— Por favor...

Ela ouviu o sussurro assustado, ao mesmo tempo que sentia
alguém puxando a criança.

— Nós temos de partir...

Nós! A filha já pertencia a outra pessoa... a filha da parteira agcra,
depois o advogado, o advogado do casal que faria a adoção, o próprio
casal. O processo já fora desencadeado. Não havia como interrompê-
lo sem incorrer na ira dele... e ninguém conhecia as conseqüências
dessa ira melhor do que ela. Era uma ira silenciosa, ainda mais perigo-
sa num homem tão obstinado quanto poderoso. Mas era um homem
de palavra. Assim como advertira que ela sofreria se optasse por ficar
com o bebê, também prometera que a criança seria entregue ilesa a seu
destino, e cumpriria a palavra empenhada.

Ela ergueu a filha para seu rosto.

— Seja alguém, bebê.

— Deixe-me levá-la.

— Faça isso por mim, bebê, faça isso por mim...

— Por favor — suplicou a garota. — *Agora.*

— Eu te amo.

Com um gemido angustiado, ela tornou a abraçar a criança.
Soluçou baixinho:

— Eu te amo...

Quando soou uma segunda batida, mais forte, ela estremeceu.
Deixou escapar um grunhido de protesto, mas era uma expressão inútil do sofrimento que experimentava. Seu próprio destino estava sela-
do. Na esperança de que o destino da filha fosse mais gentil, ela entre-

gou o bebê chorando nas mãos que o esperavam. Incapaz de observar a criança sair de sua vida, ela virou-se para o outro lado e fechou os olhos.

A porta foi aberta. Houve murmúrios baixos, o farfalhar de roupas, o rangido do cesto. A porta foi fechada. Restou apenas um silêncio vazio e angustiante. Ela se encontrava sozinha de novo, como estivera durante a maior parte de sua vida miserável, só que agora não havia mais esperança. A última lhe fora roubada, junto com sua linda filha.

Ela deixou escapar um som baixo, animal, de profundo desespero, para depois comprimir as mãos contra uma dor súbita e lancinante na barriga. Os olhos se arregalaram. A confusão ainda não passara quando a segunda pontada de dor a atingiu. Na terceira vez, ela começou a compreender. Com a quarta, já estava preparada.

Um

Do conforto do sofá de veludo de dois lugares levado até a biblioteca para a ocasião, Chelsea Kane estudou os membros da família de sua mãe, louros, olhos azuis, nariz adunco. Concluiu que sua origem, qualquer que fosse, tinha de ser melhor do que aquela. Detestava a ganância e a arrogância que via à sua frente. Com Abby mal tendo esfriado na sepultura, eles já começavam a brincar sobre quem ficaria com o quê.

Quanto a Chelsea, tudo o que ela mais queria era Abby. Mas Abby morrera.

Com a cabeça inclinada, ela escutava o sussurro do vento de janeiro, o zumbido do murmúrio de um Mahler, o estalo do relógio de bolso do pai, o roçar dos papéis na escrivaninha. Depois de um momento, ela focalizou o tapete. Era um Aubusson, com uma elegância sutil, em tons suaves de azul e marrom.

— Este tapete é seu pai.

Era o que Abby sempre dizia, em seu exuberante estilo britânico, inimitável. Kevin tinha mesmo uma elegância sutil. Não dava para saber se amava o tapete tanto quanto Abby. Era difícil definir as coisas com ele. Não era um homem efusivo, de manifestações externas. Mesmo agora, quando Chelsea levantou os olhos para seu rosto, em busca de conforto, não encontrou nenhum. A desolação de Kevin era tão pungente e sombria quanto o terno escuro que usava. Embora partilhasse o sofá com Chelsea, estava distanciado por sua própria dor. Mantinha-se assim desde a morte de Abby, cinco dias antes.

Chelsea queria chegar mais perto e pegar sua mão, mas não ousou. Seria uma invasora do árido território da dor de Kevin. Ele podia aceitá-la ou não. E vazia como se sentia, Chelsea não podia correr o risco de uma rejeição.

Finalmente pronto, Graham Fritts, o advogado de Abby e seu executor testamentário, ergueu o primeiro dos papéis na mesa.

— "São os seguintes os últimos desejos de Abigail Mahler Kane..."

Chelsea deixou as palavras passarem. Eram um lembrete sinistro do que ainda continuava em carne viva, uma extensão do caixão todo lavrado, das palavras bem-intencionadas do pastor e das dezenas de rosas amarelas, que deviam oferecer uma beleza pungente, mas que eram apenas de uma tristeza horrível. Chelsea não queria que o testamento fosse lido tão cedo, mas Graham sucumbira à pressão dos Mahler, que tinham vindo para Baltimore de lugares distantes, a fim de assistirem ao funeral, e não queriam ser obrigados a voltar. Kevin não discutira. Quase nunca enfrentava o clã. Não que fosse fraco. Acima de tudo, era uma pessoa de extraordinária capacidade. Mas sua disposição terminava nas causas difíceis que defendia no trabalho; em casa preferia evitar os confrontos.

Abby compreendia isso. Era tão compadecida quanto podia ser, refletiu Chelsea, deixando que seus pensamentos vagueassem. Lembrou de Abby dando-lhe banho com sal de Epsom quando tivera catapora, comprando potes e mais potes de sorvete de cereja, o predileto de Chelsea, quando ela pusera aparelho nos dentes, enviando para todas as amigas, exultante, cópias do desenho de Chelsea que ganhara o primeiro prêmio numa exposição de arte local, censurando-a quando fizera dois furos em cada orelha.

Mais recentemente, quando o organismo de Abby começara a se deteriorar, como costumava acontecer com todas as vítimas a longo prazo de poliomielite, os papéis haviam se invertido, com Chelsea dando banho, mimando, elogiando e censurando. Sentia-se grata pela oportunidade de fazer isso. Abby lhe dera muita coisa. Ser capaz de retribuir era uma dádiva, ainda mais por saber, como se tornara cada vez mais evidente para ambas, que o tempo de Abby era curto.

— ... "esta casa e a de Newport eu lego para meu marido, Kevin Kane, assim como..."

Casas, carros, ações e outros títulos. Kevin não precisava dessas coisas. Era um bem-sucedido neurocirurgião, ganhando um excelente salário do hospital e com uma lucrativa clínica particular. Era ele quem provinha as necessidades cotidianas de Chelsea e insistira para que fosse assim. Abby cuidava dos extras.

Muitas vezes, ao longo dos anos, Chelsea desejara que não fosse assim, pois isso só servia para fomentar o ressentimento do clã. Os irmãos e irmãs de Abby acharam que era errado instituir um fundo de investimentos Mahler para Chelsea, que não tinha sangue da família. Mas Abby insistia que Chelsea, como sua filha, fosse tratada como todos os outros netos da família Mahler. Pois ela era mesmo uma Mahler, pelo menos em termos técnicos. Tinha um fundo de investimentos em seu nome que proporcionava rendimentos suficientes para viver confortavelmente, mesmo que decidisse nunca trabalhar.

— "... Para minha filha, Chelsea Kane, deixo..."

Chelsea era arquiteta. Aos trinta e seis anos, era uma de três sócios de uma firma de arquitetura que vinha obtendo excelentes contratos por toda a Costa Leste. Além disso, investira pessoalmente em alguns desses projetos, o que significava que seus lucros haviam aumentado. Vivia muito bem com o que ganhava.

Talvez por esse motivo, a acumulação de patrimônio nunca despertara seu interesse, e foi por isso que não prestou atenção ao que Graham leu. Não queria herdar qualquer coisa da mãe, não queria reconhecer que ela morrera. As tias e tios não pareciam ter esse problema. Tentavam parecer *blasés*, mas sentavam com a cabeça loura esticada, as mãos cruzadas no colo, com um ar de indiferença artificial. Só eram traídos pela tensão em torno do nariz adunco e dos olhos azuis sempre alertas.

— "... Para meu irmão, Malcolm Mahler, deixo..."

Malcolm ficou com o iate, Michael com o Packard, Elizabeth com os dois cavalos Thoroughbred, os puros-sangues ingleses, Anne com o apartamento em Aspen. Ainda assim eles esperaram, enquanto Graham continuava a ler:

— "Quanto aos rubis..."

Os rubis... só então ocorreu a Chelsea que era por isso que os tios e tias esperavam. Não que qualquer deles carecesse de jóias — ou iates, ou carros, ou cavalos —, mas os rubis eram especiais. Até mesmo Chelsea, que nunca sonharia em usar alguma coisa tão ostentosa, podia apreciar seu valor. Pertenciam à família Mahler há seis gerações e tradicionalmente passavam da filha mais velha para a filha mais velha.

Abby fora a filha mais velha, e Chelsea era sua única filha. Mas era adotada.

— "Tenho pensado nessa questão mais do que em qualquer outra" — leu Graham — "e decidi legar os rubis da seguinte maneira: minha irmã Elizabeth ficará com os brincos, minha irmã Anne com a pulseira e minha filha, Chelsea, com o anel."

Elizabeth levantou-se no mesmo instante.

— Não. Isso está errado. Se a filha mais velha não tem uma filha, todo o conjunto vai para a segunda filha. E eu sou a segunda filha.

Também consternada, Anne descruzou as pernas.

— As peças não podem ser divididas. Devem permanecer juntas. O que Abby estava pensando?

— Ela devia estar confusa — sugeriu Malcolm, como uma invalidação polida.

— Ou foi influenciada por alguém — acrescentou Michael, com uma acusação branda.

— Uma Mahler nunca dividiria o conjunto — insistiu Elizabeth. — Devo ficar com tudo.

Kevin se mexeu nesse momento. Não foi muita coisa, apenas uma ligeira alteração da posição no sofá; mas, considerando a imobilidade anterior, foi o suficiente para atrair as atenções. Numa voz impregnada de angústia, mas surpreendentemente firme, ele declarou:

— Todo o conjunto deve ficar com Chelsea. Ela é a filha mais velha da filha mais velha.

— Ela não é filha de Abby, não no sentido real — argumentou Elizabeth. — Não tem o nosso gene, e não poderia passar os rubis adiante. Ela é independente. Não tem filhos. Mesmo que *tivesse* o nosso sangue...

Chelsea levantou-se em silêncio e deixou a sala. Não tinha estômago para suportar as palavras de Elizabeth. Mais do que qualquer outra

Paixões Perigosas   17

pessoa, sentia-se obcecada pelo fato de não ter o sangue dos Mahler. Há anos tentava descobrir de quem era seu sangue, mas Kevin sempre se recusava a falar a respeito, e Abby era frágil demais para ser importunada. Por isso a questão ficara em suspenso. Abby fora sua mãe em todos os sentidos que importavam. Com sua morte, Chelsea experimentava um estranho sentimento de perda, a sensação de que perdera o ponto de equilíbrio, de que não tinha mais uma âncora.

Abby a amara. Apesar das limitações físicas, ela a enchia de atenção e carinho, a ponto de quase sufocá-la. Muitas vezes Chelsea tivera vontade de lhe pedir que a deixasse em paz. Mas Abby era gentil demais para que fizesse isso. Chelsea não a magoaria por nada neste mundo. Recebera uma dádiva quando fora adotada. A casa dos Kane era um refúgio. O amor tornava-a um lugar seguro e feliz.

Apesar de tudo, porém, sentira-se curiosa. Queria saber por que fora adotada, por que Abby não podia ter seus próprios filhos, como fora escolhida. Queria saber onde havia nascido, quem eram seus pais biológicos e por que a haviam entregado para adoção.

Abby explicara, com uma gentileza que Chelsea ainda lembrava com toda nitidez, tantos anos depois, que não podia ter filhos por causa da paralisia. Mas ela e Kevin queriam muito ter um filho e descobriram uma menina que precisava desesperadamente de um lar. A adoção fora particular, sem qualquer alarde, um assunto encerrado. Abby alegava que não sabia de mais nada, e Kevin recusava-se a falar.

— Você é uma Kane — declarava ele, quando Chelsea se mostrava mais insistente. — Não importa de onde veio, desde que saiba quem é agora.

Chelsea empertigou-se diante do espelho de moldura dourada por cima do consolo no vestíbulo. Era tão alta e esguia quanto qualquer das Mahler e vestia-se com o mesmo requinte. Mas as semelhanças paravam por aí. Tinha olhos verdes, em vez de azuis. Seus cabelos eram castanho-avermelhados, com uma ondulação natural que as mulheres da família Mahler só invejavam quando as ondulações estavam em moda. Graças a um acidente de motocicleta que sofrera quando tinha dezessete anos, resultando no nariz quebrado e na subseqüente cirurgia, o nariz antes arrebitado de Chelsea era agora pequeno e reto. E também graças a um aparelho nos dentes que usara quando era pré-adolescente, o queixo que de outra forma seria recuado exibia agora um alinhamento perfeito com o resto das feições.

Era uma mulher atraente. Negar isso seria um exercício de falsa modéstia, e Chelsea era franca demais para assumir tal atitude. Percorrera um longo caminho desde os tempos de hippie na adolescência, com os cabelos descendo até a cintura, os olhos realçados com rímel. Abby orgulhava-se da mulher que ela se tornara.

Agora, Abby morrera, e sua família estava na biblioteca, discutindo por causa de algumas jóias. Chelsea sentia-se nauseada. Se não fosse por Kevin, teria saído daquela casa. Mas não queria deixá-lo sozinho. Ele estava arrasado. Depois de esperar a morte de Abby por tantos anos, ele descobria que o fato concreto era difícil de aceitar. Chelsea podia achar que ele estava errado por sua teimosia na questão da adoção, mas não pelo amor absoluto e irrestrito que sempre demonstrara por Abby.

A porta da biblioteca foi aberta, para dar passagem a Elizabeth e Anne.

— Já deve saber que vamos lutar — disse Elizabeth para Chelsea ao passar por ela.

Anne pegou os casacos de pele no closet.

— O anel deve permanecer na família.

Sem dizerem mais nada — sem o menor gesto de conforto, encorajamento ou despedida —, as duas se retiraram.

A porta da frente mal fora fechada quando Malcolm e Michael também saíram da biblioteca.

Chelsea entregou seus casacos.

Eles vestiram-nos em silêncio. Malcolm ajustava o chapéu na cabeça quando disse:

— Você ficou muito bem, Chelsea.

Ela postou-se de lado, com as mãos abaixadas.

— Não prestei atenção aos detalhes.

Não a interessavam agora, assim como não haviam interessado antes.

— Deveria. Abigail a tornou uma mulher rica.

— Eu já era rica antes de sua morte.

— Graças aos Mahler. — O comentário foi de Michael, que contraiu os lábios para as luvas pretas de guiar que estava pondo, dedo por dedo. — Elizabeth e Anne ficaram transtornadas, e não posso culpá-las. Para ser franco, acho que elas têm razão. Aquele anel vale muito dinheiro. Você não precisa do dinheiro nem do anel. Não pode ter para você, nem de longe, o valor sentimental que tem para nós. — Ele ergueu os olhos azuis dos Mahler para fitá-la, enquanto acrescentava: — Se você for metade da mulher que Abby sempre alegou que era, vai nos entregar o anel. É a coisa certa a fazer.

Chelsea voltou no tempo às festas oferecidas pela mãe a que os Mahler compareciam. Suas amigas ficavam impressionadas. Viam os Mahler como pessoas do jet set, que confraternizavam com príncipes e duques nas capitais mais esplendorosas do mundo, que falavam o inglês britânico com a maior elegância. Mas Chelsea nunca se encantara, antes ou agora, com uma maneira civilizada de falar para expressar pensamentos incivilizados.

Queria sentir ressentimento ou rebeldia, mas não tinha força para tanto. Assim como em relação à sua herança não sentia a menor atração pela adversidade à sombra da morte de Abby.

— Não posso pensar sobre isso agora. Não há a menor possibilidade.

— Se é uma questão de avaliação do anel, isso já foi feito — interveio Malcolm. — Os papéis estão com Graham.

— É uma questão de luto. Preciso de tempo.

— Não demore muito. É bem provável que as meninas recorram aos tribunais se não desistir do anel por sua própria iniciativa.

Chelsea levantou a mão e murmurou:

— Não quero mais falar sobre isso agora.

Ela foi para a cozinha. Estava inclinada sobre o balcão central, por baixo de uma tiara de panelas de cobre, quando Graham entrou.

— Você me deixou preocupado quando saiu da biblioteca, Chelsea.

Ela gostava de Graham. Contemporâneo de seus pais, tornara-se o advogado de Abby com a morte do advogado anterior, que era o pai dele Ao longo dos anos, fora uma presença constante e tranqüila em sua vida. Com as mãos por baixo dos braços, Chelsea fitou-o com uma expressão suplicante.

— Não comece você também, Graham. A leitura do testamento já foi bastante terrível com mamãe ainda quente na sepultura, mas discutir por causa da herança foi repulsivo. Eles queriam que o testamento fosse lido, e foi o que você fez. Mas não tenho a menor intenção de pensar a respeito, de tomar qualquer iniciativa, enquanto não tiver tempo para chorar por ela. — Ela fez uma pausa. Acenou com a mão para a frente da casa. — Eles estão voltando para suas casas e vão retomar suas vidas como se nada tivesse mudado. Talvez nada tenha mudado mesmo para eles, mas, para mim, tudo é diferente agora. E não tem nada a ver com o que herdei, em ter um patrimônio maior do que antes. Eu me recuso a definir a vida de minha mãe em termos de dólares e centavos. Portanto, se é para isso que me procurou, pode esquecer.

— Não é. — Graham tirou um envelope do bolso interno do paletó. — Isto é para você.

Cautelosa, ela olhou para o envelope. Era velho.

— Se é um antigo certificado de ações, não quero.

Mas o envelope não parecia do tipo comercial, sob qualquer aspecto. Era pequeno, comum, e Chelsea podia perceber, mesmo sem pegá-lo, que não tinha nome e endereço do remetente.

— Abby queria que você ficasse com isto — acrescentou Graham, estendendo o envelope ainda mais.

— É alguma coisa relacionada ao testamento?

— Não. Era uma questão particular, entre Abby e mim... e agora você.

Curiosa, Chelsea pegou o envelope. No mesmo instante, sentiu que era mais pesado do que aparentava. Havia alguma coisa dentro. Ela virou-o para verificar o endereço.

A tinta manchara, no que já começara como um rabisco desajeitado, mas mesmo assim ela conseguiu identificar o nome da mãe. Teve mais dificuldade para decifrar o nome por baixo. Graham ajudou-a.

— Foi enviado aos cuidados de meu pai. Esse é o endereço de seu escritório. Ele foi o advogado que representou seus pais na adoção.

Chelsea sabia disso, mas o fato de Graham mencionar de repente, de forma inesperada, era surpreendente. Seu coração parou por um instante e depois disparou para compensar. Ela olhou para o carimbo postal. Ficara desbotado pela passagem dos anos, mas ainda era mais legível do que os rabiscos por baixo. A data era 8 de novembro de 1959. Ela leu o nome do lugar:

— Norwich Notch, New Hampshire?

Graham corrigiu sua pronúncia:

— Nor'ich.

— Nasci lá?

— Isso mesmo.

Ela estava atordoada. Especular onde nascera fora parte de sua vida, tanto quanto comemorar o aniversário em março. E encerrar subitamente essa especulação, fazer uma pergunta e receber um sim como resposta, era sufocante. *Norwich Notch.* Ela manteve o envelope na mão como se fosse alguma coisa frágil, com medo de mexer, levantá-lo, abri-lo. A voz sombria de Kevin Kane soou no outro lado da cozinha:

— O que é isso, Graham?

Os olhos de Graham deslocaram-se do rosto de Chelsea para o envelope, numa exortação silenciosa. Ela engoliu em seco. Virou o envelope, abriu-o e tirou um pedaço de papel de seda, tão velho quanto o envelope. Parecia ter sido dobrado e desdobrado muitas vezes. Ela o pôs no balcão, com todo cuidado, e desdobrou-o. Dentro, presa a uma fita puída, que fora outrora vermelha, mas há muito perdera o brilho, havia uma chave de prata enferrujada. Ou pelo menos ela achou que era uma chave. A parte de segurar era uma miniatura de trompa, com as espirais apropriadas para se segurar. Mas a lâmina não era serrilhada, nada mais do que um tubo fino, com metade da extensão de seu polegar.

Uma imagem aflorou na mente de Chelsea, do metrônomo em cima do piano de cauda na sala de estar dos pais. O metrônomo fora sua nêmese ao longo dos anos de extenuantes aulas de piano. Tinha o formato de uma chave, com uma lâmina lisa similar. Aturdida, ela fitou Graham.

— Quem mandou?

Ele deu de ombros e sacudiu a cabeça.

— É mesmo uma chave?

— Abby achava que sim, mas nunca teve certeza. Chegou quando você tinha cinco anos. — Em benefício de Kevin, quase como se pedisse desculpa, ele acrescentou: — Como a destinatária era Abby, meu pai não podia deixar de entregar.

Chelsea acompanhou seu olhar e disse para o pai:

— Não havia razão para que ele não a entregasse.

Ele estava parado na porta, imponente, apesar dos olhos cansados e do peso em seus ombros.

— Claro que havia. — Os sentimentos de Kevin sobre o assunto não haviam mudado ao longo dos anos, nem quando Chelsea alcançara a vida adulta, nem com a morte de Abby. — Você foi nossa desde o momento em que tinha oito horas de idade. Nós a criamos e amamos. Sua mãe não queria saber de onde você vinha. Não precisava saber. Essa informação era irrelevante. E ainda é. Tudo que você tem hoje veio de nós.

Chelsea sabia que não era verdade. Não tinha a aparência aristocrática dos Mahler, nem a covinha no queixo, os lábios finos e a pele avermelhada de Kevin Kane. Enquanto os Mahler e os Kane tinham propensões musicais, ela não tinha o menor ouvido para a música.

Mas não tinha a menor intenção de discutir com Kevin sobre isso. Mesmo nas melhores ocasiões, ele sentia-se ameaçado com a possibilidade de Chelsea procurar os pais biológicos... e aquela não era uma das melhores ocasiões. O pai estava angustiado, e ela também. A distância a que ele se mantinha não ajudava. E ela não podia suportar a idéia de afastá-lo ainda mais.

Mas ela não podia também ignorar a chave. Deixou-a na palma da mão e passou o polegar por cima, enquanto perguntava de novo:

— Quem mandou?

— Abby nunca soube — respondeu Graham. — Recebeu-a exatamente como está agora.

Chelsea pôs a chave em cima do balcão. Pegou o papel de seda, alisou-o, examinou um lado e outro. Fez a mesma coisa com o envelope. Não havia nada escrito ali além do que estava na frente, nenhum sinal de uma mensagem.

— Tinha de haver um bilhete.

— Abby disse que não havia.

— Ela também disse que não sabia onde nasci. — Chelsea falou sem pensar, porque descobrir que Abby mentira para ela seria angustiante. Ainda pior era o pensamento de que Kevin sabia mais do que dizia. Seus olhos se encontraram. — Sabia que ela tinha isso?

Lentamente, ele sacudiu a cabeça em negativa. O movimento deliberado e contido indicava sua raiva.

— Eu teria evitado, se pudesse. Ela já tinha o suficiente com que se preocupar. Não precisava se angustiar por causa de uma chave.

Com uma tristeza profunda, Chelsea murmurou:

— Ela não teria com o que se angustiar se simplesmente me entregasse a chave.

— Se Abby fizesse isso, você iria embora.

— Por causa de uma *chave*? Nem sequer imagino o que pode abrir!

— Você descobriria — comentou Kevin, ríspido. — É o seu jeito. Quando sente curiosidade por alguma coisa, vai até o fundo. — Ele fez uma pausa. O tom abrandara quando acrescentou: — Era uma das coisas que sua mãe mais admirava em você. Tinha a coragem de que ela carecia.

Chelsea estava atônita.

— Ela tinha mais coragem que qualquer um de nós.

Kevin se enterneceu à lembrança.

— Ela não pensava assim. Sentia-se reprimida pela família tanto quanto pelos aparelhos nas pernas, enquanto você lutava para se livrar de todas as restrições. Fazia as coisas que ela poderia gostar de ter feito. Você aceitava e enfrentava todos os desafios. Abby adorou a hippie que você se tornou, assim como também adorava suas vitórias nas competições de natação.

Os lábios foram comprimidos, o tom se tornou duro.

— Seja como for, é por isso que ela deve ter se angustiado por causa da chave. Sabia que você deixaria a curiosidade prevalecer, e partiria à procura dos pais evasivos, que não a quiseram quando nasceu.

— Isso é injusto — sussurrou Chelsea, sentindo um aperto na garganta.

Ela se afligia por Kevin, que tinha medo de que duas pessoas desconhecidas tomassem o lugar de Abby e o dele em seu coração. Mas também se afligia por si mesma, porque a última coisa que queria acreditar era que só estava viva porque o aborto era ilegal na época de sua concepção. Virando a chave na mão, ela murmurou:

— Eu não teria ido embora para lugar nenhum. Jamais magoaria você e mamãe. Vocês são meus pais. Isso nunca vai mudar. — Ela queria muito que Kevin compreendesse. — Acontece apenas que eu sempre desejei saber sobre os outros.

Era um assunto que despertava uma profunda emoção. Duvidava que qualquer pessoa que não fosse adotada pudesse compreender o sentimento de rejeição que decorria de ter sido dada ao nascer, o isolamento que experimentava nas reuniões de família, a impressão de ser incompleta que a atormentava.

Mas aquele não era o momento de enfrentar um assunto emocional em cima de outro. Com todo cuidado, ela pôs a chave no meio do papel de seda e dobrou-o, como Abby parecia ter feito muitas vezes. Guardou o pequeno pacote no envelope e meteu-o no bolso do vestido de seda. Ergueu a cabeça para fitar Kevin.

— Você tem razão. Não é importante agora.

E como se quisesse lhe mostrar que Abby continuava a viver através dela, Chelsea virou-se para Graham, com o mesmo controle que a mãe exibia nas situações mais difíceis, e disse:

— A cozinheira preparou uma galinha com ervas maravilhosa. Não quer jantar conosco?

Kevin conhecia Chelsea muito bem. Ela era mesmo uma pessoa de ação. Como sua média na universidade era insuficiente, conseguira ser aceita na pós-graduação em Princeton ao se plantar, literalmente, junto com um portfólio impressionante, no escritório do Departamento de Arquitetura. Quando decidira que queria que seu primeiro apartamento fosse um loft, embora não houvesse nada parecido em Baltimore na ocasião, apresentara uma planta a um dos maiores construtores da cidade, com a promessa de fazer de graça as plantas subseqüentes se ele comprasse o prédio que ela tinha em mente e assumisse o projeto. Quando se descobrira com dois sócios numa nova firma de arquitetura, fizera um logotipo excepcional e enviara cartas manuscritas a todos os clientes em potencial que encontrara em seu caderninho de endereços pessoal. Como fora criada em contato freqüente com os conhecidos da família da mãe e com os colegas de profissão do pai, o caderninho tinha muitos nomes importantes.

Seu desafio era agora a chave de prata enferrujada. Tentou ignorá-la a princípio. Era uma cunha entre Kevin e ela, numa ocasião em que não podia permitir nenhum afastamento. Mas parecia que a chave não queria ser ignorada, dando a impressão de que apregoava sua presença silenciosa onde quer que ela a escondesse.

Da mesma forma, o nome Norwich Notch parecia familiar. Especulou se alguma força mística dentro dela a ligaria ao lugar em que nascera. Ou se simplesmente repetira o nome tantas vezes agora que aflorava com facilidade em seus pensamentos. Um atlas na biblioteca informou-lhe que a cidade ficava no canto noroeste de New Hampshire, com mil e cem habitantes. Mas ela não encontrou qualquer referência em outros livros em que pesquisou.

Encontrou uma referência na lista telefônica para a área de Keene-Peterborough. Entre outros telefones, estavam relacionados o cartório de Norwich Notch, a Igreja Congregacional de Norwich Notch e o Hospital Comunitário de Norwich Notch, qualquer um dos quais poderia ter informações sobre seu nascimento. Era o que indicavam suas pesquisas... e lera quase todas as principais matérias sobre adoção publicadas nos últimos anos. Sabia sobre as pesquisas. Eram realizadas a todo momento nos anos 90, uma época em que as pessoas eram mais esclarecidas. Os assistentes sociais tendiam cada vez mais a informações partilhadas entre pais biológicos e pais adotivos. As adoções em aberto estavam em moda.

Podia pegar o telefone e fazer uma ligação. Podia voar para Boston, alugar um carro e seguir para o norte. Ou voar para Manchester e seguir para oeste. Podia viajar de carro desde Baltimore, se quisesse. Mas não queria. Não estava preparada para fazer nenhuma dessas coisas. Não tão pouco tempo depois da morte de Abby. Não com

Kevin tão sensível. Não com a realidade de Norwich Notch tão recente. Precisava de tempo para ajustá-la à sua existência.

A chave, porém, logo se tornou uma velha amiga. Depois de segurá-la, virá-la em sua mão, estudá-la noite após noite, durante uma semana, ela pegou um polidor de prata e limpou-a, passando a pasta entre as placas em miniatura, mas sempre tomando cuidado para não molhar a fita esfarrapada. Depois de cada segmento, ela enxaguava e secava.

Sem o embaciamento, a chave era de uma beleza intrincada. Chelsea tinha certeza de que as voltas eram uma reprodução meticulosa. Embora a lâmina estreita estivesse marcada em alguns pontos, a trompa estava em excelentes condições. Enquanto passava o polegar de um lado para outro, ela fantasiou que um gênio poderia aparecer no meio de uma nuvem de fumaça para lhe contar tudo o que queria saber. Mas a noite continuou silenciosa e ela permaneceu sozinha.

Tinha muitas perguntas, perguntas até demais... e a principal era quem a enviara e por quê. Trinta e dois anos era muito tempo. As pessoas morriam. As situações mudavam. Depois, mais uma vez, ela especulou se a chave não seria tão crucial para sua busca quanto o carimbo postal. Norwich Notch. Muito familiar. Parecia rural e encantador, mas podia ser um lugar de pobreza e depressão. Ela não tinha certeza se queria descobrir, mas também não tinha certeza se poderia resistir ao desejo de descobrir.

Enquanto isso, o fascínio pela chave ia se tornando cada vez maior. Quanto mais a estudava, mais Chelsea sentia-se intrigada pela perfeição na execução, e ainda mais pelas irregularidades das partes lascadas na lâmina. Havia sinais de uso... e esse uso seria por pessoas que se relacionavam com ela de alguma forma.

Imaginou muitos cenários diferentes, todos variações daqueles com que sonhara quando era criança. Os pais biológicos eram pobres, mas apaixonados. Em um caso, eram adolescentes, jovens e assustados demais para mantê-la. Em outro caso, seu pai era casado com outra mulher, mas perdidamente apaixonado por sua mãe. Num terceiro, os pais eram casados um com o outro, mas já tinham sete filhos e nenhuma possibilidade de sustentar uma oitava criança.

Chelsea apegou-se a essa última possibilidade por muito tempo, porque a perspectiva de ter um irmão — ainda mais sete — deixava-a excitada. Sempre quisera ter um irmão ou irmã. Até suplicara a Abby. Com o tempo, aceitara que uma única criança era o máximo que poderia ser cuidado por uma mulher com duas pernas inúteis e uma saúde precária. Mas não deixara de querer um irmão ou irmã. Achava que um irmão estava ligado a uma pessoa de uma maneira que não acontecia com os amigos. Crescera com hordas de amigos, mas sentia falta desse outro tipo de relacionamento, que era especial. Havia ocasiões em que experimentava um nítido sentimento de perda.

Durante esses momentos, com bastante freqüência, ela costumava recorrer a Carl.

Dois

— Eu gostaria de uma pizza, com bastante queijo, de pepperoni com pimentão, cogumelos e cebola — pediu Carl Harper pelo telefone.

Ele sorriu para Chelsea, aquele sorriso que dizia "deixe o velho Carl resolver tudo". Ela só podia revirar os olhos em resposta.

Estava exausta. Haviam voltado ao escritório depois de uma apresentação no final da tarde para um centro de saúde que ela fora contratada para projetar. Em circunstâncias normais, teria feito a apresentação sozinha. Mas, com a morte de Abby tão recente, ela não estava tão concentrada como deveria. Carl a acompanhara, como seu escudeiro, e embora não tivesse qualquer problema, sentira-se grata por sua companhia.

Ele era o amigo mais antigo e mais querido de Chelsea. Seu pai e Kevin Kane haviam sido internos juntos na década de 50, e suas famílias eram íntimas desde então. Por tanto tempo quanto Chelsea podia se lembrar, os Harper passavam o verão em Newport, numa casa a dois quarteirões da casa dos Kane. Como eram da mesma idade e ambos filhos únicos, Chelsea e Carl se davam muito bem. Onde ela era impulsiva, ele era prático. Onde ela era ousada, ele era sensato. Carl fazia-a pensar, enquanto ela fazia-o sentir. Moderavam um ao outro muito bem.

Chelsea podia recordar a ocasião, mais ou menos entre cinco e dez anos de idade, em que presumira que cresceria para casar com Carl.

Depois, entrara na adolescência e a idéia de casar ficara em segundo plano, perdendo para coisas como a puberdade, os Beatles e vegetarianismo, que ela defendera dos doze até os quinze anos, quando sofrera um ataque cerrado de Big Mac. Carl aceitara tudo isso e mais ainda. Levara uma vida vicária, através dela, e sempre estivera presente quando Chelsea precisava de um amigo.

Ser sócios em sua própria firma de arquitetura fora uma evolução natural dos dias em que construíam castelos de areia juntos. Carl era o técnico dos dois, o empresário. Era propenso a ser atraído por um projeto tanto pelo potencial de investimento quanto pelo desafio arquitetônico. Acompanhava Chelsea, centavo por centavo, nas aplicações financeiras em projetos. Na firma, era ele quem se encarregava de conseguir clientes, quem cuidava das concorrências de obras públicas, quem providenciava para que seus trabalhos fossem publicados em *Architectural Record* ou *Progressive Architecture*. Chelsea entrava com a centelha e o espírito criativo. Era a artista.

Só que não sentia a centelha nem o espírito naquele momento. Passara o dia todo correndo de uma reunião para outra, a fim de compensar a semana inteira que passara de luto. Sentia-se esgotada. A volta ao trabalho fora difícil.

— Vinte minutos — anunciou Carl, desligando o telefone. — Pode agüentar?

— Claro. Pode me fazer outro favor?

Quando ele alteou as sobrancelhas, Chelsea explicou:

— Ligue para o papai. Veja se ele está bem. É a primeira noite que não fico com ele.

Carl telefonou. A conversa com Kevin foi breve, tranqüila e confortável, como entre velhos amigos. Depois de desligar, Carl informou:

— Ele vai para a casa de meus pais. Disse que o dia foi tranqüilo no hospital. E ficou satisfeito por você estar comigo.

Chelsea sorriu.

— Acho que ele se cansou da minha companhia. Mas foi um momento agradável, embora um pouco estranho. Depois de algum tempo, ele começou a falar. Reminiscências. Contou histórias da época com a mamãe antes da doença. Não esperava que ele fizesse isso. Papai costuma ser muito reservado.

Carl foi até sua cadeira.

— Você também tem sido assim ultimamente. — Parado atrás de Chelsea, ele começou a massagear seus ombros para aliviar a tensão. — Tem sido bastante difícil, não é?

— Tem sim. Tenho muita saudade.

— Vai melhorar.

— Sei disso. Só que é mais fácil para mim do que para papai. Sinto-me angustiada por ele. Não paro de pensar em dizer ou fazer coisas para animá-lo.

— Tem feito companhia. Ele precisava disso.

— Tenho minhas dúvidas.

Ela vinha remoendo isso com freqüência nos últimos dias. Kevin sempre definira seu relacionamento com Chelsea em termos de sorrisos gentis e presentes oportunos. Era um homem ocupado. Seus dias no hospital eram longos e, quando voltava para casa, sua primeira prioridade sempre fora Abby. Fora por isso que Chelsea, apesar das trágicas circunstâncias, tanto apreciara terem partilhado tempo e pensamentos durante aquela semana.

— Provavelmente passamos mais tempo juntos durante a última semana do que em todo o ano passado. Mas não posso ser Abby, e é ela quem papai quer.

Chelsea fechou os olhos. Girou a cabeça, num movimento lento, para complementar o trabalho das mãos de Carl.

— Hum... você sabe onde tocar. — Ela inalou, ordenou que os músculos relaxassem, exalou. — Carl...

— O que é?

— Acha que o Hunt-Omni vai virar um prédio de apartamentos?

Circulavam rumores de que o hotel estava sendo vendido. Não era imenso, pelos padrões de Nova York, mas a transformação dos quartos em apartamentos seria um desafio arquitetônico.

— Conversei com John Baker a respeito. Ele é muito ligado ao grupo comprador. E sabe que estamos interessados.

Chelsea nunca fizera antes uma conversão de hotel. Seria um prêmio, a coisa certa para ocupar seus pensamentos enquanto a dor pela morte de Abby começava a desvanecer.

E havia a outra coisa. Preocupava-a quase tanto quanto a saudade de Abby. Ela pegou as mãos de Carl e apertou-as. Depois se levantou, foi até sua pasta e tirou o pequeno embrulho de papel de seda.

— O que é isso? — perguntou Carl, aproximando-se.

Chelsea abriu o papel e mostrou a chave em sua palma

— Que beleza! — Ele pegou a chave e virou-a. — Para que serve?

— Serve para dar corda. Meu joalheiro disse que é para uma caixa de música.

Chelsea fora procurá-lo naquela manhã, entre as reuniões. Carl continuou a examinar a chave, virando-a para um lado e outro.

— Onde você conseguiu?

— Minha mãe deu-a a Graham para me entregar. Foi enviada de uma pequena cidade em New Hampshire chamada Norwich Notch. Foi lá que eu nasci.

Os olhos de Carl encontraram-se com os dela.

— Como descobriu isso?

Ele sabia da adoção, sabia da frustração de Chelsea por não saber quem era. E embora ela sentisse de vez em quando que Carl concordava com Kevin sobre a irrelevância disso, ele sempre falava a respeito com a maior paciência.

— Era o que dizia o carimbo postal no envelope. Graham confirmou. Foi o pai dele quem cuidou da adoção.

— Norwich Notch, hein?

Chelsea confirmou com um aceno de cabeça.

— Por que o nome me parece familiar?

Os olhos dela se iluminaram.

— Também parece para você? Já disse o nome tantas vezes que perdi a objetividade.

— Norwich Notch...

Carl se concentrou. Chelsea podia sentir que ele folheava os arquivos mentais. Finalmente, franzindo o rosto, ele sacudiu a cabeça.

— Não me lembrei de nada. Fica em que parte de New Hampshire?

— Perto do canto sudoeste.

Paixões Perigosas

— Ahn... isso explica por que o nome parece familiar. Devemos ter passado por lá a caminho do norte para esquiar e vimos placas na estrada.

Chelsea não se lembrava de ter visto qualquer placa, mas achou que Carl estava certo. Ele tinha uma boa memória; além disso, fazia sentido. Sem dúvida o nome da cidade ficara como um registro subliminar.

— Mas quem mandou? — perguntou Carl.

Ela deu de ombros.

— Não tinha endereço do remetente? Nem um bilhete?

— Nada. Apenas um carimbo postal num envelope que mamãe desgastou de tanto abrir e fechar. — Essa imagem afligia Chelsea. — Não posso deixar de me perguntar o que ela pensou durante todo esse tempo.

Não que poderia perder Chelsea, é claro. Abby tinha certeza do amor dela. Se ela se angustiara por causa da chave, Chelsea desconfiava, era por causa da reação que Kevin poderia ter. Carl devolveu-lhe a chave.

— O que pretende fazer com isso?

— Ainda não decidi. Mas alguma coisa. A chave é uma pista para quem eu sou. Não posso ignorá-la.

— O que Kevin diz?

Chelsea virou o polegar para baixo. Carl ficou pensativo. Foi até a janela. Seis andares abaixo, o Inner Harbor faiscava com as luzes noturnas.

— Ele não está sendo irracional, Chels. Ponha-se no lugar dele. Ele acaba de perder Abby. Tem medo de perder você também.

Ela franziu o rosto.

— É como dizer que o pai perde a filha quando ela casa... e não balance a cabeça, Carl, porque é de fato a mesma coisa. Ele é meu pai. Continuará a ser, independentemente do que eu descobrir. A verdade é que os outros me deram, enquanto *ele* me aceitou. Eu o amarei para sempre por isso.

Chelsea falava sério, mas isso não significava uma obediência cega. Nunca fora assim em toda a sua vida.

— O que há de errado em querer saber as circunstâncias de meu nascimento? As crianças perguntam aos pais o tempo todo. E você, mais do que ninguém, sabe disso.

— Tem razão. Eu fui um erro.

— Não, não foi um erro. Foi uma surpresa maravilhosa, como seus pais expressaram. Não esqueça que eles foram os primeiros a dizer que, pensando depois, ficaram contentes por você, mesmo que tenham entrado em pânico na ocasião. É uma história incrível... e o importante é que você a conhece. Eu gostaria de também conhecer minha história.

Havia um imenso vazio no lugar em que deveria haver um determinado conhecimento, um vazio que fazia com que ela se sentisse sozinha.

— Você pode não gostar do que vai descobrir — advertiu Carl.

Ela já considerara essa possibilidade. Mais que um ou outro pesadelo havia invadido seus sonhos. O pai poderia ser um assassino, a mãe uma prostituta, os irmãos retardados. Pior ainda, podiam não querer saber dela, o que faria aflorar de novo o sentimento de ter sido rejeitada ao nascer.

— Tem razão, Carl, posso não gostar. Mas pelo menos eu saberia. É a especulação que me deixa às vezes angustiada. Posso aceitar a verdade. Posso compreender e racionalizar. Mas, na situação atual, sinto que minha vida está no limbo, como se não pudesse sair para *ser* a geração seguinte sem saber como foi a anterior.

Depois de uma breve pausa, Carl comentou:

— Você está falando em casamento e filhos.

Chelsea sustentou o olhar, depois suspirou e sorriu. Carl tinha um jeito de cortar através do supérfluo para chegar ao que realmente importava.

— É possível.

— Claro que está. É a coisa mais óbvia do mundo. Você nunca foi casada, nunca teve filhos e adoraria as duas coisas... sabe disso.

— Não tive tempo para qualquer das duas.

— Pode não ter tido tempo antes, mas tem agora. A firma está consolidada. Os negócios são bons e melhoram a cada ano. Nossos investimentos dão bons rendimentos. Temos um estilo autêntico. Você pode relaxar um pouco, passar o tempo com o marido, trabalhar num estúdio em casa, enquanto um bebê cochila. Está com trinta e sete anos. Não vai ficar mais jovem.

— Nem você, mas não o vejo correndo para casar. O que aconteceu com Hailey?

Hailey Smart era uma advogada que tinha um escritório dois andares abaixo. Era espirituosa e divertida, cheia de iniciativa, verdadeira dinamite no tribunal. Chelsea gostava dela. Carl torceu o nariz.

— Hailey é excêntrica demais para o meu gosto.

— Não é, não. É uma mulher sensacional.

— Fico sempre sem fôlego quando estou com ela.

Chelsea sorriu.

— Isso é paixão, meu amigo.

— Não. É velhice. Além do mais, Hailey não é você.

O som de uma campainha anunciou a chegada da pizza. Como todos os outros já haviam ido embora, eles foram pegar a pizza. Carl passou o braço pela cintura de Chelsea enquanto andavam.

— Sou apaixonado por você desde os doze anos de idade — disse ele. — É a melhor amiga que tenho no mundo. Como poderia casar com Hailey se tenho você em minha vida?

— Falou com ela sobre casamento? — indagou Chelsea, surpresa, porque não pensara que chegara tão longe.

— *Ela* falou em casamento.

O que deixou Chelsea ainda mais surpresa. Hailey sempre lhe parecera o tipo que esperaria até o último minuto para casar. Aos vinte e nove anos, ela ainda tinha tempo. Sua carreira mal entrara na adolescência.

— Hailey acha que pode fazer qualquer coisa que quiser — continuou Carl, em tom quase confidencial. — Está convencida de que pode ser advogada, esposa e mãe ao mesmo tempo. Se ela puder impor sua vontade, vai amamentar o bebê no gabinete do juiz.

Chelsea começou a rir, e ele acrescentou:

— Foi o que ela me disse. Tem tudo planejado. Usará as roupas mais sofisticadas e bancará a advogada bem-sucedida, mas o juiz terá de determinar recessos para que ela possa amamentar a criança. Diz que a justaposição das duas imagens será irresistível. E diz que terá os jurados comendo em sua mão.

Chegaram à área de recepção, que era separada por divisórias elegantes da sala principal, onde ficavam as pranchetas. Todo o espaço, seguindo um projeto de Chelsea, era de teto alto e aberto, com uma abundância de janelas e clarabóias para contrabalançar o castanho-avermelhado dos tijolos expostos. Os móveis tendiam para o vidro e cromado; ao mesmo tempo que eram práticos, também tinham o estilo elegante mais moderno. A iluminação em spots, ao longo de um trilho pendendo do teto, proporcionava uma claridade suave na noite.

Carl pagou a pizza. Voltaram passando pelas pranchetas dos três desenhistas e do arquiteto de projeto que os supervisionava, seguindo para a área dos escritórios dos diretores. Foram para a sala de Chelsea.

Ela retomou a conversa do ponto em que fora interrompida, porque as palavras ainda ressoavam em sua mente. Sentia-se estranhamente irrequieta. Carl fora seu, embora inocentemente, por muito tempo.

— Você ama Hailey?

Ele tirou várias plantas da prancheta para pôr a pizza.

— Eu amo você.

— Falo sério, Carl.

— E eu também estou falando sério.

Ele foi à sua sala. Voltou em poucos segundos com um punhado de guardanapos.

— Estou acostumado com você, Chels. Quando me encontro com outras mulheres, tenho a sensação de estar traindo você.

— Não deveria. Não estamos ligados dessa maneira.

— Talvez devêssemos.

Carl falou com uma seriedade que a deixou ainda mais surpresa. Depois, ele deu uma mordida na pizza e estragou o efeito. Metade da cobertura escorregou e caiu na caixa. Ele pegou, tornou a pôr em cima da pizza, dobrou-a com todo cuidado e tentou de novo.

Chelsea deu uma mordida menor. Tentava imaginar aonde Carl queria chegar quando ele disse:

— Tenho pensado muito a respeito desde que Abby morreu. Quando se perde alguém tão próximo, você tem de encarar a mortalidade. Pensa em todas as coisas que você quer, mas que pode perder se não fizer alguma coisa para consegui-las. Ambos temos trinta e sete anos. Nenhum dos dois casou, em grande parte porque temos um ao outro. Por que não tornar oficial?

Chelsea foi apanhada totalmente desprevenida pela sugestão, para não mencionar a seriedade com que foi feita. Largou seu pedaço de pizza e perguntou, a voz fraca:

— Isso é um pedido de casamento?

— Acho que sim.

— Você não deveria achar, mas saber com certeza. — Ela sentia-se frustrada porque não sabia como reagir. Mas teve uma súbita percepção. — Seus pais estão pressionando você outra vez?

— Sabe que eles a adoram.

— Eu também os adoro. Mas isso não é base para um casamento.

Carl exibiu um sorriso inseguro.

— E não me adora também?

Chelsea sentiu um aperto no coração.

— *Claro* que adoro, mas não sei se estou apaixonada por você, assim como não sei se está apaixonado por mim. Nunca pensamos desse modo.

Carl estava sempre presente. Ela não o via num papel romântico, muito menos num papel sexual... o que não significava que não era possível, mas apenas que ela não estava acostumada a pensar dessa maneira.

— Podíamos tentar, Chels. Ver se decola.

Ela pôs a mão em seu pescoço.

— Não tenho certeza se posso pensar em casamento, Carl. Ainda estou pensando em mamãe... e agora na chave, também. Você tem razão. Saber quem eu sou tem tudo a ver com o fato de me sentir cautelosa em relação ao casamento e aos filhos. Só Deus sabe que tipos de defeitos genéticos pode haver em mim.

— Não me importo com os defeitos.

— Quero saber quem eu sou.

— Mas por que não podemos pensar a respeito? Somos muito ligados. Acho que devemos a nós mesmos tentar descobrir se não podemos ser mais íntimos.

— Ei, vocês dois! — A voz zombeteira era de Melissa Koo, entrando na sala. — Pensei que tivéssemos combinado que não haveria travessuras no escritório.

Grata pela interrupção, Chelsea riu. Mas não foi tão rápida para retirar a mão. Ansiava por contato físico, por intimidade, e encontrava conforto na familiaridade de Carl. Tinha uma história com ele que não partilhava com muitas outras pessoas. Até mesmo Melissa, que conhecera na faculdade e adorara de imediato por sua excentricidade artística, era uma amiga de menos de dez anos. Por mais íntimas que fossem, não era a mesma coisa. Carl era como um irmão. Com ele, havia família, amigos e recordações.

Talvez ele estivesse certo. Só porque não haviam pensado num envolvimento romântico antes, isso não significava que não seria bom. Talvez o momento fosse errado antes. Talvez parecesse absolutamente natural depois que ela se acostumasse com a idéia de casar com Carl. Por enquanto, porém, ela limitou-se a dar um tapinha de leve nele. Virou-se para Melissa e perguntou:

— O que está fazendo aqui tão tarde?

Melissa era esguia como uma modelo, a ponto de parecer magricela. Precisava de um sorriso para abrandar e iluminar o rosto. E o sorriso que ofereceu agora a Chelsea foi deslumbrante.

— Fui tomar um drinque com Peter Shorr. Conseguimos o projeto do DataMile.

Chelsea sorriu também. O DataMile, um banco de dados particular que acabara de abrir o capital ao público, estava construindo três centros separados, em Baltimore, Atlanta e Denver. O projeto de Melissa era muito mais ousado do que o dos centros de processamento de dados em geral. Depois de prontas, as estruturas atrairiam as atenções de todo mundo.

— Mas isso é *sensacional*!

— Um projeto digno de um prêmio — previu Carl.

Paixões Perigosas

— Espero que sim. — A voz de Melissa se tornou irônica quando ela acrescentou: — Porque perdemos o projeto da Arena de Akron.

O sorriso de Chelsea desapareceu.

— Perdemos?

— A informação é extra-oficial. Mas corre a notícia de que Baker, Wills e Crock estão abrindo uma garrafa de champanhe. Ou seja, eles sabem de alguma coisa que ignoramos. Meu palpite é que receberemos um telefonema amanhã. — Ela viu a chave de prata no papel de seda, em cima da mesinha de café. — O que é aquilo?

Ela pegou a chave e virou-a de um lado para outro. Chelsea fez um breve relato sobre a chave. Quando chegou à parte sobre Norwich Notch, Melissa olhou para Carl e franziu o rosto.

— Por que o nome me parece familiar?

Chelsea olhou de um para o outro.

— Quando me pareceu familiar, atribuí à minha imaginação. Quando pareceu familiar para Carl, atribuí a uma coincidência. Mas se parece familiar para você também, Melissa, tem de haver mais alguma coisa. Portanto onde ouvimos o nome?

— É uma placa que avistamos na estrada quando vamos esquiar — insistiu Carl.

Chelsea sacudiu a cabeça.

— Melissa não esquia. Vamos tentar New Hampshire. O que temos feito em New Hampshire?

— Um conjunto habitacional em Portsmouth, um centro esportivo em Sunapee e as belas esculturas de gelo no Festival de Inverno de Dartmouth — respondeu Melissa. — Mas Hanover não é Norwich Notch. Talvez estejamos pensando em Peyton Place. Não fica em New Hampshire?

— Desculpe, querida, mas Peyton Place é um lugar fictício — comentou Carl.

— Knots Landing também é. Mas talvez seja isso o que torna Norwich Notch familiar.

Melissa foi se juntar aos dois na prancheta.

— Norwich Notch, Norwich Notch... — Ela pegou um pedaço da pizza. — *Conhecemos* alguém de Norwich Notch?

— É uma pergunta estranha, já que meus parentes de sangue podem ainda viver ali — murmurou Chelsea. — Mãe, pai, irmãos, irmãs, tias, tios, primos... a lista pode ser interminável. Deixa-me atordoada.

— Norwich Notch... — Melissa levantou a cabeça. — Dê-me tempo que lembrarei.

Como a única coisa que os três tinham em comum era a arquitetura, Chelsea raciocinou que se todos já haviam ouvido falar de Norwich Notch só podia ser no contexto da profissão. Por isso ela passou a manhã seguinte examinando os arquivos, à procura de qualquer referência à cidade, por menor que fosse. Como nada encontrasse, ligou para uma amiga com quem trabalhara, nos dias anteriores à Harper, Kane & Koo. Como nada descobrisse, procurou um professor de Princeton com quem se mantivera em contato. Mas também foi em vão.

Estava determinada a resolver o mistério. Os três sócios já haviam ouvido o nome Norwich Notch, e ela queria saber como. Estimulada, tirou o caderninho de endereços da bolsa e procurou as folhas em que anotara os números de Norwich Notch. Sem se dar tempo para qualquer dúvida, ela ligou para o cartório.

Poucos minutos depois, já sabia a resposta. Estava desligando o telefone quando Melissa passou pela porta, acenando com uma pasta de arquivo na mão.

— Foi o Centro de Arte de Wentworth. Não em New Hampshire, mas no Maine.

Ela parou de falar quando Carl também entrou na sala, vindo pelo outro lado do corredor.

— Lembro agora. A Harper, Kane & Koo não tinha mais que seis meses de existência. Entramos na concorrência para esse centro de arte na costa do Maine...

— Wentworth — interveio Melissa.

— Isso mesmo. — Carl olhou para Chelsea com evidente satisfação. — Precisávamos do projeto, e por isso oferecemos um preço mínimo. Mas não foi fácil. Eles queriam pedra.

— Granito — especificou Chelsea, recostando na cadeira, o coração disparado. — É seis vezes mais duro do que o mármore e tem a
resistência do ferro. Eles queriam pela capacidade de resistir à mare-
sia, e concordamos com isso. Mas também queríamos uma tonalidade
cinza-esverdeada que combinasse com a paisagem da costa. Fizemos
contato com dezenas de pedreiras para fazer um orçamento. O granito importado sairia muito caro e achamos que uma pedra local seria
mais apropriada.

Ela fez uma pausa. Respirou fundo, em expectativa.

— Uma das pedreiras com que entramos em contato, e cuja proposta rejeitamos, ficava em Norwich Notch, New Hampshire.

 Três

No início de fevereiro, Chelsea recebeu um telefonema de Michael Mahler. O mais rígido dos irmãos, embora sempre cortês, ele perguntou se Chelsea havia pensado no que faria com o anel de rubi.

Na verdade, ela pensara, interessada em ficar com alguma coisa que Abby tanto apreciava. Das três peças, o anel era a que Abby mais usava. Isso significava muito para Chelsea, o que a levou a dizer:

— Era da minha mãe. E ela queria que eu ficasse com ele.

— Quer dizer que não pretende entregá-lo?

— Não posso fazer isso.

— Ora, Chelsea, você sabe que ela estava muito doente no final da vida — disse Michael, em seu tom de superioridade habitual. — Acha mesmo que ela pensava com lucidez quando decidiu separar um conjunto que existia há gerações?

Chelsea não tinha a menor dúvida a respeito.

— Ela pensava com absoluta lucidez. Em nenhum momento, nem mesmo no final, ela deixou de ser lúcida. Sei disso, Michael, muito mais do que você. Você só apareceu para o funeral. Papai e eu permanecemos ao lado dela durante todas as difíceis semanas anteriores.

— E tenho certeza que influenciaram indevidamente suas decisões.

— Apenas cuidávamos dela. Para que seus últimos dias fossem tão confortáveis quanto era possível. Uma dúzia de pessoas pode confirmar isso.

— Mas não faz sentido — insistiu Michael. — *Pense* um pouco. Três jóias combinando em tudo. Têm de formar um *conjunto*.

Chelsea sentia-se tão calma quanto parecia. Ocorreu-lhe que os Mahler haviam se tornado menos ameaçadores com a morte de Abby. Sua ligação emocional com eles, sempre vacilante na melhor das hipóteses, fora rompida. Houvera um tempo em que ela receara que isso pudesse acontecer. Ter raízes era muito importante para ela. E continuava a ser. Mas sua estrutura de referências mudara. Na sua perspectiva agora, suas raízes incluíam Abby, Kevin e quem quer que existisse, tanto no passado como no presente, em Norwich Notch. Os Mahler não tinham mais qualquer importância.

Como um balão solto na brisa, ela alçara vôo, livre.

— Mamãe nunca usou os rubis como um conjunto — comentou ela, vacilante. — Tinha classe demais para isso. Não entendo como Elizabeth ou Anne podem pensar em fazê-lo.

A voz de Mahler se tornou gelada.

— O que elas fizerem depois que estiverem com as jóias é da conta delas, mas todos nós queremos que permaneçam na família.

— Concordo. É por isso que ficarei com o anel. Quero entregá-lo à minha própria filha um dia.

— Mas sua filha não será uma Mahler, assim como você também não é.

— Legalmente ela será, tanto quanto eu. Tenho os documentos judiciais que comprovam isso, Michael. Nenhum juiz vai contestá-los. Se você quiser, pode tentar. Graham terá o maior prazer em me representar. Mas acredite em mim quando digo que não há a menor base legal.

Graham confirmou isso. Achava que o próximo passo dos Mahler seria oferecer dinheiro pelo anel.

— Não será nem de longe o valor real, mas eles parecem achar que isso é uma questão de princípio — advertiu ele.

Era uma questão de princípio também para Chelsea.

— Podem me oferecer *dez vezes* mais que o valor real, mas mesmo assim eu não venderia. E posso ser tão obstinada quanto os Mahler em qualquer ocasião.

Paixões Perigosas   45

Graham cruzou as mãos sobre a barriga.

— Temos evidências óbvias de que algumas características são adquiridas, em vez de herdadas.

— Ou a obstinação era uma coisa que havia tanto nos meus pais biológicos quanto nos adotivos?

— Não tenho como saber.

— Nem eu. E esse é o outro motivo pelo qual vim procurá-lo. — Se a questão da legalidade do testamento fosse a única coisa que a preocupava, ela poderia ter esclarecido tudo pelo telefone. — O que você sabe sobre minha adoção? Papai não quer me dizer nada, embora eu já seja adulta. Tenho o direito de saber.

— Por que isso se tornou de repente tão importante para você?

— Porque mamãe morreu. Porque ela queria que eu tivesse uma pista para o meu passado. Porque sua família vive me dizendo que não sou um deles... e quero saber quem eu *sou*.

Graham pensou a respeito por um longo momento, antes de dizer:

— Não há muito para dizer. A adoção foi uma combinação particular. Os arquivos estão fechados e lacrados.

Uma coisa que Chelsea aprendera fora que os arquivos fechados podiam ser abertos e os lacrados podiam ter o lacre rompido. Podia pedir a Graham para procurar em seu nome, mas isso o deixaria numa posição desconfortável em relação a Kevin... e Kevin saberia o que ela estava fazendo, o que criaria um incômodo tão pouco tempo depois da morte de Abby. Ela podia esperar. E havia mais para descobrir de fontes menos ameaçadoras.

— Por que meus pais não usaram uma agência de adoção?

Ele olhou para as mãos, com o rosto franzido.

— Meu palpite... e essa é a palavra apropriada... é de que a doença de sua mãe fazia com que ela não fosse a candidata ideal para adotar uma criança. É possível que seus pais tenham procurado uma agência, mas tenham sido rejeitados.

Era bem possível, refletiu Chelsea... uma estupidez ao se considerar a mãe maravilhosa que Abby fora, mas uma possibilidade assim mesmo. Também era possível que tivessem optado pela adoção particular por outro motivo. Kevin era um homem reservado. Chelsea já o tinha visto agir. Traçava um limite rigoroso entre amigos pessoais ou conhecidos e colegas. Sabia que ele podia convidar para jantar no clube pessoas que não conhecia direito, até que a conhecessem ali, até que soubessem que Abby tinha paralisia. Da mesma forma, ele nunca anunciava que Chelsea era adotada. Quando Abby falava a respeito, ele se calava. O comunicado impresso, distribuído logo depois do nascimento de Chelsea, não mencionara a palavra uma única vez. Ela imaginava que Kevin queria concluir o processo da maneira mais rápida e discreta que fosse possível. A adoção particular seria o caminho mais apropriado para isso.

— Portanto, Graham, eles procuraram seu pai. Como ele providenciou tudo? Saiu procurando ou esbarrou por acaso com uma criança prestes a nascer?

— Um pouco das duas coisas, pelo que posso calcular. Ele fez algumas perguntas discretas, uma das quais para um advogado que fora procurado pouco antes por outro advogado de Norwich Notch.

— Sabe o nome desse advogado?

— Não.

— Sabe se ele continua em Norwich Notch?

— Não. Nem mesmo sei se ele continua vivo.

— Guardou os arquivos antigos de seu pai?

— Alguns. Mas não o que você quer. Cataloguei os arquivos depois que ele morreu. Não encontrei esse arquivo específico.

— Talvez estivesse registrado com um nome falso.

Graham sacudiu a cabeça em negativa.

— Abri e li tudo o que cataloguei. Não há nenhum arquivo sobre você, Chelsea.

Ela presumia que o arquivo existira. Todos os advogados mantinham arquivos. Kevin teria se sentido embaraçado com esse arquivo, e resolvera destruí-lo. Mas ela se recusava a desistir. Havia outros meios de obter as mesmas informações.

— Então você não sabe nada sobre meus pais biológicos. Mas sabe alguma coisa sobre Norwich Notch? Sabia que a cidade tem uma pedreira de granito?

Como ele sacudisse a cabeça, Chelsea acrescentou:

— Recebemos uma proposta de uma empresa dali... a Plum Granite... para um trabalho que fizemos há vários anos. A proposta não era muito competitiva. A qualidade do granito era acima da média, mas não havia instalações para prepará-lo no local. Tudo tinha de ser cortado e polido em outro lugar, o que aumentava o custo.

— Não me parece um esquema dos mais eficientes. Fico surpreso que ainda estejam em atividade.

— Estão sim. A Plum Granite é a maior empregadora da cidade.

E ela era uma arquiteta com necessidades periódicas de granito. Era a desculpa perfeita. Podia ir a Norwich Notch, New Hampshire, para inspecionar a pedreira. Os arquitetos sempre faziam essas coisas, a fim de terem uma noção permanente dos recursos disponíveis.

Graham fitava-a com uma expressão sugestiva.

— Não vou até lá — declarou Chelsea.

— Por que não?

Ela ajeitou a alça da bolsa no ombro e levantou-se.

— Pelo mesmo motivo por que não contratei um investigador particular.

— Pensei nisso. Você tem condições.

— Em termos financeiros, tenho mesmo. Em termos emocionais, ainda não.

O olhar de Graham fê-la recordar um comentário de Kevin, de que ela era o tipo de pessoa capaz de fazer acontecer.

— Mas irá até lá um dia.

— É possível. — Chelsea franziu o rosto, para depois dar de ombros. — Ou melhor, é provável. Mas não agora.

Ela se encaminhou para a porta. Parou antes de sair.

— Estou me sentindo confusa. Há ocasiões em que acontecem coisas... como o telefonema de Michael... que me levam a sentir uma necessidade desesperada de saber quem eu sou. Nessas ocasiões, fico tão ansiosa por informações que o medo diminui. Mostro a chave para um joalheiro, ligo para o cartório de Norwich Notch ou bombardeio você com perguntas. Isso me satisfaz por algum tempo e trato de recuar.

Agora, ela não sentia nem de longe a urgência que experimentara ao chegar ao escritório de Graham.

— Especulava que informações você tinha. Agora eu sei.

Kevin estava atrasado, o que não costumava acontecer. Ele era tão pontual quanto metódico. Se marcava uma cirurgia para as sete horas da manhã, estava esterilizado e pronto para começar na hora exata. Se dizia que chegaria em casa às oito horas, era esse o momento em que passava pela porta.

Chelsea era a filha de seu pai. Se tinha uma reunião marcada com um incorporador às dez horas, aparecia com seu portfólio no momento acertado no escritório do cliente. Se era convidada para um coquetel que deveria começar à seis horas, era esse o instante em que batia à porta do anfitrião. Os amigos zombavam dela por causa disso. Advertiam-na de que não teria êxito social se não aprendesse a chegar atrasada. Mas Chelsea não se preocupava com sua posição na sociedade. Já era tão parte dela quanto queria se tornar. A ascensão social não constava de sua lista de prioridades.

Mas agradar Kevin era uma coisa que sempre queria fazer. Não morava na enorme casa no subúrbio desde que se formara na faculdade de arquitetura, oito anos antes. Mesmo antes disso, porém, já não tinha uma dependência financeira, graças ao fundo de investimentos da família Mahler. Mas ainda ansiava pela aprovação dele. Estava vinculada por sua necessidade de amor, aceitação e ligações de família.

Essa aprovação viera aos arrancos nas semanas seguintes à morte de Abby, não porque Chelsea fizesse qualquer coisa errada, mas porque Kevin andava muito deprimido. Ele ainda trabalhava o dia inteiro, mais do que Chelsea achava que um homem de sessenta e oito anos deveria. Ao chegar em casa, ficava absorvido em todas as publicações especializadas que recebia. Quando Chelsea telefonava, sentia que o estava arrastando de uma distância maior do que nunca. Fora por isso que passara a encontrá-lo para jantar. Pessoalmente, teria mais possibilidade de conseguir se comunicar.

Paixões Perigosas 49

Ela olhou para seu relógio. Kevin estava dez minutos atrasado. Tinha certeza que ele marcara o encontro às sete horas da noite de quinta-feira, na sala de estar do country club. E até chegara mais cedo.

— Gostaria de tomar um drinque enquanto espera pelo Dr. Kane?

Ela olhou para o garçom.

— Ahn... claro. O de sempre, Norman. E traga também o drinque de meu pai. Ele deve chegar a qualquer instante.

Dizer isso em voz alta fez com que ela se sentisse melhor, o que não acontecia com uma olhada pela janela. Era uma noite chuvosa de fevereiro, muito escura e úmida. Ela teve visões de Kevin derrapando na estrada, dando uma guinada no volante para se desviar de outro carro e batendo numa árvore, ou fazendo o cálculo errado numa curva.

Ele não era mais jovem, e era tudo o que lhe restava. O pensamento de qualquer coisa acontecendo com Kevin deixava-a apavorada.

Em ocasiões como aquela, quando temia pelo bem-estar dele, ela pensava em Norwich Notch e quem poderia ter ali.

Foi nesse instante que ele apareceu na porta. Aliviada, Chelsea levantou-se do sofá, com um sorriso largo.

— Eu já estava preocupada. — Ela passou o braço em torno do pai e beijou-o no rosto.

— Desculpe, querida. — Kevin também a beijou. — Tentei falar com você no escritório, para avisar que chegaria um pouco atrasado, mas você já tinha saído.

— Está tudo bem?

— Recebi um telefonema sobre um paciente na hora de sair. — Ele gesticulou para que Chelsea sentasse no sofá e se acomodou ao seu lado. — Carl está no banheiro?

— Não. Está jogando squash.

Kevin pareceu murchar.

— Pensei que ele jantaria conosco.

— Ele sempre joga squash nas noites de quinta-feira — explicou Chelsea.

Mas ela sentia-se contrafeita. Desde a morte de Abby que bem poucas coisas proporcionavam prazer a Kevin, e por isso detestava lhe negar qualquer coisa. Ao que tudo indicava, a companhia de Carl era apreciada por Kevin mais do que ela pensara.

— Ele participa do campeonato. Contam com sua presença.

— E eu contava com a presença dele aqui.

— Não mencionou isso.

— Não achei que era necessário. Pensei que vocês dois sempre iam a todos os lugares juntos.

Ele levantou os olhos para receber o uísque com gelo de Norman. Tomou um gole generoso e recostou-se no sofá.

Chelsea segurou seu copo de vinho com as duas mãos, tentando decidir se era raiva ou fadiga que o deixava irritado. Depois de um momento, ela perguntou:

— Isso o incomoda?

— O fato de você passar tanto tempo com Carl? Claro que não! Carl é como um filho para mim. Eu ficaria encantado se você casasse com ele. Tom e Sissy também ficariam felizes. Tom até falou a respeito há poucos dias. Tentou descobrir se eu sabia mais do que ele. Respondi que você já era bem crescida, e isso não era da minha conta. — Mais hesitante, ele disse: — Talvez eu estivesse enganado. Sou seu pai. — Ele parecia subitamente embaraçado. — Você não é mais uma menina, mas me importo com você. O que está acontecendo com Carl?

Tradicionalmente, Kevin perguntava sobre o trabalho, deixando as questões do coração para Abby. Embora houvesse algo adorável em seu desconforto agora, também havia tristeza. Chelsea desejou que Abby ainda estivesse viva.

— Estamos... — Ela procurou por palavras apropriadas para explicar o que acontecia, sem dar falsas esperanças. — ... tentando definir as coisas.

— Pensei que já tivessem feito isso. São velhos amigos. E há cinco anos que também são sócios na empresa.

— Mas nunca namoramos, no sentido tradicional.

— E funciona assim?

Ela sorriu, insinuante.

— É uma pergunta um tanto brusca.

Paixões Perigosas

— Não tenho tempo para rodeios. Nem você, querida. Se quer ter filhos, é melhor se apressar.

— Tenho tempo.

— Não muito. Se quer ter filhos saudáveis, é melhor andar logo.

Num súbito impulso, porque o problema a preocupava há bastante tempo, Chelsea disse:

— Os riscos da idade podem ser contornados com bons cuidados pré-natais. O que já não acontece com outros riscos. Não tenho a menor idéia do que herdei. Meus antecedentes médicos são uma página em branco.

Ele amarrou a cara.

— São bons. Eu verifiquei.

— Verificou como?

— Perguntei.

Ela comprimiu os lábios. Documentos assinados eram uma coisa, mas uma "pergunta" não compulsória era diferente.

— Acha que alguém com uma vontade desesperada de entregar uma criança necessariamente diz a verdade?

— Obtive a verdade. Ele sabia que teria de arcar com as piores conseqüências se não me dissesse a verdade.

— Quem é ele?

Kevin hesitou por um segundo a mais.

— Walter Fritts.

Deixe como está, exortou uma parte de Chelsea. Mas a outra parte não podia mais parar. Ela pensou no arquivo que Graham nunca vira. Teve certeza de que Kevin sabia mais do que sempre dissera. Ficou olhando para o líquido claro em seu copo, até que assentou como um espelho.

— Você está certo. Se eu quiser ter filhos, deve ser em breve. Mas há uma parte de mim que se sente apavorada. Como posso ser uma boa mãe se não sei quem eu sou?

— Você sabe muito bem quem é. É uma pessoa extraordinária. E quanto a ser uma boa mãe, teve a melhor possível como modelo.

Chelsea tentou de novo:

— É uma questão emocional. Eu me sinto incompleta.

— Não se sentiria assim se tivesse um marido sensacional e crianças maravilhosas. — A voz de Kevin era baixa, mas firme e decidida. — Fariam você esquecer tudo o que não sabe, porque compreenderia que não tem a menor importância. Estaria realizada como pessoa. E Carl também. Tom, Sissy e eu ficaríamos na maior felicidade. Sei que sua mãe ficaria satisfeita. Ela sempre quis que você casasse com Carl.

Um som angustiado saiu do fundo da garganta de Chelsea.

— Ah, o sentimento de culpa...

— Não é uma questão de culpa, mas apenas de bom senso. Você e Carl formam um casal perfeito. Não sei o que estão esperando.

Kevin fazia com que as coisas parecessem muito simples, tudo preto no branco, que era a maneira como ele via o mundo. O cinza era vago demais para sua consideração; e talvez, em sua posição no hospital, tivesse de ser mesmo assim. Alguém precisava tomar decisões. Um exame era efetuado ou não era. Uma operação era realizada ou não era.

Chelsea não era abençoada com a mesma capacidade de decisão quando envolvia quem ela era. Via os cinzas. Via abismos profundos. Via golfos povoados por pessoas ligadas a ela pelo sangue, só que seus nomes e rostos eram indistintos.

Mas Kevin não podia compreender. Mesmo agora, sua expressão era sombria. Numa tentativa de desanuviá-la, Chelsea disse:

— Talvez você tenha razão. Talvez Carl e eu devamos chegar à conclusão de que somos mesmo compatíveis. E talvez optemos pelo vestido de noiva branco com uma enorme cauda, o bolo de três camadas, com champanhe suficiente para inundar o clube.

Os vincos na testa de Kevin relaxaram. Ele ergueu o copo de uísque num brinde a essa imagem.

— Mas se eu considerar tudo isso, todas as coisas que sei que o deixarão feliz, terá de fazer uma coisa por mim — acrescentou o lado determinado de Chelsea. — Terá de ser franco. Terá de se colocar na minha posição. Certo ou errado, bom ou mau, é importante para mim. Se sabe mais alguma coisa sobre as minhas origens, além do que já me disse, eu gostaria de saber.

Kevin tomou o último gole do uísque que não bebera segundos antes, quando erguera o copo num brinde. Quando restaram as pedras de gelo, largou o copo no braço do sofá. Estimulado pela bebida, ele fitou-a nos olhos e disse:

— Não sei de nada, que é exatamente como eu quero. Você foi nossa desde o início. Veio para nós direto da cama em que nasceu. Desse dia em diante, foi nossa filha. Não podia admitir que uma pessoa estranha viesse atrás de você. Por isso, providenciei a destruição de todos os registros existentes.

Chelsea engoliu em seco.

— *Todos* os registros?

Ela imaginara que os arquivos de Walter Fritts não existiam mais, mas contava com a perspectiva de outros registros.

Kevin acenou com a cabeça em confirmação. Para seu horror, Chelsea acreditou. Se ele queria que fosse assim, seria assim.

— E os documentos do tribunal? — indagou ela, desolada.

— Não existem mais.

— *Como?*

— Suborno.

— Oh, papai...

— Era importante para mim — disse Kevin, devolvendo as palavras de Chelsea. — Certo ou errado. Bom ou mau. Você é minha filha. Eu a amo. Não quero que saia correndo atrás do arco-íris e acabe magoada.

— Não se trata de arco-íris — protestou Chelsea. — São sombras que vão me perseguir até que eu possa vê-las com mais nitidez.

Ela tinha de fazer um esforço para contestar o que o pai dissera.

— Deve haver alguma coisa em Norwich Notch. O hospital deve ter algum registro.

— O parto foi em casa.

— Deve ter havido um médico.

— O parto foi feito por uma parteira, que recebeu um bom dinheiro para permanecer de boca fechada.

— Pagarei ainda mais para que ela fale.

Esse foi o primeiro pensamento que ocorreu a Chelsea. Cometeu o erro de dizer em voz alta.

Enquanto ela o observava, Kevin afastou-se dela. Empertigou os ombros, empinou o queixo. Uma expressão distante estampou-se em seus olhos, como se fosse uma sombra.

— Eu gostaria que não fizesse isso — declarou ele, numa tensão evidente.

— Quero saber — sussurrou Chelsea.

Ela não sabia o que mais a assustava, o retraimento de Kevin ou a certeza de que ele sabotava sua busca deliberadamente.

— O que você fez não é justo. É meu sangue, minha genealogia. Sou adulta. Tenho o direito de saber quem eu sou.

— Se não sabe até agora, alguma coisa está errada. Pelo amor de Deus, por que toda aquela rebelião na adolescência, se não era para descobrir quem você era?

— Eu procurava. Sempre procurei.

Kevin respirou fundo. Sacudiu a cabeça em consternação.

— Sabe, Chelsea, vejo pessoas morrerem todos os dias e não há nada de agradável nisso. Vejo pessoas que dariam qualquer coisa para ter a boa saúde e a fortuna que você tem. Mas você não está satisfeita. — Ele fitou-a como se fosse uma estranha. — O que você quer?

Ela não respondeu. Não podia. Sentia um aperto na garganta, obstruída por muitas emoções. Além do mais, tudo já fora dito antes. Como se compreendesse isso subitamente, Kevin levantou-se.

— Depois de tudo o que sua mãe e eu fizemos, depois de tudo o que partilhamos com você, essa obsessão em conhecer um bando de pessoas que nada fizeram para ajudá-la é como um tapa na cara. Abby não merecia isso, Chelsea... nem eu.

Ela inclinou-se para a frente e murmurou:

— Não é uma obsessão.

Kevin abriu e fechou o relógio de bolso, sem olhar para os ponteiros.

— Acho que vou desistir do jantar. Não estou mais com fome.

Chelsea abriu a boca para se desculpar, mas ele já se virara e se afastava.

* * *

Ela ficou arrasada. Por dias, depois que ele a deixou sozinha no clube, sentia a todo instante um tremor no estômago. Sabia que Kevin a punia, e também sabia que isso era errado. Como sabia ainda que deveria lhe dizer isso, e o faria, se fosse qualquer outra pessoa. Mas ele era seu pai. Não podia se arriscar a aumentar ainda mais o antagonismo dele.

Carl foi maravilhoso, não apenas por se manter em contato com Kevin, mas também por confortá-la. Passavam quase todo o tempo livre juntos, e se tornaram mais íntimos do que nunca. Mas não voltaram a falar de casamento. Ainda não haviam feito amor.

— O sexo é importante — declarou Chelsea para Cydra Saperstein ao racionalizar o fato.

Cydra era uma psicoterapeuta que Chelsea conhecera na academia. Corriam juntas há quase cinco anos, e durante esse tempo haviam se tornado grandes amigas. Como suas vidas não se sobrepunham em nenhum outro aspecto — não tinham amigos comuns, nem namorados conhecidos, nem perspectivas similares no trabalho —, podiam partilhar seus sentimentos com impunidade.

Com collants parecidos e blusas curtas sem mangas, os cabelos presos em rabos-de-cavalo, falavam em frases curtas, enquanto corriam pelas ruas, no início da manhã.

— Não sou inocente — continuou Chelsea. — Ele também não é. Às vezes o sexo dá certo, às vezes não. Quando não dá certo, é horrível. Ambos sabemos disso.

— Mas não vai saber enquanto não experimentar. Então por que não tenta?

— Carl é como um irmão. Parece errado.

— Ele não a deixa com tesão?

— Não sei. Ainda não pensei nele dessa maneira.

— O que você sente quando ele a beija?

— É agradável.

— Apenas agradável?

— Não há uma paixão intensa. Ele está me dando um tempo. — Chelsea pensou a respeito, enquanto continuava a correr. — Ele também está nervoso. Quer que dê certo. E tem medo de que não dê.

— Não acha que há uma mensagem nisso? — Cydra era ótima para encontrar mensagens. — Seja como for, Chels, acho melhor você tentar. Tem toda razão, o sexo é importante. Se não for bom, acarreta os maiores problemas. É por isso que Jeff e eu estamos nos divorciando.

Haviam conversado sobre o casamento de Cydra em muitas manhãs, quando ela queria descarregar sua raiva. Alegava que entre os muitos motivos para o fracasso do casamento o sexo era o maior.

— Ele queria. Eu não queria. Pensei que a atração viria com o tempo. Não veio. A atração existe ou não existe.

— E se não existir?

— Então você está desperdiçando seu tempo. Há outros homens. Pode ir às reuniões de solteiros comigo.

— Detesto essas coisas. Quero que dê certo com Carl.

Cydra sorriu.

— Pois então experimente para descobrir. Pode ser sensacional, e neste caso ficará furiosa consigo mesma por ter esperado tanto.

Mas Chelsea não queria precipitar nada. Nesse ponto, o trabalho ajudou. A Harper, Kane & Koo estava mais movimentada do que nunca. Ela concluíra pessoalmente o projeto para uma biblioteca em Delaware, e projetava uma academia de ginástica, um clube de patinação e um prédio de escritórios para uma seguradora. Ao mesmo tempo, supervisionava dois outros projetos.

A paixão exigia concentração. Ou pelo menos foi isso que ela racionalizou. Com tanto trabalho para fazer, não dispunha de tempo para esse tipo de concentração. E Carl compreendia.

O que ele não compreendeu foi o motivo pelo qual, no meio de tanto trabalho, Chelsea decidiu voar para o norte, a fim de examinar pedreiras de granito. Ela bem que tentou explicar:

— Estou pensando em usar granito branco no projeto da seguradora. Sabe como é difícil encontrar.

— Também sei que há representantes locais das grandes companhias de granito que teriam o maior prazer em lhe mostrar amostras — comentou Carl, empoleirado no canto da mesa dela.

— Não quero uma amostra. Quero ver a coisa real.

Paixões Perigosas   57

— O que você quer mesmo é dar uma olhada em Norwich Notch —
disse ele, deslocando um esquadro de plástico de um lado para outro.
— Foi Norwich Notch que você escreveu ali, junto com Plum Granite,
ao lado de um número de telefone. O que planeja fazer... parar no meio
da cidade e dizer "Aqui estou, venham me dizer quem sou"?

— Claro que não.

— O que, então?

Chelsea ergueu os olhos para fitá-lo, sentindo mais que um pouco
de desafio. Se Carl pensava que o aprofundamento do relacionamento lhe dava o direito de determinar o que ela devia fazer ou deixar de
fazer, estava muito enganado. Ela era livre para fazer o que quisesse.
Era sócia em condições de igualdade na firma. Podia viajar quando e
para onde julgasse conveniente, sem ter de explicar nada.

Mas por tudo o que Carl significava para ela, não negou que tinha
mais de um motivo para ir a Norwich Notch.

— Quero ver a cidade. Apenas ver. A companhia explora um veio
de granito branco, não tem representante local para trazer amostras, e
eu gostaria de dar uma olhada. Não pretendo descobrir qualquer
coisa a meu respeito. Não farei perguntas sobre isso. Seria absolutamente impróprio.

— O projeto da seguradora ainda está no esboço inicial. Eles não
disseram se querem granito. Não acha que está se precipitando um
pouco?

Chelsea deixou escapar um suspiro.

— Acho que precisamos de um tempo.

Ele continuou a mexer no esquadro. Quando não podia suportar o
silêncio de Carl por mais tempo, ela acrescentou, num ímpeto de
honestidade:

— Temos de fazer alguma coisa, Carl. Nosso relacionamento parece se aprofundar, mas pára de repente. Qual é o problema?

Ele não disse nada. Chelsea imaginou que ele se sentia tão perplexo quanto ela. Numa reação irracional, isso a deixou irritada. Queria
que Carl fosse forte. Queria que tivesse respostas. Queria que a con-
vencesse para ficar, dizendo que estava perdidamente apaixonado,
que sentiria uma imensa saudade se ela viajasse, mesmo que a ausên-

cia fosse apenas de três ou quatro dias. Queria que ele a desejasse desesperadamente. Era disso que ela precisava... e Carl com certeza sabia, se a conhecia pelo menos um pouco.

O esquadro finalmente parou, encostado na coxa de Carl, os lados maiores se encontrando no ar, como se fosse uma barreira a ser transposta.

— Talvez precisemos de mais tempo.

Chelsea suspirou, desanimada, embora soubesse que era injusto pedir que ele fosse tudo que ela não era.

— Talvez.

— É difícil parar de pensar de um jeito e começar a pensar de outro.

Ocorreu a Chelsea que uma coisa certa não deveria exigir tanto trabalho, que estavam querendo forçar uma situação, que talvez, apenas talvez, queriam amor, paixão e filhos mais do que queriam um ao outro. Neste caso, era melhor mesmo que ela viajasse para o norte. Precisava de tempo para pensar, para descobrir se a ausência tornava seu coração mais afetuoso. Se isso não acontecesse, ela teria de tomar uma decisão difícil.

# Quatro

O final de março era um tempo de bastante umidade em Norwich Notch. As poças se acumulavam nos buracos, transformando em lamaçal as estradas de terra. Nas sombras que davam para o norte, blocos de gelo, granulados e antigos, definhavam lentamente, à medida que o degelo continuava. Nos caminhos pavimentados, os pneus de carros e picapes cantavam na água. Nos intervalos entre os veículos, o ar era povoado pelo fluxo da água passando pelos córregos que desciam da montanha Acatuk, passando por ravinas até chegarem a Norwich Notch.

Mas Chelsea só podia ouvir, até estacionar o carro na base do gramado triangular da cidade, o tamborilar firme da chuva no teto, o barulho ritmado dos limpadores de pára-brisa e as batidas fortes do seu coração excitado.

Fora assim durante a última hora. Ela pegara um vôo de Baltimore para Boston ao amanhecer, alugara um carro e seguira para o norte. Embora tivesse uma noção precisa da localização, esperava deparar com Norwich Notch ao final de cada curva na estrada. Impaciente, passara por uma pequena cidade depois de outra, até que as igrejas de torres brancas, restaurantes com as janelas embaçadas e muros de pedra baixos se confundiam, não podiam mais ser distinguidos. Sentira o carro subir depois de passar por Stotterville, que fazia fronteira com Notch. Seu excitamento aumentara. Agora, mesmo com a chuva, o frio e todo o resto, alcançara o auge.

Nascera ali. Em uma das ruas estreitas, que partiam do centro da cidade, ficava a casa em que viera ao mundo. Não tinha a menor idéia de qual era a rua, muito menos a casa, se é que ainda existia, mas mesmo assim o pensamento era impressivo. Como também era o pensamento de que sua mãe devia ter caminhado por aquelas ruas quando estava grávida dela, passado por aquele lado da praça, sentado nos velhos bancos de madeira no centro, admirado a vitrine do Farr's, o armazém-geral.

Mais impressivo ainda, porém, era a possibilidade de que naquele exato momento um dos seus parentes biológicos pudesse estar passando por ali, em carne e osso. Era verdade que ela não via ninguém na chuva, muito menos alguém da idade certa; mas se esperasse por tempo suficiente poderia acontecer.

Só que ela não tinha a menor intenção de esperar, é claro. Se o pai e a mãe ainda estivessem vivos — era um "se" enorme —, já deviam tê-la esquecido. Desde que a chave fora enviada para Abby, não houvera mais nenhuma tentativa de contato. Chelsea era agora uma mulher de recursos, uma profissional de sucesso, e estava ali a trabalho. Seria uma justiça poética, pensou ela, se alguém olhasse em sua direção e avistasse um fantasma do passado.

Com a respiração acelerada, ela saiu do carro, ergueu a capa por cima da cabeça e correu para o armazém, tão depressa quanto os saltos altos permitiam no calçamento encaroçado. Não considerara o tempo quando planejara a viagem. Precisava de um guarda-chuva.

Uma sineta retiniu quando ela entrou na loja. Tirou a capa de cima da cabeça, deixou-a pendurada no braço e passou os dedos pelas ondas de cabelos abundantes que se derramavam para os ombros, por trás dos prendedores em cima das orelhas. O estilo era mais suave do que costumava usar nas reuniões de trabalho. Fora por isso que o escolhera. Era uma zona rural. As pessoas eram mais simples ali. E ela não queria parecer pretensiosa. Pelo mesmo motivo, vestira uma saia curta, um suéter e um blazer comprido. O efeito era de seriedade, mas também relaxado, o jeito como queria ser considerada. Sentia-se séria... embora não relaxada. Suas emoções se encontravam num estado de turbilhão. Não sabia o que encontraria ali. Não sabia o que queria encontrar.

Aturdida, Chelsea olhou ao redor. Uma jovem com uma criança no colo escolhia uma alface na seção de produtos frescos. Duas outras mulheres, mãe e filha, Chelsea adivinhou pela semelhança, alternadamente inseriam e removiam flores secas de um cesto de vime. Um homem idoso, usando óculos sem aros, a cabeça lustrosa, lia um tablóide junto da banca de jornais, onde havia diversos avisos, o mais proeminente era o Jantar Dançante do Dia da Mentira, que seria na igreja.

Chelsea respirou fundo para se controlar. Todas as pessoas ali usavam casaco, o que significava que eram clientes. Portanto ela podia ficar à vontade, sem um vendedor para observá-la. Queria tempo para se acostumar à sua presença ali. Também queria descobrir alguma coisa sobre a cidade. Com esse objetivo, começou a vaguear pelos corredores.

E sua primeira descoberta foi a de que os habitantes de Norwich Notch tinham a opção de comer bem. Além das verduras frescas, havia ofertas que iam de costeletas de cordeiro a peito de galinha desossado e filé-mignon. Havia queijos diversos, como brie, camembert e havarti com endro. Havia produtos enlatados, grãos variados e água mineral. Onde Chelsea não esperaria nada mais refinado do que café em lata Maxwell House, ela encontrou uma dúzia de diversos tipos de café em grão, cada um em sua lata.

Também parecia que os habitantes de Norwich Notch gostavam de coisas bonitas. Ela viu tapetes feitos à mão em cores variadas, panelas esmaltadas em cores brilhantes, tábuas de queijo lavradas, travessas acaneladas para tortas e um sortimento de canecas de café, para não mencionar as flores secas e o cesto excepcional de onde as duas mulheres faziam sua seleção. Olharam para ela... curiosas, imaginou Chelsea, mas não desconfiadas. Ela sorriu com tanta inocência quanto podia, ao passar, e seguiu adiante.

Havia gorros, luvas e cachecóis de lã, calças, camisas e meias de algodão. Era evidente que as pessoas de Norwich Notch preferiam os tecidos de fibras naturais, o que Chelsea também apreciava. Embora os estilos fossem o L.L. Bean clássico, os preços nas etiquetas eram razoáveis.

De volta à frente da loja, Chelsea parou entre a estante de livros de culinária dos Amigos da Biblioteca de Norwich Notch e uma escada de mão baixa, os degraus exibindo com o maior bom gosto latas de *maple syrup*, a calda da árvore chamada bordo, de produção local, com os rótulos escritos à mão. Só então percebeu o alívio que sentia. Viera preparada para a miséria. Esperava encontrar uma loja de produtos baratos e antiquados, cobertos por uma camada de poeira, por passarem tempo demais nas prateleiras. O Farr's era uma agradável surpresa.

Uma mulher aproximou-se. Era quatro ou cinco centímetros mais baixa do que Chelsea e parecia ser um ou dois anos mais velha, embora isso fosse um palpite, baseado apenas na lisura de sua pele. Se Chelsea considerasse apenas os cabelos, que eram opacos, num tom de louro-avermelhado, presos num coque austero, ou na saia e blusa antiquadas, teria julgado a mulher muito mais velha.

Ela trabalhava na loja. Os olhos — castanho-claros, apenas um pouco mais escuros que os olhos verdes de Chelsea — eram solícitos, gentis, receptivos, embora um pouco tímidos.

— Estou procurando um guarda-chuva — explicou Chelsea, olhando ao redor, curiosa. — Tenho certeza que devo ter passado por um em algum lugar.

A mulher gesticulou gentilmente para que Chelsea a seguisse. Levou-a para um ponto, dois corredores adiante, onde uma coleção de guarda-chuvas projetava-se de uma urna. Como uma mulher de cidade grande, Chelsea imaginara automaticamente um guarda-chuva dobrável, que pudesse caber em sua pasta de trabalho. Mas, ao examinar os guarda-chuvas expostos, ela compreendeu o absurdo dessa perspectiva. Um guarda-chuva pequeno não faria sentido ali. Era preciso algo mais robusto, que fosse capaz de resistir a mais do que uma curta·corrida até um táxi. As pessoas de Norwich Notch eram rudes. Podiam gostar de vitela, grãos de café java e queijo Subenhara, mas ainda assim viviam numa região rural.

Com esse pensamento, Chelsea sentiu um lampejo de contentamento. Isso foi tudo, um lampejo, que veio e passou tão depressa que ela poderia não ter notado se não fosse uma coisa que vinha lhe faltando ultimamente. Mas foi agradável, embora rápido; e ela compreendeu que se viera uma vez, viria de novo. Havia uma certa promessa nessa perspectiva, assim como havia na chave de prata. Ela não a trouxera porque aquela viagem não era para indagações. Era para tratar de negócios, olhar ao redor, e talvez decidir qual seria o melhor curso a seguir.

Ela escolheu um guarda-chuva de estampa floral. Não era o seu estilo — as flores apareciam em molhos muito pequenos e eram suaves demais —, mas o cabo era de madeira clara e lisa, agradável ao contato em sua mão. Ela entregou o guarda-chuva à mulher e pegou a carteira.

Passou pela banca de jornais a caminho da caixa registradora. O homem idoso continuava ali, ainda lendo o mesmo jornal. Chelsea presumiu que depois de ler tudo o que lhe interessava, ele largava o jornal na pilha e deixava a loja. Em Baltimore, isso seria inaceitável. Ali parecia apropriado, até mesmo exótico, quanto mais ela pensava a respeito.

Distraída, ela pegou um exemplar do jornal local. Pôs em cima do balcão, ao lado do guarda-chuva. Depois, num súbito impulso, foi até a escada com as latas de *maple syrup*, pegou uma, mais um exemplar do livro de culinária.

— Gosta de cozinhar?

Ela fitou os olhos claros de um homem sem casaco, o que sugeria que também trabalhava na loja. Era de estatura e peso médios, as feições retas de um ianque, cabelos louros brancos e um sorriso que pretendia ser charmoso. Se Chelsea apreciasse os louros, poderia considerá-lo de boa aparência. Mas ela preferia os homens altos, morenos e silenciosamente dinâmicos, ou pelo menos era essa a sua fantasia.

— Não sei cozinhar direito, mas gosto de tentar — confessou ela.

Chelsea colecionava livros de culinária, comprando-os aonde quer que fosse. Independentemente de usar ou não as receitas, eram divertidos de ler.

— Este é um dos mais vendidos. Foi preparado pelas mulheres daqui. Algumas receitas são usadas há gerações. Como as de minha família. Somos os Farr, como diz a placa lá fora. Há receitas dos Farr no livro, assim como dos Jamieson e dos Plum. As receitas da pousada são as mais requintadas.

O homem a estudava enquanto falava, dando a impressão de que as palavras eram uma distração, mero pano de fundo para o contato. Depois, sua voz se aprofundou, quando perguntou:

— Está aqui de passagem?

— Para ser franca, estou aqui a trabalho.

— Isso sugere que seja uma arquiteta ou decoradora. — O homem assumiu uma expressão inquisitiva. — A Plum Granite é a única empresa por aqui que pode atrair alguém como você, e tenho certeza que não é uma construtora.

Ele lançou-lhe um olhar avaliador enquanto pegava a lata de *maple syrup* e acrescentava:

— É delicada demais para isso. De onde você é?

Relutante em oferecer qualquer estímulo, Chelsea encaminhou-se para a frente da loja.

— Baltimore.

— É arquiteta ou decoradora? — indagou o homem, seguindo-a.

— Arquiteta.

Ela pôs o livro de culinária ao lado do guarda-chuva. Quando a lata também estava em cima do balcão, Chelsea sorriu para a mulher, que esperava, paciente, para fazer a soma.

— Vai gostar da calda. — O homem encostou no balcão, a poucos centímetros dela, e cruzou os braços. — É produzida aqui mesmo.

Ela tocou de leve no rótulo.

— Estou vendo.

— Na verdade, isso está errado. Não é produzida aqui, mas em Stotterville. Mas esse é apenas um detalhe técnico. A seiva vem do pomar de bordos que fica no limite entre as duas cidades. Mas a fábrica fica em Stotterville. É ali que se faz o processamento. Já assistiu alguma vez ao esquema de produção?

Chelsea estava concentrada na caixa registradora.

— Não.

Paixões Perigosas   65

— Pois deveria. É um processo interessante. Você pode aproveitar para dar uma olhada enquanto está aqui. Quanto tempo disse que pretende ficar?

Polida, ela respondeu:

— Não muito.

— A seiva está correndo agora. Você pode ir até lá para assistir.

Ele inclinou-se e bateu no braço da mulher na caixa registradora, de uma forma tão abrupta que Chelsea teve um sobressalto. Também de repente, a voz passou de solícita para autoritária:

— Vá pegar aquele livro sobre a produção de *maple syrup*, Donna. Ela pode querer comprá-lo.

— Não, não! — protestou Chelsea quando Donna fez menção de se afastar. — Não há necessidade. Tenho muito pouco tempo para ler.

Ela parou de falar quando constatou que o protesto era em vão. Donna já se afastara, apressada. Ao observá-la, os olhos de Chelsea passaram pela mãe e sua filha, paradas ali, acompanhando a cena em silêncio. O homem idoso abaixara o jornal e também observava. O lojista olhava para Donna com o rosto franzido.

— Deve desculpar minha esposa. Ela trabalha nesta loja desde o dia em que casamos, há quatorze anos, mas ainda é desajeitada, sem saber como se antecipar ao que os clientes querem. — O homem bateu com as pontas dos dedos na cabeça. — Ela é um pouco lerda.

Sua *esposa*... Chelsea ficou espantada com o desdém do marido. Quase podia compreender por que a mulher não falava muito. O que era lamentável. Chelsea teria preferido conversar com Donna, em vez do marido, a qualquer dia.

— Com licença — murmurou ela, saindo atrás de Donna.

Encontrou-a num canto da loja por que não passara antes, procurando numa prateleira com livros aquele a que o marido se referira. Chelsea tocou em seu braço e disse, gentilmente:

— Não precisa se incomodar. Tenho muitos livros empilhados em casa, esperando para serem lidos. E estou bastante atrasada na leitura.

Ela olhou ao redor, para verificar o que mais aquele canto tinha a oferecer. Além dos livros, todos versando sobre temas locais, havia peças de artesanato, como bonecas de trapos, velas esculpidas e peças diversas com impressão em silkscreen.

— Todas essas peças são produzidas aqui?

Quando Donna confirmou, com um aceno de cabeça, ela pegou numa cesta um elástico coberto por uma faixa de pano — um estampado floral, pequeno, mas Chelsea gostou — e estendeu-o por cima do prendedor de cabelo de tartaruga.

— Uso essas faixas em casa o tempo todo. O que você acha?

Os olhos de Donna iluminaram-se em aprovação. Todo o seu rosto pareceu se tornar mais jovem. Chelsea encostou a faixa nos cabelos de Donna.

— *Você* deveria usar isso.

Uma das cores era de tonalidade quase idêntica aos cabelos louro-avermelhados. O contraste das outras cores aumentava a atração.

— Ficaria fabuloso em você. E seria uma grande publicidade. Seus cabelos batem onde?

Donna traçou uma linha imaginária na altura dos ombros.

— São crespos?

Pelos fios curtos que conseguiam escapar do coque, Chelsea já desconfiava que eram. Donna confirmou, com um aceno de cabeça pesaroso, o que levou Chelsea a comentar:

— Lutei contra isso durante anos. Tentei de tudo... alisamento profissional, assentar com latas de suco de laranja, usar uma escova enorme ou o ferro quente. Mas desisti de tudo há alguns anos. — Chelsea virou-se para a cesta, pegou mais duas faixas diferentes e estendeu para Donna, junto com a primeira. — Fico com as três.

Quando as duas voltaram à frente da loja, a sineta na porta retinia, indicando a saída da mãe com a filha. O marido de Donna fechou a gaveta da caixa registradora com uma batida furiosa.

— Já começava a pensar que você havia saído para almoçar.

Chelsea saiu em defesa de Donna:

— Ela estava me mostrando o que eu ainda não havia visto. Suas faixas são lindas.

Com o tato necessário, ela concentrou sua atenção na carteira. Depois de pagar as compras, fez uma pergunta:

— Por falar em almoço, há algum lugar por aqui onde eu possa comer uma coisa rápida?

Chelsea tinha um encontro marcado na Plum Granite à uma hora da tarde. Era meio-dia e quinze. E não comia desde o amanhecer.

— Há a lanchonete — sugeriu o idoso, numa voz trêmula.

Ele estava parado próximo, as mãos ossudas cruzadas. Abandonara por completo o jornal, em favor de Chelsea. Ela não percebeu qualquer sinal de reconhecimento em seus olhos. Havia apenas, como acontecera com a mãe e sua filha, uma certa curiosidade.

Chelsea refletiu que a lanchonete parecia uma boa alternativa.

— É mesmo?

— É sim... só que não abre para o almoço.

— Ahn...

— Mas abre para o jantar. E serve um peixe delicioso na sexta-feira.

Ela balançou a cabeça.

— Posso imaginar.

— Tente a pousada — disse o marido de Donna. — Peça para falar com Shelby, diga que fui eu quem a mandou e que está com pressa. Ela providenciará alguma coisa para você comer num instante. — O homem piscou um olho, antes de acrescentar: — Ela é minha amiga.

— Ele estendeu a mão. — Meu nome é Matthew Farr, por falar nisso. E você é...?

Chelsea hesitou por uma fração de segundo. Imaginou que se dissesse seu nome todos ficariam tensos e chocados. Imaginou que sua identidade seria subitamente revelada. Imaginou que uma trovoada ressoaria e um relâmpago riscaria o céu quando a cidade compreendesse que a filha há muito perdida finalmente voltara.

Mas se seu rosto não revelara quem era, raciocinou ela, por que o nome seria revelador?

— Chelsea Kane. — Ela virou-se para Donna e sorriu. — Obrigada por sua ajuda. Foi ótima.

Com a sacola de compras por baixo do braço, o guarda-chuva pronto para ser aberto, Chelsea passou pela porta.

* * *

A pousada de Norwich Notch ficava no outro lado da praça. Abrigada da chuva fina e incessante sob o guarda-chuva, Chelsea largou as compras no carro antes de dar a volta pela praça. Passou de novo pela loja, pela Sociedade Histórica de Norwich Notch, a agência do correio, a Associação das Colcheiras e a biblioteca. Os prédios em torno da praça eram de madeira e alvenaria, alguns em estilo de Cape Cod, outros em estilo colonial, e mais outros no chamado estilo federal. Placas identificavam cada um. Mais alta do que as outras construções, entre os pinheiros na extremidade da praça, destacava-se a igreja congregacionalista. Uma placa em sua fachada proclamava que era também o local de reuniões da cidade.

No alto dos degraus largos de granito, Chelsea abriu a porta dupla bastante alta e entrou. O saguão tinha o teto alto e recendia a almíscar. As paredes eram cobertas por avisos. Alguns se relacionavam com atividades da igreja, como ensaios do coro, reuniões do conselho consultivo e o mesmo cartaz do Jantar Dançante do Dia da Mentira que estava no Farr's. Outros eram de eventos seculares, como o aviso de que os escoteiros vendiam assinaturas de revistas para pagar uma viagem a Washington, a programação dos jogos finais do campeonato de basquete entre as cidades, a campanha do hospital regional para recrutar doadores de sangue. Acima de tudo, porém, os avisos relacionavam-se com a próxima reunião do conselho da cidade. Seria na semana seguinte, todas as noites, a partir da segunda-feira, "até que todos os assuntos fossem abordados, analisados e resolvidos, como for determinado pelo moderador, Sr. Emery Farr", leu Chelsea. Ela olhou, espantada, para as páginas de assuntos a serem discutidos. Havia propostas para a compra de um novo bebedouro para o pátio de recreio da escola, uma mangueira de grande diâmetro para os bombeiros e um cortador de grama motorizado para o departamento de ruas e parques. Havia itens sobre empreendimentos conjuntos com cidades vizinhas no estado, outros tratando de reciclagem de lixo, mudanças nos horários do serviço de limpeza urbana, proibição do fumo de mascar nos campos da cidade durante a realização dos jogos de beisebol infantis.

Norwich Notch se levava muito a sério, compreendeu Chelsea. Para uma cidade com apenas mil e cem habitantes, havia muita coisa acontecendo.

Paixões Perigosas

Ela voltou aos degraus da frente e correu os olhos pela cidade. Dava para perceber que havia ali o potencial para a beleza. Com sol, grama verde e flores, seria um lugar atraente. Na chuva, as coisas pareciam cansadas e cinzentas. Mas o Farr's era alegre por dentro. Ela especulou se havia outras surpresas escondidas por trás das portas da cidade.

Ela seguiu desta vez pelo outro lado da praça. Passou por um banco, um escritório de advocacia com uma barbearia por cima, uma padaria e a pousada. Parou na frente por um momento, para cogitar a possibilidade de um almoço rápido. Mas mudou de idéia. Não havia tempo suficiente. Além do mais, a fome passara. Em seu lugar, havia o impulso para explorar Norwich Notch.

Já ia atravessar a praça, de volta a seu carro, quando uma motocicleta saiu derrapando de uma rua transversal e passou na sua frente. Chelsea cambaleou no meio-fio, para depois recuar. Um pouco além, a motocicleta diminuiu a velocidade. O motociclista, usando um casaco preto comprido e um capacete, olhou para trás. Deu a volta na praça, voltando pelo outro lado, o capacete mudando de posição enquanto a observava. Chelsea, que não se assustava com motoqueiros na cidade grande, recusou-se a ficar intimidada agora. Manteve-se firme onde estava, até que o motociclista completou a volta e parou a alguns metros de distância. Levantou o visor do capacete.

— Chelsea Kane?

Ela sentiu-se em desvantagem nesse momento e desejou poder ver mais de seu rosto, além da estreita faixa que incluía o nariz e os olhos.

— Isso mesmo.

O fato de que a boca não aparecia não alterava o tom da voz, que era brusco, embora abafado:

— Chegou cedo.

— Quem é você?

Ela presumiu que o homem trabalhava na empresa de granito, já que sabia de sua vinda, mas não podia imaginar em que função. Um simples operário não saberia quem ela era. E alguém da diretoria não andaria a toda pela cidade numa Kawasaki. Ou ela estaria enganada?

Afinal, tinha mais conhecimento de empresas urbanas, grandes ainda por cima. Pouco sabia sobre as pequenas empresas em pequenas cidades.

— Sou Hunter Love. Trabalho para o velho. Está perdida?

— Não. Estava apenas olhando a cidade.

— Não há muita coisa para ver aqui, além de pedra.

— Há sim. Eu planejava dar uma volta com o meu carro. O encontro foi marcado para a uma da tarde.

— Não chegará muito longe. Esta é a época da lama. — Ele sacudiu a cabeça na direção do carro de Chelsea. — E seu carro não tem tração nas quatro rodas.

— Não tem problema. Andarei pelas ruas pavimentadas.

— Não há muitas por aqui. Percorrerá todas sem chegar a seu destino muito antes de uma hora da tarde.

Ele tinha os olhos firmes, desafiadores, pensou Chelsea.

— Se quer uma excursão, posso oferecê-la. Suba.

Chelsea sacudiu a cabeça em negativa.

— Obrigada, mas dispenso. Não estou exatamente vestida para isso.

— Tem medo?

A zombaria era tudo o que ela precisava.

— De jeito nenhum. Já andei de motocicleta antes. Já *guiei* motocicletas antes... e maiores do que a sua. Mas estou aqui para tratar de negócios.

Indiferente ao comentário desdenhoso, o homem comentou:

— Não vai conseguir muita coisa aqui.

— Por que não?

— A companhia está com problemas.

— Problemas de que tipo?

— Problemas de dinheiro.

Na situação geral da economia do país, não havia nada de excepcional nisso. Chelsea só ficou surpresa por ele admitir com tanta franqueza.

— É mesmo?

Paixões Perigosas   71

— É sim. A cada mês torna-se mais difícil cobrir a folha de pagamento. Jamieson não quer nos conceder um novo empréstimo, e o
velho insiste em fazer as coisas como vem fazendo durante os últimos
cem anos. A verdade é que ele nunca soube como dirigir uma companhia, a não ser levá-la mais e mais para o buraco.

A calma em sua voz proporcionava um peso ainda maior à análi-
se. Hunter Love não era a pessoa indicada para fazer a propaganda da
Plum Granite.

— Por que está me contando tudo isso? — perguntou Chelsea.

Ele deu de ombros, negligente.

— Achei que deveria saber.

— O que *ele* diria se soubesse o que você acabou de me contar?

Chelsea percebeu um pequeno movimento no canto dos olhos,
uma contração que podia derivar de diversão ou angústia, não dava
para determinar qual.

— Ele diria a mesma coisa que vem dizendo nos últimos trinta
anos: "Você não presta, Hunter Love. Não tem um pingo de juízo. Não
sei por que me dou ao trabalho de mantê-lo comigo." Mas ele sempre
vai me manter. Por causa do sentimento de culpa... e por mim. Pego o
que posso conseguir. Ele me deve.

Hunter Love abaixou o visor, acelerou e partiu, espirrando lama,
que teria atingido Chelsea se ela estivesse mais próxima.

À uma hora da tarde, em ponto, Chelsea entrou numa pequena rua
transversal no lado leste da cidade e parou na frente do número 97. Se
não fosse pela placa pequena, com as palavras PLUM GRANITE COM-
PANY, ela poderia pensar que estava no lugar errado. Como a Plum
Granite era a maior empresa da cidade, ela esperava alguma coisa
mais imponente.

O escritório era numa casa pequena, de um só andar, com telhado
de ardósia e paredes brancas de madeira, tudo parecendo viscoso sob
a chuva. Da esquerda para a direita, havia duas janelas, uma porta
com um frontão triangular por cima e uma garagem comprida ao
lado.

Um pequeno Ford Escort, um Chevy Blazer mais novo e uma pica-pe cinza suja, com letras brancas também sujas, estavam estacionados no caminho para a garagem. No outro lado da picape, visível apenas pela extremidade do cano de descarga, ficava a motocicleta de Hunter Love.

Chelsea parou na rua, ao lado de uma acácia desfolhada. Havia muitas outras árvores e arbustos desfolhados ao redor — bordos, bétulas, lilases, forsítias —, além de outras de folhagem permanente, que pareciam encharcadas e cansadas do inverno. Ela pendurou as alças grandes da pasta no ombro, saiu do carro, abriu o guarda-chuva e seguiu pelo caminho de terra. Na ausência de uma campainha, ela bateu na porta, antes de virar a maçaneta e empurrar.

O escritório da frente era uma sala pequena, que se tornara ainda menor pela presença de três arquivos de gavetas, duas cadeiras dobrá-veis, uma geladeira pequena, um cabideiro torto, calendários diversos e inúmeras listas presos em todo espaço de parede disponível, além de uma enorme escrivaninha de metal. Por trás dessa mesa sentava uma mulher pequena, de cabelos grisalhos curtos, pele clara e olhos alertas. A expressão em seus olhos sugeria a mesma curiosidade que Chelsea sentira nas pessoas que encontrara no Farr's. Calculou que, naquele caso, a curiosidade podia ter sido aguçada por alguma coisa que Hunter Love dissera. Sempre profissional, Chelsea apresentou-se:

— Tenho um encontro marcado com o Sr. Plum. Ele está?

A mulher acenou com a cabeça. Encostou o fone no ouvido, aper-tou um botão e disse em voz alta:

— A Srta. Kane está aqui, Sr. Plum.

Uma voz rouca soou na outra sala, cuja porta estava aberta, à esquerda da secretária:

— Mande-a entrar.

Chelsea desconfiou que o interfone não funcionava ou era inexis-tente, qualquer das duas hipóteses parecia confirmar as alegações de Hunter de que a empresa enfrentava dificuldades. Ela atravessou o chão de tábuas corridas.

Mal entrou na outra sala quando seus passos começaram a ecoar. Em contraste com a sala da frente, aquela era surpreendentemente vazia. Havia duas cadeiras de encosto reto, uma austera escrivaninha de madeira com um telefone em cima e uma estante com umas poucas pastas de arquivo bem antigas. Havia nas paredes uma montagem de fotos amareladas, em molduras pretas ordinárias. Chelsea teria gostado de examinar as fotos se estivesse sozinha na sala. Mas não estava. Havia três homens ali. E só um deles tinha idade suficiente para ser Oliver Plum.

Seus olhos se encontraram.

— Sr. Plum?

Magro, cabelos grisalhos ralos e penteados para trás, testa alta, boca reta como uma régua, Oliver Plum parecia um dos homens mais intimidadores que Chelsea já conhecera.

Fazendo as pernas da cadeira rangerem no assoalho, ao serem empurradas para trás, ele levantou devagar o corpo comprido, enganchou as mãos por trás dos suspensórios e fitou-a nos olhos. Ela decidiu que era melhor não estender a mão.

— Sou Chelsea Kane. Vim conhecer o granito branco que sua companhia está produzindo.

— Para que você quer o granito? — perguntou ele, a voz com uma firmeza surpreendente para alguém de sua idade e numa estranha atitude defensiva para quem precisava tanto de encomendas.

— Estou projetando um prédio para uma companhia de seguros.

— Só você?

— O projeto é meu, mas faço parte de uma firma de arquitetura.

— Uma dessas firmas elegantes, com três nomes.

— Se é elegante? Não sei. Mas somos competentes.

— Até que ponto?

— Os projetos continuam a ser encomendados, cada vez maiores e melhores.

— E os lucros?

— Aumentam mais e mais. Mas não vim aqui para conversar sobre isso. Meus sócios e eu usamos muito granito em nossos projetos. E sempre procuramos novos fornecedores.

— Não há nada de novo na Plum Granite — argumentou Oliver.

— Funcionamos desde 1810, passando por sete gerações. Houve um tempo em que explorávamos seis pedreiras ao mesmo tempo, em três condados diferentes. É isso mesmo, não há nada de novo em nós, e você sabe muito bem. Já nos usaram uma vez antes, e depois mudaram de idéia.

Chelsea tinha de reconhecer que ele tinha uma boa memória. Mas não deixaria que a pusesse na defensiva.

— Não foi bem assim, Sr. Plum. Não mudamos de idéia. Nunca estiveram de fato na concorrência. Desde o início pediram um preço muito alto.

— E acha que é mais baixo agora? Pense bem, dona.

Um grunhido desdenhoso soou no lado da sala, junto da janela que dava para a rua. Oliver Plum virou-se para o homem que o emitira.

— Tem alguma coisa para dizer?

— Tenho sim. Afinal, temos o melhor granito branco da região e precisamos do trabalho. Não diga a ela que o preço será muito alto. Se ela gosta da pedra, podemos negociar.

O homem era Hunter Love. Chelsea reconheceu a sua voz. Imaginara-o mais jovem e surpreendeu-se ao constatar, agora, que era mais ou menos de sua idade, embora houvesse uma dureza nas feições que o envelhecia. Os olhos eram castanhos, como os cabelos, mais para compridos e desgrenhados sem o capacete, o que lhe proporcionava uma aparência de rebelde, reforçada pelo brinco de ouro na orelha. Calculou que ele devia ter em torno de um metro e oitenta; mas onde carecia na altura, em relação a Oliver, compensava na ousadia.

— Não podemos nos dar ao luxo de negociar — resmungou Oliver.

— E também não podemos deixar de negociar.

— Se baixarmos o preço, perderemos dinheiro.

— Se mantivermos o preço, perderemos o serviço.

— Não podemos trabalhar de graça.

— Ninguém está nos pedindo para fazer isso.

Chelsea interveio:

— O problema com o preço é que o granito tem de ser cortado e polido em outro lugar. Por que vocês não fazem isso no local, como a maioria das outras empresas?

— O custo para instalar essa operação é muito alto — explicou Oliver, tornando a fitá-la nos olhos.

— Às vezes, é preciso gastar um dólar para ganhar um dólar.

— Se você não tem o dólar para gastar, não pode nem começar.

— Pode pedir um empréstimo.

Oliver sacudiu a cabeça.

— George não quer nos emprestar. O governo está em cima dele por causa de muitos empréstimos assim.

— George? — indagou Chelsea.

— Jamieson. Seu banco fica na praça.

— É o único banqueiro da cidade?

— Entendeu a situação agora.

— Por que não podem procurar um banco diferente, em outra cidade?

— Boa pergunta. Mas também não é nova.

O comentário foi de Hunter, que lançou um olhar irritado para Oliver.

— A Plum Granite só trabalha com Jamieson. Sempre foi assim e sempre será.

— E por isso vamos todos afundar juntos — advertiu Hunter.

— Ninguém vai afundar. Norwich Notch é sólida como um rochedo.

— É mesmo?

— Porque nos mantemos unidos. — Oliver virou-se para Hunter e fez uma preleção: — Há três coisas que envolvem a todos nesta cidade: os Farr, os Jamieson e os Plum. Alguém em todas as famílias aqui trabalha para os Plum, alguém em todas as famílias aqui tem conta bancária com os Jamieson, e alguém em todas as famílias aqui faz compras com os Farr. Há tradição nisso, estabilidade e confiança, além de uma porção de outras coisas sobre as quais você teria aprendido naquela universidade de luxo em que estudou, se não estivesse tão ocupado em pendurar jóias nas orelhas que não podia ouvir direito. Você não presta, Hunter Love. Não tem cérebro. Não sei por que ainda me dou ao trabalho de mantê-lo por aqui.

Chelsea não ignorou a familiaridade das palavras e ficou esperando que Hunter revidasse. Em vez disso, ele encostou na moldura da janela, as mãos enfiadas por baixo dos braços, um sorriso puxando os cantos dos lábios. Ao recordar o que ele dissera a respeito de culpa, Chelsea desconfiou que Hunter gostava de provocar o velho. Se tinha razão, não poderia saber até conhecer melhor a situação.

E foi então que lhe ocorreu que não era de sua conta sequer saber tanto quanto já sabia. A conversa até agora fora absurda. Fora até ali para inspecionar o granito, não para dizer ao dono da empresa como deveria dirigi-la. Ela olhou para o relógio.

— Detesto dizer isso, senhores, mas se eu não examinar o granito agora, não conseguirei chegar a tempo para meus outros compromissos.

— Quais são? — perguntou Oliver, desviando os olhos, irritado, de Hunter para ela.

Chelsea não tinha segredos.

— Tocci em Amherst e Petersen em Concord.

— Tocci não trabalha com granito.

— Não, não trabalha. Sua especialidade é arenito, que também uso muito. Não teria vindo tão longe apenas para uma única visita.

Isso mesmo, estava interessada em Norwich Notch, mas não era o princípio e o fim de toda a sua vida. Ao anoitecer, planejava estar em Wiscasset, na costa do Maine, visitando sua colega de quarto na universidade.

— Uma mulher muito ocupada — murmurou Oliver. Com um aceno da mão, ele acrescentou: — Leve-a daqui, Judd.

Por uma fração de segundo, com Oliver fitando-a como se ela fosse a maldição de sua vida, Chelsea sentiu um estranho vínculo com Hunter. Então ela se virou para o terceiro homem na sala e esqueceu os outros dois.

— Judd Streeter — resmungou Oliver, à guisa de apresentação. — Ele é o meu capataz. Vai levá-la à pedreira e mostrar tudo o que quiser ver.

Até aquele momento, Judd Streeter permanecera em silêncio, encostado na estante. Agora, lentamente, ele se empertigou. Era mais alto do que Oliver, mais moreno do que Hunter, e embora Chelsea duvidasse que houvesse um pingo de gordura em seu corpo, havia uma solidez de que os outros homens careciam. Os cabelos eram cheios, cortados de uma maneira que fazia com que parecessem atraentes até mesmo quando estavam desgrenhados. Usava jeans, que estava úmido dos joelhos para baixo, blusão azul de trabalhador e botas sujas. Dava a impressão de que viera da pedreira, mas não havia nada de cansado em seu porte. Os movimentos eram ágeis quando se adiantou, a mão estendida era forte e calejada, e se tudo isso já não fosse bastante potente, ainda havia os olhos, escuros, profundos e francos, deixando Chelsea atordoada.

Esperava um impulso vital quando chegasse a Notch, e era o que sentia agora, mas de uma maneira bastante inesperada. Judd Streeter era, para dizer o mínimo, o homem mais atraente que já vira. Não necessariamente o mais bonito, polido ou refinado. Mas o mais viril, a um ponto surpreendente e desconcertante.

Cinco

Chelsea não tencionava telefonar para Carl durante a viagem, já que um dos propósitos da excursão fora o de promover uma pausa do relacionamento.

Mas depois ela teve de fazer uma mudança de planos. Começou a se preocupar: se alguma coisa acontecesse com Kevin, Carl não saberia onde encontrá-la. Além disso, sentia a necessidade de ouvir a voz dele. Era gentilmente previsível. Não a deixava perturbada, como acontecia com a voz de Judd Streeter.

Ela deixou o telefone tocar dez vezes, antes de desligar e tentar o escritório. Mas sabia que se ele estivesse trabalhando até tarde deixaria que as ligações fossem atendidas pelo serviço de recados. Às nove e meia ela tentou de novo. E tornou a ligar às dez horas. Finalmente ele atendeu, às dez e quinze.

— Carl, você está bem? — indagou ela, com um suspiro de alívio.

— Claro que estou, Chels. E você?

— Fiquei preocupada. Venho ligando para você desde as nove horas.

— Fui jogar squash. Você disse que não ia telefonar.

— Sei disso. Mas só queria lhe dizer que ainda estou em Norwich Notch. Só amanhã partirei para me encontrar com Glynnis.

Houve um breve silêncio, seguido por uma pergunta em tom casual:

— O que a prendeu aí?

— Para dizer a verdade, fui embora e voltei. Estive com Tocci e Petersen, mas está chovendo por aqui e não pude ver o granito tão bem quanto gostaria. O tempo deve melhorar pela manhã, e pensei que seria melhor dar outra olhada antes de seguir para a costa. Por mais espantoso que pareça, os homens da pedreira continuam a trabalhar mesmo com a chuva. Estava uma confusão, tudo molhado e escorregadio. Ao que parece, eles só param quando faz muito frio... e mesmo assim só porque não conseguem cortar a pedra direito.

— Sentiu alguma coisa, não é? — perguntou Carl, sem hesitar.

Ela pensou em Judd Streeter... como sentira um frio no estômago ao sentar com ele na boléia da picape, seguindo-o para o escritório na pedreira, andando ao seu lado de uma prateleira para outra, a fim de examinar os enormes blocos de granito. Era um absurdo, ela sabia. Pura fantasia. Mas é claro que Carl perguntava sobre sua reação a Norwich Notch.

— Não sei — respondeu ela, tentando parecer indiferente. Sentira alguma coisa pela cidade, mas não sabia direito o que era. — É difícil sentir alguma coisa por um lugar tão encharcado.

— Como é a cidade, além de encharcada?

— Pequena. Sossegada. Tem um armazém-geral. Estou na pousada agora. Fica no centro da cidade, de frente para a praça. É um ponto de escala para viajantes há duzentos anos. Você ia gostar. Há muita madeira escura e móveis antigos.

Chelsea olhou ao redor enquanto falava. O lugar fora uma surpresa quase tão grande quanto o Farr's.

— Os quartos foram reformados há poucos anos. O meu é azul e branco, com papel de parede e cortinas combinando. Tudo com pequenas flores... acho que toda a cidade está enfeitada com flores pequenas. A cama tem quatro colunas, em estilo colonial, como o resto dos móveis. Tem uma arca e uma escrivaninha de tampo corrediço. Há um espelho grande de báscula.

— Parece aconchegante.

— E é mesmo.

— E as pessoas? Alguém parece familiar?

— Claro que não.

— Alguém ficou olhando para você?

— Só porque sou uma estranha. Jantei em um restaurante no centro. Vesti uma calça comprida, em vez de saia. Ainda assim, senti-me muito bem-vestida.

Carl riu ao ouvir isso, dando a impressão de que relaxava.

— O que achou do granito?

— Muito bom, pelo que pude ver. Poderei examinar melhor amanhã. Também passarei pela fábrica em Nashua, que dá o polimento nos blocos das pedreiras da Plum. A cor pode ser a certa para meu projeto, mas quero confirmar. Branco com um toque de cinza está certo. O que já não acontece com branco com um toque de rosa.

— O que me diz do preço?

— Pode ser negociado. Eles estão ansiosos por encomendas.

— Podem produzir em quantidade e dentro do prazo combinado?

Chelsea hesitou.

— Não sei. Há problemas de dinheiro. A empresa não acompanhou o ritmo do tempo em termos de equipamentos e produção.

— Acha que pode quebrar?

Se isso acontecesse, não seria a primeira. Fora uma das coisas que Chelsea descobrira através da garçonete, durante o jantar... não a Shelby de Matthew Farr, mas uma garota chamada Jenny, que parecia não ter mais que dezenove anos e tinha o hábito de revirar os olhos para dar ênfase quando falava. E como falava! Chelsea, que tinha dificuldade para levantar pela manhã e precisava de silêncio enquanto tomava pelo menos duas xícaras de café, rezou para que a jovem não trabalhasse no turno da manhã.

Como era o jantar, ela absorvera tudo o que a jovem dissera com interesse. Agora, ela disse a Carl:

— Dois outros produtores de granito no estado fecharam durante os últimos cinco anos. Por isso, haveria muito trabalho para a Plum Granite, se conseguisse obter os contratos. Infelizmente, o dono é um velho rabugento que afasta a maioria das pessoas.

— Mas não você.

— Ele é apenas outro desafio.

— Como descobrir quem são seus pais biológicos.

Chelsea seria capaz de jurar que o tom era de sarcasmo. Especulou se imaginara ou se simplesmente se sentia culpada. Mas recusava-se a mentir.

— Mais ou menos isso.

— Já perguntou?

Ela passara pelo Hospital Comunitário de Norwich Notch. Independentemente do que Kevin dissera sobre o nascimento em casa, com uma parteira, havia sempre a possibilidade de que sua mãe tivesse consultado um médico antes ou depois do parto. O hospital fora instalado num prédio vitoriano, enorme e antigo, depois de uma ponte coberta a oeste da cidade. Chelsea parara o carro e olhara, mas depois seguira adiante. Também anotara os nomes dos cinco advogados da cidade, mas não entrara em contato com nenhum.

— Já disse que não vim até aqui por isso, Carl.

— Ora, Chels, está falando comigo.

— Repito: não vim até aqui por isso.

— Mas aposto que vai gostar do granito.

— Não deveria gostar. Alguém nesta cidade não me queria o suficiente para ficar comigo, Carl. Seria justo se eu rejeitasse agora o granito da cidade.

Estranhamente, sua raiva desaparecera, deixando-a tão curiosa quanto antes sobre Norwich Notch. Usar o granito da cidade poderia lhe proporcionar uma razão para voltar, até que sua curiosidade fosse apaziguada.

— Se a cor for certa, vale a pena considerar.

— Mesmo que a companhia esteja em situação precária?

— Não. Mas ainda não sei com certeza. É por isso que quero que você ligue para Bob Mahoney. — Bob era um advogado que havia trabalhado na Harper, Kane & Koo. — Ele poderá obter informações sobre a situação financeira da empresa.

Bob era também um especialista em aquisições de empresas, o que Carl sabia muito bem.

— Não posso acreditar que você esteja pensando sério nessa possibilidade.

Paixões Perigosas

— Não enquanto não soubermos mais sobre a empresa.

— Nem mesmo depois — insistiu Carl, em total incredulidade. — Não podemos comprar uma empresa de granito.

Era a coisa errada a dizer para Chelsea, que passara a vida fazendo o improvável.

— Por que não?

— Porque não sabemos nada sobre pedreiras.

— Não sabíamos nada sobre futebol até que projetamos um estádio. Ainda estamos ganhando dinheiro com esse projeto, Carl.

— Mas *granito*?

— Está dentro de nossa área. Usamos granito durante todo o tempo. Pense nos bons negócios que poderíamos oferecer aos clientes.

— Seria dinheiro tirado de nossos bolsos se fôssemos os fornecedores. Mas isso é irrelevante. Você acabou de dizer que a companhia está ultrapassada em termos de equipamentos. Tem idéia do investimento que seria necessário para modernizar a operação?

— Não. É outra coisa que quero que Bob descubra.

— Não acha que precisamos descobrir primeiro se a companhia está à venda?

— Isso também.

Carl suspirou.

— Você é incrível.

Chelsea sorriu.

— Também amo você, meu bem.

— Não incrivelmente boa. Incrivelmente *má*. Não vamos comprar uma companhia numa zona rural de New Hampshire.

— Já compramos companhias em lugares piores — lembrou Chelsea, ainda jovial. — E não precisamos morar aqui para controlar o negócio.

— Não podemos comprar uma companhia de granito.

— Por que não? — O sorriso de Chelsea se desvaneceu. — Porque fica em Norwich Notch? E porque você se sente ameaçado por esta cidade tanto quanto meu pai?

— Não — respondeu Carl, mantendo a calma. — Apenas acho que não é um bom investimento para nós.

— Como pode dizer isso antes de conhecer os fatos?

— Vai nos custar dinheiro *descobrir* os fatos.

— Pagarei tudo... pessoalmente.

— Mas *por quê?* — insistiu Carl, agitado outra vez.

Chelsea não tinha respostas. Não sabia o que faria com uma empresa que produzia granito. Não sabia o que faria com Norwich Notch. Sabia apenas que se sentia atraída pela cidade e que a perspectiva de ter uma ligação material com ela lhe proporcionava conforto. Havia algumas pessoas simpáticas ali, outras nem tanto, mas todas diferentes das que conhecia em Baltimore. Se estivesse associada à companhia de granito, poderia passar a conhecê-las melhor. Depois de algum tempo, poderia até mostrar a chave de prata com a fita puída. Alguém poderia reconhecê-la, até mesmo reivindicá-la.

Havia mais, um pensamento que perdurou em sua mente por muito tempo depois que apaziguou Carl com algumas palavras insinuantes, soprou um beijo de boa-noite e desligou. Se possuísse a companhia de granito, seria a maior empregadora da cidade, ocupando uma posição de poder. Se recuperasse a companhia, trazendo uma nova prosperidade à cidade, haveria de se tornar uma heroína local.

O que seria uma grande coisa para a criança que fora dada ao nascer. Teria condições de descobrir o que quisesse... e fazer o que quisesse com os fatos que descobrisse. Por tudo o que sabia, podia simplesmente recuperar a companhia, vendê-la com um lucro considerável e ir embora, sem olhar para trás.

Em meados de abril, Bob Mahoney já dispunha de informações suficientes para transmitir a Chelsea. A situação da Plum Granite não era bastante precária a ponto de haver a ameaça de um fechamento iminente, mas há quase dez anos nenhum registro de crescimento era feito. Segundo as fontes de Bob, a companhia poderia estar em situação pior se não fosse pela excelente qualidade do granito, o cuidado com que era retirado da pedreira e o fato de que todos os pedidos eram atendidos dentro dos prazos combinados.

— Quer dizer que a companhia não está endividada? — perguntou Chelsea enquanto passeavam sem pressa por Inner Harbor.

Paixões Perigosas 85

Carl não comparecera ao encontro. Desde a volta de Chelsea o relacionamento entre os dois se tornara vacilante. Havia altos e baixos agora. Como era inevitável, os pontos baixos tinham a ver com os sentimentos de Chelsea em relação a si mesma e Norwich Notch. Eram questões críticas para ela e não havia solução à vista. Carl não podia compreender — nem explicar — sua compulsão em fazer alguma coisa pela, sobre ou com a Plum Granite.

Mas a compulsão existia, e foi por isso que ela prestou a maior atenção às informações de Bob.

— A empresa tem dívidas, mas apenas com o banco local. Oliver Plum é ultraconservador. Não quer procurar outro banco, e talvez seja melhor assim. A dívida é controlável. Mas o banqueiro, Jamieson, também é conservador. Não quer adiantar mais dinheiro para Plum. Assim, ele terá cada vez mais dificuldade para cobrir as despesas, a menos que faça alguma mudança.

— Sua fonte acha que ele fará?

Bob deu de ombros.

— Ele não é criativo. E começará a reforma por demissões.

Chelsea pensou nos pais biológicos que não haviam tido condições de sustentá-la, talvez porque um deles, ou ambos, estivesse desempregado.

— Tem de haver outro meio.

— Não sem dinheiro, e nesse ponto o cara está acuado. Tem de modernizar. Precisa de novos equipamentos e novas instalações. Tem de procurar trabalho, em vez de esperar que caia em suas mãos. Pelo que pude entender, seus homens são competentes. O problema é o velho. Ele resiste às mudanças, o que inclui a relutância em procurar fora de Norwich Notch o dinheiro de que precisa.

— Quanto? — Chelsea fitou-o com os olhos contraídos. O sol era brilhante, cheio de promessas, um dia perfeito para discutir um desafio.

— Quanto para modernizar os equipamentos, construir um galpão de preparação do granito no local e instituir um sistema de entrega?

Bob tirou um pedaço de papel do blazer, desdobrou-o e estendeu-o para Chelsea.

— É uma lista aproximada.

Ela verificou a soma final. A cifra era alta, mas não chegava a ser proibitiva.

— O que sua fonte achou do potencial de uma empresa assim?

— Ele está convencido de que você não perderia dinheiro. Feito com prudência, o negócio pode dar lucro. Com um pouco de sorte, o lucro pode ser considerável.

Chelsea gostou dessa perspectiva. Mas havia uma questão mais imediata:

— E Oliver Plum venderia a companhia?

Bob coçou a cabeça.

— É uma pergunta difícil de responder. A companhia pertence à sua família há muito tempo. Ele se orgulha disso. E toda a cidade também. A Plum Granite é uma instituição ali. Mas ele tem quatro filhas, todas casadas. Os maridos não querem saber da pedreira. Portanto, em essência, ele não tem herdeiro.

— Por que uma das filhas não pode assumir a direção da empresa?

— As mulheres não fazem isso em lugares como Norwich Notch.

— Por que não?

— Porque é uma sociedade patriarcal. As mulheres seguem os maridos.

Chelsea soltou um grunhido que representava sua opinião sobre o assunto. Sem parar de andar, ela indagou:

— Suponhamos que eu quisesse comprar a companhia. Qual seria a melhor maneira de apresentar a proposta? Como não é uma empresa de capital aberto, não há acionistas a procurar. Só tem Oliver Plum. Como podemos persuadi-lo a vender?

— Para começar, podemos perguntar francamente. Pode ser simples assim. Ele sabe que a companhia está em dificuldades. Não é um idiota.

— E se ele disser não?

— Perguntamos a nós mesmos se vale a pena o esforço de tentar fazer com que ele mude de idéia.

— Vale todo o esforço. — Quanto mais pensava a respeito, mais convencida Chelsea se sentia. — Posso fazer alguma coisa com aquela empresa, Bob. Sei que posso. Tenho o dinheiro e a experiência necessária.

— Que experiência? Você é uma arquiteta, não uma empresária.

— Tenho contatos. Posso atrair os clientes que Oliver Plum não consegue alcançar. E posso fazer isso apenas com alguns telefonemas. Sabe quantos arquitetos vivem procurando um granito de alta qualidade? O mesmo se aplica aos empreiteiros. E ainda temos os monumentos nacionais, os memoriais de guerra, os prédios do governo, tudo feito de granito. Sabe quantos congressistas eu conheço?

Ela tinha de agradecer aos pais por isso. É verdade que Kevin ficaria furioso se ela usasse esses contatos para fazer prosperar uma empresa em Norwich Notch. Mas Abby fora a responsável por sua descoberta da cidade; e se tornasse lucrativa uma empresa em decadência, quem poderia culpá-la por isso?

— O que me diz de seu próprio trabalho? — indagou Bob.

— Posso fazer as duas coisas. — Carl não dissera mais ou menos a mesma coisa quando argumentara para que ela investisse no casamento e na maternidade? — Muito bem. Se Oliver Plum se recusar a vender, o que podemos fazer?

Bob lançou-lhe um olhar de repreensão, mas respondeu:

— Aumentamos a nossa oferta.

— E se ainda assim ele disser não?

— Agradecemos por seu tempo e vamos embora.

Mas Chelsea não queria fazer isso.

— E se eu quiser ter participação na companhia de qualquer maneira? — Ela não se importava que Carl a chamasse de obcecada. Queria a Plum Granite. — Vamos, Bob, é a sua especialidade. O que podemos fazer se Oliver Plum resistir?

Ele respirou fundo.

— Podemos tentar um acordo criativo. Negociamos tudo. Oferecemos um incentivo para que ele aceite nosso plano.

— Por exemplo?

— Deixar o nome de sua família na companhia. Ou comprar e mantê-lo como diretor nominal, com um salário especificado, por um determinado número de anos. Ou pagar, mas deixar que ele continue a ter uma participação nos lucros. Há inúmeras possibilidades.

— E se ele continuar a recusar?

Bob parou de andar e virou-se para fitá-la.

— Neste caso, largamos tudo. E falo sério, Chelsea. Sei que você tem uma razão especial para querer essa companhia. Não sei qual é. E não é da minha conta. É o seu dinheiro que vai gastar, tanto com a Plum Granite quanto no pagamento dos meus honorários. Mas não sou Dom Quixote. Se oferecermos tudo o que for possível e ainda assim Oliver Plum recusar, será o ponto final para mim. Não lutarei contra moinhos de vento. Você terá de encontrar outra maneira de dar vazão à sua paixão.

Mas Chelsea não podia admitir a possibilidade de fracasso. Guardou no bolso a lista de equipamentos necessários, apertou o braço de Bob e sorriu.

— Oliver Plum vai vender. Posso sentir lá no fundo. Você o terá na palma da mão num instante. — Chelsea respirou fundo. — Quando pretende apresentar a primeira oferta?

— Ele não é fácil — comentou Chelsea para Cydra enquanto corriam, no início de uma manhã, duas semanas depois. — Bateu o telefone na cara de Bob na primeira vez. Na segunda, disse não, antes de desligar. Na terceira, disse não, mas depois ouviu os argumentos de Bob, antes de desligar.

— Quanta gentileza!

— Mas estamos progredindo. Bob e eu iremos até lá na semana que vem.

— Ele está disposto a conversar?

— Não sei se vai conversar. Mas pelo menos aceita ouvir. Já é alguma coisa.

— O que me diz de Carl? Ele também se mostra disposto a escutar? Chelsea limpou o suor da testa com a faixa no pulso.

— Ainda não. Mas também não quero pressionar. A situação está indefinida.

— Mas ele sabe que você vai a Norwich Notch.

— Sabe. E também sabe por que, vagamente. Não conversamos sobre os detalhes específicos. Carl fica logo tenso.

Paixões Perigosas

— Qual é o problema dele?

Chelsea vinha se perguntando isso ultimamente. Carl andava mal-humorado, o que nunca acontecera antes. Ela não podia acreditar que estivesse tudo relacionado com Norwich Notch. Mas quando perguntara se havia mais alguma coisa ele negara. Chelsea sentia-se horrível. Não queria que ele ficasse zangado, assim como também não queria magoá-lo. E também não entendia como Carl podia estar qualquer das duas coisas. Não compreendia por que seu interesse por Norwich Notch o incomodava tanto, já que qualquer coisa que decorresse desse interesse só poderia enriquecê-la como pessoa.

— Talvez seja por lealdade a meu pai — comentou ela, porque era a única coisa em que podia pensar. — Carl reage a meu pai como faz com seu próprio pai. Há a mesma necessidade de agradar.

— E seu pai não gosta do que está acontecendo?

— Não muito.

Viraram uma esquina e se afastaram uma da outra para contornar uma fileira de latas de lixo. Quando voltaram a correr lado a lado, Chelsea acrescentou:

— Para ser franca, o que eu disse foi um eufemismo. Norwich Notch é um espinho no flanco de meu pai. E um espinho muito afiado.

— É um sinal.

— Pode ser — admitiu Chelsea.

— Por que conta para ele o que está fazendo?

— Não sou eu. Carl é que conta.

— E por que *Carl* faz isso?

— Ele diz que é para me salvar.

— Deixando seu pai irritado?

— Alienando-o é uma palavra mais apropriada. Mas quando eu disse isso a Carl, ele descartou a possibilidade. Diz que papai me ama. Como ele também me ama. Que ambos querem apenas a minha felicidade. E que Norwich Notch só vai me criar problemas.

— Parece que eles estão evitando o verdadeiro problema.

— E qual é?

— Ciúme. Querem seu tempo e afeição. E não querem que você se divida com o passado.

Chelsea sabia que havia verdade no que Cydra dissera e sentiu-se dividida. Queria agradar Kevin. Queria agradar Carl. Mas continuava a voltar à questão de agradar a si mesma. Por mais egoísta que fosse sua posição, não podia evitá-la. Norwich Notch representava tudo que ela sempre quisera saber a respeito de si mesma, mas sempre protelara. E depois de trinta e sete anos, começava a se sentir impaciente.

Por esse motivo, tão discretamente quanto era possível, faltando apenas se esgueirar no escuro, ela partiu em companhia de Bob para uma reunião com Oliver Plum em Norwich Notch. Era o primeiro dia de maio. A primavera chegara mais tarde em New Hampshire do que nos estados mais ao sul; os botões de flores nas árvores mal começavam a se abrir. Mas as tulipas estavam em flor na praça da cidade, assim como os rododendros, com suas flores púrpura, as flores cor-de-rosa dos cornisos e as brancas das andrômedas. As pessoas estavam na praça, aproveitando o sol.

Como era Bob quem guiava o carro alugado, Chelsea podia olhar à vontade. Foi o que ela fez, tentando absorver tudo ao mesmo tempo. Havia jardineiras nas varandas na frente e balanços atrás das casas. Havia bandeiras tremulando — algumas patrióticas, outras meramente decorativas — em muitas casas por que passaram.

A rua com a casa que tinha a placa da PLUM GRANITE COMPANY também parecia diferente. O gramado estava mais verde, as acácias de um verde-limão mais claro, as forsítias de um amarelo mais brilhante. O Escort e o Blazer estavam estacionados ali. O que já não acontecia com a motocicleta, o que indicava a ausência de Hunter Love. Nem Judd Streeter e a picape.

Chelsea sentiu uma pontada de desapontamento. Já imaginara que Judd não estaria presente, pois a conversa com Oliver seria particular. Ainda assim, em parte ela acalentara a esperança de vislumbrá-lo. Isso mesmo, apenas um vislumbre. Seria o suficiente para desencadear suas fantasias. Judd Streeter tinha um efeito poderoso.

Mas ela tratou de afastar o pensamento e concentrou-se na reunião com Oliver. Ele estava acompanhado por seu advogado, Jeremiah Whip, que era muito jovem, concluiu Chelsea no mesmo instante, para ter qualquer envolvimento em sua adoção.

Depois que todos sentaram — Chelsea e Bob em cadeiras de encosto reto, Jeremiah numa cadeira dobrável trazida da sala da frente —, Oliver declarou:

— Não vou vender. Podem fazer as ofertas que quiserem, mas, se vieram até aqui só para isso, posso adiantar que desperdiçaram a viagem. Não venderei. E ponto final.

O rosto assentou numa expressão mal-humorada, que parecia ser a expressão natural. Bob não perdeu a calma.

— Já me disse isso, Sr. Plum. E estou surpreso que tenha nos convidado a vir até aqui.

— Não convidei ninguém. Vocês é que se convidaram.

— Mas também não disse para que não viéssemos.

— É o tempo e o dinheiro de vocês. Se querem desperdiçá-los, não é da minha conta.

— Não achamos que seja um desperdício. Para ser franco, haveria o desperdício se esta companhia quebrasse. O que pode acontecer, como sabe muito bem. É por isso que se dispõe a escutar o que temos a dizer.

— Ainda não ouvi muita coisa — resmungou Oliver, de uma maneira que chegou perto de ser cômica.

Quanto mais pensava a respeito, mais Chelsea se convencia de que havia alguma coisa caricata no homem. Com o corpo de varapau e os cabelos grisalhos e ralos penteados para trás, o nariz comprido e a boca pequena e fina, Oliver Plum era a imagem clássica do ianque ressentido com as mudanças.

Enquanto Bob repetia as ofertas apresentadas antes e os argumentos a seu favor, os olhos de Chelsea vaguearam para as fotos na parede. Eram todas em preto-e-branco. Possuíam a qualidade primitiva — roupas escuras e grossas, expressões faciais variando do sombrio ao mais sombrio, uma certa monotonia técnica — que sugeria que haviam sido tiradas na passagem do século anterior. Em uma das fotos, meia dúzia de homens levantavam os olhos do bloco de granito que tentavam mover. Em outra, uma fileira de operários empertiga-dos postava-se na frente de um enorme trator. Numa terceira, a pedreira era o tema, uma enorme lona cinza estriada em que os homens pareciam apenas um pouco maiores do que formigas.

A voz de Oliver interrompeu seu devaneio.

— Estamos deixando-a entediada, dona?

Chelsea fitou-o e por um instante sentiu-se repreendida. Mas logo se controlou e disse, sem pedir desculpa:

— Estava admirando suas fotos. Dão mesmo a impressão de que esta companhia existe há muito tempo. Quem a dirigia antes de você?

— Meu irmão mais velho, durante três anos, até que foi atropela-do por um caminhão. E não diga que sente muito. Aconteceu há cin-qüenta anos. Até esqueci como ele era.

Chelsea pensou que Oliver Plum era um triste arremedo de ser humano ou estava mentindo. Não podia conceber que alguém fosse tão duro e frio.

— Quem dirigia a companhia antes dele?

— Meu pai. E seu pai antes. E seu tio antes. Mais alguma pergunta?

— Tenho sim. Quem vai dirigi-la depois de você?

A boca teve um espasmo, numa perversão de sorriso.

— Era o que estávamos discutindo. Se não estivesse tão ocupada com as fotos, já saberia.

Ela cruzou as mãos no colo.

— Tem toda a minha atenção agora, Sr. Plum. Continue.

Como ele não dissesse nada, apenas continuasse a fitá-la, Chelsea olhou para Bob, com as sobrancelhas erguidas, numa expressão de expectativa.

— Alguém estava dizendo alguma coisa?

— Quero saber o que você ganha com isso — resmungou Oliver.

Chelsea apontou para si mesma.

— Eu?

Sem dizer mais nada, Oliver sustentou seu olhar.

Chelsea assegurou a si mesma que se ele soubesse quem ela era e o que queria já teria dito antes.

— Lucro. O que mais eu poderia querer?

— Não sei. É por isso que estou perguntando. Parece-me que, se está interessada no lucro, poderia conseguir algo maior e mais fácil em outro lugar.

— Mas gosto de granito.

Oliver soltou uma risada desdenhosa.

— O que você sabe sobre granito? É uma artista.

— Arquiteta.

— Não há diferença. Não sabe nada sobre negócios.

— Eu diria que sei tanto quanto você.

— E sobre pedreiras? Sabe tanto quanto eu a respeito? Sabe operar um guindaste? Ou trabalhar com uma britadeira? Ou descer de um andaime a trinta metros sem se matar? Sabe o que é um gancho de cachorro? Ou o que é uma cunha? Alguma vez sentiu o calor de um maçarico com uma chama de três metros de comprimento?

Chelsea não se deixou intimidar.

— Não estou apresentando uma proposta para trabalhar pessoalmente na pedreira...

— Pois eu sei de tudo isso!

Ela ignorou a interrupção.

— Um bom executivo conta com bons empregados para fazer essas coisas. Você tem boas pessoas aqui. O que falta é dinheiro e direção. Posso providenciar as duas coisas.

— E eu continuo a dizer que não faz sentido. E não me fale sobre lucro. Mesmo que eu decidisse deixá-la comprar... o que não vai acontecer... bastante tempo passaria antes que a companhia começasse a dar lucro.

— Um ano... posso inverter a situação em um ano.

— Isso é besteira.

— E, no processo, posso empregar muito mais homens da cidade do que você contrata agora. Se gostasse mesmo de Norwich Notch, deveria escutar o que estou dizendo. Se continuar como está, dentro de um ano a Plum Granite será apenas uma sombra do passado, mais do que é agora. Todo mundo perde. Venda a companhia para mim e todo mundo ganha. Você terá um bom dinheiro no bolso, os habitantes de Norwich Notch terão um bom dinheiro no bolso e no banco, o que vai com certeza agradar seu banqueiro. E a Plum Granite voltará a se erguer.

— Vai precisar de mais de um ano para conseguir isso.

Chelsea sacudiu a cabeça.

— Um ano.

Oliver fez um gesto brusco, como se afugentasse uma mosca incômoda.

— Volte para casa. Não tem que se meter aqui. Não pertence a Norwich Notch.

Chelsea sentiu uma mágoa irracional, como se o fato de Oliver lhe dizer para ir embora fosse um eco da rejeição que sofrera horas depois de seu nascimento. Mas não chegara a esse ponto para sofrer ou fugir. Determinada, ela encontrou a melhor posição na cadeira.

A sala estava em silêncio. Chelsea olhava para Oliver. Ele também a fitava, mas Chelsea não seria a primeira a desviar os olhos. Oliver Plum não tinha o monopólio da obstinação. Ela também podia ser teimosa; e quaisquer que fossem os argumentos de Oliver, ela queria a Plum Granite. Jeremiah Whip limpou a garganta. Olhou apreensivo para Oliver, depois para Bob.

— Pode haver um meio de tratarmos de negócios — disse ele, a voz tímida. — Não podemos negar que a Plum Granite precisa de dinheiro.

— Podemos passar sem isso — resmungou Oliver.

Jeremiah lançou-lhe um olhar nervoso. Os dedos levantaram da coxa, num sinal furtivo para que não dissesse mais nada. Tornou a olhar para Bob.

— Meu cliente não está preparado para vender a companhia neste momento. Pertence à sua família há muito tempo. É toda a sua vida.

Chelsea não gostou da maneira como ele se dirigiu a Bob quando era ela quem tinha o dinheiro.

— Ele pode se aposentar muito bem com o que ganhará na venda — declarou ela.

— Não tenho a menor intenção de me aposentar.

— Qual é a sua idade? — perguntou Chelsea.

Paixões Perigosas

— Se tivesse feito o dever de casa direito, saberia a resposta.

— Sei que idade tem a companhia, e é a companhia que quero comprar, não você.

— Pois eu fiz o meu dever de casa. Sei que idade você tem, qual é sua família e de onde vem seu dinheiro. Está num enorme fundo de investimentos, o que a deixa ansiosa, decidida a brincar conosco. Mas não vai brincar comigo.

— Ninguém está brincando — disse Chelsea, sombria.

Para ela, nada que se relacionasse com Norwich Notch era brincadeira. E se Oliver desse um passo adiante em seu dever de casa, saberia disso também. Mas, por outro lado, ele não poderia descobrir uma coisa que não estava documentada e que era uma das razões para a presença dela em Norwich Notch.

— Se eu investir meu dinheiro, quero um retorno... e a Plum Granite não será a primeira empresa que comprei para obter lucro. Se tivesse o hábito de investir em perdedores, há anos que o fundo de investimentos teria acabado.

— Está latindo para a árvore errada se pensa que o granito pode ser um vencedor. O setor está quase parado desde que o aço e o vidro passaram a prevalecer.

Chelsea ainda poderia acreditar se estivesse em outra profissão, mas conhecia o setor de construção como a palma da mão. Sabia de projetos aprovados que não chegariam ao conhecimento do público por mais dois anos. Estava na vanguarda da arquitetura.

— É aí que se engana. Há neste momento uma volta ao tradicionalismo. O granito começa a ser usado de novo, e não apenas como material para a fachada externa dos prédios. As pessoas querem granito em cozinhas e banheiros.

— Isso é coisa pequena. Não dá lucro.

— O que demonstra como está por fora das tendências atuais — declarou Chelsea, pois o homem começava a irritá-la. — Tem alguma idéia do quanto as pessoas estão dispostas a pagar por balcões de granito em suas cozinhas de grife? Ou do lucro que se pode obter com a venda de granito de alta qualidade para os banheiros de hotéis de luxo? Cada unidade pode ser fisicamente pequena, mas o preço total é elevado. Claro que a Plum Granite não verá um centavo desse dinheiro com a sua estrutura atual. Você se limita a pegar os blocos de granito e despachar para alguém, que corta e dá o polimento, ficando com a maior parte do lucro. Pode entender muito de pedreiras, Sr. Plum, mas não sabe nada de negócios.

Ele pôs os antebraços em cima da mesa.

— Você tem uma língua afiada.

Chelsea inclinou-se para a frente.

— Também tenho a mente afiada. E com as duas, posso inverter a situação de sua companhia.

— Não tem nada a ver com você. É do seu dinheiro que preciso, não de você.

A irritação de Chelsea aumentou.

— Não pode ter uma coisa sem a outra. Sou a chave para o negócio.

Ele fitava-a com a mesma irritação.

— E eu sou a chave para explorar a pedreira. Sem um Plum no comando, nada pode ser feito.

— Parece que nada foi feito *com* um Plum no comando — disse ela, porque Oliver Plum podia ser mais velho, mas era teimoso demais para a sutileza. — O fato é que nunca seria capaz de atender aos negócios que eu traria.

— Errado, dona. O fato é que nunca seria capaz de trazer negócios suficientes para manter meus homens ocupados.

— Um ano — insistiu Chelsea, recostando-se. — Um ano será suficiente para recuperar a companhia.

Oliver Plum também se recostou, mas os olhos não relaxaram.

— Tem muita confiança em si mesma, não é?

— Pode apostar que sim.

— Porque nasceu em berço de ouro?

— É possível.

Ele fez uma careta.

— Chelsea... de onde veio esse nome?

Ela não piscou.

— É o nome que meus pais escolheram para mim.

— É um nome que não combina com esta cidade.

— Devo me preocupar com isso?

— Acho que deveria, se quer se dar bem aqui.

— Não estou propondo um negócio para me dar bem aqui. Minha intenção é apenas a de transformar esta companhia num empreendimento lucrativo.

Convencida de que Oliver Plum era um dos homens mais antipáticos que já conhecera, e sentindo a exasperação dessa convicção, Chelsea olhou para o relógio.

— Meu advogado e eu teremos uma longa viagem de volta. — Ela olhou para Jeremiah Whip. — A Plum Granite precisa de dinheiro, e eu tenho esse dinheiro. Temos ou não um negócio para discutir?

— *U*ma sociedade? — repetiu Carl naquela noite, quando Chelsea lhe falou sobre a proposta apresentada por Jeremiah.

— Entrarei com o dinheiro para a modernização e cuidarei da parte comercial — explicou ela — enquanto ele cuida da parte da produção. Seremos sócios durante um ano. Ao final desse prazo, quem deixar de cumprir seus compromissos no acordo vende sua parte para o outro.

Carl ainda estava com a camiseta e o short que usara no clube de squash. Mesmo vindo direto de uma partida, sua aparência era impecável. Ele sempre tinha um jeito todo especial de conseguir isso, pensou Chelsea. E não se podia deixar de atribuir isso à mente de Carl. Seus pensamentos estavam sempre em ordem.

— O que significa "deixar de cumprir seus compromissos"? — indagou ele, sempre meticuloso nos detalhes.

— Eu digo que posso providenciar mais pedidos do que seus homens são capazes de atender. E ele diz que não posso.

Carl mostrou-se consternado.

— Uma aposta? Quem ganhar fica com a companhia?

— *Compra* a companhia.

Chelsea não era nenhuma tola. Por mais indiferente que às vezes parecesse em relação à sua herança, sempre se mantinha atenta e vigilante ao seu patrimônio. Não era de jogar dinheiro fora, nem mesmo por Norwich Notch.

— Oliver recusa-se categoricamente a vender, mas precisa do dinheiro para sobreviver — acrescentou ela. — Se eu não puder inverter a situação da companhia, ele continuará como dono exclusivo.

— Mas se ele está quebrado, como arrumará dinheiro para comprar sua parte?

— Sairá pelo estado à procura de um empréstimo ou arrumará uma terceira pessoa para comprar minha parte.

Chelsea calculara que poderia descobrir muita coisa sobre Norwich Notch e as circunstâncias de seu nascimento durante um ano. Ao final desse prazo, ela poderia se sentir muito feliz em lavar as mãos e ignorar a cidade.

— Não perderei dinheiro no negócio. Houve uma época em que a companhia era extremamente lucrativa. E nós dois sabemos que o mercado para a pedra se recuperou. A Plum Granite só precisa aprender a aproveitar. E posso ajudá-la nesse ponto.

— Quando? Você é uma arquiteta. O que me diz da Harper, Kane & Koo?

— A Harper, Kane & Koo vai muito bem, obrigada. E meu trabalho também. Que diferença podem fazer umas poucas horas por semana consumidas em algo diferente?

— *Umas poucas horas?* — A expressão de Carl se tornou apreensiva. — O que está sugerindo, Chelsea, vai exigir mais que umas poucas horas. Terá de cuidar da parte comercial de um empreendimento em processo de crescimento. As companhias costumam ter uma equipe em horário integral para tratar disso.

Ela não via qualquer problema. A Plum Granite era uma empresa pequena. E Chelsea estava convencida de que poderia resolver quase tudo pelo telefone.

— Você disse que as coisas corriam tão bem aqui que eu teria tempo para um marido e um filho. Qual é a diferença?

— Qual é a *diferença*? A diferença é que um marido e filhos são pessoais. São eles que lhe dão presentes no seu aniversário, no Natal e no Dia das Mães. São os que se orgulham do seu trabalho e fazem com que você se orgulhe do trabalho deles. São os que amam você. Como uma companhia de granito pode se comparar a isso?

Chelsea sentiu uma onda de desamparo. Todos os argumentos faziam sentido — Carl *sempre* fazia sentido —, mas ainda assim havia uma parte dela que não queria escutar, a parte ansiosa em aceitar a proposta de Oliver Plum.

— Ora, Carl, não se pode comparar. Não no sentido a que você se refere. Norwich Notch é um desafio, uma coisa que significa muito para mim, mas não do tipo que dura para sempre de que você fala.

Ele virou-se e foi até um canto da sala. Com um pé no degrau do vestíbulo e a mão na coluna que havia ali, Carl comentou:

— Talvez esse tipo de coisa para sempre seja uma ilusão.

— Por que diz isso?

— Porque não acontece como deveria. Você passa metade de sua vida com alguém e presume que também passará a outra metade. Mas isso não ocorre necessariamente. A vida não é simples... e nem sempre é honesta. Talvez as visões de beijos e abraços, de presentes de aniversário sejam apenas maneiras de fazer com que nos sintamos menos sozinhos, até que apareça alguma coisa para preencher nossa vida.

— Oh, Carl! — murmurou Chelsea, por falta de alguma coisa melhor para dizer.

Ela sentia-se dividida. Carl era próximo e querido... mas próximo e querido o suficiente? Chelsea teve a visão de um triângulo romântico envolvendo Carl, ela própria e Norwich Notch. Às vezes ele era dominante, mas em outras mostrava-se rejeitado e ciumento. A última coisa que ela queria no mundo era magoá-lo. Afinal, Carl era seu melhor amigo. Chelsea aproximou-se dele por trás e murmurou:

— Isso é apenas uma coisa que tenho de fazer. Depois que for resolvida, poderei seguir adiante.

— Mas em que direção? Quem você será depois de resolver seu problema com aquela cidade?

— Serei eu mesma. — Chelsea esfregou as costas de Carl, da maneira como ele gostava. — E me *conhecendo* muito mais.

— Mas o que *eu* faço enquanto você *se conhece*?

— Seja paciente.

Quando ele soltou um pequeno grunhido, Chelsea deu a volta, abraçou-o e roçou um beijo em sua boca.

— Eu te amo, Carl.

Ele exibia alguma dúvida nos olhos.

— Amo mesmo, Carl. Essa história de Norwich Notch não tem nada a ver comigo... conosco.

Como ele não parecia mais convencido, Chelsea enlaçou-o pelo pescoço e beijou-o com mais ardor. Aumentou a intensidade do beijo, até sentir o início de uma reação. Carl suspirou contra sua boca.

— Você não deveria me deixar sozinho.

— Ausentei-me apenas durante o dia.

— De seis horas da manhã às dez da noite é tempo demais. Sinto-me melhor quando você está aqui.

Depois que Oliver Plum lhe dissera que era melhor voltar para casa, as palavras de Carl eram especialmente bem-vindas. Ele era uma boa pessoa, até demais sob alguns aspectos. Chelsea não sabia se algum dia poderia encontrar alguém que a aturasse tanto quanto ele.

E porque queria que ele soubesse como se sentia, ela roçou de novo os lábios em sua boca. Mal sugerira o beijo quando Carl assumiu o comando. Segurou o rosto de Chelsea, beijou-a, estendeu as mãos para acariciar todo o seu corpo. Conhecia aquele corpo, e ela conhecia aquelas carícias. Era certo, disse Chelsea para si mesma. E era bom.

Não pensou duas vezes quando Carl a levou para o quarto e a despiu. A intimidade era absolutamente normal para duas pessoas que se amavam. E aquela intimidade em particular estava há muito atrasada. Talvez fosse esse o problema.

Ela insistiu em dizer isso a si mesma, muitas e muitas vezes, enquanto Carl a beijava e acariciava... enquanto ela o beijava e acariciava em retribuição, achando que isso era certo, bom, normal. Quando ele a penetrou, Chelsea pensou em todo o tempo que o conhecia, como suas vidas estavam entrelaçadas, quanto os pais queriam que os dois se unissem, como Carl era especial. Ela acariciou-o em todos os pontos que poderiam levar ao orgasmo, e quando veio, foi satisfatoriamente intenso.

E essa foi toda a extensão da satisfação de Chelsea. Quando Carl se ofereceu para levá-la ao orgasmo, ela sorriu contra seu ombro e sacudiu a cabeça. Sentia-se cansada. Fora um dia longo e emocionalmente desgastante.

— Na próxima vez...

Ela fechou os olhos, mas o sono demorou a chegar.

Não houve outra vez e aquela ocasião anterior angustiou Chelsea pelas semanas subseqüentes. Não era uma questão de consciência. Não achava que haviam feito algo moralmente errado. Também não havia nada de errado em termos físicos. Fora bom.

E era justamente esse o problema. O sexo que era "bom" não era excitante. Não era o tipo de coisa que a fazia corar ou sentir calor na recordação. Não era o tipo de coisa sobre a qual se conversava em tom provocante durante o café da manhã. Também não era o tipo de coisa que consolidava um relacionamento que pendia por um fio. E não era necessariamente o tipo de coisa que se queria repetir.

Chelsea não sabia o que fazer. *Case com Carl*, dizia uma vozinha dentro dela. Era o que Kevin queria. Tom e Sissy Harper também, sem falar no próprio Carl.

Mas ela não sabia como podia. Não o amava da maneira certa. Não sentia uma centelha quando o fitava; e embora o pensamento de partilhar um lar e filhos com ele fosse "bom", como o sexo também fora, a perspectiva de passar o resto da vida com Carl deixava-a apavorada. Amava-o, mas ele não a excitava. Tinha de haver mais.

Enquanto ela se angustiava, Bob Mahoney trabalhava com Jeremiah Whip para preparar os documentos que formalizariam a sociedade com Oliver Plum. Por mais ansiosa que Chelsea estivesse, não aceitaria às cegas qualquer acordo. Pela sua disposição em investir tempo e dinheiro, queria que seus interesses ficassem protegidos. Até que isso acontecesse, não assinaria qualquer coisa.

Ainda faltavam várias semanas para se chegar a um acordo final quando Kevin a convidou para jantar. Como não podia perder qualquer oportunidade de melhorar as relações entre os dois, ela aceitou sem hesitar. Kevin recebeu-a com um beijo. Perguntou sobre seu trabalho, o que se parecia tanto com o que era antes de Abby morrer que Chelsea se sentiu mais animada. Depois, ele deu a notícia de que vendera a casa, o que a deixou atordoada.

— Não fazia sentido mantê-la — argumentou Kevin. — Estou sozinho agora. Por que precisaria de uma casa tão grande?

Chelsea não podia acreditar que ele a vendera. Amava aquela casa. E Abby também a amara.

— Porque é uma linda casa. Sossegada e elegante. E é um lar.

Com a mesma lógica que Carl teria usado, Kevin disse:

— Era um lar quando você e sua mãe moravam nela. Mas as duas partiram. Agora, é apenas um lugar muito caro para manter. E quase não fico lá.

Chelsea já sabia disso. Kevin parecia estar sempre viajando, e há anos que ela saíra de casa. Ainda assim, era a casa de sua infância. Não podia imaginar estranhos morando ali.

— O comprador é um executivo que foi transferido de Chicago para cá. Tem seis filhos e muito dinheiro. Cuidará bem da casa.

Essa informação não serviu para diminuir o senso de perda de Chelsea, que por sua vez não era atenuado pela mágoa que sentia. Kevin poderia tê-la avisado. Poderia ter partilhado seus planos. Era seu pai, e aquela casa fora seu lar.

— Há algum tempo que venho pensando em vender. A proposta foi feita antes mesmo que a casa fosse posta à venda. Poderíamos ter que esperar três anos por outra oferta tão boa. Por falar nisso, o dinheiro é seu.

Chelsea ficou consternada.

— Não quero.

— Mas quero que fique com o dinheiro. A casa era de sua mãe.

— E ela deixou para você — argumentou Chelsea, chateada, pois ele tentava diminuir a culpa de estar se livrando da casa transferindo o valor para ela. — Portanto o dinheiro da venda é seu. Não quero nada.

— Por que está tão zangada?

— Não estou zangada, apenas triste. Eu amava aquela casa.

Paixões Perigosas

— Mas não o suficiente para morar ali.

— Já sou crescidinha. Não podia continuar a morar com meus pais.

— Tem toda a razão. E sua mãe morreu. Sendo assim, quem vai ocupar aqueles quinze cômodos? E ainda nem começamos a falar de Newport. Francamente, Chelsea.

Ela baixou os olhos para o colo. Alisou o guardanapo de linho. Era apenas uma casa. Não podia entender por que se sentia tão transtornada. Quase nunca ia lá.

— Decidi me aposentar no final do ano — anunciou Kevin.

Pela segunda vez, Chelsea ficou atordoada. Ele riu.

— Achava que eu nunca pararia? Estou com sessenta e oito anos, Chelsea. Minhas mãos já não são tão firmes como antes. Acho que chegou a hora de ser honesto nesse ponto e desistir. O hospital tem outras pessoas competentes esperando nos bastidores.

Ela permaneceu calada por um longo momento, tentando absorver o choque.

— Não posso imaginá-lo sem exercer a medicina, assim como também não consigo imaginá-lo voltando para outra casa à noite.

Kevin sacudiu o gelo no copo. Tomou o resto do uísque e largou o copo em cima da mesa.

— O tempo muda as coisas. A vida continua. Sou um dos afortunados. Minha saúde é boa. Farei conferências em hospitais, visitarei lugares agradáveis, conhecerei pessoas interessantes, descansarei. Talvez assim não sinta tanta saudade de sua mãe.

E eu?, Chelsea teve vontade de perguntar. Não sente minha falta? Mas ela própria respondera à pergunta momentos antes. Já era adulta. Tinha sua própria vida, como Kevin também tinha... e vinha se dando bem, dava para perceber. Estava bronzeado. O rosto não parecia tão tenso como durante os dias de declínio da saúde de Abby.

— Sentirei sua falta se viajar tanto.

— Anda sempre ocupada. E tem Carl.

Ela tornou a baixar os olhos para o colo. Não sabia se deveria dizer, mas a abertura agora era boa demais para ser ignorada.

— Não sei se vai dar certo.

— Por que não?

Pela primeira vez, havia uma certa irritação na voz de Kevin. Chelsea teve a súbita visão do pai na sala de cirurgia, costurando seu futuro, apenas para descobrir que uma sutura não queria ficar no lugar.

— Não sei. Apenas acho que pode não dar certo. Mas não há nada concreto.

— Pensei que vocês dois praticamente viviam juntos.

— Não é bem assim.

Eles se encontravam e jantavam juntos quase todos os dias. Mas não passavam a noite juntos desde que haviam feito amor.

— Pelo amor de Deus, o que aconteceu agora? — indagou Kevin.

A impaciência do pai deixou-a irritada. Isso somado à notícia de que ele pretendia se aposentar, mais a notícia de que vendera a casa, levou Chelsea a dizer:

— Não amo Carl. Não da maneira como deveria, se fosse casar com ele. E Carl também não me ama assim. Temos tentado fazer com que dê certo, tentado fingir que há mais do que existe. Só que não há, e nada do que você, Tom e Sissy digam ou queiram pode mudar isso.

O rosto de Kevin ficou vermelho.

— Está querendo insinuar que a culpa é nossa?

— Não. Mas sei que vocês nos querem juntos, e talvez seja por isso que insistimos durante tanto tempo. — Ela deixou escapar um suspiro cansado. — Mas não há paixão entre nós. Simplesmente não existe.

— Mais contida, com alguma jovialidade, Chelsea acrescentou: — Tudo o que temos de fazer agora é admitir isso um para o outro.

O pai desviou os olhos, furioso.

— Preferia que eu casasse apenas por casar? — indagou ela, desolada. — Ambos logo ficaríamos desesperados.

— Isso não aconteceria. Formariam um bom casal.

— Não tão bom quanto você e mamãe foram. Quero o tipo de amor que vocês dois tiveram. Isso é errado?

A expressão de Kevin era severa. A filha acabara de lhe fazer o que deveria ter sido um grande elogio, mas ele parecia não estar prestando atenção. Sua mente seguia determinada por um curso específico.

— Não seria se você tivesse vinte e dois anos. Não é o caso. Já está com trinta e sete anos. Suas opções são limitadas. Carl é um dos poucos homens de bem que ainda não são casados e com filhos. — Ele fitou-a com uma acusação nos olhos. — Se você tivesse filhos, poderia ficar com a casa. Acho que a vendi por saber, lá no fundo, que você nunca a aproveitaria. É centrada demais em seu trabalho. Sempre foi. E agora ainda tem o fascínio por aquela cidade em New Hampshire. Se quer tanto uma casa, por que não compra uma ali?

Chelsea sentiu um aperto na garganta, reduzindo as palavras que escaparam a pouco mais que um sussurro suplicante:

— Não quero uma casa ali. Não vamos brigar por causa disso, papai.

— É esse o problema. Foi por isso que não deu certo entre você e Carl. Está obcecada por aquele lugar.

 Chelsea sacudiu a cabeça.

— Não é verdade.

— Está comprando uma empresa ali.

— É um investimento.

— E dos piores possíveis, pelo que Carl me contou. Ele disse que você não fala de outra coisa.

— Não é verdade. Faço questão de *não* falar a respeito com Carl. Não sei por que ele disse isso. — Ela pôs a mão no braço de Kevin. — É apenas um investimento. Carl preferiu não participar. Por isso estou fazendo sozinha. O contrato tem a duração de um ano. É uma coisa nova e excitante para mim, assim como a aposentadoria é nova e excitante para você. Também não tenho direito a isso?

— Você tem uma profissão aqui.

— Preciso de mais.

— Sempre precisou. É o seu problema.

— Pode ser. Mas é assim que eu sou. E se Carl, depois de todo esse tempo, decidiu que não gosta disso, o problema é dele.

— É um problema para você também. Sai perdendo.

Chelsea sacudiu a cabeça.

— Não se preocupe. Estou bem.

Kevin estudou-a — com tristeza, pensou ela, sentindo vontade de chorar — por um momento, antes de suspirar.

— Eu gostaria de poder acreditar nisso. Mas não posso deixar de me preocupar.

— Não se preocupe, por favor. Estou bem.

— Se sua mãe estivesse viva, poderia incutir um pouco de bom senso em você.

— Juro que estou bem. E o que faço agora me parece de absoluto bom senso. Gostaria de fazer com que você entendesse.

Mas ela não era capaz. Seu relacionamento com o pai não era o mesmo desde que Abby morrera. Talvez nunca tivessem sido um para o outro o que ela queria pensar que eram. Como acontecia com os Mahler, Abby fora a ligação, o pára-raios, a intérprete de sentimentos e motivações. Agora que Abby não se encontrava mais ali, Kevin não tinha mais paciência com a filha. Havia ocasiões em que Chelsea sentia que ele se distanciava de tudo que o fazia lembrar de Abby, inclusive a filha. Nessas ocasiões, sentia-se abandonada.

Tentou explicar isso para Cydra na manhã seguinte. Corriam debaixo da chuva, e ela sentia uma desolação correspondente.

— É como se o dinheiro da venda da casa fosse um suborno para comprar a liberdade dele. Como se me desse tudo para não se sentir culpado por passar o tempo todo viajando. Mas eu disse que não queria o dinheiro. Disse que não o aceitaria. E ele disse que se eu não o aceitasse daria tudo aos Mahler. Era a única coisa que sabia que eu não poderia suportar.

Cydra riu, abaixou o boné de beisebol encharcado pela testa enquanto continuava a correr.

— Já te contei que eles fizeram uma oferta pelo anel? — perguntou Chelsea. — Um preço absurdamente alto.

Totalmente irrecusável.

— Vai vender?

— Não há a menor possibilidade. O anel era de minha mãe.

Depois de um tempo, Chelsea acrescentou:

— Se eu fosse rancorosa, ficaria com o dinheiro e o usaria para comprar a companhia de granito e jogar na cara deles o lugar em que nasci.

Cydra sorriu.

— Seria uma justiça poética.

— Só que quero mesmo ficar com o anel. Tem um valor sentimental inestimável para mim.

— Eles aceitarão isso?

— Espero que sim...

Foi nesse instante que um carro passou em alta velocidade por uma poça, espirrando água nas duas. Pararam de correr. Cydra lançou alguns xingamentos para o carro, que se distanciava. Chelsea olhou consternada para suas pernas enlameadas.

— Mas que idiota!

Cydra continuou a gritar insultos, até que Chelsea pôs a mão em seu braço.

— Ele já sumiu. Não desperdice seu fôlego.

Chelsea espremeu a água do rabo-de-cavalo que pendia do buraco atrás do boné.

— Talvez ele não tenha percebido o que fez.

Cydra torceu a bainha da camiseta sem mangas.

— Você é generosa demais.

Chelsea passou as mãos pelo short.

— Não sou não. Apenas escolho minhas brigas. Um desconhecido passando de carro não vale o esforço da raiva quando há tantas outras coisas acontecendo em minha vida. Todo o meu organismo anda na pior. Está vendo isto? — Ela apontou para o queixo. — Não me lembro de quando foi a última vez que tive uma espinha.

Cydra olhou mais de perto.

— Não vejo nenhuma espinha.

— Mas está aí. Pode acreditar.

— Não é apenas sua imaginação?

— Também imagino que acordo cinco vezes por noite? Ou que a menstruação está atrasada? O ritmo de meu corpo foi desligado.

Chelsea sacudiu a cabeça para a rua. Recomeçou a correr. Cydra seguiu-a. Quando o barulho dos passos soava outra vez em sintonia, ela comentou:

— Também acordo durante a noite. Fico na cama, querendo um corpo de homem, grande e quente. E sinto pena de mim mesma porque não há nenhum ali. É um inferno.

Chelsea pensou em Judd Streeter e quase falou sobre ele para Cydra. Mas se conteve a tempo. Judd era um mito, embaraçoso ainda por cima, quanto mais pensava a respeito.

— Em que você pensa quando acorda durante a noite? — perguntou Cydra.

— Carl. A biblioteca que projetei. Norwich Notch. Meu pai, minha mãe, a casa. A Plum Granite. E a chave. Penso muito na chave. Já contei que a mostrei a uma especialista?

Cydra lançou um rápido olhar de surpresa.

— Descobriu alguma coisa nova?

— Apenas que provavelmente é única. Ela achou que era de fabricação italiana, mas não tinha certeza.

Depois de correr em silêncio por um minuto, Cydra sugeriu:

— Anuncie.

— Hein?

— Em publicações que chegam a Norwich Notch. Pode mostrar uma foto. Para verificar se alguém se apresenta com alguma informação.

Chelsea pensara nessa possibilidade. Alguma coisa no jornal local podia passar despercebida na pressa da leitura diária, mas havia revistas mensais que atendiam ao público que perdia pessoas da família, encontrava artefatos que queria identificar ou tinha objetos exóticos que queria negociar.

— Chels...

— O que é?

— A outra coisa.

— Que outra coisa?

— Há quanto tempo sua menstruação está atrasada?

Chelsea continuou a correr, concentrando-se no barulho dos tênis no chão.

— Uns poucos dias.

— Ahn... isso não é nada.

Só que a menstruação de Chelsea nunca atrasava, e não era apenas um ou dois dias. Eram cinco dias. Ela verificara no calendário. Contara e recontara, para ter certeza de que não era um erro de cálculo de sua parte. Mas havia mesmo cinco dias de atraso. Quando parava para pensar no motivo para isso, ela começava a tremer.

— Não está preocupada, não é? — indagou Cydra.

— Claro que não. É apenas por causa de minha vida movimentada. E porque ando com muitos problemas na cabeça.

Ela sentiu o olhar inquisitivo de Cydra. Depois de mais algumas passadas, sentiu-o de novo.

— Está preocupada. — Não era uma pergunta desta vez. — Acha que engravidou?

Chelsea pensou em sua noite não muito espetacular com Carl. Não sentira absolutamente nada que pudesse ser considerado especial. O período do mês era propício para ela conceber, mas ainda assim não podia acreditar. Só haviam feito uma vez, uma única vez. Era mera coincidência que ela fizesse sexo pela primeira vez em três anos e logo depois sua menstruação atrasasse?

— Não sei — murmurou ela depois de um longo momento. Mas a resposta era uma confissão de que ela e Carl haviam ido até o fim.

— Você finalmente fez! — exclamou Cydra, excitada. — Por que não me contou?

— Porque não era da sua conta.

Cydra não disse nada. Chelsea chegou mais perto e tocou em seu braço.

— Desculpe. Estou um pouco nervosa.

Elas correram em silêncio durante algum tempo, até que Cydra comentou, mais contida:

— Presumo que não tenha sido sensacional.

— Não, não foi.

— Eu sabia que não seria. E você também sabia. Foi por isso que esperou. Se a química fosse certa, já teria feito há muito tempo. Relegar para segundo plano durante todo esse tempo era um sinal.

Chelsea concordava.

— E não vai casar.

— Não.

— Nem mesmo se estiver grávida?

— Nem assim.

Casar por causa de uma criança seria um erro quase tão grande quanto casar para agradar os pais.

— Chels...

— O que é?

— Como... ahn...

Sem parar de correr, Chelsea sacudiu as mãos para secá-las.

— Não pergunte.

— Não usou nada?

Chelsea fez uma careta.

— Mas você é tão competente!

Cydra poderia muito bem ser a vozinha dentro de Chelsea que a censurara durante a semana inteira.

— Não planejávamos fazer nada — disse ela, irritada. — Por isso não nos precavemos.

— Mas vocês são adultos responsáveis!

— Até mesmo adultos responsáveis fazem besteiras de vez em quando.

Cydra soltou um grunhido em concordância.

— Já pensou no que fará?

— Acho que não estou grávida.

— Por que não faz um teste?

Entraram no trecho final, aproximando-se da academia.

— Porque acho que não estou grávida.

— Quanto tempo vai esperar para descobrir?

— A menstruação pode vir amanhã.

— E se não vier?

— Então começarei a me preocupar.

No dia 1º de junho, os contratos para a sociedade na Plum Granite já estavam na mesa de Bob Mahoney. Oliver Plum, ansioso pelo dinhei-

Paixões Perigosas

ro prometido, assinara tudo. Com a assinatura de Chelsea, o acordo seria definitivo.

O que a reteve não foi a oposição de Carl ou a de Kevin, e sim seu turbilhão pessoal.

Estava mesmo grávida. Seu médico confirmara. Não se sentia nem parecia diferente de antes. Mas quando pensava a respeito dos primórdios do bebê dentro dela, começava a ficar atordoada.

Não sabia o que fazer em relação a Carl. Não sabia o que fazer em relação a Kevin. Não sabia o que fazer em relação a Norwich Notch. A gravidez não figurara em seus planos.

Um aborto era inconcebível. Como adotada, sabendo que poderia ter sido destruída antes de nascer, não podia nem admitir a possibilidade. Também não considerou a adoção por muito tempo, porque uma coisa se tornou evidente à medida que as horas angustiantes passavam. Queria aquela criança. Não planejara tê-la e não podia pensar numa situação mais constrangedora ao considerar a insipidez de seu relacionamento com Carl. Mas queria a criança, apesar de tudo. Era carne de sua carne. E ela a desejava.

— Se você quer mesmo essa criança, por que está correndo? — indagou Cydra, parando de repente e alteando a voz, para que alcançasse Chelsea, que seguira em frente.

Chelsea também parou.

— O médico disse que não tem problema. Fiz questão de perguntar.

Cydra ficou cética.

— Tem certeza?

— Quero essa criança. Não faria nada para prejudicá-la. Mas preciso correr. Desanuvia minha cabeça.

Ela ergueu o queixo para a frente e recomeçou a correr. Um quarteirão adiante, Cydra murmurou, impressionada:

— Puxa... um bebê!

Chelsea sabia o que ela queria dizer com isso. Há anos, ao que parecia, suas amigas vinham tendo bebês, enquanto ela era a profissional determinada, a "tia" que levava presentes, tirava fotos, fazia cócegas em barriguinhas infantis e depois ia embora. Nunca sequer se imaginara com uma bolsa cheia de fraldas pendurada no ombro.

— Estranho, não é?

— Muito.

— Mas posso fazer tudo. Posso criá-lo. Dinheiro não é problema. Nem segurança no emprego.

— Mas é uma péssima ocasião, com a aquisição da companhia de granito e todo o resto.

— Posso cuidar de tudo.

— O que as pessoas vão pensar quando a barriga começar a aparecer?

— Que estou grávida.

— Entendeu o que eu quis dizer, Chelsea. Pelo que me contou, é um lugar conservador.

— Neste caso, acho que terão um choque.

Mais ou menos como sua mãe biológica devia ter chocado todo mundo em Norwich Notch, pensou Chelsea. Portanto a história se repetia.

— Também deixará seu pai chocado.

— Não... Sim. — Chelsea passara horas imaginando a reação de Kevin. — Ele ficará desapontado. Sabe que sou capaz de fazer o inesperado, e por isso não ficará chocado. E quando souber que a criança é de Carl, nem vai se zangar. Mas, depois, quando eu lhe disser que não há perspectiva de casamento...

A voz definhou. A desolação de Kevin seria profunda. Por mais que isso a afligisse, no entanto, era uma coisa que não podia mudar. Quando pensava em casar com Carl, sentia-se com as mãos e os pés atados. Ter um bebê deveria fazer com que ela sentisse a mesma coisa, mas não era o que acontecia. A criança seria sua. Poderia acompanhá-la aonde quer que fosse, fazer o que ela fizesse. Hailey Smart não estava longe da verdade nesse ponto.

— O que vai dizer a Carl? — perguntou Cydra.

— Que não casarei com ele.

— E se ele quiser a criança?

— Poderá vê-la sempre que quiser.

— E se ele insistir na guarda compartilhada?

— Carl poderá ver a criança tanto quanto quiser.

Paixões Perigosas

— Não é a mesma coisa que a guarda compartilhada?

— Não quero dividi-la com ele — declarou Chelsea. — Quero que a criança seja toda minha.

— A parente de sangue que você nunca teve?

— Isso mesmo.

Correndo ao lado, Cydra comentou:

— Há uma mensagem nessa situação.

— É mesmo?

— Meus colegas diriam que seu subconsciente queria engravidar.

Era uma hipótese interessante. Chelsea não achava que fosse verdadeira, mas não podia excluí-la. Agora que transcendera ao choque inicial, não se sentia nem um pouco perturbada por estar grávida.

— E o que você diria?

— Eu diria que você deve conversar logo com Carl, a fim de poder se concentrar em ser radiante.

Chelsea procurou Carl naquela manhã, querendo marcar um encontro depois do trabalho.

— A ocasião é péssima — disse ele. — Tenho um jantar marcado com J.D. Henderson. Não sei quanto tempo vai demorar, mas não quero pressioná-lo. Afinal, ele é um dos poucos incorporadores que não se preocupam com a situação econômica.

Ele mencionara a reunião antes, mas Chelsea esquecera. Se fosse outro tipo de pessoa, teria sugerido um encontro no café da manhã. Mas não era afeita às manhãs, e nos últimos dias vinha se sentindo nauseada ao acordar.

— Então, amanhã à noite?

— Claro.

Isso estava resolvido, ou pelo menos foi o que Chelsea pensou. Mas passou o dia inteiro irrequieta, querendo conversar com Carl e acabar logo com aquilo. Sabia que ele voltaria ao escritório depois do jantar com Henderson. Era o que sempre fazia depois das reuniões, para fazer anotações ou desenhar idéias, pois não queria esquecer nenhum detalhe do que fora dito. Por isso, ela foi até lá às nove horas, com a esperança de encontrá-lo; planejava esperar se ele ainda não tivesse chegado. Tinha muita coisa para mantê-la ocupada.

Logo no início do corredor ela percebeu a luz acesa na sala de Carl. O coração batendo forte, na expectativa do que tinha a dizer, Chelsea avançou em silêncio pelo corredor. Parou na entrada da sala... e teve a sensação de que o coração ia saltar pela boca. Carl estava ali, com Hailey, os dois meio despidos.

Atordoada, Chelsea recuou. Mas ele a vira.

— Meu Deus! — exclamou ele.

Chelsea enfiou as mãos por baixo dos braços e encostou-se na parede do corredor. Ouviu vários xingamentos murmurados e os sons de movimentos apressados. Depois, Carl passou correndo pela porta, mas parou abruptamente quando a viu. Abotoara a camisa às pressas, mas não a enfiara para dentro da calça. Tinha o rosto vermelho de culpa.

Em todos os anos de convívio, Chelsea nunca o vira assim. Era como se fosse um estranho, o que aumentava o seu choque.

Carl ergueu as mãos para se defender da fúria de Chelsea. Como não viesse, ele transformou o gesto num dar de ombros e abaixou os braços para os lados do corpo. Seus olhos exibiam a desculpa que a boca se recusava a pedir.

— Você é um rato — sussurrou ela, sentindo-se traída. — Um *rato*.

Ele lançou um olhar contrafeito para sua sala. Tornou a fitá-la, enfiando as mãos nos bolsos da calça. Chelsea sentia o estômago completamente embrulhado.

— Há quanto tempo... — A voz tremia tanto que ela pigarreou e tentou de novo: — Há quanto tempo vocês têm um caso?

— Há algum tempo. E você sabia.

— Pensei que havia acabado.

— E acabou... mais ou menos.

Mais ou menos... Ela pensou na noite em que haviam feito amor e teve de engolir em seco para reprimir uma vaga sensação de náusea.

— O que isso significa?

— Eu achava que ela não era a mulher certa para mim. Estava convencido de que era você. Mas sempre faltou alguma coisa entre mim e você. Alguma coisa que ela tem.

Chelsea teve a sensação de que levara um soco na barriga. Apesar de saber que faltava mesmo alguma coisa e ter vindo ao escritório para dizer isso a Carl. Apesar de saber que não queria casar com ele e do fato de que encontrá-lo com Hailey fazia com que essa confissão se tornasse irrelevante. Ainda amava Carl como um amigo. E esperava um filho dele. Sentia-se maculada ao saber agora que ele estava envolvido com outra mulher ao mesmo tempo em que tentava um relacionamento com ela.

Num movimento brusco, ela virou-se e saiu em disparada pelo corredor. Mas compreendeu que era loucura fugir quando chegou à recepção. Fora fiel a Carl durante todo o tempo em que tentavam consolidar o relacionamento. Como não fizera a mesma coisa, Carl não teria condições de reivindicar qualquer coisa quando lhe falasse sobre o bebê. Ele aproximou-se.

— Sinto muito, Chels. Não queria que você descobrisse dessa maneira. Não tinha a intenção de magoá-la.

Ela virou-se para fitá-lo, braços protetores em torno da cintura, uma expressão de censura nos olhos.

— Não tinha mesmo — insistiu Carl. — Era sério tudo o que falei depois que sua mãe morreu sobre ficarmos juntos. E continuei a falar sério sobre tudo o que disse nos meses que transcorreram desde então. Eu te amo, Chelsea. Mas você tinha razão quando comentou, na primeira vez em que eu disse isso, que não sabia se estávamos apaixonados um pelo outro, e que isso fazia diferença. Eu não queria aceitar na ocasião, porque havia muitas razões para que casasse com você. E ainda há. Mas não são as razões certas.

Chelsea conhecia todas essas razões, mas permaneceu em silêncio. Ele estava transtornado. Por causa da maneira terrível como descobrira a verdade, ela encontrava agora uma estranha satisfação nessa situação.

Mas a satisfação logo se desvaneceu quando a expressão de Carl se tornou de profunda angústia. Chelsea tentou encontrar fingimento nessa reação, mas não pôde. Ele parecia estar dizendo a verdade.

— Passei um longo tempo sem me encontrar com Hailey. E, depois, as coisas entre nós pareciam se arrastar. O relacionamento não progredia. E quando você viajou para Norwich Notch... não que eu esteja culpando você ou a cidade... — Carl falava como um homem que sabia que pisava em gelo fino. — Mas você foi para lá porque sabia que havia alguma coisa errada aqui. Pela mesma razão... porque eu sabia que havia alguma coisa errada... fui atraído de volta para Hailey.

— Disse que ela era excêntrica demais para você.

— E é mesmo. — Carl fez uma pausa, apenas por um instante, mas o sorriso envergonhado que se insinuou em seu rosto deixou Chelsea com vontade de gritar. — Mas é excitante — acrescentou ele.

Carl também dissera que ficava sem fôlego quando estava com Hailey, ao que Chelsea fizera um comentário sobre paixão. Não precisou lembrá-lo agora. Vira prova suficiente no final do corredor.

O relacionamento entre os dois carecia de paixão. Carl encontrara isso com Hailey. Ela não podia culpá-lo.

— Eu queria contar antes, Chels, mas parecia que nunca havia uma ocasião oportuna. Sentia a pressão de meus pais para casar com você, a pressão de Kevin, até a pressão de *mim mesmo*. Tentei lhe falar de Hailey quando voltou de Norwich Notch no mês passado, mas você começou a me beijar e pensei: talvez dê certo. Talvez tudo se resolva.

Portanto ele pensava em Hailey quando fizera amor com ela.

— Por que não me deteve? — indagou ela, sentindo-se uma tola.

— Porque eu também queria. Não acho que você não seja atraente, Chelsea. Não tive qualquer dificuldade para fazer amor com você. Mas você não gostou, e para mim a satisfação foi apenas física. Não houve surpresa... — ele acenou com a mão — ... nem excitamento, nem uma intensa realização emocional. Houve para você?

O tom indicava que Carl sabia qual era a resposta, mas queria que ela própria admitisse.

— Não — murmurou Chelsea.

— Mas isso existe quando estou com Hailey... e se você fica magoada quando digo isso, sinto muito, mas é hora de sermos francos. Somos errados um para o outro. Você não quer casamento e filhos da maneira como eu quero. E quando chegar o dia em que decidir que é isso o que quer, encontrará alguém melhor do que eu. Os homens viram a cabeça para admirá-la aonde quer que vá. Só terá de avisar que está no mercado à procura de um marido e receberá uma porção de propostas. Enquanto isso pode continuar à procura de suas raízes, como acha que tem de fazer. Eu vou casar com Hailey.

As palavras saíram como um pensamento posterior, meio encoberto por tudo o que viera antes. Ainda assim Chelsea ouviu-as tão claras quanto o dia. Deveria ficar chocada, magoada ou furiosa. Estranhamente, porém, sentia-se aliviada.

— Ainda não comuniquei a meus pais — acrescentou Carl. — Mas agora que você já sabe, não terei qualquer dificuldade para contar. Eles não ficarão nem um pouco satisfeitos. Hailey não é você, a mulher que eles queriam para nora. Mas agora que ela vai ter um filho meu, eles não terão opção.

Chelsea sentiu uma pontada de dor no estômago. Comprimiu a mão contra a barriga e respirou fundo para se controlar.

— Ela está grávida?

— Acabou de ficar — anunciou ele, orgulhoso. — É cedo demais para procurar um médico, mas ela fez um teste de farmácia. Se casarmos neste fim de semana, ninguém perceberá a diferença.

Chelsea respirou fundo outra vez, já que a primeira não parecera ajudar.

— E se ela não estiver realmente grávida? Se for uma armadilha?

O orgulho transformou-se em indignação.

— Não é uma armadilha. Ela me ama. Não faria isso. Como pode sequer sugerir isso, Chelsea?

Ela sentiu uma súbita explosão de raiva.

— Posso sugerir qualquer coisa que quiser, nessas circunstâncias. Pense na maneira como me sinto. Você pulou da minha cama para a dela. Ou foi da cama de Hailey para a minha e depois voltou?

O pensamento deixou-a angustiada. Torceu para que não tivesse sido assim. Somado a todo o resto, seria demais. Carl empertigou-se.

— Não estive com Hailey uma única vez enquanto tentava um relacionamento com você. Foi só depois de ter certeza de que nosso relacionamento era um fracasso que voltei a procurá-la.

Grata por isso, pelo menos, Chelsea deixou escapar um suspiro. A maior parte de sua força pareceu se esvair no suspiro. Com os joelhos bambos, ela encostou-se na parede ao lado da porta.

— Você está bem? — perguntou Carl, com a preocupação antiga, tranqüilizadora.

Mas era um placebo, não o que Chelsea precisava. Vinha se sentindo perturbada, como acontecera depois da morte de Abby, só que agora não contava com qualquer apoio. Kevin vendera a casa e ia se aposentar, só Deus sabia onde, enquanto Carl anunciava seu casamento com Hailey.

— Chelsea?

Ela balançou a cabeça.

— Estou preocupado com você.

Chelsea conseguiu exibir um débil sorriso.

— Ainda somos amigos, não é?

Ela tornou a acenar com a cabeça.

— E sócios na empresa — acrescentou Carl. — Estarei sempre aqui com você, Chels. E pode ficar sossegada em relação a meus pais. Assumirei toda a culpa pelo que aconteceu entre nós. Meus pais adoram você. Sempre vão adorá-la.

Chelsea sentiu um vazio tão súbito e intenso que apertou ainda mais os braços com que se enlaçava.

— Ah... vou para casa...

Ela afastou-se da parede, abriu a porta e encaminhou-se para o elevador.

— Vejo você amanhã de manhã? — perguntou Carl, com um nervosismo evidente.

Ela inclinou a cabeça em confirmação e acenou com a mão em despedida, mas não olhou para trás. Tudo por dentro dela se esticava e contraía, alternadamente. Sentia-se exausta e sufocada. Queria voltar para casa e se deitar.

Ela dormiu direto até as dez horas da manhã seguinte. Depois de sentar na cozinha, em silêncio, para tomar as duas xícaras de café habituais, que vomitou logo em seguida, ela tomou um banho de chuveiro, vestiu-se e foi para o escritório de Bob Mahoney. Ao meio-dia, já havia assinado os documentos que a tornavam sócia da Plum Granite Company. À uma hora da tarde, estava no escritório da Harper, Kane & Koo, dando telefonemas e organizando papéis e pensamentos. Às cinco horas da tarde estava de novo em casa, com três pastas cheias de documentos, além de um punhado de recibos de depósitos bancários. Às seis horas da manhã seguinte estava em seu carro, a caminho de Norwich Notch.

Sete

Donna Farr estava na frente do armazém-geral, mas sua atenção não era para os chapéus de palha que ajeitara em exposição ali. Como Matthew saíra, ela tinha liberdade para olhar pela vitrine, na direção da praça, onde Chelsea Kane desembarcara de um Jaguar verde minutos antes.

Não havia qualquer possibilidade de se confundir. Quase três meses haviam passado desde que Donna a vira pela última vez. O dia era escuro e chuvoso, mas o rosto dela ficara gravado em sua mente, um ponto de luz que não esmaecera com o tempo. Havia alguma coisa especial na mulher. Donna sentira na ocasião; mesmo agora, a distância, tornou a senti-lo. Desta vez Chelsea usava um vestido amarelo de verão, curto, última moda, que lhe caía muito bem porque ela era alta e esguia. A cor combinava com os cabelos, que pareciam mais vermelhos do que castanhos ao sol, caindo sobre os ombros em ondas.

Isso mesmo, ela era bonita. Mas pessoas bonitas já haviam passado por Notch antes; e a verdade é que Notch também tinha pessoas bonitas. Só que Chelsea era mais. Tinha uma sofisticação de que as outras careciam. Tinha autoconfiança. Tinha classe.

E também tinha dinheiro. Donna poderia ter adivinhado isso em março, apenas pelo corte das roupas. Mas quando ela voltara em maio, acompanhada pelo advogado, para apresentar uma proposta de compra da companhia de granito, a extensão de sua riqueza ficara evidente. Segundo Oliver, ela oferecera uma quantia absurda. Mas ele não queria vender. A companhia de granito era seu coração e sua alma. Significava tudo para ele. Donna, que era a terceira de suas quatro filhas — e a que ficara mais próxima do ninho —, podia afiançar isso. Entre as suas lembranças mais nítidas da infância se destacavam as excursões à pedreira nas tardes de domingo, quando os operários estavam de folga e o pai podia subir pelos andaimes sem ser incomodado. Ainda recordava a maneira como ele relatava o que haviam feito naquela semana, como instruía os homens no uso dos equipamentos. Seu pai sempre gritava, furioso, se ela ou uma de suas irmãs se tornava impaciente e pedia para ir embora. Considerava a pedreira com uma reverência que a maioria das pessoas reservava para a igreja; e como um pregador que ameaçava com o fogo do inferno, ele também exigia obediência absoluta.

E, de modo geral, sempre conseguia. De suas filhas, apenas a mais jovem, Jeannie, escapara. Fugira de casa no final da década de 1960 com um guitarrista chamado Rick. Casaram mais tarde, compraram uma casa em Tenafly, Nova Jersey, e tiveram dois filhos. Embora Rick tivesse se tornado um respeitável dentista, Oliver Plum nunca perdoaria Jeannie por tê-lo deixado.

Janet, outra irmã, cinco anos mais velha do que Donna, casara com Hickory Pullman, um advogado eleito para a Assembléia Legislativa, como seu pai antes. Susan, três anos mais jovem do que Janet, casara com Trevor Ball, cuja família fornecia contadores para os banqueiros Jamieson há muitos anos. E Donna casara com Matthew Farr.

Das três uniões, a sua fora a que deixara Oliver mais satisfeito. Juntara duas grandes famílias, dissera ele; e pelos padrões de Norwich Notch, os Farr eram mesmo uma grande família. O agente do correio na cidade era sempre um Farr; o mais velho Farr vivo era inevitavelmente o moderador nas assembléias municipais; as mulheres Farr comandavam os bazares da igreja. E havia ainda o armazémgeral, que os Farr possuíam e operavam desde a sua fundação, em 1808. Ninguém que fosse — ou esperasse se tornar — alguma coisa em Notch nem sequer sonharia em comprar o que precisasse em outro lugar.

Os Farr eram destemidos. Como uma Plum, Donna estava no mesmo nível apenas teoricamente. Era imperfeita, de uma maneira

Paixões Perigosas 125

que nenhum Farr ou Plum jamais fora. Se Matthew Farr não tivesse passado, e muito, da idade de casar, Donna duvidava que ele lhe concedesse um segundo olhar. Era um homem muito bonito, o solteiro mais cobiçado de Norwich Notch. Mas tinha trinta e cinco anos na ocasião, e os pais queriam seu casamento. Donna, que tinha vinte e oito anos, quase virando uma solteirona, estava madura para ser conquistada.

Ela orgulhava-se de ser uma Farr. Dizia isso a si mesma várias vezes por dia. Com o sangue dos Plum e a ligação com a família Farr, era parte integrante de Notch. Havia segurança nisso, como sempre se lembrava, com uma freqüência que parecia cada vez maior. A tradição era importante na vida. Assim como a ordem. Notch não seria a mesma coisa sem isso.

Era por isso que Oliver jamais venderia a Plum Granite, independentemente do amor que sentia pela companhia. Afinal, a empresa era uma instituição em Norwich Notch... e ela não era nada sem os Plum. Seria inadmissível que caísse nas mãos de uma forasteira.

Os habitantes da cidade estavam contrariados pelo fato de o dinheiro da forasteira ser injetado na companhia. Oliver só revelara o acordo ao mínimo de pessoas possível; mesmo assim, a notícia se espalhara — como sempre acontecia em Notch — e não era nada agradável.

Chelsea Kane era uma forasteira. Era uma incógnita. E era uma *mulher*. Não merecia confiança.

Ao contemplá-la agora, enquanto ela parava, imponente, na beira da praça, Donna duvidou que ela pudesse algum dia se ajustar à cidade. Era muito diferente, do tipo que se destacava numa multidão, a última coisa que as mulheres de Norwich Notch queriam fazer. Elas só desejavam agradar aos pais, complementar os maridos e criar os filhos. Queriam manter a estrutura social da cidade como vinha sendo há dois séculos. Queriam se fundir de uma maneira impecável, graciosa e funcional.

Donna teve um sobressalto quando sentiu a mão de alguém tocar a sua. Virou a cabeça num movimento brusco, os olhos se iluminando quando se encontraram com os de Nolan McCoy. Mas ela permitiu-se apenas um instante de prazer, antes de olhar ao redor para ter certeza de que não havia mais ninguém por perto. Seus olhos eram inquisitivos quando voltaram a fitá-lo.

— Só estou verificando as coisas — disse ele, mexendo os lábios da maneira generosa que facilitava a leitura.

Nolan era o chefe de polícia, o primeiro das duas autoridades policiais que só faziam isso em Norwich Notch. Fora contratado oito anos antes, depois que seu antecessor tomara um porre e levara o carro para fora da estrada, caindo por dez metros na ravina. Nolan conhecia todo mundo em Notch. Era respeitado e admirado. Ainda assim, era um forasteiro, como Notch preferia. Oito anos não eram nada quando se tratava de aceitação. Donna conhecia pessoas que haviam vivido na cidade pelo dobro do tempo, mas ainda assim eram mantidas a distância. As pessoas tinham de conquistar seu lugar na cidade.

Isso nunca incomodara Donna, até a chegada de Nolan. Alguma coisa nele a comovera desde o início. Ela calculava que era sua solidão. Nolan tinha pais no Novo México, um irmão em Montana e uma ex-esposa e duas filhas no Kansas. Dizia que as filhas eram as únicas pessoas de quem sentia saudade. Mas Donna sabia que não era bem assim. Sabia bem o que era solidão para reconhecê-la nos outros, e era por isso que fazia questão de convidá-lo para ir à sua casa sempre que possível. O que sempre era complicado. Matthew era tão adepto da tradição quanto seu pai fora, e a tradição significava a mesma lista de convidados no Dia de Ação de Graças, Natal ou Ano-novo, ano após ano. O nome de Nolan não constava dessa lista. E não era provável que entrasse. Aos olhos de Matthew, ele era pouco mais que um empregado da cidade.

Mas Nolan era um empregado dedicado, que era outra das coisas que Donna apreciava nele. Levava seu trabalho a sério. Passava longas horas empenhado em suas tarefas. Estava determinado a preservar a paz em Norwich Notch.

Também tinha os olhos mais ternos que Donna já vira em sua vida. Não que ele fosse bonito, pelos padrões convencionais. Os cabelos eram prematuramente grisalhos, o pescoço grosso, as feições sem qualquer refinamento. Mas quando a fitava *olhava* mesmo para ela. Não via a filha de Oliver Plum, a esposa de Matthew Farr ou a mãe de Joshie Farr. Via apenas *ela*. Quando Nolan a fitava, ela sentia-se adorável.

Nem uma única vez, em quatorze anos de casamento, Matthew a fizera se sentir assim.

— Tudo bem? — perguntou Nolan, roçando os dedos nos dela.

Donna sorriu. Sabia que ele segurava sua mão para que não pudesse fazer sinais. Preferia quando ela falava. Donna, por outro lado, detestava falar, mas gostava de sentir o contato da mão de Nolan. Sem dizer nada, ela ergueu o ombro contra o braço de Nolan, num meio dar de ombros, lançou um olhar para a praça e tornou a olhar para sua boca.

— Chelsea Kane — confirmou ele. — Entrou na pousada ontem de noite. Seu pai previu que ela viria à cidade várias vezes, mas não tão cedo. A tinta mal secou no contrato que ela assinou. Ele diz que ela pode ficar tanto tempo quanto quiser, desde que traga seu talão de cheques.

Donna arqueou uma sobrancelha. Ele acenou com a cabeça.

— Ele não pode obrigá-la a ir embora, mas não tente lhe dizer isso. Seu pai estava muito rabugento esta manhã.

Donna podia adivinhar o motivo. A última coisa no mundo que o pai queria agora era uma pessoa como sócia.

— Shelby serviu o café da manhã para ela — acrescentou Nolan. — Disse que ela não comeu muito, e parecia um pouco pálida e cansada.

"A viagem é longa", comentou Donna, apenas com os movimentos dos lábios.

— Fale alto — exortou Nolan.

Ele deu um aperto gentil em sua mão, mas Donna sacudiu a cabeça em negativa. Nolan não insistiu.

— Ela pode passar algum tempo aqui. Reservou o quarto por uma semana, com opção para ficar mais tempo.

"Por quê?"

— Não sei. Mas seu pai ficará furioso.

Ao olhar de novo para a praça, Donna sentiu uma simpatia instintiva por Chelsea Kane. Era triste a pessoa ser considerada por seu dinheiro... ou pelo nome, ou pela posição social. Matthew casara com ela pelo nome e posição, e era um casamento vazio. Ela se perguntava se isso o incomodava tanto quanto a ela.

Donna especulou agora se Chelsea Kane já fora casada alguma vez. Oliver alegava que não. Mas Oliver também alegava que ela era uma pessoa insuportável de se lidar, o que era o oposto da impressão de Donna. Chelsea fora gentil com ela naquele dia em março. E Donna apreciava a gentileza.

Enquanto ela observava, o retriever de Judd Streeter saiu de trás do escritório de advocacia, avistou Chelsea e correu. Parou na frente dela, abanando o rabo. Ela afagou-o, coçou atrás das orelhas, de uma maneira que fez o cachorro levantar o focinho. Sob as carícias gentis de Chelsea, o cachorro parecia subitamente nobre, que era a impressão que a mulher transmitia, refletiu Donna. Com seus cabelos castanho-avermelhados, a pele clara e o corpo esguio, ela era uma mulher admirável.

E Donna sentiu outra vez uma profunda simpatia por ela. Pensou no que Chelsea poderia saber de Norwich Notch. Se ela achava que tinha poder apenas porque comprara a companhia de granito, teria de pensar duas vezes. Ninguém comprava uma posição em Norwich Notch. Ninguém se tornava alguém se os poderosos da cidade não admitissem, e Oliver era um dos poderosos. Era um dos eleitos da cidade para integrar o comitê de planejamento e o comitê de orçamento. Chelsea Kane teria uma briga difícil se tentasse enfrentá-lo.

Por um instante temerário, Donna desejou que ela vencesse. Mas logo o desejo passou e ela afastou o pensamento blasfemo de sua mente. Ao mesmo tempo, sentiu a vibração de uma risada no peito de Nolan. Ele ergueu o queixo na direção da praça.

— Já deu uma olhada em Buck, abanando o rabo, todo empertigado? Juro que aquele cachorro é mais extrovertido do que Judd.

Donna sempre gostara de Judd Streeter. As idades eram próximas e Judd sempre a tratara bem na infância e na adolescência. Depois, ele fora para a universidade e passara um tempo trabalhando na cidade grande. Ao voltar, estava sombrio e retraído. Podia ser o melhor capataz que Oliver já tivera, mas Nolan acertara em cheio. Judd não era tão extrovertido quanto seu cachorro.

Nolan tocou em seu rosto nesse momento. Donna levantou a cabeça para vê-lo dizer:

— Tenho de ir agora. Até mais tarde.

Ele encostou os dedos em sua boca e, por um instante, Donna mal pôde respirar. Depois, com um aperto final e a carícia do polegar, ele largou a mão de Donna e se afastou pelos corredores entre as prateleiras, para desaparecer na sala dos fundos. Ela sentiu a batida da porta e, embora não pudesse ouvir o motor do carro da polícia, já o observara fazer a mesma coisa uma porção de vezes — abrir a porta, ajeitar o corpo grande ao volante, fechar a porta, pisar no acelerador — para imaginar seu progresso. Quando o imaginou tirando o carro do estacionamento nos fundos e saindo para a rua, ela sentiu-se desolada.

Confortou-se com o pensamento de que Nolan voltaria. Ele passava pela loja sempre que podia. Mas não era com freqüência que ficavam a sós, e eram essas as ocasiões que ela mais apreciava. Gostava de ficar junto de Nolan. Sentia-se protegida quando ele se postava ao seu lado, como acabara de fazer... o que era um pensamento absolutamente ridículo, Donna sabia. Norwich Notch era uma cidade protetora. Cuidava dos seus, e ela pertencia à cidade, sem a menor sombra de dúvida. Se alguém tivesse de ser mantido a salvo de qualquer mal, seria ela.

A salvo de qualquer mal... isso mesmo.

Com um suspiro, ela tornou a olhar para Chelsea.

Numa janela por cima do escritório de advocacia, de frente para a praça, dois homens olhavam para fora, por baixo de uma placa em que se lia Barbearia do Zee. Ambos eram corpulentos. Um tinha a cabeça branca, enquanto o outro era grisalho. Ambos usavam camisas de mangas curtas, abotoadas até a garganta, calças escuras presas por suspensórios, sapatos de cordões, e tinham expressões estóicas.

Alguém de fora poderia considerar aquelas expressões como um sinal de falta de envolvimento emocional. Judd Streeter sabia mais. Aqueles homens não estavam satisfeitos com o rumo dos acontecimentos. Dava para perceber pela quase imobilidade que mantinham, os lábios contraídos, a entonação monótona acima do normal de suas vozes. Estavam irritados porque não puderam se manifestar no que acontecera. Oliver Plum aceitara uma sócia sem consultá-los e não era assim que as coisas deveriam funcionar. Não importava que a Plum Granite fosse a companhia de Oliver. Seu destino afetava diretamente a cidade e todas as decisões que a afetavam costumavam ser tomadas pelos três conselheiros. Farr não agia sem consultar Jamieson e Plum, Plum não agia ser consultar Farr e Jamieson, e assim por diante. Pelo menos era o que sempre costumava acontecer. Mas não desta vez.

— Uma mulher elegante — comentou Emery Farr agora.

Ele era o homem de cabeça branca. Também usava óculos e tinha as faces rosadas, o que deveria formar um rosto gentil, como o do Papai Noel. Mas seu rosto era duro.

George Jamieson, que tinha cabelos grisalhos, curtos, espetados, tinha um rosto ainda mais duro.

— Tem a marca da cidade grande estampada.

— Deveria ter ficado por lá.

— Mas não seria divertido tripudiar se ficasse em casa. Tinha de vir até aqui para fazer isso. Olhe só para aquele carro. Ela deve se sentir poderosa ao dirigi-lo.

Judd especulava que tipo de carro seria quando Emery acrescentou:

— Não sei o que ela fará com aquele carro se vier para cá no inverno. Vai derrapar o tempo todo.

— É verdade — concordou George.

— Não será nada bom se ela começar a dizer que mais areia deveria ser espalhada na pista.

— Ela pode gritar o quanto quiser. Isso não significa que temos de escutar.

— Não podemos nos manter surdos, George. Afinal, ela é dona de metade da companhia.

— E de quem é a culpa por isso?

Os dois lançaram um olhar irritado para Oliver Plum, sentado na cadeira do barbeiro, com espuma de barbear cobrindo a metade inferior do rosto. Fazer a barba todos os dias no Zee era um ritual para o triunvirato. Todas as manhãs, às nove horas, eles se encontravam ali para ler o jornal, tomar café, discutir os últimos acontecimentos na cidade e alternadamente sentar naquela cadeira de couro rachado. Embora houvesse um cartaz com a palavra ABERTO pendurado na janela, o resto da cidade mantinha-se distante do Zee até as onze horas.

Judd, que se encontrava ali a pedido de Oliver, sabia ser discreto. Não que se importasse com isso. Achava engraçadas as discussões do trio. Além do mais, havia outros lugares menos agradáveis em que poderia estar esperando pelo patrão. O Zee recendia ao sol de verão, o ar quente agitado pelo pequeno ventilador junto da janela. O cheiro de espuma de barbear e café também despertava memórias da infância, quando segurava a mão forte do pai, subia pela escada comprida e era levantado para a cadeira. Através de seus olhos adultos, a cadeira não era tão grande, a escada não era tão comprida e a mão do pai encolhera pela falta de uso. Ainda assim, as lembranças o acalentavam.

Zee era Antonio Pozzi. O pai de Oliver, cuja experiência com italianos era limitada, começara a usar o apelido como um meio de anglicizar o barbeiro; e se a longevidade do serviço significava alguma coisa, a tática fora bem-sucedida. Zee cortava cabelos em Notch há quarenta e cinco anos. O fato de que ainda falava um inglês precário não parecia incomodar nem um pouco Oliver, George ou Emery. Não queriam que ele falasse. O barbeiro era pouco mais que um acessório para suas reuniões, não muito diferente do relógio na parede, com os címbalos sendo batidos a cada meia hora.

— A economia está na pior — foi a resposta de Oliver, enunciada com o mínimo de movimento dos lábios para que Zee não tremesse com a navalha.

— A economia está na pior... — repetiu George, baixinho, irônico, para depois acrescentar, em voz normal: — A economia não nos afeta. Norwich Notch é sólida como um rochedo, como sempre foi e sempre será. Deveria ter esperado, Ollie. Deveria ter nos consultado antes de cometer tamanha loucura.

Os olhos contraídos desviaram-se para a praça.

— Mas você se precipitou e agarrou o primeiro dólar que pôde encontrar. Agora, temos de lidar com a desgraça de uma mulher. É possível que haja uma revolta na pedreira. Não é mesmo, Judd?

Encostado na parede, Judd mudou de posição.

— Os homens me ouvem. Posso mantê-los calmos.

— É melhor dar uma boa olhada na mulher antes de afirmar isso — aconselhou Emery.

Mas Judd já dera. Vira Chelsea de perto no primeiro dia em que ela estivera em Notch. E a mantivera gravada em sua mente desde então.

— É um vestido e tanto — comentou George. — Ninguém por aqui usa um vestido assim. O que ela está pensando ao fazer isso?

Emery soltou uma risada desdenhosa.

— O problema é que ela não sabe distinguir o certo do errado. O que é certo para a cidade grande é completamente errado aqui. Você já viveu na cidade grande, Judd. Tem de ensinar as diferenças para ela. Melhor ainda, Ollie pode ensinar. Foi ele quem a trouxe para cá.

— Não vou ensinar nada — resmungou Oliver, da cadeira de barbeiro. — Só estou usando o dinheiro dela para movimentar a minha companhia.

George enfiou as mãos por baixo dos suspensórios, até a beira da barriga.

— Se ela continuar a andar desse jeito, vai conseguir mais do que movimentar sua companhia.

— Concordo plenamente — disse Emery. — Pensei que havia dito que a mulher poderia fazer sua parte do trabalho em Baltimore, Ollie. O que ela veio fazer aqui?

Oliver soltou um grunhido.

— Como posso saber?

— É você quem trata com ela — insistiu Emery.

— Meu advogado lida com ela.

Emery não deu importância à resposta.

— Quanto tempo ela vai ficar na cidade?

— Pergunte a ela.

— Não estou perguntando a ela. A mulher é sua sócia.

— Isso não faz com que eu seja seu guardião.

— Claro que faz — declarou George. — Ela é sua sócia. Você é responsável por ela. Tem de dizer a ela para ir embora.

— Diga *você*.

— Judd dirá — propôs Emery.

Judd não disse nada. Era capataz de Oliver há nove anos. Cada vez mais, exceto pela mão de ferro de Oliver nos cordões da bolsa, era ele quem dirigia a companhia. Contratava e despedia, distribuía elogios e punições, designava tarefas, ensinava técnicas, consertava equipamentos, escoltava compradores e mantinha um olho atento em Hunter.

Já fizera muitas coisas desagradáveis. Dizer a Chelsea Kane para deixar a cidade não seria desagradável, já que ele não apreciava as mulheres insinuantes da cidade grande, mas seria uma estupidez. A Plum Granite precisava de seu dinheiro. Precisava de suas ligações. Por mais que o irritasse reconhecer, ela tinha aquilo de que a companhia carecia.

E ele tinha de admitir a habilidade da manobra de Oliver. Fazê-la assinar o contrato fora uma iniciativa excepcional. Tudo o que Judd precisava fazer agora era manter os homens em plena atividade, para atender todos os pedidos que Chelsea conseguisse. Com isso, ela iria embora em um ano.

— Vai dizer a ela, Judd? — perguntou George.

— Ainda não. — Judd não se sentia intimidado por George ou Emery, nem mesmo por Oliver. Quando se tratava da Plum Granite, ele era indispensável e os três sabiam disso. — Só depois de tirarmos todo o proveito do que ela está nos oferecendo.

Emery, que tirara do bolso um lenço grande, começou a limpar as lentes dos óculos.

— Ela vai criar problemas. Posso sentir nos ossos. Você foi longe demais desta vez, Ollie.

— Não fiz nada de mais.

— Vendeu metade da companhia para ela — resmungou George.

— Não vendi — protestou Oliver, ríspido. — Ela investiu na companhia. Porque *você* não queria me dar mais dinheiro.

— É culpa minha se as autoridades estão fiscalizando as atividades dos bancos?

— É culpa *minha* que você tenha feito uma porção de maus empréstimos?

— É culpa minha que você não tenha conseguido atrair novos negócios? É culpa minha que tenha tomado emprestado até o limite?

— O limite é muito baixo.

— E quem está falando de maus empréstimos?

— Espere um pouco. Efetuei todos os meus pagamentos.

— Eu gostaria de saber uma coisa... o que ela ganha com isso? — Emery tornou a guardar o lenço no bolso. — Por que uma mulher elegante da cidade grande perderia seu tempo conosco?

— Ela é rica e entediada — respondeu Oliver. — Não tem nada melhor para fazer com seu tempo.

— E o que *nós* faremos com ela?

George contraiu os lábios, olhando para a praça.

— Estou pensando em uma coisa. E todos os homens da cidade pensarão a mesma coisa, a menos que ela passe a usar uma saia apropriada.

Estimulada pelo poder da sugestão, a imaginação de Judd começou a vaguear. Vinha fazendo isso com freqüência, ainda mais na escuridão da noite, quando sentia o corpo quente e ansioso. Nessas ocasiões, ele imaginava Chelsea Kane toda nua. Agora, exercendo uma autodisciplina maior, ele imaginou-a vestida.

— Leve-a para jantar — murmurou Oliver, da cadeira do barbeiro.

— Leve *você* — respondeu George. — Afinal, não a convidei para vir até aqui. Não preciso fazer nenhuma concessão.

Para Emery, ele acrescentou, pelo canto da boca:

— Espere só até Margaret dar uma olhada nela.

— Deixe Margaret fora disso! — protestou Oliver, alteando a voz.

— Ela já sabe do acordo? — perguntou Emery.

— Claro que sabe. É minha esposa. Como eu poderia fazer um negócio desses sem contar a ela?

Com a maior facilidade, pensou Judd. Oliver Plum tinha três pontos fracos num coração duro. O primeiro e mais óbvio era pela companhia. O segundo era por Margaret. Depois de quase cinqüenta anos de casamento, ainda a tratava como um cristal delicado que podia se espatifar à menor estridência. Se concluísse que o investimento de Chelsea Kane na companhia poderia perturbá-la, tentaria esconder.

O terceiro ponto fraco no coração duro de Oliver Plum era por Hunter Love. Havia um rumor de que Hunter era filho de Oliver, nascido de uma ligação com a mulher de um operário da pedreira, mas ninguém jamais confirmara e era provável que isso nunca aconteceria. O garoto fora encontrado vagando sozinho pelo bosque quando tinha cinco anos. Ele fora criado por uma família de Cutters Corner. Oficialmente, Oliver ajudava Hunter por um senso de dever com o filho de um dos seus antigos operários. Mas, pela natureza de Hunter, esse senso de dever já deveria ter expirado há muito tempo. Hunter Love tinha a veia de um rebelde. Era uma provocação para a alma de um homem.

— E o que Margaret disse? — perguntou Emery.

— Que não tinha problema.

— Tenho certeza que só disse isso porque nunca viu Chelsea Kane — interveio George. — Aquele cachorro desgraçado deveria levar um tiro.

Emery levantou os óculos com um movimento do nariz.

— Ele foi direto para a mulher, Judd. Um comitê de recepção real. Deve estar farejando a cidade grande. Trouxe Buck da cidade grande, não é mesmo?

— É sim.

Mas Buck era um filhote naquele tempo. Judd duvidava que o cachorro lembrasse alguma coisa das mulheres da cidade grande. Esperava mesmo que não.

— O cachorro idiota está se mostrando muito simpático — continuou George, irritado. Uma pausa e ele acrescentou, num tom de apreciação: — Mas tenho de reconhecer que ele tem um bom olho. A mulher é mesmo um espetáculo.

— Pelo amor de Deus, George, você está velho demais para isso! — censurou Emery.

— Um homem nunca é velho demais para essas coisas — argumentou George.

— Judd não é velho demais — disse Emery, lançando outro olhar em sua direção, mais especulativo. — Ficará de olho nela para nós, Judd?

Judd não mexeu um músculo sequer. Refletiu que a sugestão de Emery não valia o esforço. Mas George insistiu no assunto:

— É uma idéia. Você tem a idade certa. Pode vir a conhecê-la melhor do que seríamos capazes. Descubra o que ela está pensando. E cuide para que não se meta em nosso caminho.

— Judd renunciou às mulheres — avisou Oliver, sob a toalha que Zee usava para limpar seu rosto.

— Isso demonstra como *você* sabe muito pouco — comentou Emery. — Ele arrumou a doce Sara, de Adams Falls, para coçar suas costas. Não é mesmo, Judd?

— Mulheres da cidade grande. — Oliver ergueu-se na cadeira, tirou a toalha de Zee e começou a limpar seu pescoço. — Ele renunciou às mulheres da cidade grande.

— Mas ele pode suspender o juramento, pelo bem da companhia — interveio George. — Não pode, Judd?

Havia muitas coisas que Judd seria capaz de fazer pelo bem da companhia, não tanto por lealdade a Oliver, mas por lealdade aos homens e à cidade. Mas tentar conquistar Chelsea Kane não era uma delas. Há muito que ele aprendera que certas mulheres eram como sereias, atraindo os homens para a destruição com suas canções. Chelsea Kane tinha uma canção. Ressoava em seu sangue desde que a vira pela primeira vez, mas ele não atenderia ao chamado. Preferia que suas mulheres fossem simples e suaves, e se isso significava que tinha de sacrificar a sensualidade, que assim fosse. Não importava quantas fantasias eróticas Chelsea inspirasse, ele não tinha a menor intenção de brincar com fogo.

— Não pode, Judd — reiterou George, menos como uma pergunta e mais como uma ordem.

— Eu não — declarou Judd. — Não quero ter nada a ver com ela.

George tornou a olhar pela janela.

— Você não sabe o que está perdendo.

Judd sabia muito bem o que estava perdendo. Durante seus anos na cidade grande, conhecera muitas mulheres como Chelsea Kane. Até casara com uma. Aprendera uma lição que ficaria para sempre. George balançou sobre os calcanhares.

— Walker Chaney vai gostar dela. Ele é de Nova York.

Emery discordou:

— Walker não sabe conversar com mulheres. Só fala sobre computadores.

— Então, Doc Summers. Ele fez seu estágio num hospital em Washington.

— Ela é muito alta para o nosso doutor.

— Então, Stokey French. Ele tem coragem suficiente para encarar.

Emery pensou por um momento e acabou concordando.

— Talvez Stokey French.

Judd poderia ter rido de tão absurda que era a sugestão. Stokey French morava depois da ponte, além do hospital, em Cutters Corner. Como a maioria dos outros em Corner, era pedreiro. Embora fosse vesgo, com a pele bexiguenta, sempre com um naco de fumo no lado da boca, ele se considerava uma dádiva de Deus para as mulheres. Poderia ir atrás de Chelsea Kane, mas, se ela era o tipo de mulher que Judd desconfiava que era, ele não iria muito longe.

Era mesmo cômico. Mas Judd permaneceu em silêncio. Há muito tempo que não ria. E não tinha certeza se lembrava como era.

Chelsea parou na beira da praça, o rosto erguido para o sol. O calor era agradável contra o frio que a envolvia sempre que pensava em Baltimore. Durante toda a sua vida, desejara ter vínculos com as pessoas, laços de família; mais do que isso, precisara. Tivera com Abby e Kevin, com Carl, com a Harper, Kane & Koo e seu trabalho, com uma legião de amigos. Agora, Abby havia morrido, Kevin estava viajando, e Carl ia casar com Hailey. Quanto à legião de amigos, havia se dispersado, sem que ela começasse a perceber quando ou como. Ainda mantinha contato com a maioria, alguns mais do que outros, mas até os mais próximos tinham se afastado para cuidar de suas próprias vidas. Só agora, parada ali, pela primeira vez em meses, é que isso lhe ocorreu.

Respirou fundo, numa tentativa de se controlar, o que ajudou bastante. O ar fresco, revigorante com a fragrância das plantas. A relva na praça era viçosa, as flores brancas do loureiro americano exalavam seu perfume. Ao longo da rua, havia carvalhos e bordos retorcidos com um exuberante dossel de folhas, o que proporcionava à cidade uma impressão de fertilidade. Nos gramados na frente das casas havia lilases prontos para serem colhidos. Flores derramavam-se em profusão colorida por todas as varandas à vista.

O verão era iminente. A fragrância madura da primavera, que servia para anunciá-lo, povoava todos os sentidos de Chelsea, aguçada pela sonolência da cidade. Os sons dos passarinhos misturavam-se com o zumbido das abelhas, que se misturava com o de água escorrendo de um pequeno chafariz. Havia os gritos de crianças felizes, vindos de algum lugar que ela não podia avistar, mas além disso havia apenas o silêncio do sol esquentando o ar. Em parte alguma se via qualquer coisa mecânica — nada do zumbido de aparelho de ar condicionado, nem o ronco de um motor de picape —, e embora ela soubesse que todas essas coisas começariam em breve, por enquanto se deleitava com a pureza rural. Tudo era silencioso e calmo, simples e sereno.

Ela precisava disso. Lá no fundo, já devia saber, quando fizera as malas e deixara Baltimore de maneira tão precipitada no dia anterior. O último ano trouxera uma convulsão depois de outra. Precisava de um porto seguro na tempestade. O destino a trouxera para Norwich Notch.

Chelsea tornou a respirar fundo. Soltou o ar devagar. Virou-se, também lentamente, para avaliar o centro da cidade. Por trás dela, no meio da praça, havia três casas grandes, no estilo conhecido como federal, por trás de jardins e cercas de piquetes, dando a impressão de que ainda eram usadas como residências. À esquerda e à direita, seguindo na direção do ápice do triângulo, ficavam os prédios que ela já vira antes. Contemplados sem pressa, ao brilho do sol, exibiam a atração que só era possível imaginar em março. A biblioteca, alojada numa pequena casa amarela vitoriana, possuía um certo charme. A confeitaria, a vitrine cheia de pães, biscoitos e bolos, exibia um sabor todo especial. A agência do correio era distinta, o armazém era exótico, o banco era austero. E, depois, havia a igreja, o ponto central da cidade, para onde os olhos sempre acabavam se desviando. Embora as paredes de madeira fossem pintadas de branco, a sombra dos pinheiros projetava uma tonalidade azul-clara. Além de uma cerca branca baixa, estendendo-se para a colina e acima, ficavam as lápides altas e estreitas que ancoravam os mortos à cidade.

Chelsea especulou quem de sua carne e de seu sangue estaria enterrado ali.

E especulou também quem de sua carne e de seu sangue *não* estava enterrado ali, continuava vivo e residindo na cidade.

Um cachorro apareceu de trás do escritório de advocacia, avistou-a e desatou numa corrida tranqüila. Era um golden retriever, parecendo tão bem cuidado quanto a cidade. O rabo comprido abanando, o cachorro comprimiu o focinho contra sua mão, à espera.

— Você é muito bonito — murmurou ela, afagando a cabeça do cachorro.

Abaixou a mão para acariciar o pescoço dele enquanto a olhava de modo carinhoso. Era um animal amigo. Cydra diria que era um bom sinal. Embora fazer amigos não fosse um dos motivos para sua vinda, vinha se sentindo apartada de tudo o que acontecera em Baltimore. Bem que precisava de um amigo.

E com esse pensamento ela se encaminhou para o Farr's.

 *Oito*

A sineta por cima da porta retiniu quando Chelsea entrou na loja. Era uma porta de tela e bateu gentilmente por trás dela. Ela olhou ao redor e viu que o verão também chegara ali. Os mostruários ofereciam cestos de piquenique, em vez de *maple syrup*, as cores eram mais brilhantes, as fragrâncias mais leves. Por cima da banca de jornais, cartazes anunciavam um iminente jantar em que cada um levaria um prato, um jogo de softball da escola em benefício da Sociedade Histórica de Norwich Notch e o Festival do Quatro de Julho.

A loja parecia vazia, como Chelsea esperava. Vira Matthew Farr partir numa van quando parara o carro na praça. Podia dispensar a presença dele. Era Donna quem ela queria ver.

Um pequeno movimento por trás da caixa registradora atraiu sua atenção. Com um sorriso, ela foi até o balcão. Donna parecia exatamente igual ao que fora em março, só que a blusa enfiada na saia tinha mangas curtas e os cabelos que escapavam do coque eram mais crespos. Ela franzia o rosto para a tela do computador, totalmente absorvida em seu trabalho.

— Oi — disse Chelsea, como não houvesse reação ao barulho da porta aberta. — Alô?

Só quando ela chegou mais perto é que Donna levantou os olhos.

E seus olhos se iluminaram no mesmo instante. O rosto desmanchou-se num sorriso que exibia entusiasmo e satisfação. Ou pelo menos foi o que Chelsea imaginou, pois precisava das duas coisas.

— Como tem passado? — perguntou ela, também se sentindo satisfeita.

Donna acenou com a cabeça de uma maneira que indicava que estava bem, depois alteou as sobrancelhas na pergunta de retorno.

— Estou ótima. — Chelsea soltou uma risada. — E de volta.

Com um ar sombrio caricato, ela acrescentou, baixando a voz uma oitava:

— A trabalho. — Chelsea sorriu de novo, olhando para trás. — Tudo aqui é lindo. Adorei seus chapéus de palha.

Os chapéus estavam perto dos cestos de piquenique, despertando nela imagens de vestidos leves e compridos, queijo brie, pão e vinho, tardes indolentes à margem de um regato.

— São de fabricação local?

Donna acenou com a mão para sugerir sim e não. Enquanto Chelsea esperava uma explicação, Donna parecia dividida. Finalmente, com uma careta resignada, ela apontou para o ouvido e sacudiu a cabeça.

Nesse instante, Chelsea compreendeu que Donna era surda. Ficou aturdida, alternadamente se censurando por não ter percebido antes e sentindo uma tristeza profunda. Abriu a boca para falar, mas logo tornou a fechá-la, porque não sabia o que dizer.

Donna veio em sua salvação. Gesticulou para que Chelsea fosse para trás do balcão. Limpou a tela do monitor da lista de estoque em que trabalhava e digitou: "Sinto muito. Todos sabem na cidade. É um choque quando as pessoas não esperam."

Chelsea inclinou-se e digitou: "Eu é que peço desculpas. Deveria ter percebido." Em retrospectiva, ela podia lembrar os muitos sinais a que não dera importância.

As pontas dos dedos de Donna bateram nas teclas: "Leio lábios. Você não precisa digitar."

"Gosto de digitar. O que me diz dos chapéus?"

"São fabricados em Vermont. Não chegam a ser locais, mas pode-se dizer que quase são."

"São lindos. Muito românticos." Quando Donna a fitou, Chelsea revirou os olhos, com uma expressão ansiosa.

Paixões Perigosas

— Mas isso já é outro problema — disse ela. — Estou aqui a trabalho.

"Sei disso", respondeu Donna com um movimento dos lábios.

— Imaginei que soubesse. Que todos aqui soubessem. Não pode
haver muitos segredos numa cidade como esta.

Donna digitou: "Ficaria surpresa."

Chelsea desviou os olhos do perfil solene para a tela e de volta.
Afastou gentilmente as mãos de Donna e digitou: "Parece intrigante.
Alguma coisa que possa partilhar?"

"Não, pois não quero ser apedrejada na praça."

Chelsea sorriu. Os dias de apedrejamento público haviam passado, mas havia uma mensagem nas palavras de Donna. Cidades
pequenas como Norwich Notch não lavavam sua roupa suja em
público, para o mundo ver. Embora Chelsea não se considerasse "o
mundo", pois nascera em Notch, Donna não sabia disso. Haveria
tempo para partilhar segredos.

"Eu compreendo", digitou ela. "Pode me ajudar em outra coisa."
Quando Donna olhou para seus lábios, ela disse:

— Passarei muito tempo aqui durante o próximo ano. Seria tolice
de minha parte ficar na pousada em cada viagem. Estava pensando
em comprar uma casa.

Na verdade, ela pensara em alugar uma casa, mas não se corrigiu
quando a palavra escapuliu.

— Pode me recomendar um corretor? O quadro de avisos na pousada tinha cartões de três. — Ela tirou um bloco de anotações da bolsa
e leu: — Mack Hewitt, Brian Dolly e Eli Whip.

Os dedos de Donna deslizaram sobre o teclado. "Mack Hewitt
falará até você não agüentar mais, Brian Dolly não dirá uma palavra e
Eli Whip só dirá o que acha que você quer ouvir. O melhor corretor da
cidade é uma mulher, Rosie Hacker. Seu escritório fica na West Street."

Chelsea gostou da maneira como Donna pensava. "Obrigada",
digitou ela. "Tem alguma academia de ginástica por aqui?"

"Não, não tem. Há aulas de aeróbica todas as manhãs, às seis e
meia, no porão da igreja. São abertas a qualquer pessoa. Você pode ir,
se quiser."

"Nunca fiz aeróbica."

"É divertido."

"Mas não tenho ouvido musical. Não consigo acompanhar uma melodia."

"Também não consigo", digitou Donna, que parecia não ter se incomodado com a gafe de Chelsea. "A professora usa música com um ritmo forte. Se eu posso sentir o ritmo, você também pode."

Chelsea sentiu-se tentada. Não podia contar o número de vezes que assistira a aulas de aeróbica. Inevitavelmente, havia uma ou duas pessoas fora do ritmo, de uma forma patética. Sempre se identificara com essas pessoas. É verdade que era coordenada. E atlética. Mas movimentar-se no compasso da música era diferente. Normalmente a mais autoconfiante das mulheres, ela sempre se esquivava quando alguém a convidava para dançar. Não queria bancar a tola. Por isso tornara-se uma corredora.

Donna fitava-a, em expectativa.

— O grupo é muito grande? — perguntou Chelsea.

Depois de suspender dez dedos, Donna virou-se e digitou: "Só mulheres. Eu poderia apresentá-la."

Só por esse motivo, Chelsea já sabia que deveria ir. Se o seu objetivo era conhecer Norwich Notch, com quanto mais pessoas se relacionasse melhor seria. Além do mais, Donna era muito simpática. Chelsea gostava da idéia de fazer alguma coisa com ela.

— Está bem, vou tentar — disse ela. — Mas se eu parecer uma pateta, a culpa é sua.

Donna sorriu. Mas o sorriso desapareceu quando ela olhou, alarmada, para os fundos da loja. Chelsea não avistou nada ali. Aparentemente, Donna também não viu nada, porque não fez qualquer movimento para se afastar. Mas também não voltou a ficar relaxada como antes. Olhou pensativa para a tela do computador por um momento, antes de digitar: "Sabe quem eu sou?"

"Donna Farr", digitou Chelsea em resposta.

"Donna *Plum* Farr. Oliver é meu pai."

Chelsea nunca teria imaginado. Não havia semelhança física; além do que, qualquer semelhança seria diluída pelo fato de Oliver ser carrancudo, enquanto Donna era sorridente. Chelsea não pôde deixar de

Paixões Perigosas   145

questionar como um homem tão rabugento fora capaz de gerar uma
filha tão gentil. Com toda certeza, a mãe de Donna fora responsável por
isso. A mulher devia ser uma santa para viver com alguém como Oliver.

Donna digitou: "As pessoas por aqui estão furiosas por causa do
contrato que ele assinou com você. A Plum Granite é uma empresa de
família. Você é uma forasteira." Ela hesitou por um instante, mas
depois acrescentou: "Alguns consideram que você é inimiga."

— Acha que eu sou?

Os olhos de Donna encontraram-se com os seus. Depois de um
momento, ela sacudiu a cabeça em negativa.

— Fiz um investimento — disse Chelsea, gentilmente. — Quero
que esse investimento dê lucro. Isso significa que tenho de fazer a
companhia progredir de novo. Não é o que todo mundo quer?

Donna acenou com a cabeça em confirmação. Tornou a se virar
para o computador e digitou: "Mas a Plum Granite é a Plum Granite."
Ela manteve as mãos suspensas sobre o teclado, como se fosse explicar. Mas logo abaixou-as e olhou para Chelsea.

— Eu compreendo.

Em termos racionais, Chelsea podia mesmo compreender. Em termos emocionais, não tinha tanta certeza. Uma identificação tão intensa com um nome de família era uma coisa estranha para ela. O mesmo
acontecia com o sentimento de ser parte de uma cadeia ancestral.
Invejava Donna por esse sentimento de integração.

— Se seu pai e seus empregados fizerem a sua parte, irei embora
dentro de um ano — disse ela, suspirando.

Um ano. Isso era tudo o que ela precisava. Com alguma sorte, seu
bebê nasceria, conheceria a identidade de seus pais e teria mais
dinheiro do que nunca. Poderia continuar na Harper, Kane & Koo
como se nada tivesse mudado. Ou poderia seguir adiante. Para uma
mulher sem raízes, as opções eram intermináveis.

— Ela está vindo para cá — informou Oliver a Judd. Ele largou o fone
no gancho e pôs os antebraços em cima da mesa. — Acaba de abrir
duas contas no banco, uma comercial, a outra pessoal. George jura que
ela planeja passar algum tempo aqui.

Ele comprimiu o punho contra a boca, olhando furioso para o chão.

— Não sei por que ela faria isso.

Judd também não sabia. Sua experiência indicava que as mulheres com a cidade grande no sangue não gostavam de lugares como Notch. E tratavam de ir embora. Chelsea Kane devia ter perdido o senso de direção. Devia estar cega com a visão de dólares... o que o deixava espantado quanto mais pensava a respeito. Claro que se podia ganhar dinheiro com granito. Com equipamentos modernos e um marketing eficiente, havia negócios a realizar e lucros a gerar. Mas esses lucros eram limitados. Uma mulher como Chelsea Kane poderia encontrar um retorno muito maior e mais rápido em qualquer um de dezenas de empreendimentos diferentes. Judd não podia entender por que ela optara pelo granito.

— Já encomendou tudo? — perguntou Oliver, lançando um olhar.

— Claro que sim.

Satisfeito com o pensamento, Judd esticou-se na cadeira e abaixou a mão para coçar atrás das orelhas de Buck. Há anos que ele vinha pressionando Oliver para comprar novos equipamentos. Há anos que vinha insistindo por uma nova instalação para cortar e polir o granito. Há anos que clamava pela informatização do escritório. Mas Oliver era unha-de-fome e não queria saber de nada disso. Agora, subitamente, o vento mudava de direção. Tudo indicava que o unha-de-fome podia ser generoso com o dinheiro de outra pessoa. E Judd não era nenhum tolo. Tratara de comprar enquanto podia.

Havia até alguma coisa estimulante nisso. Que homem não sonhava em construir uma empresa? No caso da Plum Granite, a palavra era *re*construção. Mas Judd podia sentir o mesmo orgulho por isso. Dava sentido ao diploma de curso superior e aos dez anos de horas intermináveis de trabalho em Pittsburgh. Tivera um bom treinamento. Agora, finalmente, podia aproveitá-lo.

— Russ e sua turma começarão em Moss amanhã — informou ele a Oliver.

Moss Ridge fora o local escolhido para a instalação de processamento. Era a maior das pedreiras ativas da empresa e tinha granito suficiente para se manter em operação pelos próximos trinta anos.

Paixões Perigosas

— Ele acha que podemos ter alguma coisa instalada, em condições operacionais, até o final de agosto.

— O que há de errado com julho? — perguntou Oliver. — É apenas um galpão.

— Um galpão do tamanho da metade de uma quadra de basquete, com suportes e ventilação para equipamentos pesados, com todo um lado que se pode abrir, mas com isolamento e aquecimento para continuar a funcionar durante o inverno. E isso sem falar nos equipamentos. Todos são encomendas especiais.

— Temos de nos manter sempre à frente dela.

— Faremos isso.

Oliver soltou um grunhido. Quando o ronco distante da motocicleta de Hunter entrou pela janela aberta, seus olhos fixaram-se em Judd.

— Ele está bem?

Oliver era um homem duro. Seu rosto quase nunca transmitia qualquer coisa além de desinteresse, impaciência ou desdém. Quando via a vulnerabilidade de Oliver nesse ponto, Judd nunca deixava de ficar impressionado.

— Diga logo — exigiu Oliver, numa súbita irritação. — Não mandei você vigiá-lo por nada. Você se tornou meus olhos e ouvidos. Deveria conversar com ele.

— Hunter não é muito de conversar.

— Talvez não, mas você o conhece melhor do que ninguém. Ele anda muito irritado. Por quê?

Judd não gostava de denunciar ninguém. Na maior parte do tempo, Hunter era um pé no saco. Mas havia ocasiões em que ele abrandava. Quando isso acontecia, Judd sentia pena dele. Claro que Oliver facilitava a vida material de Hunter. Apesar dos problemas ocasionais, mantinha-o como pau para toda obra. Judd era o primeiro a dizer que ele conhecia bem o trabalho na pedreira. Podia operar qualquer máquina, qualquer explosivo, qualquer ferramenta, como Oliver lhe ensinara. Mas carregava um caminhão de lixo emocional. Judd só podia começar a adivinhar seus pensamentos mais profundos. Hunter só fazia besteira quando estava meio bêbado.

Judd continuou a coçar atrás das orelhas de Buck.

— Ele não gosta do acordo.

— Por que não? Não vai afetá-lo.

— Ele acha que vai. Em sua opinião, há outra pessoa por cima dele agora. Já tem problemas suficientes em aceitar suas ordens. Não gosta de pensar que terá de obedecer também às ordens dela.

Oliver olhou para a janela, o rosto franzido, enquanto o ronco da motocicleta aumentava.

— Ela o pegou de mau jeito?

— Todas as mulheres o pegam de mau jeito.

Nada tinha a ver com a sexualidade. Hunter era heterossexual, sem qualquer problema. Havia uma sucessão de mulheres para comprovar isso. Ele apenas não gostava muito de nenhuma delas. Era o tipo de homem que levava uma mulher para a cama e depois ia embora.

— Nunca consegui entender essa reação — comentou Oliver. — Ele é um homem bonito.

— E é um homem furioso.

Judd não era psiquiatra, mas isso era a coisa mais óbvia do mundo. Um olhar para o rosto de Hunter e qualquer um podia perceber isso, antes mesmo que ele falasse.

— Mas por que ele sente tanta raiva? Tirei-o da rua, instalei-o numa casa, mandei-o para a escola, comprei roupas, dei um emprego. Fui *eu* quem pagou a fiança quando ele se meteu em encrenca. *Ele* não tem motivos para se sentir furioso.

Judd deu de ombros. Não era seu trabalho analisar os motivos e objetivos de Hunter Love, muito menos fazer julgamentos... e mesmo que fosse, ninguém conhecia toda a verdade sobre o passado de Hunter Love. Sua ilegitimidade era apenas o primeiro dos rumores. Havia outros. Não se falava a respeito com freqüência, ou pelo menos não ao alcance dos ouvidos de Judd. Mas havia muitas línguas soltas no Crocker's. Ao longo dos anos, Judd ouvira o suficiente para convencê-lo de que Hunter tinha todos os motivos para se sentir furioso, mesmo que apenas metade dos rumores fosse verdadeira.

A motocicleta chegou à entrada da casa, ruidosa, silenciando em seguida. Ao mesmo tempo, um carro parou na rua.

Buck levantou a cabeça.

— Ela está guiando um carro de luxo — queixou-se Oliver, olhando pela janela. — Será que não tem o mínimo de bom senso?

Hunter passou pela porta da frente, atravessou a ante-sala sem dizer nada e entrou na sala de Oliver. Quase sem olhar para as pessoas ali, foi se postar na janela, todo vestido de preto, de costas para a sala.

A entrada de Chelsea foi mais calma. Ela parou para falar em voz baixa com Fern, que trabalhava para Oliver há trinta anos e estava quase tão nervosa quanto Hunter pela vinda de Chelsea. Fern se tornava mais lenta a cada ano que passava; mas o que carecia em rapidez, mais do que compensava em lealdade. Judd lhe assegurara que seu emprego estava garantido. E esperava que Chelsea fizesse a mesma coisa.

Pelo menos era o que Janine, a ex de Judd, teria feito. Era uma criatura política. Tinha a fala mansa com qualquer pessoa que achasse que poderia lhe ser útil. No instante em que descobria o contrário, seu tom de voz mudava.

Chelsea entrou na sala de Oliver, e Judd sentiu o mesmo choque que experimentara três meses antes. Não sabia o que havia nela — se era pelo verde enevoado de seus olhos, a curva para cima dos lábios, a elegância das pernas ou a cascata de cabelos castanho-avermelhados —, mas com certeza ela o excitava.

Buck levantou-se e foi ao encontro de Chelsea no instante em que Oliver disparava a primeira carga.

— Sabe o que as pessoas nesta cidade pensam quando vêem alguém guiando um carro como o seu? Acham que o motorista é um filho-da-mãe arrogante, que quer que todo mundo saiba quanto dinheiro ele tem. É essa a sua intenção?

A suave curva para cima de seus lábios, que Judd tanto admirava, despencou no mesmo instante, mas não em indignação. Janine ficaria indignada. E ele poderia se sentir justificado com essa reação. Mas Chelsea mostrou-se consternada, como se esperasse uma recepção cortês, até mesmo amigável, e ficasse desapontada. Judd até sentiu pena. Com o rosto franzido, ela respondeu:

— Não, não era essa a minha intenção.

Distraída, ela estendeu a mão para tocar na cabeça de Buck.

— O que deu em você para guiar um carro assim?

— É meu único carro.

— É melhor arrumar outro. Aquele não serve em Notch.

Chelsea piscou, surpresa.

— E qual serve?

— Uma picape.

Judd não podia imaginá-la numa picape.

— Não consigo me ver numa picape — murmurou ela.

— Então um jipe. — Oliver ergueu a mão, impaciente. — Dê uma olhada nos carros em que as pessoas andam por aqui. Isso lhe dará uma idéia do que deve arrumar.

Buck mantinha a cabeça encostada nas pontas dos dedos de Chelsea, ao mesmo tempo que observava Oliver com as pálpebras meio fechadas. Em sua insolência, Buck era divertido.

— Está bem — disse Chelsea, aparentemente decidindo não discutir mais.

Uma atitude sensata, pensou Judd. O Jaguar não era a questão principal. Oliver tinha um problema com tradição e controle. Precisava determinar o que as outras pessoas deviam fazer. Confrontá-lo serviria apenas para convidar mais... e mais alto.

Chelsea cruzou as mãos no colo e olhou para Hunter. Como ele não se virasse, não reconhecesse sua presença sob qualquer aspecto, ela desviou os olhos para Judd. Ele tornou a sentir um pequeno choque, depois mais outro, quando imaginou ter percebido uma certa hesitação. Imaginou que os olhos de Chelsea se afastavam abruptamente, por uma fração de segundo, antes de se fixarem nos seus. Era como se ela não quisesse fitá-lo, mas sentisse uma atração irresistível.

Ele tinha uma imaginação muito fértil.

Só que a cor nas faces de Chelsea não foi imaginação. Estava ali, ostensiva, sem dúvida causada pelo calor. O mesmo calor também deixava os cabelos um pouco encrespados e acrescentava uma impressão de orvalho em sua pele... o que a tornava mais atraente.

Dizendo para si mesmo que deveria tratá-la como trataria um homem, ele calmamente foi oferecendo sua mão da mesma forma que faria com qualquer um com quem fosse fazer negócios.

— Seja bem-vinda.

O aperto de mão de Chelsea surpreendeu-o. Não era agressivo, como o de Janine. Janine fazia questão de que as pessoas soubessem, desde o início, que não era a loura burra das piadas. Era um aperto firme, mas com uma certa gentileza, uma inesperada suavidade. O mesmo se podia dizer da boca. Ela não usava batom, mas os lábios eram rosados ao se contraírem num sorriso tímido.

Tímido? Ele tinha mesmo uma imaginação *exagerada*. Não podia *acreditar* que tivesse pensado isso.

— Obrigada — murmurou Chelsea, em resposta ao seu cumprimento.

Ela retirou a mão e tornou a juntá-la à outra, no colo. A voz desagradável de Oliver atraiu sua atenção.

— Por que está aqui?

— Assinei o contrato que nos torna sócios. Meu advogado mandou pelo correio ontem. Não recebeu?

— Recebi. Mas ele não disse que você viria.

— Claro que tinha de vir. De que outra forma poderíamos trabalhar juntos?

— Por telefone. Pelo correio.

Lentamente, ela sacudiu a cabeça. Oliver recostou-se na cadeira, o que não significava muita coisa, já que o encosto era reto. Sua expressão também era rígida.

— Sua participação é com o dinheiro e os clientes.

— É por isso que estou aqui — declarou Chelsea, educadamente.
— Estou investindo muito dinheiro. Gostaria de saber como está sendo gasto. Quanto aos clientes, depois que eu souber como o dinheiro vem sendo gasto, posso me tornar um vendedor mais persuasivo.

Ela usou a palavra vendedor, e Hunter apressou-se em corrigi-la, sem se virar:

— Vendedora.

— Bom-dia — disse Chelsea.

Ele virou apenas a cabeça, lançando um olhar de advertência, antes de voltar a olhar pela janela.

Judd observava-a, à espera de sua reação. Chelsea parecia-lhe o tipo que comentaria, mesmo com toda cortesia, a grosseria de Hunter, e por um instante ela deu a impressão de que faria isso. Ergueu o queixo. Antes de as palavras saírem, no entanto, tornou a baixá-lo.

E Judd especulou se ela achava Hunter atraente. Muitas mulheres achavam. O desinteresse dele tornava-o intrigante.

Também especulou se Hunter achava-a atraente.

— Quanto tempo pretende ficar aqui? — perguntou Oliver, ríspido.

Um minuto passou antes que Chelsea voltasse a focalizá-lo.

— Pelo menos durante o fim de semana. Tenho de voltar a Baltimore para trabalhar por alguns dias, mas depois virei passar uma ou duas semanas. Dividirei meu tempo entre as duas cidades. Pensando bem, talvez eu passe mais tempo aqui. Afinal, estamos no verão e o calor em Baltimore é insuportável.

Judd teve a nítida impressão de que ela improvisava, que no fundo não tinha planos definidos, o que o surpreendeu. Janine sempre tinha uma agenda. Ele presumira que Chelsea também tivesse. Oliver tinha o rosto franzido.

— Deveria ter avisado. Não contávamos com sua presença aqui.

— Não vejo qualquer problema.

— Sei disso — resmungou ele. — Não sabe de nada sobre o que acontece aqui.

— Foi por isso que eu vim.

— Não sei onde vai trabalhar.

Ela olhou ao redor.

— Obviamente, não será aqui, a menos que você esteja empacotando as coisas para ter mais espaço. Há alguma função para essas caixas? A chamada faxina da primavera?

— Estamos nos mudando.

— Mudando? Para onde?

— Para o centro.

Um olhar para os lábios franzidos e Judd compreendeu o que ela pensava. Só podia estar pensando que o centro de Norwich Notch não se qualificava com o "centro" como ela conhecia. Também pensava que o "centro" de Norwich Notch ficava a apenas dois quarteirões de distância. E, ainda, que alguém já estava aproveitando seu dinheiro.

— Há anos que eu vinha querendo fazer isso — declarou Oliver, com uma expressão de quem a desafiava a protestar. — Há espaço para alugar no segundo andar da Associação das Colcheiras. As mulheres são proprietárias do prédio. Há muito tempo procuravam um inquilino, a fim de dar o dinheiro do aluguel para a sopa dos pobres. Ninguém pode questionar essa causa.

— Sua esposa é diretora da associação — disse Hunter.

Oliver olhou para as costas dele, furioso.

— O que isso significa?

— Não significa nada. É apenas uma declaração.

— Era desnecessária. Ao vendermos esta casa, teremos dinheiro suficiente para pagar o aluguel ali durante dez anos. A associação não está pedindo muito. Será bom para elas e bom para nós. Precisamos ficar no centro das coisas. — Oliver tornou a se virar para Chelsea. — Há espaço suficiente para uma sala para mim, uma para Fern e outra para Judd e Hunter. Não sei onde *você* vai trabalhar.

Chelsea estava longe de se sentir desencorajada.

— Há um terceiro andar?

— Um velho sótão inacabado.

— Está ótimo para mim.

— Eu disse sótão.

— Sou uma arquiteta. Trabalho com sótãos o tempo todo.

— Sótão *inacabado*.

— Acrescente o isolamento, algumas claraboias, uma escada em espiral na frente e você quase duplicará o espaço do escritório... e tudo pelo mesmo aluguel. — Os olhos de Chelsea faiscavam. — Pense também no espaço de depósito que terá. Pode esvaziar a confusão na sala de Fern, abrindo espaço para a pobre coitada respirar.

— Fern não está se queixando.

— Provavelmente não sabe como fazê-lo. Dê-me tempo. Ensinarei tudo a ela.

Judd tinha de respeitá-la. Ela tinha coragem. Ou isso ou não sabia como Notch era convencional.

— Faça isso e será expulsa da cidade — advertiu Oliver, pondo os punhos em cima da mesa. — Preste bastante atenção, dona. Só porque comprou sua participação na companhia não tem o direito de tentar mudar as coisas por aqui. Deixe Fern em paz.

Chelsea sorriu.

O rosto de Oliver se tornou ainda mais sombrio.

— O que essa expressão significa?

— Significa que gosto da idéia de ter um escritório no sótão. Se conseguir claridade suficiente, poderei instalar uma prancheta e fazer meu trabalho ali. Presumo que teremos muitos telefones. Precisarei de duas linhas. Teremos um aparelho de fax?

Oliver olhou impassível para Judd. Os detalhes específicos dos equipamentos de escritório eram território dele.

— Já encomendei o fax — informou Judd. — E computadores, um em cada sala, inclusive nas pedreiras. Serão interligados, para que não tenhamos de levar os dados pessoalmente.

Os computadores eram a atividade secundária de Judd. Sentira o fascínio quando estava na universidade, e aumentara o conhecimento enquanto trabalhava em Pittsburgh. De volta a Norwich Notch, passara noites criando programas para pequenas empresas, que vendia por um bom dinheiro. No processo, mantivera-se a par dos últimos avanços tecnológicos. Informatizar a Plum Granite seria muito fácil.

Chelsea inclinou a cabeça.

— Estou impressionada.

— Não fique. Não estamos falando de nada muito sofisticado. A operação não exige isso.

— Ainda não. Talvez em breve. — Os olhos de Chelsea eram efusivos. — O espaço alugado no segundo andar precisa de muita obra?

— Um pouco.

— Já começaram?

Judd sacudiu a cabeça em negativa.

— Acabamos de assinar o contrato de locação.

— Quando posso dar uma olhada?

— Quando quiser.

Chelsea acenou com a cabeça, parecendo refletir sobre alguma coisa. Enquanto o fazia, Judd olhou para o vestido sobre o qual George fizera tanto alarde. Tinha de admitir que era um tanto curto, o que não chegava a ser um problema, pois ela tinha lindas pernas. Mas também não era provocante. Era largo e solto. Ele especulou até que ponto os seios seriam cheios. Não podia ver muita coisa, além de uma insinuação sedutora.

Judd pensava que ela tinha a altura certa para ele, alta o suficiente para que não tivesse torcicolo caso a beijasse, mas bastante baixa para que não sentisse que beijava uma amazona, quando Chelsea perguntou:

— Quem fará o trabalho?

O trabalho. No novo escritório. Judd disciplinou seus pensamentos.

— Russell Ives. É um empreiteiro local.

— Ele é bom?

— Eu não o usaria se não fosse.

— Mesmo que ele fosse seu primo e estivesse desesperado para conseguir trabalho?

A voz de Oliver interveio na conversa entre os dois, incisiva:

— Que tipo de interrogatório é este? Todo mundo tem algum parentesco com alguém aqui, e há sempre gente desesperada por trabalho. Acha que Judd contrataria alguém que fosse incompetente? Pense de novo, dona. Não é assim que dirigimos a Plum Granite.

— Fico satisfeita em ouvir isso — disse Chelsea, sem se perturbar —, porque preciso de alguém competente para a minha casa.

— Que casa? — perguntou Oliver, olhando de novo para Judd.

— Quantos homens Russell Ives tem sob o seu comando?

— O suficiente para realizar qualquer obra.

— Que casa? — repetiu Oliver.

— A que acabei de comprar. — Chelsea tornou a olhar para Judd.

— O suficiente para cuidar de sua obra e da minha ao mesmo tempo?

— O suficiente para isso.

— *Que casa?* — insistiu Oliver.

— Boulderbrook.

Na explosão de silêncio que se seguiu, o único som era o zumbido do ventilador na sala de Fern e o barulho suave das patas de Buck, voltando para o lado de Judd. Chelsea olhava de um rosto para outro. Hunter virou-se.

Com o rangido da cadeira arrastada pelo velho assoalho de tábuas corridas, Oliver levantou-se.

— Você comprou Boulderbrook?

Judd sempre se orgulhara de ser capaz de ler os pensamentos de Oliver, mas desta vez ficou confuso. Não podia dizer se o homem estava surpreso, consternado ou furioso.

Chelsea também devia estar confusa, porque se empertigou, parecendo preparada para enfrentar os três. Cautelosa, ela perguntou:

— Tem algum problema?

— Por que comprou Boulderbrook?

— Porque eu quis.

Ela falou como se isso fosse razão suficiente. Judd supôs que era mesmo, para ela. Chelsea tinha tanto dinheiro que a maioria dos habitantes de Notch não podia conceber, muito menos sonhar em possuir. Ele próprio tinha mais dinheiro do que a maioria dos outros, mas mesmo assim sentia-se longe do nível de Chelsea.

— Pagou um bom dinheiro por uma casa em que passará apenas umas duas semanas de vez em quando? — sondou Oliver, incrédulo.

— Depois que instalar um estúdio, ficarei mais aqui do que em Baltimore. Não faz sentido ir para a pousada a cada viagem. Preciso de flexibilidade. Comprar uma casa era a solução óbvia. — Judd teve a impressão de que havia uma insinuação de humor no rosto de Chelsea quando ela acrescentou: — A menos, é claro, que você estivesse disposto a me oferecer um quarto em sua casa.

— Não estou lhe oferecendo coisa alguma! — declarou Oliver. — *Quem* lhe mostrou Boulderbrook?

— Rosie Hacker.

— Eu já imaginava. Uma mulher atrevida, interferindo num trabalho que os homens vinham fazendo bem há muitos anos. — Ele soltou um grunhido. — Boulderbrook... ela não está aqui há tempo suficiente para saber das coisas.

Aturdida, Chelsea perguntou:

— O que há de errado com Boulderbrook?

— Está em péssimas condições.

— Mas eu sempre quis morar numa velha casa de fazenda.

— Há ratos por toda parte.

— A casa precisa de uma reforma.

Judd sabia que a reforma teria de ser extensa. Entre outras coisas, Boulderbrook precisava de novos encanamentos, um novo sistema elétrico, um novo telhado, varanda, banheiros e cozinha. Era preciso remover muitas camadas de tinta antigas de assoalhos e molduras, as paredes tinham de ser raspadas e recuperadas, a lareira reconstruída.

E *essa* avaliação derivava de uma breve visita que fizera à propriedade oito anos antes. As únicas mudanças ocorridas desde então teriam sido as causadas pela passagem do tempo, as tempestades e a vida selvagem.

— Precisa de mais do que uma *reforma* — bradou Oliver. — Aquela casa precisa ser queimada.

— É feita de pedra — ressaltou Chelsea. — Um incêndio não vai destruí-la.

Quanto mais calma ela se mantinha, mais irritado Oliver se mostrava.

— Não banque a engraçadinha comigo, dona. Comprou uma casa sobre a qual não sabe nada. Se tivesse algum juízo, teria pedido a opinião de quem sabe das coisas.

— Não tenho medo de trabalho.

— Boulderbrook precisa de mais do que trabalho! — exclamou Oliver. — Precisa de um caçador de fantasmas! É uma casa mal-assombrada. Ou Rosie Hacker não lhe disse isso?

Chelsea revirou os olhos.

— Ora, por favor...

— Não me venha com esse "ora, por favor". A casa é mesmo mal-assombrada. Não é verdade, Hunter?

Hunter, que tinha as mãos debaixo dos braços, estava consternado.

— É, sim.

— Ouviu isso? — Oliver tornou a se virar para Chelsea. — É melhor dar atenção. Ele próprio já ouviu as vozes.

— Que vozes? — indagou Chelsea.

— De crianças pequenas — respondeu Oliver. — Elas vivem nas paredes.

— Ora, *por favor*... — Ela virou-se para Hunter. — Não ouviu vozes realmente, não é?

Hunter não respondeu.

— Ouviu? — insistiu Chelsea, incrédula.

Ele continuou a fitá-la em silêncio, como se esperasse que Chelsea risse dele. Só que ela não riu. Estava curiosa. E ocorreu a Judd que a curiosidade fazia parte de seu caráter.

— O estábulo também é assombrado?

Hunter sacudiu a cabeça em negativa.

— Então é apenas a casa. Deve ter uma história.

— Claro que tem! — interveio Oliver, ríspido. — Tudo tem uma história.

— Uma história que combina com a assombração?

— Deve ser, já que é assombrada.

Ela alteou as sobrancelhas, convidando-o a explicar. Como ele não o fizesse, Chelsea olhou para Hunter.

— Conhece a história?

— Ninguém conhece a história.

— Crianças moraram ali?

— Há muito tempo.

— Está vazia há anos — disse Oliver. — As pessoas normais não querem saber daquela casa.

— Mas você ainda ouve vozes? — perguntou Chelsea a Hunter.

— Não chego perto daquela casa desde os cinco anos de idade.

— Há quanto tempo foi isso?

— Trinta e dois anos.

— Ahn... — Ela ergueu a mão, num gesto de quem encerrava o assunto. — Aí está. Trinta e dois anos. História antiga.

Mas Hunter sacudiu a cabeça.

— Há pessoas que ainda ouvem.

— O que as vozes dizem?

Ele não respondeu.

— Alguma vez o ameaçaram?

Judd ficou esperando pela resposta. As vozes eram outro dos rumores envolvendo Hunter, já que ele fora o primeiro a contar que as ouvira. É verdade que outros também alegavam ter ouvido, nos anos transcorridos desde então, mas quase sempre eram crianças, desafiando-se para correr até a casa nas noites sem lua, as noites mais escuras. Havia várias teorias sobre a origem das vozes. Nenhuma jamais fora comprovada ou refutada, mas os habitantes da cidade preferiam se manter a distância da casa.

— Ninguém jamais foi ameaçado — declarou Hunter.

Chelsea sorriu.

— Portanto são inofensivas. Não há nada com que se preocupar. — Ainda sorrindo, ela olhou para Judd. — Quero aquela casa. Russell pode cuidar da reforma?

Judd refletiu que se ela sorrisse para Russ da maneira como sorria para ele agora, o empreiteiro faria qualquer coisa que pedisse. Janine também tinha um sorriso assim.

— Acho que sim.

— Ela não pode comprar aquela casa — protestou Oliver.

— Quando ele pode começar? — perguntou Chelsea a Judd.

— Assim que você lhe disser o que quer que seja feito.

— Os homens não vão trabalhar ali — argumentou Oliver. — A casa é mal-assombrada. Diga isso a ela, Judd.

Mas Judd não tinha certeza se era mesmo; e, além disso, sabia como Russ e seus homens estavam ansiosos por trabalho.

— Pagarei bem — prometeu Chelsea, adoçando a oferta. — Pode falar com ele por mim? E marcar uma reunião para este fim de semana? Há coisas que podem ser iniciadas enquanto eu estiver em Baltimore. Providenciarei plantas detalhadas quando voltar. Quanto mais cedo começarmos, melhor.

Para Oliver, como se ele nunca tivesse lhe dito uma palavra irritado, ela disse:

— Gostaria de saber se você e sua esposa não aceitariam ser meus convidados para o jantar na pousada esta noite.

Oliver fitou-a como se ela fosse doida.

— Para quê?

— Para comemorar nossa sociedade.

— Por quê?

— Porque eu gostaria muito de conhecer sua esposa. Ela não se sente curiosa em relação a mim?

— Não. Meu relacionamento com você é apenas profissional. E ela não se envolve em meus negócios.

— É uma pena.

— Não é, não. Tem de ser assim. Você e minha esposa não teriam duas palavras para trocar uma com a outra.

— Não sei... — murmurou Chelsea. — Ela poderia me dar a visão de uma mulher sobre a cidade.

— Perda de tempo. Você irá embora dentro de um ano.

— É o que você espera.

— Tenho certeza. Judd tem cinqüenta homens preparados para serem contratados se os pedidos começarem a chegar. É melhor passar seu tempo providenciando esses trabalhos, em vez de convidar pessoas para jantar, dona. — Os olhos se contraíram. — E também é melhor repensar a compra de Boulderbrook. É a idéia mais estúpida que já teve. Somente uma tola pensaria em morar ali.

— E, na minha opinião, somente um tolo acredita em fantasmas. — Chelsea virou-se para Hunter e perguntou, num tom jovial: — Você não acredita realmente em fantasmas, não é?

Judd sabia o que ela estava pensando. Chegara à conclusão de que Oliver era mais velho e mais supersticioso, mas que Hunter era de sua geração, mais esclarecido. Janine pensaria da mesma maneira. Podia racionalizar praticamente qualquer coisa, o que a tornava uma extraordinária advogada de divórcio. E a transformava numa péssima esposa, já que a racionalização era sempre em favor de *eu* prevalecendo sobre *nós*.

Hunter não disse nada, mantendo os maxilares comprimidos. Oliver trovejou:

— Vai seguir em frente e confirmar a compra da casa?

— Claro.

Ele apontou-lhe um dedo rígido.

— Não diga depois que não a avisei. Qualquer coisa que acontecer por lá não será culpa minha. Entendido?

Judd passou pela pousada naquela noite. Não costumava fazer isso, mas os operários da pedreira estavam oferecendo uma festa ao bartender, que já trabalhara com eles.

Do saguão, avistou Chelsea. Ela estava no restaurante, sentada sozinha numa mesa de canto, lendo um livro enquanto comia. Havia óculos redondos enormes em cima do nariz. Sua aparência era adorável.

Se ele já tivesse tomado um ou dois drinques, poderia abordá-la. Afinal, ela estava sozinha numa cidade que desconhecia. Não tinha família ali, não tinha amigos. Era triste, muito triste.

Mas ele estava completamente sóbrio e consciente de duas coisas. Primeiro, Chelsea Kane não era uma pessoa desamparada. Se estava sozinha, era por opção. Segundo, ela era um perigo, com P maiúsculo. Ele já tinha preocupações suficientes e não precisava de mais uma.

Nove

Chelsea passou o domingo dirigindo de volta para Baltimore. Chegou em casa tarde demais para ligar para alguém, em parte de propósito.

Mal entrou no escritório, no entanto, na manhã de segunda-feira, quando Kevin telefonou.

Ela sentiu o coração disparar ao ouvir sua voz.

— Oi, papai — disse ela, jovial. — Como tem passado?

— Você não foi ao casamento de Carl.

Chelsea sentiu o coração disparar novamente. A voz era menos jovial quando murmurou:

— Não, não fui.

— Foi convidada. Sissy disse que ligou para você.

— É verdade. Mas eu não podia ir. — Não seria capaz de ficar sentada vendo Carl casar com Hailey. — Teria sido muito difícil para mim.

— Teria sido muito difícil também me falar sobre Carl? Eu não estava preparado para o telefonema de Sissy.

— Tentei prepará-lo. Mais de uma vez.

— Nunca mencionou que havia outra mulher.

— Eu mesmo não sabia até a semana passada.

— Mas você e Carl eram tão ligados!

Tão ligados... Chelsea quase riu da ironia. Esperava um filho de Carl, que acabara de casar com outra mulher.

— O que aconteceu, Chelsea? Por que Carl casou com ela, em vez de ficar com você?

Chelsea não pôde deixar de rir, embora o som tivesse uma insinuação de histeria.

— Ele se apaixonou por Hailey.

— Mas ele ama você!

— Não da mesma maneira.

— E você não está transtornada?

Chelsea respirou fundo para se controlar.

— Como posso ficar transtornada se Carl está feliz? Ele sempre foi um dos meus maiores amigos. Quero o melhor para ele.

Houve um longo momento de silêncio. Depois, em voz baixa, acusadora, Kevin declarou:

— Você estragou tudo, Chelsea. Carl era a sua última melhor chance. Ficou ao seu lado durante todos esses anos. Aturou seus caprichos. Mas essa história de New Hampshire foi a última gota.

Chelsea ficou irritada.

— Ele disse isso?

— Não precisava dizer. Era óbvio. Se você ficasse aqui e se concentrasse nele, Carl não teria se envolvido com outra mulher.

Ela sentia-se cansada, muito cansada, dos mesmos argumentos. Kevin recusava-se a compreender.

— Papai, ele não me ama como ama Hailey — disse ela, suplicante. — Nunca houve paixão entre nós. E o negócio em New Hampshire não tem nada a ver com isso.

O silêncio de Kevin indicava que ele não acreditava.

— Acredite em mim, papai. Foi melhor assim.

— Eu queria muito que você casasse com Carl.

— Sei disso.

— Queria ter netos. Mas parece que isso não vai mais acontecer, não é mesmo?

Conte para ele, pressionou a consciência de Chelsea. Mas ela não podia contar. Não naquele momento, quando Carl acabara de casar com outra mulher.

— Você terá netos. Eu quero ser mãe.

Paixões Perigosas

— Como?

— Eu disse que quero ser mãe — repetiu Chelsea, paciente.

— É uma mudança. Pensei que você queria se "descobrir" primeiro.

— Estou fazendo isso.

Houve outro momento de silêncio. Depois, como se uma cortina baixasse, Kevin disse, brusco:

— É verdade. É o que está fazendo.

Chelsea teve vontade de chorar.

— Ficarei bem, papai. Descobrirei o que tenho de descobrir e serei melhor por isso.

Kevin não disse nada.

— Juro.

Ele permaneceu calado.

Chelsea suspirou, fechou os olhos e pôs a mão na barriga. Sentia-se outra vez nauseada. O início da manhã era o pior momento, mas a sensação não passava durante o resto do dia, ainda mais quando se sentia perturbada.

— Precisamos muito conversar, papai. Talvez durante o Quatro de Julho. Teríamos um tempo a sós em Newport...

— Não vou para Newport.

Ela abriu os olhos.

— Mas sempre passamos o Quatro de Julho em Newport!

Chelsea nunca teria imaginado estar em qualquer outro lugar no Quatro de Julho.

— Presumi que você ficaria com Carl. Por isso, combinei que iria para Mackinac Island. Um colega vem me convidando há anos.

— Mas eu contava...

— Teremos de deixar para outra ocasião.

— Está bem. — Chelsea sentia-se à beira das lágrimas. — Não poderíamos conversar no fim de semana?

— Claro.

— Está ótimo. Eu amo você, papai.

— Adeus, Chelsea.

Ela desligou. Tentou se controlar, mas era uma causa perdida. O desapontamento, o sentimento de abandono, de *solidão*, eram sufocantes. Ela foi fechar a porta da sala, encostou-se nela, cobriu o rosto com as mãos e desatou a chorar.

— Mas o que está acontecendo aqui? — perguntou Judd.

Ele não elevou a voz. Não precisava. Russell Ives sabia que ele estava furioso.

Os dois estavam no final da tranqüila estrada rural, no ponto onde o bosque terminava e o terreno aberto começava. À frente deles, havia vários caminhões, materiais e homens. E à frente dos caminhões, materiais e homens ficava a casa de fazenda que Chelsea Kane comprara.

— Eles não querem trabalhar ali — respondeu Russ. — Passei a manhã toda tentando convencê-los, mas eles se recusam até a chegar perto. Não querem correr qualquer risco com os fantasmas.

Os fantasmas! Judd não podia acreditar.

— Esses caras enormes estão com medo de fantasmas? Só pode ser brincadeira.

Mas não era brincadeira. E os caras enormes não tinham a menor intenção de mudar de idéia.

— Você acha que Buck estaria correndo por toda a casa se houvesse fantasmas ali? — indagou Judd.

O retriever corria de uma janela para a porta e outra janela, explorando tudo com o focinho.

— Há vozes ali.

— Nenhum adulto jamais ouviu qualquer voz. Só crianças.

— Então só crianças. Mas isso não significa que não há fantasmas ali dentro.

— Posso garantir que não há.

Russ sacudiu a cabeça na direção dos homens.

— Posso garantir que não há — Judd insistiu.

Judd esfregou a mão sobre os músculos tensos atrás do pescoço. Ocorrera um acidente na pedreira naquela manhã, nada muito sério, apenas um operário quebrara a perna numa queda, mas isso o deixara perturbado. Não gostava que as pessoas se machucassem, não quando estava no comando. Considerava os acidentes como uma questão pessoal. Considerava muitas coisas como uma questão pessoal. E a reforma daquela casa era uma delas.

— É o chefe deles, Russ. Deve falar com eles. É para isso que lhe pago. Afinal, não posso fazer tudo sozinho. — Judd correu os olhos pelo grupo à procura de rostos familiares. Havia alguns, mas não muitos. — Quem são esses caras?

— Peguei-os aqui e ali.

— A maior parte ali — resmungou Judd.

Era terça-feira. Ele queria que o trabalho na fazenda tivesse começado na segunda. Não sabia quando Chelsea voltaria, mas fazia questão de que o trabalho já tivesse começado quando ela chegasse. Era uma questão de orgulho para ele. Quando fazia as coisas, fazia bem.

Irritado com Russ por decepcioná-lo, consigo mesmo por levar o trabalho tão a sério, e com Chelsea Kane, em primeiro lugar, por insistir na reforma, Judd atravessou a estrada até o ponto em que os homens se agrupavam.

— Vocês têm algum problema com este trabalho?

— Temos sim — respondeu um deles. — Ele não nos avisou de que era aqui.

— Só um louco trabalharia nesta casa — comentou outro.

E um terceiro acrescentou:

— Ele pensou que era mais seguro trazer uma turma de outra cidade, mas não somos estúpidos ou surdos. Já ouvimos falar desta casa. Se ele mesmo não quer entrar, por que nós deveríamos?

Judd pensou a respeito por um momento, antes de voltar até Russ. De costas para os homens e mantendo a voz baixa, ele perguntou:

— Disseram que você não quer entrar na casa. Isso é verdade?

O rosto de Russ ficou vermelho sob o bronzeado.

— Não preciso entrar. Eles é que farão o trabalho.

— Pare com isso, Russ.

— Eu disse para começarem pelo telhado. Não precisam entrar na casa para isso.

— Mas eles estão assustados demais para irem até a casa. — Judd sentia a maior repulsa pela atitude. — Uns caras enormes e se apavoram com histórias de crianças. Mas você pode dar o exemplo. Entre na casa, fique um pouco e saia para mostrar aos homens que continua vivo.

— Entre você.

— Já entrei. Com você. Ontem.

— E passei a noite inteira no maior nervosismo. Não quero que aconteça de novo. — Russ levantou a mão. — Quando você me falou sobre esse trabalho, eu disse que tentaria. É o que tenho feito. Se quiser me dispensar dos outros trabalhos, tudo bem. Mas, se fizer isso, levarei meus homens comigo. E como você ficaria?

Afundado na merda até o pescoço, Judd sabia. Os documentos de sociedade já haviam sido assinados e o relógio iniciara a contagem regressiva. O galpão em Moss Ridge tinha de ser concluído antes da chegada dos equipamentos, se não quisessem se atrasar. Também não se podiam adiar as obras do escritório no centro da cidade. Havia outras turmas de operários da construção civil, talvez ainda mais ansiosas por trabalho. Mas Russ era competente. Em toda a sua experiência com ele, era a primeira vez que Judd ficava frustrado.

Judd olhou além de Russ, para o lugar em que Hunter estava, encostado no caminhão da Plum Granite. Foi até lá, enfiando as mãos atrás do jeans.

— O que você acha? — perguntou ele, numa voz que os outros não podiam ouvir.

— Acho que você tem um problema.

— Eu? Experimente *nós*. Ela quer a casa pronta.

— Ela pediu para você cuidar de tudo — argumentou Hunter. — Eu não estou envolvido.

— Claro que está. Afinal, é você quem se encontra por trás dos rumores. E não é um idiota. Nem um caipira. Não existem fantasmas e você sabe disso.

O rosto de Hunter endureceu.

— Está dizendo que inventei tudo?

— Não. — Judd sabia que tinha de ser cuidadoso. Às vezes a menor coisa levava Hunter a desaparecer por vários dias. Mas agora Judd precisava de sua ajuda. — Estou apenas querendo dizer que você era um menino quando ouviu as vozes. Ninguém jamais havia ouvido antes, e é duvidoso se alguém ouviu desde então.

Os lábios de Hunter formavam uma linha reta, numa expressão tão parecida com a de Oliver que se tornava fácil acreditar que eram pai e filho.

— E daí?

— E daí que você foi o primeiro a dizer que havia vozes na casa, e agora pode ser o primeiro a dizer que as vozes foram embora.

— Mas não sei se foram embora. Teria de entrar lá para descobrir e não farei isso.

— Está com medo?

— Não. Apenas sou mais esperto.

— Você mesmo disse que as vozes nunca fizeram mal a ninguém.

— Porque as pessoas fogem quando ouvem.

— Quando *imaginam* que ouviram.

Hunter deu de ombros, desdenhoso.

— Por que desafiar o destino?

— Porque essa é a sua especialidade. Vem fazendo isso durante toda a sua vida. Na escola, nunca estudou até a noite anterior às provas. Passa cheques na semana anterior ao pagamento. Guia sua motocicleta como se não existisse amanhã. Até mesmo pela maneira como deixou aquele barraco e foi para a estrada quando sua mãe morreu... a maioria dos meninos de cinco anos teria esperado até que alguém aparecesse.

— Ninguém apareceria. Ninguém jamais foi até lá.

Judd percebeu a amargura, mas tinha um argumento para apresentar.

— Você deixou aquele barraco. Nunca estivera na cidade em toda a sua vida. Nunca se encontrara com outras pessoas. Mas alguma coisa fez com que seguisse por aquela estrada. Você é corajoso, Hunter. Pode ser temerário às vezes, e teimoso como o pecado, mas tem coragem. Desafiou o destino quando deixou aquele barraco. Desafia o destino cada vez que sai em disparada pela Seben Road. Não quer desafiar também agora? Vai ou não entrar naquela casa?

O rosto de Hunter era impassível.

— Ela não tinha de comprar a casa.

— Mas comprou. O negócio está feito. Ela quer morar aqui e espera que possamos tornar isso possível. É um trabalho objetivo. Não vai parecer nada bom se não formos capazes de realizá-lo.

— Russ é que não pode fazer.

— Mas nós temos o comando. — Judd resolveu mudar de tática. — Você quer mais responsabilidade. Esta é a sua oportunidade. Tome o lugar de Russ. Quero que tome a frente nesse projeto.

Hunter fez uma careta.

— Ficou maluco?

— Não, não fiquei maluco. Apenas faz sentido. — Quanto mais ele pensava a respeito, mais fazia. — Você sabe o que tem de ser feito. Passou treze anos vivendo com Hibbie Maycock e seus filhos. Eles faziam muito mais do que trabalhar na pedreira. Hibbie era o melhor carpinteiro destas bandas. Portanto você conhece carpintaria, sabe como fazer telhados. E não me diga que não trabalhou como eletricista para ganhar um dinheiro extra para comprar maconha... mesmo que Oliver tenha pagado para tirar você dessa... porque não vou acreditar. E você é o cara com mais jeito para a mecânica na pedreira. Ainda por cima, tem tanta capacidade quanto Russ para comandar os homens.

— Neste caso, pode me dar a chefia do galpão de corte e polimento.

Judd sacudiu a cabeça, firme.

— Precisamos de você aqui. — Ele fez uma pausa. — Nenhum de nós quer aquela mulher por aqui. Nenhum de nós a quer como sócia da companhia. Mas o fato é que ela se tornou sócia e não há nada que possamos fazer agora, exceto trabalhar ao máximo durante um ano. Temos de fazer tudo melhor do que ela. Vai ajudar?

— Esta casa não é parte do acordo.

— Não, não é, mas você a deixaria impressionada se fizesse a reforma.

— E por que eu deveria impressioná-la?

Hunter falou com tanto desdém que Judd sentiu uma pontada de alívio. Não sabia por quê. Não queria nada com Chelsea Kane, e nunca imaginara que Hunter poderia querer. Mas a possibilidade, por mais vaga que fosse, devia estar registrada no fundo de sua mente. Agora, ele pôs essa questão de lado e concentrou-se nos aspectos práticos.

— Porque ela é um bom contato. Pense um pouco, Hunter. A mulher é arquiteta. Tem conhecimento de uma porção de projetos. Demonstre que é competente e ela se lembrará de você. Pode ter um amigo que vai precisar de seus serviços. Pode ser a sua passagem para sair daqui.

— E quem disse que estou querendo sair?

Judd não respondeu. Tinha a impressão de que todo mundo em Notch, em algum momento de sua vida, procurava uma passagem para deixar a cidade, tão pequena e provinciana. A universidade fora a passagem de saída de Judd. E também a de Hunter. Mas ambos haviam voltado, cada um para seu inferno particular. Agora, Judd não podia acreditar que Hunter não sonhasse com dias melhores.

— Está preocupado com a possibilidade de não conseguir fazer o que é preciso?

Se tudo o mais falhasse, havia sempre o desafio.

— Claro que sou capaz.

Hunter desviou os olhos para a casa. Judd imaginou ter percebido um vislumbre de medo, alguma coisa parecida com a expressão de Hunter quando Chelsea anunciara que comprara a casa. Especulou se Hunter ouvira mesmo vozes; e se ouvira, o que haviam conjurado... não que Judd acreditasse por um instante sequer que as vozes fossem reais. Mas Hunter podia acreditar. Ele pigarreou, olhou para o chão e disse, a voz ainda mais baixa:

— Entrarei com você, se quiser. Estive lá ontem. A casa está vazia. Não tem nada ali. — Judd ergueu a cabeça. — E então?

— Posso entrar sozinho. — Os olhos de Hunter eram tão desafiadores como Judd nunca vira, agressivos e ansiosos. — Mas se eu aceitar o trabalho tem de ser todo meu, do princípio ao fim. O velho não poderá tirá-lo de mim. Temos um acordo?

Judd podia ouvir a voz em pânico de Oliver: "Um acordo? O que deu em você para fazer um acordo desses? Ele não pode fazer esse trabalho. Nunca fez nada parecido. Confundiria tudo, de tal maneira que as descargas seriam acionadas cada vez que se acendesse uma luz."

Hunter era bem capaz de fazer isso. Mas Judd também sabia que ele era capaz de manter os homens na linha e dar um jeito para que o trabalho fosse bem-feito, dentro do prazo. Nada mais justo do que ele finalmente ter a oportunidade de demonstrar do que é capaz.

— Negócio fechado.

Judd teria estendido a mão para sacramentar o acordo se fosse qualquer outra pessoa. Mas Hunter não gostava do contato físico. Tudo nele apregoava "mantenha as mãos longe de mim" e todos na cidade aceitavam esse aviso, literalmente.

— Quando vai começar? — acrescentou ele.

Impetuoso, talvez um pouco arrogante, Hunter respondeu:

— Agora.

— O que pretende fazer para persuadir os homens a entrarem na casa?

Hunter fitou-o por mais um momento, os olhos ainda mais ansiosos do que antes. Depois, ele se encaminhou para a casa, em passos determinados. Não parou ao passar pelos homens e caminhões, mas ordenou na passagem:

— Comecem a descarregar o material.

Judd ficou observando, torcendo para ter feito a coisa certa.

Na manhã de sexta-feira, às seis e meia em ponto, começou a aula de aeróbica no porão da igreja. Donna estava em seu lugar habitual, na última fila, fazendo o aquecimento com as outras, num ritmo lento, quando Chelsea apareceu na porta. Ela empertigou-se no mesmo instante, sorriu e acenou.

Parecendo aliviada ao vê-la, Chelsea contornou as outras, largou uma pequena bolsa de lona junto da parede dos fundos, tomou posição ao seu lado e perguntou:

— Como tem passado?

Donna fez o sinal de OK com a mão e indagou, apenas com o movimento dos lábios: "Quando você voltou?"

— Ontem à noite. Bem tarde. Não tinha certeza se conseguiria chegar aqui tão cedo, mas estou precisando muito de exercício.

Paixões Perigosas   *173*

Donna achou que ela parecia cansada, bastante pálida. Mas como nunca a vira sem maquiagem antes, não tinha como saber se aquela era sua cor natural. Se era mesmo, não tinha nada de atraente. Ela simplesmente parecia mais vulnerável do que antes. Os cabelos, afastados do rosto e presos num rabo-de-cavalo, deixando as feições expostas, realçavam essa impressão. Era um lado de Chelsea Kane diferente do que ela vira antes.

Infelizmente, as outras alunas nunca haviam visto qualquer lado de Chelsea Kane antes e interromperam o aquecimento para lançar olhares curiosos em sua direção. Ao recordar a inibição de Chelsea, Donna gesticulou para que elas continuassem em seus exercícios. E quando ela retomou os seus alongamentos, Chelsea passou a acompanhá-la.

Os alongamentos transcorreram sem problemas. Chelsea era flexível, embora isso não pudesse ser considerado uma surpresa. Donna já percebera antes em seus movimentos e poderia ter adivinhado por seu corpo. Era uma mulher esguia, vestindo um collant rosa e preto, com uma blusa sem mangas. Se tivesse alguma flacidez, o collant a tornaria evidente.

Não restava a menor dúvida, pensou Donna, que as outras na sala estavam pensando a mesma coisa, algumas com admiração, algumas com inveja. As nove outras variavam na idade, de vinte e sete a sessenta e oito anos. Algumas eram esbeltas, outras não. Nenhuma parecia tão admirável quanto Chelsea. E nenhuma tinha uma roupa de ginástica tão elegante. A maioria usava camisetas folgadas e shorts, em cores muito mais suaves que os trajes de Chelsea. Donna não sabia se haveria de se sentir à vontade usando uma roupa tão ousada. Não sabia se teria a coragem.

O ritmo começou a acelerar e o grupo iniciou o primeiro exercício. Chelsea vacilou, entrou no ritmo, vacilou de novo, seguiu em frente. Sem querer fitá-la e deixá-la ainda mais constrangida do que já devia estar, Donna concentrou-se na professora, que demonstrava os passos antes, dando mais detalhes do que o habitual, em benefício de Chelsea.

Chelsea conseguiu fazer o primeiro exercício, e depois o segundo, com uma tensão evidente. Quando a música passou para o terceiro, Donna constatou que ela começava a relaxar. Não que estivesse fazendo os passos melhor, mas parecia ter decidido que tudo o que fizesse seria certo, desde que se mantivesse em movimento.

Quando o ritmo diminuiu para o relaxamento, Chelsea parecia tão suada quanto as outras. Assim que a música parou, ela pegou uma toalha na bolsa para enxugar o rosto, o pescoço e a nuca.

Donna fez a mesma coisa com a bainha da camiseta, o que era mais ou menos o que o resto da turma fazia. Depois, ela fitou Chelsea e indagou, silenciosamente: "Gostou?"

Chelsea sorriu.

— Ótimo. Divertido. — Ela respirou fundo, esticou-se, pôs a mão na barriga. — Bom exercício.

Donna pegou-a pelo braço e levou-a até a professora, que desligava o toca-fitas da tomada. Ginny Biden era casada com um professor universitário que dava aulas em Manchester. Tinha trinta e poucos anos e um bebê em casa. A aula no início da manhã era perfeita para ela, já que o marido podia ficar em casa com a criança. Embora não fosse tão esguia quanto as professoras de aeróbica na televisão, era bastante animada em comparação com as esposas de Norwich Notch. Foi por isso que Donna decidiu apresentar Chelsea primeiro a ela. Chelsea estendeu a mão.

— Muito prazer. Chelsea Kane. Adorei a aula.

— Seja bem-vinda — disse Ginny. — O ritmo foi muito acelerado?

— Um pouco. Mas não se preocupe. Vou me adaptar num instante.

— É nova na cidade, não é?

— Sou sim.

— Apenas de visita? — perguntou Ginny, lançando um olhar de expectativa para Donna.

Donna já começava a sacudir a cabeça quando Chelsea disse:

— Na verdade, passarei algum tempo aqui. Estou trabalhando com a Plum Granite.

Os olhos de Ginny arregalaram-se de repente.

— Chelsea Kane! *Você é* Chelsea Kane! Desculpe. Não estava pensando direito. Acho que é cedo demais.

Ela olhou ao redor, num nervosismo evidente, na opinião de Donna.

— Já conhece as outras?

Em vários estágios de recuperação, todas as outras olhavam para Chelsea. Haviam ouvido seu nome. Sabiam quem ela era. E quase todas se mostravam cautelosas.

Na esperança de atenuar a cautela, em decorrência de sua própria aceitação, Donna tornou a pegar o braço de Chelsea e levou-a de uma para outra. Não houve apertos de mãos, apenas trocas de nomes e acenos de cabeça. Os acenos de Chelsea eram acompanhados por sorrisos; os outros eram sóbrios. Nenhum foi mais sóbrio que o último. Era uma mulher de cabeça branca, a mais velha do grupo, a menor, e também, embora comparecesse determinada a todas as aulas, a de aparência mais frágil.

Com o maior cuidado para articular direito as palavras e modular o tom de voz, Donna disse, em voz alta:

— Esta é minha mãe, Margaret Plum. Mãe, esta é Chelsea Kane.

Chelsea ficou visivelmente surpresa. Mas logo recuperou o controle e estendeu a mão.

— É um prazer conhecê-la, Sra. Plum. Não tinha a menor idéia de que a encontraria aqui.

— Nem eu que a conheceria aqui.

Como uma mulher educada, ela apertou a mão de Chelsea, embora até Donna pudesse perceber a hesitação. A mão parecia frágil e, para acompanhar, o rosto estava muito pálido.

"Você está bem?", sinalizou Donna.

Mas os olhos de Margaret não se desviaram de Chelsea.

— Faz isso com freqüência? — perguntou Chelsea.

— Faço.

— É maravilhoso.

— Gosto de vir à igreja.

A mão tremia quando ela a abaixou. Preocupada, Donna tocou em seu braço e sinalizou de novo: "Você está bem?"

Ela sabia que a mãe não estava satisfeita com o contrato de sociedade, e gostaria de ter podido prepará-la para a presença de Chelsea. Mas Donna não sabia que Chelsea viria até que a vira na porta.

— Estou cansada — declarou Margaret, os olhos ainda fixados em Chelsea. — Acho que preciso tomar o café da manhã.

"Quer que eu a acompanhe até em casa?", sinalizou Donna. Mas Margaret já se virava e começava a se afastar. Chelsea observou-a por um momento.

— Ela está doente?

Donna deu de ombros. Repetiu o gesto quando Chelsea se virou para ela. Mas Chelsea parecia ter esquecido Margaret.

— Você fala bem. — Como Donna sacudisse a cabeça, ela insistiu: — Fala sim. Eu não sabia que podia. Deve ter sido difícil aprender.

Donna sacudiu a cabeça, pôs a mão em concha no ouvido e inclinou a cabeça.

— Já houve um tempo em que podia ouvir? O que aconteceu?

Ela acenou com a mão para indicar que não era importante, ou certamente nada de que quisesse falar. Depois, olhou para o relógio. Eram sete e quinze. Matthew ficaria furioso se ela não estivesse na cozinha, preparando o café da manhã, às sete e meia. Fitou Chelsea com uma expressão de quem pedia licença.

— Pode ir — disse Chelsea. — Estará na loja mais tarde?

Donna acenou com a cabeça em confirmação.

— Posso passar por lá?

Donna acenou com a cabeça num entusiasmo ainda maior, apertou de leve o braço de Chelsea, ergueu a mão em despedida e se encaminhou para a porta.

Menos de quinze minutos depois, ela pôs uma caneca grande com café puro na frente do marido e recuou até o balcão da cozinha, para observar e esperar. Matthew só voltara para casa depois de meia-noite e os passos na escada eram mais pesados do que o habitual. Seus olhos naquela manhã explicavam tudo. Ele estava de ressaca.

Havia um ligeiro tremor em sua mão quando ergueu a caneca. Ele tomou um gole, abaixou a caneca, pôs o cotovelo na mesa e encostou a testa na palma da mão. Ficou sentado assim por cinco minutos. Durante esse tempo, Donna não se mexeu. Observava o rosto do marido, querendo ver seus lábios quando e se ele falasse. Se não se mantivesse alerta e perdesse alguma coisa que ele dissesse, Matthew ficaria furioso. E sua fúria não era nada agradável.

Ele afastou a mão da cabeça. Tomou outro gole do café e depois fitou-a.

— Isto tem gosto de lama.

— Está apenas forte.

Matthew estremeceu.

— Não grite.

Donna cruzou as mãos. O volume era sempre um problema, especialmente com Matthew. A maioria das pessoas compreendia que ela não podia, por ser surda, ouvir a própria voz. Mas não era o que acontecia com seu marido. Matthew queria que ela falasse como se não tivesse qualquer problema.

Se ele fosse um homem compadecido, poderia tentar ler os lábios ou compreender a linguagem de sinais. Fizera as duas coisas quando namoravam. Mas depois que puseram as alianças na mão esquerda, isso cessara por completo. Não restava muita opção a Donna, a não ser apontar, gesticular ou falar. Nenhuma dessas coisas era ideal; mas quando havia surdez, nada era ideal.

— Onde está o jornal? — perguntou ele com uma expressão sombria.

O jornal estava na mesa, não muito longe do lugar em que Matthew sentava. Ela estendeu-o para mais perto. Matthew abriu-o, olhou a primeira página, largou-o.

— Vai para a loja?

— Daqui a pouco — disse ela, tomando um cuidado extra com a voz. — Monti está lá agora.

Monti era o irmão mais velho de Matthew. Com Emery servindo como agente do correio, a direção do armazém cabia aos dois filhos. Matthew ficou irritado.

— Não quero Monti abrindo a loja. Quantas vezes tenho de lhe dizer isso? Monti não sabe o que faz. Quero que você vá para a loja imediatamente.

Donna tomara um banho rápido de chuveiro e vestira um roupão. Mais dez minutos passariam antes que ela estivesse pronta para sair de casa. Mesmo assim, ela acenou com a cabeça e desamarrou o avental. Mal passara-o pela cabeça quando Matthew pôs a mão em seu quadril. Donna olhou para seus lábios.

— Quero ovos fritos. Faça com a gema mole, não dura, como da última vez. E também quero torradas. E suco.

Ela tornou a pôr o avental e virou-se para abrir a geladeira. Mal pegara os ovos e pusera a frigideira para esquentar quando Matthew tornou a tocá-la.

— O vendedor de vídeos vai aparecer hoje. Dobre o pedido de novos lançamentos. As pessoas querem assistir a esses filmes e não temos cópias suficientes.

Ela acenou com a cabeça.

— E livre-se daqueles cogumelos de madeira na vitrine. São horríveis.

Matthew tornou a puxar o jornal. Donna gostava dos cogumelos de madeira. Eram parte de um mostruário maior de frutas e legumes, todos de madeira, vendidos como enfeites para a cozinha. A mãe de Matthew comprara-os de um artesão que morava a algumas cidades de distância. Embora Lucy fosse notória por seu mau gosto, Donna concordara com ela naquela compra. Muitas outras pessoas também concordavam, se boas vendas significavam alguma coisa. Mas Donna não tinha a menor intenção de ressaltar isso para Matthew. Seria motivo para uma briga. Era muito melhor, ela sabia, deixar os cogumelos na vitrine, e se ele tornasse a se queixar, transferir o problema para Lucy.

Ela virou-se e pôs três ovos na frigideira, serviu um copo grande com suco de cranberry e ligou o forninho para fazer as torradas. Tirou os talheres e um guardanapo da gaveta, arrumou a mesa. Matthew tocou em seu braço. Sua expressão era furiosa.

— Você trocou de novo o sabão de roupa, não é?

Donna trocara para uma marca nova, com amaciante, o que torna-va mais fácil passar as roupas. O marido bateu com os dedos na gola de sua camisa.

— Esta camisa cheira a flores. Como posso trabalhar com esse cheiro? As pessoas vão pensar que sou uma flor.

"Não", protestou ela, com um movimento dos lábios, sacudindo a cabeça. "Não tem cheiro."

— Estou dizendo que posso sentir o cheiro. E é ainda pior do que aquela coisa que você tem usado ultimamente. O que é aquilo?

Era água-de-colônia, parte de uma coleção que a loja começara a estocar. A fragrância era floral, com um toque exótico. Donna recordou o comentário de Chelsea, sobre fazer publicidade das fitas para os cabelos ao usá-las. Era o que ela quisera fazer com a água-de-colônia. E dera certo, pois vendera três vidros na última semana a mulheres que gostaram da fragrância nela. Donna também gostava da fragrância. Transportava-a a muitos lugares, projetava imagens de bons restaurantes, apartamentos de cobertura na cidade grande, limusines. Lembrava-a de Chelsea.

— Vende — disse ela.

Matthew fez uma careta.

— Não me importo se vende. Não quero que você use.

— As clientes gostam.

— Faz com que você cheire a uma coisa que não é.

Fazia com que ela cheirasse a alguma coisa que queria ser. Tinha o direito de sonhar.

— Mas eu gosto!

— Não grite! — berrou ele, virando-se em repulsa.

O coração batendo forte, Donna concentrou-se no fogão. Pôs os ovos e as torradas num prato, que levou para a mesa junto com o copo de suco. Foi para a pia, a fim de lavar a frigideira. Teve um sobressalto quando sentiu a mão em seu braço.

Era Joshie, parecendo perturbado. Ouvira o pai berrar, com toda certeza. Donna sentiu um aperto no coração.

"Está tudo bem?", sinalizou ele.

"Claro que está", sinalizou Donna em resposta, sorrindo.

"Papai está de mau humor de novo?"

"Ele não dormiu bem."

"Onde ele estava ontem à noite?"

"Jogando cartas com Júnior e Cal."

O que era um palpite tão bom quanto outro qualquer. Há muito que ela aprendera a não perguntar a Matthew para onde ele fora ou o que fizera. O marido gostava de sua liberdade, como a informara logo depois de casarem; e como fora solteirão por muito tempo, Donna tentava compreender. O que era muito difícil às vezes, como na ocasião em que ela entrara em trabalho de parto, de Joshie, e Matthew não fora encontrado em parte alguma. E às vezes era bastante embaraçoso, como nas ocasiões em que os amigos procuravam-no na loja, e ela tinha de inventar pequenas mentiras para dar cobertura ao marido e ocultar sua ignorância.

Ele jogava cartas com Júnior e Cal. Júnior Jamieson era filho de George e há anos era o melhor amigo de Matthew. Calvin Ball era outro velho amigo, o contador do armazém, irmão do cunhado de Donna. Quase nunca jogavam até meia-noite, ainda mais durante a semana. Além disso, Donna já avistara, em muitas noites, Cal e Júnior sem a companhia de seu marido. Por isso, ela sabia que Matthew também fazia outras coisas. Não tinha certeza se queria saber quais eram essas outras coisas.

"Gosto desse perfume", sinalizou Joshie agora. "Não sei por que papai está tão aborrecido. Você ficou cheirosa."

Donna passou os braços em torno de Joshie e puxou-o para um abraço rápido. Não sabia por que fora premiada com um filho tão precioso, mas não se passava um único dia sem que fizesse uma oração de agradecimento por isso. Mesmo agora, com o topo de sua cabeça alcançando as faces da mãe, ela sabia que os dias de abraços estavam contados. Joshie tinha doze anos e se aproximava da puberdade. Muito em breve estaria querendo também sua liberdade. Só gostaria que Matthew pudesse dar um exemplo melhor. A perspectiva de Joshie ficar fora de casa até altas horas, fazendo só Deus sabia o que, provocava-lhe calafrios.

Ela afastou um pouco o filho e sinalizou: "Seu pai é sensível a coisas como cheiros. Talvez ele acabe se acostumando com este."

"É diferente. E às vezes é bom ser diferente. Eu gostaria que papai também fosse."

Donna lançou um olhar para o marido. Matthew vestia a calça esporte e a camisa de algodão que ela passara na noite anterior. Era o seu uniforme. Quase nunca usava outra coisa. Ela não o via de terno há anos, o que era uma pena. Mesmo com os cinco quilos que ganhara desde o casamento, ele ainda era um homem bonito. Os cabelos eram lisos, de um louro quase branco, as feições aristocráticas. Quando queria encantar alguém, podia fazer isso com o sorriso.

Joshie tinha os cabelos louros dos Farr, mas as feições eram dos Plum; e usava óculos. Donna adorava a aparência do filho, de óculos e tudo. Duvidava que ele pudesse ser bonito ao estilo clássico, como Matthew, mas isso não tinha importância. Tudo de que carecia na aparência, Joshie compensava com ternura.

"Como foi a aula de aeróbica?", sinalizou ele.

"Ótima. Adivinhe quem apareceu?" Como o filho desse de ombros, Donna soletrou com os dedos: "Chelsea Kane."

Os olhos de Joshie ficaram arregalados. "Ela estava guiando o Jaguar?"

"Veio da pousada. Não vi nenhum carro."

"O carro é sensacional. E ela também. Todos os caras na escola pensam assim, e metade ainda nem a viu. Mas Tom e Ethan já viram e contaram para os outros. Dizem que já era tempo de termos alguém como ela por aqui. Mas as mães dos dois dizem que ela é desprezível."

Donna já ia dizer que Chelsea Kane não era absolutamente desprezível quando os olhos de Joshie se desviaram para o pai, que estava furioso. Ela captou as palavras de Matthew no meio de uma frase:

— ... fazer isso comigo. Se tem alguma coisa para dizer, trate de falar. Quando se expressa com as mãos, não posso entender. E não permito isso. Não serei excluído da conversa em minha própria casa. O que pensa que isso é? Uma festa particular para vocês dois?

— Por favor, Matthew — interveio Donna. — Joshie sinaliza para me ajudar. E não estamos dizendo nada que você não possa ouvir.

— Ele não é surdo. Pode perfeitamente falar. — Matthew olhou para o filho. — Trate de falar quando tiver alguma coisa para dizer. Entendido, garoto?

Joshie acenou com a cabeça em concordância. Donna pôs a mão na cabeça do filho.

— Pode ir agora. Eles já devem estar à sua espera.

Ela observou-o se afastar apressado. Matthew partiu um pedaço de torrada e espalhou gema de ovo por cima. Ainda mastigava quando pegou outro pedaço.

— Por que ele trabalha para a cidade, quando poderia nos ajudar na loja?

— Ele trabalha no playground. — A cidade oferecia programas de diversões para as crianças todos os verões, equivalentes a acampamentos de férias, mas com todos dormindo em suas casas. — Ele é bom com os pequenos.

— Podia ser bom também com uma vassoura, se praticasse de vez em quando. — Matthew recolheu a gema com uma colher. — Bem que precisamos de ajuda. Ele podia entregar as encomendas, levar o lixo para fora, tirar o pó das prateleiras. Os tempos são difíceis. Precisamos trabalhar ainda mais.

Ele enfiou o pedaço de torrada com gema num canto da boca e passou a falar pelo outro lado:

— Não podemos entediar as pessoas com cogumelos de madeira nem nauseá-las com perfumes.

Donna sentiu uma irritação súbita e intensa. Espantava-a o fato de Matthew ter a desfaçatez de criticá-la pelo uso da água-de-colônia, enquanto se empanturrava de comida, como um idiota.

Ele empurrou o prato para o lado e terminou de tomar o café. Levantou-se em seguida e fitou-a. Tinha os olhos injetados, mas claros.

— Chelsea Kane apareceu na pousada ontem à noite. Sabe o que isso significa?

Significava, em primeiro lugar, que Matthew se encontrava em algum lugar nas proximidades da pousada na noite passada. Também significava que ele se comunicara com alguém que vira o livro de registro ali, provavelmente Sukie Blake, que trabalhava na recepção durante a noite. O que deixava Donna nervosa. Sukie Blake não teria um caso com Matthew — estava noiva de Joey Dodd —, mas tinha amigas que poderiam ter.

— Significa que ela virá para cá com freqüência, como disse a Ollie — acrescentou Matthew. — E vai nos procurar para comprar suas coisas, se souber que temos o que precisa. Temos de fazer com que ela saiba disso. Os negócios que ela pode oferecer são importantes, agora que Chelsea Kane tem metade da companhia de seu pai. Precisamos contar com sua preferência. Devemos impressioná-la, o que significa que você não pode usar nenhum perfume barato. Entende o que estou dizendo, Donna?

A água-de-colônia em questão estava longe de ser barata, o que Matthew saberia se quisesse se dar ao trabalho de examinar os livros. Mas Donna não ia lhe dizer isso... nem dizer que Monti sabia, porque ele *fazia questão* de estudar os livros, nem que as mulheres *gostavam* de bons perfumes. Matthew não recebia bem as críticas, e Donna não queria incorrer em sua ira. Se fosse a única envolvida, ainda poderia fazê-lo. Mas havia Joshie a considerar. A má vontade de Matthew era terrível em relação ao garoto. Donna faria praticamente qualquer coisa para evitá-la.

Dez

$\mathcal{P}$arada no sótão, Chelsea empurrou os cachos para trás da testa úmida e olhou ao redor, com a maior satisfação. O espaço começava a tomar forma. Na primeira vez em que o vira, estava atulhado de papéis, livros e sobras de material. Lembrara-a do sótão de seus pais em Baltimore, que até agora ainda aguardava sua atenção. Imaginava que cuidaria disso em algum momento durante o verão, mas não se sentia ansiosa por esse momento. As lembranças eram felizes; ter de encaixotá-las era triste.

Ela pensara a respeito quando os homens de Oliver limpavam o sótão. Insistira que muitas coisas fossem encaixotadas e guardadas no porão, em vez de jogadas fora. Não se podia descartar a história como se não tivesse a menor importância. Ela tinha certeza de que alguém, algum dia, encontraria sentido no conteúdo daquelas caixas.

Sem o entulho, o sótão se tornara maior. O teto, antes precário, fora reforçado, com o isolamento apropriado, coberto de concreto e reboco.

Quatro clarabóias foram instaladas, abrindo o sótão para o sol. Janelas grandes substituíram as miniaturas na fachada.

Infelizmente, a claridade era uma coisa, a circulação de ar era outra. Mesmo com as janelas escancaradas, o ar mal se movia.

Ao som de passos na escada em espiral, ela olhou para trás. A cabeça escura de Judd apareceu na escada recém-instalada, seguida pelo resto dele. Chelsea não sabia o que havia nele — já conhecera homens com mais beleza clássica e mais refinamento —, apenas que

Judd Streeter era diferente. Só precisava vê-lo para que sua pulsação acelerasse, mesmo que estivesse longe. Era o que acontecia agora, e, pior ainda, ela sentia-se com a língua presa.

Por isso, ela apenas sorriu, para depois tornar a correr os olhos pelo sótão.

— Tudo bem? — perguntou Judd, numa voz que era profunda e masculina naturalmente.

Chelsea acenou com a cabeça numa resposta afirmativa.

— Está ficando ótimo. — Ela estudou as clarabóias. Ainda tinham o adesivo do fabricante. — É espantosa a diferença que duas semanas podem fazer.

Ela passou as palmas úmidas pela camiseta, que era elegante, pintada à mão e comprida, descendo pela calça capri.

— Basta acrescentar uma mão de tinta, carpete, alguns móveis e já poderei trabalhar aqui.

Ela ousou fitá-lo de novo.

Judd estava parado, com as mãos nos quadris — não chegavam a ser quadris de alguém magro, mas eram estreitos em relação aos ombros —, avaliando o reboco das paredes e o teto. A expressão era séria, o perfil tão forte quanto o resto do corpo.

— Faz muito calor aqui em cima — comentou ele. — Você precisa de um ventilador de teto.

Chelsea podia perceber que ele estava com calor pelo brilho de suor no rosto, pescoço e antebraços. O resto estava coberto por um jeans e uma camisa manchada de suor. Fora apenas outro dia de trabalho na pedreira.

Diga alguma coisa, exortou Chelsea a si mesma. Diga alguma coisa brilhante. Mas ela não foi capaz de pensar em qualquer palavra brilhante. Em desespero, recorreu ao clima.

— Pensei que New Hampshire fosse mais fresco do que Baltimore. É o aquecimento global?

Ele fitou-a nos olhos.

— É o verão.

Chelsea engoliu em seco.

— Seus homens conseguem trabalhar com esse calor?

Paixões Perigosas

A expressão de Judd tornou-se irônica ao recordar o acordo que ela fizera com Oliver. Ele acenou com a cabeça, lentamente, numa resposta afirmativa.

— Ainda bem.

Como precisava de uma trégua da intensidade daqueles olhos, Chelsea foi até a janela. Com as mãos debaixo dos braços, ela olhou para o telhado de ardósia e as paredes cobertas de hera da pequena casa que servia como agência de correio de Norwich Notch. Mais além, podia ver também a chamada varanda de viúva — o lugar de onde as esposas da costa da Nova Inglaterra observavam o mar, à espera da volta dos navios de seus maridos — no alto do prédio da sociedade histórica. Depois, havia um bosque de carvalhos frondosos. A cidade era adorável. Ela só gostaria que fosse alguns graus mais fresca.

— O que está achando do carro? — perguntou Judd.

— É ótimo — respondeu ela, sem se virar.

Chelsea deixara o Jaguar em Baltimore e comprara um Pathfinder. Judd levara-a para buscá-lo... no Blazer, que era dele. Também a conduzira pela cidade em diversas ocasiões, entre o escritório, a pedreira e Boulderbrook. Chelsea continuava a pensar que se acostumaria a ele, que a novidade de sua aparência passaria. Mas não era o que estava acontecendo.

Ela não entendia como podia estar grávida de seis semanas, sentir-se enjoada durante a maior parte do tempo e ainda assim achar um homem atraente. Dizia a si mesma que isso não era saudável. Dizia a si mesma que era ridículo, ao considerar sua missão em Notch. Ainda assim, seu sangue corria mais depressa na presença de Judd.

Ela bem que tentava ignorá-lo, mas era muito difícil. Os olhos de Judd eram francos e diretos. Podia senti-los em suas costas naquele momento. Nunca fora inibida, mas era assim que ficava com ele. Tinha certeza que Judd podia ler todos os pensamentos em sua mente, inclusive os lascivos. E tinha de fazer um esforço para não estremecer de embaraço.

— Quando os computadores vão chegar?

— A qualquer dia agora.

— Ótimo. — Ela pedira que Judd lhe encomendasse um computador. — Usarei o meu assim que chegar. Posso escrever cartas à mão, mas quero fazer o acompanhamento e as etiquetas de endereço no computador.

Chelsea virou-se e gesticulou para um ponto por baixo de uma das clarabóias.

— Minha prancheta ficará ali. Será entregue esta tarde. Acha que um dos homens poderia montá-la para mim? Tenho de passar a tarde inteira em Manchester, mas gostaria de usá-la no fim de semana.

— Pode deixar que será montada.

Por mais que se revoltasse contra a atração que sentia, Chelsea descobria que a competência de Judd era bem-vinda. Com tantas coisas em sua mente — arrumar encomendas para a Plum Granite, dar conta do trabalho na Harper, Kane & Koo, supervisionar seus projetos pessoais, para não mencionar fazer exercícios todas as manhãs, cair na cama, exausta, todas as noites, e ainda pensar em Kevin, sentir saudade de Abby, preocupar-se com o bebê e especular quem poderia querer que ela recebesse uma chave de prata de caixa de música —, era bom saber que podia pedir a Judd Streeter para fazer alguma coisa e ter certeza de que seria feita.

— Você parece cansada — comentou ele.

Chelsea fitou-o. Sentiu uma pressão interior — aqueles olhos penetravam fundo — e tornou a engolir em seco.

— Estou bem.

— Talvez esteja trabalhando demais.

Ela pensou no acordo.

— É o que gostaria? — Chelsea removeu o suor da testa com o braço. Fazia muito calor. Ele tinha razão sobre o ventilador. — Lamento desapontá-lo, mas estou bem. Um pouco de calor nunca fez mal a ninguém.

Judd continuava a fitá-la nos olhos.

— Baltimore é uma cidade de ar-condicionado. Sente falta?

— Não. As noites aqui são frescas.

— Custaria uma fortuna instalar um sistema de ar-condicionado nesta casa.

Paixões Perigosas

— Ninguém está dizendo que devemos fazer isso.

— Você pode querer, depois de uma semana trabalhando aqui em cima.

— Posso dar um jeito.

Mas ela sentia dificuldade para respirar, e não tinha nada a ver com a presença de Judd. Os pulmões pareciam cheios de ar quente e pó do reboco. Empenhada em procurar alívio, ela foi à escada em espiral e desceu para o segundo andar. Havia homens trabalhando ali, pintando as paredes. O cheiro de tinta era sufocante.

Chelsea passou pelo que seria a sala de Fern e desceu a escada da frente. Finalmente, encontrou ar fresco nos degraus de pedra lá fora. Desceu para a calçada, respirando fundo várias vezes. Encostou num poste da cerca baixa.

Sentiu que Judd se aproximava por trás, não tanto pelo arrepio dos cabelos na nuca, mas pelo formigamento ao longo da coluna. Não olhou para trás. Não ousou. Saber que ele estava ali já era bastante terrível.

Ela gesticulou para as mulheres na praça. Todas usavam chapéus de aba larga, tinham pás nas mãos e trabalhavam em canteiros de marias-sem-vergonha.

— Elas vieram trabalhar em massa hoje.

— São as mulheres do clube de jardinagem. Estão preparando a praça para o Quatro de Julho.

Chelsea pensou em Kevin e Abby, toda a diversão que tinham no Quatro de Julho em Newport. Doía pensar que Kevin não queria manter a tradição. Até mesmo Carl tinha outros planos naquele ano. Ela tornou a respirar fundo o ar de Norwich Notch.

— Vocês comemoram o Quatro de Julho em grande estilo.

— É verdade. Café da manhã de panquecas na igreja, venda de embalagens de almoço na escola, churrasco na praça à noite.

Ela poderia jurar que havia uma insinuação de sarcasmo na voz de Judd.

— Não gosta disso?

O rosto dele não deixava transparecer coisa alguma.

— É ótimo, mas você acaba entediado.

— Entediado? Com tantas atividades?

Por toda parte da cidade havia avisos de eventos no feriado. Entre os que se destacavam na agenda, havia um desfile, um concurso de beleza, uma feira de objetos antigos, uma exposição de arte, um jogo de basquete e um baile. Não dava para entender como alguém podia se sentir entediado.

— É muito excitante para uma recém-chegada.

Ele fitou-a com uma expressão estranha.

— Não está planejando ficar aqui, não é mesmo?

— Claro que estou. Por que não?

— Pensei que pretendia viajar.

— Não pretendo.

— Deve ter algum lugar melhor para estar.

— Para ser franca, não tenho.

— Não tem família?

Chelsea sentiu uma pressão no peito.

— Não este ano.

— Não tem namorado com uma casa em Nantucket?

O sarcasmo era evidente; não podia haver qualquer dúvida desta vez. Ela sacudiu a cabeça.

— Não tem festas espetaculares à sua espera?

Sarcasmo era uma coisa, desdém era outra. Estimulada por isso, Chelsea fitou-o nos olhos.

— Não este ano. Nem nunca. Jamais fui do tipo de comparecer a festas espetaculares. Por que você me toma por alguém que não sou?

Os olhos de Judd não se desviaram.

— Porque você é elegante, inteligente e experiente. Já rodou mais do que qualquer outra pessoa por aqui.

— Rodou?

O termo evocava alguma coisa maculada.

— Viveu.

Ele fitou-a em silêncio por um longo momento, antes de desviar os olhos para a praça.

— Pode acreditar em mim? — Significava muito para Chelsea que ele acreditasse. — Sei que vim de um lugar diferente e que minhas experiências na vida foram diferentes. Mas sempre tento não acenar com essas diferenças para as pessoas como se fosse uma bandeira vermelha.

O olhar de Judd baixou para os seios dela, antes de subir lentamente.

— Era por isso que corria esta manhã pela Old River Road usando um short sumário e um top decotado?

O coração de Chelsea parou por uma fração de segundo. Especulou quando ele a vira. A voz mais contida, ela murmurou:

— É a roupa normal para correr.

— Não por aqui. Os homens não estão acostumados a mulheres se mostrando.

— Eu não estava me mostrando, e sim correndo.

— Foi o assunto principal das conversas durante o café da manhã no Crocker's. Não notou que as picapes diminuíam a velocidade? A maioria dos homens trabalha na pedreira. Você não deixou muita coisa de fora para a imaginação deles.

Chelsea não sabia o que dizer. Não lhe ocorrera que poderia haver tanta repercussão. Queria correr, apenas correr. Mas Judd parecia zangado. Ela não podia compreender.

— Pensei que estivesse fazendo aeróbica na igreja.

— Estava... estou. Mas sinto falta de correr. Por isso pensei em alternar.

— Não poderia usar alguma coisa um pouco mais conservadora?

— *É a roupa normal para correr* — repetiu ela, aturdida.

— Mas é completamente errada aqui. Continue assim e logo estará ouvindo mais do que vozes de crianças naquela casa à noite. Terá metade dos homens de Notch ofegando em sua porta. — Uma veia pulsava na têmpora de Judd. — Talvez seja isso o que você queira.

A sugestão foi como um tapa na cara.

— Não é o que eu quero! — gritou ela. — Não é absolutamente o que eu quero! Mas tenho o direito de correr, e tenho o direito de usar qualquer coisa que quiser ao correr.

Ele deu de ombros.

— Então se prepare para sofrer as conseqüências.

Chelsea sentiu a raiva crescendo. Sentia-se injustiçada por Judd, injustiçada pela cidade, injustiçada por Kevin e Carl. E de repente assumiu uma postura desafiadora.

— Não farei nada disso — declarou ela, empertigando-se para fitar Judd. — Talvez esteja na hora de Norwich Notch sair da Idade Média. As mulheres hoje em dia gostam de correr, e se faz calor usam as roupas mais frescas possíveis. Também podem guiar um Jaguar, dirigir uma empresa e, acredite ou não, há lugares em que até concorrem a cargos públicos. Pelo bom Deus, de que tipo de mentalidade atrasada você está falando?

Judd também se empertigou, muito mais alto do que ela. Os olhos eram mais sombrios do que nunca.

— Estou falando de Norwich Notch. Pode chamar de cidade atrasada. Prefiro dizer que é conservadora. Qualquer que seja o termo, a cidade não vai mudar só porque você apareceu por aqui.

— Não estou pedindo para mudar. Sinto-me perfeitamente feliz em deixar que a cidade continue como é. Só peço que me deixe continuar em minha vida.

— Isso é tudo? Tenho minhas dúvidas.

Ela lançou-lhe um olhar de perplexidade.

— O que isso significa?

— Significa que sua presença aqui é estranha. Não há necessidade. Oliver tinha razão. Você poderia fazer sua parte do trabalho em Baltimore. Seria muito mais fácil trabalhar lá do que em sua escrivaninha de tampo corrediço em seu quarto na pousada. — Judd contraiu os lábios. — Como sei que faz isso? A empregada que limpa seu quarto é a irmã caçula de um de nossos homens. Contou a ele sobre os papéis de seda amassados que encontra na cesta de lixo todas as manhãs. Por isso sei que você tenta trabalhar ali. E sei também que estaria muito melhor num estúdio. Assim, não posso deixar de me perguntar por que sofre tanto para permanecer aqui. Está fugindo de Baltimore?

Chelsea sentia-se exposta.

— Não.

— Problemas com um homem?

Paixões Perigosas

— Não!

— Então o que é? O que uma mulher bem-sucedida, talentosa e bonita como você pode querer num lugar como este?

Bem-sucedida, talentosa e bonita. Chelsea sentia-se lisonjeada. Outros já haviam usado essas palavras antes, mas nunca com tanta má vontade quanto Judd. O que lhes proporcionava mais peso. E porque ele as dissera, Chelsea sentiu que lhe devia alguma coisa.

— Nos últimos cinco meses, perdi a melhor parte das três pessoas mais importantes em minha vida. Não há mais nada para me manter em Baltimore.

— Portanto está fugindo.

— Não. Prefiro ficar aqui.

— Por quanto tempo?

— Por quanto tempo eu quiser.

Quando o barulho da motocicleta de Hunter Love precedeu-o, contornando a esquina, ela desviou os olhos de Judd.

— Ele não é conservador. E faz o que quer.

— Hunter é um caso especial.

— Eu também sou.

Chelsea atravessou a calçada no momento em que Hunter parava.

— Como estão as coisas?

Hunter tirou o capacete e limpou o rosto com o braço.

— Temos um problema. Preciso de sua presença.

— Está bem. Vou pegar o carro.

Mal as palavras saíram, no entanto, e ela teve uma idéia melhor. Hunter já lhe oferecera uma carona, mas ela recusara. Agora, tinha uma declaração a fazer. Chelsea olhou para o capacete preso atrás do banco, depois para Hunter.

— Alguma objeção?

Ele deu de ombros.

— A vida é sua.

Era mais do que isso. Era também a vida de seu bebê, mas Chelsea sentia-se bastante rebelde para assumir o risco. Sem pensar duas vezes, ela montou na motocicleta atrás de Hunter, ajustou o capacete na cabeça e lançou um olhar final de desafio para Judd.

Se os dentes cerrados significavam alguma coisa, ele estava furioso... o que era uma justiça poética pela maneira como Judd atormentava suas noites, raciocinou ela, antes de abaixar o visor. Prendeu as mãos no cinto de Hunter, confiante, enquanto ele acelerava e partia. Contornaram a praça, fazendo as mulheres do clube de jardinagem levantarem a cabeça e passando outra vez por Judd, antes de seguirem para fora cidade.

Os primeiros minutos foram divertidos. Chelsea não andava numa motocicleta há anos, e Hunter era um bom piloto. A motocicleta tinha um ronco suave, devorando a estrada. Trazia de volta toda a exultação que derivava da liberdade e velocidade. O ar zunindo esfriava seu corpo, que acompanhava o corpo de Hunter e a motocicleta em cada movimento.

Depois, as curvas tornaram-se mais freqüentes. Inclinavam-se para a esquerda e para a direita a todo instante. Ocorreu a Chelsea que não reconhecia aquela estrada como a que levava a Boulderbrook. Não reconhecia a estrada e ponto final. Ela começou a ficar apreensiva.

— Hunter?

Ele não ouviu. Chelsea fora imprudente ao confiar sua vida àquele homem. Mas era Hunter quem resolvia os problemas para Oliver, o terceiro homem na pedreira, logo depois de Judd. E vinha fazendo um bom trabalho em Boulderbrook, o que dizia que também era responsável, não era?

— Hunter? — chamou ela de novo, mais alto.

Ele virou a cabeça para o lado.

— Onde estamos?

— Na Seben Road. Por trás de Acatuk. É a estrada panorâmica.

A estrada era mais estreita agora, as curvas mais fechadas. Chelsea imaginou-os contornando uma curva e batendo de frente num carro. Mas, se tinha noção desse perigo, Hunter ignorava-o por completo. Ao contrário, parecia acelerar ainda mais.

Ela observava a estrada, segurando-se com toda força. O percurso subiu e desceu de repente, antes de retomar a sucessão de curvas fechadas. Quando começou a se sentir tonta, Chelsea gritou:

— Pode diminuir um pouco?

A motocicleta deu um solavanco, Hunter reduziu a velocidade, só voltando a acelerar para poder subir uma encosta. A vertigem virou enjôo. Chelsea deu um puxão em sua cintura.

— Pare um instante, Hunter.

Ele continuou.

Chelsea encostou a cabeça em suas costas e fechou os olhos, na esperança de não sentir mais vontade de vomitar se não visse tudo por onde passavam. Mas não demorou um minuto para que se sentisse pior do que nunca.

— Vou vomitar, Hunter! — gritou ela, puxando-o nos lados. — Pare *agora*!

Ela não sabia o que finalmente o convenceu, se foi o som frenético de sua voz ou a pressão urgente de suas mãos. Mas Hunter diminuiu a velocidade, passou para o acostamento e parou poucos segundos antes. Chelsea mal teve tempo de correr para as moitas à beira da estrada, tirando o capacete pelo caminho e finalmente vomitando.

Detestava vomitar. O médico dissera que o enjôo era um sinal saudável, que indicava que o bebê assumira uma posição firme e forte dentro dela. Mas não era o médico que tinha de se inclinar sobre o vaso sanitário ou, naquele caso, sobre as moitas à beira da estrada. E não era o médico quem estava sozinho. Isso era o pior de tudo. Ela achava que não se importaria tanto se houvesse outra pessoa ao seu lado, para dar apoio moral, pelo menos. Afora o médico e Cydra, ninguém mais sabia sobre o bebê.

Acocorada, ela afastou os cabelos do rosto com o braço. Teve um sobressalto quando ouviu a voz de Hunter. Era suave, nem um pouco desafiadora ou zombeteira.

— Há um riozinho ali adiante.

Agora que as ânsias de vômito haviam cessado, Chelsea podia ouvir o murmúrio da água. Seguiu o barulho, através da folhagem, até encontrá-lo. Sentou numa pedra lisa na beira e molhou o rosto.

Detestava ficar enjoada daquela maneira, mas havia pelo menos uma coisa boa: logo passava. Voltaria, é claro, ao final do dia, mas por enquanto ela se sentia bem, exceto pelos joelhos bambos. Comer uma ou duas bolachas agora ajudaria. Mas como não havia nenhuma ali, ela contentou-se em enxaguar a boca, antes de voltar à estrada.

Hunter estava encostado na motocicleta. Pendurara seu capacete no guidom e pusera o de Chelsea no banco. Fitou-a com uma expressão cautelosa, sem saber o que ela diria. Mas Chelsea também não sabia o que devia dizer. Não fora culpa dele o que acontecera. Se ela não estivesse grávida, teria sido divertido.

As mãos cruzadas no colo, ela fitou-o primeiro, depois a estrada ondulante.

— Foi uma viagem e tanto.

Com a mesma voz suave que usara para informá-la sobre o riozinho, Hunter perguntou:

— Você está bem?

Ela acenou com a cabeça em resposta afirmativa. Desviou os olhos para o horizonte.

— Por que você fez isso? — Como ele não respondesse, Chelsea acrescentou: — Não foi muito gentil.

— Você disse que era experiente.

— E sou. — Ela apontou para o nariz. — Está vendo isto? Foi reconstituído uma vez, depois outra, quando não consertou direito, depois de um acidente de motocicleta. O acidente foi culpa minha. Estava em excesso de velocidade. Tinha dezessete anos na ocasião e era imprudente. Qual é a sua desculpa?

Hunter enfiou as mãos por baixo dos braços.

— Genes ruins.

Chelsea riu.

— Acha que é engraçado? — perguntou ele, parecendo magoado.

— Claro que é. Fui adotada. Não tenho a menor idéia de quem são meus pais biológicos. Mas nunca, nem uma única vez, atribuí meus erros a genes ruins. — Nem os pais adotivos, abençoados sejam. — Atribuir o comportamento aos genes é esquivar-se da responsabilidade. Você é o que você faz de sua vida.

— Não por aqui. Em Norwich Notch, você é o que seu nome é.

— Não me parece que você tenha se saído tão mal assim com Love.

Hunter tinha uma posição sólida na Plum Granite e servia como o empreiteiro na reforma de sua casa... na verdade, mais do que isso. Em diversas ocasiões, à noite ou no fim de semana, ela o encontrara fazendo o trabalho pessoalmente. E sempre especulava sobre sua vida pessoal. Judd dissera que ele tinha sua própria casa, não era casado e levava a vida de um solitário, mais nada.

Não que ela estivesse interessada por algo mais que pura curiosidade. Hunter Love era um homem bonito, mas não a impressionava como Judd Streeter.

Ela sentia-se grata por não ter vomitado na frente de Judd. Teria sido humilhante.

— Quer dizer que ainda tenho o emprego? — perguntou ele.

— Claro que tem. — Chelsea pensou depressa. — Mas quero me mudar até o dia 3 de julho.

— Faltam pouco mais de dez dias!

— Não precisa aprontar a casa inteira. Basta terminar meu quarto e o banheiro. Posso dispensar a cozinha. Estou cansada da pousada.

— Você pediu uma banheira enorme. Não há a menor possibilidade de consegui-la em tão pouco tempo.

— Ligue para o fornecedor. Comece a pressioná-lo.

Hunter sacudiu a cabeça.

— Preciso de um mês.

— Não, não precisa. Seja firme e terá em uma semana. — Porque ele tentara deliberadamente assustá-la na motocicleta, Chelsea acrescentou: — A menos que aquelas vozes de crianças retardem o trabalho.

O rosto de Hunter assumiu uma expressão sombria.

— Eu não brincaria com essas coisas.

— Ouviu as vozes desde que começou a trabalhar na casa?

— O barulho as assusta.

— Pare com isso, Hunter.

Para Chelsea, o mero fato de ele se dispor a trabalhar na casa demonstrava que as vozes eram uma mistificação. Calculava que era a piada particular de Hunter.

— Espere só. Ouvirá as vozes quando estiver morando sozinha ali. Vêm da passagem secreta.

Ela ficou alerta no mesmo instante.

— Que passagem secreta?

— Fica atrás da lareira. Era o que eu queria lhe mostrar.

— Passagem secreta? — repetiu Chelsea, curiosa, tentando imaginá-la. — Para onde leva?

— Para o segundo andar.

— Incrível... — A mente de Chelsea começou a fantasiar. — Acha que há outras?

— Claro, com esqueletos escondidos. A casa é mal-assombrada. Não quer mudar de idéia sobre morar ali?

— Não há a menor possibilidade! Passagens secretas são sensacionais! — Em sua experiência, a descoberta de uma passagem secreta aumentava em muito o valor de uma casa. — E se aquela casa fosse uma escala na Ferrovia Subterrânea, o caminho de fuga dos escravos que deixavam as plantações no Sul? Pense nas histórias que aquelas paredes poderiam contar!

Hunter parecia entediado.

— A história nunca despertou meu interesse. Basta me dizer o que você quer fazer com a porta. Quer que seja tapada com reboco...

— Não!

— Passagens secretas podem ser perigosas.

— Não mais do que a carona que você acaba de me oferecer. — Chelsea olhou para a motocicleta. Não se sentia nem um pouco feliz com a perspectiva de recomeçar a viagem na garupa de Hunter. — Não quer me deixar guiar?

— Não.

Ele pegou seu capacete.

— Se você guiar como antes, vomitarei de novo.

Ele estendeu o segundo capacete. Chelsea hesitou, antes de ajeitá-lo na cabeça.

— Hunter...

— Pode deixar que estará segura.

— Segura é uma coisa, enjoada é outra. Não foi nada agradável.

— E suas pernas também não ficarão esta manhã. — Ele pôs o capacete na cabeça e explicou: — Você passou por urtiga a caminho daquele riozinho.

Ela olhou para suas pernas, que estavam descobertas dos joelhos até os tornozelos.

— Está brincando.

— Não estou não.

— Por que não me disse antes?

— Tinha coisas mais urgentes em sua mente. Além do mais, deveria saber como é a urtiga.

— Como eu poderia saber? — indagou ela, consternada. — Nunca vivi no mato antes. — Chelsea tornou a olhar para suas pernas, antes de indagar: — Há alguma coisa que eu possa fazer?

— Há sim... rezar para não ser alérgica.

— Grande conselho... — murmurou ela, observando-o montar na motocicleta.

— Você vem? — perguntou ele, ligando o motor.

Chelsea olhou para a estrada.

— Quais são as chances de alguém passar por aqui e me dar uma carona?

— Mínimas.

— Quanto tempo levaria para chegar a pé?

— A estrada sobe e desce, dá uma volta grande. Eu diria que duas ou três horas.

Chelsea podia ser obstinada. Podia ser desafiadora, rebelde e impulsiva. Mas não era estúpida. Há muito que aprendera que não se deviam correr riscos desnecessários. Se não queria andar por estradas estranhas durante algumas horas, tinha de tornar a subir na motocicleta de Hunter. Com o capacete na mão, ela adiantou-se.

— Está bem. Irei com você. Mas se ficar enjoada de novo, não avisarei antes. Entendido?

A expressão nos olhos de Hunter, antes de abaixar o visor, dizia que ele entendera.

Havia três passagens secretas na casa de fazenda que Chelsea comprara. Uma ficava por trás da lareira e subia por degraus estreitos para um closet no segundo andar. Outra era pouco mais que um depósito oculto, ao lado da despensa. A terceira começava num alçapão no porão e se estendia para um túnel subterrâneo de três metros, terminando numa parede de terra.

Chelsea tinha certeza que as passagens secretas serviram outrora a algum propósito. Sentia a maior vontade de descobrir qual seria, mas não tinha tempo para pesquisar. Com Hunter acelerando o trabalho em Boulderbrook, ela acrescentou a compra de móveis básicos à sua longa lista de coisas para fazer. Se não estava fazendo compras em Concord ou Manchester, falava ao telefone, primeiro de seu quarto na pousada, e depois que as linhas foram instaladas no escritório, de sua sala por cima da Associação das Colcheiras. Os clientes que deixara em Baltimore precisavam de freqüentes garantias de que continuava a trabalhar para eles. Além disso, em resposta às cartas que escrevera, recebia telefonemas do mercado potencial de granito. Ainda por cima de tudo isso, o Hunt-Omni fora mesmo vendido para conversão em prédio de apartamentos, o que significava que ela passava os poucos minutos que teria de folga absorvida nesse projeto.

Apesar de sua insistência em instalar a prancheta debaixo de uma clarabóia, parecia que nunca tinha tempo para desenhar antes do pôr-do-sol. Mas isso não a incomodava. Ligava um rádio pequeno, sintonizado em música clássica, ajustava os pontos de luz, um em cada lado, para atenuar as sombras, ajustava o papel e se concentrava no trabalho. Mantinha sempre à mão uma garrafa térmica com chá, que trazia da pousada, além de uma pequena colcha, que comprara na associação. E por causa do frio que fazia à noite em Norwich Notch, ela fazia uso freqüente das duas coisas.

No dia 1º de julho, ela voltou a Baltimore para vários dias de recuperação do trabalho atrasado na Harper, Kane & Koo.

Carl estava lá. Chelsea sentiu-se constrangida em sua presença e pela primeira vez especulou se a firma sobreviveria ao que acontecera. Cydra ficou consternada quando ela mencionou a possibilidade.

Paixões Perigosas

— Não pode fazer isso — protestou ela, enquanto corriam. — A firma é um sucesso. E foi você quem fez isso. É *sua*. Norwich Notch é apenas temporário.

— Tem razão. Mas se meu relacionamento com Carl é estranho agora, pense no que vai acontecer depois.

Ela não podia imaginar Carl olhando para a sua barriga estufada durante o dia e a de Hailey à noite. Seria uma situação absurda demais.

— Quando pretende contar a ele? — perguntou Cydra.

— Ainda não sei. Digo a mim mesma para fazer isso logo de uma vez, mas depois começo a especular se deveria.

— O filho é dele.

— Mas acontece que Carl é casado com Hailey. O relacionamento dos dois será prejudicado se souberem que estou grávida. E de que isso adiantaria? Não quero nada de Carl. Posso ter a criança sozinha.

Ela estendeu a mão e bateu na perna, sem parar de correr.

— E seu pai?

Isso a incomodava mais do que Carl.

— Não posso falar nada agora, porque ele foi para Michigan e passará o feriado lá.

— Tem de contar a ele.

— Eu queria aproveitar o Quatro de Julho para contar.

Chelsea ainda sentia-se desapontada por isso. O Quatro de Julho sempre fora um tempo para a família e os amigos. Ela gostava assim. Pegou o braço de Cydra. As duas pararam.

— Volte comigo, Cydra. O Quatro de Julho em Notch será uma aventura. Garanto. Quero que você conheça o lugar.

Ela esfregou o tênis sobre a panturrilha. Cydra hesitou.

— Eu bem que gostaria. Mas meu irmão está na praia em Jersey. É seu primeiro verão separado de Ginger. E está com as crianças. Prometi visitá-lo.

Chelsea devia ter adivinhado que Cydra já fizera seus planos; ainda assim, valera a pena tentar. Não que ela não fosse estar ocupada. Planejava experimentar o Quatro de Julho em Notch do princípio ao fim. Mas seria ótimo se pudesse partilhar com uma amiga.

Elas recomeçaram a correr. Depois de vários minutos, Cydra perguntou:

— Gosta de Notch?

— Acho que sim. Tenho andado tão envolvida no trabalho que ainda não tive tempo para relaxar. É o que pretendo fazer esta semana.

— As pessoas têm sido cordiais?

— Algumas. Outras se ressentem da minha presença.

— E isso a incomoda?

— Claro que me incomoda. Sempre estive cercada de amigos. Sinto falta disso. E sinto falta de correr com você.

Ela vinha tentando convencer Donna a correr, até agora sem sucesso. Podia perceber que Donna se sentia tentada, mas alguma coisa a impedia.

— Talvez você não devesse estar lá — comentou Cydra. — Grávida, deveria ficar na companhia de pessoas que conhece. Se alguma coisa acontecesse e precisasse de ajuda, o que faria?

— Discaria 911. Ora, Cydra, Norwich Notch não é o fim do mundo.

Ela coçou a canela. Cydra pegou sua mão. Pararam.

— O que é esta erupção? — perguntou ela, olhando para as pernas de Chelsea. — Urticária?

— Passei por uma moita de urtiga. Isso é o final. Você devia ver como estava na semana passada.

— Graças a Deus que eu não vi.

Cydra abaixou-se para examinar melhor a erupção. Logo se ergueu, com uma expressão preocupada.

— Não é um bom sinal.

Chelsea apenas revirou os olhos.

— Não vê uma mensagem nisso?

— Absolutamente nenhuma.

Ela recomeçou a correr. Cydra alcançou-a num instante.

— Fez alguma coisa com a chave de prata?

— Ainda não.

— O que está esperando?

Chelsea não tinha certeza.

Paixões Perigosas

— Pego a chave e a examino todos os dias. Estudo os rostos das pessoas na cidade. Até leio os nomes nas lápides quando passo pela igreja. Mas ando muito ocupada para fazer qualquer outra coisa. Assim que as coisas acalmarem um pouco, começarei a fazer perguntas.

Ela pensou a respeito por um momento, sem parar de correr.

— Mas não sei se descobrirei muita coisa. Aquelas pessoas dão um novo significado à palavra *lacônico*.

— Não falam muito?

— Isso mesmo. E como sou uma forasteira, mantêm-se cautelosos. Talvez as coisas sejam diferentes depois que eu me mudar para a minha casa.

Chelsea mudou-se para Boulderbrook no terceiro dia de julho. O quarto e o banheiro estavam prontos. Havia água encanada. E eletricidade também. Ela tinha até um telefone ligado. O fato de que tudo estava em obras assim que saía do quarto era secundário para estar fora da pousada, instalada em sua própria casa. Era diferente de todos os outros lugares em que já residira. Era mais íntima e toda sua. Mesmo inacabada, mesmo *temporária*, ela amava aquela casa.

O quarto era cor de ferrugem: as paredes, os tapetes pequenos, até mesmo as cortinas. Ela comprara uma cama de casal de carvalho claro, a cabeceira e o pé da cama em estilo contemporâneo. Encontrara lençóis e uma colcha de retalhos que combinavam com a cor de ferrugem, com nuances de púrpura, verde e bege. Havia uma cômoda comprida e baixa, com um espelho por cima, na parede em frente. Nos lados da cama havia mesinhas-de-cabeceira idênticas, cada uma com um abajur de cúpula cor de canela. Por baixo de um abajur, havia um radiorrelógio. O telefone ficava ao lado.

Ela sorriu quando tocou pela primeira vez. Uma campainha de telefone tocando significava que estava tudo bem com o mundo. Satisfeita consigo mesma, com a casa e com Norwich Notch, ela largou as roupas que estava guardando na cômoda e foi atender.

— Alô?

Especulou se não seria Kevin, ligando de Mackinac Island. Deixara o número em sua secretária eletrônica, sabendo que ele ligaria.

— Alô?

Era mesmo Kevin. Mas a ligação era muito ruim.

— Pode me ouvir, papai?

Depois de um minuto, como não ouvisse nada, Chelsea desligou. Tinha certeza de que Kevin ligaria de novo, desta vez através de uma telefonista para conseguir uma ligação melhor.

Ela ficou esperando que o telefone tocasse de novo. Depois que vários minutos passaram sem que isso acontecesse, ela voltou à cômoda. Tirou e arrumou as roupas de uma mala, depois de outra, em seguida de diversas caixas. Ocupou todas as gavetas da cômoda, depois as prateleiras de cima do closet, finalmente o próprio closet. Colocou em cima da cômoda suas fotos prediletas, uma de Kevin e Abby no dia do casamento, uma dela quando bebê, uma dos três em sua formatura na escola, uma dos três Kane e dos três Harper, junto com seis outros amigos, todos sorrindo no convés de um barco na baía de Narragansett.

Olhava para as fotos, deixando a mente vaguear, quando o telefone tocou de novo. Correu para atendê-lo no mesmo instante.

— Alô?

Outra vez apenas o silêncio.

— Alô?

Chelsea pensou que poderia haver um problema com a linha. Apertou para desligar e telefonou para a pousada. Passaria bastante tempo ali para saber que Sukie Blake estaria na recepção naquele momento, à procura de qualquer distração que pudesse encontrar.

Sukie concordou em ajudar sem a menor hesitação. Chelsea deu o número, desligou, esperou. O telefone tocou de novo. A voz de Sukie soou alta e clara, o que significava que o problema era do telefone de Kevin, se fosse mesmo ele.

Chelsea foi para o banheiro e começou a arrumar as toalhas novas que comprara — algumas cor de ferrugem, outras creme — primeiro nos suportes, depois nas prateleiras. Quando o telefone tornou a tocar, ela foi mais lenta para atender.

— Alô?

Silêncio.

Paixões Perigosas 205

Já começando a se irritar, porque queria conversar com alguém sobre sua nova casa, repetiu:

— *Alô?*

Como não houvesse resposta, ela desligou, menos gentilmente.

Especulou se Carl não estaria do outro lado da linha, com medo de falar, apenas querendo ouvir sua voz. Se não era Carl, talvez fosse Hunter tentando assustá-la. Mas ela não ficaria assustada. Não acreditava em fantasmas. A casa era tranqüila e pacífica.

Chelsea terminou de arrumar suas coisas. Tomou um banho de imersão demorado na banheira enorme de que Hunter tanto se queixara e depois foi para a cama. Era onde estava quando o telefone tocou mais uma vez, no momento em que se encontrava no limbo, entre a vigília e o sono. Foi por isso que não prestou a menor atenção à estática que ouviu. Limitou-se a desligar, virou para o outro lado e mergulhou num sono profundo.

Foi somente na manhã seguinte que ela identificou a estática como o zumbido distante de vozes de crianças.

# Onze

*J*udd faltou ao café da manhã de panquecas na igreja, a fim de poder comer com o pai em casa. Leo Streeter podia não saber que o filho estava ali, mas Judd sabia e era isso o que importava.

Nem sempre fora assim. Quando voltara de Pittsburgh, seu único propósito era o de agradar Leo. Com a lembrança de tudo o que o pai gostava, espremia laranjas para fazer um suco fresco, grelhava os bifes até que ficassem escuros, aparava as sebes bem retas, deixava a porta do quarto escancarada. Tinha certeza de que tanta coisa familiar serviria de alguma forma para fortalecer o contato de Leo com a realidade.

Mas isso não acontecera. À medida que os meses e anos foram passando, o mundo de Leo encolhera, para incluir apenas os momentos mais recentes... e bem poucos, ainda por cima. Era duvidoso se sabia que o suco de laranja era fresco, ou mesmo se era suco de laranja. Esquecera que gostava dos bifes bem passados, das sebes aparadas retas, da porta do quarto escancarada. Esquecia com freqüência que tinha um filho e encarava Judd com uma ausência total de reconhecimento.

Esses momentos eram os piores. Ao longo dos anos, Judd progredira de negar a condição do pai a combatê-la, lamentá-la e depois detestá-la. Mas a angústia era mais brutal quando tinha de se abaixar diante da cadeira do pai e explicar quem era.

Ao final, depois de levar o pai de um médico para outro, em busca de um tratamento que ainda não existia, Judd aceitara os fatos. Modificara a velha casa para torná-la mais segura para um homem ainda na casa dos sessenta anos, mas com a mente de uma criança. Contratara mulheres locais para ficarem como acompanhantes do pai quando ele tinha de sair de casa. Comprara móveis confortáveis para a varanda, a fim de que Leo pudesse sentar ali. Pusera bancos no jardim e instalara uma antena parabólica para que Leo pudesse assistir ao vivo aos jogos dos Red Sox.

Leo fora um torcedor fanático dos Red Sox. Judd não podia pensar em sua infância sem lembrar as tardes que passara com Leo ao lado do rádio. Mais tarde, o rádio virara televisão. Agora, com os canais de esportes transmitindo todos os jogos, Judd ficara convencido de que o pai não desviaria os olhos da tela. Mas Leo sentava impassível diante da televisão; podia cochilar a qualquer momento ou se levantar no meio do jogo para atender a uma campainha que não tocara. Não conhecia os jogadores, não conhecia o time, não conhecia o jogo. Quando Judd reagia a uma jogada, Leo parecia surpreso; e embora sempre respondesse afirmativamente quando o filho perguntava se gostara do jogo, Judd nunca podia ter certeza. A atividade era esquecida no instante em que a televisão era desligada.

Mas, quando chegava o jogo seguinte, Judd sempre ligava a televisão. Havia um ritual nisso, ele compreendia... um ritual que o beneficiava muito mais do que a Leo. Muito depois de saber que não fazia a menor diferença, ele continuava a espremer as laranjas para fazer suco fresco, a aparar as sebes bem retas e fazer o bife bem passado. Fazia isso porque precisava fazer, como um ato de amor pelo homem que trabalhara tanto para que o filho pudesse crescer no mundo.

E Judd crescera? Era o que perguntava a si mesmo, enquanto descia pela rua, a caminho do centro, com Buck ao seu lado.

Crescera mesmo? Judd achava que sim. Não estava usando um short novo, uma camisa nova? Não estava usando tênis novos? Se a medida de um homem era a maneira como se vestia, é claro que ele crescera.

Criado em Norwich Notch como o filho de um construtor de muros de pedra, ele só conhecia no passado dois tipos de roupas. Havia as roupas de trabalho, que eram grossas, práticas e raramente limpas, e as roupas da igreja, que eram grossas, práticas e sempre limpas. Quando as roupas de igreja apresentavam o menor sinal de terem encurtado, durante sua fase de crescimento, viravam roupas de trabalho, o que significava que havia sempre alguma coisa apertada. Por questão de conforto, não de vaidade, Judd regozijara-se quando finalmente parara de crescer.

Mas a altura lhe proporcionara uma vantagem. Pudera jogar basquete, e o basquete garantira seu ingresso na universidade. Com uma bolsa de estudos e com as economias mínimas do pai para alguma emergência, Judd matriculara-se na Penn State. Ali, ele logo descobriu como estava despreparado, sob muitos aspectos, a começar pelo guarda-roupa. Trabalhara como cozinheiro numa lanchonete local para ganhar um dinheiro extra. Comprara um blazer e uma calça esporte para usar nos eventos sociais, um sobretudo para usar no campus durante o inverno e camisas de *oxford* para usar nas aulas. Comprara mais blazers e calças esporte, camisas melhores e gravatas quando começara a trabalhar em Pittsburgh. Depois de vários anos ali, comprara até um smoking.

O smoking estava agora pendurado no closet, sem uso. O mesmo acontecia com os blazers, calças esporte e gravatas. Norwich Notch não era um lugar em que um homem usasse essas coisas.

Mas, afinal, ele subira na vida ou não?

Ainda remoía sobre a resposta quando avistou a praça. Parecia exatamente como era no Quatro de Julho no tempo em que ele era garoto, com os mesmos balões vermelhos, brancos e azuis, presos nos postes da cerca, as mesmas faixas decorando o coreto, as mesmas bandeiras americanas em mastros improvisados ao redor da praça, a intervalos aproximados de uma dúzia de metros. As mesmas multidões agrupadas no gramado, famílias de profissionais liberais com famílias de profissionais liberais, famílias de comerciantes com famílias de comerciantes, operários das pedreiras com operários das pedreiras. Timothy

McKeague, vestindo o traje escocês típico, tocava "Yankee Doodle Dandy" em sua gaita de foles. Algumas coisas nunca mudavam.

Mas Judd mudara? Morava na mesma casa em que passara a infância e trabalhava para a mesma companhia. Era verdade que efetuara melhorias na casa e sua posição na companhia só ficava atrás do dono. Era verdade que sua aptidão para operar computadores acrescentara um dinheiro extra à sua conta bancária. Mas a conta era no banco de Jamieson, como fora anos antes. Havia ocasiões em que ele receava que permanecesse ali até o dia de sua morte.

Sempre desejara alguma coisa melhor do que Leo tivera. Desejara alguma coisa *diferente*. Mas ali estava ele, preparado para o Quatro de Julho, como todos os outros habitantes de Notch, à espera do início do desfile.

Por hábito, Judd foi para a padaria. O pai e ele sempre assistiam ao desfile à sombra das bétulas na calçada. O mesmo faziam os Stebben, os Hewitt, os Ridgethorn e os Frick. Outras famílias sempre assistiam da agência do correio, da sociedade histórica ou do banco.

A tradição prevalecia até mesmo numa coisa tão inocente.

Os Farr, os Jamieson e os Plum, cujas casas ficavam lado a lado na base do triângulo que era a praça, assistiam ao desfile de seus gramados ensombreados. As pessoas que não participariam do desfile já estavam ali: mulheres mais velhas, um grupo misto de contemporâneos de Judd, inúmeros netos sentados em cadeiras de lona e na grama. Os casamentos entre as famílias haviam misturado todos, os Farr, Plum e Jamieson reunidos.

Somente duas pessoas permaneciam juntas de uma forma sistemática, mãe e filha. Margaret Plum e Donna Farr.

Oliver, marido de Margaret, participaria do desfile, enquanto Matthew, marido de Donna, mantinha-se à margem do grupo, ao lado do irmão e da cunhada.

Judd não gostava de Matthew. Conhecia Donna desde a escola primária. Ainda lembrava como ela perdera a audição. Se não por outro motivo, ele a teria unido a alguém mais gentil. Espantava-o que Oliver fosse tão cego que pressionara o casamento dos dois. Mas também Oliver nunca fora conhecido pela compaixão em relação às filhas.

Ele queria ter filhos. Como fracassara nesse ponto, empenhara-se em casar uma de suas filhas com um dos Jamieson ou Farr. O nome significava muita coisa para ele, como a tradição.

Ao sentir o súbito impulso de criticar ambos, Judd acenou com a cabeça para os amigos à sombra das bétulas, na frente da padaria — Buck cumprimentava cada pessoa com uma farejada e um abanar do rabo, o político de quatro patas —, e seguiu adiante. Atravessou a praça, subiu os degraus da biblioteca e parou na varanda. A vista dali era melhor, decidiu ele. E precisava da mudança.

O desfile começou com a explosão dos clarins e o ressoar dos tambores que sinalizava a marcha tradicional da banda regional da escola. Foi seguida — o que também era tradicional — pelos três conselheiros tradicionais de Norwich Notch, sentados no banco traseiro do conversível Oldsmobile 1961 de Emery Farr.

Os conselheiros acenavam. Os habitantes de Notch aplaudiam e acenavam em resposta.

De sua nova posição, Judd tinha uma visão diferente dos habitantes. Conhecera muitos durante toda a sua vida. Alguns haviam resistido ao tempo melhor do que outros, em termos físicos e econômicos, mas nenhum tinha uma aparência miserável e desleixada. Como um grupo, a impressão era a de que todos haviam acabado de sair do banho. Isso mudaria à medida que o dia fosse passando. Ainda eram nove horas da manhã. Por volta de meio-dia, com o sol a pino, o calor aumentando, haveria camisas para fora das calças, pés descalços, manchas de mostarda, bigodes de suco de uva e narizes com sardas aparecendo.

Havia alguma coisa encantadora nisso, ele supunha. Alguma coisa saudável. Alguma coisa coerente. Alguma coisa normal.

Havia também algo restritivo, o que o fazia querer inclinar a cabeça para trás e gritar em frustração de vez em quando. "As coisas boas acontecem para aqueles que esperam", Leo sempre dissera. Mas Judd não tinha certeza se acreditava. Sua vida parecia ter estagnado. Queria que voltasse a progredir. Queria saber que dali a vinte anos não estaria parado no mesmo local, assistindo ao mesmo desfile, especulando se aquilo era tudo o que havia na vida.

Mas nem tudo em Notch estava estagnado. Os bebês haviam começado a andar desde o último Quatro de Julho, os que eram pequenos antes haviam crescido, e muitos eram astros da Pequena Liga de beisebol, agora desfilando com a boca cheia de chicletes, os rostos sorridentes, arrogância nos olhos.

Judd também fora assim quando tinha aquela idade. Era um astro do time vencedor da Pequena Liga. Marcara o ponto final que decidira o campeonato. Leo ficara extasiado. Forte e poderoso naquele tempo, pusera o filho nos ombros e dera uma volta pelo campo, os dois cercados pelos companheiros do time, todos gritando de alegria.

Haviam sido bons tempos, quando um *home run*, o circuito por todas as bases depois que se rebate a bola para longe no beisebol, significava a velocidade. Judd bem que gostaria que as coisas também fossem tão simples agora.

Ele assoviou alto para chamar Buck, que circulava entre as bicicletas e carrinhos de bebê ornamentados a caminho da comissão de julgamento. Alguns eram decorados de maneira engenhosa, obviamente o trabalho dos pais, em vez das crianças. Judd não condenava essa prática. Os concursos eram importantes em Norwich Notch, onde havia escassez de diversões. Afinal, havia mães que planejavam as fantasias de Halloween de um ano para outro.

Não que ele tivesse alguma experiência pessoal nesse ponto. A mãe deixara-o quando ele tinha quatro anos. Fora Leo quem o vestira para os poucos Halloweens que comemorara. Embora o coração de Leo tivesse a melhor das intenções, as fantasias eram lamentáveis. Aos oito anos de idade, Judd passara a encontrar outras coisas para fazer nas noites de Halloween.

Buck foi se juntar a ele na varanda da biblioteca, a tempo de ver a passagem das concorrentes ao concurso de Miss Norwich Notch, no alto de um caminhão dos bombeiros, parecendo tão adoráveis como sempre. Também pareciam mais jovens do que nunca, embora Judd calculasse que isso era uma conseqüência de sua própria idade.

A filha de Júnior Jamieson seria a vencedora. Uma Jamieson sempre ganhava o concurso. Mesmo agora, a família já a aclamava, na passagem do caminhão vermelho.

Paixões Perigosas   213

Foi nesse instante que uma mancha de cor, no outro lado da praça, atraiu a atenção de Judd. Era Chelsea Kane, vestida de vermelho, encostada na grade da varanda da pousada. Segurava um chapéu de palha, muito parecido com os que eram vendidos no Farr's. Em sua mão, complementando a roupa, parecia de extrema elegância.

Judd se perguntou por que ela não assistia ao desfile junto com os Farr, os Jamieson e os Plum. Por direito, ela era uma VIP na cidade.

Mas Chelsea estava sozinha.

Judd especulou sobre o que ela achava do desfile. Janine teria considerado um espetáculo de mau gosto. Não assistiria a ele por muito tempo. Mas Chelsea não dava a impressão de que pretendia sair dali. Passara o braço em torno de uma coluna da varanda, como se fosse o seu amigo mais querido. E talvez fosse mesmo. Ela dissera que sofrera perdas pessoais recentes. Judd não podia deixar de especular a respeito. Tentou perceber a expressão de Chelsea, mas ela estava longe demais. Podia ver apenas que estava sozinha... e que era uma mulher admirável. Janine também era admirável, mas intencionalmente. Chelsea era atraente de uma maneira quase inata, o que a tornava ainda mais fascinante.

Pobre Sara... ela telefonara de Adams Falls várias noites antes, para perguntar por que ele não a procurava mais. Judd alegara excesso de trabalho, mas a verdade é que não pensava muito na doce Sara desde que conhecera Chelsea Kane.

Era uma mulher que o deixava com o maior tesão. Por mais que dissesse a si mesmo que ela era encrenca, Judd só precisava pensar em acariciá-la para que seu sangue esquentasse. Não seria tão ruim se ela se mostrasse indiferente. Mas Chelsea sentia a mesma coisa. Dava para ver em seus olhos, ouvir em sua voz, um suspiro mínimo quando se encontravam. Não restava a menor dúvida de que havia uma atração química entre os dois.

De sua posição na varanda, ela olhou na direção de Judd, cujo coração começou a bater forte. Era verdade, ela o vira... e não estava desviando os olhos. E ele também não desviava os seus. Não importava que os Square Dancers de Norwich Notch estivessem apresentando o seu alegre número no desfile, na traseira aberta de um caminhão. Ou que os escoteiros estivessem disputando para determinar quem ficava na frente de quem. Ou que Farmer Galante estivesse oferecendo um espetáculo e tanto ao conduzir pela rua um bando de ovelhas assustadas. Chelsea era algo muito mais interessante para se contemplar.

O dinheiro dela estava permitindo que ele finalmente fizesse coisas que sempre desejara com a Plum Granite, mas desconfiava que ela ainda o deixaria em apuros.

Donna entregou mais uma embalagem com uma refeição e deu o troco para a nota de cinco dólares. Desejou nunca ter se oferecido para ajudar Margaret. Todos os anos pensava a mesma coisa, mas sempre voltava. O Quatro de Julho não seria o Quatro de Julho sem a venda das embalagens com refeição na escola; e Margaret, que organizava tudo, precisava de sua ajuda.

Ela não podia se queixar do cenário. No passado, as vendas eram feitas no estacionamento, sob um sol escaldante. Depois, o Comitê de Embelezamento de Norwich Notch decidira remodelar a campina desgraciosa por trás da escola. Árvores mortas haviam sido arrancadas, as cercas vivas podadas, os canteiros de flores silvestres transferidos para as margens, a fim de se ter mais espaço aberto. Havia um pequeno campo, com arquibancadas para os pais que vinham assistir aos jogos. Havia também Tiny Town, um playground todo de madeira, com torres, túneis, pontes e dezenas de outros lugares para escalar e rastejar. Mesmo agora, em pleno desfile, havia muitas crianças brincando ali.

Donna sorriu em cumprimento a alguns amigos, entregou as embalagens de almoço, recebeu o dinheiro. Margaret, ao seu lado, fazia a mesma coisa, assim como quatro outras mulheres. Todas eram amigas e companheiras de Margaret na Sociedade Histórica de Norwich Notch, outra das paixões de sua mãe. A Sociedade Histórica, a Associação das Colcheiras, a igreja... Donna muitas vezes se perguntava onde a mãe encontrava tempo e energia para fazer tanta coisa. Anos antes, Margaret não fazia nada. Passava o tempo todo sentada em casa, remoendo. Com a idade, ela se tornara cada vez mais ativa.

Claro que ela não trabalhava como Donna, e não tinha mais crianças em casa. Donna desconfiava que ela tinha tantas atividades para escapar de Oliver, mais do que por qualquer outro motivo. Ele envelhecia mais e mais, diminuindo seu ritmo, transferindo grande parte da operação da Plum Granite para Judd.

E quanto mais tempo Oliver passava em casa, mais Margaret se ausentava.

Era mesmo triste, pensou Donna. Apesar de seu nome, posição e poder, Oliver era um velho solitário.

Mas ela não podia culpar Margaret. Oliver podia tratá-la agora com toda gentileza, até mesmo com luvas de pelica, mas durante anos sua língua fora afiada e agressiva. Margaret tinha raiva suficiente para sobreviver ao marido e mais um pouco.

Donna refletiu se ela também acabaria assim. Partilhava muito pouco com Matthew. Se houvera amor antes, há muito que desaparecera. Mas um divórcio entre as famílias fundadoras da cidade era algo sem precedentes. E havia Joshie.

Ela avistou a cabeça loura do filho se aproximando. Ele vinha à frente de três amigos. Amy Summers estava no grupo. Seu pai, Neil, era o médico local. Donna já fizera uma consulta com ele. Era um homem gentil e compreensivo. Também era divorciado, o que significava que Amy passava a maior parte dos invernos com a mãe, em Washington. Por isso tinha certa sofisticação, mesmo aos doze anos, de que as crianças de Norwich Notch careciam. Por um lado, isso deixava Donna nervosa. Joshie era seu menino e não queria que ele crescesse. Por outro lado, queria que o filho experimentasse mais do mundo do que ela. Amy era uma boa maneira de começar. Aparentemente, Joshie também pensava a mesma coisa, se a cor nas faces e o jeito de andar um pouco arrogante significavam alguma coisa.

"Oi, mamãe, podemos almoçar?", sinalizou ele.

Donna estendeu a mão, a palma virada para cima, e esperou, com um sorriso sugestivo. Joshie tinha dinheiro. Ela dera a ele naquela manhã. A regra era a de que ele deveria controlar suas despesas durante o dia. Como metade do custo de cada almoço financiava uma série de concertos de verão na praça, Donna tinha de ser firme.

Ele fizera o pedido pelos amigos, mas logo todos os quatro paga-ram. Donna não teve o menor sentimento de culpa. Os quatro eram de famílias de recursos. Algumas das outras crianças que haviam com-prado o almoço ali não eram tão afortunadas. Em mais de um caso, ela dera mais troco do que deveria, enfiando as notas dobradas no bolso da criança, sem que ninguém soubesse.

Podia fazer isso, ela decidiu. Era um crime pelo qual Nolan nunca a repreenderia. Donna lançou um olhar em sua direção. Ele estava ao lado de uma lata de lixo, a alguns metros de distância, o mesmo lugar em que permanecia há cerca de meia hora. Estava de serviço, como sempre, e era muito bonito, pensou Donna. Gostaria que ele estivesse de short, como a maioria dos outros homens, pois tinha lindas pernas.

Quando Nolan piscou para ela, Donna corou e desviou sua aten-ção para a mesa com as embalagens de almoço, no momento em que uma família de retardatários se aproximava. Ela atendeu-os e depois tornou a olhar para Nolan. Ele não saíra do lugar. Embora olhasse ao redor de vez em quando, para não ser acusado de se esquivar de suas responsabilidades, preferia observá-la durante a maior parte do tempo. Donna não se importava. Não podia avistar Matthew em parte alguma. E era bom saber que alguém se importava com ela.

Donna gesticulou e ergueu uma das poucas embalagens de almo-ço restantes. Mas ele sacudiu a cabeça.

— Mais tarde. — Nolan baixou a voz para acrescentar: — Você está bonita.

"Obrigada", respondeu ela, sem som, apenas com o movimento dos lábios.

— Gosto dos seus cabelos assim.

Ela prendera-os por trás de uma orelha, mais ou menos como os de Chelsea naquele primeiro dia. Matthew dera uma olhada ao passar pela cozinha naquela manhã e dissera-lhe para prendê-los no alto da cabeça, como sempre fazia. Donna chegara a subir e pegar a escova, mas, depois de se contemplar no espelho, resolvera não mudar nada, por satisfação com o que via ou por ressentimento contra Matthew. Agora, estava contente por essa decisão. Se tivesse de enfrentar uma briga depois, a apreciação de Nolan faria com que valesse a pena. Ele olhou para Margaret, acenou com a cabeça e disse:

— Fizeram um bom trabalho aqui, Sra. Plum. Parece que quase todos estão bem alimentados. Acha que pode dispensar Donna por um momento? Preciso de sua ajuda para uma coisa.

Donna ficou curiosa.

Com um leve toque em seu cotovelo, ele começou a levá-la dali. Mas parou de repente, meteu a mão no bolso e tirou um dinheiro trocado para um almoço, que deixou em cima da mesa. Tornou a segurá-la pelo cotovelo e conduziu-a para o outro lado do playground. Ali, sentada sozinha junto de uma árvore, onde Donna não pudera vê-la antes, estava Chelsea. Apesar da roupa vermelha, que Donna adorou, ela parecia pensativa, até mesmo triste, enquanto observava as crianças brincando.

Ficou surpresa quando eles se aproximaram, como se seus pensamentos estivessem a quilômetros de distância, mas sorriu no mesmo instante. Nolan pôs o almoço no chão, na sua frente.

— Você ainda não comeu. — Ele ergueu o queixo na direção de Donna. — Nem ela. Pensei em trazer dois almoços, mas as pessoas pensariam que eram para Donna e para mim. Se rumores assim começam, podem ser difíceis de acabar. — Com sua expressão mais terna, ele acrescentou para Donna: — Não quer comer, por favor?

Donna não sabia se ficava desapontada por ele não almoçar em sua companhia ou agradecida por ter sido trazida até Chelsea. Mas sabia que ele era um homem especial, embora soubesse disso há algum tempo.

Em resposta à pergunta de Nolan, ela fez uma indagação com os olhos para Chelsea, que no mesmo instante tirou o chapéu de palha de seu lado e disse:

— Por favor. Eu adoraria a companhia.

Ela parecia totalmente sincera. Donna sinalizou para Nolan: "Obrigada."

"O prazer foi meu", sinalizou ele em resposta. Para Chelsea, ele disse:

— Deixarei vocês duas conversando.

Com uma pequena saudação para ela e um toque gentil nas costas de Donna, ele se afastou.

— Um homem muito gentil — disse Chelsea, batendo de leve no chão ao seu lado. Ela esperou que Donna sentasse e a fitasse, antes de acrescentar: — Adorei a maneira como ajeitou os cabelos. Deveria usá-los sempre assim. Faz com que pareça muito mais jovem.

"Obrigada", sinalizou Donna.

"Não há de quê", sinalizou Chelsea, parecendo tão satisfeita consigo mesma que Donna revirou os olhos.

— Eu saberia mais se você me ensinasse — disse Chelsea. — Deveria concordar. Aprendo depressa.

"Eu concordo", sinalizou Donna, com um aceno de cabeça que mostrou a Chelsea qual era a essência do sinal. Sempre que conversavam, Chelsea pedia que ela lhe ensinasse mais sinais. Embora ainda estivesse muito longe da fluência, o fato de tentar significava o mundo para Donna.

Ela fez o sinal para almoçar e apontou para a embalagem. Pegou o sanduíche e deu metade a Chelsea. "Salada de galinha", sinalizou ela, para depois soletrar com os dedos: "Gosta?"

"Gosto", sinalizou Chelsea em resposta. Mas ela se limitou a dar uma mordida mínima no sanduíche.

Donna se perguntou se ela estava mesmo bem. Parecia muito animada naquela roupa vermelha, mas a expressão em seu rosto, quando estava sentada sozinha, não tinha a menor animação.

"Não parece estar no clima da festa", sinalizou Donna, sem pensar além de expressar sua preocupação. "Algum problema?"

— Não entendi — disse Chelsea, com um sorriso. — Poderia dizer em voz alta?

Donna sentiu uma frustração familiar. Detestava sua voz. Era insípida, anasalada, muito alta ou muito baixa. Ela fez um gesto de som desagradável junto do ouvido.

— O som não é tão ruim assim — protestou Chelsea. — Posso entender cada palavra que você diz.

Donna tocou em suas faces e fez uma careta.

— Não há *razão* para que você se sinta embaraçada. Não comigo. Vamos, Donna, diga-me o que está pensando.

Donna cedeu, não apenas porque queria acreditar no que Chelsea dizia, mas também porque estava preocupada.

— Pensei que você parecia triste antes. E me perguntei por quê.

Chelsea ficou contrafeita. Demorou um longo momento para dizer:

— Acho que é apenas porque me sinto solitária. Às vezes, quando há mais pessoas ao redor, é pior. — Ela encostou a cabeça na árvore. — É o tempo ocioso que faz isso. O preço para a indolência é a autocompaixão.

Ela apontou para um grupo grande ali perto e acrescentou:

— Eu gostaria de estar no meio de uma família grande como aquela.

Donna sacudiu a cabeça.

— Não gostaria não. Aquele é Stokey French. Ele tem três esposas.

Chelsea riu.

— Ele não pode ter três esposas. São amantes.

"Amantes que vivem com ele na mesma casa", sinalizou Donna, sabendo que Chelsea entenderia.

— É mesmo? Três? Quantos filhos?

Donna suspendeu nove dedos.

— O cara é mesmo potente. E todas as três mulheres vivem com ele? É alguma espécie de comunidade hippie?

— Mais parece um antro de sem-vergonhice — disse Donna.

Chelsea riu de novo, enquanto olhava para o grupo.

— Ele é como um pavão desfilando desse jeito. Já o vi na pedreira. Acho que ele me passou uma cantada assim que vim para cá. Só que eu não sabia que era uma cantada até agora. Um conquistador e tanto, hein?

Donna revirou os olhos.

— Como ele consegue viver com três amantes na mesma casa num lugar tão conservador quanto Notch?

— Ele mora em Corner. As coisas são diferentes lá.

— Está se referindo a padrões? — Chelsea levantou os olhos subitamente. — Olá, Margaret.

220 Barbara Delinsky

Donna não ficou surpresa ao ver a mãe. Margaret era às vezes como uma sombra. Trazia duas embalagens de almoço. Por uma fração de segundo, Donna especulou se a mãe viera fiscalizar o que ela fazia com Nolan. Mas não podia ser isso, porque ela não parecia surpresa ao encontrá-la com Chelsea.

— Posso ficar com vocês?

— Claro — respondeu Chelsea, empertigando-se. — Estávamos falando de Stokey French.

Se dependesse dela, Donna nunca teria abordado esse assunto na presença da mãe. Margaret tinha sentimentos fortes em relação a determinadas coisas. Embora fosse econômica com as palavras, podia ser bastante expressiva.

— Um homem bajulador — comentou Margaret, enquanto sentava. Ela pôs uma das embalagens que trouxera ao lado da que já estava ali e abriu a outra. — É indecente a maneira como ele vive... como todos vivem... naquela casa.

Ela desembrulhou o sanduíche, levantou a parte de cima do pão e estudou o recheio.

— Nem sempre foi assim.

— Como era antes? — perguntou Chelsea.

— Mais seguro. Eles eram dóceis. Seguiam nossas regras na pedreira e em casa. Um homem vivia com a mulher que gerava seus filhos. E se ela gerava um filho que não era dele, tinha de ser punida.

— Punida? — repetiu Chelsea, franzindo o rosto.

Margaret ajeitou a parte de cima do pão, virou o sanduíche, levantou a parte inferior.

— Expulsa.

— Exilada?

— Escorraçada.

— Que coisa horrível! — exclamou Chelsea.

Donna prendeu a respiração, mas Margaret permaneceu calma.

— Na verdade, era bastante humano. — Margaret repôs a parte inferior do pão. — Em vez de ser mandada embora sem dinheiro, ela tinha permissão para ficar.

— Mas sua vida devia ser miserável.

Paixões Perigosas

— Era mesmo. Ela se tornava um exemplo para as outras do que não fazer.

Chelsea estava consternada. Virou-se para Donna e disse:

— Isso acontecia mesmo?

Donna hesitou, mas logo acenou com a cabeça numa resposta afirmativa.

— Você lembra?

Donna pensava numa maneira de mudar de assunto, quando Margaret disse:

— Donna era muito pequena quando aconteceu pela última vez. A mulher era a esposa de um dos nossos empregados. Doze meses depois que o marido a deixou, ela deu à luz um bastardo. Você o conhece. Hunter Love.

Donna sentiu uma contração no estômago. Chelsea cerrou os dentes.

— Hunter? Isso é inacreditável!

— Ela era uma vagabunda — disse Margaret.

— A mãe dele?

— Ela ficou louca, vivendo totalmente sozinha.

— Antes de Hunter nascer?

— Ela fez uma coisa que não deveria e pagou o preço. Depois, o menino matou ela.

Donna morreu por dentro.

— Matou ela? *Hunter?* — indagou Chelsea.

— Deu uma pancada em sua cabeça.

Donna mordeu a língua para não chorar. Chelsea estava visivelmente abalada.

— Que idade ele tinha?

— Cinco anos. Foi o tempo que ela o manteve escondido naquele barraco. O menino matou-a para escapar. Acertou-a na cabeça com um pedaço de pau e depois saiu correndo. Encontraram-no na estrada. Ele se recusou a contar o que acontecera.

Ele só tinha cinco anos, era pouco mais que um bebê, Donna teve vontade de gritar. Passara toda a sua vida trancado no barraco. Estava traumatizado. Mas ela não disse nada. Nunca falava quando a conversa era sobre Hunter. Aprendera a lição da maneira mais difícil.

Ela pegou um envelope com sal na embalagem. Concentrou-se no que fazia para não acompanhar mais a conversa. Era a única vantagem de ser surda. Bastava desviar os olhos para não saber mais o que as pessoas diziam. Mas também não pôde suportar isso. Queria saber o que Margaret dizia sobre Hunter para depois explicar tudo a Chelsea.

Chelsea dava a impressão de que não estava engolindo a história de Margaret. Só por isso Donna descobriu que a adorava.

— Ela morreu de um golpe na cabeça, e o menino era a única pessoa em sua companhia — declarou Margaret.

— Ela pode ter caído — argumentou Chelsea.

— Foi agredida.

— Isso foi comprovado?

— Não num tribunal.

— Fizeram alguma coisa com Hunter?

— Era apenas uma criança. O que podiam fazer?

— Se o considerassem perigoso, poderiam interná-lo em alguma instituição.

Margaret empertigou-se. Em movimentos lentos, tornou a guardar o sanduíche na embalagem. Fechou a tampa da caixa de papelão.

— Não fizeram isso, porque meu marido disse que não podiam culpá-lo pelo que a mãe causara. Meu marido providenciou para que ficasse com uma família em Corner, que cuidou dele até que tivesse idade suficiente para viver sozinho. Depois, meu marido arrumou um emprego para ele. Preocupa-se com ele até hoje. Oliver Plum é um homem muito caridoso.

As palavras de Margaret deixaram Donna à beira da histeria. Até mesmo Chelsea, que não conhecia nem metade da história, estava pálida.

— Caridade é uma palavra para isso. Sensatez é outra. Pelo que tenho observado, Hunter faz um bom trabalho.

— Ele é um vagabundo — escarneceu Margaret.

— Foi muito competente na reforma da minha casa.

Tensa, Margaret levantou-se.

— Vai defendê-lo?

— Não — respondeu Chelsea. — Só estou lhe concedendo o benefício da dúvida.

— Ele não merece. Ela era uma prostituta, mãe de um assassino. Tenho os jornais da ocasião guardados na sociedade histórica. Contam tudo o que aconteceu. Se quiser vê-los, passe por lá.

— Farei isso.

— Abrimos nas segundas, quartas e sextas, de dez horas da manhã à uma da tarde. Às terças e quintas, de duas às três e meia.

Chelsea acenou com a cabeça.

— Não esquecerei.

Margaret virou-se e afastou-se. Donna ficou olhando. Esperou até que a mãe estivesse bastante longe. Só então olhou para Chelsea, e um fluxo apressado de palavras saiu por sua boca, como não acontecia desde que ficara surda.

— Ela está enganada, completamente enganada. Não dê atenção ao que ela diz. Katie Love sofreu uma queda, como foi comprovado pela autópsia.

Chelsea pôs a mãos nos braços de Donna.

— Fale devagar, por favor.

Donna olhou ao redor, para ter certeza de que não havia ninguém nas proximidades. Mesmo assim, fez um esforço para manter a voz baixa.

— Ele pensou que havia matado a mãe. Foi por isso que não queria falar a princípio. E tinha medo das pessoas. Não vira mais ninguém em toda a sua vida, além de Katie. No começo, tinha pesadelos e acordava chorando. As crianças Maycock escarneciam dele, e por isso permanecia acordado durante a noite. Dormia na escola, num canto do playground. Lembro de vê-lo ali, todo encolhido. Era muito triste.

Ela sempre pensara assim, ainda mais depois do nascimento de Joshie. Observava-o brincando com outras crianças e imaginava como se sentiria se o filho fosse atormentado por pesadelos, tivesse medo de dormir, fosse insultado, excluído, vivesse sozinho. Isso não aconteceria, já que ele era um Farr. Mas Hunter não tivera essa vantagem. Hunter nunca tivera qualquer vantagem.

— Quem era o pai? — perguntou Chelsea.

Donna deu de ombros.

— Alguém sabe?

Donna deu de ombros outra vez.

— *Hunter* sabe?

Donna desconfiava que ele sabia. Também desconfiava que ele fora subornado para ficar calado, e não podia culpá-lo por aceitar cada centavo. A vida não fora fácil para ele. Dinheiro não recuperaria o que ele havia perdido.

Mas ela não podia contar tudo isso a Chelsea. Não tinha certeza de coisa alguma. Seus pensamentos eram às vezes confusos, e os ouvidos zumbiam.

Mas ela foi salva de responder quando Chelsea tornou a levantar os olhos.

— Olha só quem temos aqui... — disse Matthew, com seu sorriso condescendente. — Este é o canto mais brilhante do playground. Está com uma aparência patriótica, Srta. Chelsea.

— Obrigada.

— Podemos aproveitar mais mulheres bonitas como você nesta cidade. É uma presença bem-vinda. — Ele estendeu uma caixa de almoço. — Vim até aqui para ter certeza que você teria o que comer, mas vejo que alguém chegou na minha frente. Sempre digo para fazerem alguma coisa diferente, como galinha assada fria. Mas as mulheres insistem que tem de ser salada de galinha. Deve ser um pouco embaraçoso para alguém como você.

— Embaraçoso? — indagou Chelsea, alteando as sobrancelhas para Donna.

— Estava falando da salada de galinha — disse Matthew, com uma repulsa evidente.

— Para ser franca, gosto de salada de galinha.

Como se quisesse confirmar isso, Chelsea deu uma mordida grande no sanduíche. Matthew ficou radiante.

— Isso significa que estamos fazendo as coisas certas, no final das contas. Vai assistir ao jogo de basquete esta tarde?

Paixões Perigosas

— Claro. — Chelsea olhou para Donna. — Você também vai?

Donna queria dizer que passaria algum tempo na quadra, antes de sair para ajudar a preparar o churrasco na praça. Mas não queria falar para Chelsea na presença de Matthew. Com toda certeza, ele diria alguma coisa cruel sobre sua voz. Por isso ela permaneceu calada, enquanto Chelsea tornava a olhar para Matthew.

— Terei o maior prazer em servir como seu guia ali — declarou ele. — Reparei que ficou sozinha durante o desfile. Poderia ter se juntado a nós. Alguns não querem você por perto, mas não haveria qualquer problema se estivesse comigo. Não gostaria de ouvir alguns comentários pitorescos? Ainda é uma recém-chegada e deve confundir os rostos. Posso dizer quem está jogando para que lado e falar um pouco sobre... a sujeira de cada um, se entende o que estou dizendo.

Donna sabia o que ele queria dizer. Matthew era do tipo de falar mal de qualquer pessoa que lhe fosse superior em qualquer coisa. Quando se tratava de basquete, pelo qual tinha pouco interesse e ainda menos aptidão, ele era cheio de veneno. Chelsea, abençoada fosse, recusou a oferta.

— Eu estava pensando em andar pela praça, dar uma olhada na exposição, ver as colchas à venda. Acho que não ficarei parada em um lugar por muito tempo.

— Tudo bem — disse Matthew, com um aceno de cabeça generoso. — Há muita coisa para ver em nossa cidade no Quatro de Julho. Mas pode me procurar se quiser saber alguma coisa.

Ele ergueu um dedo em saudação e piscou para Chelsea, antes de ir embora... sem sequer olhar para Donna.

Doze

Chelsea vagueou de uma barraca na praça para outra. As obras de arte em exposição eram locais. Alguns quadros pareciam meras distrações para os autores, mas outros eram muito bons. Havia também obras de artesanato, trabalhos em madeira, velas decorativas, tapeçarias. As peças mais impressivas eram as colchas feitas pelas mulheres da associação. Uma colcha grande, cada painel feito por uma mulher diferente, estava em exposição ali antes de ser enviada para Washington, onde seria incluída na mostra intitulada "De Volta ao Básico Americano". Colchas menores — e não havia duas iguais — estavam à venda. Chelsea apaixonou-se pelas pequenas, as colchas de berço, mas sentiu-se constrangida em comprar uma. Em vez disso, comprou duas um pouco maiores, para pendurar na sala de sua casa. Proporcionavam uma sensação de aconchego, o que ela queria na casa.

Deixou as colchas na barraca para pegar mais tarde e seguiu adiante. Ao contrário do que aconteceu há quatro semanas, quando estivera em Notch pela primeira vez, já conhecia várias pessoas. Falou com algumas, sorriu para outras. De vez em quando, obtinha um sorriso em resposta. Gostaria de ter mais.

Não contara com um terrível sentimento de solidão, despertar no meio da noite sentindo frio e medo, com uma intensa necessidade de ser abraçada. Sabia que podia atribuir isso, em grande parte, à gravidez. Estava supersensível. Suas emoções eram profundas. Nunca fora mãe antes; e passada a bravata inicial, prevalecia um vago nervosismo. Desejava ter alguém com quem conversar, mas Cydra era a única com quem podia se abrir, e nunca haviam sido amigas de telefone. Além do mais, Cydra nunca engravidara.

O que já acontecera com Donna. Seu filho, Joshie, era lindo e parecia ser um bom menino, ainda por cima. O que era um tributo a Donna, ao se considerar seu marido. Matthew Farr era insuportável, alternadamente ignorando e insultando Donna. Chelsea ficava incomodada cada vez que o encontrava.

Judd Streeter também a incomodava, mas de uma maneira muito diferente, às vezes até sufocante. Não diminuíra nem um pouco a vibração de seu coração cada vez que o via. Ao contrário, tornara-se pior, porque ele tinha noção de sua reação. Judd fitava-a nos olhos agora. Transmitia a mensagem clara de que a achava atraente... que não queria isso, porque não gostava de quem ela era, mas mesmo assim a considerava atraente.

E Chelsea supôs que havia alguma satisfação nisso.

Com um suspiro, ela ajustou a aba do chapéu para o sol da tarde. Parou na barraca que vendia produtos de pele de ovelha e comprou um par de chinelas. A atração fora instantânea. Agora que já provara as frias noites de verão em Notch, estremecia só de pensar em como seriam as noites de inverno.

— Foi você quem fez? — perguntou ela ao adolescente no outro lado do balcão.

— Não, dona — respondeu ele, nervoso. — Foi meu pai.

Chelsea recordou as ovelhas no desfile daquela manhã. Com um sorriso gentil, para relaxar o jovem, ela perguntou:

— Seu pai é Farmer Galante?

— Isso mesmo.

— E esses produtos foram fabricados com a pele das suas ovelhas?

— Foram, dona.

— Então levarei um par.

Ela decidira agradar o rapaz e a si mesma. Gostava da idéia de usar produtos locais, ainda mais quando eram tão práticos.

Pagava as chinelas quando avistou Hunter. Ele estava sentado numa cerca de madeira, na beira do parque, não muito longe do lugar em que ela se encontrava. Tinha as pernas cruzadas nos tornozelos, as mãos enfiadas por baixo dos braços, e observava-a. Ou pelo menos foi o que Chelsea pensou. Mantinha a cabeça virada em sua direção, mas usava óculos escuros espelhados, que não permitiam ver seus olhos.

Ela se lembrou da história de Margaret. Especulou até que ponto seria verdade. Mesmo que fosse apenas uma parte, ainda assim Hunter tivera uma infância terrível. Ela não podia nem começar a imaginar o que ele experimentara, nem conceber os efeitos permanentes.

Ao contemplá-lo agora, ela sentiu uma estranha afinidade. Se não fosse pela graça de Deus e a decisão de uma mulher de renunciar à sua filha, Chelsea poderia estar no lugar dele.

Depois de pegar o saco estendido pelo rapaz, com um sorriso, ela foi até a cerca.

— Não o vi durante o dia inteiro. Está perdendo a diversão.

— Que diversão? — indagou Hunter, sem qualquer inflexão na voz.

— O café da manhã de panquecas. O desfile. A venda de coisas velhas.

— Ah... essa diversão — comentou ele, com um sarcasmo que Chelsea apreciou.

— O almoço foi bom.

— Não me diga. Salada de galinha.

Ela sorriu. Por trás do sorriso, especulou como ele passara o feriado até agora, se não fora ali, se tinha alguém no mundo para lhe proporcionar um pouco de afeto. O dia era propício para casais, mas ele mantinha-se sozinho. Era um homem bonito, corpo bem delineado, boa altura. Vestia-se de preto, como era seu hábito, neste caso um jeans e uma camiseta. Mas a roupa escura era um contraste favorável para os cabelos da cor de pecã e o ouro do brinco. Na experiência de Chelsea, os homens que pareciam com Hunter e demonstravam a mesma indiferença costumavam ter mulheres esperando na fila. Havia um clima de mistério para elas. Quanto mais desinteressados os homens pareciam, mais atraíam as mulheres.

Chelsea não se sentia atraída por Hunter dessa maneira, mas estava curiosa. A motocicleta e o brinco eram sinais de um rebelde. Em parte Chelsea identificava-se com isso. Outra parte respeitava o trabalho que ele vinha realizando em Boulderbrook. E outra parte queria que ele se saísse bem na Plum Granite. Sempre fora favorável aos oprimidos, e era essa a posição de Hunter. Depois de ouvir a história de Margaret, Chelsea não era avessa a se tornar sua amiga.

— Você sobreviveu à noite em Boulderbrook — comentou ele.

— Claro. Além de alguns telefonemas estranhos, correu tudo bem.

— Estranhos? — Hunter manteve-se impassível. — Como?

— Silêncio. Depois vozes. Vozes de crianças. — Com extrema gentileza, para não ser ofensiva, Chelsea acrescentou: — Não sabe de nada a respeito, não é?

— Não sei de nada.

— Tem alguma idéia de quem poderia ser?

— Alguém que quer que você fique assustada.

— E quem poderia querer isso?

— Metade da cidade. Você é rica, inteligente, com toda a experiência da cidade grande. Vem até aqui para mostrar às pessoas o que elas não são. Agora, mudou-se para a casa mal-assombrada. Muitas pessoas adorariam se ficasse apavorada e fugisse com o rabo entre as pernas.

Chelsea poderia contar com Hunter para expor a situação de uma maneira tão direta. Não precisava ver os olhos dele para saber que havia ali uma expressão de desafio.

— Você também gostaria?

— Se gostaria de vê-la fugir? — Ele pensou por um momento. — Não sei.

Hunter pensou mais um pouco, para depois acrescentar:

— Assim que você chegou, eu queria que fosse logo embora. Agora, já não tenho certeza. Você pode dar uma boa sacudidela na companhia. Era tempo de alguém fazer isso.

Chelsea considerou isso como uma concessão da parte dele, até mesmo um elogio. Satisfeita, ela pegou o braço de Hunter.

— Não quer me acompanhar até o jogo?

Ele desvencilhou o braço. Chelsea sentiu uma súbita mágoa; seu gesto fora de amizade. Já ia dizer isso quando ele saltou da cerca, enfiou as mãos nos bolsos e inclinou a cabeça para convidá-la a partirem para o jogo.

Ela gostava do contato físico entre amigos. Ele não gostava. Chelsea podia aceitar isso.

Com uma distância de um braço entre os dois, eles seguiram em silêncio para a extremidade da praça, e continuaram por uma rua estreita, que levava ao posto dos bombeiros. O destino era a quadra de basquete por trás. Na metade do caminho, Chelsea perguntou, casual:

— Qual é seu interesse na companhia?

Ela ainda tentava definir o papel de Hunter, não apenas numa base cotidiana, mas também a longo prazo. Era evidente que estava vinculado a seu relacionamento com Oliver. Depois de um breve silêncio, ele respondeu:

— Não tenho qualquer interesse.

— Você é o terceiro no comando.

Ele soltou uma risada.

— Pode parecer assim, mas não é o caso.

— Não é?

— Não, não é.

Eles deram mais alguns passos em silêncio. Quando alcançaram o posto dos bombeiros, Hunter comentou:

— Não tenho qualquer poder.

— Você é importante para a companhia. Faz praticamente qualquer coisa que precise ser feita.

— Judd faz a mesma coisa.

— Ele não pode estar em dois lugares ao mesmo tempo. Quando os computadores forem instalados, ele passará mais tempo no escritório. E depois que tivermos amostras do que cortamos e polimos, ele pode ter de viajar. Precisaremos de você para comandar o trabalho nas pedreiras.

Hunter fitou-a através dos óculos escuros.

— Já conversou sobre isso com o velho?

— Ainda não. Mas faz sentido. Por que você tem sido o braço direito de Judd durante todo esse tempo, senão para assumir quando ele estiver fazendo outras coisas?

— Não tenho a menor idéia.

O jogo já começara quando chegaram. A quadra era pouco mais que um retângulo pavimentado, com marcas esmaecidas do centro e dos garrafões. Havia pessoas nos dois lados, algumas sentadas em cadeiras de lona, outras de pé. Todas se concentravam no jogo.

— Posso presumir que este é um evento anual? — perguntou Chelsea.

Entre os espectadores, ela reconheceu Jeremiah Whip, sua família e Fern.

— Encerra o torneio de verão. O jogo é entre o primeiro e o segundo colocado.

Chelsea focalizou um jogador em particular, que parecia ter uma classe especial. Só depois de um momento, percebeu que era Judd. Não sabia que ele jogaria, embora devesse ter adivinhado. Ele era alto e tinha o corpo atlético. Era de prever que seu esporte seria o basquete.

— O time de Judd é o campeão há cinco anos consecutivos — comentou Hunter.

— Deste jogo ou da temporada?

— De ambos. Ele escolhe a dedo seus jogadores. Sabe o que está fazendo.

Chelsea não percebeu qualquer desdém no comentário, mas também não estava prestando muita atenção. A visão de Judd a absorvia. Se ele era deslumbrante em roupas de trabalho, espetacular de short e camisa pólo, como usara naquele dia, era pura dinamite agora. Usava um short de basquete cinza e uma camiseta azul-marinho sem mangas com um número enorme no peito. Os companheiros de time usavam uma camiseta igual, mas nem de longe pareciam tão bem quanto ele. O peito de Judd era largo, os braços musculosos, sem barriga. Os músculos das pernas eram bem definidos à medida que ele se esquivava para um lado e outro durante o jogo.

Ele não era o mais alto nem o mais forte na quadra, mas havia alguma coisa em seus movimentos que o distinguia dos outros. Tinha ritmo. Era empolgante observá-lo.

Paixões Perigosas

— A verdade é que o velho não sabe o que fazer comigo — disse Hunter.

Um minuto passou antes que Chelsea compreendesse sobre o que ele falava. Sentiu um remorso imediato. Duvidava que Hunter se abrisse com muitas pessoas, e gostava da idéia de ter sido a escolhida para isso. Tratou de afastar Judd dos pensamentos e perguntou:

— O que você quer que ele faça?

— Que me deixe ir embora.

— Quer que ele o *mande embora*?

— Isso mesmo.

Chelsea esperava que ele dissesse que esperava uma promoção, ou pelo menos um título. Ser despedido era diferente. Tinha todos os tipos de implicações negativas, além de tornar muito mais difícil arrumar outro emprego.

— Mas por quê?

Hunter permaneceu imóvel. Os óculos escuros refletiam a ação na quadra. O time de Judd estava na frente, vinte e cinco a dezenove, segundo os cartões no placar ao lado da quadra. O time adversário, que tinha o número 2 na frente da blusa laranja, estava atacando. A cada arremesso, errando por pouco, com o subseqüente rebote, os torcedores gemiam e aplaudiam.

Chelsea observou Judd marcando um adversário, correndo de um lado para outro. Ele pulou para o rebote, finalmente acabando com a posse de bola do outro time. Ao descer, segurando a bola com firmeza, ele levou um segundo para determinar onde estava seu companheiro, antes de arremessar a bola para o outro lado da quadra. Um companheiro esperava ali. Entrou no garrafão, pulou e encestou com a maior facilidade. Os espectadores explodiram em aplausos.

Chelsea experimentou seu prazer com um suspiro de satisfação, antes de olhar para Hunter.

— Por que você quer ser despedido?

— É a única maneira que eu tenho de ficar livre.

Ela se lembrou de seu primeiro dia em Norwich Notch e da breve conversa que tivera com Hunter, na chuva. Ele citara com precisão a opinião que Oliver tinha a seu respeito. E falara em sentimento de culpa. Pelos cálculos de Chelsea, se havia culpa envolvida, Hunter teria a vantagem no relacionamento, o que significava que sempre podia optar pela liberdade.

— Por que você simplesmente não vai embora?

Judd sofreu uma falta e acertou os dois lances livres. Ele começava a suar, de uma maneira muito atraente.

— Não posso — respondeu Hunter.

— Por que não?

Houve outra explosão de aplausos, quando o time adversário marcou uma cesta de três pontos.

— Porque ele me deve.

Hunter já dissera isso antes, e Chelsea não era estúpida. Ao se considerar que ele fora concebido fora do casamento, que Oliver cuidara de seu bem-estar depois que a mãe morrera, que Hunter tinha um emprego na companhia que não se justificava pela opinião que Oliver tinha a seu respeito, parecia haver apenas uma resposta.

— Ele é seu pai?

Hunter fitou-a nos olhos, não havia a menor dúvida, apesar dos óculos escuros.

— É a pergunta do século — disse ele, sem qualquer inflexão. — Vamos fazer uma coisa. Se você descobrir a resposta, pode me avisar?

Hunter virou-se e voltou pelo caminho que haviam percorrido. Chelsea ainda abriu a boca para chamá-lo, mas fechou-a sem dizer nada. Queria lhe dizer que compreendia, que também procurava por respostas, tinham isso em comum. Também queria tocar em seu braço, fazê-lo saber que não estava tão sozinho quanto pensava. Mas Hunter não gostara quando ela o tocara antes, e, além do mais, já havia se afastado.

Em outra ocasião, pensou Chelsea. Com toda certeza.

Enquanto o sol baixava por trás da montanha Acatuk, transformando o céu num azul cada vez mais escuro, os lampiões de gás instalados para a ocasião projetavam um brilho cor de âmbar do coreto para o gramado ao redor. Os músicos eram locais, de várias idades, e estavam se divertindo. O mesmo acontecia com os casais sorridentes que dançavam, trocavam de parceiros e continuavam a dançar.

Chelsea sentia-se contente em observar. Não era uma dançarina, como qualquer uma em sua aula de aeróbica podia confirmar, mas a satisfação das pessoas dançando era evidente, proporcionando prazer a quem observava.

O baile foi seguido por um churrasco. Enormes grelhas foram instaladas num lado da praça, produzindo um fluxo contínuo de hambúrgueres e cachorros-quentes. Mesas compridas ofereciam bolinhos, batatas fritas, saladas tão diversas que Chelsea nunca vira algumas, molhos e condimentos, espigas de milho cozidas.

Toda a cidade estava ali, ao que parecia. Como o churrasco e o baile eram o clímax do feriado, o ar de festividade aumentara ainda mais. As pessoas haviam se arrumado de acordo.

Chelsea se agoniara, sem saber o que vestir. Queria impressionar as pessoas, o que significava ser discreta e se destacar ao mesmo tempo. Optara por um vestido que deixava os ombros à mostra, com uma insinuação de classe, e sapatos baixos combinando. Prendera os cabelos no alto da cabeça com uma travessa decorada. Pendurara argolas de ouro nas orelhas, pusera um bracelete de ouro na parte superior do braço e exibia no dedo o anel de rubi da mãe.

Não se podia dizer que o anel era discreto, mas ela o adorava. A seus olhos, não era nem um pouco exagerado, ainda mais porque não usava qualquer outra coisa nas mãos. Algumas pessoas podiam pensar, ao verem o anel, que ela estava querendo apregoar sua riqueza. Mas a verdade é que Chelsea sentia a necessidade de se ligar a Abby. O anel contribuía um pouco para amenizar a solidão que sentira durante a maior parte do dia.

Ela tocou no anel com o polegar agora, apreciando o seu calor. Ao mesmo tempo, levantou os olhos para o coreto, através dos casais dançando. Judd estava ali. Parecia que ele sempre estava à frente de Chelsea quando ela levantava os olhos, o que talvez a levasse a fazer isso. Judd era como um ímã, atraindo seus olhos mesmo entre as menores aberturas na multidão. Sabia que Judd a avistara, já que ele também olhava através das brechas. Mas Chelsea não foi ao seu encontro. Se achava que sua virilidade era inquietante no contexto do trabalho, ali, em plena diversão, era intimidadora.

Ela fez um esforço para não fitá-lo. Olhou de um rosto para outro, como fizera durante a maior parte do dia, à procura de feições familiares. Havia muitas, mas todas de pessoas que ela já vira antes, o que explicava a familiaridade. Ninguém sobressaía. Não havia quem parecesse um parente. E ninguém teve um sobressalto ao vê-la. As pessoas olhavam, é verdade, mas por curiosidade. As mulheres avaliavam o vestido e os cabelos. Os homens olhavam para o vestido ou os cabelos. Ironicamente, eram as crianças que olhavam para o anel... e com inveja. Chelsea desconfiou que pensavam que era um brinde de uma caixa de cereais. O que era uma idéia humilhante.

A música mudou nesse momento. Violinos surgiram do nada. Um apito soou e a multidão reagiu com gritos de aprovação. Um homem pegou o microfone e entoou instruções, enquanto os dançarinos formavam filas, os homens num lado, as mulheres no outro.

— Por que não dança também? — perguntou das sombras uma voz profunda.

Chelsea sentiu uma pressão no peito. Sem desviar os olhos dos dançarinos, ela respondeu:

— Deus me livre. Não saberia o que fazer. Estava na quinta série na última vez que dancei uma quadrilha. Foi um desastre.

— Isto não é uma quadrilha — explicou Judd. — É uma contradança.

— Ahn...

— Nunca viu uma contradança antes?

— Não.

— É interessante.

Era mais confusa e rápida, pensou Chelsea. Depois de um começo organizado, os dançarinos pareciam ter esquecido as linhas que formavam. Atravessavam de um lado para outro, parceiros se davam as mãos, giravam, trocavam de parceiros, giravam de novo. O locutor orientava-os, mas suas ordens eram estranhas para Chelsea.

— Eles dançam isso com freqüência? — perguntou ela, um pouco aturdida.

— Às sextas-feiras, uma semana sim, outra não, de setembro a maio, no salão da igreja. A dança esteve proibida durante algum tempo. Fazia muito barulho, segundo os conselheiros. Mas logo recomeçou. Claro que não é tão divertido quando se dança aqui no gramado, porque não se pode ouvir o barulho dos pés batendo no chão.

— Você também dança?

Depois de uma pausa, ele respondeu:

— Claro.

— Por que não entra na dança agora?

Chelsea adoraria vê-lo dançar. Ele tinha todos os movimentos certos na quadra de basquete; se demonstrasse metade daquela agilidade e desenvoltura na pista de dança, seria um espetáculo e tanto.

— Não tenho uma parceira.

Ela sentiu de novo a pressão no peito. Seria sua parceira sem qualquer hesitação se soubesse dançar. Mas não naquele tipo de dança. Os parceiros não permaneciam juntos por tempo suficiente. Todas as mulheres dançavam com todos os homens. Não era isso que ela queria.

Além do mais, não havia contato físico suficiente naquele tipo de dança.

Mas era divertido assistir. A primeira dança terminou, a segunda começou, o ritmo um pouco mais lento, mas não muito. Chelsea invejou os dançarinos pelo muito que se divertiam, mas não seria capaz de entrar na dança, mesmo que conhecesse os passos. Havia alguma coisa muito agradável em ficar parada ali com Judd. Nas sombras, podia fingir que ele era seu parceiro e protetor, o braço pronto para envolvê-la à menor provocação.

Mas que absurdo, Chelsea, ela censurou a si mesma. *Uma asneira total.* Mesmo assim, gostava da companhia dele.

E ele não fazia menção de se afastar.

— É um anel e tanto.

Chelsea não sabia se era ou não um elogio.

— Era de minha mãe.

— Ela morreu?

— Morreu. Em janeiro último.

— Que idade ela tinha?

— Sessenta e três anos.

— Não era tão velha. — Judd ficou calado por um momento. — Foi de repente?

— Ela contraiu poliomielite há muitos anos. Sempre foi frágil, mas se tornou ainda mais no final.

Ele manteve-se calado por outro momento.

— Ela morreu em casa?

— Isso mesmo. Tínhamos enfermeiras vinte e quatro horas por dia.

Judd deixou escapar um som, que era um meio-termo entre um suspiro e um grunhido. Quando houve silêncio de novo, Chelsea sentiu que essa conversa estava encerrada. Não se arrependia de qualquer coisa que dissera. Não se importava que Judd soubesse de coisas a seu respeito. Mas gostaria de saber mais sobre ele.

Para ser mais objetiva, sobre sua vida amorosa. Havia uma, ela tinha certeza. Um homem que irradiava tanta virilidade não podia ficar sozinho durante muito tempo. Chelsea nunca o vira com alguém, mas isso não significava muita coisa. Era um homem que se importava com sua privacidade, a tal ponto que ela não sabia quase nada a seu respeito, a não ser que morava numa das pequenas ruas a leste da praça e o que constava em sua ficha na Plum Granite.

Podia perguntar a Donna, mas isso insinuaria que estava "interessada", o que não era o caso. Apenas o achava extremamente atraente.

A contradança continuava. Judd foi buscar dois copos de ponche e voltou. O azul profundo do céu virou preto, a não ser pela lua em quarto crescente pairando sobre os pinheiros. As famílias com crianças pequenas começaram a voltar para casa. A música tornou-se mais lenta, primeiro para uma suavidade melodiosa, depois passou para uma polca, um *rock-and-roll*, uma valsa.

— Quer dançar agora? — perguntou Judd.

Chelsea não ousava. Com um sorriso tímido, sacudiu a cabeça em negativa.

— Por que não?

Ela deu de ombros, com um ar de desinteresse.

— Não sou boa dançarina.

— Está brincando.

— Não estou não.

Judd deve ter pensado a respeito pelo resto da valsa, porque perguntou, quando a música seguinte começou, desta vez um chachachá:

— Como uma menina rica se tornou uma mulher rica sem aprender a dançar?

Ela não se ofendeu. O tom de Judd não era ofensivo.

— Claro que aprendi. Apenas não danço bem.

Judd comentou, olhando para as pessoas que dançavam muito bem:

— Acho difícil acreditar. Você corre. É atlética. Como pode não dançar?

— Da mesma maneira que não sou capaz de cantar. Não tenho ouvido musical.

Ele fitou-a nos olhos.

— Mas é o ritmo que importa.

— Foi o que Donna disse quando me convenceu a fazer as aulas de aeróbica. Acredite ou não, ela ouve o ritmo melhor do que eu.

O chachachá deu lugar a uma música mais lenta. Os casais se juntaram. Chelsea observava, com um sentimento próximo do anseio.

— Você tem vergonha de dançar — presumiu Judd.

— Bingo.

Antes que ela soubesse o que estava acontecendo, Judd pegou-a pela mão e tirou-a das sombras.

— O que está fazendo? — perguntou ela, num sussurro alarmado.

Chelsea tentou recuar, mas ele não permitiu.

— Seu único problema é nunca ter dançado antes com o homem certo.

— Judd, por favor...

Ela tentou outra vez detê-lo, mas logo ficou evidente que não conseguiria, a não ser que fizesse uma cena. Com tanta graça quanto possível, ao se considerar que estava apavorada, além de embaraçada, ela foi para os braços de Judd no pequeno espaço que ele encontrou.

— Relaxe... — murmurou ele no ouvido de Chelsea.

Chelsea sabia que teria problemas. Sentia as faces pegando fogo, o calor espalhando-se por todo o corpo.

— Juro que não sou uma boa dançarina.

— Basta acompanhar meus movimentos.

— É mais fácil dizer do que fazer.

— Não. Você nem precisa prestar atenção à música. Basta relaxar em meus braços e me acompanhar... lá vamos nós.

Chelsea sentia vontade de morrer, se não de mortificação, então de prazer. *Basta relaxar em meus braços.* Como se ela não tivesse opção. Seu corpo gravitou para o corpo de Judd, como se tivesse vontade própria. Judd segurou-a com firmeza, de tal maneira que ela balançava quando ele balançava, girava quando ele girava. Chelsea tinha certeza que seu coração batia tão alto que podia despertar todos os mortos no cemitério de Norwich Notch, mas Judd, se notou qualquer coisa, não disse nada. Apenas guiou-a pelo pequeno espaço de gramado com tanta facilidade que Chelsea teve vontade de gritar de alegria quando a música terminou.

— Pronto... — murmurou ele, soltando a mão de Chelsea. — Foi tão ruim assim?

Chelsea sentia-se grata pela semi-escuridão dos lampiões de gás. Se não fosse por isso, Judd poderia ver a necessidade estampada em seu rosto. Teve de fazer um esforço para que a voz parecesse natural, um tremendo desafio por causa da falta de fôlego. Eia limpou a garganta.

— Não, não foi ruim. — Uma pausa e ela acrescentou: — Obrigada.

Chelsea sentiu-se outra vez constrangida. Era como se tivesse dez anos, na academia de dança, agradecendo ao menino que acabara de levá-la por uma música, meio desajeitado. Mais um pouco e Judd pensaria que ela era uma idiota.

Ele ficou parado ali, apenas fitando-a. Chelsea não podia imaginar o que ele pensava naquele momento. Quando a música recomeçou, bem lenta, reproduzindo o tema de "A Summer Place", ela compreendeu que não poderia esperar para descobrir.

— Está ficando tarde. Acho que voltarei para casa agora.

Ela ofereceu um sorriso hesitante, ergueu a mão em despedida e se encaminhou para as sombras.

Paixões Perigosas

— Chelsea...

Ela fingiu que não ouvira. Dançar com Judd fora bom demais.
Mas seria melhor se ele fosse arrogante. Se tivesse escarnecido da
maneira como ela dançava. Ou se *cheirasse mal*. Mas ele fora gentil, não
criticara seus passos e tinha um cheiro agradável, de coisas limpas,
uma água-de-colônia para homens. Ele pegou a mão de Chelsea.

— Não vá.

— Tenho de ir.

— Só mais uma dança.

Ela hesitou por segundos demais. Judd puxou-a, ali no escuro, e
começou a dançar ao ritmo da música, que se espalhava suavemente
pela praça. Segurava-a como antes, como se a quisesse bem perto.
Para Chelsea, era como sentir o calor do sol depois de uma longa noite
de inverno.

Ela acompanhava os movimentos de Judd. Fechou os olhos, numa
tentativa de negar o que fazia. Mas o esforço não deu certo. Sem a
visão, sentia que todo o resto era aguçado, da firmeza daquele corpo
de homem ao fluxo de seus movimentos, o calor intenso onde quer
que se encostassem. Chelsea suspirou, liberando a última resistência
no ar que escapou por seus lábios. Um dos seus braços enlaçou-o pelo
pescoço, a outra mão foi guiada para sua coxa. Judd encostava o rosto
em sua têmpora, a respiração quente, os dedos gentis em suas costas,
as pernas musculosas roçando nas suas.

Ela não quisera que fosse assim, mas naquele momento não poderia se separar de Judd por nada, da mesma forma que não poderia
apregoar os fatos de seu nascimento para a cidade.

Enquanto dançava, ele puxou-a ao encontro de seu corpo, tão
sutilmente a princípio que Chelsea mal notou em meio ao excitamento que sentia. Mas depois houve uma convicção maior, com as pres-
sões aqui e ali sendo sentidas. Ela podia sentir o calor e a força de
Judd, logo seu excitamento também. A voz da razão dentro dela dizia:
Afaste-o agora, pelo amor de Deus! Mas a voz da necessidade insistia: *Ah,
ele é tão bom...*

Para um homem que trabalhava com pedra todos os dias, Judd
Streeter era extraordinariamente sensual. Ao acompanhá-lo na dança,

ela também se tornou sensual. Relaxou. Soltou as amarras. Nunca experimentara qualquer coisa tão erótica em sua vida quanto dançar com Judd.

A falta de fôlego não foi o único problema de Chelsea quando tornaram a se separar. Em algum momento durante a dança, ela desenvolvera um nó no estômago que não deveria existir. Estava grávida. E as mulheres grávidas não tinham impulsos como o que ela experimentava naquele momento. Não era certo; ela tinha certeza que não era certo. Seus hormônios estavam confusos.

— Tenho de ir... — sussurrou ela, antes de sair correndo pela escuridão.

Parte da confusão que Chelsea sentia devia tê-lo convencido, porque ele não a seguiu desta vez. Ela foi pegar seu carro e seguiu para casa. Quando chegou, a pressão em sua barriga se desvanecera. Não sumira por completo — só precisava pensar em Judd para senti-la de novo —, mas pelo menos havia uma esperança.

Ela passou um longo tempo no chuveiro, deixando a água correr pelos cabelos e o corpo, a fim de esfriar o calor que sentia. Depois de se enxugar, vestiu um roupão curto de algodão, acendeu a luz do abajur no quarto, pôs os óculos de leitura e deitou na cama, com a chave de prata e a revista *Yankee*, que começou a folhear. Parecia a publicação perfeita para anunciar a chave. E estava na hora. Ela queria saber quem era, o mais depressa possível.

Frustrada, ela largou a revista, a chave e os óculos na mesinha-de-cabeceira. Irrequieta, decidiu se levantar. A frustração era decorrente do mistério de sua origem. E a inquietação era por causa de Judd.

Descalça, ela vagueou em silêncio pela casa. Tudo recendia a serragem e madeira nova, muito diferente da primeira vez em que vira a casa, quando tudo parecia prestes a desabar. Mais um mês passaria antes que outros cômodos ficassem prontos para receber os móveis, mas não tinha problema. Ela gostava de acompanhar o processo. E também gostava de ter pessoas ao redor, mesmo que fossem operários propensos a dar respostas de uma só palavra a dez perguntas consecutivas, ou apenas oferecer um dar de ombros.

Paixões Perigosas

Ela sentou na escada, no escuro, passando os braços pelos joelhos. Tentou pensar no ano que teria pela frente, no bebê crescendo em seu ventre, nos projetos à espera de sua atenção, nas indagações sobre o granito que vinha recebendo. Mas nenhum desses assuntos prendeu sua atenção por muito tempo.

A mente vagueou para Judd e a sensação maravilhosa de estar em seus braços. Sentiu uma excitação íntima e não tinha nada a ver com o bebê. O que a deixou consternada.

Por isso tentou pensar em Kevin, se ele estava se divertindo em Michigan. Tentou pensar no que seus amigos estariam fazendo em Baltimore. Tentou até pensar nos Mahler e na consternação que sentiriam se soubessem onde ela usara o anel.

Os pensamentos voltaram a Judd. Ele pegara sua mão quando haviam dançado pela primeira vez. Mais tarde, num certo sentido, pegara tudo. Chelsea não podia se lembrar da última vez em que dançara daquela maneira. E não tinha certeza se alguma vez o fizera. Fora quase como fazer amor.

Ela aspirou fundo, um pouco trêmula. Começava a soltar o ar quando ouviu uma batida na porta. Ficou imóvel. Houve outra batida. Ela se levantou, em silêncio. Foi até a porta e encostou a mão na madeira nova.

Lembrou as vozes que ouvira pelo telefone na noite anterior e se perguntou se haveria alguma razão para o medo. Seu coração achava que sim, de tanto que havia disparado.

— Quem é?

— Sou eu.

A voz era profunda e o reconhecimento foi instantâneo, como acontecera na praça.

Chelsea encostou a testa na porta. O coração continuava disparado, mas por um motivo diferente agora. Ela sabia que tinha duas opções. Podia sair dali e se esconder, torcer para que ele fosse embora ou abrir a porta.

— Chelsea?

Ela deu um pequeno grunhido, um som de solidão, anseio, desejo.

Judd tornou a bater na porta, desta vez devagar e baixinho, como se soubesse que ela estava no outro lado.

Com a mão trêmula, Chelsea abriu a porta. Não disse nada, apenas recuou, quase oculta pela porta, enquanto ele entrava. Depois de fechar a porta, permaneceu com a mão na maçaneta, de costas para Judd, a cabeça abaixada.

Esperou que ele falasse, mas Judd não disse nada. O silêncio era uma confirmação do motivo de sua presença ali. O coração de Chelsea bateu ainda mais depressa. E ela podia sentir a pressão no ventre cada vez mais intensa.

Judd tocou em seus cabelos, tão de leve que ela poderia não ter percebido se não estivesse com os sentidos tão aguçados. Ele deu um passo para a frente, empurrou os cabelos para o lado, tocou na curva de sua orelha.

Chelsea quase morreu.

Ainda tentava recuperar o fôlego quando Judd a virou. Pegou seu rosto entre as mãos e ergueu-o. Tudo o que ela podia ver de suas feições no escuro era o brilho dos olhos. Mas podia sentir seu calor, como acontecera quando haviam dançado. Era como se as duas horas transcorridas desde então deixassem de existir.

Ele beijou-a nesse momento, roubando o pouco fôlego que ainda lhe restava. Seus lábios eram tão firmes quanto o corpo, sensuais, viris... e seu gosto era tão bom quanto o cheiro. Chelsea sentiu as pernas bambas. Agarrou a camisa de Judd para não cair. Quando ele finalmente ergueu o rosto, ela sentia-se atordoada.

— Se eu beijá-la de novo, não conseguirei mais parar — murmurou ele, a voz rouca.

Ele observou e esperou. Chelsea sabia que havia dezenas de razões para que ele fosse embora naquele momento, mas não se lembrou de nenhuma. Queria que ele a abraçasse, que fizessem amor, fizessem todas as coisas em que vinha pensando desde a primeira vez em que o vira... e se tudo isso fosse errado, então a vida não passava de uma cruel mistificação, e neste caso ser egoísta era o menor dos problemas.

— Me beije de novo — sussurrou ela.

As palavras mal haviam saído quando ele tornou a abaixar o rosto. Beijou-a de novo, agora por um ângulo diferente, depois uma terceira vez. Desceu as mãos pelas costas de Chelsea, do pescoço até a bunda. Puxou-a ao seu encontro, enquanto comprimia o rosto contra os cabelos.

— O que tem por baixo? — perguntou ele, a voz rouca.

— Não muita coisa.

Com uma firmeza característica, ele enfiou as mãos por dentro do roupão, descendo até os quadris. O laço se desfez. Com a mesma firmeza, ele contemplou-a. Foi nesse instante que ela sentiu pontadas de dúvida. Queria que Judd a achasse linda, mas seu corpo estava longe de ser perfeito. Ainda mais agora. Não havia qualquer evidência do bebê na cintura ou na barriga, mas os seios haviam aumentado e ela começava a notar as pequenas veias azuis.

Se ele reparou, isso não o incomodou, porque abaixou a cabeça, sem dizer nada, enquanto punha as mãos nas costas para puxá-la e abria a boca para cobrir um seio. Bastante sensível ali, Chelsea mordeu o lábio. Mas não teria se desvencilhado por nada neste mundo. Ele sugou, acariciou o mamilo com a língua, apertou os seios com as mãos e tornou a beijá-la na boca.

Chelsea gritou nesse instante. Não pôde se controlar. O que Judd fazia com ela parecia queimá-la por dentro. Tremia toda e sentia que os joelhos poderiam ceder a qualquer momento. Mesmo segurando as costas de Judd, ainda estava convencida de que a queda era inevitável.

Ele pegou-a no colo. Conhecia o caminho e levou-a pela escada até o quarto. Mesmo com a luz fraca, Chelsea sentiu um momento de inibição quando ele a pôs na cama. Mas quando Judd começou a se despir, ela abençoou a luz acesa. Ele tinha um corpo incrível. Havia um punhado de cabelos escuros no peito, afilando ao descerem, logo tornando a se expandir. As coxas eram musculosas. Entre as coxas, ele era grande e duro.

Judd pôs uma camisinha. Ela teve vontade de dizer que não precisava, que a gravidez não seria um problema, e que tinha certeza de que ele não tinha qualquer doença. Mas antes que pudesse falar, ele subiu na cama e estendeu-se por cima dela.

Ele tirou o roupão, passou a mão pelos seios, desceu pela barriga, até o ponto que latejava entre as pernas de Chelsea. Ela prendeu a respiração quando Judd a tocou ali, outra vez quando a carícia se aprofundou. Soltou um suspiro alto quando ele tirou a mão, ergueu-se e penetrou-a.

Chelsea explodiu nesse instante. Era a única maneira pela qual podia explicar a sensação de que desabrochava no momento da penetração. Nunca se sentira tão repleta, tão quente, tão inebriada. Seu corpo tornou-se uma interminável ondulação de prazer. A mente foi dominada por um branco ofuscante. Ouviu um vago som gutural, mas não tinha idéia do que era, até que as ondulações finalmente diminuíram e percebeu que era a respiração de Judd, tão estridente quanto a sua.

O orgasmo de ambos foi simultâneo. Ela não podia acreditar. Orgasmo e ponto final. Sentia-se aturdida. Não que fosse frígida, mas sempre tivera de se esforçar para gozar... até aquele momento.

Judd comprimiu a pélvis contra a dela, saboreando o prazer até o fim. Mas quando ele fez um movimento para sair, Chelsea fechou as pernas.

— Espere...

Até mesmo o último movimento de Judd provocara um prazer intenso. Não queria que terminasse.

Mas depois Chelsea compreendeu que ele não deveria estar sentindo a mesma coisa. Por isso abriu as pernas e sussurrou:

— Desculpe.

Judd permaneceu em cima por mais um minuto, os músculos dos braços tremendo um pouco. Chelsea já começava a pensar que Judd também não queria sair quando ele rolou para o lado, levantou-se e foi para o banheiro.

Ela puxou o lençol. Recusava-se a pensar, a sentir qualquer angústia, a antecipar. Em vez disso, concentrou-se na satisfação em seu corpo, os olhos fixados na porta do banheiro. Judd voltou depois de um minuto, andando devagar. Outro homem tão viril podia se mostrar arrogante, mas não era o seu caso. Nem se mostrava inibido. Sentia-se à vontade com seu corpo, com sua sexualidade e aparentemente com o que haviam acabado de fazer. Parou ao lado da cama, os olhos francos, a voz baixa:

— Devo ir embora?

Chelsea sacudiu a cabeça em negativa. Sentia uma vontade desesperada de tocá-lo de novo.

Ele ajeitou um travesseiro na cabeceira e deitou. Chelsea prendeu a respiração, até que ele abriu o braço. Era todo o convite de que ela precisava para se aconchegar. Encostou o rosto em seu peito, a coxa se acomodou entre as pernas de Judd. Aspirou o cheiro dele e soltou um suspiro de satisfação.

— Você está bem? — indagou ele.

Chelsea acenou com a cabeça. Sentia-se mais do que bem. Sentia-se no paraíso.

Passou a mão de leve sobre a pele de Judd, sobre os cabelos no peito, sobre um mamilo duro. Incapaz de resistir, abaixou a mão, sobre a pele mais lisa na cintura e no quadril, olhando tudo em que tocava, fascinada. Não podia se lembrar de jamais ter visto um homem com um corpo tão perfeito... não que tivesse visto dezenas de homens nus. Mas aqueles que vira nem chegavam aos pés de Judd.

Ele contraiu o braço que a enlaçava. Chelsea levantou os olhos. À luz fraca do abajur, pôde constatar em seus olhos o que acabara de descobrir na virilha. Ficou fascinada por seu calor, sua força, o efeito que exercia nela.

Uma leve pressão da mão de Judd aproximou-a o suficiente para um beijo. Ele explorou a boca de Chelsea, fascinado, mas sem pressa. Depois, mudou de posição, para que ficassem de frente um para o outro. Acariciou o corpo de Chelsea, admirando-a, da mesma forma que ela fizera.

A união foi mais lenta desta vez, mas não com menos ardor. Ao contrário, o esforço consumido nas preliminares, as carícias lentas, as carícias mais profundas, os ímpetos eventuais fizeram com que o orgasmo fosse ainda mais poderoso. Judd não deixou a cama tão depressa desta vez. Permaneceu ali, abraçando-a, o que foi uma sensação maravilhosa. Ele não podia saber, já que não a conhecia bem, mas Chelsea achava que a sensação de estar com alguém era quase tão agradável quanto o próprio sexo. Ela queria lhe dizer isso. Queria lhe dizer uma porção de coisas. Queria perguntar uma porção de coisas. Mas como ele não parecia inclinado a falar, Chelsea manteve-se calada.

Em algum momento, ela cochilou. Acordou para descobrir que as mãos de Judd a acariciavam de novo. Ele parecia encantado com seu corpo... nada mais justo, decidiu Chelsea, já que ela sentia a mesma coisa. Ela gozou uma vez, com os dedos de Judd entre suas pernas. Tornou a gozar quando ele se ergueu, arqueou as costas e penetrou-a com vigor. Como acontecera ao dançarem, Judd deu um jeito de encontrar o ritmo certo. Seguir a sua liderança era tão natural para Chelsea quanto respirar.

Pouco antes do amanhecer, Judd levantou-se e vestiu-se. Inclinou-se sobre ela, tocou em sua boca com um dedo, numa despedida sem palavras, e foi embora. Chelsea saiu da cama, pôs o roupão, amarrotado de uma forma patética, exalando a fragrância maravilhosa da paixão. Desceu e foi até a janela da sala de estar, no momento em que as luzes traseiras vermelhas do Blazer desapareciam na estrada.

Ficou parada ali por algum tempo, especulando o que fizera e o que poderia significar. Não se arrependia do prazer por um instante sequer. Seu corpo ainda vibrava, de uma maneira suave e silenciosa, tudo por dentro ainda sensível, mas saciado. Arrependia-se da desonestidade — deveria ter dito a Judd que estava grávida —, mas isso poderia ser remediado. Contaria para ele. Se voltassem a se encontrar, contaria tudo para ele. E também para Kevin. E Carl.

Chelsea já estava prestes a deixar a janela quando um lampejo de luz atraiu sua atenção. Era pouco mais que o reflexo do amanhecer, surgindo e sumindo, enquanto a brisa ondulava as copas das árvores no outeiro acima da casa. Ela ficou olhando, na expectativa de ver outra vez. E quando viu o que era, sentiu uma súbita confusão. Era a motocicleta de Hunter Love que estava no outeiro.

Paixões Perigosas

Enquanto ela observava, Hunter deu a partida. Desceu a encosta para a estrada, adquirindo impulso suficiente para não ter de acelerar, até quase desaparecer. O som era tão fraco que ela talvez não percebesse se não estivesse prestando atenção. Acompanhou a luz traseira, até que sumiu por completo. Continuou parada junto da janela por mais algum tempo, tentando definir seus pensamentos, antes de subir a escada, devagar, pensativa.

# Treze

 C helsea não era a única pessoa a refletir sobre o que acontecera. Duas horas mais tarde, pouco antes de sete da manhã, Judd sentava em seu reservado habitual no Crocker's com uma caneca de café puro. O lugar recendia a gordura de bacon e pão doce. Estava lotado com operários da pedreira, comunicando-se em seus grunhidos indistintos habituais em meio ao barulho de talheres. Judd descobria que a rotina era um conforto depois da noite que passara.

A porta de tela foi aberta e fechada. Hunter desceu pelo corredor e sentou na frente dele. Acomodou-se de lado, no canto, entre o encosto do reservado e a parede. Tirou os óculos escuros e largou-os em cima da mesa. Olhou para os homens. Levantou os olhos quando Debbie Pepper trouxe seu café. Ficou olhando para o café, tomando um gole de vez em quando, até que Debbie voltou com os ovos mexidos. Já comera metade quando disse, numa voz tão baixa que os outros não poderiam ouvir:

— Não posso deixar de admirá-lo. Você trabalha depressa.

Judd sabia que ele tinha alguma coisa em mente, mas não imaginara que fosse aquilo. Na vaga possibilidade de que pudesse estar enganado, ele pediu:

— Pode explicar?

Depois de comer mais um pouco, Hunter disse:

— Você passou a noite com Chelsea Kane.

Judd tomou um gole do café. Não estava preparado para discutir a noite consigo mesmo, muito menos com outra pessoa.

— Quem lhe contou?

— Ninguém me contou. Eu vi.

— Viu?

— Sentado no outeiro junto da casa.

Judd especulou sobre o quanto ele vira. Não havia cortinas nas janelas de Chelsea e a luz permanecera acesa durante boa parte da noite, o que significava que era como se estivessem num aquário. Ele sentiu um impulso de raiva, um senso de violação, mas manteve a voz baixa.

— É assim que você se diverte... bancando o *voyeur*?

— Não vi nada. Apenas a luz acesa no quarto e o Blazer estacionado lá fora durante a noite inteira. — Hunter espetou um pedaço de ovo. — Ela é boa?

— Não é da sua conta.

Judd apertou os dedos em torno da caneca. Se ela era boa? Era *incrivelmente* boa, e isso o enfurecia quase tanto quanto a bisbilhotice de Hunter.

— Você não costuma passar a noite toda com as mulheres — comentou Hunter.

— Pelo amor de Deus, que tipo de comentário é esse?

Hunter deu de ombros.

— Já havia me seguido antes?

— Não o segui desta vez. Apenas fui até lá e avistei o Blazer.

— E ficou para observar.

Hunter tornou a dar de ombros.

— Era uma noite agradável. E eu não tinha outro lugar para ir. — Ele mexeu o ovo no prato. — Não pensei que ela fosse tão fácil.

A facilidade não tinha nada a ver com aquilo, Judd sabia. Não houvera a vontade consciente envolvida. Fora inevitável o que acontecera. Talvez se ele não tivesse dançado com Chelsea, se não a tivesse abraçado tão firme, se não tivesse tocado em sua pele e cheirado seus cabelos, seria capaz de esperar por mais tempo. Mas a química era certa. Fora apenas uma questão de tempo.

— O que ela quer? — perguntou Hunter, parecendo mais sério agora.

— Como vou saber?

Judd olhou para o café, irritado. Pensava que conhecia Chelsea, que ela era uma típica mulher da cidade grande, parecida com Janine. Mas ela não fora nem um pouco como Janine em seus braços. Fora honesta, franca e faminta. Janine teria se levantado no instante em que acabara para acender um cigarro, falar ao telefone, escrever um sumário, lavar os cabelos. Chelsea não fizera nada disso. Aconchegara-se ao seu lado, como se essa intimidade fosse a única coisa que importava no mundo.

Ele nunca teria esperado por isso. Mas o que sabia? Chelsea era um mistério. Sabia pouco a seu respeito... exceto que ela era a última mulher com quem queria ter uma relação.

— Ela deve estar atrás de alguma coisa — murmurou Hunter, franzindo o rosto.

— Por exemplo?

— Não sei. Mas alguma coisa. Por que outro motivo estaria aqui? Podia estar fazendo a mesma coisa em Baltimore.

Quando Judd falara a respeito, ela mencionara que perdera três pessoas. Uma era a mãe. Ele gostaria de saber quem eram as outras duas.

— Por quanto tempo ela pretende ficar? — perguntou Hunter.

— Como posso saber?

— Porque está trepando com ela.

A palavra irritou Judd, soando agressiva, grosseira, vulgar. Não se podia dizer que havia algo mais além da atração física entre ele e Chelsea. Mesmo assim, a palavra era errada. Chelsea Kane era uma mulher de classe. Não era grosseira e vulgar. Fizera amor com ele como uma mulher gentil e afetuosa, com muito para dar... ou então era uma atriz fabulosa. Ele gostaria de saber o que ela era de verdade.

Dividido, irritado, tenso só de pensar em Chelsea por baixo dele, Judd olhou firme para Hunter. As mãos apertaram a caneca. A voz saiu num sussurro rouco:

— Vou lhe dizer uma coisa, companheiro, e quero que preste muita atenção. Dei cobertura a você em muitas ocasiões, e não porque alguém tenha me pedido. Se escutasse o que o velho me dizia, você ainda estaria operando a empilhadeira. Mas achei que merecia algo melhor. Não hesitei em protegê-lo ao longo dos anos, quando fez coisas estúpidas, para evitar que o velho tomasse conhecimento. Não quero que o velho... nem qualquer outra pessoa... tome conhecimento do que você viu ontem à noite. Não é da conta de mais ninguém. O que eu faço com meu tempo de folga é problema meu. O que ela faz em seu tempo de folga é problema dela. — Sem largar a caneca, ele apontou o dedo indicador para Hunter, em advertência. — Se você abrir a boca, será o ponto final. Caio fora. Será você e o velho, sem ninguém para amortecer os golpes. Entendido?

Hunter permaneceu no canto do reservado, parecendo irritado.

— Melhor assim — disse Judd, tomando o resto do café.

— Vai continuar a vê-la?

Judd pôs a caneca na mesa com um baque seco. Nem percebeu. Sua vontade era gritar.

— Por que precisa saber?

Hunter deu de ombros.

— Está interessado nela, por acaso?

Judd estava disposto a brigar se Hunter dissesse que sim. Chegara primeiro. Além do mais, não podia imaginar que ocorresse a mesma química entre Chelsea e Hunter. Mas havia alguma coisa. Ele se lembrava de como os dois pareciam ao partirem na motocicleta naquele dia, como se estivessem muito à vontade na companhia um do outro, duas ervilhas da mesma vagem. Mas não havia nada de sexual na atitude.

— Não dessa maneira.

Hunter era bastante sincero para admitir.

— Então de que maneira?

Hunter olhou calmamente para os homens sentados ao balcão. Observou B.J., a garçonete do balcão, trabalhando no outro lado. Depois, observou Debbie, que descia pelo corredor entre os reservados servindo café. Quanto mais ele esperava e mais observava o que acontecia ao redor, mais Judd queria saber a natureza de seu interesse.

— De que maneira? — repetiu ele.

— Não tenho a menor idéia.

Judd soltou um grunhido de frustração.

— O que você quer que eu diga? — indagou Hunter, também irritado. — Há alguma coisa nela. Não sei o que é, mas há alguma coisa. Gostaria que ela fosse uma sacana, mas ela não é. É gentil e simpática...

Ele parou de falar, deixando as palavras pairarem no ar, como se fossem coisas inadmissíveis.

Como já acontecera uma vez antes, Judd pensou na sereia que atraía os homens para a destruição. Janine quase o destruíra. Não permitiria que isso acontecesse de novo. A solução óbvia era tirar Chelsea de Notch o mais depressa possível. Foi pensando nisso que ele perguntou:

— Quanto tempo ainda vai demorar para terminar a casa?

— Quatro semanas, talvez cinco.

— O galpão de corte também entrará em operação nessa ocasião. Já contratei três homens para trabalharem ali, mas preciso de mais seis. Pensei em pôr Boggs e Deagan nas serras. Eles têm bons olhos, boas mãos e precisam do dinheiro extra.

Os dois tinham famílias grandes, o que os tornava confiáveis no trabalho. E o galpão de corte seria uma promoção. O que fazia com que Judd se sentisse bem.

— Há dez outros homens em minha lista. A maioria atuava em outras operações, que foram encerradas. Dois ou três são cortadores de pedra em pequena escala... verdadeiros artistas... mas podem ser críticos para a operação. Quero que você os entreviste esta semana. Sabe o tipo de homem que estou procurando.

— Estou ocupado em Boulderbrook.

— Encontre um tempo para isso.

— Está tentando me afastar de Chelsea?

— Não — respondeu Judd, devagar, incisivo. — Quero apenas contratar os melhores para a nossa operação, para podermos ganhar a aposta e afastá-la de Norwich Notch. Você pode me poupar tempo ao fazer os cortes preliminares. Aceita ou não?

O que mais perturbava Chelsea era Carl... não que ele pudesse descobrir que ela dormira com Judd ou que esperava um filho seu quando dormira com Judd, mas porque Carl representava a maneira como o sexo deve acontecer. Uma mulher tem de conhecer o homem primeiro, e só depois, se tiver vontade, ir para a cama com ele. Fora assim com os poucos outros homens que ela tivera ao longo dos anos. Fora assim também com Carl.

Ela nunca fora para a cama com um homem que mal conhecia. Nem mesmo durante os períodos mais agitados de sua vida. Não até Judd. E fora bom. Muito bom.

O que fazer agora era a questão. Assediava-a enquanto trabalhava em seu escritório no sótão naquele dia, embora tivesse muitas outras coisas com que se preocupar. Vinha recebendo pequenos pedidos de muitos dos arquitetos que procurara, mas ainda não haviam aparecido os grandes projetos que esperava. Sabia que ainda era cedo. Não podia pressionar por mais vendas enquanto não tivesse um produto para mostrar, e isso não aconteceria enquanto o galpão de corte não entrasse em operação. Mas queria que as pessoas se mostrassem ansiosas em conhecer seus produtos. Queria um projeto grande na prancheta, dependendo de um exame satisfatório do granito. Por isso deu mais telefonemas — um exercício de inutilidade, ela sabia, com as pessoas aproveitando o feriado para um fim de semana prolongado — e escreveu mais cartas. Nos intervalos, refinava as plantas da casa de veraneio que projetava para um cliente em Nantucket.

Deveria estar completamente absorvida no trabalho, mas prendia a respiração cada vez que ouvia passos na escada em espiral. A mesma coisa acontecia quando descia para entregar alguma coisa a Fern, ao atravessar a rua para conversar com Donna no Farr's ou entrar na padaria para comer um croissant fresco. Sempre tinha a esperança de encontrar Judd. E não parava de pensar que ele viria procurá-la. Mas ele não apareceu em momento algum.

Paixões Perigosas

Hunter apareceu. Foi no meio da tarde. Ele vagueou pela sala por algum tempo, estudando gravuras de projetos de Chelsea penduradas nas paredes, os prêmios emoldurados. Finalmente, sentou na beira da mesa do computador e contemplou-a de alto a baixo, com uma expressão indolente. Chelsea sabia o que ele estava pensando e tratou de se antecipar:

— Pode me explicar por que estava no outeiro junto de minha casa ontem à noite?

Se Hunter ficou surpreso por ela saber, não deixou transparecer. Em vez disso, deu de ombros, com um ar de indiferença.

— Saí para dar uma volta e acabei lá em cima. Devo dizer que fiquei surpreso ao ver o Blazer ali, às duas horas da madrugada.

Ela ignorou o comentário.

— Por que saiu para dar uma volta àquela hora?

— Não durmo muito bem. E andar de motocicleta sempre me relaxa.

— As pessoas na cidade devem adorar.

Hunter deu um sorriso irônico.

— É verdade.

— Mas fiquei surpresa por você ter ido até minha casa, com tantas coisas que acontecem por lá à noite.

O sorriso desapareceu.

— Não fui até sua casa. Apenas parei no outeiro.

— E o que pensou quando viu o Blazer de Judd?

— Que você estava longe da cidade grande há muito tempo e que precisava de uma rapidinha. Só que não teve nada de rápido, não é mesmo?

Ela pensou nas várias vezes que fizera amor com Judd e sentiu um calor no rosto.

— É muita grosseria dizer isso, Hunter.

Ele deu de ombros e desviou os olhos.

— Você perguntou.

Chelsea refletiu que ele tinha razão nesse ponto. Pedira o comentário... provavelmente porque queria saber o que o resto da cidade pensaria se descobrisse o que acontecera.

— Mas você está enganado. Não preciso de rapidinhas desse jeito. O que aconteceu, aconteceu. Não tenho o hábito de me divertir com homens que mal conheço.

Ela não sabia por que estava se defendendo para Hunter, mas fazia com que se sentisse melhor. Pelo mesmo motivo, tratou de acrescentar:

— Há uma forte atração. — Uma pausa. — Isso nunca aconteceu com você?

— Sou um homem — declarou Hunter, na afirmativa.

— Um comentário machista. A atração física pode ser tão súbita tanto na mulher quanto no homem.

— Mas um homem fica satisfeito só com isso. A mulher precisa de mais.

— Às vezes. — Chelsea pensou por um momento, para depois admitir: — Em geral. Mas nem sempre.

Hunter estudou-a por um longo momento.

— O que sente em relação a Judd?

— Não o conheço bastante bem para responder.

— Eu conheço. Direi o que quiser saber.

Chelsea fitou-o atentamente, à procura de escárnio ou presunção, até mesmo traição, mas nada encontrou. Ele parecia sincero em seu oferecimento. Mais do que isso, dava a impressão de que realmente queria lhe contar o que sabia. Fez com que ela se lembrasse da tarde anterior, quando Hunter dissera coisas que não devia ter revelado a muitas pessoas. Chelsea imaginou agora que ele queria mesmo partilhar aquelas confidências. E sentindo-se bem por isso, ela fitou-o nos olhos.

— Quero saber o que ele faz com seu tempo livre, quem namora e por que não é casado.

— Ele já foi casado.

Chelsea sentiu um frio no estômago.

— Quando?

— Quando vivia em Pittsburgh. Namoraram na universidade e casaram depois da formatura. Ele ajudou-a a fazer a faculdade de direito em seguida. Ela o fez passar pelo inferno.

Chelsea pensou em Hailey, que também era advogada, mas parecia estar deixando Carl muito feliz.

— Como assim?

— Ela o usou. Mexia o dedo para Judd quando precisava de um acompanhante para ir a algum lugar ou de uma desculpa para não ir. Aparecia quando tinha vontade, o que não acontecia com freqüência, pelo que ele diz. Jurava que queria ter uma família grande, mas depois se envolveu na política local. Quando o velho Leo ficou doente e Judd voltou para cá, ela seguiu na direção oposta.

— Leo?

— Leo Streeter. O pai de Judd.

— Judd cuidou dele?

— Ainda cuida.

Chelsea franziu o rosto.

— Leo continua vivo?

— Apenas tecnicamente. Ele tem Alzheimer.

Ela deixou escapar um suspiro. Não pensara que o pai de Judd ainda estivesse vivo, muito menos com uma doença trágica.

— Foi por isso que Judd voltou. Meu palpite é de que ele irá embora assim que o velho Leo morrer. Judd tem muita bala na agulha para passar o resto de sua vida num lugar como Norwich Notch.

Mas Chelsea ainda não estava disposta a seguir adiante na conversa.

— Alzheimer... é uma doença terrível.

Ela nem podia começar a imaginar o sofrimento. A situação de Abby fora diferente. Chelsea não sabia o que era pior... ver o corpo de uma pessoa definhar enquanto a mente permanece lúcida ou vice-versa.

— Ele fica em casa?

Hunter confirmou com um aceno de cabeça.

— Judd contrata pessoas para tomar conta dele. Ele costuma vaguear.

— Vaguear?

— Sai de casa a qualquer momento do dia ou da noite. Nunca sabe para onde vai, nem mesmo sabe que está indo. Nunca consegue ir muito longe antes de ser encontrado, mas isso deixa Judd apavorado. Ele é muito ligado ao velho.

Chelsea recordou as perguntas que Judd fizera quando lhe falara sobre Abby. Deveria ter adivinhado que era mais do que curiosidade ociosa. Ela se levantou da prancheta. Foi até a janela. A tarde era nublada, o que tornava o dia cinzento, em vez de claro. Ela também sentia-se assim. Projetara imagens sem qualquer base, ao que tudo indicava.

— Presumi que a mãe dele também havia morrido. Foi o que aconteceu?

— Foi. Mas Judd mal a conheceu. Ela saiu de casa quando ele tinha quatro anos.

Chelsea virou-se, engolindo em seco.

— Simplesmente... foi embora?

— Não suportava mais a cidade. Era filha de uma família de veranistas. Morar aqui durante o verão é muito diferente de morar o ano inteiro. Ela se apaixonou por Leo, casou com ele, teve seu filho e depois não agüentou mais.

— Mas como ela pôde deixar o filho?

Chelsea não podia conceber. Uma coisa era dar uma criança no nascimento, como sua mãe fizera, mas era muito diferente abandonar um menino de quatro anos, que tinha um nome, uma personalidade distinta, um afeto.

Hunter não respondeu. Olhou para o chão, a testa franzida. Enfiou as mãos por baixo dos braços.

Chelsea pensou em tudo o que Margaret dissera sobre a mãe de Hunter e especulou sobre o que ele pensava. Tentava decidir se ousava perguntar quando ele indagou, abruptamente:

— Quer saber de mais alguma coisa?

Ela foi até o lugar em que ele sentava quando se lembrou de que Hunter não gostava do contato físico. Por isso sentou a alguma distância.

— Judd tem irmãos?

Hunter sacudiu a cabeça em negativa.

— O que aconteceu com sua mulher?

Paixões Perigosas

— Ela acusou-o de abandono e divorciou-se.

— Ele ainda a ama?

— Não. Para Judd, Janine foi um erro de julgamento de sua parte. Não pretende cometer o mesmo erro duas vezes.

Alguma coisa na maneira como Hunter a fitava incutiu um estranho sentimento em Chelsea.

— Isso é uma advertência?

Ele deu de ombros.

— Uma relação de uma noite não justifica essa advertência, Hunter.

— É você quem está fazendo perguntas. Portanto tem alguma coisa em mente.

— Nada profundo... com toda certeza, nada profundo.

Chelsea já teria muita coisa com que se manter ocupada durante os próximos meses e não precisava de um relacionamento intenso com um homem.

— Mas aposto que você gostaria de saber quem mais ele namora.

Claro que ela gostaria de saber, mas nunca diria isso a Hunter.

— Para ser franca, quero saber quem *você* namora — disse Chelsea, ousando se aproximar, pela beira da mesa. — Por que ainda não casou? Por que não tem filhos?

— Eu?

— Isso mesmo, você. Já tem idade suficiente. E todos os outros homens por aqui já têm filhos. Por que você também não tem?

— Eu não saberia o que fazer com crianças — murmurou Hunter, levantando-se.

— Poderia aprender.

Ele se encaminhou para a escada.

— Não quero aprender.

— Por que está indo embora?

— Porque não há mais nada a dizer.

Chelsea atravessou a sala em seu encalço.

— Mas gosto de conversar.

E ela sentia-se cansada de ficar sozinha... muito cansada.

— Pois então converse.

Hunter começou a descer a escada.

— Com quem? Ninguém por aqui gosta de conversar. As pessoas são mais fechadas do que ostras.

— Neste caso, pode voltar para Baltimore.

Ele desapareceu no andar inferior, enquanto Chelsea segurava a grade e olhava para baixo. Alguma coisa rompeu dentro dela. Depois de semanas de ser observada, comentada, e em geral ignorada, a saída de Hunter daquele jeito era uma afronta insuportável. Ela virou-se, correndo os olhos pela sala, frustrada e furiosa.

— Um grande erro — murmurou ela, retornando à prancheta. — Nunca deveria ter vindo para cá.

Ela apagou as luzes nos lados da prancheta enquanto continuava a falar:

— Sou uma pessoa que precisa do convívio social. Do contato humano. Preciso de interação, comunicação e afeto.

Ela pegou a pasta e desceu a escada.

— Vou embora — disse a Fern.

Não se preocupou se falou em tom mais brusco do que o habitual. Todos na cidade falavam assim. Ela podia fazer a mesma coisa.

O Pathfinder estava estacionado ao lado do prédio. Ela jogou a pasta no banco, manobrou para deixar a vaga e partiu a toda a velocidade. Manteve o pé firme no acelerador até chegar em casa. Uns poucos operários ainda se encontravam ali, instalando a fiação elétrica na cozinha e ajeitando as placas cor-de-rosa de isolamento entre os barrotes, na parede da sala de estar. Chelsea passou por eles sem dizer nada. Foi direto para seu quarto. Tirou as roupas, pôs uma camiseta sem mangas, short e tênis. Desceu correndo a escada, tornou a passar pelos operários e saiu de casa.

O ar estava úmido e denso. Ela começou a correr, mantendo um ritmo desafiador. O esforço era terapêutico. Depois de dez minutos, já suava muito, mas isso fez com que se sentisse tão bem que ignorou o rumor distante de trovoada. Seguiu pela estrada principal, deixando a cidade, até que encontrou um desvio que lhe pareceu familiar. Era o mesmo por que Hunter seguira na motocicleta naquele dia em que lhe dera uma carona. Ela seguiu por ali. Quando as pernas começaram a sentir o esforço da subida, ela pegou outra estrada, que era plana. Quando voltou à estrada principal, descobriu que estava mais longe da cidade do que esperava.

Cansada agora, ela começou a voltar. O céu se tornava cada vez mais escuro com as nuvens de chuva. Parou para descansar uma vez, sentada numa pedra ao lado da estrada, a cabeça entre os braços. Carros e picapes passavam. Alguns diminuíam a velocidade. Chelsea não levantou o rosto para olhar até que sentiu estar pronta para correr de novo. Seu ritmo era mais lento agora. Sentia-se desanimada, oprimida pelos pensamentos sobre o que fazia em Norwich Notch. E muitos desses pensamentos se relacionavam com Judd Streeter.

A chuva começou a cair, gotas enormes e frias, embora as trovoadas continuassem distantes. Faróis aproximavam-se, iluminavam-na, seguiam adiante. Estava quase no desvio para Boulderbrook quando um veículo diminuiu a velocidade e parou. Ela gesticulou para que passasse. Como o veículo continuasse em sua esteira, ela virou-se para dar uma olhada. Era o Blazer, com Judd ao volante.

Mais determinada, Chelsea tornou a acenar para que ele passasse. Se ele não tivera a coragem para procurá-la no escritório, não queria vê-lo agora. Judd passou à sua frente, abaixou a janela e gritou:

— Entre!

Embora a chuva caísse mais forte, ela ignorou-o. Fez a mesma coisa quando ele buzinou. Chelsea entrou na estrada para Boulderbrook e acelerou as passadas quando ele a seguiu. A casa ficava a menos de um quilômetro da estrada principal. Ela calculou que precisaria de quatro minutos para alcançá-la, já que se sentia bastante cansada. Tudo o queria agora era um banho quente, um copo de vinho e um bom choro.

Judd tinha outros planos. Tornou a passar à frente dela e parou o Blazer em diagonal. Saltou e seguiu em sua direção, através da chuva. Chelsea tentou contorná-lo, mas ele segurou-a pelo braço. Aproveitou o impulso dela para fazê-la girar, ao encontro de seu peito.

— O que está fazendo? — perguntou ele.

Chelsea tentou se desvencilhar.

— Largue-me!

— Está chovendo.

Ela continuou a se debater, mas escorregava nas folhas molhadas espalhadas pelo chão.

— Sempre corro na chuva.

— Mas troveja cada vez mais.

— Largue-me, Judd.

Ele apertou-a com mais firmeza.

— O que deu em você?

— Não quero falar com você. Quero ir para minha casa. — Ela tentou se desvencilhar de novo, sem sucesso. Sentia os joelhos fracos, o que nada tinha a ver com a corrida, mas com Judd. Mesmo agora, enquanto ele a abraçava contra sua vontade, com a chuva encharcando os dois, podia sentir que ficava mole e derretida por dentro. Ele tentou levá-la para o Blazer, mas ela resistiu.

— Mas que droga, Judd! Largue-me!

Ele já ia pegá-la no colo quando Chelsea conseguiu se desvencilhar. Mas foi só por um instante, pois ele logo tornou a segurá-la.

— Não estava dizendo isso ontem à noite — acusou ele, os braços envolvendo-a.

Ela empurrou o peito dele.

— Não estava me forçando ontem à noite.

— E não estou forçando agora. — Ele apertou-a com mais firmeza, quando Chelsea tentou se desvencilhar mais uma vez. — Só quero tirá-la da tempestade.

— Está preocupado? — Ela sentia-se subitamente sufocada por meses de emoções intensas, precisando descarregar. — É mesmo preocupação em sua voz? Não pode ser. Devo estar confundindo. Ninguém neste lugar esquecido sente qualquer preocupação. Ninguém conversa, ninguém pensa, ninguém sente. Não sei por que pensei que seria diferente. Meu pai tinha razão. Eu não deveria ter vindo para cá. Ninguém me queria antes. Ninguém me quer agora.

Judd encostara-a numa árvore.

— Do que está falando?

— Eu não deveria ter vindo.

— Tem toda a razão. Mas você veio.

Ele soltou um grunhido. E beijou-a no instante seguinte. Chelsea tentou virar a cabeça. Como Judd não permitisse, tentou manter os lábios fechados. Mas ele prevaleceu sobre sua determinação, com mordidas de leve, ansioso, até que ela cedeu, com um grito de rendição.

O que aconteceu em seguida foi como o raio que deveria acompanhar a tempestade. Chelsea sentiu um clarão ofuscante, uma necessidade premente, depois um fluxo de calor percorrendo todo o seu corpo. Antes que ela percebesse o que acontecia, Judd abaixara o short dela e abrira o próprio jeans. Levantou-a e penetrou-a.

Ela gritava agora o nome dele, segurando-o por sua vida. Não compreendia como podia desejá-lo daquela maneira, mas a necessidade dominava-a por completo. A voz de Judd era rouca:

— Passe as pernas em torno da minha cintura, querida... assim... assim...

Com a árvore como ponto de apoio, ele arremeteu, várias vezes, até que ela gozou, com um gemido profundo. Segundos depois, ele também gozava, dentro dela, em jatos. Muito depois que a pulsação terminou, o corpo de Judd ainda tremia.

— Meu Deus... — balbuciou ele, depois de um longo momento, com um suspiro trêmulo.

Ela agarrava-o pelo pescoço, determinada a permanecer assim para sempre. Sua existência era em camadas, prazer sobre satisfação sobre sonolência. A chuva deixava-os encharcados, mas não podia arrefecer a exultação saciada que ela sentia.

— Chelsea?

Ela tinha o rosto comprimido contra o lado do rosto de Judd.

— Hum?

— Não usei qualquer coisa. Isso é um problema?

Um minuto passou antes que ela entendesse.

— Não.

Depois de mais alguns minutos, ele ajudou-a a pôr o short. Ajeitou seu jeans e levou-a para o Blazer. Chelsea não discutiu desta vez.

Sentia-se mole e cansada. Aconchegou-se contra ele durante o curto percurso até a casa e abrigou-se sob o seu braço para correr do Blazer até a porta da casa. Judd levou-a para o segundo andar e o banheiro, onde despiu-a, para depois tirar as próprias roupas. Debaixo do chuveiro, ensaboou-a, virou-a de lado para enxaguá-la. Enxugou-a ao final do banho.

Ela estava exausta. Ainda não eram seis horas da tarde, mas adormeceu no instante em que Judd a ajeitou na cama.

Ele não dormiu. Ficou observando-a. Havia pequenas coisas que o fascinavam, como a delicadeza das pálpebras, a curva suave da boca em repouso, o rubor nas faces. Quando tocou em seus cabelos, uma mecha enroscou-se em torno de seu dedo, como se tivesse vida própria. Quando passou a mão por seu ombro, ela estendeu o braço para tocar em seu peito, como se quisesse mantê-lo bem perto.

Judd devia se sentir sufocado pela necessidade que ela tinha de proximidade — e tinha certeza que isso aconteceria com o passar do tempo —, mas por enquanto não se importava. Era novidade. Nunca estivera com uma mulher assim. Quase sempre saía da cama no instante em que terminava o ato de amor. Sempre se sentira ansioso em partir, a fim de poder mandar para casa quem estivesse com Leo.

Mas não sentia qualquer pressa agora. Era bom ter Chelsea aconchegada contra ele. Seu corpo era quente e macio, flexível como o de uma atleta, mas feminino. Judd refletiu que era, em parte, por causa dos seios. Eram maiores do que ele pensava que seriam, o que não significava que eram pesados, mas apenas que havia mais para acariciar.

Ele gostava da cama também. E do quarto. Era engraçado, mas ele imaginara que Chelsea era uma mulher do branco — cama branca, lençóis brancos, paredes brancas —, depois de ver o que ela fizera com o sótão no centro. A sensação ali era de abertura. Aqui, no ambiente cor de ferrugem que ela criara, o oposto era verdadeiro. Em vez de parecer claustrofóbico, no entanto, o quarto era aconchegante. Ele especulou se era deliberado, se Chelsea encontrava segurança nisso, se a parte dela que não era conhecida dos outros precisava daquele aconchego.

Ela se mexeu. Esticou-se contra ele, roçou o rosto em seu peito, levou os nós dos dedos ao olho, no gesto que Judd vira dezenas de vezes em crianças.

— Que horas são? — sussurrou ela.

— Oito horas, mais ou menos.

— Eu não tinha a intenção de dormir.

— Estava exausta.

Ela ainda parecia cansada, pensou Judd. Sem maquiagem, as olheiras apareciam. Ele especulou se Chelsea não estaria trabalhando demais ou se apenas era mais vulnerável à pressão do que deixava transparecer.

Ela mudou de posição, respirou fundo, ainda sonolenta, e encostou a cabeça em seu peito.

— Desculpe o que aconteceu antes. Perdi o controle. Isso não acontece com freqüência.

Fora o que ele imaginara.

— O que causou a explosão?

Chelsea não respondeu por um longo momento. Ele podia ver o vinco entre os olhos, por cima do nariz reto.

— Não sei. — Ela pensou por mais um momento. — Hunter foi me procurar e conversamos. Toquei num ponto delicado, e ele foi embora abruptamente. Ocorreu-me que as pessoas por aqui fazem muito isso, o que me deixou furiosa.

Judd gostava de sua voz. Havia um ritmo naquela voz, uma melodia, o que era curioso, já que ela alegava não ter ouvido musical.

— Gosto de ter pessoas ao redor — explicou ela, de uma maneira que não exigia uma resposta. — Sempre gostei, desde que era pequena. Era filha única, e talvez sentisse segurança em pertencer a um grupo de amigos. Não que me sentisse infeliz de ficar sozinha em casa... isto é, nunca ficava *realmente* sozinha, pois havia sempre uma empregada, uma babá ou qualquer outra pessoa. Mas eu gostava mais quando me via cercada de amigos.

Judd também fora filho único, só que não tivera tanta sorte. Na maioria dos dias, depois das aulas, quando era pequeno, ficava sozinho em casa — *realmente* sozinho em casa —, até que o pai voltasse do trabalho. O basquete lhe oferecera um lugar para onde podia ir. E também proporcionara o sentimento de pertencer a um grupo. Por isso ele compreendia o que Chelsea estava querendo dizer.

— Gosto de falar... — Ela pensou um pouco, soltou uma risada que ondulou os cabelos no peito de Judd e acrescentou, irônica: — Isso é óbvio. Minha mãe também gostava. Meu pai, nem tanto. Ele estava sempre ocupado no hospital e sentia-se exausto quando chegava em casa. Claro que conversava com mamãe, mas escutava mais do que falava.

Chelsea soltou outra risada, quase sussurrada, desta vez afetuosa.

— Pobre coitado... Não conseguia entrar na conversa quando mamãe e eu desatávamos a falar.

— Ele ainda é vivo?

— É sim.

— Em Baltimore?

— Às vezes. Não muito ultimamente. Ele acaba de se aposentar. E viaja bastante.

Judd sentiu que uma tensão quase imperceptível aflorava nela. Chelsea mudou de posição, como se quisesse atenuar uma pontada sutil.

— Sinto saudade dele — murmurou ela.

Então o pai era uma das três pessoas que ela mencionara.

— Ele disse a você que não deveria vir para cá?

Fora o que ela insinuara quando brigavam na chuva.

— Ele achava que eu deveria permanecer em Baltimore.

— Quem não quer você aqui?

Ela também dissera isso.

— Todo mundo... ninguém... não sei.

Chelsea ficou calada. Ele esperou por uma explicação, mas o silêncio parecia final. Mas depois ela reconsiderou:

— Há muita coisa que não sei. Não sei o que está acontecendo entre nós.

Judd também não sabia, o que significava que estavam empatados nesse ponto.

— Não faço coisas como na noite passada ou nesta noite com freqüência... — A risada sussurrada soou de novo, desta vez sarcástica, acompanhada pela correção: — ... Nunca fiz. Não esperava. Não é por isso que estou aqui.

Ele encontrou algum conforto no fato de Chelsea se sentir tão impotente — e ambivalente — em relação à atração quanto ele. Ela soltou, apressada, as palavras seguintes:

— Fiquei aborrecida porque você não apareceu no escritório hoje. Pensei que ia querer me dizer alguma coisa, ou verificar se eu estava bem, ou mesmo comentar se o que houve entre nós significava alguma coisa, se aconteceria de novo. Estava muito confusa. Por isso acho que estava sensível demais. Hunter me irritou. Saí do escritório furiosa. Decidi correr, fui longe demais... e depois você apareceu.

Ela parecia estar sem fôlego, o que foi adorável, mas durou apenas um momento.

— Não quero me sentir assim. Não quero me sentir atraída por ninguém dessa maneira. Não quero mesmo. Há coisas demais acontecendo em minha vida.

— Pensei que havia dito que gostava de ter amigos.

— E gosto. Mas não somos amigos. Somos...

— Amantes.

— Amantes. Mas quero ter amigos. Quero pessoas para conversar, me divertir, jantar. Tinha certeza que viria para cá e conheceria pessoas... e conheci, só que elas me mantêm a distância, com exceção de Donna. O que elas têm contra mim, além de eu ser da cidade grande, ter dinheiro e ter comprado parte da companhia de granito?

Judd quase riu. Ela cobrira a maior parte de cada coisa.

— Você também é bonita. Isso deixa as pessoas nervosas.

Ela inclinou a cabeça para trás e argumentou:

— Não sou tão bonita assim. Apenas aproveito ao máximo o que tenho.

— É a mesma coisa.

— Mas por que deixo as pessoas nervosas?

— Porque você tem mais do que elas. Os homens não ganham dinheiro suficiente para oferecer conforto às mulheres... e mesmo que elas tivessem os meios, não teriam classe suficiente para aproveitar.

É uma situação em que a vitória se torna impossível. Por isso você é mantida a distância.

Chelsea ergueu a cabeça. A voz era suave e vulnerável quando ela perguntou:

— Será sempre assim?

Judd não tinha a resposta. Notch era uma comunidade fechada por tanto tempo quanto ele podia se lembrar. Chelsea era um caso especial, por ter comprado o poder. O que podia ser bom ou mau.

— É muito importante para você? — perguntou ele.

— Morreria se tivesse de passar o próximo ano de minha vida na solidão.

Judd quis lembrá-la que ela não precisava permanecer ali, que podia voltar para Baltimore a qualquer momento. Mas não o fez. Porque não tinha certeza se queria que ela fosse embora tão depressa.

— Não precisa passar o ano inteiro na solidão.

— Mas ninguém quer conversar comigo.

— Eu conversarei com você.

Chelsea levantou o rosto.

— É mesmo?

Ela parecia tão doce, pela segunda vez em poucos minutos, que Judd quase riu. Em vez disso, comentou:

— Dentro dos limites da razão. Três frases de cada vez é o meu máximo.

— Ahn... — Ela abaixou a cabeça. — E a outra coisa?

— Que outra coisa?

— Sexo.

Judd não pôde mais conter o riso. O som surpreendeu-o, pois não ria há muito tempo. Escapara sem que pudesse evitar.

— O que é tão engraçado?

— A maneira como você pronunciou a palavra. Como se fosse estrangeira.

— É, para mim. Toda a situação é estranha para mim. Já lhe disse, Judd, que nunca fiz nada parecido antes.

— Dormir com um empregado?

— Dormir com alguém que não conheço. — Chelsea ergueu a cabeça. — Não trocamos duas palavras antes de hoje.

— Claro que já.

— Não sobre coisas importantes.

— O trabalho não é importante?

— Não estou falando de trabalho, mas de coisas, pessoas. Como seu pai.

O riso desapareceu no mesmo instante.

— Não há nada para falar a respeito. Ele está doente. Isso é tudo.

— Com quem ele está agora?

— Millie Malone.

— Ela passa a noite inteira com ele?

— Às vezes.

— Seu pai gosta dela?

— Por que isso é importante?

— Porque não quero afastá-lo dele, se isso significa que ele ficará infeliz.

Judd respirou fundo. Fechou os olhos e recordou os anos a especular o que Leo sabia, sentia e pensava.

— Ele não se sente infeliz.

Judd tinha certeza que era verdade. Leo não sabia mais quem o alimentava, dava banho ou punha na cama. Sob esse aspecto, Judd é que era infeliz. Ele empurrou o lençol e sentou na beira da cama.

— Talvez seja melhor não conversarmos, no final das contas. Conversar é, às vezes, angustiante.

— A angústia não desaparece se a ignoramos.

— Some por algum tempo.

Ele olhou para trás e viu-a sentada na cama, sem nada para cobri-la da cintura para cima, os cabelos emaranhados.

— Quer saber o que isto... — Judd baixou os olhos para a cama — ... significa para mim? Significa um casal a horas de distância da angústia. Se você pode conviver com isso, muito bem. Se não pode, avise-me que encerraremos o dia.

Ele viu-a engolir em seco, um movimento gracioso da garganta. Observou o movimento de seus olhos, baixando dos olhos dele para o pescoço e os ombros. Judd percebeu uma pequena pulsação por cima dos seios, ao mesmo tempo em que ela umedecia os lábios, erguia os olhos e murmurava:

— Posso conviver com isso.

Judd roçou o dorso da mão por um mamilo, provocando um pequeno grito de Chelsea. Os olhos fecharam, a respiração acelerou. Ele retirou a mão e esperou, enquanto ela se recuperava. Depois de um minuto, Chelsea abriu os olhos. Sem malícia, ficou de joelhos, ao lado de Judd. Tocou em seu peito, em grandes círculos exploratórios, descendo pouco a pouco. A mão passou pela cintura, ainda explorando, mas parou no abdômen. Ele pegou-a e empurrou-a para baixo.

— Sou muito velho para jogos... ou talvez seja honesto demais.

Ele envolveu os dedos de Chelsea em torno de sua ereção, atiçando os fogos interiores, antes de acrescentar:

— Posso lhe dar isto. Se pedir qualquer outra coisa, não sei se serei capaz.

Antes que ela pudesse dizer qualquer coisa, Judd encostou a boca em seus lábios e sugou, de tal maneira que os prendeu, antes de abri-los. Depois, enfiou a língua, porque gostava da intensidade do beijo assim. Se Chelsea tinha problemas com isso, era melhor ele saber agora.

Ela retribuiu o beijo. Da mesma maneira. Depois, montou em cima dele e absorveu até o último centímetro da maior ereção que Judd já tivera, levando ambos ao orgasmo em poucos minutos. O que demonstrou que aquela conversa machista, de posso lhe dar isto, era pura estupidez. E fez Judd pensar em outra coisa que não Leo durante a viagem de volta para casa debaixo da chuva.

# Quatorze

A Sociedade Histórica de Norwich Notch ficava numa casa no estilo conhecido como federal, construída para servir de residência.

Quando Chelsea chegou, Margaret e duas outras sentavam a uma mesa de jantar de mogno escuro coberta por objetos que pareciam vagamente familiares.

— Da Associação das Colcheiras — informou Margaret, polida. — Foi uma atitude previdente de sua parte pôr em caixas e guardar as coisas que estavam no sótão. Estamos encontrando verdadeiros tesouros.

Antes que Chelsea pudesse ver o que eram esses tesouros, Margaret já a apresentava às outras. Depois, levou-a para a sala de visitas e foi para a cozinha, a fim de fazer um chá. Voltou com um bule de porcelana, serviu uma xícara para Chelsea e desapareceu de novo. Ao voltar, trazia uma pasta de arquivo que parecia uma sanfona, com jornais amarelados.

— O *Norwich Notch Town Crier* era o nosso jornal semanal naquela época — explicou ela. — Estes jornais são da ocasião da morte de Katie Love. Presumo que veio procurar isto.

Era verdade, mas Chelsea também queria dar uma olhada nos jornais da época de seu nascimento. A biblioteca tinha todos os jornais, mas não contava com Margaret, que parecia ser uma boa fonte de informações. Como Hunter era mais ou menos de sua idade, ela calculara que poderia descobrir alguma coisa sobre seu próprio nascimento ao investigá-lo. Margaret instalou-se numa cadeira de balanço próxima, com a pasta no colo.

— Muito bem... — disse ela, calando-se em seguida, como se isso fosse suficiente.

Chelsea já a conhecia bastante bem agora para não se deixar enganar por sua aparência delicada. Margaret Plum tinha uma vontade de ferro. Fazia os exercícios de aeróbica com o maior estoicismo, dirigia com eficiência os jantares em que cada família levava um prato, as vendas de objetos doados para arrecadar recursos para obras de caridade, e detestava Hunter Love com uma determinação absoluta. O último detalhe incomodava Chelsea, que gostava de Hunter. Mas não podia esquecer que Abby nem sempre gostava dos médicos que Kevin tomava sob sua proteção. Se um daqueles médicos fosse filho ilegítimo de Kevin, Abby o teria crucificado. Não que houvesse a certeza de que Hunter fosse filho de Oliver. Mas era possível.

Chelsea ergueu a xícara até os lábios e fez uma pausa, para saborear o aroma.

— Manga? — indagou ela, aspirando de novo.

— Damasco.

— É uma maravilha.

Ela sempre gostara de chá, ainda mais quando era atormentada pelo enjôo matutino. Acalmava o estômago, era tranqüilizante. A náusea diminuíra agora que passaram os primeiros meses da gravidez. Ainda assim, ela apreciava a suavidade do chá.

— Gostamos de chá aqui — comentou Margaret, cruzando os tornozelos.

Ela usava um vestido de algodão cor de ameixa. Com a gola alta, as mangas compridas e a cintura justa, parecia apropriadamente histórico em comparação com a túnica comprida e o collant de Chelsea.

— Ainda mais no inverno — acrescentou Margaret. — Donna já lhe falou de nossos chás, não é mesmo?

— Já sim.

Eram realizados na biblioteca, toda tarde de quarta-feira, de outubro a maio, a versão de Notch para o chá britânico, com sanduíches de pepino, bolachas com requeijão e bolinhos de cenoura. Embora em

Paixões Perigosas

teoria qualquer mulher fosse bem-vinda, na prática as trabalhadoras não podiam comparecer. Assim, o chá da tarde de quarta-feira era reservado para a elite de Notch.

— Katie Love costumava freqüentar os nossos chás — comentou Margaret, presunçosa.

Ela observava Chelsea atentamente e demonstrou a maior satisfação por sua surpresa evidente.

— Mas Katie era casada com um cortador de pedra.

— Era também uma artista. Para ser mais precisa, uma colcheira. Fez muitas de nossas melhores colchas. E como trabalhava conosco, também participava dos chás. — O tom de Margaret mudou quando ela acrescentou: — Isso foi antes, é claro. Depois... ora, não havia muita coisa que pudéssemos lhe dizer.

Chelsea tomou um gole de chá, na tentativa de se controlar. Ainda se sentia um pouco consternada pela maneira como Katie Love fora tratada, e não podia deixar de especular se sua mãe biológica passara pela mesma experiência. Para Chelsea, parecia cruel que uma mulher fosse punida por uma coisa que tivera a participação de um homem... mas essa era a feminista nela, a mulher que planejava ter um filho fora do casamento, sem a menor intenção de ser punida.

— Quem era o pai da criança? — perguntou Chelsea.

— O demônio.

Chelsea ignorou essa resposta.

— Era também um operário da pedreira?

— Era o demônio.

— Alguém de estatura na cidade, alguém que já tinha esposa e família?

Margaret fitou-a em silêncio, os olhos proclamando: "Já disse quem era." Chelsea não acreditava no demônio, mas não pretendia discutir com Margaret quando havia tantas outras coisas para perguntar.

— Durante o tempo em que Hunter viveu com Katie, aqueles primeiros cinco anos, em que ela o manteve escondido, ninguém especulou a seu respeito?

— Não. Ele devia ter sido dado.

Chelsea sentiu um pequeno calafrio.

— Dado?

— Adotado — explicou Margaret. — Ela disse que providenciara a adoção. Parece que mentiu.

O calafrio de Chelsea espalhou-se mais um pouco.

— Isso era comum... as mulheres que engravidavam fora do casamento entregarem as crianças para adoção?

— Não. A gentalha ficava com as crianças, quer fossem legítimas ou não. Katie Love não era uma coisa nem outra.

— Como assim?

— Era mais velha. Não tinha outros filhos. Era considerada estéril.

Os olhos de Margaret desviaram-se para a arcada da sala de visitas. Chelsea virou a cabeça para olhar, mas não havia ninguém ali.

— Além disso, ela também era uma colcheira. Achávamos que estava um pouco acima das outras. — Quase sem qualquer pausa, Margaret acrescentou: — De onde você é?

Chelsea olhou para a pasta de sanfona no colo de Margaret. Queria saber o que acontecera com o marido de Katie Love, por que os moradores de Corner não a haviam ajudado e se outras mulheres tinham providenciado a entrega de suas crianças na ocasião. Queria examinar aqueles jornais, não falar de si mesma... e quanto ao lugar de onde vinha, não podia acreditar que Margaret ignorasse. Para demonstrar boa vontade, ela respondeu:

— Sou de Baltimore.

— Nasceu ali?

— Não em Baltimore, mas a casa de minha família é ali.

Era, pensou Chelsea, com uma pontada de angústia, porque a partir do Dia do Trabalho, na primeira semana de setembro, uma nova família se instalaria na casa. Ela passara alguns dias ali, na semana anterior, separando as coisas guardadas no porão ao longo dos anos. Provavelmente precisaria de mais uma ou duas viagens antes de acabar. Encontrara Kevin ali. Haviam conversado, embora persistisse um certo constrangimento. E ela não ousara falar sobre o bebê.

Também não tivera coragem de contar a Judd sobre o bebê, o que era ainda mais absurdo. Ele ia para sua cama várias noites por semana. Faziam coisas um com o outro que mesmo agora, em recordação, levavam seu coração a disparar. Mais do que qualquer outra pessoa em sua vida, Judd conhecia os detalhes mais íntimos de seu corpo. Não demoraria muito para que as mudanças sutis, que ele não podia perceber no dia-a-dia, não fossem mais tão sutis. Ela tinha de lhe contar. Mas receava que isso pudesse levá-lo a suspender as visitas, e gostava de sua companhia.

— Quem são seus pais? — perguntou Margaret.

Chelsea respirou fundo para se controlar. Respondeu com a voz pausada:

— Kevin e Abby Kane. Minha mãe morreu no ano passado. Meu pai é neurocirurgião e acaba de se aposentar.

— Com qual deles você parece?

Chelsea sorriu. Lembrava de ir a lugares com os pais em que perguntavam isso, no meio de uma conversa inocente. Sempre seguia a deixa de Kevin, que não hesitava na resposta.

— Tenho a obstinação de meu pai e a curiosidade de minha mãe.

— Mas com quem você parece?

Ainda sorrindo, Chelsea deu de ombros.

— Sempre fui mais anticonvencional do que meus pais... roupas diferentes, cabelos diferentes, gerações diferentes. E concordávamos que eu era apenas eu.

— Donna parece com o pai. Você pode perceber a semelhança?

— É curioso... eu diria que ela é mais parecida com você.

O formato do rosto e a boca eram bem parecidos. Margaret sorriu.

— É uma filha maravilhosa. Sempre meiga e atenciosa. — Margaret franziu a testa. — Foi uma grande tragédia, uma tragédia terrível quando ela perdeu a audição. Donna já conversou a respeito com você?

— Não. E eu não quis perguntar.

— Ela ficou doente, uma infecção que surgiu de repente. Um parasita, disseram todos os médicos. Levamos Donna a muitos médicos, mas não havia nada que pudessem fazer... nada mesmo.

Margaret continuou com a testa franzida por mais um longo momento, depois sacudiu a cabeça, de forma quase imperceptível, e empertigou-se.

— Sempre fui mais ligada a ela do que às outras. Donna e eu pensamos da mesma maneira.

Não era absolutamente essa a impressão de Chelsea, o exemplo mais óbvio sendo as opiniões divergentes sobre Hunter Love. Donna tinha uma ternura, franqueza e vulnerabilidade que atraíam Chelsea. Margaret não tinha nada disso. Tinha oscilações de humor. Era uma mulher estranha. E Chelsea não conseguia entendê-la.

— Gostaria que me explicasse por que veio para Norwich Notch — pediu Margaret, passando os braços em torno da pasta de sanfona, como se fosse um escudo.

— Já deve saber.

Chelsea começava a se cansar do que parecia ser uma conversa irrelevante, sem propósito.

— Por que *realmente* veio.

— Vim *realmente* para recuperar a companhia de granito e obter bons resultados para meu investimento.

— Ah... — Margaret acenou com a cabeça. — Há quem ache que você é uma bruxa.

Chelsea ficou surpresa.

— Uma bruxa?

— Por morar em Boulderbrook. Acham que você comunga com os fantasmas que existem ali.

— Não há fantasmas.

Chelsea acreditava nisso, com absoluta convicção. Atendera outros telefonemas desde aquela primeira noite, mas tinha certeza que eram de alguém querendo assustá-la.

— Não notou como as pessoas da cidade se mantêm a distância?

— Pensei que era porque sou uma forasteira.

— Isso também. — Margaret ergueu o queixo, numa atitude quase de desafio. — Já deve saber que nunca vencerá.

Chelsea sentiu-se confusa outra vez.

— Não vencerei o quê?

— A companhia de granito. Tomei conhecimento do acordo que você fez. Oliver não me disse nada, é claro. Não gosta de me preocupar com os negócios. Mas outras pessoas não são tão cautelosas.

Ela lançou um olhar alarmado para a arcada. Por causa do alarme, Chelsea também olhou. Mas não havia ninguém ali. Margaret continuou:

— A companhia de granito pertence à família Plum há gerações. Não terá permissão para se tornar a dona.

Por uma fração de segundo, Chelsea viu-se no escritório do pai, com os Mahler sugerindo que ela não era uma Mahler, e por isso não deveria ficar com o anel de rubi. Mas o instante passou e ela tornou a ver Margaret, muito mais ameaçadora agora.

— Talvez não chegue a isso.

Era Judd quem dirigia a operação, e ele era bom no que fazia. Isso significava que a companhia poderia ter a capacidade de cortar e polir todas as encomendas trazidas por Chelsea. Mas um ano era tudo o que ela precisava. Até lá, o bebê já teria nascido, e ela teria obtido as informações de que precisava para continuar o resto de sua vida.

A fim de tranqüilizar Margaret — e talvez afrouxar os braços que envolviam com tanta firmeza a pasta de sanfona —, Chelsea declarou:

— Pode ter certeza de que não tenho qualquer propósito especial para a companhia de granito. Tenho um bem-sucedido escritório de arquitetura em Baltimore. Terei o maior prazer em ganhar meu dinheiro e deixar a companhia para os Plum.

— Não é a única que quer isso — disse Margaret, como se não tivesse ouvido Chelsea. — Hunter Love também quer. Depois de tudo o que meu marido fez para ajudá-lo, ele quer mais. Ele é mau.

— Não acho.

— Ateia incêndios. Sabia disso?

— Que ele ateia incêndios?

Margaret confirmou com um aceno de cabeça, solene.

— Onde? — perguntou Chelsea, quase como se fosse uma conversa irrelevante.

— Em algumas das melhores casas da cidade.

— Elas queimaram?

— Não. Mas garagens e galpões foram destruídos.

— Recentemente?

— Há alguns anos. Eu o vi com você, Chelsea. Se estivesse no seu lugar, tomaria muito cuidado. Ele tem um lado sinistro.

Chelsea já testemunhara as mudanças de ânimo de Hunter, mas em nenhum momento se sentira ameaçada. O mais próximo que ele estivera de lhe causar algum mal fora naquele dia na motocicleta. Era verdade que ele guiara com alguma imprudência, mas também se mostrara arrependido quando ela vomitara; e o remorso, no livro de Chelsea, não era uma característica de uma pessoa empenhada em cometer maldades.

— Ele foi julgado por incêndio criminoso?

— Não. É muito esperto. Nada jamais foi provado. Como aconteceu na morte da mãe.

— Então como podem culpá-lo pelos incêndios?

— Porque é óbvio que foi ele quem os ateou.

— Oliver também acredita nisso?

— Também.

— E ainda assim ele mantém Hunter na companhia. Isso não faz sentido.

A menos, é claro, que Hunter fosse filho de Oliver, o que também explicaria o antagonismo de Margaret. Pessoalmente, Chelsea não acreditava que Hunter fosse um incendiário, assim como também não achava que ele fosse um assassino.

— Há muitas coisas na vida que não fazem sentido. — Margaret tinha o rosto contraído. A voz se tornara mais estridente. Ela apertava a pasta com mais força. — Não faz sentido que eu só tivesse filhas. Se tivesse um filho, nada disso estaria acontecendo. Meu filho assumiria a companhia e não haveria qualquer outra pessoa envolvida. É assim que deveria ter sido.

Ela fez uma pausa e repetiu, a voz mais baixa:

— É assim que deveria ter sido.

— Margaret, querida...

A chamada veio da porta, acompanhada pela entrada da mulher que Margaret apresentara como Dots. Ela seguiu direto para a cadeira de Margaret, passou um braço por seus ombros e disse, gentilmente:

— Precisamos de você agora, Margaret. Você disse que não ia demorar. — Ela tocou na pasta. — Por que não entrega isto à Srta.

Kane e a deixa examinar sozinha? Receio estarmos fazendo a maior confusão sem a sua presença.

Margaret fitou-a aturdida por um momento. Pouco a pouco, a compreensão voltou, acompanhada por um sorriso de repreensão.

— Mas eu já disse muitas vezes o que devem fazer!

— Não pode dizer mais uma vez?

Dots pegou a pasta e estendeu-a para Chelsea, sem fitá-la nos olhos no processo.

Margaret levantou-se. Com Dots a seu lado, sem dizer mais nada para Chelsea, ela deixou a sala.

O problema da história era ser feita de fios e remendos, como se fosse uma colcha de retalhos. No caso de Chelsea, isso significava cartões-postais e fotos, prêmios nos esportes, prêmios acadêmicos, flores comprimidas entre as páginas de livros, boletins da escola, canhotos de ingressos e programas impressos de tudo, do espetáculo de talentos na escola primária à formatura no colégio. Também significava caixas cheias de livros, os remanescentes de quatro anos em dormitórios e uns poucos apartamentos, cartazes, equipamentos esportivos e roupas. Chelsea sempre fora uma guardadora. Era como se quanto mais coisas tivesse, mais história teria, e com isso poderia adquirir uma identidade. Tinha muita coisa para separar.

Judd e ela estavam em Baltimore, em meados de agosto, para tratar de negócios. Com o galpão de corte em operação, Judd tinha pequenas amostras de granito cortadas, polidas e gravadas de cada uma das cinco pedreiras em funcionamento para mostrar aos contatos de Chelsea. Usando o escritório da Harper, Kane & Koo como base, eles passaram o dia numa série de reuniões. Passariam a noite na casa.

O porão recendia a poeira e umidade. Era dominado por um enorme sistema de aquecimento, enegrecido pela passagem dos anos. A lavanderia ficava junto de uma parede: máquina de lavar, máquina de secar, tanque, tábua de passar. Ali perto havia uma geladeira e um freezer de reserva, que outrora ficavam cheios nos preparativos para receber os convidados nos dias de festa, mas que agora estavam vazios, desligados da tomada, as portas abertas. Havia prateleiras altas de metal em outras paredes contendo sacos com roupas, pequenos eletrodomésticos e caixas de lembranças. Havia várias pilhas de caixas lacradas, algumas de Kevin, outras de Chelsea, espalhadas ao acaso.

— O campeonato de natação do country club? — perguntou Judd.

Ele estava sentado numa caixa virada, perto de Chelsea, segurando a medalha que tirara de uma caixa de sapatos.

— Foi durante meu período conformista. Pouco depois, decidi que os outros na equipe eram uns chatos irremediáveis e abandonei as competições.

Ela tirou uma pilha de fotos da caixa.

— Esta sou eu... — Chelsea virou a foto. — ... Aos oito anos de idade, segundo a anotação de papai.

Judd estudou a foto.

— Você parece um menino.

Chelsea concordou. Pegou a foto seguinte.

— Mamãe nunca perdeu nenhuma das minhas competições de natação. Era também uma nadadora, como terapia.

Ele pegou a foto.

— Era uma mulher muito atraente.

— Era vibrante. Cheia de vida. Manteve uma intensa atividade mental até o fim. Adorava as comemorações. Havia sempre jantares, festas de aniversário, qualquer coisa que se pudesse celebrar. Teria adorado o clima pitoresco e o excitamento do Quatro de Julho em Notch.

Na presunção de que ela se sentisse à vontade na cidade, refletiu Chelsea. Ela olhou mais algumas fotos.

— Aqui está meu pai.

Ela nem precisava dizer, pois Judd já vira fotos de seus pais no quarto em Boulderbrook.

— Distinto como sempre.

— Ele é mesmo distinto. — Chelsea não pôde se conter, já que a mágoa estava bem próxima da superfície, e acrescentou: — E também muito teimoso. Eu esperava que ele voltasse de Newport hoje para nos ver.

— Ele estará aqui amanhã.

— Sei disso. Mas quase não nos encontramos. Seria maravilhoso se ele fizesse o esforço.

Judd sabia que ela era adotada. Ainda não sabia que ela nascera em Norwich Notch. Chelsea queria contar, assim como também queria revelar que estava grávida, mas alguma coisa a continha. Em parte não podia imaginar como ele receberia a notícia. Gostava do acordo que tinham e ainda não estava preparada para mudá-lo.

Ocorreu-lhe que a mesma coisa era verdade em relação a Norwich Notch. Não descobrira nada a seu respeito na Sociedade Histórica, a não ser o fato de que o mês de março do ano em que nascera tivera um clima excepcionalmente ameno. Não fizera qualquer coisa para anunciar a chave de prata, não procurara uma parteira que fora subornada. Por um lado, tinha vontade de se levantar na igreja, anunciar quando e onde nascera e oferecer uma recompensa por informações que levassem à identificação de seus pais biológicos. Por outro lado, não queria perturbar a vida experimental que assumira em Notch. Havia aspectos do lugar que ela apreciava. Queria ter o bebê ali.

— Ele pode estar tendo dificuldades com isto — comentou Judd, olhando ao redor.

O comentário trouxe-a de volta ao porão. Ela suspirou.

— Foi ele quem quis vender a casa.

— Foi uma decisão prática. Isso não significa que é fácil. Às vezes as coisas que fazem mais sentido são as mais difíceis.

Chelsea percebeu a tristeza em sua voz. Compreendeu que ele pensava em Leo, a quem ainda não compreendia. Judd quase nunca o mencionava, e ela não queria pressioná-lo. Achava que não tinha esse direito, já que ela própria escondia coisas. Mas de vez em quando ele assumia uma expressão pensativa, deixando transparecer toda a angústia que sentia.

— Seu pai?

— Algumas pessoas acham que eu deveria interná-lo.

Chelsea suspirou.

— Não faça isso. — Ela tratou de se controlar. — É você quem tem de decidir o que é melhor para você e para ele.

Judd mantinha as pernas abertas, a calça com vinco caindo por toda a extensão. Agora ele inclinou-se para a frente, apoiou os cotovelos nos joelhos e deixou as mãos penderem entre as pernas.

— É difícil saber o que é o melhor. Ele precisa de cuidados constantes. Se for internado numa casa de saúde, talvez receba cuidados melhores do que tem agora. Ele saiu para dar uma caminhada ontem à tarde, enquanto Millie dormia. Já havia percorrido mais de um quilômetro quando Buck o encontrou. O bom e velho Buck...

Chelsea sabia que ele pensava que poderiam não ter tanta sorte em outra ocasião.

— O problema é que há momentos em que ele sabe quem eu sou. Eu detestaria se ele estivesse internado num desses momentos, perguntasse por mim e se sentisse abandonado.

— Sente-se arrependido por ter feito esta viagem?

— Não. Sarah Hewitt ficou ele. E Buck também. Ele está entre amigos. Se perguntar por mim, Sarah poderá lhe dizer para onde eu fui e quando voltarei. — Judd fez uma pausa, pensando. — Sarah é eficiente. Sabe a que ficar atenta. Leo abre o gás do fogão e depois esquece que quer cozinhar. Quando bebe água, esquece a torneira aberta. Se não há alguém com ele, acabamos com a casa encharcada. Um dia ele pode acionar um interruptor de luz quando estiver com água nos tornozelos.

Judd esticou os dedos, virou as mãos, estudou as palmas. Chelsea passou o braço ao seu redor, proporcionando-lhe conforto da única maneira que podia. Não tinha respostas. Judd já devia ter pensado em todas as possibilidades. Como acontecera quando Abby ficara muito doente, não havia opções felizes, apenas opções para atenuar o sofrimento.

— Não acha que eu deveria interná-lo? — perguntou Judd, ainda olhando para as mãos.

— Não.

— Mesmo considerando o perigo?

— Mesmo assim. Mantenha-o com você.

— Pode chegar um momento em que não serei mais capaz.

— Enfrente esse momento quando chegar.

Ele virou o rosto, olhando primeiro para a boca e depois para os olhos de Chelsea.

— Foi o que você fez?

— Mamãe foi ficando cada vez mais fraca. Teve pneumonia e precisou ser hospitalizada. A opção era sua permanência no hospital, onde sua condição poderia ser constantemente monitorada, ou sua volta para casa. Sabíamos que era mais arriscado em casa. Mas ela havia passado toda a sua vida de casada aqui. Ela adorava esta casa. Não me importo com o que as pessoas possam dizer, não há nada como o lar. — Chelsea respirou fundo, com uma expressão triste. Olhou ao redor. — Talvez você tenha razão. Se arrumar tudo isto é difícil para mim, deve ser ainda pior para meu pai. É o fim de uma grande parte de sua vida.

Judd tirou as fotos de suas mãos. Pegou uma no fundo da pilha.

— Quem é esta?

— A irmã de minha mãe, Anne.

— Ela parece aborrecida.

— E estava. Deveríamos passar o Natal na Inglaterra naquele ano, mas mamãe sofreu uma queda e quebrou o braço, duas semanas antes. Por isso todos tiveram de vir para cá.

Judd estudou a foto por um momento, depois pegou outra.

— Sou eu e minhas duas melhores amigas. — Ela deu uma olhada no verso. — Tínhamos doze anos.

Ele pegou outra foto.

— Quem é esse cara? Ele aparece em uma porção de fotos.

Chelsea sorriu.

— Esse é Carl.

— Ah, o sócio fantasma...

Carl fora passar o dia em Nova York. Por isso, Judd ainda não o conhecera. Ele olhou o verso da foto.

— Vocês dois tinham nove anos aqui.

Judd encontrou outra foto dos dois juntos, esta com Chelsea mais alta.

— E quatorze anos aqui.

A foto que ele tirou em seguida da pilha era a mais recente.

— E trinta e poucos anos aqui. Espantoso.

— O fato de termos permanecido amigos durante tanto tempo?

— O fato de nunca terem se tornado algo mais.

A foto na mão de Judd fora tirada em Newport, no verão anterior. Era uma foto em cores que mostrava sorrisos brancos idênticos, cabelos castanho-avermelhados idênticos e camisas e shorts apropriados para o convés do iate dos Harper. Abby já estava doente naquele verão. Todos compreendiam que ela podia não voltar no ano seguinte. Chelsea tinha dificuldades para aceitar isso. E Carl lhe proporcionara um imenso conforto.

Ela não pensava nisso havia algum tempo. Nos últimos meses, lembrar Carl trazia pensamentos de Hailey e seu bebê, junto com pensamentos de mágoa e traição. Pela primeira vez agora, como se a ferida de encontrá-lo numa posição comprometedora finalmente começasse a sarar, ela sentiu um ímpeto de afeição por Carl.

— Ou se tornaram? — perguntou Judd.

Ela fitou-o nos olhos, inquisitiva.

— Vocês dois alguma vez se tornaram um casal?

Chelsea sorriu.

— *Sempre* fomos um casal.

— Alguma vez foram amantes?

— É uma pergunta íntima.

— É mesmo.

Ele pressionou-a com um olhar direto, enquanto esperava por uma resposta. Chelsea pensou em negar. Mas não mentira para ele antes. Talvez não tivesse contado tudo o que deveria, mas não mentira.

— Uma única vez. — Ela pôs as mãos no colo. — Não deu certo.

— Da parte de quem? Sua ou dele?

— De ambos. Decidimos continuar apenas como sócios e amigos.

— E conseguiram, depois de serem amantes?

— Até agora.

Mas devia haver uma insinuação de dúvida em sua voz, porque Judd fitou-a com uma expressão curiosa.

— Gosta da esposa dele?

— Hailey? Claro que gosto.

— Há quanto tempo eles são casados?

— Não muito.

— Há quanto tempo, Chelsea?

Ela deixou escapar um suspiro.

— Desde junho.

Chelsea percebeu que ele comparava as datas.

— Foi mais ou menos na ocasião em que você apareceu em Notch. Portanto ele é a terceira pessoa que você perdeu. Amava-o?

— Não. Foi por isso que não deu certo.

Judd pensou a respeito por um momento.

— Ele decidiu casar com Hailey antes ou depois de você decidir se mudar para Notch?

— Carl e eu tomamos decisões independentes, que, por acaso, coincidiram.

Ele voltou a ficar calado. Depois de dizer tanto quanto queria, Chelsea guardou as fotos na caixa de sapatos, que levou para uma caixa grande de papelão. Foi para o lado da fornalha e pegou outras caixas que havia na prateleira de metal ali. Quando se virou, esbarrou em Judd. Ele pegou as caixas e largou-as de volta na prateleira.

— Estou contente — murmurou ele, imobilizando as mãos de Chelsea em suas costas, a voz mais rouca do que antes.

— Contente pelo quê?

A atenção de Chelsea concentrava-se em sua boca. Era uma boca maravilhosa, firme e estreita, de um jeito masculino. Os movimentos daqueles lábios eram sempre uma recompensa.

— Pelo fato de que você não gostou de fazer com ele da maneira como gosta de fazer comigo.

Judd puxou-a ao encontro de seu corpo. Não a beijou, apenas manteve-a num abraço bem apertado, até que os quadris se encontraram.

Ela deixou escapar um suspiro profundo.

— Adoro esse som — murmurou ele.

Chelsea sorriu, os lábios roçando em seu pescoço.

— Aqui, Judd?

Como resposta, ele levantou o vestido dela — o que foi bastante fácil, já que era folgado, no estilo conhecido como trapézio, que ela tanto gostava de usar —, até que a bainha estava na cintura. Segundos depois, ele enfiou as mãos por dentro da calcinha, segurando a bunda, pressionando-a ainda mais. Não havia como escapar da ereção... e ela não queria escapar.

Passou os braços pelo pescoço de Judd e sussurrou seu nome.

— Isso é um sim ou um não? — indagou ele.

Chelsea deixou escapar um som desamparado de prazer quando ele estendeu os dedos para a frente.

— Sim ou não?

— A empregada está lá em cima.

— Sim ou não?

— Sim.

— Pois então tire tudo — pediu ele, num sussurro rouco.

Suas mãos ajudaram e num instante o vestido saiu pela cabeça, o sutiã solto e a calcinha abaixada. Ela mal se erguera quando Judd tornou a tocá-la, desta vez na frente, bem fundo. Ela estendeu a mão para a calça, mas ele deteve-a.

— Por favor... — balbuciou Chelsea.

— Ainda não.

— Não posso mais resistir. Meus joelhos não vão agüentar.

Com os dedos acariciando-a bem fundo e seu corpo no meio do caminho para a bem-aventurança, Chelsea percebeu que ele olhava para o outro lado do porão. Não estava tão desvairada a ponto de não saber o que Judd via ali.

— Não na mesa de pingue-pongue.

— Tem alguma idéia melhor? — perguntou ele, pegando-a no colo e começando a levá-la.

— A mesa de pingue-pongue não vai agüentar. — Chelsea riu, ofegante. — Use a máquina de lavar roupa. Está mais perto.

Ela chegou lá antes de poder dizer mais alguma coisa. Judd sentou-a em cima e contou com a ajuda das mãos dela para abrir a calça. Chelsea mal abrira as coxas quando ele a penetrou, numa súbita e poderosa arremetida. Depois, ela ficou perdida. Sempre se sentia assim quando ele a penetrava... e ao mesmo tempo, quando ele a

Paixões Perigosas

penetrava e ia mais fundo, ela sempre se encontrava. Era simples assim... e devastador.

Judd ficou impressionado com o escritório da Harper, Kane & Koo. Acharia ainda melhor se houvesse menos cromados, mas compreendia que os clientes se sentiriam deslumbrados. Tudo ali soletrava sucesso. E deixou-o ainda mais espantado por Chelsea estar tirando um ano de folga para se dedicar à Plum Granite.

Não fazia sentido. Mesmo sabendo que ela perdera a mãe para a morte, o pai para a aposentadoria, e o amigo, sócio e amante de uma vez para o casamento, tudo em um só ano, isso não era uma explicação convincente. Chelsea tinha sucesso demais na cidade grande para renunciar a tudo.

E todos gostavam dela, como ficou patente pela atenção que lhe dispensaram no escritório. Todos se mostravam contentes por vê-la, mesmo que fosse apenas para uma breve visita. Melissa Koo era tão excêntrica quanto Chelsea a descrevera. Carl Harper foi a surpresa.

Ele apareceu na segunda manhã, não às nove horas, com a regularidade que Chelsea mencionara, mas às dez, usando uma gravata que nada tinha de conservadora. Até mesmo Chelsea ficou surpresa.

— Obra de Hailey? — perguntou ela, irônica.

Carl olhou para a gravata, ficou vagamente vermelho e deu de ombros.

— Não se preocupe. Eu gosto. — Chelsea fez uma pausa de um segundo. — Como ela está?

— Hailey? Muito bem. E cada vez maior. Está ganhando peso depressa. O médico acha que podem ser gêmeos.

Então a esposa de Carl estava grávida, pensou Judd. Chelsea não parecia surpresa com a notícia, o que significava que já sabia, apenas esquecera convenientemente de lhe contar. Se Carl e Hailey haviam casado em junho, e Hailey já estava se tornando "mais volumosa", não era preciso ser um gênio para calcular que ela concebera antes da cerimônia. Isso significava que Chelsea devia ter tomado conhecimento da gravidez pouco antes de partir para Notch. Outro choque. Mas o suficiente para fazê-la deixar Baltimore? Na opinião de Judd, o sorriso de Chelsea agora era forçado.

— Gêmeos? Isso é maravilhoso! Pode transmitir a ela meus votos de felicidade?

— Claro. — Carl virou-se para Judd. — Quer dizer que você trabalha com Chelsea?

— Pode-se dizer assim.

Ele não gostou de Carl. Tinha de haver alguma coisa muito errada com o homem para não achar que Chelsea era atraente demais. E Judd se perguntou qual seria a aparência da grávida Hailey.

— Trabalho na parte de granito. Sou eu quem põe os homens para produzir todos os pedidos. Você a tem ajudado a conseguir negócios maiores?

Carl transferiu a resposta para Chelsea, que disse:

— Não, Carl não está comigo nessa operação.

Isso pareceu a Judd outra traição.

— Por que não? — perguntou ele a Carl. — Chelsea disse que eram sócios em outros empreendimentos.

Carl mostrou-se contrafeito.

— Este empreendimento surgiu numa péssima ocasião para mim.

— Não é tão ousado quanto sua gravata? — indagou Judd. — É uma pena. Há um bom dinheiro para se ganhar. Tenho certeza que você gostaria, ainda mais com uma esposa e um bebê para nascer.

— Foi um projeto de Chelsea desde o início. Ela é que está com o granito.

— Ah... — Judd empertigou-se. — Eu é que saio ganhando. — Ele olhou para Chelsea e acrescentou: — Tenho uma reunião às dez e meia. É melhor eu partir agora.

Ele inclinou um chapéu imaginário para Carl e afastou-se. Chelsea acompanhou-o até o elevador. Depois que passaram pela recepção, ela perguntou:

— O que houve?

— Não gosto dele.

— Você não o conhece.

— Não posso acreditar que você tenha ido para a cama com aquele homem.

Era o que estava atravessado em sua garganta. E não sabia o motivo para isso. O que Chelsea fizera antes de se tornarem amantes não era de sua conta. Ela permaneceu calada por um longo tempo, até que o fitou e disse:

— Carl é um bom amigo.

— Carl é um fraco.

— É um amigo bom e *leal*. Se eu precisasse dele, estaria sempre à minha disposição.

Judd sacudiu a cabeça.

— As prioridades de Carl são a esposa e o filho.

Ela parecia perturbada com esse pensamento, o que agradou à parte de Judd que se ressentia de sua lealdade a Carl. Mas quando entrou no elevador ele também se sentia perturbado, porque sabia que não deveria se ressentir de qualquer lealdade de Chelsea. Era seu amante. E isso era tudo.

Na verdade, não era tudo. Naquela noite, durante o jantar, Kevin Kane parecia determinado a definir os parâmetros do relacionamento dos dois. Perguntou sobre os antecedentes, sua posição na companhia de granito, seu papel em relação a Chelsea.

— Portanto você é a ligação de Chelsea com os operários da companhia — concluiu ele.

— Pode-se dizer assim.

— Eu me preocupo com a idéia de minha filha vaguear por uma pedreira.

— Estou bem, papai.

— Ela não vagueia por lá — declarou Judd. — Ninguém faz isso. Se ela vai à pedreira, vai comigo.

Não chegava a ser exatamente uma regra, mas ao longo das semanas sempre fora assim. Judd não queria que ela caísse de algum andaime, assim como também não queria que qualquer dos operários assoviasse ou passasse uma cantada nela.

— E o que me diz de sua casa? — continuou Kevin. — Ela diz que é antiga.

— Era uma escala na Ferrovia Subterrânea — interveio Chelsea. — Verifiquei na sociedade histórica. Os escravos fugitivos escondiam-se nas passagens secretas, a caminho do Canadá.

Kevin não se mostrou tão impressionado com isso quanto ela fica-ra. Não que ele fosse um defensor da escravidão, Judd sabia, mas ape-nas porque não gostava da idéia de Chelsea ter uma casa em Norwich Notch.

— Mas a casa é segura? — perguntou Kevin a Judd. — Presumo que ela tenha mandado verificar todos os sistemas antes de se mudar.

— É segura — garantiu Judd. — Eu poderia morar ali.

— E mora?

— Papai!

— Não. — Judd tinha de tirar o chapéu para Kevin por perceber uma coisa que não deveria notar. — Moro na cidade, com meu pai.

— O que ele faz?

— Não muito hoje em dia.

Judd explicou a situação. Isso manteve Kevin absorvido por algum tempo, de uma maneira que Judd apreciou. Kevin estava a par dos últimos conhecimentos médicos sobre a doença de Alzheimer e partilhou tudo, em termos de leigo. Não tinha uma solução para ofe-recer, qualquer tratamento ou cura milagrosa, mas, ao final da conver-sa, Judd conhecia melhor a fisiologia da doença. Quando agradeceu por isso, Kevin disse:

— É uma pena que você more numa cidade como aquela. Os médicos por lá não costumam estar a par dos últimos avanços na medicina.

Judd nunca fora de dar nomes para se gabar, mas o comentário irritou-o, e por isso ele disse:

— O médico que trata de papai é Duncan Hartigan.

Kevin ficou impressionado.

— De Boston? É um excelente médico.

— E o mesmo acontece com Neil Summers, o diretor do hospital local. Ele estudou na universidade e trabalhou no hospital da Johns Hopkins.

— É uma instituição excepcional.

Kevin passou a falar dos vários centros médicos que visitara nos últimos meses. Judd prestava atenção apenas o suficiente para fazer perguntas inteligentes — e dar um nome de vez em quando, para fazer Kevin saber que não era um matuto ignorante —, mas durante todo o tempo especulava sobre a distância entre pai e filha. Ela era evidente, clara como o dia, embora ele pensasse que os dois deveriam se tornar mais ligados com a morte de Abby. Fora o que acontecera com seu pai e ele. Depois que a mãe fora embora, Leo era tudo o que ele tinha e vice-versa. Era verdade que ele não passava de um garoto na ocasião e que tiveram terríveis divergências nos anos subseqüentes. Mas o sentimento persistira. Era um dos motivos pelos quais tinha tanta dificuldade com a doença de Leo. Não estava preparado para aceitar a idéia da mortalidade do pai.

Ele se perguntou se Chelsea pensava a respeito. Concluiu que sim. Ela fazia um esforço para agradar Kevin... pedindo seu drinque habitual por ele, sorrindo quando tinha de sorrir, não se queixando quando o pai se dirigia mais a Judd. Somente Judd podia perceber a tensão nela, a expressão angustiada em seus olhos quando a conversa de Kevin levava-o para quilômetros dali, o medo quando ele passou a falar de Norwich Notch.

— Ainda planeja passar um ano ali?

— Claro — respondeu Chelsea, com um aceno de cabeça cauteloso.

— Não se sente entediada?

Ela riu.

— Eu só gostaria que houvesse mais horas no dia para poder fazer todas as coisas. Não tenho tempo para fazer tudo o que quero. — Ela se tornou outra vez cautelosa. — Eu gostaria muito que você me visitasse. No final do mês, terei um quarto de hóspedes pronto. Não pode ir no feriado do Dia do Trabalho?

— Não, não posso. Já convidei um grupo para passar o fim de semana em Newport.

Judd notou o desapontamento no rosto de Chelsea, mas desapareceu no instante seguinte, substituído por um entusiasmo deliberado.

— É mesmo? Quem?

— Os Wescott, Charlie e Lil DuShayne, os Rodenhiser.

— Deve ser divertido — ela falou sem malícia. Respirou fundo. — Que tal em meados de setembro? Estou pensando em fazer uma *open house*, convidando os compradores de granito em potencial para conhecerem o material na fonte. Ao mesmo tempo, os amigos poderiam conhecer a casa. Todo o fim de semana seria festivo. Acho que você vai gostar.

Era a primeira vez que Judd ouvia falar da *open house*. Especulou se Chelsea estaria outra vez improvisando.

— Preciso verificar minha agenda — disse Kevin.

Judd teve vontade de sacudi-lo. Até mesmo um cego poderia ver a necessidade desesperada que Chelsea tinha de sua visita.

E foi então que Kevin disse uma coisa que o deixou perplexo.

— Já descobriu alguma coisa do que queria saber?

Ela acenou com a cabeça em negativa.

— Isso não lhe diz alguma coisa?

— Só que ainda estou me estabelecendo.

Kevin assumiu de repente uma expressão furiosa.

— É uma completa inutilidade, Chelsea. Não há sentido em sua permanência ali.

Ela engoliu em seco. O pai inclinou a cabeça na direção de Judd.

— O que ele acha?

Chelsea tornou a engolir em seco. Judd ficava curioso.

— Ele não sabe? — adivinhou Kevin.

— Não sei o quê? — interveio Judd.

— Que ela nasceu em Norwich Notch — respondeu Kevin, com uma repulsa ostensiva. — Foi isso o que a levou até lá. Está tentando descobrir quem são seus pais biológicos. Não aceita o fato de que se eles não a queriam antes, também não vão querê-la agora. Não compreende que cada dia que passa ali é como um tapa em minha cara.

Chelsea empalidecera.

— Não deveria ser.

— Como *você* se sentiria se desse seu nome a alguém, seus recursos, seu amor e descobrisse que isso não era suficiente?

— Está comparando maçãs com laranjas — argumentou Chelsea, mas suplicante. — Tenho pais... você e mamãe. Não estou procurando por substitutos. Mas quero saber quem teve a responsabilidade física por minha criação. Não é tão horrível assim... nem tão excepcional.

Kevin soltou uma risada desdenhosa.

Paixões Perigosas

— Você tem medo de me perder — continuou Chelsea. — Mas está se afastando de mim. Não quer mais me ver.

— Passa a maior parte do tempo em Norwich Notch.

— Queria passar o Quatro de Julho em Newport com você.

— Deveria ter falado antes de eu fazer meus planos.

— Teria falado se não sentisse medo de ouvir uma recusa.

Num impasse, os dois ficaram se olhando. Chelsea finalmente deixou escapar um suspiro. Virou-se para Judd, consternada.

— Sinto muito. Eu não queria que isso acontecesse.

— Obviamente — disse Judd.

Ele ainda tentava absorver o fato de que ela nascera em Notch. Era mesmo o elo que faltava. E sentia-se furioso por ter descoberto através de Kevin, em vez de Chelsea.

— Você está zangado — murmurou ela, algum tempo depois.

Ela estava abalada. Não apenas o jantar com Kevin terminara muito mal, mas também a viagem de volta para o apartamento, com Judd, fora em silêncio absoluto. Chelsea sentia que estava prestes a se consumar tudo o que temera e tentara evitar. Ele largou o blazer numa cadeira.

— Tem toda razão, estou mesmo furioso. Por que não me contou?

— Porque achei que não era relevante.

— É mesmo? — Ele pôs as mãos nos quadris, atacando-a com uma expressão de incredulidade. — Foi isso que a levou a Notch.

— Foi a Plum Granite que me levou até lá.

— Não teria tomado conhecimento da Plum Granite se não estivesse investigando Notch, e não investigaria Notch se não tivesse nascido ali. Como qualquer coisa pode ser mais relevante?

Ele estava certo, absolutamente certo, mas isso era apenas metade da história. Com um esforço para permanecer calma, Chelsea disse:

— Não pensei que fosse relevante para o nosso relacionamento. Minha história biológica é uma coisa particular.

— E o que estamos fazendo não é? — Judd empertigou-se, como se a distância adicional dela pudesse ajudá-lo a ver as coisas com mais clareza. — Você passa a noite comigo, totalmente nua, totalmente exposta, totalmente franca em sua sexualidade... e você é assim, Chelsea. É uma das coisas que me atrai. Mas estou perdendo alguma coisa aqui? Tudo não passa de uma reação animal a uma atração química? Pensei que havíamos passado desse ponto. Pensei que éramos amigos.

— Somos amigos!

Ouvi-lo falar sobre o relacionamento como sendo algo mais do que apenas sexo aumentou a urgência que ela sentia. Precisava fazê-lo compreender.

— Mas não começamos assim. No início, era tudo físico. Mudou em algum momento. Não sei quando foi, mas mudou. Subitamente éramos amigos, e você não sabia uma coisa básica a meu respeito. E eu não sabia como contar.

— Você é uma das mulheres mais articuladas que já conheci.

— Mas isso era diferente. Contar tudo a você significaria que eu não havia sido totalmente franca. Não sabia como você reagiria. Tinha medo de que ficasse furioso. E parece que estava certa.

— Não estou furioso, mas apenas magoado. Pensei que confiava em mim.

— E confio.

— Mas não o suficiente para me contar uma coisa muito importante a respeito de si mesma.

— Claro que confio. — Chelsea prendeu a respiração. Deixou escapar o ar lentamente. — Apenas não quero que as coisas mudem.

— E por que o fato de ter nascido em Norwich Notch poderia mudar qualquer coisa? — A expressão era sombria, relutante em ceder. — Não vai atenuar o desejo que sinto por você lá no fundo cada vez que a contemplo.

— Mas há outra coisa que poderia mudar tudo.

Ela engoliu em seco. Enfiou as mãos debaixo dos braços, em busca de conforto, depois forçou a saída das palavras, porque achava que devia isso a ele.

— Estou grávida, Judd. Aconteceu no princípio de maio, na única vez que tive uma relação com Carl. Quando tive certeza e fui lhe contar, ele e Hailey já haviam decidido casar. Ela já estava grávida.

— Grávida? — A palavra parecia ecoar. — *Você* está grávida?

Aturdido, ele olhava para a barriga de Chelsea. Ela sentiu um toque de histeria.

— Não planejei para acontecer. Não esperava. E nunca pensei que mulheres grávidas fossem capazes de sentir o que você me faz sentir.

Seus olhos se encontraram.

— Você está *grávida*?

Chelsea sentia o coração subir pela garganta. Tentou fazer com que voltasse ao lugar, mas não conseguiu. Limitou-se a acenar com a cabeça em confirmação.

— E também me escondeu *isso*? — A voz profunda transbordava de incredulidade. — Achou que não era relevante? Pensou que poderia simplesmente desaparecer?

Judd fazia com que isso parecesse tão absurdo que ela se sentiu duas vezes mais idiota por não ter contado antes.

— Não esperava que nosso relacionamento durasse. O que havia entre nós era apenas físico. Com o passar do tempo, tornou-se mais. Eu me sentia uma fraude. Queria lhe contar. E dizia a mim mesma para contar logo. — A voz de Chelsea parecia minguar. — Mas teria de contar em breve. Não teria opção.

Ainda atônito, ele olhou para os seios dela, depois para a cintura. Passou a mão pelos cabelos e desviou os olhos.

— Merda...

— Não vai afetá-lo, Judd. Se alguém pensar que é seu, explicarei tudo.

Ele foi até a janela e olhou para a enseada. Chelsea elevou a voz para atravessar a sala:

— Carl não sabe. Não imagino como posso lhe contar sem causar um afastamento entre ele e Hailey. Meu pai também não sabe. Queria que eu casasse com Carl. Ficará desapontado. E contará a Carl e aos pais dele. Será terrível.

Ela não planejara dizer tudo isso. Judd não teria qualquer resposta. Mal conhecia as pessoas envolvidas e, além do mais, o problema não era seu.

Mas Chelsea não sabia o que fazer. Precisava de ajuda.

Ele continuava junto da janela, com as mãos nos quadris, de costas para ela. Chelsea podia sentir a tensão em seus ombros e teve vontade de chorar.

Pela última vez, tentou fazê-lo compreender:

— A melhor coisa parecia ser minha saída de Baltimore, e lá estava Norwich Notch esperando. O momento era perfeito. Eu tinha certeza que isso significava alguma coisa. Por isso, fiz as malas e me mudei. Ninguém me conhecia ali. Era como um refúgio. Encontrei a casa e comprei o Pathfinder. Conheci você, Donna e Hunter. Imaginei que poderia ter meu bebê ali, descobrir quem foram meus pais biológicos, e depois decidir o que fazer e para onde ir ao final de um ano. — A voz tremia agora, era cada vez mais fraca: — Nunca tive a intenção de enganá-lo. Não contei na primeira vez porque o desejava demais. Talvez estivesse errada. Mas não me arrependo. Lamento que você esteja magoado, mas não lamento pelo tempo que passamos juntos. Faria tudo de novo, Judd. Faria tudo de novo, sem hesitar, se fosse a única maneira de ter o que tivemos. Foi maravilhoso.

A voz travou. Com medo de se desmanchar em lágrimas, ela deixou-o sozinho na sala, que foi o lugar onde Judd passou a noite. Ele permaneceu calado durante a viagem de volta a Norwich Notch, deixou-a em Boulderbrook e foi para casa. Ou pelo menos Chelsea presumiu que ele foi para casa. Não sabia com certeza. Judd não a procurou naquela noite nem na seguinte, e também não passou pelo escritório durante o dia. E veio o fim de semana. Foi de uma solidão interminável. Na manhã de segunda-feira, ela já começava a se arrepender de ter conhecido Judd Streeter.

Quinze

Chelsea conhecia seus passos. Ouvira-os se aproximando, na calada da noite, pelo assoalho de tábuas corridas de seu quarto, com bastante freqüência para reconhecer o som na escada em caracol. Mantenha a calma, disse ela a si mesma. O que não impediu que os sentidos despertassem.

— Isso mesmo — disse ela ao telefone. — É granito branco da melhor qualidade. E podemos extrair qualquer quantidade que você quiser.

A cabeça escura de Judd apareceu primeiro, depois os ombros largos, cobertos pela camisa de cambraia, o tronco forte, os quadris e as pernas dentro do jeans.

— Por que não vem até aqui para dar uma olhada? Teremos uma *open house* no final de semana de 15 de setembro, mas as pedreiras são exploradas seis dias por semana. Será um prazer recebê-lo no momento em que quiser nos visitar.

Ela ergueu um dedo para Judd. Seus olhos acompanharam-no quando ele se encaminhou para a janela no outro lado.

— Se quer detalhes específicos, pedirei a nosso diretor de produção para lhe telefonar. Por que não me dá seu número?

Chelsea anotou o número, escreveu "Judd" por cima e sublinhou duas vezes.

— Alex Lappin é um incorporador excepcional. Fico lisonjeada por sua recomendação.

Judd enfiou as mãos nos bolsos de trás do jeans. Ela não sabia o que isso significava.

— O prazer será todo meu. — Chelsea sentia as palmas úmidas. — Aguardarei ansiosa.

Ela desligou, comprimiu as mãos contra a barriga e recostou-se na cadeira. Como Judd não se virasse, ela disse:

— Era Phillip Bundy, um arquiteto de Hartford. Foi contratado para projetar o primeiro de uma série de megabancos, o renascimento de vários bancos em situação precária agora fundidos em um só. Está interessado no branco de Haskins Peak. Vai ligar para você.

Judd abaixou a cabeça. Ela também não sabia o que isso significava.

Ansiosa para que ele soubesse que não estava zangada, que podia compreender se ele não quisesse tocá-la de novo, que o relacionamento entre os dois não afetaria os negócios, Chelsea acrescentou, tão jovial quanto podia:

— Também tive notícias do Grupo Roskins. Eles querem um orçamento para um resort que vão construir em Cape Elizabeth.

— Por que um resort na situação atual da economia?

Judd falou no mesmo tom impassível que usava quando ela o conhecera... o que significava que estavam de volta ao ponto de partida no relacionamento. Chelsea sabia que merecia isso. Ainda assim, sentiu um aperto no coração. Com um esforço ainda maior para manter a jovialidade na voz, ela respondeu:

— As pessoas ainda querem viajar, apenas não tão longe quanto antes. Cape Elizabeth é um lugar de fácil acesso. O resort está sendo planejado também para sediar convenções. E neste caso a facilidade de acesso também é importante.

— Quem é Alex Lappin?

— Um amigo. Trabalhei para ele logo depois que me formei na faculdade. Quando ficou evidente que eu tinha jeito para o desenho, ele me arrumou emprego numa firma de projetistas. Trabalhei ali antes de fazer o curso de design.

Ela esperou que Judd dissesse mais alguma coisa. Precisava ter uma indicação de seus pensamentos.

Paixões Perigosas

— O que você acha? — indagou Chelsea. — Uma *open house* pode dar certo?

Ele ficou calado por um momento.

— Nunca foi feito antes.

— Mas acha que pode dar certo?

Outro momento de silêncio.

— Depende de quem vier.

Chelsea suspirou. Incapaz de se conter, ela comentou:

— Já vi que estamos na disposição de falar de Norwich Notch. Posso compreender por que a tradição é tão importante aqui. Seria preciso tanto esforço para produzir palavras que expressem alguma coisa nova que a idéia já estaria ultrapassada quando as palavras finalmente saíssem.

Ela fez uma pausa e acrescentou, mais suave:

— Converse comigo, Judd.

Ele emitiu um som estrangulado e sacudiu a cabeça. Chelsea já ia considerar que isso era uma recusa quando ele murmurou, aturdido:

— Por que não percebi antes? Seus seios estão cheios. E a cintura também.

— Muitas mulheres têm seios cheios e a cintura não muito estreita. E você não me conhecia antes. Não tinha uma base para comparação.

Judd tornou a sacudir a cabeça.

— Eu deveria ter percebido.

— Esteve bem perto.

— Você nunca teve uma menstruação. Eu deveria ter perguntado sobre isso.

— Não ficamos juntos todas as noites. Passei três dias em Baltimore na minha visita anterior. Por tudo o que você podia saber, fiquei menstruada ali.

Ele virou-se nesse momento, uma figura imponente delineada contra a janela, e perguntou, a voz tensa:

— Planejava me contar que era de Carl?

— Claro que sim! O problema era contar para você que eu estava grávida, não que era de Carl. Não me envergonho do que Carl e eu fizemos. Tentamos que algo desse certo, com as melhores intenções.

E ao se considerar tudo, havia mais sentido em meu relacionamento com Carl do que com você.

A expressão de Judd era implacável, os olhos duros como pedra.

— Você poderia ter me deixado pensar que era meu.

— A barriga cresceria depressa. O bebê deve nascer no início de fevereiro. Você saberia.

— Os bebês podem ser prematuros.

Ela acompanhou o pensamento de Judd. Balançou a cabeça, consternada.

— Eu nunca o enganaria desse jeito. Não estou procurando um pai para meu bebê. Não quero isso. E não preciso. Tenho tempo e recursos para criar uma criança sozinha. E também tenho o desejo. — Chelsea soltou uma risada baixa. Tornou-se introspectiva por um momento. — Acho que essa foi a minha maior surpresa. Durante muitos anos, não quis ter filhos. Quando o médico disse que eu estava grávida, a idéia de que teria alguma coisa viva, minha própria carne e sangue, pela primeira vez na vida, foi tão... *confortadora*... que haveria de querê-lo mesmo que o bebê nascesse com todo o tipo de defeitos congênitos.

— O que dá margem a uma série de outras coisas. — Judd adiantou-se, furioso. — O que lhe dá o direito de vir para cá dizendo que é uma coisa, mas sendo outra? Por que o jogo? Sente alguma emoção em nos enganar? Prova que você é mais esperta do que nós? Ou *melhor*?

Chelsea sustentou seu olhar.

— Não. Diz apenas que quero saber quem eu sou e de onde venho, mas que não sei como descobrir.

— Por que não pergunta?

— A quem? Nasci aqui há trinta e sete anos e fui dada para adoção. Não é uma coisa fácil para uma mãe. — Ela acariciou a barriga. — Ainda nem posso sentir o bebê se mexendo, mas acho que ficaria arrasada se levasse a gravidez até o final, desse à luz e nunca mais tornasse a vê-lo.

O mero pensamento trouxe lágrimas a seus olhos.

— As pessoas não dão a carne de sua carne porque querem — acrescentou ela. — Fazem isso porque têm de fazer, e quase sempre há muito sofrimento envolvido.

Paixões Perigosas

— Como sabe?

— Sei porque li quase tudo o que foi escrito sobre o assunto. — Chelsea sentia-se subitamente mais forte. Ninguém poderia acusá-la de não ter feito o dever de casa, ou, pior ainda, de defender a causa sem muito ânimo. — Não sei por que minha mãe biológica teve de me dar ou o tipo de dor que sofreu no processo. Não sei se ela era solteira ou casada, jovem ou velha, rica ou pobre. Não sei se ela se escondeu em Corner, teve o bebê em segredo e deu-o sem que ninguém soubesse... ou se era uma Farr, uma Jamieson ou uma Plum que concebeu fora do casamento, passou a gravidez no quarto, em uma das casas que dão para a praça, e depois se livrou de mim porque eu era um embaraço para a família. — Mal se dando tempo para respirar, ela continuou: — Por onde você acha que eu deveria começar a perguntar? As pessoas não revelam informações pessoais se não confiam em você, e os habitantes de Notch não costumam confiar em forasteiros com muita facilidade. Tenho esperado que as pessoas me aceitem com mais afeto, mas isso não está acontecendo. Não há registro de qualquer nascimento, uma coisa que meu pai providenciou. O advogado local que cuidou da adoção já morreu. A parteira foi paga para ficar calada. — Chelsea fez uma pausa, antes de continuar, espaçando as palavras em frustração: — Sei apenas que nasci em Norwich Notch. E o único material que tenho de meus pais biológicos é uma chave de prata que mandaram para minha mãe há muitos anos. Não havia nenhum bilhete e não houve qualquer contato desde então. O que eu deveria fazer? Pendurar a chave no pescoço com um cordão e esperar que alguém a reivindicasse?

— No ritmo em que você vai, poderia pendurar as jóias da rainha no pescoço e ninguém notaria — disse Judd, cruzando os braços. — Só verão a sua barriga depois que começar a crescer. Tem alguma idéia do que é ser mãe solteira em Norwich Notch? Seria diferente se você fosse de Corner, as pessoas esperariam por uma coisa assim. Mas aqui na praça? Não há a menor possibilidade.

Chelsea levantou-se lentamente para confrontá-lo. Se ele não podia compreender, então não era melhor do que os outros. Mas ela lutaria contra todos, se fosse necessário.

— O que poderiam fazer... me apedrejar? Pendurar-me na forca no centro da cidade, com uma letra vermelha no peito? Posso ter nascido uma pessoa insignificante e ter sido mandada embora, mas não sou mais insignificante ao voltar. Esta cidade precisa de mim neste momento. Seu destino está ligado à companhia de granito, e o destino da companhia de granito depende de mim. Se eu for maltratada porque estou grávida, posso virar as costas e ir embora.

— E sofrer um grande prejuízo em seu investimento? — Judd soltou uma risada em que não havia qualquer humor. — Não acredito.

— Você não compreende, não é mesmo? — Chelsea sentia-se desapontada, mas não surpresa. Por maior que fosse a intimidade física, nunca haviam partilhado esperanças e sonhos, amor e ódio, altos e baixos. — A força propulsora em minha vida não é ganhar dinheiro. Se fosse, devotaria todo o tempo a administrar minha carteira de investimentos, em vez de passar horas intermináveis numa prancheta. Desenho porque adoro desenhar. Adoro o desafio de criar um prédio. Quando faço investimentos financeiros, é também pelo desafio. Não preciso do dinheiro. Nunca precisei. Chame isso de arrogância, se quiser. Diga que é um desperdício, uma coisa decadente. Mas, se eu virasse as costas a Norwich Notch e perdesse todo o dinheiro que investi neste projeto, poderia conviver com os resultados. Pode-se dizer a mesma coisa sobre as pessoas que vivem aqui?

— Não pediram seu dinheiro.

— Tem razão, não pediram. Mas sem o meu dinheiro, sem a companhia de granito, todos ficariam numa situação difícil.

— Quer dizer que você é a salvadora local?

— Não. Sou apenas a pessoa com o dinheiro. O que me proporciona certo poder.

Chelsea respirou fundo e sussurrou:

— Ó Deus, como detesto essa palavra! — Sem qualquer pausa, ela continuou: — Mas isso me dá o direito de fazer coisas que outras pessoas não podem fazer. Oliver, Emery e George monopolizam a barbearia todas as manhãs e ninguém protesta. Hunter circula na sua Kawasaki, fazendo o maior barulho ao acelerar, perturbando a paz. As garotas da família Jamieson ganham o concurso de Miss Norwich Notch todos os anos, embora outras concorrentes possam ser mais bonitas e mais talentosas. Muito bem, Chelsea Kane está grávida. É um direito seu. Qualquer um que quiser puni-la por isso deve estar preparado para as conseqüências.

Ele fitou-a em silêncio por um longo tempo. Chelsea sustentou o olhar, mas sem perceber qualquer sinal de abrandamento.

— Vai anunciar isso na igreja? — indagou Judd, a voz impassível, o significado desdenhoso.

Ela se empertigou.

— Se for preciso.

— Seria o suficiente para conquistar todo mundo.

— Não estou aqui para conquistar ninguém. Vim descobrir quem eu sou, fazer alguma coisa da companhia de granito e ter o meu bebê em paz.

— Não pode comprar o amor das pessoas.

— Quem disse qualquer coisa sobre querer o amor de alguém?

— Mas é isso mesmo o que você quer. Pretende comprar seu acesso aqui, tornar-se uma espécie de heroína local que as pessoas adoram e depois mandar todos se danarem... tudo porque alguma mulher desconhecida ousou dá-la para adoção há muitos anos.

— Não é absolutamente o que eu quero!

Ele soltou um grunhido desdenhoso, virou-se e deixou-a especulando se a profundidade de sua mágoa o fazia menosprezá-la tanto ou se era verdade o que dizia.

Donna sabia que havia alguma coisa errada. Vinha sentindo isso em Chelsea há uma semana. Nos dias em que não se encontravam na aula de aeróbica, Chelsea passava na loja no meio da manhã para dar um alô. Aparentemente, ela aparecia para comprar uma garrafa de Snapple Passion Supreme, mas sempre permanecia para conversar. Donna gostava dessas conversas. Sentia-se honrada por ser amiga de Chelsea.

Mas a amizade acarretava uma responsabilidade, e cada vez mais Donna sentia que estava se esquivando da sua.

Alguma coisa acontecera em Baltimore. Chelsea não se mostrava mais tão alegre desde que voltara, e Donna não podia acreditar que tivesse alguma coisa a ver com a *open house* que ela planejava para setembro. Por isso, no final da semana, quando Chelsea ainda não dissera qualquer coisa, mas parecia tão acabrunhada quanto antes, Donna resolveu abordar o assunto.

"Alguma coisa está perturbando você", digitou ela no computador, depois de gesticular para que Chelsea a acompanhasse até a sala dos fundos. Matthew estava lá na frente e não ficaria nada satisfeito. Mas também Matthew nunca ficava satisfeito com o que ela fazia. Portanto não tinha nada a perder. "O que aconteceu?"

"Tenho de decidir entre um piquenique de frutos do mar e um churrasco", digitou Chelsea em resposta. "Não sei qual dos dois escolher."

Donna acenou com a mão para descartar essa resposta. "Há alguma coisa errada", digitou ela. "É seu pai?"

Chelsea sacudiu a cabeça em negativa.

"Ele virá em setembro?"

"Provavelmente não."

Donna estudou-a, enquanto ela franzia o rosto para o monitor do computador. Kevin era um problema há meses. Mas a expressão preocupada que Donna via agora era uma novidade. "Então é Judd", ela ousou digitar.

Chelsea fitou-a no mesmo instante. Por um minuto, parecia indecisa, como se não tivesse certeza se queria admitir alguma coisa. Depois, em voz baixa, ela perguntou:

— Como soube sobre Judd?

Com um sorriso triste, Donna digitou: "Norwich Notch é uma cidade pequena. As pessoas vêem carros indo para lugares à noite. As notícias se espalham."

— Foi Hunter. Hunter falou.

Mas Donna sacudiu a cabeça em negativa. "Hunter não é fofoqueiro, mas dezenas de outras pessoas são. Alguém deve ter visto Judd entrando no caminho para Boulderbrook tarde da noite, depois que ele pagou alguém para ficar com Leo até a manhã seguinte." À expressão consternada de Chelsea, ela digitou: "Não é tão horrível. Judd é solteiro. E você também. Formam um belo casal."

A expressão de Chelsea tornou-se de repente tão abalada que Donna sentiu um medo intenso.

— O que foi? — perguntou ela, em voz alta, sem se importar como soava.

A expressão abalada persistiu. Depois de um momento, Chelsea virou-se para o teclado e começou a digitar. Quando parou, enchera a tela três vezes.

Donna olhou para a barriga de Chelsea. Não podia imaginar um bebê ali. Chelsea era bastante esguia. Mas suas roupas nada revelavam. Ela sempre usava vestidos folgados ou blusas enormes por cima de collants ou shorts. E havia o outro fato, o mais espantoso.

— Você nasceu aqui?

Ela também não podia imaginar isso. Chelsea parecia muito refinada para ser de Norwich Notch.

— Há trinta e sete anos — respondeu Chelsea, parecendo exposta e assustada. — Mas todos os registros foram destruídos. Não sei como começar a busca. Norwich Notch é uma cidade pequena. Não pode haver muitos bebês nascidos aqui e entregues para adoção. Mas é um assunto delicado.

Ela fez uma pausa, parecendo ainda mais insegura.

— Não se lembra de nada, não é?

Donna sacudiu a cabeça. Os dedos bateram nas teclas em movimentos determinados. "Eu era muito pequena quando você nasceu. Teria de falar com uma pessoa mais velha." Ela fez uma linha de traços na tela, para separar o que já estava escrito do que viria. "Judd ficou mesmo zangado?" E Donna levantou os olhos para ver Chelsea dizer:

— Furioso. Acha que o enganei, que estou enganando toda a cidade. Sente-se insultado. Está convencido de que sou ambiciosa e manipuladora. Reconheço que não tomei as melhores decisões, mas os últimos meses têm sido difíceis. Com minha vida em Baltimore desmoronando, depois o envolvimento com Judd, que não planejei, a tentativa de trabalhar em dois escritórios, terminar a reforma em Boulderbrook, os telefonemas... — Ela ergueu a mão e desviou os olhos. — É demais.

Donna tocou em seu braço, para depois digitar: "Que telefonemas?"

— Acontecem tarde da noite. Dois ou três consecutivos. Primeiro silêncio, depois o som abafado de vozes de crianças, como se alguém tivesse usado um gravador no corredor junto da cantina da escola, na hora do almoço.

— Com que freqüência? — perguntou Donna em voz alta.

— Várias vezes por semana. Tento ignorar, mas os telefonemas continuam. Alguém está tentando me assustar, e essa pessoa é muito persistente. E é justamente a persistência que me deixa apreensiva.

Donna podia compreender.

— Nolan já sabe?

Chelsea fez uma careta.

— São apenas telefonemas. Detesto dar mais importância do que merecem. Tenho certeza que é exatamente isso o que a pessoa quer.

— Nolan deve saber.

— Não são perigosos, apenas irritantes.

Mas Donna tinha uma posição firme a respeito. Tornou a se virar para o computador e digitou: "Nolan é um bom homem. É competente e discreto. Passa muito por aqui. Você se importaria se eu lhe contasse?"

— Mas o que ele pode fazer?

"Pode ficar de olho em Boulderbrook. Pode ficar atento a qualquer comentário de que alguém se incomoda com sua presença aqui."

Chelsea lançou um olhar triste para o teto.

— Metade de Norwich Notch se incomoda com minha presença aqui.

Donna passou o braço ao seu redor.

— Não é verdade — disse ela, de uma maneira que sabia que era enfática. — Sentem inveja de você.

Ela olhou para a barriga de Chelsea e acrescentou:

— E eu também. Adorei ficar grávida.

Chelsea animou-se ao ouvir isso.

— Teve uma gravidez fácil?

Donna acenou com a cabeça, numa resposta afirmativa. Virou-se para o computador. "Joshie foi maravilhoso desde o instante em que nasceu. Eu teria outros filhos, se as coisas fossem diferentes."

— Sua audição?

"Meu marido." Donna apagou as duas palavras no mesmo instante e digitou: "Planeja ter o bebê aqui?"

— Isso mesmo. Em casa. Com uma parteira.

Chelsea parecia tão surpresa com suas palavras quanto Donna. Soltou uma risada.

— Não havia pensado nisso antes, mas é o que eu quero.

"Não a assusta?"

— Fico *apavorada*, mas pense como seria gratificante!

Donna ficava sempre impressionada quando Chelsea dizia coisas assim. Ela tinha espírito de aventura, um senso de ousadia. Uma parte era subproduto da autoconfiança, outra da sofisticação. Agora Donna compreendia que outra parte derivava da ausência de raízes. Não saber quem era deixava Chelsea desimpedida e livre.

Donna sabia exatamente quem ela era. Era uma Farr, uma Plum antes disso, e estava se cansando de dizer a si mesma como isso era maravilhoso. Queria um pouco da liberdade que Chelsea tinha... não que pretendesse algum dia deixar Notch, porque Joshie estava ali e era a luz da sua vida, mas queria às vezes sair para almoçar fora, visitar Boston ou Portland. Queria receber amigas em casa de vez em quando, sem que isso a deixasse desesperada. Queria pintar os cabelos grisalhos sem ouvir a exortação de que deveria se orgulhar de sua idade. Queria correr com Chelsea.

Acima de tudo, queria ser capaz de se deitar à noite sem ouvir críticas.

Gostaria de ter metade da coragem de Chelsea. Ou talvez não. Se tivesse coragem, mais um pouco de ousadia, poderia fazer uma coisa que chocaria Notch muito mais do que o bebê de Chelsea Kane.

Esse pensamento perdurou em sua mente muito depois de Chelsea ter ido embora. Donna não estava a fim de chocar ninguém. Mas ocorreu-lhe que tinha uma oportunidade de ouro. Chelsea era sua amiga, e sua amiga precisava de ajuda. Se isso significava trabalhar em estreita colaboração com a polícia ou correr com Chelsea, para ela não ficar sozinha e vulnerável nas estradas, que assim fosse.

Coragem não era uma questão de tudo ou nada. Ela tinha um pouco. Aproveitou esse pouco e, nos quinze minutos que Matthew lhe concedia para o almoço quando as badaladas de meio-dia repicavam no campanário da igreja, Donna desceu a rua para ver Nolan.

Uma semana depois, Oliver e Emery estavam na janela da barbearia, segurando copos de café que se tornara morno, o que nenhum dos dois pareceu notar. Olhavam para as duas mulheres que conversavam na entrada do armazém.

— Não gosto do que Donna está fazendo — advertiu Emery a Oliver, em voz baixa. — Nem meu garoto. Ela está diferente com aquela mulher aqui. Matt diz que agora Donna sai para correr pelas ruas de manhã. Você tem de dizer a ela que deve parar com isso.

— Não vou dizer nada.

— Você é o pai.

— E ele é o marido. Ele que diga. Não acho que correr por aí seja um problema.

— Ela não é sua esposa.

— Exatamente.

— Não importa de quem a esposa é ou deixa de ser — interveio uma voz alta, da cadeira do barbeiro. — Ela passa tempo demais com Chelsea Kane. E tenho certeza que nada de bom resultará disso. A mulher está corrompendo a cidade.

Oliver lançou um olhar sarcástico para o homem estendido na cadeira, sendo atendido por Zee.

— Não ouvi você se queixar do dinheiro dela, George.

— Nem poderia. O dinheiro dela é ótimo. Mas isso é tudo.

— Não, não é tudo — argumentou Oliver. — Ela está arrumando trabalho. Já tivemos de contratar mais homens. Não é verdade, Judd?

Judd, encostado na parede, também com um copo de café morno nas mãos, confirmou:

— É sim.

— Mais homens contratados significa mais dinheiro em seu banco, George, e mais compras em seu armazém, Emery — lembrou Oliver. — Portanto é melhor ficarem de boca fechada.

Emery soltou uma risada desdenhosa.

— Foi o que fizemos e veja aonde isso nos levou. Ela está fazendo nossas mulheres encresparem os cabelos, usarem vestidos leves de verão, em vez de calças compridas, e fazerem exercícios com trajes indecentes. E tudo isso sem mencionar o Dia do Trabalho. Já souberam o que ela armou para o fim de semana do feriado?

— Uma terrível confusão! — exclamou George.

Emery ajeitou os óculos.

— *Open house!* Quem precisa de uma *open house*? Você deu permissão a ela para fazer uma *open house*, Ollie?

— Não me cabia dar permissão. Ela decidiu.

— Precisamos de uma emenda ao código de práticas sociais — declarou Emery. — Ninguém pode fazer uma *open house* sem consultar primeiro os conselheiros. Sabiam que ela teve a desfaçatez de contratar Bibi para fazer um churrasco de galinha e torta de maçã para sobremesa? E agora Bibi não quer fazer uma torta de maçã para nós. Sempre tivemos sua torta na sobremesa do Dia do Trabalho.

— O pudim indígena de milho é melhor — interveio Judd.

Se Chelsea tivesse perguntado, ele diria a mesma coisa. Mas ela não perguntara. Não tivera oportunidade. Desde aquela manhã de segunda-feira que Judd a evitava. Se os caminhos se cruzavam no escritório, muito bem. Mas ele não tomava a iniciativa de procurá-la, e não tinha a menor intenção de visitá-la à noite. Ainda estava furioso demais com ela para sentir qualquer desejo.

— Conte sobre a pousada — disse George, a voz abafada pela toalha úmida de Zee.

— Ela reservou todos os quartos na pousada e também fez reservas em Stotterville — informou Emery. — Não sei o que faremos se recebermos visitantes no fim de semana. Não sobrou nada. Estamos sendo sufocados em nossa própria cidade, Ollie.

Judd corrigiu o que acabara de pensar. Só precisava pensar em Chelsea para que o desejo se manifestasse, o que o enfurecia em dobro. Sabia que ela era encrenca. Deveria ter ouvido a si mesmo.

— Conte sobre o posto dos bombeiros, Emery — disse George.

— Ela disse a Hunter que precisava limpar o terreno antes da *open house*. Por isso ele contratou os homens que iam pintar o posto dos bombeiros. E lá se foi nossa mão-de-obra barata... assim. — Emery estalou os dedos. — É como se ela estivesse dirigindo um filme. Só que nós não temos qualquer participação.

Não traído, pensou Judd. Deixado de fora. Ela e o bebê tinham seu segredinho, e não se deram ao trabalho de avisá-lo. Ele não era parte daquilo. Fora excluído. Talvez fosse uma atitude irracional, mas era assim que se sentia.

— Não gosto disso, Ollie — acrescentou Emery. — Você tem de se livrar dela.

— Estou fazendo o melhor que posso, sempre me mantendo à frente do trabalho. Ela irá embora em junho do ano que vem.

— Junho está muito longe. Livre-se dela agora.

A voz de Oliver se elevou um pouco:

— Como devo fazer isso?

Com um rangido de couro velho, George levantou-se da cadeira de barbeiro e declarou:

— Abra a boca e diga a ela.

— Dizer o quê?

George limpou o rosto e foi se juntar aos outros dois conselheiros na janela.

— Diga a ela para ir embora.

— Não posso fazer isso. Ela é minha sócia.

Ele contraiu os olhos, de uma maneira que prolongava a testa e fazia com que os cabelos parecessem ainda mais espetados.

— Você gosta dela.

— Não, não gosto. Mas ela está fazendo o que disse que faria. Trazendo mais trabalho.

— Ela pode fazer isso de Baltimore. A verdade é que ela não pertence a esta cidade. Olhem só para ela. — George lançou um olhar na direção do Farr's, um tanto devasso, na opinião de Judd. — Ainda usando aqueles vestidos que mal chegam aos joelhos. Sabem o que estão dizendo no bar da pousada? Que tem mais de um homem se

Paixões Perigosas

divertindo ali. Eu acredito. Qualquer mulher que se mostra daquele jeito não está querendo um simples aperto de mãos.

— É apenas um vestido folgado — interveio Judd, porque achava que não podia deixar de contestar os velhos obscenos. — Todas as suas roupas são folgadas. Por que isso é se mostrar?

— Por causa das pernas — disse George. — Ficam à mostra.

Oliver soltou um grunhido.

— O que também acontece com as pernas de metade das pessoas da cidade nesta época do ano.

— Mas não é nas pernas das outras pessoas que o velho Buck gosta de roçar. Aquele cachorro tem bom gosto. — George inclinou-se para o lado, ainda olhando pela janela. — É claro que ele poderia ter uma vista melhor se mudasse um pouco de posição.

— Pelo amor de Deus, George! — Emery tirou um lenço limpo do bolso. — Você está ficando pior a cada dia. Quem o escuta falando assim pode pensar que não vê uma mulher há semanas. Acontece que eu sei que a nova secretária que contratou...

— Sou viúvo — protestou George, ríspido. — Posso fazer o que quiser.

— Sei disso. — Emery era a própria imagem da calma, as faces rosadas, enquanto tirava os óculos e começava a limpar as lentes. — Só não sei o que ela vê num bode velho como você. — Ele sacudiu a cabeça na direção de Chelsea e acrescentou: — Aquela ali não quer nada com você. Talvez seja isso que o incomoda tanto.

Judd especulou se era verdade. Mas, em vez de responder, George virou-se para ele, com uma expressão desafiadora.

— Já contei o que estão dizendo sobre ela no bar da pousada. Sabe o que estão dizendo no Crocker's?

Judd terminou de tomar o café, amassou o copo e jogou-o na cesta de lixo. Cruzou os braços.

— O que estão dizendo no Crocker's?

Como se ele não soubesse. Entrava ali pelo menos uma vez por dia. Ninguém dissera nada na sua cara, mas ele não era estúpido. Sabia o que os homens diziam. Era sua obrigação saber.

— Dizem que você anda trepando com ela. É verdade?

— Não.

— Uma ova que não é! — exclamou Emery.

Oliver espichou o lábio inferior e continuou a olhar para o Farr's, enquanto Emery acrescentava:

— Toda a cidade sabe para onde você vai. Millie Malone vai tomar conta de Leo durante a noite. — Ele soltou uma risada. — Deus sabe que não está fazendo nada com Millie.

George enfiou as mãos por baixo dos suspensórios e lançou um olhar especulador para Judd. E comentou para Emery, pelo canto da boca:

— Dá para perceber por que ela gosta dele. Tamanho certo. Idade certa. Eu disse isso antes, quando pedimos a ele para ficar de olho nela. Parece que ele fez mais do que isso. — Para Judd, ele acrescentou: — Você está brincando com fogo. Já foi queimado por uma mulher de cidade grande. Quer ser queimado por outra?

— Sou mais sensato agora — murmurou Judd.

— Leo também era e veja o que aconteceu com ele. Também foi arrasado por uma mulher de cidade grande. Nunca conseguiu superar a partida de sua mãe. Juro que o problema mental que ele tem agora vem dessa época.

Judd desencostou da parede e empertigou-se.

— Leo e eu estamos muito bem.

— Pode ser — disse George. — Mas se você é tão esperto quanto pensa, vai parar de se divertir com Chelsea Kane e começar a pô-la em seu lugar. Ela quer trazer negócios para a companhia; ótimo. Ela quer virar esta cidade pelo avesso; não está certo. E se você não pode dizer isso a ela, há muitas pessoas que podem. Não se esqueça disso, Judd.

Os dois bonecos bateram seus címbalos, cinco vezes, nos lados do relógio, depois se retiraram. Judd olhou para Oliver.

— São dez e meia. Tenho de ir para a pedreira. Se quiser que eu o leve, terá de sair agora.

— Ouviu o que eu disse, Judd? — perguntou George.

Judd ouvira, é claro. Também pensava no café da manhã em companhia de Nolan McCoy, dois dias antes. Nolan sentara em seu reservado no Crocker's e começara a falar. Alguém vinha dando telefone-

Paixões Perigosas

mas estranhos para Chelsea... que também lhe escondera isso. Especulou se George saberia alguma coisa a respeito, porque suas palavras recentes pareciam uma ameaça. Judd não tinha mais nada com Chelsea, mas, se alguém ousasse atacá-la, com a intenção de assustá-la, teria de ajustar contas com ele. Não teria em sua consciência os possíveis danos para uma criança desamparada ainda por nascer.

O Dia do Trabalho em Notch era uma variação da festa do Quatro de Julho. Os rostos estavam mais bronzeados agora, os movimentos eram mais lentos. Não havia desfile, mas um passeio de bicicleta pela cidade, a fim de angariar recursos para combater a distrofia muscular, uma feira em que se destacava o concurso da maior abóbora, uma corrida de rãs, um carrossel montado no parque, as semifinais do campeonato do verão e a sobremesa do Dia do Trabalho, que era uma noite com tortas, pudins e bolos de graça para todo mundo.

Chelsea sentia-se satisfeita consigo mesma. Conseguira passar o dia sem cair em depressão, o que não significava que experimentara uma imensa felicidade. Sentira alguma solidão. Fora angustiante ver as famílias se divertindo juntas. Observara vários grupos, especulando a qual poderia pertencer, mas ainda era uma forasteira. A parte mais difícil fora ver Judd jogar basquete e vencer sem poder lhe dar um abraço pela vitória. Mas conseguira suportar isso também. Não era de mendigar nada dos homens. Seu relacionamento com ele fora inesperado e de curta duração. Haveria de sobreviver.

A *open house*, por outro lado, fora um sucesso do princípio ao fim. Ao longo do fim de semana, nada menos que duzentos amigos, colegas e compradores em potencial estiveram em Notch. Alguns fizeram a viagem em um dia, outros aproveitaram a oportunidade para testemunhar o esplendor das folhas de outono nas colinas da Nova Inglaterra. Ainda faltava um mês para o melhor do espetáculo das cores, mas alguns bordos já tinham as folhas vermelhas e algumas bétulas as flores amarelas. Quer tivessem contemplado ou não o espetáculo das folhas, todos que estiveram em Boulderbrook se divertiram muito, se serviam como indicação a quantidade de dinheiro gasto no Farr's, o nível de risadas no bar da pousada e os baldes de galinha assada e torta de maçã consumidos. Para coroar o fim de semana, havia uma dúzia de pedidos grandes de granito.

Oliver estudou os pedidos com a maior satisfação.

Judd contratou mais cinco homens.

Chelsea correu com Donna ao amanhecer, no que prometia ser um glorioso dia de setembro. O ar era puro e bastante fresco para que pequenas nuvens brancas acompanhassem a respiração. A paisagem, agora colorida de uma forma mais vibrante, estava rígida com a quase geada. Elas usavam blusões, que amarrariam na cintura no final da corrida, e collants de lycra cobrindo as pernas. Corriam com um vigor extra, estimuladas pelo ar puro e fresco.

Era o tipo de manhã que transbordava de otimismo, o tipo de manhã em que Chelsea sentia que as coisas finalmente se ajustavam para ela em Norwich Notch. Boulderbrook estava pronta e adorável, decorada num estilo aconchegante, com pequenos tapetes, colchas e almofadas de macramê, com gravuras que ela nunca sonharia em pendurar em Baltimore, mas que ficavam muito bem ali. As horas intermináveis a telefonar e escrever cartas, em junho e julho, começavam a dar resultados, com uma atividade incessante nas pedreiras e o pleno aproveitamento do novo galpão de corte e polimento. Era verdade que Kevin se recusara a fazer uma visita, mas ela continuava a telefonar. Não desistiria. Mais cedo ou mais tarde Kevin compreenderia que ela o amava tanto quanto antes.

Estava com quatro meses de gravidez e sentia-se forte, o que não significava que corria com a mesma agilidade. Ganhara quase quatro quilos — ainda confortavelmente disfarçados pelas roupas folgadas — e podia senti-los, pois corria mais devagar e por distâncias menores. Por isso correr com Donna era perfeito. Cydra, que permanecera em Boulderbrook durante o fim de semana da *open house*, zombara dela, implacável, quando ficara para trás. Donna sentia-se contente com o ritmo mais lento, embora fosse atlética. Ela e Chelsea tinham uma compleição muito parecida. Mas Donna não contava com a mesma resistência, pois não tivera antes o hábito de correr.

Naquela manhã em particular, elas correram lado a lado, quase sombras perfeitas uma da outra. Seguiam na direção do tráfego, embora quase não houvesse movimento, com o sol mal surgindo no horizonte. Como era Chelsea que ouvia, ela corria à esquerda de Donna, pressionando-a para o acostamento da estrada sempre que um veículo se aproximava por trás.

Foi o que fez naquele momento. Pelo barulho do motor, ela calculou que era uma picape, como a maioria dos veículos na estrada àquela hora. O ronco do motor foi se tornando cada vez mais próximo, de uma maneira que levou Chelsea a olhar para trás, já começando a ficar nervosa. Aturdida ao constatar como a picape estava junto da beira da estrada, Chelsea gesticulou para que o motorista se afastasse, dando espaço para as duas. Afinal, tinha todo o resto da estrada para passar.

Mas, em vez de se desviar para o outro lado, o motorista levou a picape para o acostamento.

Faltando pouco para serem atropeladas, Chelsea jogou-se contra Donna, num movimento brusco, e as duas caíram em cima das moitas à beira da estrada. Respirando com dificuldade, tremendo da cabeça aos pés, elas ficaram de joelhos, olhando para a picape, que desaparecia na estrada. Depois, olharam uma para a outra. Não havia necessidade de qualquer sinal. A expressão atordoada de Donna indicava que ela sabia o que Chelsea acabara de fazer. As letras brancas na traseira da picape cinza, bastante suja, podiam identificá-la de maneira tão clara quanto o dia.

Dezesseis

— Tem certeza que era uma das nossas? — perguntou Judd.

— Era mesmo uma picape da Plum Granite — confirmou Chelsea.

Os móveis de metal sobressaíam na decoração da sala, mas alguma coisa a tornava fria, se não fosse por Nolan. Era um homem enorme, de uniforme azul, cabelos grisalhos, pescoço grosso e um ar de ternura que surpreendia Chelsea cada vez que o encontrava.

— Viu qualquer coisa do motorista? — perguntou ele agora.

— Não dava para ver nada. O sol começava a nascer por trás, e por isso a cabine estava escura. Além do mais, esperava que passasse por nós, como os outros veículos. Quando olhei e percebi que estava muito perto, a única coisa que pude fazer foi pular para a beira da estrada com Donna. Quando me ocorreu que poderia tentar descobrir quem era o motorista, a picape já estava longe.

— Tem certeza que está bem? — perguntou Judd.

Os olhos fixados em Chelsea revelavam a natureza de sua preocupação. Ela imaginou que Judd olharia para sua barriga se não fosse pela presença dos outros. Para tudo o que carecia de suavidade, ele era discreto.

— Estou sim. — Ela olhou para Donna. — E você, está bem?

Donna acenou com a cabeça para indicar que sim.

— Sem machucados? — perguntou Nolan.

Ele também olhava para Donna. Havia em seus olhos a suavidade de que Judd carecia, e por um instante Chelsea sentiu uma profunda inveja. Mas depois compreendeu o absurdo dessa reação. Não gostaria de trocar de lugar com Donna. Não apenas Donna tinha uma deficiência física que a impedia de ouvir o som da voz do próprio filho, como também tinha um marido que a tratava como lixo. Ela mais do que merecia um pouco de gentileza em sua vida.

Donna sacudiu a cabeça em negativa à pergunta de Nolan. Olhou para Judd e fez a pergunta sem o som, apenas com o movimento dos lábios: "Quem?"

— Há quatro picapes desse tipo na companhia — respondeu Judd. — Três ficam estacionadas em Moss Ridge todas as noites. A outra fica com Oliver.

— Não viu a placa? — perguntou Nolan a Chelsea.

Ela sacudiu a cabeça.

— Senti o maior choque ao ler a inscrição na picape. — Depois de um olhar hesitante para Donna, ela perguntou a Judd: — É seguro presumir que foi uma das três estacionadas em Moss Ridge?

Judd fitou-a nos olhos.

— Oliver pode ser ranzinza e teimoso, mas não é violento. Nem estúpido. A companhia está outra vez crescendo. Acabar com você seria sabotar a própria prosperidade. E acabar com Donna seria suicídio. — Uma pausa e ele acrescentou, a voz mais contida: — Além do mais, ele só guia a picape de casa para o trabalho, e vice-versa, em plena luz do dia. Tem medo de guiar em outras circunstâncias. Seus reflexos já não são bons. Numa situação de emergência, já o vi pôr Margaret ao volante. Em geral, sou eu quem o leva.

— Artrite — explicou Donna.

A voz saiu muito alta, mas ninguém se importou. Ela estava visivelmente abalada.

— Isso também — confirmou Judd. — Só que ninguém deveria saber. Ele tem uma imagem a preservar.

Chelsea não deveria ficar surpresa pelo fato de Judd dar cobertura a Oliver. Afinal, ele cuidava do pai acima e além do cumprimento do dever. Não havia motivos para que não encobrisse as fragilidades de Oliver. Era esse tipo de homem.

O que ela não compreendia era por que Judd podia ser compadecido em relação a um miserável como Oliver, mas não podia ser compreensivo em relação a ela. Só podia ser porque ela era, de certa forma, uma intrusa. Não havia passado partilhado, nem lealdade ou sentimento de obrigação. Haviam sido amantes por um breve período, nunca amigos no sentido de enfrentarem juntos as dificuldades da vida.

— Vamos nos concentrar nas outras três picapes — declarou Nolan. — Onde ficam as chaves?

— Suponho que na ignição — respondeu Judd.

— Não são trancadas à noite? — perguntou Chelsea.

— Não.

— Por que não?

— Porque não estamos na cidade grande — respondeu ele, sem pedir desculpa. Judd fitava-a nos olhos outra vez, desafiando-a a dizer, fazer ou sentir qualquer coisa que deixasse transparecer o que acontecera entre os dois. — Não trancamos as coisas como vocês costumam fazer.

Chelsea ignorou o "vocês", mas não o desafio, porque não era de sua natureza ignorar desafios.

— O que significa que qualquer pessoa, até mesmo quem não tem nenhuma relação com a companhia, podia estar guiando aquela picape.

— Só se a pessoa quisesse derrubar os portões, que passam a noite trancados.

— Quem tem as chaves dos portões? — perguntou Nolan.

— Eu tenho um molho, Oliver tem outro. O chefe do galpão também tem. O problema é que não estamos falando do Forte Knox. É bem provável que os portões pudessem ser abertos por alguém que tivesse algum conhecimento de fechaduras.

— Então eu estava certa. — Chelsea não fitou Judd nos olhos. Estava cansada desse jogo. O fato é que havia um péssimo motorista na estrada ou alguém com a intenção de atropelá-la. — Pode ter sido qualquer pessoa.

Nolan olhou para o relógio.

— Quero começar a investigar. Já são quase sete e meia, Judd. Seus homens já chegaram à pedreira?

Quando Judd confirmou com um aceno de cabeça, Nolan pegou o chapéu e levantou-se.

— Irei com você até lá.

Mas Judd pegou Chelsea pelo braço.

— Vou levá-la para casa primeiro. Vamos nos encontrar na pedreira.

Chelsea poderia correr até sua casa, se sentisse as pernas mais fortes. Mas não queria exagerar, não com o bebê. Prometeu a Donna que passaria pelo armazém, a caminho do escritório, e saiu com Judd. Ele não disse nada, até se afastarem da praça.

— Está mesmo se sentindo bem?

Os olhos de Judd fixavam-se na estrada. Ela não podia saber se expressavam qualquer preocupação. A voz não deixava transparecer coisa alguma.

— Só preocupada.

— Parece pálida.

— Estou sem maquiagem.

— Já a vi sem maquiagem antes. — Era verdade. — Não parecia tão pálida.

Chelsea deu de ombros e virou-se para a janela. A verdade é que se sentia abalada e assustada. A coisa que mais queria naquele momento era deslizar pelo banco e ser abraçada, mesmo que fosse apenas por um instante. Em vez disso, passou os braços em torno do corpo. Ele diminuiu a velocidade.

— Talvez seja melhor levá-la a Neil Summers para um exame.

— Estou bem — reiterou Chelsea, gesticulando para que ele continuasse.

Relutante, ela percebeu, Judd pisou no acelerador.

— Já conversou com ele sobre o bebê?

— Ainda não.

— O que está esperando?

— Tenho um médico em Baltimore.

— Ele não poderá fazer muita coisa por você de lá. Não acha que deve procurar um médico aqui?

— Farei isso.

— Quando?

— Em breve.

— Quando vai tornar pública a gravidez?

— Quando aparecer.

— Já está aparecendo.

— Apenas se você olhar com atenção.

— Já *aparece*.

O que significava que ele a observara. Esse conhecimento desencadeou um zumbido dentro dela, que Chelsea ignorou, deliberadamente.

— Por que ter pressa?

Ele ficou calado por um momento, os maxilares cerrados, a testa franzida.

— Alguém quer que você saia logo desta cidade, o suficiente para dar telefonemas estranhos durante a noite. E depois, como isso não a intimidou, tentou atropelá-la. Se a pessoa souber que você está grávida, pode pensar duas vezes. Fazer mal a você é uma coisa, matar seu bebê é outra.

— Por Deus, Judd... — balbuciou ela, porque a palavra *matar* fê-la estremecer.

— Devo fingir que não é uma possibilidade? *Você* não está preocupada?

— Claro que estou. Por que acha que estou sentada aqui com você neste momento?

— Talvez porque queira chegar em casa mais depressa, a fim de não se atrasar para o trabalho. Não a mataria se tirasse uma folga. Se isso não tivesse acontecido, é bem provável que você corresse até chegar o momento de ter o bebê.

— Só pretendo correr por mais um mês. A menos que comece a me incomodar antes. Não sou tão irresponsável assim, Judd.

Ele lançou-lhe um olhar de incredulidade.

— Vai continuar a correr depois do que aconteceu hoje?

— Claro.

Cydra poderia chamar o quase atropelamento de um sinal, mas o que ela sabia?

— Você é louca?

— Corro para arejar os pensamentos.

— É mesmo louca.

— Não, não sou louca. Gosto de fazer exercício. Gosto também da liberdade de escolher para onde vou e o que fazer. Recuso-me a ser intimidada por um maluco numa picape.

— Isso é o que eu chamo de esperteza.

O sarcasmo doeu. Chelsea fez um esforço para ignorá-lo.

— É assim que tem de ser. Donna e eu temos feito o mesmo percurso sempre que corremos juntas. Na próxima vez, vamos variar.

— Muito esperto.

— *Se* é que ela vai querer continuar a correr. Se ela não quiser, correrei sozinha.

— Muito sensato.

Chelsea virou-se para ele.

— A pessoa ao volante daquela picape podia estar atrás dela. Já pensou nessa possibilidade?

— Para ser franco, não. Afinal, foi você quem se intrometeu na cidade sem ser convidada. É você quem ameaça mudar a situação. Foi a responsável por Bibi não fazer a torta de maçã para a sobremesa do Dia do Trabalho... e isso pode parecer insignificante para você e para mim, mas há muitas pessoas que não gostaram nem um pouco. Donna é diferente. É uma Plum e uma Farr. Passou toda a sua vida aqui. Não há uma única pessoa nesta cidade que não a conheça e goste dela.

Mesmo assim, Chelsea não podia deixar de especular a respeito.

Nolan também.

— Quero lhe perguntar uma coisa — disse ele.

Donna ficara em sua sala depois que Chelsea e Judd haviam se retirado. Ela sabia que Nolan tinha de ir para Moss Ridge, mas nenhum dos dois demonstrava a menor pressa. Donna tinha de voltar para casa, já estava atrasada, mas não podia resistir àquela pequena dádiva.

Paixões Perigosas

Ele agachou-se ao lado da cadeira de Donna e roçou a mão pela sua. O contato físico nunca deixava de espantá-la. Para um homem tão grande, era extremamente gentil.

— Acha que Matthew pode ter alguma coisa a ver com isso? — perguntou Nolan.

Matthew! O pensamento pegou-a de surpresa. Apressou-se em sacudir a cabeça em negativa.

— Ele tem motivo — continuou Nolan. — Não gosta que você corra. Talvez achasse que poderia acabar com isso se desse um susto nas duas.

Donna tornou a sacudir a cabeça. Não que pensasse que Matthew fosse incapaz de qualquer violência.

Mas bater na própria esposa era uma coisa... e atropelar uma das pessoas mais importantes para o futuro da cidade era outra.

Aflita, ela sinalizou alguns desses pensamentos. Nolan esperou até que ela acabasse, depois pegou suas mãos e perguntou, ainda gentil, quase pesaroso:

— Onde ele esteve ontem à noite?

Matthew não estava em casa, como sempre. E também como sempre, ela não tinha a menor idéia de seu paradeiro. Os olhos disseram isso a Nolan.

— A que horas ele voltou para casa?

"Uma", respondeu Donna, só com os movimentos dos lábios.

— Estava bêbado?

"Acho que sim." Donna não sabia com certeza, mas era um bom palpite. Quando estava de porre, Matthew arriava no sofá-cama no escritório. Como ele não fora para a cama com ela — pelo que Donna fizera uma pequena prece de agradecimento —, presumira que o marido deitara ali.

— Viu-o antes de sair para correr com Chelsea?

Ela sacudiu a cabeça em negativa.

— O carro estava na entrada?

Donna não olhara, mas sabia aonde Nolan estava querendo chegar.

Ele examinou as mãos dela, passou os polegares sobre as articulações dos dedos, depois ergueu os olhos para o decote da camiseta sem mangas que ela usava.

— É possível que ele tenha chegado em casa à uma hora da madrugada e saído antes de você levantar. Ou pode ter saído logo depois de você, foi até Moss Ridge, arrombou o portão e todo o resto.

— Saberei em breve — disse Donna, em voz alta.

Sua mente já estava em disparada. Se Matthew estava bêbado e morto para o mundo no sofá-cama, apareceria de ressaca para o café da manhã. Só de vê-lo, Donna saberia se ele acordara cedo e saíra de carro naquela manhã. Ela apertou a mão de Nolan.

— É melhor eu ir agora. Se eu me atrasar muito, ele ficará furioso.

Nolan não soltou as mãos de Donna no mesmo instante.

— E baterá em você?

Donna sacudiu a cabeça. Não.

— Mas já bateu.

"Não me pergunte", respondeu ela com o movimento dos lábios, suplicante. Não podia falar sobre o que Matthew fizera. Nolan já sabia. Seus olhos percebiam as equimoses que os outros ignoravam, ainda mais as profundas, que precisavam de conforto. Mas não havia muito que ele pudesse fazer a respeito sem piorar a situação.

— Eu gostaria que você o deixasse.

Donna sacudiu a cabeça.

— Por causa de Joshie?

A preocupação de Nolan era tão intensa que as lágrimas afloraram aos olhos de Donna. Ele removeu-as com os dedos e emoldurou o rosto dela com as mãos.

— Eu cuidarei de Joshie.

As lágrimas voltaram. Donna segurou-o pelos pulsos e tentou sacudir a cabeça, mas o gesto só serviu para roçar as mãos pelo rosto.

— Quero ajudá-la, Donna. — Ele exibia uma expressão atormenta-da. — Deixe-me ajudá-la.

Antes que ela pudesse protestar, Nolan inclinou-se para a frente e beijou-a, um beijo tão leve e doce como ela nunca saboreara antes. Recuou no instante seguinte e murmurou, com um sorriso surpreendentemente tímido:

— Há muito tempo que eu queria fazer isso.

Paixões Perigosas

Ela tocou os lábios de Nolan com as pontas dos dedos, mas retirou-os em choque, apressada, quando ele chupou um dedo. Donna manteve a mão dele por cima de seu coração.

— É demais? — perguntou Nolan.

Ela fez um esforço para se levantar. Quanto mais tempo permanecesse ali, maior seria o risco de ceder. Nolan a levaria para a cama se ela quisesse. Há muito tempo que sabia disso. E mostraria o que significava realmente fazer amor. Ela queria isso também há muito tempo.

O problema era moral. Ela era casada com Matthew. Não podia ir para a cama com Nolan.

Mas onde a justiça entrava nesse esquema? Matthew a maltratava. Ela tinha todo o direito de buscar conforto nos braços de outro homem.

Se ao menos tivesse coragem. Correr com Chelsea era um pequeno gesto de desafio. Ficar com Nolan era muito mais do que isso.

— Foi você quem fez isso? — perguntou Oliver a Hunter quando ele finalmente apareceu na pedreira, ao final daquela manhã.

Hunter foi até a grade em que estavam Oliver e Judd. Meteu as mãos por baixo dos braços e olhou para o fundo da pedreira, onde homens do tamanho de baratas trabalhavam. As perfuradoras vibravam no encontro com a rocha, os guindastes roncavam, cabos se esticavam, malhos ressoavam, tudo abafado pela distância e pela brisa.

— Acha que fui eu?

— Sou eu quem faz as perguntas. Foi você ou não?

— Não.

— Essa é a verdade?

O rosto impassível de Hunter indicava que ele não tinha a menor intenção de responder... o que era, Judd há muito compreendera, sua maior arma contra Oliver. Os dois viviam brigando. Hunter era bastante loquaz para responder à censura com censura, mas o silêncio era mais eficaz. Para um homem que gostava de dominar, ser ignorado era enfurecedor.

Foi justamente isso que Hunter fez agora. Desviou os olhos de Oliver para Judd, irado, e perguntou:

— Nolan já esclareceu o caso?

— Ainda não — respondeu Oliver, em tom brusco.

A brisa do final de setembro agitava seus cabelos grisalhos. Afora isso, ele mantinha-se tão rígido quanto o granito ao seu redor.

— Eu estava falando com Judd. — Hunter olhou para Judd. — Alguma pista?

Judd fez uma pausa, dando chance a Oliver de responder. Como ele permanecesse calado, Judd disse:

— Nenhuma até agora. Não há sinal de arrombamento.

— Só pode ser um trabalho interno — murmurou Oliver.

Hunter dispensou-lhe um olhar.

— Onde *você* estava ao amanhecer?

— Em minha cama, o que provavelmente é mais do que você pode dizer. Tem de guiar aquela moto às cinco horas da madrugada? Outro dia Haskell Rhodes queixou-se do barulho. É um som terrível para se acordar.

Hunter sorriu, sarcástico.

— Serve para identificar minhas idas e vindas. Se eu tivesse saído ao amanhecer para pegar uma picape, toda a cidade saberia. — Ele tornou a olhar Judd. — Ela está bem?

Judd não precisava perguntar a quem ele se referia. Especulou se Hunter já sabia do bebê.

— Ela diz que está bem.

— Minha filha também estava na estrada — interveio Oliver.

Hunter respondeu antes que Judd pudesse dizer qualquer coisa:

— Ninguém faria mal a Donna. Todos na cidade gostam dela, com exceção de Matthew, e ele não teria coragem de fazer algo tão público.

Oliver franziu o rosto.

— O que está querendo dizer com isso?

Hunter enfiou as mãos ainda mais por baixo dos braços, sob as dobras do blusão.

— Adivinhe.

— Tem algum ressentimento contra Matthew?

Paixões Perigosas

— Eu não, mas você deveria ter. Ele não é nada gentil com sua filha.

— Se ele não é gentil com Donna, é porque ela faz coisas que não deveria.

— Por exemplo?

— Correr com Chelsea Kane.

— O que há de errado nisso?

— Não é apropriado.

— *Apropriado?* — escarneceu Hunter. — Então, porque ela faz uma coisa que não é *apropriada*, o marido tem permissão para espancá-la?

— Ele não bate em Donna.

Oliver falou em tom desdenhoso, para descartar o assunto. Mas Hunter não queria parar por aí, e por uma vez Judd concordava.

— Por onde você anda, velho? A cidade inteira sabe que ele bate em Donna quando está de mau humor.

— Matthew não bate nela.

— Continue repetindo isso que pode acabar acreditando. Abra os olhos e verá a verdade.

Uma rajada da brisa empurrou os cabelos de Hunter para trás, revelando seu brinco de ouro... e uma preocupação insólita, na opinião de Judd.

— Ele obriga Donna a trabalhar como um cachorro naquela loja. Vive dando ordens para que ela faça isso e mais aquilo. Briga com ela na frente dos fregueses. É isso o que você quer para sua filha?

— Você não sabe de nada.

— Claro que sei. Estou sempre suportando suas merdas, e posso ou não ser seu filho. Mas Donna é com certeza. Não se importa com ela?

— Não preciso desse tipo de pergunta de sua parte.

— Precisa da parte de qualquer um. Acorde, velho. Matthew vive batendo em sua filha.

O corpo alto de Oliver estava rígido.

— Matthew não faz isso. É um homem de bem. É o filho de Emery. E o filho de Emery não bateria na esposa.

Hunter soltou uma risada desdenhosa.

— O filho de Emery? Não apenas o filho de Emery bate na esposa, como também a despreza tanto que sai de casa todas as noites para se encontrar com a esposa de seu próprio irmão.

Oliver lançou-lhe um olhar de advertência, que Hunter tratou de ignorar.

— É verdade que vem acontecendo há tanto tempo que é um milagre que isso não tenha morrido de velhice. Por que você acha que Matthew não casou antes? Ele era apaixonado por Joanie Pickwick na escola, só que Monti chegou na frente.

— Cale a boca, garoto.

— Joanie engravidou, casaram, tiveram mais quatro filhos, até que o charme de Monti começou a desaparecer. E lá estava Matthew, esperando nos bastidores.

— *Cale* a boca, garoto.

— Ele não levou muito tempo para conquistar Joanie. Sabe o que ele faz agora? Nunca está em casa à noite. Se não está trepando com Joanie, está dando voltas de carro por aí a desejar que estivesse, ou bebendo até o estupor. É um milagre que ainda não tenha sido encontrado morto no fundo de uma ravina.

Judd escutava a conversa, com as mãos na grade, os olhos na pedreira, quando viu uma coisa que o deixou atordoado.

— *Meu Deus!* — gritou ele, para acrescentar ainda mais alto: — *Saia da frente, Mason!*

Ele gesticulou para que o homem se afastasse do bloco de granito que estava sendo deslocado.

— *Tirem-no de lá ou ele vai perder a mão!*

Judd encaminhou-se para o teleférico que o levaria até lá embaixo. Frankie Mason era um dos homens contratados recentemente, e ele tivera dúvidas na ocasião. Frankie era um homem franzino, eletricista por profissão, e fazia um bom trabalho nessa área e com pequenos blocos. Mas trabalhar com máquinas pesadas e enormes blocos de granito era diferente. Um homem precisava de visão periférica. Precisava de uma compreensão geral do processo e um sexto sentido sobre o que aconteceria e quando. Mas Frankie carecia disso.

Paixões Perigosas

Pondo um capacete, Judd entrou no carro do precário teleférico, parecendo um engradado de laranja enorme. Apertou um botão para ligá-lo. Hunter também embarcou, no momento em que o carro começava a descer.

— Foi um erro contratar Frankie Mason — disse ele.

Judd dizia a mesma coisa a si mesmo. Mas havia razões para que ele contratasse Frankie, e essas razões não tinham mudado.

— Ele tem filhos. Precisa do emprego.

— Ponha-o no galpão. — Hunter balançava com o carro. — Não. Melhor ainda, treine-o para esculpir. Algumas das novas encomendas precisam de inscrições. Não há a menor possibilidade de Gaitor e Hal fazerem tudo sozinhos.

A sugestão tinha seus méritos, embora significasse menos retorno imediato para Frankie Mason. Frankie não era um artista, mas se podia juntar pequenos fios, também podia manipular o material de gravação.

— Não é má idéia, Hunter.

Com os olhos nos homens lá embaixo, Hunter comentou:

— Tenho algumas, de vez em quando.

— Pode encontrar uma para manter os caras concentrados? Nãc sei o que tem acontecido ultimamente. O problema de Frankie é apenas a inexperiência. Mas é só uma das quase tragédias que tivemos. A concentração é a pior possível. Alguém vai acabar se machucando um dia desses. *Ei, Murphy!*

A voz soou acima do zumbido do compressor de ar que acionava as perfuradoras. O carro do teleférico deu um solavanco ao chegar ao fundo da pedreira.

— Chame Springer até aqui! Quero ele trabalhando com Mason!

Para si mesmo, ele murmurou:

— Muito bem, vamos dar uma última oportunidade.

Ele ainda murmurava duas semanas depois. Chelsea não podia ouvir exatamente o que ele dizia — era tudo bem baixo —, mas podia ver a insatisfação estampada em seu rosto. Estavam em Kankamaug, uma colina de granito maciço que ainda não fora explorada. Ela fora examinar a pedra, que era cor de lavanda, com salpicos de mica, que refletiam a luz do céu nublado.

Outubro trouxera uma tênue camada de geada para a relva ao amanhecer, além de uma profusão de vermelhos, tons de laranja e amarelos nas encostas das colinas. Embora o ar esquentasse a um ponto confortável por volta de meio-dia, Chelsea quase nunca deixava Boulderbrook sem um suéter ou casaco.

Naquele dia ela usava um jeans largo e tênis, um suéter com a gola em V e um blazer.

— Qual é o problema? — perguntou ela a Judd.

— O cabo é preso a um gancho de cachorro, que é colocado no buraco perfurado na pedra. Estão pondo ganchos demais. O equilíbrio fica alterado.

Ele foi até a escada de acesso ao nível inferior. Era a primeira de uma série, de um nível para outro, como nos povoados em encostas rochosas dos índios do sudoeste americano. Chelsea olhou para Hunter.

— Também vou descer.

— Ele não vai gostar — advertiu Hunter.

Mas ela queria descer.

Pegou o capacete na mão de Hunter, pôs na cabeça e encaminhou-se para a escada. Judd já desaparecera no nível inferior.

A escada era larga e pesada. Ela pisou no primeiro degrau, mas parou quando Hunter a segurou pelo pulso. Levantou os olhos, surpresa, não tanto porque ele a detinha, mas também porque a tocara para fazer isso.

— Não é seguro lá embaixo.

— Quero ver o que está acontecendo.

Para ser mais precisa, ela queria ficar perto de Judd. Vinha querendo muito a sua companhia ultimamente. Ele irradiava uma confiança e competência que lhe proporcionavam conforto. Não que ela própria carecesse de qualquer das duas coisas, mas Judd tinha mais. Ele não a tocara desde que soubera da gravidez, e Chelsea podia aceitar isso. Não havia nada de sexual no que ela queria agora. Só desejava saber o que ele fazia e como.

Paixões Perigosas

Degrau por degrau, ela foi descendo a escada. A brisa afastava o blazer do corpo, fazendo com que sentisse frio. Mas ela não parou. Quando chegou ao nível inferior, foi para a escada que levava ao nível seguinte. Estava no meio da escada quando houve outra rajada de vento. Encolheu-se contra o frio, e foi nesse instante que ouviu o grito de um dos homens, acompanhado por um estrondo e um baque que fez tudo tremer. Por uma fração de segundo, houve um silêncio total. Em sua esteira, ergueu-se um tumulto de gritos apavorados. Ela virou-se para ver todos os homens na área correndo para um enorme bloco que caíra dos ganchos que o levantavam.

Ela procurou Judd na confusão de homens correndo, mas não pôde distinguir seu capacete dos outros. Assustada, apressou-se em descer os últimos degraus. Já estava lá embaixo quando Hunter a alcançou. Ele segurou-a pelo cotovelo desta vez.

— Fique aqui — ordenou Hunter, correndo em seguida.

Chelsea foi atrás. Quando Hunter abriu caminho entre os homens, ela o seguiu. Parou abruptamente, ao lado de Hunter, quando viu dois homens estendidos no chão. O coração cessou de bater por um instante, depois disparou. Um dos homens era Judd. O outro era o homem que perfurava os buracos nos blocos de granito. Judd estava se mexendo... e ela deixou escapar um suspiro de alívio por isso. Mas o suspiro ficou preso na garganta quando viu uma das pernas do outro homem presa debaixo do bloco.

Judd gritava instruções. Empalidecera muito, apesar do bronzeado. Os outros homens também estavam pálidos. Hunter saíra do lado de Chelsea e subia por uma escada, carregando uma perfuradora. Mais dois homens também haviam subido em escadas, prendendo ganchos em buracos abertos antes. O rugido da perfuradora de Hunter soou várias vezes. Ele a pressionava com a barriga, inclinando-se para um lado, depois para outro, a fim de alargar o buraco. Ele pegou um gancho, prendeu no buraco e desceu da escada.

O operador do guindaste acionou-o. Os cabos rangeram e esticaram. A pedra foi erguida, apenas o suficiente para que Judd e outros tirassem o homem de baixo.

A perna esquerda fora esmagada. Os homens tiveram todo o cuidado, mas mesmo assim seus gritos de dor não pararam, levando

Chelsea ao desespero. Ninguém mexeu na bota. A perna era uma massa ensangüentada. Ela continuou parada ali, incapaz de desviar os olhos do homem, enquanto ocorria uma intensa atividade ao redor. Não era uma atividade frenética, mas uma sucessão de atos deliberados, realizados por homens que não ignoravam acidentes. A exploração de pedreiras era a segunda principal ocupação de risco no país, um fato sobre o qual os homens gracejavam em momentos mais descontraídos. Chelsea não ouvia qualquer gracejo agora.

As vozes eram um rumor baixo e tenso de preocupação.

— Smittie está trazendo a picape para o fundo...

— ... Precisamos de uma ambulância...

— ... A mais próxima fica a duas cidades daqui. Teremos de usar a picape...

— ... Vamos levantá-lo para a maca, com todo cuidado...

— ... Minha perna...

— Você está agüentando bem, Wendell...

Três homens em cada lado e um em cada extremidade levantaram a maca improvisada e começaram a descer pela encosta. Judd estava no meio. Hunter também. Chelsea seguiu de perto, junto com os outros operários. Wendell gemia. Os homens faziam o maior esforço para tranqüilizá-lo. Folhas e gravetos estalavam sob as botas. Em meio a tudo, os homens continuavam a falar, em voz baixa:

— Os ganchos não estavam equilibrados...

— ... Sinalizou cedo demais para o guindaste...

— ... Os ganchos se soltaram...

— Onde está Smittie?

— O que ela está fazendo aqui?

Os olhos de Chelsea finalmente se deslocaram para Judd, que só agora percebera sua presença. O que o deixara furioso. Ele sacudiu a cabeça na direção do alto da pedreira. Chelsea também sacudiu a cabeça, em negativa. Não deixaria o grupo. Judd repetiu o gesto. Ela não se afastou.

— Hunter! — berrou ele, embora Hunter estivesse ao seu lado. — Tire-a daqui!

As vozes continuaram num rumor baixo.

— A última coisa de que precisamos neste momento é de uma mulher...

— ... Não conhece seu lugar...

— ... Engravidou de qualquer maneira...

— ... A barriga é evidente...

Hunter surgiu de repente na frente de Chelsea bloqueando sua passagem.

— Vou com eles — sussurrou Chelsea.

Mas Hunter sacudiu a cabeça.

Ela desviou-se para a direita, depois para a esquerda, e conseguiu se esquivar. Saiu correndo, numa tentativa de alcançar os outros.

Os homens chegaram à base da encosta no momento em que a picape apareceu e fez a volta. Chelsea ficou de lado, enquanto a maca improvisada em que Wendell estava estendido era posta na traseira da picape. Sua perna estava coberta de sangue. Ela precisava da garantia de que o homem poderia se recuperar, e olhou para Judd, numa reação instintiva. Mas o rosto de Judd não tinha qualquer garantia a oferecer. Estava pálido e contraído. O lado esquerdo, do ombro à cintura, também estava encharcado de sangue. Chelsea presumiu que o sangue era de Wendell... até que Judd cambaleou ao tentar subir na picape.

— Ó Deus! — balbuciou ela, começando a se adiantar.

Mas Hunter deteve-a.

— Ele vai ficar bem. Os dois ficarão bem.

Ela tentou se desvencilhar.

— Quero ir na picape.

— Eu a levarei.

— Quero...

— Chegaremos antes deles, Chelsea.

Ele começara a subir a encosta, ainda segurando-a com firmeza. No instante em que ouviram a picape partir e ela parou de se debater, Hunter soltou-a. Chelsea correu na frente dele, tentando fazê-lo ir mais depressa.

— O que aconteceu com Judd?

— Foi atingido por um gancho. Doc Summers vai costurá-lo.

— Havia muito sangue.

— O gancho entrou fundo.

— Acha que atingiu algum órgão vital?

Hunter olhou para seu rosto, depois para a barriga.

— Nada com que você precise se preocupar.

Tudo o que Chelsea esquecera, ao ver o sangue de Judd, voltou agora. Haviam percebido que ela estava grávida. A brisa abrira o blazer para revelar a verdade.

— Não é de Judd — disse ela a Hunter, porque parecia ser a coisa mais importante naquele momento.

— Não?

— Não.

— As datas coincidem. Vocês dois dormem juntos desde julho.

— Não desde julho. Acabou agora. Mas engravidei antes de minha partida de Baltimore.

— Você é uma autêntica *swinger*.

— Um homem de cada vez. Hunter, o que vai acontecer com Wendell?

— Depende. Ele pode perder a perna.

Hunter seguia na frente agora. Chelsea sentia-se menos firme e tinha de fazer mais esforço para acompanhá-lo.

— Ele é um dos novos?

— Não. Está conosco há quinze anos. — Os dois alcançaram a escada no primeiro nível. — Você sobe na frente.

Hunter esperou até que ela começasse a subir. Ao chegarem ao alto da pedreira, ele estendeu a mão.

— Dê-me as chaves.

Chelsea entregou-as enquanto seguiam apressados para o Pathfinder. Ao sentar no banco de passageiro, ela perguntou:

— O hospital local tem condições de tratá-lo?

Hunter ligou o veículo.

— Se não tiver, Doc Summers dirá. — Hunter fez a volta e começou a descer pelo outro lado da Kankamaug. — Ele é competente a esse ponto.

— Qual é sua especialidade?

Paixões Perigosas 337

— Não tem nenhuma. Quando você é o único médico na cidade, tem de fazer tudo, de costurar cortes, engessar pernas quebradas a trazer bebês para o mundo.

Ele desviou os olhos da estrada apenas pelo tempo suficiente para dar uma boa olhada na barriga de Chelsea.

— Isso é sensacional. — Hunter soltou uma risada. — Eles vão adorar.

— Quem?

— Todos na cidade. — Ele riu de novo. — Estamos falando de escândalo com E maiúsculo.

— Pare com isso, Hunter. Não há escândalo nenhum. Estamos nos anos 90.

— Não importa. Aqui é Norwich Notch.

— As mulheres engravidam o tempo todo.

— Não as que são mais visíveis na cidade e solteiras. — Ele lançou um olhar rápido e indeciso para Chelsea. — Você é solteira, não é?

— Eu iria para a cama com Judd se não fosse?

— Responda você.

— *Não.*

Hunter entrou na estrada principal e acelerou. Seguiram em silêncio por algum tempo. Chelsea via Judd em sua imaginação, o sangue na frente da camisa. Imaginou a carne dilacerada por baixo.

— Alguém sabe o suficiente para estancar a hemorragia? — perguntou ela.

— Essas coisas estão sempre acontecendo.

Não servia como conforto para Chelsea. Vira cicatrizes em Judd. Havia uma pequena no antebraço, outra maior na perna. Mas uma coisa era ver uma cicatriz antiga e esbranquiçada, outra era ver a carne aberta.

— Quem é o pai da criança? — indagou Hunter.

Chelsea engoliu em seco, reprimindo uma sensação de náusea no fundo do estômago, que não tinha nada a ver com Carl.

— Um homem em Baltimore.

— Ele não quer casar com você?

— Eu é que não quero casar com ele. E não casaria, mesmo que quisesse. De qualquer forma, a questão é irrelevante agora. Ele casou com outra mulher.

— Tão depressa?

Ela olhou pela janela, no instante em que alcançavam a traseira de uma caminhonete. Hunter buzinou, para depois acelerar, quando a caminhonete se deslocou para a direita.

— Quanto tempo mais? — perguntou Chelsea.

— Seis minutos.

— Por que não há uma ambulância?

— A cidade não tem condições.

As mãos de Chelsea estavam geladas. Ela cruzou-as nas dobras do suéter.

— Terá o bebê sozinha?

— Isso mesmo.

— O que dirá quando ele perguntar sobre o pai?

— Direi quem é.

Depois de passar a vida inteira especulando quem eram seus pais biológicos, ela jamais esconderia essa informação de seu filho. E Carl saberia muito antes disso. Ele e Hailey teriam de encontrar uma maneira de se ajustarem à situação.

— Isso é bom.

Por um longo momento, Chelsea pensou que ele acabara de falar. Mas Hunter acrescentou:

— Minha mãe não quis me dizer. Eu costumava perguntar o tempo todo. Não é certo que uma criança não saiba quem é seu pai.

— Concordo.

Ele lançou-lhe outro olhar rápido.

— *Você* não especula?

— O tempo todo.

— Alguma vez procurou?

— É o que estou fazendo. — Mas Chelsea não explicou. Uma revelação por dia era sua velocidade. — Quanto tempo mais?

— Quatro minutos.

Paixões Perigosas

— Pode ir mais depressa?

Ele acelerou o Pathfinder.

— Você é a primeira pessoa que me pergunta isso. E pensando bem, também é a primeira pessoa que me deixa guiar seu carro.

— Confio em você mais do que em mim mesma neste momento. — Chelsea olhou para o relógio. — Onde você acha que eles estão?

— Depois da próxima curva.

E assim que viraram a curva, depararam com a picape logo à frente. Chelsea tentou dar uma espiada na traseira, mas a capota estava levantada. Viu cabeças ao passarem, mas não a de Judd.

— Talvez ele tenha desmaiado.

— Provavelmente está apenas deitado.

Hunter esperou a passagem de um carro em direção contrária, para depois ultrapassar a picape.

— Chegaremos ao hospital na frente e avisaremos que eles estão vindo. — No instante, como se ocorresse de repente, ele acrescentou: — Foi por isso que você ficou enjoada naquele dia na motocicleta.

— É verdade.

— Quanto tempo já tem?

— Cinco meses.

— Ninguém adivinharia. Está muito pequena.

Mas Chelsea não considerava assim. Ou pelo menos não mais.

— As roupas escondem a barriga.

— A cidade vai pensar que tem menos. Acharão que foi Judd... e que se não foi Judd, então foi outro homem daqui. Os moradores de Notch adoram apontar um dedo. Pode contar com isso.

— Para quem eles apontaram quando sua mãe engravidou?

— Não sei. Mas quando ela morreu apontaram para mim. E eu acreditei durante muito tempo. Doentio, não é mesmo?

Chelsea estudou o rosto à procura de qualquer emoção além das palavras, mas não havia nenhuma, ou ela estava preocupada demais com Judd para perceber.

— Acreditou mesmo?

Ele confirmou com um aceno de cabeça.

— Pensava que a havia matado. Pensava que era capaz de fazer as piores coisas. E ninguém me indicou o caminho certo, só Judd.

Chelsea sentiu a emoção neste momento. Era preocupação, a mesma que ela sentia. Veio e foi tão depressa que ela poderia ter imaginado que vira, se não tivesse ouvido as palavras. *E ninguém me indicou o caminho certo, só Judd.* Havia reconhecimento e agradecimento, provocando dezenas de perguntas que Chelsea queria fazer. Mas o Pathfinder passara pelo centro da cidade, de leste para oeste, e se aproximava da ponte coberta e da velha e enorme mansão vitoriana, toda pintada de branco, em que funcionava o hospital. Ela arquivou as perguntas no fundo da mente para fazer depois.

Quando a picape chegou com os feridos, Neil Summers e as quatro enfermeiras já estavam na porta para recebê-los. À primeira vista, Neil compreendeu que a cirurgia de reconstrução da perna de Wendell exigiria um especialista. Transferiu-o para uma maca de verdade e levou-o para dentro. Cortou a bota e fez o que podia para estancar a hemorragia e deixar Wendell tão confortável quanto possível, até a chegada da ambulância de Adams Falls que o levaria a Concord.

Depois, concentrou-se em Judd.

Chelsea e Hunter estavam na sala com ele, parados num canto, para não atrapalhar. Ela enfiou as mãos por baixo dos braços, para se aquecer, os olhos grudados no peito de Judd. Ele estava estendido numa mesa de exame — só isso já seria suficiente para deixá-la transtornada, pois era um homem sempre ativo —, de olhos fechados, um joelho dobrado, os maxilares cerrados contra a dor. Uma das enfermeiras cortara a camisa e limpara-o o suficiente para ver que o gancho atingira-o na área do ombro. Mas o sangue secara, em listras, até a cintura do jeans.

Chelsea sentia-se fraca. Quando abriu os olhos e percebeu como ela estava, Judd murmurou:

— Ficarei bom.

Mas Chelsea não tinha certeza. Sabia que se ocorrera uma lesão severa nos músculos, e não fosse reparada direito, ele poderia ficar com uma seqüela permanente. Neil examinou o ombro e assoviou.

— Esta pegou você de jeito, companheiro.

Ele estendeu a mão para um frasco.

— O que vai fazer? — perguntou Chelsea.

Paixões Perigosas

— Vou enchê-lo de anestesia e depois costurar esta mama. — Ele lançou um olhar divertido para Chelsea. — Está bom para você?

— Pode deixar o braço perfeito?

— Não mais do que era antes. — Como ela não parecesse convencida, o médico sorriu e acrescentou: — Por que eu faria qualquer coisa para arriscar o futuro do astro de meu time de basquete? Sou o *manager*. Aposto que não sabia disso.

— Ei, companheiro, quer parar de brincar com a dama e fazer alguma coisa com a droga deste braço? — pediu Judd, a voz rouca. — Está doendo demais.

— Doerá mais ainda antes de acabarmos — advertiu Neil, jovial, enquanto preparava a injeção.

Foi a primeira de muitas injeções. Judd estremeceu a cada uma, até praguejou em algumas. Quando o médico começou a suturá-lo, tinha o corpo encharcado de suor.

Incapaz de ficar sem fazer nada, Chelsea pegou a mão dele e apertou-a. Infelizmente, tinha uma visão melhor do que Neil estava fazendo daquela posição.

Nunca se imaginara melindrosa com aquelas coisas, mas sentiu a pele mais úmida e a sala mais turva. Quando Judd a fitou e falou, sua voz parecia vir de muito longe:

— Ela está desmaiando, Hunter. Segure-a.

Chelsea nunca soube se Hunter fez isso ou não. Seu mundo apagou por completo.

— Eu não queria que isso acontecesse — murmurou ela pouco tempo depois.

Hunter emitiu o tipo de som divertido em que era tão eficiente. A enfermeira passou uma toalha úmida pela testa de Chelsea.

— Algumas pessoas têm problemas com a visão de sangue.

— Não costumo ter. Mas era sangue demais. E posso jurar que vi o osso.

A voz tremia. Ela engoliu em seco. Só pensar no que vira ali causava-lhe outra vertigem. Chelsea comprimiu a mão contra a toalha e respirou fundo várias vezes.

— Como ela está? — perguntou Neil ao passar pela cortina que separava o cubículo de Chelsea do de Judd.

— Estou bem — respondeu Chelsea.

— Ela está grávida — informou Hunter ao médico.

— Sei disso. Faça-me um favor. — Ele enxotou Hunter do cubículo. — Cuide para que Judd não saia daqui. Ainda não acabei com ele.

Chelsea tentou sentar, mas Neil forçou-a a continuar deitada.

— Cuide de Judd primeiro — suplicou ela. — Juro que estou bem.

— Não fale.

Ele encostou os dedos no pulso de Chelsea. Quando ele viu que a pulsação estava normal, Chelsea sentia-se uma tola.

— Estou bem — insistiu ela.

— Está grávida — disse ele, com a insinuação de um sorriso. Tocou na barriga de Chelsea. — Quanto tempo?

— Cinco meses.

— Quero escutar.

— Estamos bem, Neil. Judd precisa mais de você.

Mas Neil já ajeitara o estetoscópio nos ouvidos. Um instante depois, afastou as roupas para auscultá-la. Chelsea prendeu a respiração.

— Uma criança forte.

— Deixe-me ouvir — sussurrou ela, porque não podia resistir.

Ele transferiu o estetoscópio. O som deixou-a com lágrimas nos olhos. Relutante, ela removeu o instrumento e endireitou as roupas. Neil ajudou-a a sentar. Perguntou em voz baixa:

— Vai ter o bebê aqui ou em Baltimore?

— Aqui. Em Boulderbrook.

— Neste caso, quero que conheça a nossa parteira. Ela vem trazendo bebês ao mundo desde que tinha dezesseis anos de idade, há quase quarenta anos. É a melhor possível.

Se Neil verificasse seu pulso naquele momento, Chelsea teria a maior dificuldade para explicar a súbita disparada. Sentia-se ansiosa em conhecer a parteira. Era uma coisa que queria demais. Havia uma porção de perguntas que queria fazer, nem todas relacionadas com o nascimento de seu próprio filho.

Por enquanto, porém, ela queria apenas que Judd fosse suturado e ficasse bom.

Dezessete

Chelsea conheceu Leo Streeter quando levou Judd do hospital para casa, ao final da tarde. Pelo tamanho de Judd, ela esperava um homem maior. Em seu auge, Leo bem que poderia ter sido. Mas agora passava apenas um pouco de um metro e setenta de altura, bastante frágil ainda por cima. Por outro lado, tinha o rosto mais meigo que ela já vira. Embora emoldurado por cabelos que eram mais grisalhos do que castanhos, era o rosto de uma criança, inocente e sem malícia.

Chelsea fizera questão de passar várias vezes antes pela casa, mas nunca entrara. Era um pequeno chalé ao final de uma rua com outros chalés, todos de madeira, numa parte modesta da cidade. Alguns chalés pareciam um pouco deteriorados pelo tempo, mas a residência dos Streeter estava em perfeita ordem. No passado não muito distante, fora todo pintado, o telhado reformado, as janelas endireitadas, as telas trocadas. Por todo o perímetro do terreno havia um muro de pedra baixo, erguido com a maior competência anos antes pelo próprio Leo.

Ele estava sentado numa cadeira na varanda quando Judd e Chelsea chegaram, usando um blusão dos Red Sox, uma manta estendida sobre os joelhos, com Buck ao seu lado. A mulher que tomava conta dele, Gretchen Swiller, levantou-se de um pulo, preocupada, quando viu Judd saltar, cauteloso, do banco de passageiro do Pathfinder.

Depois de assegurar a ela que estava bem, Judd foi se agachar ao lado do pai. Exibiu um sorriso que dava a impressão de que o ferimento que sofrera não passava de um arranhão.

— Como está, papai?

Leo fitou-o, inquisitivo.

— Sou eu, Judd.

Buck aconchegou-se contra ele.

— Judd... — repetiu Leo.

Os olhos pareceram se iluminar apenas um pouco. Ele pôs a mão no ombro de Judd. Chelsea prendeu a respiração. Era o ombro ferido de Judd, embora todo enfaixado. Mas se sentiu alguma dor, ele não deixou transparecer.

— Teve um bom dia, papai?

Leo ergueu os olhos, perplexos, para Gretchen. Deslocou-os para Chelsea. Ao voltar a fixá-los em Judd, parecia mais perplexo do que nunca. Era como se tivesse esquecido a pergunta no processo de encontrar uma resposta para Judd.

— Teve um bom dia, papai? — repetiu Judd, tão gentilmente quanto antes.

Leo sorriu.

— Saí para passear no bosque.

— Com Gretchen? Isso é ótimo. Você sempre gostou de passear no bosque com Gretchen.

Mas Judd poderia muito bem ter poupado o fôlego. Leo já o esquecera depois das primeiras palavras. Olhava para Chelsea, em expectativa.

— Emma?

— Não, papai. Esta é Chelsea.

Ele gesticulou em sua direção com a cabeça, que era a única maneira que podia. O braço esquerdo estava imobilizado sob o velho cardigã de Neil, enquanto a mão direita segurava o braço da cadeira.

Chelsea achou que ele não parecia muito firme e se adiantou. Apertou uma das mãos que Leo mantinha no colo.

— Prazer em conhecê-lo, Sr. Streeter.

— Emma vai voltar? — perguntou Leo, ainda expectante.

— Não hoje — respondeu Judd.

Leo se mostrou desapontado.

— Então quem é essa?

— Chelsea é minha amiga. Lembra que falei sobre ela? Está morando em Boulderbrook.

— Boulderbrook... — repetiu Leo, para se animar em seguida. — Quando Emma vai voltar?

Qualquer que fosse a fonte de força que sustentava Judd se desvaneceu nesse instante.

— Ela virá em outra ocasião, papai. — Ele afagou o braço do pai com a mão ilesa. — Vou entrar um pouco.

Chelsea teve de fazer um esforço para não ajudá-lo a se erguer, porque não sabia se ele gostaria. Sabia apenas que planejava passar algum tempo ali, se ele não pedisse que fosse embora imediatamente. Neil passara mais de uma hora cuidando de Judd, sem contar o tempo que ficara com ela. Precisara dar várias camadas de suturas, de tão profundo que fora o ferimento. Judd não podia não estar sentindo dor. Chelsea queria permanecer no chalé para o caso de Judd precisar de alguma coisa.

Ele entrou na casa, acompanhado por Buck. Atravessou a sala, um pequeno corredor e foi para o segundo de dois quartos. Chelsea foi atrás, em silêncio, mas parou na porta. O quarto era espartano, as paredes cor de trigo, sem qualquer ornamentação, com uma cômoda alta, uma velha poltrona de couro e a cama. A cama dominava o quarto por um motivo prático: um homem grande precisava de uma cama grande, e o quarto era pequeno.

Judd estendeu-se sobre a colcha de retalhos com um gemido. Ergueu o braço bom para cobrir os olhos. Chelsea observava-o, à espera do que ele faria em seguida. Buck fez a mesma coisa, até que se adiantou e empurrou a mão do dono com o focinho quando ficou evidente que Judd não estava querendo brincar. Depois que vários minutos passaram sem que ele se mexesse, Chelsea aproximou-se e tocou em seu braço.

— Judd?

346   Barbara Delinsky

Ele levantou o braço e abriu os olhos com um sobressalto. Quando a viu, tornou a abaixar o braço.

— Quer alguma coisa?

— Não, obrigado.

— Talvez alguma coisa para comer?

— Mais tarde.

— Um analgésico?

— Mais tarde.

Chelsea imaginou que o efeito da anestesia local começava a passar. Se fosse com ela, teria tentado se antecipar à dor. Mas não era com ela. Era Judd. E Judd parecia considerar que uma hora levando pontos não era mais árduo que um dia de trabalho.

— Não quer pelo menos tirar as botas?

Ele fez menção de sentar na cama, mas Chelsea obrigou-o a continuar deitado. Desamarrou as pesadas botas, tirou-as e ajeitou-as no chão, ao lado da cama. Judd não usava casaco — e ela não pôde deixar de especular se isso teria feito alguma diferença —, e como a camisa ficara toda rasgada, tinha apenas o velho cardigã de Neil. Abotoado e muito grande, servia como uma tipóia improvisada. Ela calculou que devia incomodar em contato com a pele.

— Quer tirar isso?

— Não agora. Deixe-me descansar.

Chelsea continuou parada ao lado da cama por mais alguns minutos. Judd não se mexeu uma única vez. Por isso ela foi se acomodar num canto da velha poltrona de couro, as pernas por baixo do corpo. Buck enroscou-se ao lado.

Ela presumira que Judd dormira, ou pelo menos esquecera sua presença ali, quando ele perguntou:

— Não tem nada melhor para fazer?

— Não.

— Quanto tempo planeja ficar sentada aí?

— Até ter alguma coisa melhor para fazer.

— Pode ficar entediada.

— Não ficarei. Tenho muito em que pensar enquanto estou sentada aqui.

Paixões Perigosas

Ele permaneceu calado por um longo momento, antes de perguntar:
— Por exemplo?

Por exemplo, como fora a infância de Judd naquela casa. Como Leo era antes. O que acontecera com Emma, se Chelsea parecia com ela e se qualquer das duas coisas tinha algo a ver com o motivo pelo qual Judd tanto resistia a ela. Ela suspirou.

— Por exemplo, se Wendell está bem.

— Você poderia ir a Concord para descobrir.

— Hunter foi até lá. Passará por aqui mais tarde para me avisar.

Houve outro momento de silêncio. Chelsea estudou o tapete trançado no chão entre a poltrona e a cama. Especulou há quanto tempo Judd tinha aquele tapete, se tinha algum valor sentimental para ele, como as coisas tinham para ela. Depois da última viagem a Baltimore, quando transferira as caixas da casa para seu apartamento, voltara para Norwich Notch com vários pequenos tapetes orientais que adorava quando era criança e adolescente. Estavam em lugares de destaque em Boulderbrook, um na sala de estar, na frente da lareira, outro no quarto, um terceiro em seu estúdio. Encontrava conforto em ter o antigo e familiar ao seu redor. Era outro exemplo de fincar raízes onde nada existia antes.

— Em que mais você está pensando? — perguntou Judd.

Os olhos deles se encontraram. A voz de Judd tinha elementos do antigo e familiar. Ela não sabia o motivo para isso... nem por que continuava a desejá-lo, mas não podia negar. Noite após noite, ficava deitada na cama dizendo a si mesma que tinha muito a fazer sem Judd. Mas ainda sentia falta dele. Sentia falta da solidez de seu corpo, seu peso, seu calor, seu cheiro.

Ela desviou os olhos.

— Estou pensando no acidente. Foi horrível ver vocês dois caídos ali.

— Não deveria ter descido.

— Queria ver o que estava acontecendo. Sinto-me muito distante de tudo. — Antes de perder a coragem, ela decidiu perguntar: — Tive alguma coisa a ver com a causa do acidente?

— Os buracos estavam errados.

— Distraí alguém? Quando desci a escada, alguém olhou para mim, desviando a atenção do que deveria fazer?

A possibilidade atormentava-a.

— Os buracos estavam próximos demais. Se não fosse por isso, os ganchos teriam resistido.

— Então não foi culpa minha?

— Acidentes acontecem. O trabalho em pedreira é perigoso.

— Como ele está? — alguém perguntou da porta.

Chelsea sentou direito na poltrona. Era Murphy, que supervisionava os trabalhos em Moss Ridge quando nem Judd nem Hunter estavam presentes.

— Vou sobreviver — disse Judd.

— Doc costurou você direito?

— Pode-se dizer que sim. Alguma notícia de Wendell?

— Ainda não. Quando estará pronto para jogar?

Chelsea, que teria pensado que a primeira preocupação de Murphy seria com o trabalho, soltou uma risada de incredulidade. Judd virou a cabeça no travesseiro para fitá-la.

— É importante.

— Sei disso.

Para Murphy, Judd respondeu:

— Dentro de um ou dois meses.

— Avisarei o pessoal.

Murphy ergueu a mão numa meia saudação e desapareceu tão depressa quanto surgira. Judd tornou a virar a cabeça, pondo o braço na testa ao olhar para Chelsea.

— Ele também dirá ao pessoal que você estava aqui. Pela manhã, toda a cidade pensará que o bebê é meu.

Chelsea ainda não podia saber se ele estava zangado. Seu olhar era tão impassível quanto a voz. Para se proteger daquela frieza, além da raiva que podia espreitar por baixo, ela assumiu uma atitude de desafio.

— Não toda a cidade. Donna sabe que não é seu. Hunter também. E direi a qualquer pessoa com quem conversar. Não vão culpá-lo por muito tempo.

Paixões Perigosas

Ele continuou a fitá-la. Chelsea recusou-se a desviar os olhos, porque pretendia mesmo fazer o que dissera. Não tinha a menor intenção de permitir que o bebê fosse atribuído a Judd.

— Na verdade, é até lisonjeiro — comentou ele.

E isso do homem que outrora perguntara, em fúria, se ela planejava mesmo contar que o bebê não era dele?

— Como assim?

— Ser considerado tão viril na cama que a engravidei poucos dias depois de sua mudança para cá.

Chelsea não podia contestar a parte da virilidade. Era evidente mesmo agora, no princípio de barba no queixo, nos cabelos aparecendo na abertura em V do cardigã, na firmeza da carne que o casaco não cobria, no formato do jeans na área da braguilha. A primeira impressão de Chelsea não mudara nem um pouco. Judd ainda era o homem mais atraente que ela já conhecera.

Sua reação a ele também não mudara. Bem que tentara ignorá-la, com o maior empenho, já que obviamente não haveria qualquer possibilidade de consumação. Mas lá estava a mesma pressão na garganta, a mesma comichão na barriga, o mesmo calor entre as pernas... e nada disso era anormal. Fora o que lhe dissera o obstetra em Baltimore. E constava de todos os livros que ela lera. Algumas mulheres experimentavam um desejo sexual aguçado durante a gravidez.

Era o caso de Chelsea. Achando que Judd parecia presunçoso, ela comentou:

— Você não me engravidou.

— Levei-a para a cama.

Chelsea sentiu o calor espalhar-se pelas faces.

— É verdade.

Judd lançou-lhe um olhar sarcástico antes de fechar os olhos. Ela ficou pensando como isso acontecera, da primeira à última vez, como fora excitante, como se sentira bem. Quando o desejo se tornou intenso demais, ela comprimiu o rosto contra os joelhos. Era sua maior inimiga. Precisava se controlar.

— Como está se sentindo? — perguntou Judd.

— Muito bem — respondeu ela, a voz abafada.

— Por que desmaiou?

— Por causa do sangue.

— Então por que *olhou*?

— Não pude evitar.

— Você não precisava ficar parada ali, olhando tudo.

— Eu não podia ficar em outro lugar.

— Não precisava ficar segurando minha mão. Já sou crescidinho.

— Segurei por mim. — Chelsea respirou fundo e ergueu a cabeça. — Não foi nada de mais. Já estou bem. — Ela sabia que Judd estava falando sobre o bebê e abrandou por dentro. — Muito bem.

— Cansada?

— Não muito.

Ele focalizou a barriga de Chelsea. Por um minuto, foi tudo o que fez. Só depois é que pediu:

— Deixe-me ver.

Ela sentiu uma pressão interior e ignorou-a. Atendeu ao pedido com toda a inocência possível. Estendeu as pernas e alisou o suéter por cima da barriga.

— Não há muito para ver.

— Essa calça é especial?

— Ainda não preciso. Mas em breve terei de usar.

Depois de outra pausa, durante a qual não desviou os olhos da barriga de Chelsea, Judd perguntou:

— Já mexe?

— Vagamente.

Era mais uma palpitação do que qualquer outra coisa, mas ocorria com uma freqüência tranqüilizadora. Chelsea imaginava o bebê fazendo cócegas por dentro de sua barriga, só para lembrá-la de que estava ali. Ela sorriu ao pensamento. Ainda sorria quando seus olhos se encontraram com os de Judd.

— A coisa mais incrível é ouvir as batidas do coração — ela descobriu-se a dizer de tanto que queria partilhar sua emoção com Judd. — Sua mente sabe que você está grávida. O próprio corpo sabe, porque há mudanças sutis e você fica o tempo todo enjoada. Mas depois o enjôo passa e você se acostuma às mudanças sutis. É difícil então acreditar que alguma coisa está acontecendo dentro de você. E de repente... você ouve ruídos que parecem passos rápidos e miúdos... e constata que há um ser humano crescendo dentro de você.

Judd contraiu os olhos.

— Fala como se gostasse de estar grávida.

— E gosto muito. Eu lhe disse isso em agosto. É a primeira vez em minha vida que tenho alguém de minha própria carne e sangue. Mal posso esperar pelo nascimento.

— Seu pai já sabe?

Ela sentiu um frio no estômago. Especulou se o bebê sentia seu nervosismo. Passou a mão pela barriga, num gesto tranqüilizador.

— Ainda não.

— Quando vai contar?

A voz de Chelsea saiu miúda, que era exatamente como ela sentia-se ao pensar em Kevin.

— Não sei. — Ela era adulta. Futura mãe. Uma mulher forte e independente. — Tenho um problema em relação a meu pai. Não sei por quê. Lido com as outras pessoas sem qualquer dificuldade.

Depois de uma breve pausa, Judd comentou:

— Ele é seu pai. As regras são diferentes.

Judd expressara muito bem, pensou ela.

— Penso muito em papai. Ele está agora numa casa nova. Telefono duas ou três vezes por semana. Ele quase nunca está em casa, e deixo os recados na secretária eletrônica. Às vezes me pergunto o que aconteceria se tivesse uma emergência de verdade. Tenho a sensação de que ele me dispensou.

— Se fosse isso, ele não ficaria tão transtornado com sua vinda para cá.

Chelsea deu um sorriso triste.

— Eu costumava dizer isso para mim mesma. Era reconfortante. Mas tanto tempo passou agora sem qualquer comunicação importante que essa garantia já não existe mais. Quando o ressentimento vai acabar? Quando a comunicação recomeçará? O que será necessário para quebrar o gelo? Alguma coisa *trágica*?

Judd respirou fundo e estremeceu.

— É possível. — Ele tornou a cobrir os olhos com o braço. — Papai era todo a favor de minha ida para a universidade. Queria que eu tivesse mais na vida do que ele. Mas meu negócio era o basquete. Por isso ele ia comigo para o ginásio da escola todas as manhãs de sábado, para treinar arremessos. Consegui uma bolsa e fui para a universidade. Quando terminei o curso, ele quis subitamente que eu voltasse para casa. Não entendi o motivo. Tinha um diploma, estava qualificado para fazer todas as coisas necessárias para subir na vida. Mas ele queria que eu voltasse para casa. Conversamos sobre isso e sobre Janine. Ele a detestava. E ela o detestava.

Em algum momento, entre o ginásio da escola e a universidade, Chelsea deixara a poltrona de couro e fora sentar na cama, ao seu lado.

— Como ela podia detestá-lo? Seu pai parece muito meigo. Ou dá essa impressão por causa da doença?

— Não. Ele sempre foi meigo. Mas tinha um lado vigoroso e decidido, e esse lado detestava Janine. E falava como se ela fosse a encarnação do mal.

— Já era casado com ela nessa ocasião?

— Estava noivo. Papai dizia que eu não deveria me apressar, que as coisas boas vêm para aqueles que sabem esperar. Era um dos seus ditados prediletos. — Por baixo do braço, a boca assumiu uma expressão resignada. — Papai via minha mãe em Janine.

— Elas eram parecidas?

— Não muito.

— E eu pareço com sua mãe?

Judd mudou a posição do braço. A voz era cansada.

— Não muito. Mas você é bonita e elegante, como minha mãe. E como Janine. Papai também sabia que ela era uma garota da cidade grande, como minha mãe. O problema já começava por aí. Voltaram sentimentos que ele deveria ter reprimido. Criara-me sem dizer uma única palavra contra minha mãe, mas, de repente, tinha uma porção de coisas para dizer. Eu não era tão ingênuo em relação a Emma. Os habitantes de Notch falam de todo mundo. Eu sabia que ela abandonara papai. — Isso foi dito com uma profunda tristeza. — Deus sabe que senti a amargura de ser criado sem ela. Mas achava que isso não fazia sentido quando tinha vinte e dois anos e me sentia feliz comigo mesmo. Tinha certeza que estava fazendo exatamente o que papai sempre quisera que eu fizesse. Se ele mudara de idéia de repente, isso era problema dele.

A voz se tornou ainda mais triste quando ele acrescentou:

— Só mais tarde é que compreendi que ele tinha pavor de ficar sozinho.

— Foi por isso que você voltou?

— Não. Voltei porque ele ficou doente e não havia ninguém para cuidar dele. E porque meu casamento degringolara. E porque me sentia frustrado com meu emprego. E porque sentia saudade de jogar basquete com os amigos, que riam até mesmo quando perdiam.

— Leo ficou satisfeito por ter você em casa?

— Ficou. A essa altura, ele já não se lembrava das discussões que tivéramos. Sabia que eu passara algum tempo longe de casa. Mas como Janine não estava comigo, era como se ela nunca tivesse existido.

Sem saber quando ele se mostraria de novo tão loquaz, Chelsea decidiu pressionar:

— O que saiu errado com o casamento?

— Definhou até acabar. Papai tinha razão sobre Janine. Ela não estava interessada no casamento a longo prazo, o que também era o caso de minha mãe.

— Você a amava?

— Ardentemente, mas por um breve período.

O que podia ser uma descrição de seu relacionamento físico com Judd, refletiu Chelsea. Ela especulou se também fora assim para ele. Ele tinha uma enorme capacidade de se importar com os outros, como comprovava o que fazia pelo pai e a maneira como se relacionava com os homens na pedreira. Mas não tinha muita sorte com as mulheres. Ele ergueu o braço.

— Eu gostaria de tomar uma aspirina.

Chelsea encontrou-a no armarinho do banheiro. Trouxe também um copo com água ao voltar. Depois que Judd tomou a aspirina, ela disse:

— Vou ver o que tem para o jantar.

— Pode deixar que Gretchen fará alguma coisa.

— Também posso fazer alguma coisa.

— Pago a Gretchen para cozinhar.

— Paga a ela para tomar conta de Leo. Deixe-me cozinhar.

— Já provei sua comida.

— Era no café da manhã. Nunca foi a minha melhor refeição. Você nunca provou meu jantar. Não demoro.

Chelsea saiu, sentindo-se mais determinada do que em muitos meses... o que era incrível ao se considerar tudo o que ela fizera nesse período, mas mesmo assim era verdade.

Ela gastou uma pequena fortuna em comida no Farr's e depois na padaria. Sabia que exagerara, mas sentia-se muito benevolente para se importar. Boa parte das compras era para a família de Wendell.

Cutters Corner ficava depois do hospital, a quinze minutos de carro e a um mundo de distância do centro da cidade. As ruas eram esburacadas e as casas pouco mais que casebres precisando de consertos e pintura. A maioria tinha varanda, mas era muito diferente das que se encontravam no centro. Algumas tinham velhas cadeiras de lona, outras eram fechadas de uma maneira um tanto tosca, para aumentar a área aproveitável. Havia também as que vergavam ao peso do tempo. As moitas eram pouco mais que arbustos, bastante resistentes para sobreviverem em quintais ocupados por carcaças de carros, pneus velhos, bicicletas enferrujadas e brinquedos espalhados. Onde a relva conseguira crescer, secara com o calor do verão e não se recuperara.

Ainda assim, havia alguma coisa que vivia e que se podia amar naquele lugar. Chelsea podia passar por ruas melhores da cidade, com casas em que havia cadeiras de balanço recém-pintadas na varanda, bicicletas caríssimas ao lado, varais simétricos e canteiros impecáveis no jardim, mas essas ruas estavam quase sempre vazias. Ali havia pessoas. Crianças pequenas corriam entre as carcaças de carros enquanto as mães tiravam roupas de cordas esticadas entre um gancho na pare-

Paixões Perigosas

de da casa e uma árvore. Algumas dessas mães pareciam muito jovens para terem filhos. Outras pareciam muito velhas. E havia algumas que já estavam grávidas de novo.

Quer fosse porque também estava grávida ou porque era provável que um ou ambos de seus pais biológicos fosse de Corner, Chelsea sentiu uma intensa ligação com o lugar. Podia enfrentar George Jamieson, Emery Farr ou Oliver Plum sem pestanejar, mas sentia as palmas úmidas quando parou no endereço de Wendell.

Chelsea calculou que a garota que abriu a porta, quando ela bateu, não tinha mais que dez anos. Era bonita, limpa e vestida com simplicidade. Havia duas crianças menores olhando de trás de cada perna da irmã, curiosas, ambas morenas, os cabelos desgrenhados, muito parecidas.

— Oi. Sou Chelsea Kane. Sua mãe está?

A garota sacudiu a cabeça. Tinha os olhos grandes e escuros, como os cabelos. A expressão era assustada.

— Ela foi para o hospital. Papai se machucou.

— Eu sei. — Chelsea não imaginara que as crianças poderiam ser deixadas sozinhas. — É por isso que estou aqui.

Os olhos da menina se arregalaram.

— Ele vai morrer?

— Claro que não. Ele vai ficar bom. Mas pensei que vocês podiam precisar de uma comida extra em casa, já que sua mãe estará ocupada cuidando dele. — Ela olhou para a maçaneta da porta de tela. — Posso entrar?

— O que tem nos sacos? — perguntou uma das crianças menores.

— Coisas boas, como galinha assada, lasanha e frutas — respondeu Chelsea.

— Essas coisas não são boas — declarou a segunda criança menor.

— Tem também biscoitos de gengibre em forma de bonecos e outros no formato de abóboras de Halloween.

— Abóboras? — perguntou uma das crianças pequenas.

— Biscoitos de abóbora — interveio a mais velha.

A segunda criança pequena sentiu-se tentada a ponto de deixar o abrigo da perna da irmã e abrir a porta de tela. Chelsea empurrou-a com o cotovelo e entrou. Encontrou facilmente o caminho para a cozinha, mas a mesa estava coberta pelos restos do almoço. Por isso ela pôs os sacos numa cadeira. Enfiou a mão num deles e tirou três biscoitos grandes de abóbora. As duas crianças pequenas pegaram sem hesitar, mas a outra sacudiu a cabeça em negativa.

Chelsea olhou ao redor. Podia compreender por que a mesa não fora tirada. A pia já estava cheia de louça. Ela pôs a mão de leve no ombro da menina mais velha.

— Sua mãe estará cansada quando chegar em casa. Que tal você e eu limparmos tudo aqui, para que ela não tenha de se preocupar com isso?

Ela pendurou o blazer no encosto de uma cadeira, arregaçou as mangas do suéter e foi para a pia.

A garota ficou para trás. Só depois que o escorredor ficou cheio de louça é que ela pegou uma toalha de prato e começou a enxugar.

— Qual é a idade de suas irmãs? — perguntou Chelsea.

— Quatro anos.

— São gêmeas?

— São.

— Deve ser divertido ter sempre alguém com quem brincar.

— Acho que sim.

Ela não parecia entusiasmada ou à vontade. Chelsea não sabia o que dizer para deixá-la relaxada, mas tinha de tentar.

— Qual é o seu nome?

— Caroline.

— E suas irmãs?

— Charlotte e Claire.

— Charlotte... é um nome grande para uma menina pequena.

— Charlie.

Chelsea sorriu. Charlie era melhor. Olhou para as meninas menores. Estavam paradas ao lado da cadeira com os sacos de compras e tinham anéis de chocolate em torno da boca. Haviam pegado os bolinhos.

— Ei, vocês duas, já chega por enquanto.

— Quero o biscoito de meia-lua — disse uma.

— E eu o de abóbora — acrescentou a gêmea.

Paixões Perigosas

— Terão de ajudar a arrumar tudo primeiro — declarou Chelsea.
— Preciso que tragam os pratos da mesa para eu poder lavar. Podem
fazer isso? Com todo cuidado? Um prato de cada vez?

Ela calculou que isso as manteria ocupadas durante algum tempo.
Quando terminou de lavar a louça e limpar o balcão, Chelsea abriu a
geladeira, esperando encontrar mais sujeira. Não estava tão ruim
assim, em grande parte porque não havia muita comida guardada.

Ela arrumou o pouco que havia, limpou as coisas derramadas e
guardou o que trouxera. Durante todo o tempo, as gêmeas manti-
veram-se ao seu lado, falando sem parar, enquanto Caroline permanecia afastada.

— O que é isto?

— O que é aquilo?

— Onde você mora?

— Não gosto de presunto.

— Claire sujou seu casaco.

— Não sujei não!

— Vou me fantasiar de camundongo no Halloween.

— Mamãe tem uma calça igual à sua.

— Posso comer outro biscoito?

Por falta de um esquema melhor, Chelsea tratou Caroline como a
adulta da casa.

— Tem suco de laranja e salada de frutas. A galinha já está assada.
Podem comer fria ou esquentar um pouco. Eu trouxe pão árabe e pão
francês. Assim, podem fazer sanduíches. Agora, vamos lavar as frutas, caso sintam fome mais tarde. Gosta de morangos?

A garota acenou com a cabeça, sombria.

— Ótimo. Por que não pega uma tigela? Vamos deixar os morangos de molho.

Caroline ergueu-se nas pontas dos pés, tirou uma tigela lascada de
um armário, entregou a Chelsea e recuou em seguida.

— Não gosto de morangos — disse uma das gêmeas.

— O que é isto? — perguntou a outra, tirando duas embalagens
pequenas de requeijão de um saco.

— Dê uma olhada nos sacos, Caroline — disse Chelsea. — Há vários pacotes de bolachas. Se sentirem fome e sua mãe ainda não tiver voltado para casa, pode passar requeijão nas bolachas...

— Elas serão alimentadas direito — disse uma voz da porta.

Chelsea virou-se para deparar com uma mulher grande, para a qual as gêmeas correram no mesmo instante.

— Ela trouxe bolinhos...

— E biscoitos de abóbora...

— E de meia-lua...

— E presunto.

— *Detesto* presunto.

Chelsea limpou as mãos e estendeu uma.

— Sou Chelsea Kane.

— Sei quem é.

Ela usava jeans e um casaco. Os cabelos lisos estavam presos num rabo-de-cavalo. Ao inclinar-se para as gêmeas, ela pôde ignorar a mão estendida de Chelsea.

— Essa é Glady Beamis — informou Caroline, em voz baixa, do canto do balcão.

Chelsea lançou-lhe um sorriso agradecido e perguntou a Glady:

— Mora aqui perto?

A mulher empertigou-se.

— Na casa ao lado.

— Isso é ótimo. Eu só queria ter certeza de que haveria comida suficiente na casa para as crianças.

— Providenciaríamos tudo o que fosse necessário.

— Tenho certeza disso. Eu só queria fazer alguma coisa para ajudar.

Glady olhou para a barriga de Chelsea.

— É de Judd?

Chelsea não estava mostrando mais do que naquela manhã, e agora não havia brisa para soprar o casaco. O que significava que os homens já haviam falado. Ela suspirou.

— Não. Concebi antes de vir para cá. A criança deve nascer no final de janeiro.

O bebê, na verdade, deveria nascer no início de fevereiro, mas o argumento de que Judd não era o pai tornava-se mais convincente com essa pequena alteração.

— Janeiro é um péssimo mês para ter uma criança por aqui. Só há neve e gelo.

Chelsea riu.

— É um pouco tarde para me dizer isso.

As gêmeas recomeçaram a falar, cada uma segurando uma das mãos de Glady.

— Gosto da neve.

— Especialmente de fazer bonecos.

— Especialmente de fazer bolas de neve.

— Quando eu nasci, Glady?

— Estou com dor de ouvido.

— Quando a gente vai jantar?

— Quando mamãe volta para casa?

— Alguém já teve notícias dele? — perguntou Chelsea.

— Ele está na cirurgia. Estão tentando consertar a perna.

— Ainda bem.

Tentar consertar a perna era melhor do que amputá-la.

— MaryJo não sabia quando voltaria. Levarei as meninas para minha casa, para jantar e passar a noite.

As gêmeas gostaram da idéia.

— Preciso pegar meu cobertor — disse uma, desaparecendo em seguida.

A outra saiu correndo atrás, gritando:

— Grover!

— Precisa de alguma coisa, Caro? — perguntou Glady.

Chelsea descobriu subitamente que a menina mais velha estava parada perto dela.

— Posso ficar mais um pouco? — indagou Caroline, tímida. — Será mais fácil para mamãe se tudo aqui estiver limpo.

Chelsea aproveitou a oportunidade e disse para Glady:

— Ela está me mostrando onde ficam as coisas. Só mais alguns minutos. Eu a levarei quando acabarmos.

Glady parecia não ter certeza se era uma boa idéia.

— Não vai demorar — murmurou Caroline, ainda tímida, mas manifestando seu desejo.

Depois de outro momento, Glady deu de ombros.

— Acho que não há mal nenhum. Mas não demore muito. Vamos ter pizza no jantar.

Ela chamou as gêmeas, virou-se e saiu. Enquanto Caroline guardava o resto das compras, Chelsea terminou de lavar os morangos. Caroline pegou um biscoito de abóbora, deu uma mordida pequena e perguntou, em voz baixa:

— Vai mesmo ter um bebê?

— Vou.

— Em janeiro?

— Deve ser.

Caroline deu outra mordida no biscoito. Levantou os olhos e disse, com um inesperado equilíbrio:

— Não dê atenção ao que Glady disse. Ela está enganada sobre janeiro. Nasci em janeiro. Não é um mês tão ruim.

Chelsea sorriu pela doçura da menina. Tocou em seus cabelos escuros e depois abraçou-a. Se não fosse pelo jantar que ainda queria fazer, levaria a menina para sua casa.

Mas Judd a estava esperando. Ele não sabia. Mas estava.

Chelsea fez galinha frita com arroz, o que era o melhor que podia fazer em tão pouco tempo. Cozinhou para quatro pessoas: Judd, Leo, Sarah, que substituíra Gretchen, e ela. Dava para ver que Judd sentia bastante dor. Estava com o rosto pálido e os movimentos eram lentos e cautelosos. Mal comera metade do que havia em seu prato quando murmurou:

— Tenho de deitar.

Ele pediu licença, levantou-se e deixou a sala. Chelsea fez menção de segui-lo, mas Sarah segurou-a pelo braço.

— Deixe-o ficar sozinho um pouco. É difícil para ele sentir-se fraco quando há outra pessoa observando. — Quando ouviram o barulho

de uma porta sendo fechada, Sarah acrescentou: — Ele está no banheiro. Não se preocupe.

Chelsea não tinha certeza, mas tornou a sentar à mesa. Como
Gretchen, Sarah estava mais próxima da idade de Leo do que de Judd,
o que significava que provavelmente conhecera Judd durante toda a
sua vida. E tinha razão sobre homens fortes que não gostam de se
mostrar fracos. Judd era assim.

— Ele é um bom homem — comentou Sarah.

— Sei disso.

— O bebê é dele?

Chelsea olhou para Leo, mas ele se concentrava em afagar Buck.

— Não.

— Gostaria que fosse? — perguntou Sarah.

Por um longo momento, Chelsea sentiu um aperto na garganta.
Forçou a passagem da respiração e lançou um olhar impotente para o
teto. O bebê de Judd... Claro, claro. O pensamento era novo, mas nem
um pouco desagradável. Não deveria haver qualquer motivo para
que ela quisesse um bebê de Judd. Mas o pensamento... o pensamento
perdurava em sua mente.

— Poderia ser uma boa coisa — sussurrou Chelsea, abaixando a
cabeça.

— Você o ama?

Amá-lo? Mal o conhecia. Mas havia o desejo de estar perto dele
durante todo o tempo, sentir-se segura em sua companhia, *desejá-lo*.
Mas amá-lo?

— Não sei.

— Judd precisa de um tipo especial de mulher — murmurou
Sarah, de uma maneira suave e gentil, que não era ofensiva.

Ocorreu a Chelsea que Sarah era esse tipo de mulher, assim como
Gretchen também fora. Ela deveria ter imaginado que Judd só contrataria as mulheres mais gentis para cuidar de Leo.

— Ele precisa de uma mulher que lhe dê muito amor, mas muito
mesmo — acrescentou Sarah. — Não importa onde seja... aqui ou em
qualquer outro lugar... mas Judd precisa de alguém que fique com ele
e só com ele.

— Minha Emma é especial — disse Leo, levantando os olhos, esperançoso. — Quando ela vai chegar?

— Daqui a pouco — disse Sarah. — Mas tem mais galinha aqui, muito saborosa.

Ela espetou um pedaço de galinha com o garfo de Leo, entregou-o e ficou observando, para ter certeza de que ele se lembrava de pôr na boca, mastigar e engolir.

Chelsea tentou imaginar Kevin reduzido àquele estado. Haveria de se sentir arrasada se o visse tão incapacitado. Podia imaginar o que Judd sentia.

Um som veio do corredor. Ela olhou para Sarah, inquisitiva.

— O chuveiro — disse Sarah, cautelosa.

Quando Chelsea deixou a mesa desta vez, Sarah não a deteve.

— Judd? — chamou ela, ao lado do banheiro. Bateu na porta. — *Judd?*

Ela experimentou a maçaneta, mas a porta estava trancada. Bateu de novo. Ou ele não ouvira ou não queria responder. Chelsea sacudiu a maçaneta da porta.

— *Judd!*

Ao final, ela teve de esperar, encostada na parede, especulando se ele continuava vivo e de pé ou se arriara no chão e se afogara, até que a água foi fechada. Chelsea tornou a bater na porta com o punho.

— Abra, Judd!

Ele abriu a porta, apenas o suficiente para indagar:

— Qual é o problema?

Mas a voz saiu fraca, o rosto exibindo uma extrema palidez. Ela entrou no banheiro.

— Você não deveria molhar o ombro.

— Não molhei.

Chelsea verificou o curativo. Tudo parecia em ordem. Ele deveria ter protegido o ombro de alguma forma. Todo o resto do corpo estava molhado.

— Há uma calça de training na segunda gaveta da cômoda. Pode pegar para mim?

Ela queria enxugá-lo, mas recordou o conselho de Sarah e optou por buscar a calça. Quando voltou, Judd já se enxugara, embora de uma maneira superficial. Encostava-se na pia, segurando a toalha na altura da cintura.

Chelsea ajoelhou-se e ajeitou a calça para que ele enfiasse o primeiro pé.

— Posso fazer isso — declarou Judd.

— Mas me dê esse prazer.

— Chelsea...

— Pare com isso, Judd. Já o vi nu antes. A resistência só serve para perder tempo.

Ele hesitou por mais um momento. A esta altura, presumiu Chelsea, as forças definharam ainda mais. Ela puxou a calça de training pelas pernas e os quadris num instante. Mas quando pensou que Judd cambalearia de volta para a cama, ele continuou parado ali, encostado na pia.

— Mostre sua barriga — sussurrou ele.

O coração de Chelsea bateu mais forte.

— Já mostrei. — Judd sacudiu a cabeça. Ela engoliu em seco. — Você deveria estar deitado.

— Mostre.

A porta ficava logo atrás de Chelsea. Ela poderia ter se virado e saído. Em vez disso, alisou o suéter por cima da barriga.

— Levante.

Ela levantou o suéter até a altura dos seios.

— Quero ver a pele.

Chelsea sentiu que seu coração disparava. Hesitante, abaixou a calça, até que a barriga arredondada fosse revelada.

Judd contemplou-a por um longo tempo, apenas isso. Depois, antes que ela pudesse impedi-lo, pôs a mão ali. Passou-a de leve sobre o monte de Vênus.

A respiração de Chelsea tornou-se mais acelerada, num esforço para liberar o calor que se acumulava. Ele virou a mão e passou o dorso sobre a pele exposta.

— Meu Deus! — sussurrou ele, cobrindo-a de novo com a palma da mão.

Ela queria mais, muito mais, o desejo ficando cada vez mais forte. Queria que ele a tocasse com as duas mãos. Queria chegar mais perto, queria que ele a envolvesse em seus braços e a apertasse. Morria de vontade. E não compreendera o quanto até agora.

Incapaz de suportar não ter tudo, ela segurou a mão de Judd e manteve-a imóvel.

— Não...

— Não o quê?

A voz de Judd era rouca.

— Não me provoque — disse ela.

— É você quem provoca.

Ele retirou a mão, passou por ela e saiu do banheiro. Um minuto passou antes que Chelsea recuperasse o controle para segui-lo. Mas tornou a perder o controle quando o viu esparramado na cama. Tinha os cabelos úmidos e desgrenhados, o peito nu e úmido, os quadris e as pernas firmes, o sexo saltado. Ela teve de fazer o maior esforço para não tocá-lo.

— Sou eu quem está provocando agora? — Ela enfiou as mãos por baixo dos braços, com precaução. — E foi você quem disse que queria ver o bebê.

Judd permaneceu imóvel.

— Fale, Judd.

Mas ele não disse nada. Depois de um longo momento, Chelsea retirou-se para a poltrona. Pouco a pouco, o volume do pênis foi diminuindo.

— Vá para casa — murmurou ele, finalmente, a voz meio grogue.

— Mais tarde.

— Precisa dormir.

— Mais tarde.

Chelsea não tornou a ouvi-lo. Ele caiu num sono leve, que foi se tornando cada vez mais profundo. Quando ela puxou a colcha para cobri-lo, Judd estava morto para o mundo.

Paixões Perigosas

A esta altura, Sarah já limpara a cozinha, providenciara para que Leo tomasse banho e vestisse o pijama, e estava sentada com ele na frente do enorme aparelho de televisão na sala de estar. Chelsea parou apenas pelo tempo necessário para se despedir dos dois e de Buck, antes de embarcar no Pathfinder e seguir para casa.

No instante em que entrou na estrada para Boulderbrook, ela compreendeu que havia alguma coisa errada. Mesmo com todas as janelas fechadas, ainda podia sentir o cheiro de fumaça, e não era o tipo de cheiro que costuma sair de chaminés agora que o outono chegara. Era o cheiro mais sinistro de um incêndio.

O coração subindo pela garganta, ela continuou em frente. Boulderbrook era uma casa quase toda de pedra, mas havia bastante madeira para queimar. Havia o telhado. E havia todo o interior, que ela reformara com o maior zelo.

As árvores se abriram para revelar a casa. A fumaça a envolvia, mas o brilho das chamas vinha de um ponto além, a uma distância relativamente segura, onde o velho estábulo estava nos estágios finais de ser consumido pelo fogo, até que deixou escapar um lamento poderoso e desabou em meio a uma chuva de fagulhas.

# Dezoito

Judd tinha a sensação de que um caminhão passara por cima de seu ombro, mas isso não o impediu de levar Oliver até a barbearia na manhã seguinte, nem o manteve calado quando os conselheiros de Norwich Notch começaram a falar sobre a destruição do estábulo de Chelsea como se fosse uma coisa sem a menor importância. Estava furioso e bastante temerário para fazer com que os outros soubessem disso.

Ele esperou até que o primeiro dos três sentasse na cadeira de Zee, até que os outros dois se servissem de café e assumissem a posição arrogante na janela que dava para a praça, até que os bonecos batessem os címbalos nos dois lados do relógio, três vezes. Só então ele falou:

— Alguma coisa não está certa nesta cidade. Quero saber o que é.

Os dois à janela — Oliver e George — fitaram-no surpresos, depois trocaram um olhar.

— O que ele está fazendo aqui? — perguntou George.

— Veio comigo, só que não deveria falar — murmurou Oliver.

— Já é tempo de alguém falar — declarou Judd. — Chelsea Kane veio para esta cidade de boa-fé. Fez um contrato legal e está cumprindo sua parte do acordo. Mas há alguém tentando atropelá-la ou afugentá-la. Quero saber quem é.

— Ele está falando do incêndio — comentou George.

— Não sabemos nada sobre o incêndio — esbravejou Oliver.

— E aquela picape que quase a atropelou? — Judd dirigia-se a George e Emery, pois já conversara com Oliver a respeito. — Ou os telefonemas que ela recebe? Algum de vocês sabe qualquer coisa sobre isso?

— Como poderíamos saber? — gritou Emery, da cadeira de barbeiro.

— Todos querem que ela vá embora. Talvez tenham decidido pressioná-la um pouco.

— Está nos acusando? — indagou George.

Judd estava pronto para o desafio.

— Se a carapuça cabe...

George soltou uma risada desdenhosa. Para Oliver, pelo canto da boca, George murmurou:

— Ele é muito mole com aquela mulher. Eu não disse? — Para Judd, ele acrescentou: — Aquele bebê é seu?

— Não, não é meu. Mas é de alguém. E não quero que ele se machuque.

— Como sabe que não é seu? — indagou Emery.

— Porque ela concebeu antes de se mudar para cá.

— Como sabe disso?

— Porque ela está grávida de cinco meses.

— Como sabe disso?

— Porque ela disse.

— E aceita sua palavra?

— Aceito sim. Até agora, ela não faltou com a palavra. O que ela diz, ela faz.

Chelsea não dissera necessariamente toda a verdade. Mais do que qualquer outra pessoa, Judd sabia disso. Mas não mentia... isso mesmo, não mentia.

— Estou dizendo que ele é mole demais com aquela mulher — reiterou George. — Provavelmente está ressentido porque o filho não é seu.

Judd passou a mão pela nuca. Os músculos doíam, sem dúvida por causa do ferimento no ombro... e a tensão da manhã não ajudava. *Provavelmente está ressentido porque o filho não é seu.* Era a pura verdade, o último pensamento que ele tivera ao adormecer na noite anterior e o primeiro ao despertar naquela manhã. Mas jamais diria isso a George.

Paixões Perigosas

— Vocês três se orgulham de dirigir esta cidade — disse ele, cansado. — Pois saibam que estão fazendo um péssimo trabalho se não conseguem descobrir quem tem atacado Chelsea.

— Isso é trabalho de Nolan — protestou Emery.

E era mesmo, mas só até certo ponto.

— Vocês são os conselheiros. Fazem as regras. Podem determinar que ela não seja atacada.

Oliver olhou para a praça, pensativo.

— Eu disse a ela para não comprar aquela casa. É mal-assombrada.

— Também disse que a casa deveria ser queimada — lembrou Judd.

— Está insinuando que fui *eu*?

— Estou dizendo que talvez saiba quem foi.

— Se quer saber quem foi, pergunte a Hunter Love — interveio George. — Ele sabe tudo sobre atear incêndios.

Judd não era estúpido. Investigara Hunter naquela manhã, depois que Gretchen chegara com a notícia.

— Hunter ficou no hospital em Concord até que Wendell saiu da sala de cirurgia, ontem à noite.

— Quem disse isso? — indagou George.

— O próprio Hunter.

— E acredita nele? A verdade é que Hunter vem causando problemas desde que foi encontrado andando a esmo por aquela estrada. Deveriam deixar que ele continuasse, indo para bem longe de Norwich Notch, indo causar problemas em outro lugar. E fariam mesmo isso, se não fosse por Oliver e Katie Love.

— Cale a boca, George.

— Ora, Ollie, todo mundo sabe.

— Cabe a boca!

— Isso não tem nada a ver! — gritou Emery, da cadeira de barbeiro. — O problema não é Katie Love e seu filho. O problema é Chelsea Kane. Ela não deveria ter vindo para cá. Estamos dizendo isso desde o início. Ela não deveria ter vindo.

Judd começava a perder a paciência.

— Mas ela está salvando a droga da cidade!

— Não está não — protestou George. — A cidade é sólida como uma rocha. Sempre foi e sempre será.

— Continue acreditando nisso e afundará com o resto se alguma coisa acontecer com Chelsea Kane. — Judd encaminhou-se para a porta. — E isso é uma promessa.

— Agora é para valer — disse Matthew Farr para Donna, no instante em que não havia mais clientes na loja. Ele bateu a gaveta da caixa registradora. — Não quero mais que você a veja.

Donna franziu o rosto na direção da mulher que acabara de sair, mas Matthew segurou-a pelo queixo e virou-a.

— Não Mary Lee, mas Chelsea Kane. Não houve uma única pessoa aqui esta manhã que não comentasse sobre ela. O incêndio no estábulo? Quem se importa com isso? Sabia que ela está grávida?

Donna pensou em mentir, mas alguma coisa dentro dela não permitiria. Chelsea tratara-a com toda gentileza desde o início. Eram grandes amigas agora. E ela lhe devia algo mais do que se intimidar diante de Matthew.

— Você sabia! — exclamou Matthew. — Sua vaca!

Ele empurrou o rosto de Donna. Ela esfregou o queixo, tomando o cuidado de continuar a fitá-lo.

— Por que não me contou? — Matthew bateu com o polegar no próprio peito. — Eu tinha o direito de saber. Aquela mulher entra na minha loja, passa o tempo com minha esposa e ninguém me diz que ela está grávida? E dizem que a criança nem mesmo é de Judd!

Ele soltou uma risada desdenhosa.

— Mas que vagabunda! Na primeira vez em que a vi, compreendi que ela estava à procura de homem. Senti pelo cheiro. Mas eu não cairia nessa. Não me deixaria enganar por aqueles olhos inocentes. E você? Foi enganada direitinho. Ela sabe reconhecer uma otária quando a encontra. Você levou-a para sua aula de aeróbica, depois passou a correr com ela e quase se matou. Continue a sair com ela e acontecerá de novo. Aquela mulher é uma ameaça. Não quero que você torne a vê-la.

Donna tinha toda a intenção de se encontrar de novo com Chelsea. Na verdade, estava esperando o intervalo do café para correr até lá e se certificar de que Chelsea estava bem. O incêndio no estábulo devia tê-la apavorado, ainda mais depois do acidente em Kankamaug. Donna torcera para que Chelsea passasse a noite na casa de Judd. Teria sido melhor para ela.

— Está me ouvindo, Donna? — Matthew exagerou o movimento dos lábios, o suficiente para tornar um insulto. — Não quero que você a veja de novo.

— Ela é minha amiga.

— Fale direito para que eu possa entender!

— Ela... é... minha... amiga.

— Ela é uma desgraça para esta cidade. Nada tem sido a mesma coisa desde que ela chegou. E agora isto. Grávida. E nem mesmo é casada, pelo amor de Deus!

— E daí? — gritou Donna.

Ela cambaleou no instante seguinte, pelo tapa de Matthew. Bateu na beira do balcão, recuperou o equilíbrio e respirou fundo para enfrentá-lo. Mas Matthew desviara os olhos para a porta e assumira seu sorriso mais encantador.

— Bom-dia, Ruth. Você está muito bem hoje.

Ele empurrou Donna para o lado e adiantou-se. Ela passou as mãos pela saia, empertigou-se e respirou fundo. Mas não havia compostura externa que pudesse atenuar o turbilhão interior. Não sabia por que Matthew a agredira. Ele já a fazia sofrer demais mesmo sem isso. Donna não entendia por que não podia apresentar acusações contra ele. Não entendia por que não podia se divorciar. Joshie sabia que as coisas não andavam bem. Metade da cidade também sabia. E daí se as pessoas falavam? E daí se seus pais estavam mortificados? E daí se Matthew espalhava histórias cruéis?

Desesperada em escapar da vista do marido, mesmo que fosse por um ou dois minutos, ela afastou-se pelos corredores e foi para a sala dos fundos. Ali, sem intenção consciente, abriu a gaveta da mesa e tirou um pequeno revólver, que comprimiu contra o peito.

Poderia dizer que fora um acidente, que Matthew lhe mostrava como usar a arma, disparara por acaso e o matara. Poderia dizer que pensara que ele era um ladrão. Poderia até dizer que fora em legítima defesa, já que Nolan e Neil Summers testemunhariam as equimoses anteriores. Seria um julgamento interessante. Um Farr contra uma Plum. E proporcionaria aos habitantes de Norwich Notch alguma coisa a mais em que pensar do que a gravidez de Chelsea Kane.

Ela sentiu passos e levantou os olhos, alarmada, no instante em que Nolan entrava pela porta dos fundos. Seu rosto devia ter deixado transparecer a angústia que sentia, porque ele se apressou em fechar a porta. Tocou no rosto de Donna.

— Está vermelho. Ele bateu em você, não é?

Ela especulou o que havia em alguns homens que os tornavam sensíveis e gentis, enquanto outros eram mesquinhos. Especulou por que alguns eram honestos, enquanto outros distorciam todas as palavras para servir a seus interesses. Especulou por que Nolan não viera para a cidade alguns anos mais cedo, antes de seu casamento com Matthew. Especulou como seria acordar com um rosto risonho e um beijo.

— Donna... — O tom era suplicante. Ele pegou o rosto dela entre as mãos, com extremo cuidado. — Por que permite que ele faça isso? Você não merece.

Com um leve roçar dos lábios, ele beijou-a na testa, depois na ponta do nariz. Quando recuou, a expressão suplicante persistia.

— Não precisa aturar mais. Já lhe disse isso antes e peço de novo agora. Temos mais de dez casos de agressão e lesões corporais. Mas nem precisaria chegar a esse ponto. Se você pedisse o divórcio, a simples ameaça de escândalo já seria suficiente para mantê-lo a distância.

Donna sacudiu a cabeça de uma maneira que indicava que isso poderia não acontecer.

— Podemos obter uma ordem judicial — argumentou Nolan. — Ele não teria opção. Seria obrigado a ficar longe de você e de Joshie.

Ele olhou para as mãos de Donna e descobriu o que ela segurava.

— Onde encontrou isso?

Ela olhou para a gaveta.

— Ó Deus, você não vai querer usá-lo!

Nolan tirou o revólver de Donna. Já ia guardá-lo no bolso quando ela tocou em seu braço.

— É de Matthew? Não me importo. Não há necessidade de mantê-lo aqui.

— Ele ficará furioso se descobrir que desapareceu.

Donna torceu para ter falado em voz bastante baixa para Matthew não ouvir. Lançou um olhar nervoso para a porta.

Nolan guardou a arma na gaveta e fechou-a. Puxou Donna, segurando suas mãos, entre os seios, onde a arma estivera.

— Quero que me prometa que nunca usará essa arma, a menos que ele a ataque primeiro. Se acontecer qualquer outra coisa, você me telefona. Promete?

Ela não queria prometer isso. Havia ocasiões em que sentia tanto ódio que a arma parecia ser a única resposta. Havia outras ocasiões em que o desespero era tão profundo que ela quase se sentia tentada a usar a arma contra si mesma. Mas havia Joshie. E Nolan. E até mesmo Chelsea. Chelsea não acabaria com a própria vida em desespero. Ela lutaria. Era o que Donna tentaria fazer.

Nolan beijou-a. Roçou os nós dos dedos contra o lado de seu seio, no contato mais íntimo que já tiveram.

— Eu amo você — murmurou ele.

Ela deixou escapar um suspiro, sem saber se qualquer som o acompanhou e não se importando. Apoiar-se em Nolan era maravilhoso. E deixar que ele a tocasse também era. Nolan fazia com que ela se sentisse íntegra, valiosa e muito feminina. Ela também o amava.

Ele ergueu seu queixo com um dedo. Quando os olhos focalizaram a boca, Nolan disse:

— Algum dia você será minha. Não me importa quanto tempo terei de esperar. Mas você será minha. Prometo, Donna. Você será minha.

Ela queria acreditar... queria demais.

— Você será minha — repetiu ele, antes de soltá-la.

As palavras proporcionaram a Donna a força necessária para voltar à frente da loja.

* * *

Hunter Love vivia no lado oeste da cidade, depois do hospital, pouco antes de Cutters Corner.

Chelsea teve de passar por sua casa em quatro noites consecutivas antes de finalmente ver sinal de vida ali. Parou o carro no caminho de terra, ao lado da Kawasaki, e foi até a porta. Hunter demorou um pouco para abrir a porta, com uma expressão cautelosa.

— Oi — disse ela. — Como você está?

Ele olhou para o Pathfinder, depois correu os olhos ao redor, como se imaginasse que Chelsea trouxera algum reforço. Ao compreender que ela estava sozinha, tornou-se ainda mais cauteloso.

— O que veio fazer aqui?

— Quero conversar.

— Sobre o quê?

— O trabalho, para começar. Você tem sido ótimo na pedreira desde o acidente de Judd. Obrigada por isso.

— Ele sabe que você está aqui?

— Judd? Não.

— Pensei que passava todo o seu tempo com ele.

Chelsea sacudiu a cabeça.

— Ele acha que está melhor. — Na verdade, ela passava pela casa de Judd todos os dias desde o acidente. Às vezes o via, às vezes não. — Mas não pode fazer tudo o que fazia antes. Não tem a plena mobilidade do ombro... e não voltará a ter por mais algum tempo. Mas não quer admiti-lo.

Ela passara um bom tempo observando-o do alto da pedreira, enquanto ele orientava os homens.

— Se percebe alguma coisa que precisa ser feita, ele tenta fazer. Mas quase não tem encontrado, graças a você. Agradeço por isso.

Hunter não parecia impressionado. Sugou um canto da boca e manteve a mão em curva na porta. Ocorreu a Chelsea que ele podia não estar sozinho. Tentou olhar além dele, mas Hunter bloqueava seu campo de visão.

— Tem alguém com você?

— Não.

— Posso entrar?

— Acho que não seria sensato.

— Por que não?

— As pessoas verão seu carro aqui. Já tem problemas de reputação em quantidade suficiente sem isso.

Chelsea estava pouco ligando para sua reputação. Seus olhos diziam isso segundos antes de passar por ele e entrar na casa.

— Feche a porta. Está frio lá fora.

Ela ouviu a porta ser fechada às suas costas, mas concentrava sua atenção, fascinada, no que via à sua frente.

— Puxa, que surpresa!

Por fora, a casa parecia com todas as outras na rua. Embora nunca tivesse visto o interior das outras, duvidava que fossem como aquela. O que deveria ser um exemplo típico de sala atravancada era um enorme espaço aberto, até o teto, com uma lareira de tijolos que irradiava calor no centro.

— Foi você quem fez tudo isso?

Ela podia sentir o trabalho artesanal de Hunter no acabamento das paredes, nas vigas, nas tábuas em diagonal do assoalho.

— Sou o único bastante louco para fazer isso.

— Não tem nada de louco aqui. É sensacional.

— Não fiz por ser sensacional. Vivia trancado em espaços restritos quando era pequeno, e não suporto ser confinado.

Chelsea fitou-o. Como já acontecera antes, sentia-se chocada não apenas pelo que acabara de ouvir, mas também pelo fato de Hunter ter dito aquilo. Hunter se abria com ela. Não sabia por que, assim como também não sabia por que se identificava com ele. Mas era o que acontecia. E provavelmente fora por isso que viera.

— Também não suporto ser tocado — advertiu Hunter. — Se está aqui porque Judd não a quer e precisa de alguém, pode esquecer. Não estou interessado.

Ela sentiu uma raiva súbita.

— Não estou aqui para isso, Hunter, e você sabe muito bem. Se houvesse uma atração sexual entre nós, já teríamos feito alguma coisa, há muito tempo. Mas não há, de qualquer dos dois.

Ele não contestou.

Chelsea largou o casaco numa cadeira e continuou a examinar a sala. Os móveis eram poucos e modernos. Ironicamente, eram parecidos com os que ela deixara em Baltimore, só que tudo ali era de pinho laqueado. A cozinha ficava no canto esquerdo, no fundo. No lado direito havia uma plataforma com um colchão. O resto do espaço aberto era dominado por um sofá comprido — almofadas dispostas sobre uma armação de pinho — e por um requintado sistema de som estereofônico. Os fones pendendo da beira do sofá, emitindo um som distante, explicavam por que ele não ouvira a princípio as batidas na porta. O sistema de som era o mais moderno, com uma extensa coleção de CDs, quase todos de música clássica. Chelsea pensou que gostaria de passar um dia inteiro ouvindo música ali. Voltou a correr os olhos pela sala e perguntou:

— Foi você quem fez os móveis, não é?

Hunter tinha as mãos debaixo dos braços.

— Era algo para fazer.

— São lindos. Você é muito talentoso. Poderia ganhar a vida e ter sucesso com isso. — Ela inclinou-se para tocar numa das almofadas. — Quem fez as almofadas?

— Uma mulher.

— Alguém de Notch?

Depois de uma breve pausa, ele respondeu:

— Ela mora a cerca de sessenta quilômetros daqui. Eu a conheci num bar, levei-a para a cama e depois vi seu trabalho. Ela costura melhor do que trepa.

— Talvez ela diga a mesma coisa a seu respeito.

Chelsea sentou no sofá. Cruzou um joelho por cima do outro, cruzou as mãos no colo e ofereceu um sorriso cordial. Ele fitou-a, olhou para trás, numa reação curiosa, e tornou a se concentrar nela.

— Marcamos algum encontro?

— Era necessário? Você me viu vomitar. E me viu desmaiar. Não se preocupe. Não vou parir no seu sofá. Só quero conversar.

— Sobre seu estábulo?

— Para começar.

— O que está querendo dizer com isso? O que mais temos para falar?

— Sempre parecemos descobrir coisas, você e eu.

— É verdade... e um dos dois sempre acaba furioso.

— Você. É por isso que estou aqui. Você não pode sair de sua própria casa se não gostar da conversa.

— Quer apostar?

— Pare com isso, Hunter. Eu me sinto solitária. Quero conversar. Pode sentar, por favor?

Ele olhou para os fones no sofá. Depois de um momento de hesitação, foi desligar o aparelho. Seguiu para a cozinha. Abriu a geladeira.

— Quer uma cerveja?

— Daqui a quatro meses. Tem um chá?

— É cerveja ou suco de laranja.

— Suco de laranja, por favor.

Hunter serviu num copo alto. Segurando a garrafa de cerveja pelo gargalo, ele foi atiçar o fogo na lareira.

— Não queimei seu estábulo. Ainda acho que daria um grande estúdio.

Haviam conversado a respeito durante a reforma de Boulderbrook, mas Chelsea insistira em fazer o estúdio num dos quartos. Queria ter a possibilidade de trabalhar durante a noite sem ter de sair de casa. Hunter, por outro lado, tinha perspectivas mais amplas. Ao considerar seu comentário anterior, ela podia compreender o motivo.

— Quem você acha que foi?

— Não tenho a menor idéia — disse ele, continuando a mexer na lenha.

— O fogo poderia começar sozinho?

— Só se estivesse quente como o inferno e seco como o Saara, o que não era o caso... e mesmo assim você provavelmente precisaria de um raio para começar.

Chelsea suspirou. Era mais ou menos o que Judd dissera.

— Nolan vasculhou as cinzas à procura de alguma prova incriminadora, mas nada encontrou.

Depois de ajeitar a lenha fumegante a seu gosto, Hunter pegou outra acha no cesto ao lado e pôs em cima.

— Só era preciso gasolina e um fósforo. O estábulo era de fácil combustão.

A fumaça enroscou-se no mesmo instante na acha que ele acrescentara.

— As pessoas na cidade pensam que foi você.

— Era de esperar.

— Por causa dos outros incêndios?

Hunter abaixou a cabeça. Chelsea não podia ver o que ele fazia. Hunter empertigou-se, tomou um gole da cerveja, pôs a mão no quadril. Olhou para o fogo na lareira, as chamas dançando. Em voz baixa, sem se virar, ele respondeu:

— Não por causa deles. Também não tive nada a ver com aqueles incêndios. Mas já ateei um incêndio. Foi há muito tempo.

Ele continuou a olhar para o fogo, até que uma acha estalou e lançou fagulhas para todos os lados. Foi sentar numa cadeira na frente do sofá, tomou outro gole da cerveja e fitou Chelsea nos olhos.

— Eu estava com nove anos e tinha pesadelos. Pensei que acabariam se eu queimasse tudo.

— Queimasse o quê?

— O barraco em que nasci. — Os olhos continuaram fixados em Chelsea, mas se tornaram distantes. — Passei os primeiros cinco anos de minha vida ali. Ela me trancava no armário quando saía. Dizia que coisas ruins nunca me aconteceriam se ficasse quieto. Mas se fizesse algum barulho antes que ela tornasse a abrir a porta, seria devorado vivo.

— Ó Deus! — Chelsea recordou que ficava apavorada de ser devorada pelo gigante de "João e o Pé de Feijão", mas contava com Abby para falar até que dormisse. — Por que ela fazia isso?

— Queria ter certeza de que eu não diria uma só palavra se alguém aparecesse durante a sua ausência. Eu era um segredo. Ninguém sabia que eu existia. Ela queria manter assim.

— Mas *por quê*?

Paixões Perigosas

— Para que não me levassem. Eu era tudo o que ela tinha. Dizia que me amava, que eu era todo o seu mundo. Além disso, orgulhava-se de enganar a cidade. Todos pensavam que ela havia me dado ao nascer.

Então a mãe mantivera-o trancado. Chelsea não podia imaginar nada tão doentio. Devia ter uma expressão de horror estampada no rosto, porque Hunter apressou-se em acrescentar:

— Eu não a odiava. Não me entenda mal. Ela nunca me bateu. Nunca gritou comigo. Dentro daquele mundo confinado, dava-me tudo o que podia. Cozinhava minhas refeições e fazia minhas roupas. Trazia livros da biblioteca e me ensinou a ler. Comprava biscoitos e bolos na padaria. Comprou lã no armazém e me fez um casaco. Apenas não me deixava ir para qualquer lugar.

— E você queria ir? — perguntou Chelsea, porque era possível que ele não soubesse que podia, não sentisse falta.

— Queria o tempo todo. Os livros eram sobre crianças em companhia de crianças. Eu queria ser como aquelas crianças. Queria ter amigos, queria ver um homem. Até queria ir para a escola. Sempre pedia a ela. Suplicava. Ela reagia com um esforço para se tornar tudo para mim... companheira de brincadeiras, pai, professora. — Hunter respirou fundo. Comprimiu os lábios, os olhos transbordando com a angústia lembrada, até que a pressão tornou-se grande demais. As palavras continuaram a sair: — Ela costumava me abraçar muito, dizia que tudo acabaria bem, que eu seria feliz, que nunca me deixaria. Eu me sentia desesperado. — Ele respirou fundo outra vez, como se quisesse se distanciar do passado. — Às vezes eu escapava.

— Para onde ia?

Ele olhou para as mãos, depois para a garrafa de cerveja e finalmente para ela.

— Boulderbrook.

— Minha casa? — indagou Chelsea, surpresa.

— Estava abandonada naquele tempo. Era ali que eu brincava.

— Foi quando começou a ouvir as vozes?

— Eram meus amigos.

Chelsea prendeu a respiração. Seus amigos. Seus amigos imaginários. Ela teve vontade de chorar. Hunter olhava para o fogo agora, com uma expressão pensativa.

— Ela ficava furiosa quando descobria. Trancava-me no armário e deixava-me lá dentro por bastante tempo. Eu me sentia apavorado.

— Oh, Hunter...

Chelsea teve de fazer um esforço para não ir abraçá-lo. Ele tornou a fitá-la.

— Não quero sua compaixão. Não é por isso que estou lhe contando tudo. Só quero que saiba por que queimei o barraco. Representava tudo o que minha mãe fizera comigo. Pensei que, se fosse destruído, meu passado também acabaria e eu seria como todo mundo.

Ocorreu a Chelsea que entre aquelas linhas puras e claras dos móveis havia bem pouco de natureza pessoal. Não havia fotos nem lembranças.

— Era o que você mais queria... ser como todo mundo?

— Por algum tempo. Porque eu me sentia diferente dos outros. Quando me tornei adolescente, isso já não tinha mais importância. Queria ter minha própria identidade, seguir o meu próprio caminho.

— Quase sem respirar, ele acrescentou: — Antes que eu me esqueça, o barraco queimado ficava no terreno de Boulderbrook.

— No terreno de *Boulderbrook*? Pensei que Katie Love vivia em Cutters Corner.

— Quando ainda estava com o marido. Mas ele deixou a cidade, à procura de uma vida mais fácil.

— Por que Katie não o acompanhou?

— Não gostava dele.

— Ela lhe disse isso?

O que uma criança pequena podia compreender de assuntos do coração, ainda mais do corpo?

— Ela não disse isso expressamente para mim. Mas andava de um lado para outro falando sozinha, sem se dirigir a ninguém em particular. Só anos mais tarde é que algumas coisas que ela dizia fizeram sentido para mim.

Hunter se calou. Largou a garrafa de cerveja e foi pegar o atiçador para avivar o fogo. Quando acabou, sentou no chão, de costas para Chelsea.

— Seja como for, há muito tempo que ela vinha querendo sair de Cutters Corner. Era diferente das outras mulheres ali. Queria subir na vida. Era uma colcheira.

— Margaret me contou.

Ele ergueu um ombro. Quando o abaixou, tinha as costas mais rígidas.

— Margaret também contou o que fizeram com ela?

— Vagamente.

— Posso contar mais. — Ele virou-se apenas o suficiente para fitar Chelsea nos olhos. — Minha mãe era uma artista. Tinha um talento autêntico. Sustentava-nos fazendo placas para os comerciantes. Mas não era nisso que ela era melhor. Possuía uma noção instintiva da distribuição de cores e formas, mais do que qualquer das outras mulheres na cidade. Aprendeu sozinha a fazer colchas de retalhos ao comprá-las e desmanchá-las. Entrava na loja de tecidos, comprava retalhos por uma ninharia e fazia coisas lindas. As chamadas damas da cidade acharam que ela poderia lhes ser útil, e por isso a convidaram para participar do grupo. Aproveitaram os desenhos de minha mãe para fazer algumas das melhores colchas que já produziram. Não era exatamente uma delas, mas deixaram-na pensar que era. Por isso, quando o marido foi embora, ela deixou Corner. Não tinha muito dinheiro, mas o aluguel da cabana era barato e ficava no terreno de Boulderbrook. Em sua perspectiva, era a melhor coisa depois de morar na casa.

Hunter levantou-se. Foi até a janela, apoiou o cotovelo no peitoril por um momento e depois voltou para a frente da lareira, onde ficou de pé, olhando para as chamas.

— Quando ela engravidou, as mulheres ficaram frenéticas. Acusaram seus maridos. Acusaram seus irmãos. Acusaram os caixeiros-viajantes. Mas Katie Love não quis dizer quem era o pai. Por isso, ao final, só podiam acusá-la.

Ele voltou à janela e ficou olhando para a escuridão lá fora.

— Ela virou uma pária. Foi desconvidada para o chá, desconvida-da para o almoço da biblioteca, desconvidada para a Associação das Colcheiras. Não queriam vender seu pão de abóbora nas feiras da igreja. Não lhe davam trégua. Ela queimara suas pontes para Corner e era tratada como uma leprosa na cidade. Passava quase o tempo todo sozinha. E acabou enlouquecendo. Foi isso que fizeram com ela.

Chelsea não podia manter a distância por mais tempo. Deixou o sofá e foi para o seu lado. Não o tocou, apenas ficou perto.

— Estavam errados.

— O certo ou errado não importa nesta cidade. — Hunter falou com a mesma amargura que Chelsea já percebera muitas vezes. — Eles fazem o que querem. É por isso que acho melhor você repensar a idéia de ter o bebê aqui. Farão com que se sinta desesperada.

— Não permitirei.

— Estou lhe dizendo que farão isso

— Lutarei.

Ele virou o rosto para fitá-la.

— Por que se dar a tanto trabalho? Tem uma vida longe daqui. Tem uma família longe daqui.

— Mas gosto desta cidade. Quero ter meu bebê aqui.

— Você é tão louca quanto ela era.

Hunter afastou-se para pegar a garrafa de cerveja do chão. In-clinou a cabeça para trás, tomou um gole, depois outro e mais outro.

— Acha que foi Oliver?

Ele não fingiu ignorar a que ela se referia.

— Isso mesmo, acho que foi ele. E acho que a maioria da cidade também pensa que foi ele. Só podia ser alguém poderoso. Se não fosse por isso, por que se importariam?

Hunter virou-se para ela com uma expressão de frustração.

— Oliver comprou esta casa para mim. Deu-me de presente depois que me formei na universidade para onde me mandou. Teria feito qualquer dessas coisas se não fosse meu pai?

Chelsea queria pensar que era possível, que Oliver era mesmo um homem caridoso, como Margaret alegara. Mas, no fundo do coração, não acreditava nisso. Havia veneno demais na língua de Margaret.

Hunter inclinou a cabeça para trás e estudou as vigas, antes de tornar a se virar para Chelsea.

— Quero que ele admita que é meu pai. É pedir demais? Mas ele se recusa. Orgulha-se de sua posição na cidade. E há também a família. Todos ficarão indignados. Com exceção de Donna. Acho que Donna sabe.

— Ela nunca me disse nada.

— Por causa de Margaret. Ela é o fator decisivo, a mais frágil da família.

— Margaret... frágil?

— Ela teve um colapso quando Donna perdeu a audição. Desde então, Oliver não faz nada que possa desagradá-la. E anunciar para o mundo que sou seu filho desagradaria Margaret.

— Por que ele tem de anunciar para o mundo? Por que não pode dizer apenas para você?

— Pergunte a ele. E quando for procurá-lo, aproveite para perguntar também por que ele fez o que fez com minha mãe. Ele lhe devia mais do que ela recebeu. Continuo por aqui como uma pedra no seu sapato para lembrá-lo disso.

— Mas como pode viver com tanta raiva?

— Vivi assim por tanto tempo que a questão agora é saber se posso viver sem a raiva.

— Isso é muito triste, Hunter.

— Não é tão triste assim. Estou me saindo bem. Minha vida não tem nada de trágica. Houve alguns momentos brilhantes quando eu era pequeno.

— Por exemplo?

Ele virou a garrafa de cerveja vazia na palma da mão. Depois de um momento, foi até a cozinha e largou a garrafa na pia. Enquanto o observava, Chelsea tentava entender o que ele queria dizer. Hunter foi até um baú ao pé da cama, também de pinho laqueado, como os outros móveis. Levantou a tampa e mexeu nas coisas lá dentro. Tirou um maço de folhas de papel, que levou para Chelsea.

— Como eu disse, ela era talentosa. Tínhamos um jogo em que inventávamos nossa própria história. Ela fez desenhos de uma cidade, primeiro uma igreja, depois uma agência do correio, uma biblioteca, um armazém-geral. E inventávamos pessoas... quase sempre crianças... e pequenas aventuras.

Ele estendeu os papéis para Chelsea. Era uma coleção de desenhos, presos por uma fita azul estreita, que poderia muito bem ter saído de uma colcha de Katie Love. Chelsea pegou os desenhos e olhou para Hunter.

— Tem certeza que quer que eu veja isto?

Pareciam intensamente pessoais, ainda mais porque ele dissera que eram relíquias materiais... e parecia haver bem poucas.

— Ela era boa. Quero que você veja.

Mas Chelsea viu algo mais nesse momento. Hunter amava a mãe. Apesar de tudo a que ela o submetera, apesar de tudo a que a cidade o submetera por causa da mãe, o trabalho de Katie Love deixava-o orgulhoso.

Ela pegou os papéis, levou-os para o sofá, ajeitou-os em seu colo, desatou a fita com todo cuidado. Estava disposta a oferecer exclamações de admiração, independentemente do que encontrasse. Queria dar alguma coisa a Hunter. Como ele não permitiria um abraço, expressar admiração pelo trabalho da mãe teria de servir.

Mas ela não estava preparada para a extraordinária delicadeza dos desenhos, em várias tonalidades de tinta. Chelsea seria capaz de jurar que tinham sido feitos a bico-de-pena. Também não estava preparada para ver várias partes de Norwich Notch, porque fora a cidade que Katie desenhara, com uma precisão excepcional. Cada desenho ficava num pedaço de papel branco do tamanho de um cartão de aniversário, com um único prédio, feito com uma única cor. Os detalhes eram espantosos, das dezesseis vidraças em cada janela da biblioteca aos arabescos de madeira no alto do coreto da praça e às iniciais esculpidas na fileira de lápides no cemitério, ao lado da igreja. O mais incrível, porém, era a mensagem que transmitiam. Apesar do que a cidade fizera com Katie Love, Norwich Notch era o seu lar.

Chelsea examinou os desenhos devagar, saboreando cada um, antes de passar para o seguinte. Repassou todos, à procura de qualquer coisa que pudesse ter passado despercebida na primeira vez. No processo, alguma coisa deixou-a comovida. Não sabia o que era, se a beleza dos desenhos, sua história ou o simples fato de que Hunter a deixara vê-los. Mas quando acabou e ajeitou tudo sentia vontade de chorar. Com os desenhos no colo, ela fitou-o.

— São lindos... um autêntico tesouro.

Hunter estendeu a mão. Com o maior cuidado, ela deu um laço na fita, mas não entregou os desenhos imediatamente. Tocou de leve no desenho de cima, no de baixo, na fita. E finalmente, com a sensação de que renunciava a um tesouro, devolveu-os a Hunter.

Estranhamente, as lágrimas persistiram. Ela removeu as que haviam se acumulado nas pálpebras inferiores, mas novas lágrimas as substituíram.

Depois de guardar os desenhos na arca, Hunter ficou de pé junto da extremidade do sofá.

— Não deveriam deixá-la triste.

— Sei disso.

Chelsea foi até a cadeira em que deixara o casaco e pegou um lenço de papel no bolso.

— Não se preocupe comigo. Já vou melhorar. — Ela enxugou os olhos. — Talvez seja melhor eu ir embora agora.

Ela vestiu o casaco. Lembrou o suco de laranja que mal tocara. Pegou o copo e encaminhou-se para a cozinha.

Hunter encontrou-a no meio do caminho e tirou o copo de sua mão. Ela evitou seus olhos e seguiu para a porta. Já estendera a mão para a maçaneta quando ele indagou, com alguma irritação:

— Afinal, o que você quer?

Chelsea não se virou.

— Como assim?

— Comigo. De mim. O que você quer?

Ela hesitou.

— Amizade.

— Mas por que eu?

Só então ela se virou.

— Porque gosto de você. Está tão perdido e sozinho quanto eu me sinto na maior parte do tempo.

— Você? Perdida e sozinha?

— Nasci aqui, Hunter, fez trinta e sete anos em março. Não tenho qualquer outra informação além disso. Não sei quem foram meus pais biológicos ou se tenho irmãos e irmãs. Tudo o que sei neste momento é que alguém não me quer aqui. — Ela respirou fundo, todo o corpo tremendo. — Há muitas ocasiões em que me sinto perdida e sozinha. Esta noite foi uma delas.

Ele parecia atordoado. Chelsea tornou a enxugar as lágrimas, desta vez com a manga do casaco. Com uma fungadela final, ela acrescentou:

— Seja como for, sempre fiquei do lado dos oprimidos, como é o seu caso. Gosto de você, Hunter. Se fosse qualquer outro, poderia lhe dar um abraço e um beijo de despedida. No rosto, é claro, apenas platônico.

Ela hesitou, para depois murmurar, num tom mais esperançoso:

— Quem sabe em outra ocasião?

Como ele não respondesse, apenas continuasse parado ali, fitando-a, aturdido, Chelsea deu um aceno triste com a mão e saiu.

Chelsea procurou Hunter no dia seguinte, na pedreira, para ter certeza de que sua visita não o irritara demais. Mas ele não estava em Moss Ridge quando passou por lá, nem em Kankamaug ou em Haskins Peak. Nenhum dos homens o vira. E ninguém parecia preocupado. Ao que parecia, Hunter tinha o hábito de desaparecer de vez em quando. A preocupação de Chelsea era a possibilidade de o desaparecimento ter sido causado por alguma coisa que ela dissera ou fizera.

Desta vez, passou pela casa por três noites consecutivas antes de avistar a Kawasaki estacionada ali. Parou na frente por tempo suficiente para vê-lo se movimentar — vivo e aparentemente bem — pela sala. Pensou em bater na porta. Ao final, em respeito à privacidade de Hunter, decidiu ir para casa.

Dezenove

Por coincidência, o primeiro chá na tarde de quarta-feira da temporada ocorreu na semana seguinte a Notch descobrir que Chelsea Kane estava grávida. Chelsea não admitiria perdê-lo por nada. Era para valer o que dissera a Hunter. Não permitiria que a jogassem no ostracismo, como haviam feito com Katie Love. Se alguém tentasse, ela não hesitaria em lutar.

Usou a primeira de suas roupas de maternidade, uma calça que alargava na cintura e um suéter comprido. Teve de admitir que parecia muito como sempre, exceto pelo ligeiro volume da barriga. Mas era como se tivesse uma marca na testa, porque as mulheres pararam de conversar e ficaram olhando, surpresas, no instante em que entrou na sala principal da biblioteca.

— Oi — disse ela, com um sorriso jovial.

Dos vinte e poucos rostos na sala, ela reconheceu quase todos, o que servia para demonstrar o longo percurso que percorrera. O fato de que ninguém se adiantou para cumprimentá-la também indicava a enorme distância que ainda tinha de percorrer.

— Tenho ouvido falar desses chás desde junho — disse ela. — É um prazer.

Ainda sorrindo, ela se encaminhou para a mesa em que estava o enorme serviço de chá de prata, tudo arrumado com o maior cuidado.

— Como tem passado, Maida? — perguntou Chelsea.

Maida Ball era a matriarca dos contadores Ball. Servia-se de chá junto com a mulher do corretor de imóveis e mãe do advogado, Stella Whip. Maida acenou com a cabeça, a expressão sombria.

— Muito bem.

— Soube que seu neto acaba de ir para Princeton, Stella. Estudei arquitetura lá. Ele vai adorar a cidade.

— O pai também estudou ali — comentou Stella, como se desse a conversa por encerrada.

— Boa sorte para ele.

Chelsea seguiu para as bandejas de prata com os sanduíches servidos no chá.

— Adorei sua blusa, Nancy — disse ela para a bibliotecária postada ali. — Comprou em Boston?

Várias semanas antes, quando Chelsea estivera na biblioteca à procura de livros sobre passarinhos, a mulher falara sobre uma iminente convenção de bibliotecários naquela cidade.

— Na L.L. Bean — respondeu Nancy agora.

— Ficou ótima em você. Rosa é mesmo a sua cor.

Como a mulher não parecia propensa a falar mais nada, Chelsea disse para sua companheira:

— É um prazer tornar a vê-la, Sra. Willis. Ainda recebo elogios das pessoas que estiveram aqui para minha *open house*, no mês passado. Todos adoraram a pousada. Está tudo bem lá?

— Está sim — respondeu a Sra. Willis.

— O movimento caiu?

— Nem um pouco.

— É mesmo? Por quê?

— Turistas.

— Ah... — Chelsea esquecera. A temporada da folhagem de outono aproximava-se do auge, trazendo ônibus lotados de turistas. — É bom para os negócios.

Ela fez uma pausa, sorriu e acrescentou:

— Até daqui a pouco.

Chelsea passou para outro grupo. Lá estavam Margaret Plum, Lucy Farr e a nora de Lucy, Joanie.

— Como Oliver está se sentindo, Margaret? — perguntou Chelsea.

Ele não estivera na pedreira. A notícia era a de que pegara um resfriado. Com uma expressão inócua e uma voz equivalente, Margaret respondeu:

— Ele melhorou. Estará no escritório amanhã. Você não deveria estar aqui, Chelsea.

Chelsea não esperava aquela grosseria tão depressa.

— Pensei que os chás eram abertos.

— E são. Mas, ao se considerar seu estado, um pouco de prudência seria conveniente. — Ela estalou a língua. — E Judd nem mesmo é o pai. Sabe quem é?

— Claro que sei. É alguém de Baltimore.

— Planeja casar com ele? — perguntou Lucy.

— Ele já é casado.

Chelsea falou antes de pensar na impressão errada que estava dando. Abriu a boca para corrigir, mas decidiu não dizer mais nada, sob a influência de uma vozinha maliciosa em sua mente.

Lucy parecia contrariada. Joanie parecia entediada. Menos inócua agora, Margaret comentou:

— Não gostamos muito dessas coisas por aqui.

— Minha gravidez... — Chelsea foi instada pela vozinha maliciosa a dizer a palavra bem alta — ... não deve absolutamente afetar vocês.

— Mas afeta. Quando seu nome é relacionado com Norwich Notch, o que você faz afeta todo mundo aqui.

— Margaret... — protestou Chelsea, gentilmente.

Margaret olhou além dela.

— Ei, lá está Rachel. Ela acaba de voltar do médico!

Ela ergueu a mão para acenar e, acidentalmente, bateu na xícara de chá de Chelsea. A xícara balançou no pires e o chá derramou antes que Chelsea pudesse equilibrá-la.

— Oh, não! Foi sem querer. Lucy, pegue alguns guardanapos, por favor. Joan, fique aqui e converse com Chelsea enquanto eu limpo tudo.

Ela pegou a xícara e o pires antes de Chelsea perceber o que estava acontecendo.

— Não, não, eu...

— Volto num instante — disse Margaret, afastando-se.

A sós com Chelsea, Joanie não perdeu tempo.

— Você é o assunto da cidade.

Chelsea deu de ombros. Nunca soubera o que pensar de Joanie Farr. Cabelos escuros e elegante, pelos padrões de Norwich Notch, tinha uma qualidade sedutora para os homens, o que não incomodava Chelsea. O que a perturbava mesmo era a opacidade de Joanie. Não dava para perceber nada de seu caráter. Por trás de uma fachada atraente escondia-se só Deus sabia o quê.

— Planejou essa gravidez?

A pergunta era irônica, num tom que nada escondia. A desaprovação era evidente. Chelsea suspirou.

— Isso não vem ao caso. — E não era da conta de Joanie. — O importante é que estou emocionada com o bebê.

— Não terá muito apoio.

— Não preciso de muito.

— Pode precisar mais tarde. Os invernos são longos. As pessoas ficam isoladas. Talvez seja melhor voltar para Baltimore.

Lucy escolheu esse momento para voltar com um punhado de toalhas de papel.

— Deixe-me fazer isso — pediu Chelsea.

Mas a mulher mais velha enxugou a poça de chá num instante.

— Já acabei — murmurou ela, desaparecendo em seguida.

Joanie continuou a conversa do ponto em que parara:

— Donna também estaria melhor se você voltasse para Baltimore. Está criando problemas entre Matthew e ela.

— Eu?

— Ela reage a Matthew. Nunca fez isso antes.

— Talvez ela tenha motivos.

— Não com Matthew. Ele é maravilhoso.

Chelsea especulou se estariam falando do mesmo homem.

— Fique longe deles — advertiu Joanie. — Matthew já tem problemas suficientes com ela. Não precisa de mais.

Paixões Perigosas

Chelsea já ia perguntar que problemas a inocente e gentil Donna podia causar quando Margaret voltou com outra xícara de chá.

— Tome aqui. — Ela entregou a xícara a Chelsea e pegou o braço de Joanie. — Rachel quer falar conosco.

Chelsea observou as duas se afastarem, depois virou-se para as outras. Formavam pequenos grupos, todas conscientes de sua presença, mas se ocupando umas com as outras. Ela tomou um gole do chá. Especulou quando Donna chegaria. Tinha de fazer tudo o que pudesse para parecer inteiramente à vontade numa situação que era irritante.

Estava decidindo que grupo deveria confrontar agora quando uma mulher mais ou menos de sua idade se aproximou. Vestia-se como todas as outras mulheres de Notch — saia de lã simples e uma blusa — e tinha o mesmo tipo de expressão inócua que Margaret exibira. Chelsea preparou-se para outro ataque.

— Sou Sandra Morgan. — A voz negava a idéia de um ataque, pois era hesitante, quase tímida. — Meu marido é o agente de empréstimos no banco. Minha irmã é casada com Wendell Hovey. Você foi muito gentil com a família. Queria lhe agradecer.

O sorriso de Chelsea relaxou.

— Não precisa agradecer. O acidente foi terrível. Fiquei satisfeita ao saber que Wendell não perdeu a perna.

— Caroline é sua maior fã.

Chelsea sentira isso em visitas subseqüentes.

— É uma menina doce. Estava muito assustada a princípio. Pensei em levá-la para minha casa, mas achei que isso a assustaria ainda mais.

— É bem provável. — Sandra baixou os olhos e acrescentou, quase num sussurro: — Este grupo é muito hipócrita.

Chelsea riu.

— Já deu para perceber.

Ainda olhando para o chão, Sandra disse:

— Não sou fofoqueira, mas não é justo o que elas estão fazendo. Nenhuma é perfeita. Stella Whip é tão obcecada por limpeza que obriga a família a andar em casa com sacos plásticos nos sapatos. Joanie Farr vai para a cama com Matthew sempre que pode. E Margaret... foi

Margaret quem causou a surdez de Donna. Aposto que você não sabia disso.

— *Como?* — sussurrou Chelsea.

Sandra ergueu os olhos.

— Você tem o direito de ter seu bebê. Quero apenas que saiba que pode me procurar se precisar de qualquer ajuda. Ou a meu marido. Ele sempre fica contente quando novos moradores se instalam na cidade. O que também acontece com muitos outros. Só que não dizem.

— Obrigada — murmurou Chelsea. — Joanie e *Matthew*?

Sandra sacudiu a cabeça.

— Eu não deveria ter dito isso. Não é da minha conta. — Seu olhar se deslocou. — Lá está Donna. Não fale nada com ela.

Ela sorriu.

— Oi, Donna...

Judd não estava vigiando Chelsea. Não era da sua conta. Ela engravidara por conta própria, mudara-se para Norwich Notch por conta própria, era uma mulher competente, independente e auto-suficiente. Não precisava dele e Judd não tinha a menor intenção de se aventurar onde não era necessário. Havia outras necessidades mais importantes em sua vida.

Foi por isso que ele ficou irritado quando Fern telefonou para Moss Ridge e perguntou-lhe se a havia visto.

— Não, não vi.

— É estranho — disse Fern. — Ela deveria estar aqui para uma conferência por telefone às dez e meia, e nunca se atrasa. Já são onze e meia e ela ainda não apareceu. Ninguém a vê desde ontem à tarde.

Judd a vira depois disso. Ela passara pela casa no início da noite, levando uma torta de maçã um pouco queimada nas beiradas. Leo, abençoado fosse, adorara. Não se lembrava de que as beiradas não deveriam estar queimadas. Mas Judd não a via desde então.

— Já ligou para Boulderbrook?

— Ninguém atende.

— Fale com Donna. Veja se ela esteve na aula de aeróbica.

Paixões Perigosas

Judd não podia acreditar que ela ainda estivesse fazendo isso, mas Chelsea insistia que o exercício era bom para o seu coração e para o bebê.

— Ela não apareceu na aula. Donna pensou que ela podia ter decidido de repente visitar o pai. Mas Chelsea não é de esquecer um compromisso de trabalho.

Judd concordava. Chelsea era absolutamente confiável. Ele passou a mão pelos cabelos.

— Passarei pela casa ao voltar para a cidade.

Determinado a não se apressar — afinal, não era seu guardião —, Judd terminou o que tinha de fazer em Moss Ridge, passou por Pequod Peak, uma das pedreiras mais novas, que vinha produzindo um granito verde de uma qualidade que não se via por ali há anos, e só depois seguiu para Boulderbrook. Ficou surpreso ao encontrar o Pathfinder ali. Não podia imaginar por que ela não atendia ao telefone.

Ele bateu na porta. Como não obtivesse resposta, usou a chave que nunca devolvera para abri-la.

— Chelsea?

Judd atravessou a sala até a cozinha. A bolsa estava ali, aberta, revelando a carteira e todo o resto que com certeza ela levaria se tivesse saído. A preocupação começando a afligi-lo, ele subiu a escada para o quarto.

Havia uma enorme pilha de cobertas na cama, não apenas a colcha que combinava com os lençóis, mas também outra e vários cobertores, um por cima do outro. As noites de outubro eram frias, ele reconhecia, mas não tão frias assim.

— Chelsea?

A pilha se mexeu. Houve um pequeno movimento, seguido por outro. Judd foi para o lado da cama e começou a remover as cobertas, uma a uma. Quando descobriu a cabeça de Chelsea, ela já tinha um olho entreaberto.

— Judd... — A voz saiu rouca, muito diferente da habitual. — O que está fazendo aqui?

— Sabe que horas são? — perguntou ele, ríspido, pois não queria deixar transparecer a preocupação que sentia.

Ela estremeceu ao ouvir a voz. Puxou as cobertas para tapar os ouvidos.

— Já é quase meio-dia e meia. Fern vem tentando falar com você há bastante tempo.

— Não vem não...

— Por que não atendeu o telefone?

— Não tocou.

— O que há de errado com você? — perguntou ele, irritado.

Ela não estava jogando dentro das regras. Afinal, as regras determinavam que deveria fazer seu trabalho como prometera, aparecer quando deveria aparecer e ter o bebê sem pedir qualquer coisa a qualquer pessoa.

— Meio-dia e meia?

Chelsea soltou um gemido.

— Sente-se mal?

— A noite inteira. Só consegui dormir ao amanhecer.

Judd puxou as cobertas, depois o emaranhado dos cabelos para poder ver seu rosto. Ela parecia mesmo abatida. Não a via assim desde o início, quando ela enjoava pela manhã. É claro que ele não sabia disso, nem mesmo que estava grávida, apenas que havia dias em que ela dava a impressão de que não dormira durante toda a noite. Como acontecia agora. Mais gentilmente, ele perguntou:

— O que aconteceu?

Chelsea ainda mantinha os olhos fechados, enroscada de lado, sob as cobertas.

— Não sei. Eu me sentia bem até nove ou dez horas da noite, quando fiquei com o estômago embrulhado. Foi horrível. Nunca passei tão mal.

Ele tocou em sua pele. Parecia bastante fresca e macia.

— Teve febre?

— Tive.

Os cabelos também eram macios. Judd afastou-os da orelha. Ela tinha orelhas bonitas e delicadas. Havia duas pequenas argolas de ouro na orelha que ele podia ver. Também eram delicadas. Assim

Paixões Perigosas 395

como a camisola. Era de flanela, com a gola alta, flores pequenas estampadas. Não tinha nada de sofisticada, o que era surpreendente.

— Também tive calafrios — acrescentou ela.

Sem pensar duas vezes, ele estendeu a mão por baixo das cobertas, até o braço. Estava quente. Judd estendeu a mão até a barriga.

— O bebê está bem?

— Agitado como uma tempestade. Acho que também não gostou do que eu comi.

Judd retirou a mão, mas a palma continuou a sentir o que constatara. A barriga estava dura. Pequena, mas firme. Ele sabia, num nível intelectual, que havia um bebê ali. Senti-lo era diferente. Experimentara muita angústia na última vez em que fizera isso. Agora, a angústia era diferente.

— O que você comeu? — perguntou ele, a voz ríspida de novo, porque estava excitado.

— Nada de especial — respondeu Chelsea, com a mesma voz rouca. — Maçãs, muitas maçãs. Talvez tivesse uma podre.

— Onde comprou as maçãs?

Alguns pomares locais usavam inseticidas. Ele comera a torta de maçã que Chelsea fizera, mais do que o habitual, e não passara mal. Leo também não passara mal. Mas as maçãs da torta haviam sido descascadas e cozidas. Ela poderia ter tido uma reação se as comera cruas.

— De Farmer Galante — murmurou ela, lendo os pensamentos de Judd. — Ele não usa inseticidas. E, de qualquer forma, lavei tudo primeiro.

Chelsea tornou a puxar as cobertas para cobrir o rosto.

— Quero voltar a dormir.

— Perdeu a conferência por telefone que havia marcado.

Ele calculava que, se alguma coisa podia despertá-la, seria aquilo. Mas ela não mexeu um só músculo.

— Não tem problema.

Preocupado, contra sua vontade, ele permaneceu ao lado da cama por mais alguns minutos. Durante esse tempo, Chelsea não se mexeu. Judd deixou o quarto, foi até a cozinha e pegou o telefone.

Não havia sinal de discar. Ele apertou o botão. Ainda não havia sinal. Voltou ao quarto e pegou o telefone ali. Também estava mudo.

— Seus telefones estão mudos.

Chelsea não disse nada.

Judd ficou olhando para as cobertas. Ela tinha os olhos fechados. A colcha mexia ritmadamente — muito pouco, mas mexia — com a respiração. Ele continuou a observar por mais um momento, fascinado pelo brilho da pele. Depois, consternado por seu capricho, ele saiu do quarto e da casa.

O hospital ficava a dez minutos de carro. Judd foi direto para o consultório de Neil. Explicou o que acontecera com Chelsea, ligou para a companhia telefônica, para Fern pela linha do hospital e voltou para Boulderbrook.

Chelsea não se mexera um centímetro sequer durante sua ausência. Ele observou sua respiração. Continuava tão ritmada quanto antes. Ele arriou na poltrona no outro lado da cama, ajeitou o ombro, que começara a doer, e não desviou os olhos dela até ouvir alguém bater na porta da frente.

— Demorou muito — resmungou ele ao abrir a porta para Neil.

Neil tirou o casaco.

— Vinte minutos. Relaxe, Judd.

— Não quero duas mortes na *minha* consciência.

— Eles não vão morrer. — Neil gesticulou. — Mostre o caminho.

Para Judd, ela ainda não se mexera. Neil puxou as cobertas para os quadris de Chelsea. Pegou seu pulso.

— Ela tem um sono profundo.

— Está doente.

— Admito que já a vi com uma aparência melhor.

Neil abriu a maleta de médico. Tirou o estetoscópio e encostou-o nas costas de Chelsea.

— Parece tudo certo por aqui.

Ele pôs a mão na barriga, deixou-a imóvel por um instante, mudou a posição, tornou a esperar.

— O que está sentindo? — perguntou Judd.

— Ou é meio barril de maçãs ou é um bebê.

Chelsea mexeu-se nesse momento. Esticou as pernas. Pôs a mão sobre a de Neil. E acordou com um sobressalto.

— Neil... — balbuciou ela, assustada. — O que está fazendo aqui? Ela olhou para Judd.

— Você o chamou? Mas eu disse que estava bem.

— Você está esperando um bebê. Não queria ter na consciência qualquer coisa que pudesse acontecer.

Neil revirou os olhos. Fitou Chelsea.

— Conte-me tudo o que já disse antes para Judd.

— Estou bem.

— Conte tudo — ordenou Judd.

Assim que ela começou a falar, Judd deixou o quarto e desceu para a varanda da frente. O ar fresco era revigorante. Enquanto ele estava ali, o caminhão da companhia telefônica apareceu.

— Não encontramos nada errado na central — informou o técnico. — Vamos verificar aqui.

Judd fez sinal para que ele começasse. Pouco tempo depois, Neil juntou-se a ele na varanda, vestindo o casaco.

— Ela está bem. E o bebê também está. É muito forte, considerando tudo. O que quer que tenha sido já passou. E não me diga que é melhor assim, que não queria ter qualquer coisa em sua consciência. Porque você é cheio de merda, Judd. Enfrente a verdade. Gosta dela e é por isso que está tão preocupado.

Judd não via sentido em argumentar. Neil já chegara a uma conclusão.

— Ela é muito teimosa. Sabia que ainda está fazendo as aulas de aeróbica?

— Faz com todo cuidado, Judd. A gravidez não é uma doença. O corpo da mulher é feito para isso.

Judd tinha um comentário vigoroso para fazer na ponta da língua, quando o técnico da companhia telefônica contornou o canto da casa, com uma expressão presunçosa. Deixando o comentário para outra ocasião, Judd disse:

— Foi bastante rápido.

— Não é preciso muito tempo para descobrir um fio cortado.

— Um fio cortado?

Judd sentiu um calafrio percorrer todo o corpo.

— Isso mesmo. — O homem encaminhou-se para o caminhão, acrescentando: — Mas não é problema. Consertarei num instante.

Judd olhou para Neil, que agora parecia preocupado.

— Fio cortado é um ato deliberado.

— Como os telefonemas misteriosos. Talvez até um estábulo incendiado. Há alguma coisa estranha por aqui, Judd. Falarei com Nolan antes de ir para o hospital e pedirei que ele venha até aqui.

— Obrigado.

Judd pensou em várias coisas depois que Neil foi embora. Não gostava da idéia de que alguém estivesse atrás de Chelsea. Não gostava da idéia de ela ficar sozinha em Boulderbrook. Preferia que ela voltasse para Baltimore enquanto Nolan investigava, mas duvidava que ela concordasse. Seu pai ainda não sabia que ela estava grávida.

Subitamente, esse fato lhe pareceu absurdo. Ele foi até a cozinha, abriu a bolsa de Chelsea, pegou o seu caderninho de endereços. Encontrou o número de Kevin. Pegou o telefone e descobriu que continuava mudo. Foi para o quarto, prometendo a si mesmo que tentaria de novo.

Chelsea estava acordada, deitada de lado, as cobertas mais arrumadas do que antes. Observou-o se aproximar, deslocando apenas os olhos.

— Neil disse que você está bem.

— Eu sei.

— Esqueci de perguntar se você deve comer alguma coisa especial.

— Só o que eu quiser.

— E o que você quer?

— Nada.

Judd pensou em lembrá-la que ela podia não ter vontade de comer, mas o bebê precisava de alimentação. Mas não disse nada. Calculou que ela ainda se sentia mal.

— O fio do telefone foi cortado lá fora. — Chelsea arregalou os olhos. — Neil vai pedir a Nolan para vir até aqui. Talvez ele encontre pegadas.

Para seu crédito, ela parecia bastante abalada.

Paixões Perigosas

— O fio foi cortado?

— Alguém quer assustá-la, Chelsea. E já passou do ponto em que parecia engraçado. Acho que deveria sair daqui por algum tempo.

— Sair daqui? Não há a menor possibilidade.

— Mesmo que seja apenas pelo fim de semana. Para ter um descanso. Procure seu pai. Já devia ter feito isso há muito tempo.

Ele viu uma tristeza se insinuar nos olhos de Chelsea.

— Não posso — sussurrou ela. — Ainda não.

— Se não agora, então quando? No Dia de Ação de Graças? No Natal? *Depois* que o bebê nascer?

— Ei! Alguém em casa? — gritou o técnico lá de baixo. — O telefone já foi consertado.

Como Chelsea não dissesse nada, Judd desceu até a cozinha para fazer uma ligação. O técnico já fora embora. Mas Hunter estava ali. Parado junto do balcão, ao lado do telefone, segurando a carteira de Chelsea.

— O que está fazendo? — perguntou Judd.

Ele ainda estava irritado com o desaparecimento de Hunter. Oliver pressionara-o por isso. E ainda havia o problema no ombro. Ele bem que precisava de ajuda. Hunter levantou a carteira de motorista.

— Olhando para a foto. É horrível.

Ele guardou a carteira, com bastante indolência para deixar Judd irritado.

— Foi você quem cortou o fio do telefone?

Hunter fitou-o sem dizer nada.

— Então o que está fazendo aqui?

— Soube que ela está doente.

— Já melhorou.

— Uma pena. — Hunter levantou a gola do blusão de couro, pegou as luvas que deixara no balcão e encaminhou-se para a porta. — Não estamos conseguindo nos antecipar. Já era tempo dela ter um pouco de azar.

Ele desapareceu no corredor. Judd foi em seu encalço.

— O que está querendo dizer com isso?

Hunter saiu pela porta da frente.

— Foi você quem cortou o fio?

Hunter parou, olhou para o chão, depois para trás.

— Não. Alguém chegou na frente.

E ele se afastou. Judd não o deteve. Era capaz de reconhecer uma bravata. Hunter gostava de Chelsea. Não lhe faria qualquer mal. Mas alguma coisa o corroía, e Judd descobriria o que era. Mas não agora. Porque havia problemas mais imediatos em sua mente.

Ele voltou para a cozinha e ligou para Kevin. Não podia lhe dizer que a filha estava grávida. Isso cabia a Chelsea. Mas podia dizer que ela corria perigo. Kevin era seu pai, e ela o adorava. Se alguém tinha uma chance de lhe incutir um pouco de bom senso, era ele.

Ninguém atendeu. Ele voltou ao quarto e encontrou Chelsea sentada na beira da cama, as mãos nos lados do corpo, a cabeça abaixada. Sentiu-se atraído por ela, agora mais do que nunca, mas se manteve a distância, decidido.

— Você está bem?

Ela acenou com a cabeça para indicar que sim.

— Quem cortaria a linha do meu telefone?

— Podem ter sido várias pessoas.

Num fio de voz, ela murmurou:

— Hunter esteve aqui, não é?

— De passagem.

— Ele estava zangado comigo. Não sei por que, mas tenho certeza que foi por isso que desapareceu. Poderia ser ele, não é?

— É possível, pois Hunter conhece tudo sobre fios. Mas duvido que tenha sido ele.

Chelsea deixou escapar um suspiro. Levantou-se com um esforço evidente. Tinha a camisola toda amarrotada da noite que passara; ainda assim, agitava-se graciosa com os movimentos do corpo quando foi para o closet. Voltou com uma mala pequena, que pôs na cama. Estendeu os cabelos para trás e olhou para Judd.

— Irei para Newport. Papai nunca vai até nossa casa ali nesta época do ano e poderei ficar sozinha. Apenas pelo fim de semana. Voltarei em seguida.

Judd poderia abraçá-la pelo bom senso se não tivesse medo de nunca mais largá-la. Sabia o que havia nela que tanto o atraía — era uma mulher sensual, grávida ou não —, mas isso não tornava o controle mais fácil. Pela centésima vez, desejou que ela fosse tão fria, insidiosa e ambiciosa quanto Janine. Poderia, assim, manter o desdém. Mas ela não era nem de longe parecida com Janine, parada ali, com os cabelos compridos emoldurando a pele clara, o corpo numa camisola de avó. Uma aparência vulnerável. E ele era fascinado pela vulnerabilidade.

Então por que resistia?, perguntou a si mesmo. E passou a enumerar as razões. Um, ela estava grávida de outro homem. Dois, ocultara-lhe deliberadamente essa informação. Três, viera para Notch sob falsas alegações, porque queria descobrir a verdade sobre seus pais biológicos muito mais do que conquistar a Plum Granite. Quatro, o mais importante, não era a mulher para ele. Queria uma mulher doce, meiga, com uma devoção total. Queria alguém que considerasse que ele era a sua profissão, não o trabalho de projetar prédios ou negociar divórcios. Estava preso a Notch porque Leo estava ali, mas sabia que Leo não duraria para sempre. Quando chegasse o momento, Judd queria decidir para onde iria e o que faria, sabendo que sua mulher o acompanharia.

Uma atitude antiquada. Era mesmo, e ele se orgulhava de ser assim. E parte de ser antiquado era a capacidade de ser nobre, a ponto do auto-sacrifício ocasional. Pelo menos foi o que ele disse a si mesmo, uma hora mais tarde, quando pegou a estrada com Chelsea. Estar com ela era um tormento. Mas não podia deixá-la viajar sozinha.

— É desnecessário. — Ela vinha dizendo isso há meia hora; quanto mais ela falava, no entanto, mais determinado Judd se sentia. — Eu poderia guiar sozinha.

Ele resmungou sua divergência.

— Dá a impressão de que a mínima brisa poderia soprá-la para longe.

De jeans, suéter e uma parca enorme, os cabelos presos num rabo-de-cavalo e o rosto sem maquiagem, ela parecia não ter mais que dezesseis anos. Judd não podia acreditar que ela tinha trinta e sete anos e era quase mãe.

— Você é mais necessário para Leo — disse ela.

— Leo tem alguém para cuidar dele. Você precisa de um motorista.

— Mas seu braço ainda dói.

— Não dói quando eu guio.

— Doeu quando trouxe sua mala para o carro. Vi a expressão de seu rosto. E doeu bastante.

— Acabei de tirar os pontos. Ainda tenho alguma dificuldade com os movimentos. Foi só isso.

— Ainda não tem mobilidade. Não consegue nem levantar.

Não consegue nem levantar. Ele seria afortunado se fosse assim. Lançou um olhar irônico para Chelsea e teve a satisfação marginal de vê-la ficar vermelha.

— Entendeu o que eu quis dizer.

Chelsea encolheu-se dentro da parca. Embora estivesse com o rosto oculto dele, Judd percebeu que ela adormecera pelo relaxamento do corpo. Acordou a tempo de orientá-lo até a casa. Ela foi para seu quarto, vestiu um casaco grosso e voltou a dormir.

Judd explorou a casa. Era grande, antiga e surpreendentemente sem adornos. As duas características mais notáveis eram a varanda, em torno de toda a casa, e o cais, que se projetava pela água. Ele sentou na extremidade por algum tempo, respirando a brisa que vinha do mar e pensando que a praia talvez fosse um bom lugar para se instalar algum dia. Sempre vivera cercado de terra por todos os lados. Ali, experimentava uma espécie de liberação.

Na onda dessa liberação, ele foi para o carro e deu uma volta. Estivera em Newport anos antes. Nada mudara, inclusive a localização do supermercado. Como não almoçara, o dia se aproximava do fim e a geladeira dos Kane estava vazia, Judd parou para comprar comida. Quando voltou, encontrou Chelsea sentada na varanda, numa cadeira de balanço, envolta pelo casaco, olhando para o mar, cada vez mais escuro. Ele sentou na beira da grade de madeira, encostado na coluna.

— Como se sente?

— Melhor.

Pelo que Judd podia ver por cima do casaco, sua cor melhorara. Ela olhava para o mar e parecia bem desperta.

— Sempre adorei esta casa — comentou ela, com uma nostalgia evidente. — Era uma vida menos formal do que em Baltimore e nos divertíamos muito. Havia muitas famílias como a nossa que vinham para cá todos os verões. Era uma enorme turma de crianças.

— O que faziam durante o dia inteiro?

Judd não podia imaginar como seria passar semanas a fio sem fazer nada. Nunca tivera esse luxo, e provavelmente não saberia o que fazer se tivesse uma súbita oportunidade.

— Velejávamos... é claro. Sentávamos ao sol, na maior felicidade, sem pensar em câncer de pele. Nadávamos e jogávamos tênis no clube. Quando ficamos mais velhos, fazíamos bagunça por toda parte. Era uma diversão saudável.

— A família de Carl também vinha para cá?

— Vinha.

Chelsea se aconchegou no casaco. O vento que soprava do mar aumentava, ao mesmo tempo que o ar se tornava mais frio. Judd especulou se ela estaria bem agasalhada.

— Pensa muito nele?

— Em Carl? — Ela deu de ombros. — Tento não pensar.

— Sente saudade dele?

— Como um amigo. Não do outro jeito. Mas é estranho. O bebê é de Carl, que está casado com Hailey. Tudo faz sentido em minha mente, como aconteceu e o resto. Mas quando penso objetivamente a respeito sinto-me ordinária.

— Ele é que deve se sentir ordinário, pois foi o desgraçado traidor.

Chelsea alteou as sobrancelhas, para indicar que não pretendia discutir. Fitou-o nos olhos.

— Judd, Matthew Farr tem um caso com a cunhada?

— Onde ouviu isso?

— No chá da tarde de ontem, na biblioteca. É verdade?

— Provavelmente. Matthew não é o mais escrupuloso dos homens. Era apaixonado por Joanie há muitos anos.

Chelsea franziu o rosto.

— Por que ele casou com Donna?

— Porque Joanie já havia casado. E porque os pais o pressionavam para casar. Ele tinha trinta e poucos anos e ainda era solteiro. As pessoas começaram a dizer que ele era gay.

— Não dizem isso a seu respeito e você é solteiro.

— Não, não dizem. — Judd deu um meio sorriso irônico. Como isso podia parecer arrogante, ele acrescentou: — Já fui casado. Além do mais, estou num nível diferente do de Matthew. Os padrões que se aplicam a um Farr não se aplicam a um Streeter. Faço o que eu quero.

Como era o caso naquele fim de semana. Haveria comentários quando ele não aparecesse na pedreira pela manhã. Mas ele não se importava.

— O que pode me dizer da surdez de Donna? — perguntou Chelsea. — Como ela ficou surda?

— Não tenho certeza — respondeu Judd, sinceramente.

— Margaret disse que foi uma doença súbita. A mulher com quem conversei no chá disse que foi causada por Margaret.

Ele ouvira rumores a respeito. Faziam sentido, ao se considerarem o colapso posterior de Margaret e a maneira como rondava Donna nos anos transcorridos desde então. O sentimento de culpa podia levar as pessoas a assumirem essa atitude.

— Não há prova de qualquer coisa.

— O que Margaret poderia ter feito?

— Não sei. Eu era muito pequeno quando aconteceu.

— Donna foi hospitalizada?

— Por algum tempo. E depois foi estudar numa escola especial. Quando voltou, não fizemos perguntas.

— Sinto por ela. — A expressão de Chelsea era de consternação. — Matthew a trata de uma maneira horrível. Como Oliver pode ver isso e permanecer de braços cruzados?

— Oliver vê o que quer ver, e não vê o que o deixa contrariado.

— Hunter é filho dele?

— Provavelmente.

— Ele vai reconhecê-lo algum dia?

— Não enquanto Margaret estiver viva. Ela se sente magoada e humilhada.

Paixões Perigosas 405

— Como Hunter tem se sentido durante todos esses anos — comentou Chelsea.

— Não falei que era certo, apenas que é isso o que acontece.

— Por que Hunter não luta mais? Ele é um rebelde. Poderia pressionar Oliver. Se eu estivesse em seu lugar, *enlouqueceria* se não soubesse se o homem é ou não é meu pai.

— Mas isso deixa Hunter louco.

— Então por que ele não faz alguma coisa?

— Por que você não faz?

A questão martelava a mente de Judd havia algum tempo.

— Como assim?

— Você está em Notch há quatro meses e já sabia que nasceu aqui. Por que não fez mais para descobrir quem foram seus pais biológicos?

Chelsea franziu o rosto. Desviou o olhar para o mar e manteve-o ali.

— É difícil. Por um lado, quero saber toda a verdade. Por outro lado, estou satisfeita em saber apenas que sou de Notch.

— O que pode dizer sobre a chave?

Chelsea a mencionara quando haviam conversado a respeito em agosto. Judd vinha pensando nisso desde então.

— Já sabe o que abre? — perguntou ele.

— Não, não sei.

Judd não podia acreditar que ela não tentara descobrir.

— Não poderia ser um cofre no banco?

— Não. Não é esse tipo de chave. Só pode ser de uma caixa de música.

Uma imagem aflorou na mente de Judd. Fitou-a em silêncio por um longo momento, para depois sacudir a cabeça.

— O que foi? — perguntou Chelsea.

— Há um relógio na barbearia. Quando os garotos pequenos ficam com medo de cortar os cabelos, Zee os suborna com a promessa de dar corda no relógio.

Chelsea ficou alerta no mesmo instante, e por isso ele se apressou em acrescentar:

— Mas não há possibilidade de você ser filha de Zee. Ele fez parte da resistência italiana contra o Terceiro Reich. Foi ferido e não pode ter filhos.

Ela permaneceu alerta.

— Tem certeza?

— Ele disse isso a papai mais de uma vez. Quando papai ficou deprimido por não ter mais uma esposa, Zee declarou que ele tinha sorte por ter pelo menos um filho. E acrescentou que ele, Zee, não podia ter nenhum.

Chelsea recostou-se na cadeira de balanço.

— O que pretende fazer com a chave? — perguntou Judd.

A perspectiva de Judd era simples: se ela pudesse esclarecer o mistério da chave, poderia esclarecer o mistério dos pais biológicos; e se pudesse fazer isso, poderia se sentir livre para deixar Notch. Chelsea alegava que gostava da cidade. Seria interessante verificar por quanto tempo mais ela permaneceria em Notch, quando não tivesse mais qualquer motivo para continuar ali.

— Não sei — murmurou ela.

— Quer que eu tente descobrir? — Podia chamar de ajuda, podia chamar de pressão; o resultado era o mesmo. — Não me importaria.

Chelsea ficou surpresa a princípio, depois pensativa. Ele tratou de adoçar.

— Não precisaria dizer que a chave é sua.

— Seria discreto?

— Claro.

Ela pensou a respeito por um momento.

— O que você tem a perder? — insistiu Judd.

— É um trabalho meu.

— Que você não vem fazendo. — Ele saiu da grade. — Por tudo o que sei, quem mandou essa chave para sua mãe pode estar vivo este mês e morto no mês seguinte. É isso o que você quer?

— Não.

A caminho da porta, Judd disse:

— Briguei com meu pai. Voltei quando já era tarde demais para qualquer diálogo significativo. Não cometa o mesmo erro, Chelsea. —

Ele abriu a porta. — Vou preparar alguma coisa para comermos. Entre quando estiver com fome.

Chelsea não pensou muito a respeito pelo resto daquele dia. Estava esgotada pelo que a deixara tão doente na noite anterior e não podia se concentrar em qualquer coisa mais profunda. Mas acordou na manhã seguinte pensando no que Judd dissera. Compreendeu que ele tinha razão. Não deveria mais protelar. A vida tinha suas reviravoltas. Quanto mais ela esperasse para descobrir a origem da chave, mais o caminho poderia se tornar um atoleiro.

Foi somente no final da tarde que ela pensou na advertência de Judd sob uma ótica diferente. Depois de passar várias horas na extremidade do cais, observando os barcos navegarem pela baía, ela e Judd preparavam um chocolate quente na cozinha quando a porta foi subitamente aberta e Kevin entrou.

Chelsea deu um sorriso de surpresa, assim como Kevin. Por um momento, ela teve a esperança de que tudo acabaria bem. Então ele olhou para sua barriga. Ficou aturdido a princípio, depois confuso. Lentamente, os olhos se arregalaram, o sorriso desapareceu, a expressão tornou-se sombria.

Havia uma tempestade chegando. Era uma das reviravoltas da vida e não havia como se distanciar a tempo. Resignada, até mesmo aliviada, Chelsea ergueu o queixo e enfrentou o olhar de Kevin.

# Vinte

— Deve nascer em fevereiro — disse Chelsea.

Ela ficou esperando pela reação de Kevin. Queria que ele sorrisse. Queria que se mostrasse tão emocionado quanto ela. Ele era seu pai, e o bebê era seu. Ela queria harmonia entre os dois.

Mas Kevin continuou confuso, consternado, aturdido. Chelsea sabia o que ele estava pensando. Como um homem disciplinado, tentava descobrir quando ela concebera, para lembrar onde ela se encontrava na ocasião e com quem, ao mesmo tempo em que tentava superar o choque.

Ela tentava decidir por onde começar seu relato quando Judd se aproximou por trás. Ele não a tocou, apenas parou ao seu lado, numa atitude de apoio.

— Foi inesperado — murmurou ele.

— Sempre é — escarneceu Kevin, fitando Chelsea nos olhos. — Fevereiro. Estamos em outubro. Já passou por mais da metade da gravidez. Por que eu não soube antes?

A indagação ecoou na mente de Chelsea. Tinha a impressão de que já a ouvira muitas vezes antes. Mas fizera o que considerara melhor. Tomara decisões que pareciam certas na ocasião.

— Eu queria lhe contar. Teria contado no Quatro de Julho, mas você não quis passar o feriado comigo aqui. Pensei em contar no Dia do

Trabalho, mas você tinha outros planos e não pôde ir à minha *open house* em Notch. E eu queria contar pessoalmente, não pelo telefone.

— Como soube que eu estaria aqui neste fim de semana?

— Não sabíamos — interveio Judd, antes que ela pudesse falar. — Foi um palpite calculado. Você não atendeu o telefone em Baltimore, e Chelsea não tinha conhecimento de seus planos para estar em qualquer outro lugar.

Chelsea lançou um olhar curioso para Judd. Kevin também parecia se dirigir a ele quando perguntou:

— Essa gravidez foi intencional?

— Não originalmente — respondeu Judd.

Kevin franziu o rosto, outra vez previsível. Era o homem do preto no branco, do princípio ao fim.

— Ou foi ou não foi.

— Não. Mas o bebê é desejado.

Kevin olhou para Chelsea.

— Você me disse que não queria ter filhos até saber quem era. Descobriu subitamente?

— Não.

— E ainda assim você engravidou.

Kevin parecia desgostoso.

— Não vejo uma aliança. — Ele olhou para Judd. — O bebê será ilegítimo?

— Não se Chelsea não quiser que seja.

Chelsea olhou para Judd com uma curiosidade ainda maior. Não podia casar com Carl, e Judd sabia disso.

— Chelsea nem sempre sabe o que é melhor para ela — comentou Kevin.

— Sei sim — protestou ela.

Kevin virou-se para ela, furioso.

— Eu esperava que isso acontecesse quando você tinha dezessete anos e andava com aquele bando de hippies, não agora. Já deveria ter se tornado adulta. Já deveria ser uma pessoa responsável. É ser responsável ter uma criança fora do casamento? É assim que você honra a memória de sua mãe?

Paixões Perigosas

Chelsea teve a sensação de que acabara de levar um tapa na cara, mas Kevin continuou:

— Abby queria muito ter netos, e você teve muitas oportunidades de fazer isso da maneira certa. Preferiu esperar e esperar. Foi o tempo que a impulsionou agora? Ficou desesperada? Ou perdeu de vista o que é certo e o que não é? Ensinamos *alguma coisa* a você? Pelo amor de Deus, Chelsea, o que está acontecendo em sua cabeça?

Ela tremia por dentro. Isso mesmo, Kevin era conservador, como ela soubera durante toda a sua vida. Ainda assim, havia o bebê.

— Não está emocionado?

— Como posso me sentir emocionado? Você vive no último lugar do mundo em que eu gostaria que estivesse e agora engravida, ainda por cima. Eu a perdi.

— Não, não perdeu. Voltarei e tudo será como antes. Posso ir para Baltimore em junho do ano que vem... para sempre.

— Você permitiria isso? — perguntou Kevin a Judd.

— Se fosse o que ela quisesse, encontraríamos uma solução.

Chelsea fez uma careta para Judd.

— Do que está falando?

— Ela se recusa a casar com você? — perguntou Kevin.

— Ainda estamos discutindo a questão.

A luz ocorreu subitamente.

— Essa não! — Chelsea afastou-se dos dois. — Essa não! — repetiu ela, com mais veemência ainda. Olhou para Judd. — O que pensa que está fazendo?

Ele estendeu a mão.

— Chelsea...

Ela deu outro passo para trás. Ergueu a mão.

— Não.

— É melhor assim.

— *Não!* — Ela virou-se para o pai. — Houve um mal-entendido aqui, por causa de sua mentalidade estreita e das tentativas desorientadas de Judd de lidar com a situação. O bebê não é dele. É de Carl.

— *De Carl?*

O estômago de Chelsea assentara um pouco. Ela sentia um estranho fluxo de força.

— Carl e eu fomos para a cama uma única vez. Foi quase no final, uma última tentativa para fazer com que as coisas entre nós dessem certo. Quando descobri que estava grávida, não apenas Carl já havia voltado para Hailey, como ela também engravidara. Foi por isso que ele casou tão depressa. E foi por isso que não estive no casamento.

Kevin estava atordoado.

— *De Carl?*

— Não lamento que ele tenha casado com Hailey. Ela é muito melhor para Carl do que eu seria. — Ela olhou para Judd. — A última coisa que eu quero neste momento é casar apenas pela criança. — Para Kevin, Chelsea acrescentou: — Não contei a Carl sobre o bebê porque não há sentido. Algum dia ele saberá, quando contar não for mais um risco. Sempre amei Carl como um amigo. Agora, ele me deu uma coisa muito linda, pelo menos para mim. Não será para ele, pois irritaria Hailey e complicaria suas vidas se eu contasse agora. — Ela sentia que sua força começava a se desvanecer, mas tinha de continuar: — Foi um dos motivos pelos quais me mudei para Norwich Notch. Não poderia continuar em Baltimore e me encontrar com Carl todos os dias. Não podia deixar que ele visse o que estava acontecendo comigo.

— Carl teria se divorciado — argumentou Kevin. — Tom e Sissy insistiriam. E ele casaria com você.

— Mas eu não quero isso! — exclamou Chelsea, em frustração. — Preste atenção, papai. Carl e eu não nos amamos assim. Venho tentando lhe dizer isso há meses, mas você se recusa a ouvir. Fomos péssimos amantes. Não havia qualquer fogo. Se tivéssemos casado, seria apenas uma questão de meses antes de nos ressentirmos do casamento, um do outro *e* do bebê. É muito melhor assim. Eu me sinto mais feliz.

Kevin fitava-a, ainda de casaco, os ombros vergados, os braços pendentes, com uma expressão de surpresa e desamparo.

— Eu me sinto realmente mais feliz — reiterou Chelsea, com um sorriso cansado. — E aguardo o momento de ter o bebê com a maior satisfação. Ficaria ainda mais feliz se você também se sentisse assim.

— Como sabia que dissera tudo o que era importante e que desataria a chorar se continuasse, ela murmurou: — Estou cansada.

E saiu da cozinha.

A noite já caíra quando ela se aventurou a voltar. Não havia vozes para atraí-la, apenas um único abajur aceso na sala de estar, refletindo-se nas janelas grandes que davam para o mar. Judd estava arriado num canto do sofá. Ergueu o rosto quando o reflexo de Chelsea apareceu no vidro.

— Onde ele está? — perguntou ela.

— Foi embora.

Ela receara que isso pudesse acontecer, mas, deitada no escuro, em seu quarto, não pudera imaginar um meio de mantê-lo. Atravessara a sala até a janela e encostou a testa no vidro. Sentia um enorme vazio. Ela e o bebê eram mínimos nesse vazio.

Não resistiu quando os braços de Judd a envolveram. Precisava demais do conforto para se importar com o que ele pudesse pensar a seu respeito. Virou-se em seus braços, encostou o rosto no ombro e começou a chorar. Não tivera essa intenção, mas as lágrimas vieram mesmo assim e não havia como detê-las. Agarrou o suéter de Judd, apertando-o com força, agarrando-se nele como se sua vida dependesse disso, a única fonte de conforto no mundo naquele momento.

Ele não disse nada. Mal mexia os braços. Apenas abraçou-a com firmeza, enquanto ela chorava.

Com o tempo, as lágrimas foram diminuindo. A respiração se tornou menos superficial, com apenas um sobressalto ocasional. Pode largá-lo agora, disse ela a si mesma... mas não se mexeu. O aconchego dos braços de Judd era um luxo que ela não estava disposta a descartar por enquanto.

— Desculpe por isso — sussurrou ela, virando a face para o peito de Judd. — Ele me deixa muito magoada.

— Foi o que eu lhe disse. Também falei outras coisas, que talvez não devesse. O que pode tê-lo afugentado.

— Não. Ele foi embora por minha causa. — Chelsea sentiu um aperto na garganta. Um minuto passou antes que ela falasse de novo. — Tem sido assim quase desde que mamãe morreu. Acho que olha para mim e se lembra dela. E pensa que ficaria mais feliz se trocássemos de lugar.

— Não é isso — murmurou Judd, alisando os cabelos na têmpora de Chelsea.

— Creio que ele não me ama mais. Talvez nunca tenha me amado. Jamais gostou da idéia de adotar uma criança. Abby é que queria. Já que não poderiam ter filhos, é bem provável que ele ficasse contente em passar pela vida sem ter qualquer criança.

— Ele amava você, Chelsea.

— Não o suficiente.

— O suficiente para sobreviver à sua adolescência.

— Mamãe agüentava tudo nessa época. Servia como amortecedor. Agora que ela morreu, não resta mais nada.

— Está enganada. O problema é Norwich Notch. E o bebê. Ele precisa de tempo para se ajustar.

Chelsea queria acreditar nisso. Queria acreditar que Kevin ainda mudaria.

— Quero que ele esteja presente no primeiro aniversário do bebê, e no segundo e no terceiro, mas duvido que sequer apareça quando ele nascer.

— Ele precisa de tempo.

— Acontece que eu *não tenho* tempo. Estou *grávida*, e o bebê não pára de crescer. Não vai esperar para nascer até que papai se torne mais sensato. O que há de errado com ele?

Judd deixou escapar um murmúrio tranqüilizador. Passou a mão pelos cabelos de Chelsea enquanto a outra segurava-a com firmeza.

Ela deixou escapar um suspiro. Quando aspirou de novo, absorveu um pouco do cheiro de Judd. Adorava o cheiro dele. Uma fragrância cítrica, de vida ao ar livre, viril. Sentia muita falta.

— O que devo fazer? Continuar tentando? Devo convidá-lo para o Dia de Ação de Graças? Ou devo sair de sua vida e deixá-lo esquecer que um dia adotou uma criança?

Paixões Perigosas

— Isso nunca.

— Talvez seja o que ele queira.

— Você não diria isso se tivesse voltado antes. Ele estava nervoso. As pessoas que não se importam não ficam nervosas. Ele precisa de você mais do que nunca, agora que sua mãe morreu. Mas quer você dentro das condições que ele impuser. Quer que você siga suas regras.

— Nunca me submeti antes. Onde isso me deixa? Quero uma família. As festas de fim de ano foram feitas para as reuniões de família... e estão se aproximando. Não quero ficar sozinha.

— Não ficará. Se não se entender com Kevin, pode passar com o Leo e comigo.

Chelsea ergueu a cabeça. Não esquecera o que ele dissera para Kevin, como se mostrara disposto a assumir a responsabilidade pelo bebê, a maneira como insinuara que casaria se ela quisesse. Não acreditava que Judd chegaria a esse ponto — fora uma sugestão bastante insensata —, mas mesmo assim o gesto deixara-a profundamente comovida. Cautelosa, ela indagou:

— Quer dizer que somos amigos?

Judd não era muito de sorrir, e por isso a pequena contração nos cantos dos lábios foi tão preciosa.

— Somos amigos.

— Ainda está zangado comigo por causa da gravidez?

— Claro. Mas não tem problema. Ainda podemos ser amigos. Se não tiver outros planos quando chegar o Dia de Ação de Graças, vai celebrar conosco. Papai adorou sua torta de maçã, mesmo com as beiradas queimadas. Experimente fazer uma torta de abóbora. Ele pode não se lembrar de mais nada em sua vida, mas vai amá-la por isso.

Apesar da cena com Kevin, o fim de semana em Newport foi exatamente o que Chelsea precisava. Ela dormiu por muitas horas, comeu bastante depois que acordou e encontrou em Judd uma companhia agradável. Não era tão ingênua a ponto de pensar que as coisas não mudariam depois que voltassem a Notch e as exigências de suas vidas recomeçassem. Mas aquele era um interlúdio tranqüilo, como há meses não tinha.

Ainda bem que ela conseguiu relaxar, pois menos de cinco minutos depois de voltar a Boulderbrook teve certeza que havia algo errado. Ao entrar no quarto, notou no mesmo instante que várias coisas estavam fora do lugar.

— Alguém esteve aqui!

Ela chamou Judd, que ligou para Nolan, que entrou na casa pouco depois. Chelsea levou-os para o quarto.

— Alguém esteve aqui enquanto estive ausente. E mexeu nas minhas coisas. Estão vendo aquelas fotos na cômoda? Eu as arrumo de uma determinada maneira. É um capricho. Mas alguém mudou a ordem. O mesmo acontece com os livros na mesinha-de-cabeceira. Sempre ponho o que estou lendo por cima, mas não está assim agora. E meu portfólio? Sempre o deixo com o monograma virado para fora. Não está assim.

— Encontrou a porta trancada quando chegou em casa? — perguntou Nolan.

— Estava trancada — respondeu Judd. — E não havia qualquer sinal de arrombamento.

— Mas alguém esteve aqui — insistiu Chelsea.

Ela podia sentir, podia farejar. Era terrível.

— Alguma coisa desapareceu?

Nolan fez a pergunta enquanto circulava pelo quarto, verificando a posição de cada objeto, procurando trancas quebradas nas janelas, olhando para o chão, a fim de descobrir se o intruso deixara cair qualquer coisa.

— A única coisa de valor monetário considerável não foi tocada.

Era o anel de rubi de Abby, que ela guardava numa caixinha na gaveta das suéteres. Fora verificar no instante em que entrara no quarto. Ao ver que o anel continuava ali, ela não verificara mais nada. Ocorreu-lhe fazer isso agora.

— Já tem alguma pista sobre quem poderia ter cortado o fio do telefone? — perguntou Judd a Nolan.

Paixões Perigosas 417

Chelsea abriu a caixa de jóias na cômoda em que guardava as outras coisas. Parecia que nada faltava.

— Temos uma pegada — informou Nolan. — Uma botina de trabalho de homem, estreita, tamanho quarenta e dois. Há uma centena de caras na cidade que usam botinas de trabalho estreitas desse tamanho. Estive em Corner fazendo perguntas. Mas encontrei mais preocupação do que qualquer outra coisa. Chelsea impressionou todo mundo ali pelo que fez para os Hovey. E creditam a ela a salvação da companhia de granito.

Chelsea abriu a pequena escrivaninha de tampo corrediço que comprara numa venda de garagem, a oferta de coisas que não eram mais usadas na casa e expostas na garagem. Verificou as gavetas e entre papéis nos escaninhos. Passaporte, cartão de crédito da Neiman Marcus, papéis diversos... tudo estava intacto.

— Verifiquei os arruaceiros conhecidos, mas todos eles têm um álibi — disse Nolan enquanto ela se virava para a mesinha-de-cabeceira. Ele coçou a cabeça antes de acrescentar: — É um caso muito estranho. Temos telefonemas misteriosos à meia-noite, uma picape desviando-se para o acostamento ao amanhecer, o fio do telefone cortado, um estábulo incendiado e agora um arrombamento em que nada é roubado.

— Uma coisa foi roubada — anunciou Chelsea.

O coração disparado, ela empurrou para os lados as coisas na gaveta da mesinha-de-cabeceira. Mas foi em vão. Arrasada, ela olhou para Judd.

— Minha chave desapareceu.

Judd queria que Chelsea fosse para sua casa, mas ela recusou. Amava Boulderbrook. Queria continuar ali. Não admitia que a expulsassem de sua casa. Além do mais, Judd tinha de se concentrar em Leo.

Mas ela concordou que Buck passasse algum tempo em sua companhia. O cachorro a alertaria para a presença de qualquer intruso. Também concordou em fazer um desenho da chave de prata para Nolan.

A perda deixou-a angustiada tanto quanto o silêncio de Kevin. Nos dias subseqüentes à confrontação em Newport, ela acalentara a esperança de que Kevin se acalmasse, reavaliasse a situação e a procurasse. Mas isso não acontecera. O interlocutor das vozes de crianças também não ligara, o que era uma pena, porque a companhia telefônica estava grampeando o aparelho. Quem quer que fosse a pessoa, era muito esperta. Ou cansara das brincadeiras antigas ou encontrava satisfação em inventar novas. E Chelsea não podia deixar de se perguntar o que a pessoa faria em seguida.

O mesmo fazia Judd, que era a única coisa boa em seu dilema. Ele se mantinha atento a ela. Havia ocasiões em que Chelsea queria mais, ocasiões em que a criança em sua barriga não podia desviar os pensamentos da pressão interior mais íntima e mais ardente. Mas essa frustração era um pequeno preço a pagar pela amizade de Judd.

Donna tinha planos para o Dia de Ação de Graças. Fizera-os desde o Dia do Trabalho e se tornara ainda mais determinada a pô-los em prática depois da experiência de Chelsea com Kevin em Newport. Sabia que uma briga era inevitável. A mudança não era fácil para os Farr. Mas deviam-lhe um favor. Mais do que isso, deviam-lhe *dezenas* de favores ao se considerar tudo o que aturara de Matthew. Não estava pedindo o divórcio, apenas um favor, e não se importava se os feriados eram sagrados para os Farr. Pagara com sangue pelo direito de convidar mais quatro pessoas para o jantar.

Era com Lucy Farr que tinha de falar. Uma mulher rígida, sem o menor senso de humor, Lucy passara os melhores anos de sua vida como Donna fazia, ajudando o marido a cuidar da loja. Nunca uma líder, era uma seguidora capaz de fazer bem praticamente qualquer tarefa que lhe fosse designada. Como sempre acontecia no mês de novembro, quando sua missão era o planejamento, preparo e apresentação do jantar do Dia de Ação de Graças.

Ela e Donna mantinham um estranho relacionamento. Não eram amigas, no sentido de apreciarem a companhia uma da outra, mas partilhavam um respeito mútuo. Donna imaginava que Lucy se compadecia do trabalho árduo que ela tinha de fazer, já que também passara pela mesma coisa, há muito tempo. Donna também imaginava que Lucy se compadecia ainda por ela ter de aturar Matthew, embora a mulher mais velha nunca tivesse feito qualquer comentário a respeito. Donna compreendia o motivo para isso. Afinal, Lucy era a mãe de Matthew. Sua lealdade, por direito, pertencia a ele, por mais desconcertante que fosse.

Donna achava que duas coisas na vida proporcionavam prazer a Lucy: os netos e as compras de artesanato que ela fazia para a loja. Por esse motivo, Donna optou por abordá-la num dia em que ela apareceu com uma grande quantidade de echarpes de lã produzidas por um tecelão de Peterborough.

— É uma mercadoria para a vitrine da frente — disse ela a Donna. — Pode providenciar?

Donna gostou das echarpes e imaginou no mesmo instante como as apresentaria.

— Amanhã de manhã — disse ela, meio sinalizando, meio falando.

Era assim que se comunicava com Lucy. O método era um meio-termo, evoluindo da relutância de Lucy em sinalizar e a relutância de Donna em falar. Funcionava.

— Serão ótimas para presentes de Natal. Já começou os preparativos para o Dia de Ação de Graças, Lucy?

— Ainda não. Falta um mês.

— Quantas pessoas irão?

Pelos cálculos de Donna, seriam trinta. Lucy confirmou. Levantou os olhos das echarpes.

— Por que pergunta?

— Eu queria saber se poderia convidar alguns amigos.

Lucy franziu o rosto.

— Amigos?

Não que ela soubesse que amigos eram, mas os Farr pelo casamento não costumavam pedir para levar outras pessoas aos eventos da família. Donna continuou, usando alternadamente as mãos:

— Chelsea Kane está sozinha. Ela é importante para Notch. Devemos convidá-la.

— Chelsea Kane está grávida — disse Lucy, com uma expressão severa.

— Mais razão ainda para chamá-la. Ela está grávida e não tem família aqui. — Donna apressou-se em acrescentar, com receio de perder a coragem, se hesitasse: — Quero também convidar Judd e Leo. E Nolan.

Lucy fitou-a com um silêncio desaprovador. Só depois de um longo momento é que indagou:

— Mais alguém?

Donna sinalizou que não. Lucy pegou outra echarpe e examinou a textura.

— Sabe que não posso fazer isso.

— Por quê?

— Não é o que fazemos, convidar metade da cidade.

— Quatro pessoas. — Donna suspirou. — Todas especiais.

Lucy fitou-a de novo.

— Como Judd Streeter é especial?

— Ele dirige a companhia de granito para meu pai.

— E Nolan McCoy?

— Ele vem dando proteção a Chelsea. Coisas assustadoras têm acontecido com ela ultimamente.

— Essas coisas assustadoras não aconteceriam se ela ficasse no lugar a que pertence.

Donna tinha muito o que dizer na ponta da língua, mas todos os argumentos já haviam sido apresentados antes. Ao longo dos anos, ela aprendera a não sofrer o esforço de falar sem qualquer propósito. Era parcimoniosa com as palavras. Isso significava ir direto ao ponto, e neste caso o ponto era conquistar Lucy para o seu lado.

— Convidar Chelsea seria bom para os Farr — declarou ela, também usando sinais.

Lucy empinou o queixo.

— Como assim?

— Ela tem dinheiro. Desempenha um papel importante aqui. Não vai demorar muito para que todos queiram convidá-la para jantar. Devemos ser os primeiros.

Donna percebeu que Lucy prestava toda a atenção.

— As pessoas de Corner gostam dela. Se a convidássemos para jantar, passariam a gostar também de nós e fariam ainda mais compras na loja.

A perspectiva atraiu Lucy. Donna podia perceber por sua expressão... até que ela subitamente sacudiu a cabeça e franziu o rosto.

— Emery nunca admitiria. George e Oliver não aprovariam.

Donna fez um sinal de irritação, que era bastante comum entre os que não tinham audição.

— Que Emery envergonhe os outros — disse ela, cedendo a vez à sua voz. — Ele pode pôr os Farr na dianteira. Chelsea já devia ter sido convidada para um jantar *há muito tempo*.

Lucy ainda hesitava.

— Mas ela está grávida e não tem marido.

— Um bom motivo para chamar Judd também. Ele se comporta como marido.

— Ela alega que Judd não é o pai.

— Isso tem alguma importância?

— Em Notch, tem sim.

— Tinha. Os tempos mudam. Os Farr têm de mudar também ou ficarão para trás. Você quer que os outros passem na frente?

Lucy parecia tão confusa que Donna sentiu pena dela... mas não o suficiente para arrefecer um certo sentimento de triunfo. E aproveitou a vantagem para sinalizar: "Posso convidá-los?"

— Não... ainda não. Espere até eu conversar com Emery.

Donna pegou uma echarpe e passou os dedos pela trama. Era mais ousada do que as outras, uma mistura de púrpura, azul-claro e verde-limão. Pensou em comprá-la para si mesma. Tocou no braço de Lucy, num gesto agradecido, e disse:

— Fará com que Emery goste da idéia. E ele se orgulhará de você por ter feito a sugestão.

No cenário ideal, Lucy falaria sobre a idéia com Emery naquela noite, repassaria os argumentos que Donna lhe oferecera e obteria seu consentimento. Mas como desistira há muito de cenários ideais, Donna não ficou surpresa quando Lucy não disse nada no dia seguinte nem no outro. Quando finalmente teve coragem de perguntar, Lucy respondeu que Emery estava considerando a questão. O que, para consternação de Donna, era tão longe quanto possível do cenário ideal. "Considerar a questão" significava discuti-la com George e Oliver.

Donna pensou em procurar seu pai e fazer-lhe um pedido pessoal, mas rejeitou a idéia. Oliver nunca fingira que gostava de Chelsea. Ressentia-se do fato de que ela estava salvando sua companhia. E, ainda por cima, não escutaria Donna. Ela não era nada.

Por isso Donna manteve-se em silêncio e torceu pelo melhor.

Foi então que Matthew teve outra explosão. Aconteceu ao jantar, quatro dias depois da conversa inicial de Donna com Lucy. Donna deixara a loja mais cedo para levar Joshie ao dentista, depois de ouvir algumas palavras duras de Matthew, insistindo que o garoto poderia ir sozinho. Para compensar por tê-lo desagradado, ela empenhou-se em fazer alguma coisa especial para o jantar. Mas compreendeu que se metera numa encrenca no instante em que o marido entrou na sala de jantar e fez uma careta.

— Que cheiro é esse?

Donna não sabia a que cheiro ele se referia — deliberadamente escolhera camarão, que era o prato que Matthew sempre pedia quando comiam fora — e foi o que transmitiu com uma expressão inquisitiva.

— É de queijo parmesão?

Donna sacudiu a cabeça em negativa, largou a jarra com água na mesa e voltou apressada à cozinha. Torceu para que Matthew gostasse da aparência da refeição, o suficiente para superar o cheiro, qualquer que fosse. Voltou à mesa com uma travessa no instante que Joshie entrava na sala. Como o anjo que era, o filho arregalou os olhos.

— Parece uma delícia.

Matthew torceu o nariz.

— Parece nojento. O que é isso?

— Camarão ao curry, berinjela, abóbora e arroz.

— Camarão ao curre? O que é camarão ao curre?

— Camarão ao curry — repetiu Donna, bem devagar.

Paixões Perigosas

Ela foi buscar a salada na cozinha. Matthew também não gostou da salada. Bateu de leve nas folhas, como se esperasse que todas se virassem para sua inspeção. Como isso não acontecesse, ele levantou os olhos inquisitivos para a mulher.

— Endívias — disse Donna.

— Sei que são endívias. Afinal, eu *vendo* endívias. O que eu quero saber é o que estão fazendo neste prato.

— É uma salada de endívias.

Matthew espichou os lábios, balançando a cabeça.

— Salada de endívias, camarão ao curry, berinjela, abóbora, arroz... há alguma coisa errada com o velho e gostoso bife, batatas e ervilhas?

— Você se queixa de que eu faço sempre as mesmas coisas. Você adora camarão. Pensei em experimentar um novo prato.

— Parece delicioso, papai — interveio Joshie.

Matthew não desviava os olhos de Donna.

— E a alface comum? Pelo que me lembro, tínhamos em abundância na loja. E tomate e pepino. Há alguma coisa errada com a salada tradicional?

Donna descascara e limpara os camarões com todo cuidado, preparara os vegetais, fizera o arroz, misturara o molho de framboesa para as endívias. Não sabia se ficava magoada antes de se sentir furiosa ou vice-versa. Sem levantar os olhos — não queria ver o que os outros diziam, Matthew em particular —, ela ocupou seu lugar à mesa e começou a pôr nos pratos a comida que estava na travessa.

Punha um prato na frente de Joshie quando um olhar para sua boca revelou o final da frase:

— ... suas mães não cozinham tão bem quanto a minha.

Ela olhou para Matthew.

— Neste caso, pode convidar seus amigos para virem até aqui e comerem isto, porque eu não tenho a menor intenção de comer.

Ele olhou para a mulher, levantou o prato de salada e virou-o, derramando a mistura de verde e vermelho na toalha de linho branco.

— Matthew! — exclamou Donna.

— Esperava mesmo que eu comesse esta porcaria?

Ele desviou o olhar para Joshie, e Donna fez a mesma coisa. O garoto expressou toda a raiva que ela sentia:

— Isso foi uma grosseria, papai. Você vive me dizendo para não derramar as coisas. E nem mesmo provou a salada.

— Claro que não provei... e também não vou provar isto!

Com um movimento brusco da mão, ele jogou o prato à sua frente, cheio de comida, no chão de tábuas de carvalho. Tremendo toda, Donna levantou-se.

— Por que fez isso?

Ela percebeu que Joshie também se levantara e torceu para que ele não piorasse a situação ainda mais. Matthew recostou-se na cadeira, os dedos entrelaçados sobre o cinto, sorrindo.

— Essa refeição não merecia nada melhor. Limpe tudo e depois faça outro jantar. Estou com fome.

Donna olhou para a sujeira no chão e pensou no esforço que fizera para preparar o jantar. Suas intenções eram as melhores possíveis, mas Matthew não se importava com isso. Magoava-a tanto quanto podia com a língua... e com freqüência machucava-a com seus tapas.

— *Limpe tudo!* — berrou ele, bastante alto para que Donna sentisse a vibração das palavras. — *Estou com fome! E limpe isto também!*

Sem qualquer pausa, ele pegou a travessa e também jogou no chão o que restava de comida ali.

Joshie começou a se adiantar. Donna deteve-o.

"Ele não pode fazer isso", sinalizou Joshie, furioso.

"Ele está de mau humor", sinalizou Donna em resposta.

As mãos de Joshie pareciam voar: "Você passou muito tempo preparando o jantar. Se ele não gostou do que fez, poderia sair para comer alguma coisa fora. Vai sair mais tarde, de qualquer maneira. Por que o atura tanto, mamãe? Como agüenta viver na mesma casa que esse homem?"

Os dentes de um garfo atingiram Donna na clavícula, furando a suéter e a pele. O garfo caiu no chão quando ela se virou.

Joshie avançou para Matthew.

Ela virou-se e agarrou-o pela cintura, gritando:

— *Não, Joshie! Por mim, não! Pegue seus livros e vá para a casa de Pete!*
Agora!

Joshie ainda se debateu em seu braço por mais um instante, antes de recuar. Donna ficou na sua frente, interpondo-se entre pai e filho. Com menos veemência, ela acrescentou:

— Por favor, Joshie.

— Não vou deixá-la aqui.

— Ficarei bem.

Joshie olhou para o pai. Depois de um momento, ele disse:

— Nem sempre ela está bem. Você a agride. Já vi e ouvi.

— Vá embora, Joshie! — suplicou Donna.

Ele se tornava maior a cada dia que passava, entrando na puberdade, quase com o corpo de um homem. Mas ainda tinha treze anos. Donna não sabia como um garoto de treze anos reagiria diante da crueldade irracional. Quando criança, ela lidava com essa situação ao apagar tudo da memória. Era o que ainda fazia, sob certos aspectos. Mas não gostaria que o mesmo acontecesse com Joshie. Mais do que qualquer outra coisa, queria que o filho tivesse o lar afetuoso e pacífico que ela própria não tivera.

— Pode sair agora, Joshie?

A mensagem deve tê-lo alcançado finalmente, porque ele se virou, depois de um último olhar ressentido para o pai. Junto da porta da frente, Joshie pegou o casaco e os livros que deixara ali ao voltar da escola e saiu de casa.

No mesmo instante, Donna pegou a travessa e ajoelhou-se no chão. Ignorou a dor no ombro, onde o garfo a espetara, e começou a recolher a comida com as mãos. Tinha a visão turva. Através das lágrimas, a sujeira não era pior nem melhor. O jantar estava perdido.

Ela parou quando um filete de água começou a cair no chão. Levantou os olhos para ver Matthew esvaziando a jarra, lenta e deliberadamente. Sua mente começou a girar. Não sabia o que desencadeara aquela atitude de Matthew, não sabia o que ele faria em seguida. Sentia-se assustada, humilhada, enfurecida.

Levantou-se, deu um passo para trás. Limpou as mãos na saia enquanto a poça no chão aumentava.

— Por que está fazendo isso?

— Estou fazendo porque você não merece nada melhor — disse Matthew, escarnecendo com movimentos exagerados dos lábios. — Você serve para limpar o chão, não mais que isso.

A expressão dele mudou subitamente, os olhos de um azul bem claro se tornaram gelados.

— O que deu em você para pedir à minha mãe para que convidasse Chelsea Kane para o jantar do Dia de Ação de Graças?

Então era isso. Ela deveria ter imaginado. Lucy falara com Emery, que contara para Oliver e George. Um dos três deveria ter comentado com Matthew. Agora, ela tinha de arcar com as conseqüências. Mas não tinha a menor intenção de pedir desculpas.

— Pensei que seria uma boa idéia — declarou ela, com tanta calma quanto podia exibir.

A expressão de Matthew tornou-se ainda mais furiosa.

— Odeio aquela mulher e você sabe disso. Também odeio Judd Streeter e aquele seu pai idiotizado. E odeio Nolan McCoy ainda mais. — Ele apontou o dedo rígido para Donna. — Já percebi a maneira como aquele homem olha para você. Não se esqueça de que é *minha* esposa! Ele não pode tocar em você! E você não pode tocar nele! É melhor se lembrar disso ou terá em suas mãos uma carga muito maior de encrenca do que uma droga de jantar nojento!

As palavras mal haviam saído de sua boca quando, num acesso de fúria, ele jogou no chão os pratos de Donna e Joshie. Os pratos se espatifaram, seguidos poucos segundos depois pelo copo, arremessado contra a parede.

Donna levantara as mãos para o rosto, num gesto protetor. Ele obrigou-a a abaixar os braços.

— *Limpe tudo!* — berrou Matthew. — E quando acabar aqui, pode ir para a loja e limpar o escritório. E na próxima vez que o garoto tiver um compromisso, terá de ir sozinho. Eu lhe dou casa, comida, roupas e isso não sai de graça. Não se recebe nada por nada, ainda mais se você é uma mulher obtusa, que não é capaz de falar direito, muito menos ouvir uma só palavra do que eu digo!

Os lábios contraídos em desdém, Matthew passou por ela e deixou a sala. Um momento depois, Donna sentiu a porta da frente sendo batida.

Com a ruína do jantar à sua frente e o ogro do marido fora de casa, ela começou a tremer toda. Encostou-se na parede e comprimiu os cotovelos contra os lados do corpo, na tentativa de controlar a tremedeira. Mas foi em vão. Todo o seu corpo era dominado por espasmos e a mente não ajudava. Fragmentos de pensamentos ricocheteavam numa esfera do nada... ódio, perplexidade, ressentimento, medo. Estava paralisada, incapaz de deslizar para o chão, embora os joelhos tremessem, incapaz de se afastar da parede, embora estivesse parada sobre cacos de vidro, incapaz de chorar alto, embora não houvesse ninguém por perto para ouvir. O caos de comida e cacos no chão tornou-se uma obra de arte surrealista, na mais aterradora das tradições, a tal ponto que ela fechou os olhos, apertando-os com toda força.

Como se o fechamento de uma porta abrisse outra, fluxos longos e lentos de dor começaram a aflorar lá do fundo. Donna podia senti-los. Todo o seu corpo pulsava com esses fluxos. Encostou a cabeça e as mãos na parede, e ficou ali, totalmente dominada pelas forças sinistras da angústia.

Perdeu a noção do tempo.

Depois do que poderiam ter sido dois minutos ou dez, ela voltou a si. Os ofegos foram diminuindo, assim como o tremor. Na esteira daquilo por que passara, sentia-se esgotada, acalmada pela pura ausência de força.

Ela esfregou o nariz e passou correndo por cima da sujeira no chão. Na cozinha, tirou todas as roupas que usava, largou-as em cima do balcão, lavou as mãos e o rosto. Passou os dedos molhados pelos cabelos, soltou o coque. Continuou a passar os dedos pelos cabelos enquanto subia a escada.

Pouco tempo depois, usando um jeans e um suéter por baixo do casaco de inverno desbotado, ela saiu de casa. Desceu a rua até a praça, virou as costas para a igreja e ficou olhando por um longo tempo para as três imponentes mansões de alvenaria. Sua beleza era uma impostura, assim como a arrogância por trás dos nomes de família. Ela amaldiçoava o dia em que nascera uma Plum, amaldiçoava o dia em que casara com um Farr. Amaldiçoava os vínculos que a prendiam a Norwich Notch, porque sabia que não podia partir.

Os olhos secos, as mãos enfiadas até o fundo dos bolsos, Donna começou a andar. Desceu pelo lado da praça em que ficava a loja, subiu pelo lado em que ficava a pousada, desceu por uma rua, subiu por outra. Havia luzes acesas dentro dos cômodos, abajures sob os quais as pessoas liam, o brilho de televisões ligadas. Ela não olhou por nenhuma janela. Não queria ver o que as outras pessoas faziam. Não sentia o frio, não sentia a escuridão. Seu corpo estava tão entorpecido quanto a mente.

Passou pelo posto dos bombeiros e pela escola, contornou o perímetro da praça, voltou e pegou a estrada que deixava a cidade. Pensava em andar e andar, nunca mais virar as costas, começar uma vida nova em algum lugar que fosse mais honesto e compadecido do que Notch. Era um pensamento agradável e trouxe um sorriso ansioso ao seu rosto, até que pensou em Joshie. Continuou a andar.

Depois de algum tempo, voltou sobre seus passos. Mas os pés passaram direto por sua rua e levaram-na de volta ao centro da cidade. Atravessou a praça e entrou num caminho estreito, que não chegava a ser uma rua, entre a barbearia e a padaria. No final desse caminho ficava a delegacia de polícia de Norwich Notch. Logo atrás havia uma pequena casa de madeira, que era a residência do chefe de polícia.

Os passos calmos e firmes, Donna foi até a porta e bateu de leve. Nolan veio abrir. Ao vê-la, ele ficou imóvel. Compreendeu no mesmo instante que alguma coisa acontecera, pois podia captar a mensagem que ela transmitia. Com a maior preocupação, seus olhos estudaram-na por um momento, antes de estender a mão e puxá-la para dentro da casa.

Ele se importava com ela. Entre as coisas que Donna apreciava naquele homem, o que mais amava era o fato de que ele se importava. Foi por isso que ela não ficou parada na porta, continuando direto para os braços de Nolan. Foi por isso que ela ergueu o rosto para seu beijo e retribuiu. Foi por isso que deixou que ele lhe tirasse o casaco de inverno desbotado, deixou que ele a levasse através da sala, até o quarto nos fundos. Ele se importava. Achava que ela merecia seu carinho. Tratava-a como se ela fosse preciosa e muito feminina. Foi por isso que ela deixou que Nolan a despisse, e observou-o tirar suas roupas também. Foi por isso que deixou que ele estendesse o corpo nu por cima do seu, abriu as pernas e acolheu-o. Ele se importava, e Donna amava-o por isso.

# Vinte e Um

— Você tem me evitado — disse Chelsea no instante em que Hunter abriu a porta.

Era uma noite fria, no início de novembro. Ela enfiou as mãos nas mangas do casaco e alteou a voz para se elevar acima dos acordes de uma sinfonia de Tchaikovsky.

— Você nunca está na pedreira quando eu apareço. Nunca o encontro no escritório quando vou até lá. E nunca o vejo na igreja quando compareço.

— Nunca vou à igreja. — Ele olhou para a barriga de Chelsea, que agora sobressaía debaixo do casaco. — Fico surpreso que a deixem entrar.

Ela sorriu.

— Eles não têm opção. Doei um órgão novo para a igreja. O pastor insiste que eu sente na primeira fila. É lá que eu fico, com o bebê e todo o resto.

Como se estivesse esperando a permissão para que as roupas de maternidade denunciassem sua iminência, o bebê parecia ter dobrado de tamanho no último mês. Quando descia pela nave central da igreja, a gravidez de Chelsea já era evidente.

— Aposto que as mulheres que mandam na sociedade de Notch adoram essa situação.

O sorriso de Chelsea se alargou.

— Você nem imagina.

Hunter soltou um grunhido e desviou o rosto, mas não antes que ela percebesse os cantos de seus lábios um pouco contraídos num meio sorriso relutante.

— Posso entrar? — indagou ela, encolhendo os ombros. — Estou gelada aqui fora.

— É outro episódio de "eu me sinto sozinha e quero conversar, Hunter"?

— Não estou me sentindo sozinha. Buck é uma grande companhia. — O cachorro ficara correndo lá fora. — Mas estou preocupada.

— Com o quê?

— Com você.

Ela pôs as mãos na cintura de Hunter, adivinhando — corretamente — que ele se deslocaria para evitar o contato. Entrou na casa quando a música entrava num crescendo. Quando olhou para trás, viu Hunter parado junto da porta fechada.

— Vai baixar? — perguntou Chelsea.

— Gosto assim.

— Mas não posso ouvir meus pensamentos.

— Se quer pensar, volte para casa.

Com um olhar irritado, ela foi até o aparelho de som e baixou o volume. Soltou um suspiro de alívio.

— Os vizinhos devem adorar.

— É por isso que eu ouço assim.

Incomodar os vizinhos devia ser um benefício secundário. Chelsea calculou que a atração principal era mesmo a música. Pelo tamanho e natureza da coleção de Hunter, ele parecia ser um *connaisseur*.

— Nunca me contou o que o levou a gostar tanto de música clássica.

— Não, não contei.

Ela esperou. Depois de um longo momento, ele disse:

— Eu ia aos concertos da orquestra sinfônica todas as noites de sábado quando era garoto.

— Hunter...

— Por que isso é importante?

— Estou curiosa.

— Minha mãe gostava de música clássica. Está bem agora?

Chelsea descobriu que o fato era interessante, outro elemento dos antecedentes de Hunter para explicar por que ele era como era, outra coisa que tinham em comum.

— Está sim. Mas por que isso é tão importante?

— Porque não é da sua conta.

— É isso que me incomoda. — Ela enfiou as mãos nos bolsos do casaco e fitou Hunter. — Pensei que seríamos amigos.

Ele enfiou as mãos por baixo dos braços, sem dizer nada.

— Fiz alguma coisa errada?

Hunter deu de ombros, descartando essa possibilidade.

— Alguém na cidade disse alguma coisa a meu respeito que o deixou aborrecido?

Poderia ter havido fofocas sobre o bebê, ou de onde ela viera, ou o que planejava fazer com Notch quando o prazo de um ano acabasse.

Mas ele sacudiu a cabeça em negativa.

Como Hunter permanecesse em silêncio, ela tirou do bolso o desenho da chave de prata e o mostrou.

— Já ouviu falar sobre isso?

Ele lançou um olhar rápido para o desenho.

— Nolan me mostrou. Onde conseguiu?

Chelsea contou a história, para depois acrescentar:

— Quero que me ajude a descobrir de onde veio essa chave e onde está agora.

— Eu? Por que eu?

— Porque gosto de você.

Ele se manteve cauteloso.

— Não sou uma pessoa simpática.

— Quem lhe disse isso?

— É a mensagem que tenho recebido durante toda a minha vida.

— Então entendeu a mensagem errada. Judd gosta de você. Os caras no trabalho gostam de você. Acho que você decidiu que ninguém gostaria de você. Quando descobre que alguém gosta, vira as costas e diz a si mesmo que isso não aconteceu.

— Obrigado, Dra. Freud.

Chelsea riu.

— Cydra deveria estar aqui. — Ela sentia saudade. Falavam-se com freqüência pelo telefone, mas não era a mesma coisa que suarem juntas em corridas pelas ruas. Era uma terapia tanto o exercício quanto a conversa. — Lembra de Cydra, da *open house*?

— Lembro.

— Ela ficou fascinada por sua aparência.

— É o que acontece com a maioria das mulheres.

— Se ela viesse passar uma semana aqui, você a convidaria para sair?

— Não saio com mulheres. Faço minha coisa e vou embora.

Minha coisa... Chelsea deu-lhe um olhar zombeteiro. Insinuante, ela comentou:

— Cydra é uma mulher maravilhosa.

Hunter manteve uma expressão desinteressada.

— Está bem. Se não quer fazer isso, pode pelo menos me ajudar a descobrir a chave?

Ele pôs as mãos nos quadris. A expressão subitamente irritada era típica de Oliver.

— E o que acha que eu posso fazer?

— Pode perguntar.

— Nolan já está perguntando.

— Mas você é alguém de dentro. — Chelsea achava que devia ter uma participação ativa, mas não podia fazer isso sozinha. — Conhece Corner como Nolan jamais será capaz de conhecer. As pessoas podem lhe contar coisas que não dirão a Nolan, nem a mim. Alguém tem de saber onde está a chave.

— Para que serve a chave? — perguntou ele, retomando sua atitude de desafio.

Hunter dava a impressão de que a testava, e ela refletiu que era justo. Ela estava pedindo para ele se expor. Ele tinha o direito de saber para que servia a chave.

— Disseram-me que era a chave de uma caixa de música.

— Mas você não tem uma caixa de música. Então para que quer a chave?

— Porque é minha — respondeu Chelsea, também assumindo uma atitude de desafio. — É a única coisa que tenho de meus pais biológicos. Quero a chave de volta. E se não puder recuperá-la, quero pelo menos saber quem a deu para o advogado que a enviou para minha mãe.

— Quem era o advogado?

— Não sei. No lado de Baltimore, a adoção foi tratada por um amigo de meus pais, mas ele morreu sem deixar qualquer registro. Como foi um nascimento em casa, também não há registro num hospital. Verifiquei com Neil, pensando que minha mãe poderia ter tido algum problema durante a gravidez e procurado o hospital. Mas a única visita na ocasião foi de *sua* mãe. Pensei que poderia ter uma chance com a parteira.

— Conversou com ela?

— Claro. — Chelsea lembrava nitidamente o encontro. — Ela alegou que era muito jovem para ajudar em qualquer parto na ocasião e que a mãe dela é que deveria saber, mas a mãe já morreu.

Chelsea sentira que a mulher sabia mais do que estava dizendo. Suplicara, oferecera até dinheiro. Desesperada, até ameaçara recorrer aos tribunais, embora soubesse que seria um desperdício de tempo e esforço. Se a mulher não quisesse falar, não falaria.

De uma coisa Chelsea tinha certeza. Não deixaria que aquela mulher fizesse seu parto. Os nascimentos em casa deveriam ser aconchegantes, íntimos e emocionalmente gratificantes. Se tivesse a opção entre um parto mais formal num hospital e um nascimento em casa com uma parteira que não podia perceber uma legítima necessidade humana diante de seus olhos, Chelsea escolheria o hospital em qualquer dia.

— Como ela não ajudou nem um pouco, a chave é a única pista. Vai me ajudar a procurá-la?

Hunter demorou para responder; e quando o fez, foi um tanto indelicado:

— Acho que sim.

— Achar que sim não é suficiente. Ou você vai ajudar ou não.

E ela não se importava se falava como Kevin, pois tinha certeza sobre a causa.

— Quer apenas que eu pergunte?

— Estou oferecendo uma recompensa. Mil dólares por qualquer informação que leve à recuperação da chave.

Ele soltou um grunhido sarcástico.

— É o melhor que pode fazer?

— Para começar. Pode mudar. E então?

Depois de outro longo momento de silêncio, durante o qual fitou-a nos olhos, Hunter pegou o papel com o desenho, dobrou-o e guardou no bolso do jeans.

— Obrigada. — Ela soltou um suspiro de alívio exagerado e riscou esse item de sua lista mental. — Só mais uma coisa.

Ele franziu o rosto.

— O que é agora?

— O Dia de Ação de Graças. Vou jantar com Judd e Leo. Não quer nos acompanhar?

— Pensei que ia jantar com os Farr.

Depois de cinco meses em Notch, Chelsea ainda se surpreendia com o funcionamento do circuito local de fofocas.

— O que sabe a respeito?

— Sei que Donna se meteu na maior merda por causa disso. Matthew andou dizendo uma porção de coisas no bar da pousada. Quer dizer que decidiram não convidá-la?

— Convidaram. — Chelsea gostaria que Donna nunca tivesse pedido a Lucy, pois não era justo o preço que tivera de pagar por isso. — Mas não queriam a presença de Judd, Leo e Nolan.

— Você deveria ir. Usando roupas grudadas no corpo.

— Não se envergonha dessa sugestão, Hunter?

— Nem um pouco. Mas se você está na chamada Lista A deveria comparecer.

— Deixe-me explicar uma coisa — disse ela, descontraída —, estive na Lista A durante a maior parte de minha vida e isso nunca me impressionou. As pessoas na Lista A estão em geral tão ocupadas para chegar ou permanecer ali que não têm tempo para quase mais nada, o que as torna muito chatas. Eu sempre optaria por jantar com as da Lista B ou C. Ponto final. Vai jantar conosco no Dia de Ação de Graças?

Ele tornou a pôr as mãos por baixo dos braços.

Paixões Perigosas

— Não sei.

— Sim ou não?

— Posso não estar aqui.

— Para onde vai?

— Em geral deixo a cidade nesses dias de festa.

— Porque são deprimentes. Mas agora estou lhe oferecendo a oportunidade de ficar aqui sem se sentir deprimido. Jante conosco.

— Pensarei no caso.

— Quero um compromisso.

— Por quê? — A irritação de Hunter voltou. — Por que fica em cima de mim? E não diga que é porque gosta de mim, porque sei que não é verdade. Também não diga que você me quer, porque ambos sabemos que só quer Judd. O que está querendo comigo?

Chelsea bem que gostaria de saber. Desde o início que ela sentira-se atraída por dois homens em Notch, Hunter e Judd. Compreendia a atração por Judd. Tinha um rosto e um nome. A atração por Hunter era diferente. Sentia uma afinidade. Não sabia por que ou para onde isso deveria levar. Sabia apenas que a atração existia. Queria ser sua amiga... mas já lhe dissera isso antes. Com um suspiro profundo, ela comentou:

— O que eu quero é poder me comunicar com alguém que teve experiências parecidas com as minhas.

— Experiências parecidas? — repetiu Hunter. — Ora, minha cara, estamos falando de preto e branco, noite e dia, bom e mau.

Ela sacudiu a cabeça.

— Nascemos na mesma cidade, no mesmo ano, de mães que conceberam quando não deveriam. Nenhum dos dois tem parentes de sangue que nos reconheçam. Ambos gostamos de música clássica, embora não sejamos musicais, ambos gostamos de motocicletas e ambos usamos brinco. Por tudo o que sabemos, Oliver também pode ser meu pai. Só que em vez de me esconder durante cinco anos, minha mãe me entregou para adoção. O que me diz? Não acha que podemos ser irmão e irmã?

— Não, não acho! — gritou Hunter.

— Tudo bem. Não há problema. Posso compreender por que você não quer ter qualquer relação comigo. Tenho a língua afiada, sou uma rica nojenta e estou grávida ainda por cima. — A voz se abrandou para a súplica final: — Mas eu gostaria muito de passar o feriado com você. Pode pensar a respeito, por favor?

Hunter nunca deu uma resposta. Como se fosse uma questão de controle, ele se recusava a ser pressionado. Apesar disso, pouco antes de quatro horas da tarde, no Dia de Ação de Graças, ele saiu de um turbilhão de neve caindo para passar pela porta de Judd. Nolan também estava ali, assim como Millie Malone, que não tinha família na cidade, e o sempre fiel Buck.

Em matéria de celebração, o Dia de Ação de Graças foi totalmente diferente das festas formais, com mesas e cadeiras alugadas, um serviço de bufê e dezenas de convidados. Chelsea não sentiu a menor saudade da pompa; mas sentiu saudade de Kevin e Abby. Por esse motivo, ficou grata pelo trabalho envolvido na preparação do jantar. Judd ficava na cozinha por tanto tempo quanto ela, o que tornava o trabalho divertido. Hunter era inofensivo, até mesmo divertido, quando podia ser persuadido a falar. Leo mantinha-se inocentemente apático, depois de se recuperar de um acesso sobre a hora em que Emma chegaria. Millie, embora zelosa com as necessidades dele, ria mais do que seria justificado por sua parte no vinho que Judd abrira. Somente Nolan parecia perturbado.

Chelsea não conseguiu lhe falar a sós até o final da refeição. Estava na cozinha, fazendo um café e arrumando a sobremesa, enquanto os outros assistiam ao jogo de futebol americano pela televisão na sala. Nolan oferecera-se para ajudar, o que sugeria que ele também queria conversar.

— Está preocupado com Donna? — adivinhou ela.

Chelsea sabia da recente intensificação do relacionamento dos dois e sabia também o que a causara. Donna contara tudo quando surgira a questão do Dia de Ação de Graças. Nolan encostou-se no balcão, com uma expressão consternada.

Paixões Perigosas

— Matthew é um homem difícil.

— Ela deve ficar bem hoje — raciocinou Chelsea.

Mas ela também sentia-se apreensiva quando pensava no que seria o dia de Donna. Gostaria de estar presente, quanto menos não fosse para assumir o papel de protetora. Mas sua presença teria atiçado Matthew, e fora por isso que ela decidira não ir. Tratou de racionalizar agora:

— A casa estará lotada. Há segurança suficiente.

— Não com Matthew. Ele se torna duas vezes pior com Donna quando estão com a família, porque se sente mais frustrado do que nunca. A cunhada está por perto, mas ele não pode tocá-la.

— Donna sabe sobre Joanie?

Chelsea não tivera qualquer indicação a respeito e não era bastante insensível para perguntar expressamente. Nolan suspirou.

— Ela sabe que há uma mulher, mas tem o coração bom demais para adivinhar quem é. — Ele estudou as mãos. — Sempre digo a ela para se divorciar, que não precisa dele para nada. Posso cuidar dela. Mas Donna não quer.

Donna também dissera isso a Chelsea.

— Ela tem medo por Joshie... e pelo nome da família. Suponho que seja louvável.

— É uma estupidez.

— Isso também — concordou Chelsea, porque Donna sofria muito.

Nolan passou a mão pelos cabelos, da cor do granito salpicado de cinza de Moss Ridge. Não era um homem bonito, mas Chelsea podia compreender por que Donna o amava. Seria difícil encontrar alguém mais gentil.

— O que me assusta mesmo é que seja preciso haver alguma coisa bastante terrível para que ela o deixe. Matthew a esbofeteia, joga coisas nela. — A angústia nos olhos de Nolan descrevia a situação terrível, mas ele revelou um quadro ainda pior: — Agrediu-a com um garfo... deve ter jogado, como se fosse uma faca, porque ela ficou com furos no lugar em que foi atingida. E os ferimentos levaram muito tempo para curar. Isso é agressão com uma arma mortal. Donna poderia levá-lo aos tribunais por isso. Mas ela não quer.

As narinas de Nolan tremeram.

— Sou um agente policial e sei que aquele desgraçado vai violar a lei mais uma vez, machucando-a ainda mais, sem que eu possa fazer qualquer coisa para impedir.

— Converse com ele, Nolan. Diga o que você sabe e o que pode fazer.

— Sabe o que ele fará neste caso? Vai descarregar em Donna. Talvez não bata nela, mas há maneiras diferentes de esfolar um gato, como se costuma dizer. Ele pode tirar todo o dinheiro da caixa registradora, espalhar pela loja e obrigar Donna a recolher, até o último centavo. Como posso fazer isso com ela? — Ele soltou uma exclamação de raiva antes de acrescentar: — Nunca me senti tão impotente em toda a minha vida. Juro que há ocasiões em que eu gostaria de guardar meu distintivo na gaveta e sair para a rua com minha espingarda.

— Mas não fará isso.

— Não haveria sentido, além de liquidar o desgraçado. Eu ficaria preso, longe de Donna. Além do mais, se dermos tempo suficiente, ele próprio acabará se matando. Sabe o que ele faz três ou quatro noites por semana? Vai beber no bar da pousada até ficar de porre, pega o carro para dar umas voltas, até pensar que está bastante cansado para conseguir dormir. O cara tem tendências autodestrutivas. Não resta a menor dúvida quanto a isso.

— Não pode detê-lo por dirigir embriagado?

— Já fiz isso. Mais de uma vez. E sempre recebo uma visita de Emery, lembrando que meu contrato deve ser revisado pelos conselheiros. Posso manter o emprego se deixar Matthew correr como um louco pelas ruas durante a noite ou multá-lo e ser demitido. Se perder o emprego, terei de deixar a cidade, porque o trabalho de policial é o único que sei fazer... e se deixar a cidade, não verei mais Donna. Perdido por fazer, perdido por não fazer. A vida às vezes é terrível. — Com uma expressão de derrotado, Nolan fitou-a nos olhos. — Talvez eu devesse mesmo ir embora. Não consegui descobrir nada para ajudá-la. Não tenho pistas sobre quem andou telefonando para você, tentou jogá-la fora da estrada, incendiou seu estábulo, cortou o fio do telefone, entrou em sua casa. Para que eu sirvo?

Chelsea largou a colher de café e pegou-o pelo braço.

— Você é uma dádiva divina. Sem você, Donna não teria a menor esperança de ser feliz neste mundo. E, sinceramente, não acredito que a pessoa que está fazendo tudo isso comigo queira me machucar. Só quer me assustar. Não há qualquer ameaça persistente. Nada aconteceu desde que a chave foi roubada. Talvez fosse isso o que a pessoa quisesse desde o início.

Nolan aproveitou essa deixa.

— Então vamos nos perguntar o motivo. A única resposta é que a pessoa que roubou a chave sabe exatamente quem você é. O que significa que, se eu encontrar o ladrão, posso descobrir as respostas para todas as suas perguntas. E se não fui capaz de encontrá-lo até agora, isso significa que a decepcionei.

Ela sacudiu de leve o braço de Nolan.

— Eu tinha a chave comigo há meses sem tentar investigar sua origem. Algumas pessoas são ótimas para encobrir pegadas. Meu pai fez isso com meu nascimento. Quem roubou a chave fez a mesma coisa. E quem cortou o fio do telefone também. Quando se tem dezenas de suspeitos... dezenas de homens que usam o mesmo tamanho e tipo de botina, ou sabem guiar picapes da companhia, ou trabalham com as mãos e são perfeitamente capazes de cortar um fio de telefone, atear um incêndio ou entrar numa casa sem quebrar uma janela ou porta... pode ser impossível reduzir a lista para encontrar o culpado. Não considero que houve uma falha. Estamos lidando com alguém que é muito esperto.

Nolan sorriu.

— Isso deve reduzir em muito a lista de suspeitos. Notch não tem dezenas de pessoas muito espertas.

— Mas que vergonha, Nolan.

— É verdade. Sob muitos aspectos.

O telefone tocou. Como sabia que Judd atenderia na sala, Chelsea suspirou e esfregou o braço de Nolan antes de voltar a cuidar do café.

442 Barbara Delinsky

— Tente se animar. Tudo vai acabar se resolvendo da melhor forma possível.

— Enquanto isso, Donna é maltratada e você é aterrorizada.

— Não sou mais. Não permitiria. Instalei um sistema de alarme na casa... Judd insistiu... e Buck está comigo. Claro que me preocupo com Donna, mas não há muito que possamos fazer, exceto nos mantermos em contato permanente. Não podemos forçá-la a deixar Matthew. Ela mesma tem de tomar essa decisão. E chegará um momento em que deixá-lo de vez será a única coisa que poderá fazer.

Nolan não parecia convencido.

— As mulheres espancadas nem sempre vão embora. Continuam em casa pelo que consideram razões válidas.

— É verdade. Mas, de um modo geral, elas não têm lugares alternativos para onde possam ir. Donna tem. Se achar que não pode voltar para sua família, então pode ir para sua casa ou para a minha. Um dia desses Matthew ainda dará um passo em falso. Tudo o que ele fez até hoje voltará então para atormentá-lo.

Por mais incrível que pudesse parecer, Judd escolheu esse momento para surgir na porta da cozinha com a informação de que isso acabara de acontecer.

— Temos um problema, Nolan. Era a filha mais velha de Monti Farr ao telefone. Parece que Monti surpreendeu Matthew atracado com Joanie, pegou uma faca e feriu-o. Matthew vai sobreviver, mas Monti fugiu. Com esse tempo, não é uma boa idéia. Estão organizando uma busca. E precisam de você para comandá-la.

Judd não morava longe da praça, mas mesmo assim a viagem até a casa dos Farr foi angustiante. As ruas estavam traiçoeiras de tão escorregadias, a visibilidade era quase inexistente. A neve se acumulava no pára-brisa do Blazer tão depressa quanto os limpadores podiam removê-la, transformando as luzes piscando do carro de Nolan, diretamente à frente, num borrão psicodélico. Além da projeção dessas luzes e dos faróis do Blazer, só havia escuridão.

Paixões Perigosas

Por causa do tempo e da confusão, Judd teria preferido que Chelsea ficasse na casa. Uma nevasca não era lugar para uma mulher grávida, muito menos uma casa em que um homem fora esfaqueado. Mas ela insistira em ir também, e com Millie na casa para tomar conta de Leo, ele perdera o único argumento que poderia convencê-la a ficar.

Judd esperava que ela estivesse devidamente agasalhada. Embora usasse uma parca absurdamente grande, Chelsea sempre sentia frio. Sempre se envolvia com mantas enquanto trabalhava... e ele sempre sentia vontade de aquecê-la. Era uma estupidez. Inadmissível. Angustiante. Mas a verdade pura e simples.

— É estranho — comentou ela agora. — Nolan e eu estávamos dizendo que Matthew daria um passo em falso mais cedo ou mais tarde. Mas não pensei que aconteceria tão depressa.

Judd sentia-se contrariado por querer Chelsea com tanta intensidade, e por isso assumiu uma atitude cética:

— Isso não vai mudar muita coisa. Matthew não vai se afastar de Joanie, da mesma forma que Monti não será acusado de tentativa de homicídio.

— Mas toda a cidade saberá a verdade agora.

— Toda a cidade já sabia, com exceção de Donna. Agora, ela também vai saber. E depois disso, o problema é dos Farr, não nosso. Eles só querem nossa ajuda para encontrar Monti. Ele deve ter ficado apavorado pelo que fez para fugir numa tempestade como esta.

Ele ousou desviar os olhos da rua por uma fração de segundo, mas foi o suficiente para perceber a expressão frustrada de Chelsea.

— Você quer que as conseqüências sejam as melhores possíveis para Donna... e eu também... mas não deve ter muitas esperanças. Se Notch fosse o tipo de cidade que se empenha em corrigir as próprias coisas erradas, Matthew já teria sido condenado há muito tempo. Donna não é a primeira mulher que ele agride. Queria Joanie desde a escola, e descarregou em muitas outras. Depois que casou, concentrou-se em Donna.

O Blazer derrapou de lado, antes que os pneus recuperassem a aderência.

— Deite, Buck — disse Judd, olhando pelo espelho retrovisor. — Você pode ser o ator principal nessa história.

Monti fugira a pé, o que significava que haveria uma trilha para seguir, a menos que o vento aumentasse de intensidade para apagá-la. Ou se Monti corresse pelas marcas dos pneus nas ruas. Em qualquer caso, Buck ajudaria. Não era um sabujo, mas tinha um instinto aguçado.

Todas as três casas na base da praça tinham as luzes acesas. Veículos de tração nas quatro rodas estavam estacionados por toda parte, deixados ali por pessoas que haviam abandonado seus jantares para participar da busca.

Um olhar para a cena dentro da casa dos Farr e Judd ficou grato por Chelsea ter vindo, no final das contas. Donna estava num canto da sala de visitas, sozinha em meio à confusão, junto da mãe, da irmã Janet e de Joshie.

Lucy estava no hospital com Matthew. Emery dava ordens a Nolan. Joanie chorava com um lenço de papel, cercada por um grupo enorme da casta superior de Notch.

Depois que viu Chelsea sã e salva no círculo de Donna, Judd juntou-se a Nolan, Emery e os outros homens reunidos para a busca. Oliver estava no grupo, assim como George e vários parentes e amigos.

Nolan dividiu os homens e designou uma área para cada grupo. Deveriam seguir as pegadas até que sumissem e se espalhariam depois desse ponto. Seu ajudante ficaria na delegacia, para receber e retransmitir as notícias. Três toques da buzina no alto da sede dos bombeiros significavam que todos deveriam voltar para a praça.

As pegadas de Monti saíam dos fundos da casa dos Farr, passavam pelas moitas cobertas de neve no quintal dos fundos da casa de Calvin Ball, seguiam para a rua, onde desapareciam, por causa da passagem de um removedor de neve. Os homens se separaram, como os raios de uma roda.

Equipados com lanternas grandes e uma unidade de telefone móvel ligada com a delegacia, Judd, Nolan e três outros seguiram Buck para uma área de bosque, a menos de um quilômetro do centro da cidade. Não havia uma trilha, mas o local servia para um homem em fuga. Havia ali barracões abandonados e casas de brinquedo de

Paixões Perigosas

crianças, lugares perfeitos para parar de correr e descansar até recuperar o bom senso. Monti não era estúpido... podia ser em algumas coisas no seu próprio mundo, mas não era idiota e suicida, segundo todos que o conheciam. Também não era muito corajoso, ou já teria confrontado a esposa anos antes... confrontado o irmão. Agora, entrara em pânico e fugira. Mas não era do tipo de ir muito longe.

O grupo continuou a avançar, gritando seu nome, revistando cada possível esconderijo. A neve continuava a cair, tão linda no bosque que Judd, em outras circunstâncias, poderia ter ido até ali espontaneamente. No bosque, a noite era silenciosa, pacífica, pura. Infelizmente, as circunstâncias também faziam com que fosse fria, escura e ameaçadora.

As horas foram passando. Depois de vasculharem o bosque em vão, eles seguiram para a extremidade meridional da cidade. A notícia já se espalhara até as casas bastante espaçadas que havia ali. Havia luzes acesas nas varandas. Os que não participavam da busca apareceram em suas portas para indagar sobre o progresso, oferecer comida e bebida.

A neve parou de cair às três horas da madrugada, deixando no chão uma camada de trinta centímetros. O ajudante de Nolan informou que Matthew já fora suturado e passava bem. Nolan balançou a cabeça em desgosto.

A busca continuou.

Judd sentia o frio no ombro, mais ainda do que nas mãos e pés, embora estivesse aumentando por todo o corpo. A temperatura caía mais e mais, o que era péssimo para os homens empenhados na busca, mas provavelmente favorável a longo prazo. O ar gelado obrigaria Monti a voltar para casa mais cedo.

O dia amanheceu, dando ao mundo uma tonalidade azul brilhante, quando a voz do ajudante soou no telefone de Nolan, no meio de uma onda de estática:

— Judd está com você, chefe?

— Está sim.

— Tenho de falar com ele.

— O que foi, Donny? — perguntou Judd.

Mas antes mesmo de ouvir a resposta, ele sentiu que o frio aumentava. Mal teve tempo de pensar sobre o sexto sentido quando Donny explicou:

— Millie Malone acaba de telefonar, histérica. Disse que a comida e o vinho fizeram com que dormisse. Acordou agora e descobriu que Leo havia desaparecido.

Chelsea ainda se encontrava na casa dos Farr, esperando com Donna por notícias de Monti, quando soube do desaparecimento de Leo. No instante em que descia pelo caminho, avistou Judd correndo através da rua para embarcar no Blazer. Ela também entrou, segundos depois de Buck.

A neve cobria o chapéu, casaco, luvas e botas de Judd. Ele tinha o rosto pálido, os lábios azulados. Jogou o chapéu e as luvas no banco. Virou a chave na ignição, flexionando os dedos gelados. Chelsea entregou-lhe uma caneca de café quente. Judd passou os dedos em torno da caneca, tomou um gole e devolveu-a a Chelsea. Deu a partida.

— O que você sabe? — perguntou Chelsea.

Ele virou uma curva, derrapou, controlou o Blazer e seguiu em frente.

— Não muita coisa. Millie não sabe a que horas ele saiu. Pode ter sido às oito horas da noite de ontem, à meia-noite ou às duas desta madrugada. Ela dormiu durante todo o tempo.

— O que ele vestia?

— Pelo que Millie sabe, a mesma roupa que usava quando saímos.

— Algum casaco?

— O blusão de beisebol.

Chelsea estremeceu. O blusão dos Red Sox era ótimo para uma noite fresca de verão, não para um tempo como aquele. A implicação de Leo usar o blusão agora era tão óbvia quanto o medo no rosto de Judd.

Ela passou-lhe a caneca, pegou de volta depois que Judd tomou mais um gole.

— Para onde ele vai quando sai para passear?

— Para o bosque. — Judd soltou uma imprecação. — Seria muito azar se ele fosse confundido como alguém empenhado na busca... ou se os seus caminhos se cruzassem. Não seria possível distinguir suas pegadas.

— Vamos encontrá-lo, Judd.

— Não você. Ficará na casa. Já tenho o suficiente com que me preocupar.

Chelsea não discutiu. Queria apenas ajudar e não faria isso se o deixasse transtornado. Judd estava exausto e com muito frio. Não eram as condições ideais para iniciar uma segunda busca no bosque coberto de neve. Ele precisava dormir um pouco, vestir roupas secas, comer alguma coisa. Mas Chelsea não sabia se ele concordaria em fazer qualquer dessas coisas.

Ela não estava em condições de entrar no bosque. Sabia que era muito melhor ficar na casa, com um bule de café pronto, uma frigideira preparada no fogão, a lareira acesa, à espera de quem voltasse.

Judd partiu no Blazer pouco depois de parar na casa. Vestiu roupas secas, mas isso foi tudo. Partiu para o bosque com Nolan, Hunter e a maioria dos operários da Plum Granite, a julgar pela aparência. Chelsea não pôde deixar de pensar que era uma justiça poética que houvesse duas vezes mais pessoas empenhadas na procura de Leo Streeter do que na busca de Monti Farr. Aqueles homens participavam da busca porque gostavam e respeitavam Judd. Era gratificante.

As horas da manhã se arrastaram. Chelsea, que não dormira durante a noite, cochilou na poltrona da sala de estar. Antes de meio-dia, recebeu a visita de Donna, que se recusou a falar sobre Matthew. Pouco depois, o ajudante de Nolan telefonou para avisar que Monti fora encontrado numa garagem nos arredores da cidade, desesperado, mas em boas condições físicas. Chelsea rezou para que o mesmo acontecesse com Leo.

À medida que a tarde passava, as mulheres começaram a aparecer. A maioria era de Corner, mas também havia algumas do centro da cidade, como Ginny Biden e Sandra Morgan. Todas trouxeram comida, o que era uma boa coisa, porque os participantes da busca haviam começado a voltar meio congelados, famintos e pessimistas. O medo geral era de que Leo tivesse se perdido, deitado e congelado até a morte. Neste caso, poderiam se passar dias, talvez mesmo semanas, antes que seu corpo fosse encontrado debaixo da neve.

Enquanto as horas passavam, Chelsea começou a partilhar esse medo. O mercúrio no termômetro na varanda caía cada vez mais. A beleza da paisagem esculpida pela neve tornou-se uma farsa cruel.

Ela passava um tempo interminável na janela, à espera de Judd, embora soubesse que ele não voltaria antes que Leo fosse encontrado ou até que caísse de exaustão. Desejou poder fazer mais, mas não havia outra maneira de ajudar, a não ser deixar tudo preparado na casa, esperar e se angustiar sobre o que poderia ter acontecido se tivesse ficado ali, em vez de ir para a casa dos Farr, ou se Buck tivesse permanecido, ou se Millie não bebesse tanto, ou se houvesse tempo para o café, ou se Leo estivesse numa casa de repouso. Sabia que Judd pensaria em todas essas coisas em algum momento e só podia rezar para que Leo fosse encontrado vivo.

O crepúsculo chegou cedo, como acontece ao final de novembro. Chelsea acendeu todas as luzes na casa, pensando que Leo poderia ser atraído por uma vista familiar se tivesse sobrevivido à tempestade de alguma forma e se se esquivasse às equipes de busca. Ela esquentou o ensopado na panela grande que uma mulher trouxera, assim como a sopa trazida por outra. Também esquentou o pão, fez mais café, pôs mais lenha na lareira já acesa. Donna fora para casa, a fim de ficar com Joshie, abalado pelo desastre de seu Dia de Ação de Graças. Outras mulheres também foram embora para cuidar de suas famílias. Os homens entravam e saíam enquanto a busca continuava.

Pouco depois de oito horas da noite a atividade aumentou. Chelsea abriu a porta e viu homens saindo do bosque. Pensou ver Judd, pensou ver Nolan, embora percebesse apenas que os homens carregavam alguma coisa. Mas os movimentos eram muito rápidos e a noite muito escura. Os faróis dos carros começaram a ser acesos. Ela já se perguntava a quem poderia recorrer para obter informações quando Judd surgiu de repente à sua frente. Parecia em pior estado do que naquela manhã.

— Não sei se conseguirá escapar — balbuciou ele enquanto Buck
sacudia a neve do pêlo e entrava correndo na casa. — Vamos levá-lo
para o hospital.

— Também vou.

Chelsea cansara de ficar sentada na casa, impotente. Era verdade
que faria a mesma coisa no hospital, mas pelo menos ficaria ao lado de
Judd.

Ela vestiu o casaco em segundos. Deixou a casa aos cuidados dos
que ainda se aqueciam. Foi com Hunter no Blazer, enquanto Judd,
Nolan e dois outros homens levavam Leo no carro da polícia.

A espera recomeçou no hospital. Judd andava de um lado para
outro entre a pequena sala de exame e a sala de espera. Quase não
falava; sua expressão sombria dizia a Chelsea tudo o que precisava
saber. As enfermeiras permitiram o acesso dela à cozinha do hospital,
mas Judd recusava-se a comer. Apenas tomava café. Ela tinha certeza
que era só a cafeína que o mantinha de pé.

Por volta das onze horas, mesmo sem querer, ela cochilou toda
enroscada dentro da parca, numa cadeira da sala de espera. Já eram
quase duas horas da madrugada quando acordou. Hunter e vários
outros estavam de pé na sala enquanto Judd se agachava na sua frente.

— Leo morreu — sussurrou ele, a voz rouca. — Vamos embora.

Antes que ele pudesse se erguer, Chelsea passou um braço por seu
pescoço e apertou-o com força.

— Sinto muito — murmurou ela. — Sinto muito, Judd.

Ele não disse nada, apenas encostou as mãos nos lados do corpo
dela. Quando Chelsea o soltou, Judd levantou-se. Tocou no zíper da
parca, num lembrete de que ela deveria fechá-lo. Segurou a porta para
Chelsea passar e esperou que ela se acomodasse no Blazer antes de
dar a volta para a porta do motorista.

Parecia atordoado, o que era normal, pensou Chelsea. Não dormia
há quase dois dias com muito esforço físico e tensão emocional. E o
sofrimento o pressionava tanto quanto a exaustão.

Ele seguiu para sua própria casa, e Chelsea compreendeu que não
queria ir para qualquer outro lugar. Não tinha a menor intenção de

deixá-lo sozinho enquanto ele não dormisse, comesse e demonstrasse que estava bem. Importava-se profundamente com ele. Nunca em toda a sua vida sentira com tanta intensidade que estava no lugar certo, fazendo a coisa certa no momento certo.

Judd largou o casaco numa cadeira, tirou as botas e seguiu pelo corredor até o banheiro, ainda sem dizer nada. Segundos depois, o chuveiro foi aberto. Ela foi para a cozinha, certa de que teria de limpar a sujeira do dia, apenas para descobrir que seus anjos da guarda, apresentando-se como amigas, já haviam arrumado tudo. A cozinha estava impecável, como o resto da casa.

A lareira estava cheia de lenha em brasa. Ela pôs uma acha grande em cima. Pegou fogo em poucos minutos. Acrescentou outra e depois uma terceira. Pareceu-lhe simbólico que o fogo ardesse tão alto na noite em que morrera o homem que ajeitara cada pedra em seu lugar com tanto cuidado. Aquela lareira, o muro de pedra baixo que cercava a casa, as dezenas de outros muros de pedra que ele construíra, o próprio Judd... tudo era Leo, continuando a viver depois de sua morte.

Buck veio dos fundos da casa e se aconchegou contra ela. O cachorro estava triste. Chelsea abraçou-o por um momento, antes de deixá-lo voltar para o velho tapete trançado no quarto de Judd.

O barulho do chuveiro continuava. Ela podia imaginar Judd parado debaixo da água, em total desolação, deixando que a água quente escorresse por sua pele, sem que o calor alcançasse a frieza por dentro. Fora assim que acontecera com ela quando Abby morrera. A sensação perdurara por semanas.

Queria dizer isso a Judd, queria dizer coisas que o ajudassem a melhorar, mas lembrou que ressentira isso. Sofrera por sentir saudade de Abby, mas queria mesmo sofrer, como se a punição mantivesse a mãe viva dentro dela. Palavras não podiam trazer Abby de volta. Palavras não trariam Leo de volta. E Judd ainda tinha de passar pela agonia do enterro.

O chuveiro foi fechado. Ela preparou um chocolate quente, na possibilidade de Judd voltar para a sala e tomá-lo. O fogo ardia forte na lareira, mas a lenha crepitava de uma maneira assustadora. Sem Leo, a casa ficava vazia. Até mesmo Chelsea, que começara a freqüentar a casa há pouco tempo, sentia sua falta.

Paixões Perigosas

Ela sentava numa cadeira, ao lado da lareira, quando Judd voltou. Vestia um training e tinha os cabelos úmidos, caídos sobre a testa. Pós a mão no consolo da lareira de pedra e olhou para as chamas.

Enquanto o observava, sentindo sua dor, amando-o — isso mesmo, amando-o —, Chelsea foi dominada pela necessidade de aliviar tanto sofrimento. Levantou-se, foi abraçá-lo, enfiando as mãos por baixo do casaco. Encostou o rosto em seu ombro, sem dizer nada, apenas querendo transmitir conforto de seu coração para o dele. Era a coisa mais fácil e mais natural do mundo para ela fazer.

A princípio, Judd manteve-se imóvel. Depois, como se o calor dos braços de Chelsea derretesse alguma coisa congelada, ele deixou escapar um gemido baixo e desolado. Abraçou-a também... e não havia falta de firmeza agora. Era um abraço forte, determinado, quase frenético. Ele gemeu de novo, desta vez balbuciando o nome dela, apertando-a com mais força ainda.

— Estou aqui — sussurrou Chelsea. — Estou aqui.

Os braços de Judd tremeram. Ele soltou outro som angustiado. Passou as mãos para cima e para baixo do corpo de Chelsea. Deu um passo para trás, a fim de tocar em seus seios e barriga.

— Preciso de vida — disse ele, numa voz agoniada.

Enquanto falava, ele encheu as mãos com as partes intumescidas daquele corpo que tanto simbolizavam a vida. Ergueu o queixo de Chelsea e beijou-a na boca.

Chelsea não estava pensando em fazer amor, mas seu excitamento foi tão natural quanto abraçá-lo, lamentar com ele, amá-lo. Todo o seu coração estava naquele beijo que retribuiu. Como se sentisse e saboreasse isso, o beijo de Judd tornou-se mais ardente.

Ele a pôs de joelhos no tapete, na frente do fogo, tirando a suéter por sua cabeça no movimento. Beijou-a de novo, enquanto desabotoava os botões de sua blusa. Havia fome no beijo agora — e desespero, pesar, descoberta, desejo —, e também uma imensa recompensa para Chelsea em tudo isso.

O que aconteceu em seguida foi uma coisa que ela nunca imaginara, e jamais esqueceria, pelo resto de sua vida. Judd contemplou os seios por um momento, antes de deslocar sua atenção para a barriga.

Levantou a camiseta que a cobria e pôs as mãos em cima. Foi nesse instante que o bebê se mexeu. Mão, pé, braço, perna... não havia como identificar que parte do corpo, mas havia vida dentro dela, e era isso o que Judd precisava ver e sentir.

Em meio à angústia estampada em seu rosto, milagrosamente aflorou a reverência. Judd deixou escapar um pequeno suspiro. Manteve a mão na barriga, até que o bebê ficasse quieto. Só depois levantou os olhos. Com uma expressão profunda, cheia de paixão, a respiração entrecortada, ele tomou-a em seus braços. Segundos depois, como se estivesse tentando absorvê-la fisicamente, aumentou ainda mais a pressão. Sofrera uma perda terrível e tentava preencher o vazio interior. Chelsea deixou que ele a usasse dessa maneira, porque era Judd e porque sentia um imenso prazer.

Apesar de tudo o que sofrera naquela noite, Judd em nenhum momento se perdeu tanto na paixão a ponto de machucá-la, o que não significa que tenha sido gentil demais. Possuiu-a com uma necessidade impetuosa e tornou a possuí-la mais tarde, mas em nenhum momento fez uma pressão indevida em sua barriga, nem a deixou insatisfeita.

Depois, mergulhou num sono insondável. A princípio, Chelsea pensou que poderia observá-lo para sempre, que havia muita coisa que perdera até agora, muita coisa para ver. Mas suas pálpebras foram se tornando cada vez mais pesadas. Encontrou no corpo de Judd o calor que em geral só conseguia com várias camadas de cobertores e colchas. Beijou-o no ombro, murmurou "Eu amo você" e depois se entregou por completo ao que restava da noite.

Vinte e Dois

Donna não procurava Oliver com freqüência. Não pensava nele como um homem gentil ou um pai compreensivo, mas agora queria sua ajuda.

Encontrá-lo sozinho foi a parte mais fácil, já que Margaret tinha reuniões quase todas as tardes. Donna só precisava olhar pela vitrine da loja até avistar a picape da Plum Granite parar na frente da casa grande de alvenaria na base da praça.

Matthew estava na caixa registradora. Duas semanas depois de ser esfaqueado, o ferimento, um corte de quinze centímetros no tecido carnoso do flanco, já curara. A repercussão emocional ainda não, pelo menos para Donna. Enquanto o resto da família cuidava de sua vida como antes, ela sentia-se mais esclarecida.

— Vou falar com meu pai — disse ela para Matthew.

E saiu da loja antes que ele pudesse impedi-la. Matthew não a tratava agora de maneira diferente — continuava tão agressivo e abusivo como antes —, mas ela se importava menos. Alguma coisa morrera em Donna naquele Dia de Ação de Graças. Para ela, seu casamento terminara.

Oliver estava na biblioteca. Era seu lugar predileto, uma ilusão imponente, antiga, escura, recendendo a livros que não eram abertos há anos. Oliver tinha instrução formal até a sexta série. Quase nunca lia qualquer coisa além de assuntos relacionados com o trabalho. Mas queria ter uma biblioteca. Por isso, quando seu pai finalmente morrera e ele e Margaret mudaram para a casa, a antiga sala de visitas fora transformada. Instalara estantes que iam até o teto e comprara uma coleção de livros apropriada para um homem culto, uma escrivaninha melhor do que jamais teria no trabalho, cadeiras melhores, um tapete melhor. A biblioteca era provavelmente melhor do que qualquer outro cômodo na casa. Ele sentia o maior prazer em ficar ali.

Estava recostado na cadeira, os pés cruzados em cima da mesa, com um copo de Jack Daniel's na mão, quando Donna apareceu na porta. Não se mexeu, limitando-se a baixar as sobrancelhas.

— Por que não está no trabalho? — perguntou Oliver.

Ela foi direto até a mesa e pôs os dedos na beirada... um gesto ousado, já que a parte dela que morrera também tinha uma relação com Oliver. O pai não mais a assustava como acontecia antes. Nada do que ele dissesse poderia magoá-la tanto quanto Matthew fizera. Donna endurecera, e por isso tinha poder.

Ao procurar Oliver, fazia duas concessões. A primeira era o reconhecimento de que ele era o chefe da família, e por isso queria avisá-lo de seus planos. A segunda foi a de falar em voz alta, como sabia que ele preferia, embora compreendesse a linguagem dos sinais.

— Quero me divorciar de Matthew — anunciou Donna. — E gostaria de contar com seu apoio.

Com tão pouco interesse quanto teria demonstrado se ela o informasse que faria costeletas de porco para o jantar, Oliver disse:

— Não vai conseguir. — Ele tomou um gole do uísque. — Fez seus votos. Os Plum não voltam atrás em seus votos.

— Mas os Farr voltam. Foi o que Matthew fez.

Oliver acenou com a mão.

— Os homens dão suas voltas. Não é nada importante.

— É para mim. Já sabia sobre Joanie e Matthew?

— Também não é nada importante. Não passa de conversa.

Por reflexo, as mãos de Donna entraram em ação. "É mais do que conversa", sinalizou ela, para depois acrescentar, em voz alta:

— Monti viu. E usou uma faca.

Oliver abaixou o copo para o colo. Contraiu os lábios, olhando para o uísque.

— Monti não vai se divorciar de Joan.

— É uma opção de Monti. Ele não passou pelo que eu passei.

Oliver levantou os olhos para fitá-la, com uma expressão de desafio.

— Como sabe disso? Como sabe o que ele sente? Não sabe nada, menina, absolutamente nada.

"Sei mais do que você pensa", sinalizou Donna... e continuou a sinalizar porque essa era a *sua* preferência. "Sei por que fiquei surda. Não foi por ter ficado doente. Sou surda porque minha mãe bateu em meus ouvidos muitas e muitas vezes, porque ouvi uma coisa que não deveria ter ouvido."

Os pés de Oliver saíram da mesa. Havia em seus olhos uma centelha de alguma coisa que ela não pôde identificar, mas fê-la pensar que sua voz se tornara mais contida ao dizer:

— Você não ouviu nada.

Donna sinalizou: "Ouvi muita coisa e fui punida por isso. Tenho sido punida desde então."

Oliver pôs o copo na mesa.

— Você não ouviu nada.

Ela não planejava dizer tudo. Mesmo agora, sua cabeça zumbia, da mesma maneira como zumbira desde que Margaret a espancara, como continuara a zumbir sempre que lembrava o que não deveria ter ouvido. Esse zumbido sempre fora como uma campainha de alarme, advertindo-a a se manter afastada de determinados pensamentos. Só que agora ela resistiu. Não queria se afastar. O conhecimento era um instrumento útil.

Donna sinalizou: "Sei de tudo sobre Katie Love. Sei também sobre Hunter. Ele é seu filho. Sua carne e sangue. É o filho homem que sua esposa não pôde lhe dar."

— Isso é um absurdo.

Mas ela viu outra vez o estranho brilho nos olhos de Oliver. Poderia jurar que era medo.

"É sim. Toda a cidade sabe."

— Não *minha* cidade.

"As pessoas sabem. Apenas não ousam dizer."

— E você também não sabe. — Ele apontou um dedo trêmulo para a filha. — Nunca deixe sua mãe ouvi-la dizer essa insensatez.

— Não é insensatez — disse Donna, em voz alta. — É a verdade.

— Verdade ou não, isso vai matá-la. — Os olhos de Oliver se contraíram. — É isso o que você quer? Quase a matou uma vez, ao ficar surda.

Donna ficou aturdida.

— *Foi ela quem me fez ficar surda!*

— Se não estivesse bisbilhotando, não teria apanhado e não ficaria surda. O mesmo se pode dizer sobre o que há de errado entre você e Matthew. Se fosse uma esposa melhor, talvez ele não tivesse procurado diversão em outro lugar.

Donna ficou indignada.

— *Matthew já tinha um caso com ela antes mesmo de casar comigo!*

Desde o escândalo no Dia de Ação de Graças que as amigas haviam lhe contado algumas coisas. Essa era uma delas.

— Mas você não conseguiu manter o interesse de seu marido por muito tempo. — Oliver fez uma pausa. Ergueu a mão. — Faça o que quiser com seu marido... — a mão desceu, o dedo apontado de novo — ... mas não deixe sua mãe transtornada. Ela não anda muito bem. Tudo o que vem acontecendo com a companhia não tem sido fácil para ela. Deixe-a em paz.

Donna não planejava dizer nada a Margaret sobre o que sabia. Também não planejava dizer a Hunter. Queria apenas que o pai aprovasse o fim de um casamento que era um desastre.

Mas parecia que ele não cederia, que ficaria do lado de Matthew. Só que isso não doía mais como antes. A diferença era Nolan, que a amava, era Chelsea, que a apreciava, e era Joshie, que merecia mais do que vinha recebendo. A diferença era sua própria convicção de que Oliver estava errado.

Infelizmente, ele tinha razão num ponto. Margaret era frágil. Podia ser exigente e manipuladora, até mesmo devotada, mas era frágil. As mudanças na companhia haviam-na abalado. Não era a mesma desde que Chelsea chegara a Notch. E seria um golpe muito duro para ela se Donna deixasse Matthew.

Com o apoio de Oliver, Donna poderia dar um jeito. Não tinha certeza agora se conseguiria. Margaret causara sua surdez, mas também pagara um preço por isso. Donna não queria que a mãe desmoronasse. Nem Oliver.

Era uma situação em que não podia vencer.

— Oi, papai! — disse Chelsea, tão jovialmente quanto podia, no momento em que Kevin atendeu, em vez da secretária eletrônica, em Baltimore.

Ela esperou, sofrendo a cada segundo que passava. Não falava com ele desde o encontro em Newport. Meio que esperava que Kevin batesse o telefone. Ele finalmente respondeu, hesitante:

— Chelsea? Você está bem?

Ela teve vontade de soltar uma risada de alívio.

— Estou ótima. E você?

— Vou indo.

Kevin se mostrava cauteloso agora, como se tivesse tirado um momento para lembrar tudo o que precedera aquele telefonema.

— Sinto a maior saudade. — Era a verdade, sempre fora, ainda mais agora. A morte de Leo deixara-a mais consciente do que nunca do que estava desperdiçando. — Já faz muito tempo.

Em vez de dizer que concordava, Kevin perguntou:

— Teve um bom Dia de Ação de Graças?

— Tive... não tive... na verdade, é um dos motivos pelos quais estou ligando.

— O bebê está bem?

A preocupação outra vez. O que ela adorou, embora não cometesse o erro de querer prolongar. Apressou-se em informar que o bebê estava bem, e depois falou sobre Leo.

— Talvez tenha sido melhor assim. Sua condição não mudaria. Mas tem sido muito difícil para Judd.

Uma coisa era falar sobre Leo, que na mente de Kevin não passava de outra vítima sem rosto da doença de Alzheimer, outra era falar de Judd. Porque Judd tinha um rosto. Também tinha uma língua, que por sua própria admissão dissera coisas que não deveria ter falado na última vez em que os dois haviam se encontrado. Chelsea não sabia que coisas haviam sido. Calculava que Kevin diria, se ficara bastante zangado.

— Judd é um homem excepcional — comentou Kevin, o que não dizia nada para Chelsea.

— Como assim?

— Ousado. Não teve a menor timidez ao dizer o que pensava.

— Ele se arrependeu de ter falado. Ficou com receio de ter causado mais danos ao nosso relacionamento do que já havia.

— Ah...

— Causou? — indagou Chelsea, porque ainda não podia determinar o que o pai pensava e sentia.

Sem responder, Kevin disse apenas:

— Creio que ele gosta de você.

— O sentimento é mútuo.

— Casou com ele?

Ela percebeu uma esperança cautelosa. Kevin era bastante convencional.

— Isso tornaria as coisas mais fáceis para você?

— E você casaria se eu dissesse que sim?

Chelsea respondeu num sussurro:

— Não.

— Foi o que pensei.

Kevin ficou calado. Ela já ia fazer um comentário sobre as razões erradas para casar quando ele perguntou:

— Quanto tempo mais?

Chelsea pôs a mão na barriga.

— Menos de dois meses.

— Você está grande?

— Como uma melancia.

— O bebê mexe?

— E muito.

Ela sorriu ao pensamento. Judd passava horas observando sua barriga. Havia ocasiões em que Chelsea sabia que ele pensava em Leo, pensava que uma vida acabara e outra começava; mas em outras ocasiões havia uma concentração exclusiva no bebê. Ele nunca falava a respeito, apenas observava. Passava a mão sobre a pele esticada, acompanhava os movimentos do bebê, seguia um pequeno cotovelo ou calcanhar com a palma grande e calosa, massageava os músculos de Chelsea quando se contraíam, sempre com uma expressão determinada nos olhos.

— Que providências você tomou para o parto? — perguntou Kevin.

— Irei para o hospital local. Fica a dez minutos de carro. E o médico é muito bom.

— O médico do Johns Hopkins?

Ela sorriu. As qualificações eram muito importantes para Kevin.

— Isso mesmo.

— Ainda bem. — Ele fez uma pausa. Baixou a voz para perguntar: — Já contou a Carl?

— Ainda não. Você contou?

Kevin pigarreou.

— Não. Você tinha razão sobre prejudicar o casamento dele. Preferia que ele tivesse casado com você, mas é um fato consumado. Seja como for, é um mistério para mim como você conseguiu esconder de Carl.

— Não voltei a Baltimore desde que a gravidez se tornou perceptível. Resolvo tudo por telefone ou fax. Melissa sabe. E tem ajudado bastante, cuidando de tudo por mim em Baltimore.

— Tem feito muitos projetos?

— Acabo de receber a autorização para começar o trabalho do Hunt-Omni. — Ela sentia-se muito animada e orgulhosa por isso. — Melissa cuidará de tudo no local. Mandarei as plantas para ela por fax.

— Não será trabalho demais para você?

— Claro que não. Tenho um estúdio em casa. Adoro o desafio criativo. A barriga pode atrapalhar um pouco, mas as mãos e a mente estão ansiosas para trabalhar.

— O projeto do Hunt-Omni vai ocupar todo o seu tempo?

— Claro que não — respondeu Chelsea, curiosa. — Por que pergunta?

— Recebi um telefonema de Marvin Blecker há poucas semanas. Ele está organizando um novo projeto.

Chelsea ficou alerta no mesmo instante. Marvin Blecker era um construtor que operava em todo o país.

— Que tipo de projeto?

— Uma série de hospitais formados pela fusão de dois ou mais hospitais menores, a fim de consolidar os serviços. Cada hospital precisará de uma nova estrutura central. Marv quer ter uma identidade visual. Eu disse a ele que você poderia estar interessada.

— Mas é claro que estou! — Um projeto desse tipo duraria muitos anos. Se pudesse incorporar o granito no projeto, a Plum Granite ficaria ocupada por anos e anos. — Deveria ter me ligado imediatamente!

Kevin ficou calado por um momento.

— Isso... não seria fácil.

— Então fico contente por ter ligado para você. — Chelsea falou sem qualquer rancor. Não havia tempo para isso. A morte de Leo deixara isso bem claro. A vida era muito curta, muito frágil, para desavenças desnecessárias. — Sinto muita saudade de você, papai. Não quer vir me visitar?

Ele respondeu em voz baixa:

— Ainda não estou preparado para isso.

— Fui informada de que o Natal é lindo por aqui. Há uma cerimônia de velas acesas na praça, distribuição de bebidas quentes na pousada...

— Passarei o final do ano em Palm Beach.

— Virá quando o bebê nascer?

Depois de uma pausa, Kevin disse:

— Não sei, Chelsea. Não quero prometer nada. Não quero ir a esse lugar.

— Mas "esse lugar" é onde estou... e seu neto também.

— Eu sei, eu sei...

— Mamãe gostaria que viesse.

— Isso é injusto — murmurou ele com um aperto na garganta. — Ela morreu e você está me pedindo para ir a um lugar que passei a vida tentando esquecer.

Chelsea tinha de reconhecer a honestidade de Kevin. Era um progresso.

— Ao considerar tudo, acho que este é o melhor lugar para ter meu bebê. E adoro minha casa. A única coisa errada aqui é a sua ausência. Você é meu pai, tudo o que me resta.

— Não tem um pai por aí?

— Você é meu único pai. Quero que conheça a casa e as pedreiras. Quero que conheça meus amigos, e quero que eles o conheçam. E quero muito que você pegue o bebê no colo.

Com um grunhido que proporcionou uma esperança renovada a Chelsea, ele declarou:

— Vamos deixar o bebê nascer primeiro. E conhecendo-a, sei que será no meio de uma nevasca. Você nunca fez as coisas pelo caminho mais fácil, Chelsea Kane.

Chelsea refletiu que ele tinha razão. Enquanto outra mulher em seu estágio de gravidez poderia passar os dias numa cadeira de balanço, com uma colcha estendida sobre as pernas, um copo de leite na mão e um manual de parto no colo, ela ia ao escritório, conversava com Marvin Blecker pelo telefone, estudava as fotos do local enviadas por Melissa, amassava um desenho depois de outro, até finalmente conseguir algo que lhe agradasse.

É verdade que ela não dirigia pessoalmente até o escritório. Judd a levava todas as manhãs. Deixava-a sem carro — deliberadamente, ela tinha certeza — até voltar, em torno de meio-dia. Dizia que não queria que ela guiasse por ruas que eram escorregadias pela manhã e à noite, que não queria ter um acidente na consciência. Chelsea não discutia. Também não discutia quando insistia que ela tomasse muito leite. Mas empacou no manual de parto. A leitura deixava-a nervosa.

— Isso não é desculpa — disse Judd.

— É sim. Não quero saber de cada detalhe que pode sair errado. Por que deveria conhecer todos os problemas? Neil me dirá o que fazer.

— Deveria ter feito um curso.

— O mais próximo era em Concord e eu não queria guiar até lá duas vezes por semana. Além do mais, as mulheres faziam curso de parto na Virgínia colonial? Não! Liam manuais de parto em suas carroças cobertas enquanto cruzavam as grandes planícies? Ainda assim, seus bebês nasciam. Às vezes, a ignorância é uma bem-aventurança.

Chelsea acreditava mesmo nisso. Seu corpo se saíra muito bem até agora. Tinha fé que assim continuaria.

Quanto à parte da bem-aventurança, ela também acreditava. Foi por isso que aceitou a sugestão de Judd para passarem o Natal fora. Não foram muito longe, apenas um hotel pequeno e barato com café da manhã, no sul de Vermont. Mas foi uma festa e tanto.

O quarto tinha uma enorme cama com dossel, uma banheira antiga e enorme, uma lareira de tijolos. Deixavam-no apenas para as refeições, um passeio ocasional pela cidade e a missa à meia-noite.

— Isso é mesmo decadente — murmurou Chelsea em determinado momento.

Era o final da tarde, e estavam na banheira. Calor suficiente subia da água quente para encrespar os cabelos de Chelsea e criar gotas de suor no nariz de Judd, embora fosse possível alegar que isso acontecia pelo que faziam, não por causa do calor. Ela montava nos quadris de Judd, os braços em torno de seu pescoço, fitando-o nos olhos. Uma ligeira pressão das mãos de Judd fez com que ela se inclinasse para um beijo.

— Decadente, mas gostoso... — murmurou ele, sem afastar os lábios.

Chelsea enfiou os dedos pelos cabelos molhados na nuca de Judd.

— Acha que as pessoas em Notch estão especulando?

— Tenho certeza.

— E isso o incomoda?

— Não. Afinal, o que um homem pode fazer com uma mulher que mais parece uma baleia?

Paixões Perigosas

Ele passou o antebraço pela barriga de Chelsea, provocando uma ondulação na água. Ela riu e estendeu a mão abaixo da superfície. Adorava acariciá-lo contra sua barriga. E a reação de Judd indicava que ele também gostava.

— Ainda bem que não precisamos nos preocupar com camisinha. Não haveria nenhuma que coubesse em você.

Judd também riu. Levantou-a por um instante e baixou-a sobre sua ereção. Ficaram sentados assim, sem fazerem qualquer movimento, apenas se beijando, lentamente.

Ela descobrira que Judd era incrível nisso. Assim como podia ser parcimonioso com as palavras, também podia ser com os movimentos.

— Boas coisas acontecem para as pessoas que esperam — dizia ele, com um sorriso presunçoso.

Mas ele tinha razão. A lentidão tornava mais intensas as pequenas coisas que ele fazia. Judd era capaz de permanecer enorme dentro dela por um tempo interminável, de vez em quando passando a mão por suas costas, ou apertando um mamilo, ou acariciando gentilmente o clitóris. Também tinha um jeito sutil com a língua, que podia passear por toda a boca de Chelsea sem que ela se sentisse invadida e ocupada. Depois de tudo isso, ele podia levá-la ao orgasmo com um pequeno movimento dos quadris... e Chelsea abandonara há muito tempo a noção de que havia uma distorção em seus hormônios. Era verdade, algumas mulheres experimentavam uma sexualidade maior durante a gravidez. E Chelsea sentia que teria de estar morta para não reagir a Judd.

Ela o amava. Refletiu que o amava há muito mais tempo do que sabia, embora só tivesse compreendido isso na noite em que Leo morrera. Não dissera as palavras para Judd. O instinto a aconselhara a não fazê-lo. Mas o sentimento foi aumentando e aumentando, até que ela sentiu que sufocaria se não falasse em breve.

Assim, no Dia de Ano-novo, ainda cedo, ela sentou na cama com as pernas cruzadas por baixo do bebê. Puxou o lençol cor de ferrugem e a colcha ferrugem-verde-púrpura para os ombros nus, e olhou para

Judd. Ele ainda dormia. Haviam passado o início da noite no jantar dançante anual de Ano-novo da igreja. Voltaram para casa muito antes de meia-noite, e ela dormira aconchegada contra Judd. Ele devia ter lido por algum tempo, pois havia um livro aberto, virado para baixo, na mesinha-de-cabeceira.

Judd estava deitado de costas, o rosto virado para o lado dela. Tinha os cabelos escuros despenteados, as pestanas eram traços cor de carvão, a boca gentil em repouso. Embora o bronzeado do verão há muito tivesse desaparecido, sua cor ainda apregoava saúde.

Chelsea tocou em seu ombro, o que ficara ferido no acidente na pedreira. A cicatriz já estava esmaecida. Ela passou um dedo pelos contornos, continuou pelos cabelos no peito, foi tocar de leve em seu queixo.

Ele abriu os olhos, lentamente. Um sorriso descontraído entreabriu os lábios, um lindo sorriso para um homem que quase nunca sorria.

— Feliz Ano-novo — murmurou Chelsea.

Ela abaixou o rosto para um beijo. Ainda estava no movimento, a quatro ou cinco centímetros da boca de Judd, quando acrescentou, ainda num sussurro:

— Eu te amo.

Ele fechou os olhos.

— Hum...

— Ouviu o que eu disse?

— Não podia deixar de ouvir. Você está gritando.

— Não estou não. Estou dizendo com a maior calma que "eu te amo".

Judd respirou fundo, meio bocejo, meio suspiro.

— O que isso significa? — perguntou Chelsea.

— Significa que posso pensar em maneiras melhores de começar o novo ano.

— Mas não eu. — Chelsea estava determinada a impedir que ele desconversasse. — Venho querendo dizer isso há semanas. E foi tão bom que acho que direi de novo. Eu te amo.

Judd ficou sério. Os olhos exibiam um sentimento que nem o rosto nem a voz transmitiam.

Paixões Perigosas

— Eu também te amo, Chelsea, mas isso é tudo o que eu sei. Não tenho a menor idéia do que devo fazer com isso, ou para onde pode nos levar.

— Você deveria gostar. — Chelsea sorriu, porque as palavras de Judd deixaram-na emocionada. — Isso é tudo.

Ele não parecia convencido.

— São palavras profundas.

— Não para mim. Expressam um sentimento do aqui e agora. Se pensa que pedi alguma espécie de compromisso, está enganado. Tenho muita coisa para fazer daqui até junho.

— Esse é um dos problemas. Para onde você irá depois disso?

— Não sei.

— Também não sei.

Chelsea sorriu.

— Então estamos empatados.

— Como pode sorrir, Chelsea? É ótimo dizer que não procura nenhum compromisso. Mas o amor não é uma coisa que pode ser considerada superficialmente. Se é mesmo amor, um amor *de verdade*, sempre encontra um jeito de perdurar.

Ela podia compreender.

— Está pensando em Leo apaixonado por Emma, e depois Emma indo embora.

— Ele nunca conseguiu superar.

— Ela partiu porque não conseguia mais suportar Notch. Naquele tempo, você vivia aqui ou não vivia. Hoje as pessoas viajam todos os dias entre o lugar em que moram e o lugar em que trabalham.

Judd estendeu um braço dobrado por baixo da cabeça.

— Você não estará dizendo isso depois que o bebê nascer. A mobilidade não será tão fácil. E quando o bebê ficar maior, terá de pensar na escola. Precisará assentar em algum lugar. Mas o que acontece se eu arrumar um emprego em Denver? Ou em São Francisco? Ou Honolulu? Voltei para cá porque Leo estava doente. Agora, ele morreu. Tenho o compromisso de permanecer na companhia até junho. Depois disso, não sei o que farei.

Chelsea vira o computador que ele tinha em casa, vira-o totalmente absorvido, vira os contratos, até mesmo os cheques que chegavam pelo correio. Sabia que ele tinha outra carreira à sua espera, caso assim decidisse.

Judd tinha esse direito. Não estava preso a ela de qualquer forma. O futuro imediato de Chelsea era o bebê, e ele podia detestar isso. Se assim fosse, também tinha esse direito. Não devia nada a ela.

Sentada ao seu lado agora, acariciando a pele firme do cotovelo até os cabelos na axila, sentindo uma emoção profunda, Chelsea compreendeu que se um deles acabaria com o coração partido, como Leo, não seria Judd.

Judd olhava atentamente para a estrada, as mãos apertando o volante, o pé firme no acelerador, seguindo tão depressa quanto podia naquele tempo horrível. Janeiro já tinha duas semanas e a neve caía, com uma fúria que New Hampshire não conhecia desde o Dia de Ação de Graças. Só que agora era ainda pior. O vento soprava forte e a temperatura caíra muito abaixo de zero.

— Tome cuidado — advertiu Hunter.

Mas Judd já estava ultrapassando as luzes traseiras de um carro derrapando.

— Qual é a pressa, Judd?

— Não há pressa.

— Tem um encontro marcado?

— Claro.

— Se tivéssemos um mínimo de bom senso, teríamos ficado em Boston.

Haviam ido até lá para encomendar três caminhões de traseira aberta de uma firma com que nunca haviam negociado antes. A tempestade estava prevista para o dia seguinte, mas alguma coisa na atmosfera a antecipara. Um olhar para os primeiros flocos e Judd tivera um sentimento de apreensão. O sentimento aumentava a cada quilômetro, mas ele se recusava a parar em algum abrigo e esperar que a tempestade passasse.

— Precisamos voltar.

Durante algum tempo eles viajaram em silêncio, escutando o barulho da neve batendo no pára-brisa, o zumbido dos limpadores, o uivo do vento e a música de James Taylor.

Judd acelerou mais um pouco.

— Ela está bem — disse Hunter.

Judd não tinha tanta certeza.

— A criança não deve nascer por mais duas semanas, Judd.

— O que os médicos sabem? É a criança que decide o momento em que vai nascer.

— Ela não pediu para você ficar.

— Jamais pediria. Queria que examinássemos os caminhões *pessoalmente*. Quando se trata de trabalho, Chelsea não admite correr qualquer risco.

Hunter encostou-se na porta. Depois de vários minutos, ele comentou:

— Não podemos nos queixar. Ela está tornando mais fácil para nós ficar com a companhia. Será que sabe disso?

— Tenho a impressão de que ela não se importa.

— Não quer mais a companhia?

— Não desesperadamente.

— Acho difícil acreditar.

Judd tirou o Blazer de trás de um caminhão. Recuou a tempo de evitar a colisão com o carro que vinha em sentido contrário. Mas assim que o carro passou ele tentou de novo a ultrapassagem.

— Boa manobra — resmungou Hunter, sarcástico.

— Quer saltar e continuar a pé?

— Não há a menor possibilidade. O couro destas botas é da melhor qualidade.

— Então fique calado.

Judd não precisava das observações de Hunter. Não precisava de comentários sobre Chelsea e a companhia. O que precisava mesmo era chegar a Boulderbrook... e o mais depressa possível.

Hunter olhou pela janela. James Taylor cantava sobre um passeio por uma estrada rural. Judd pensou no que tinha pela frente: mais três horas guiando por uma sucessão de estradas rurais.

Ele buzinou para um carro vagaroso à frente, depois levou o Blazer para o lado e fez a ultrapassagem.

— O que deu em você? — perguntou Hunter.

— Quero voltar.

— Ela está bem.

— Ela está sozinha. Eu deveria tê-la deixado na cidade. Seria muito azar meu se um maluco aparecesse por lá e cortasse a eletricidade.

Desde Newport que a situação era calma sob esse aspecto, mas Judd não podia presumir que nada mais aconteceria. Alguém estava sendo esperto, isso era tudo.

— Seu azar? — repetiu Hunter, zombeteiro. — Desde quando o destino de Chelsea pertence a você?

— Desde que ela comprou metade da companhia de Oliver. Puxa, você é tão cético que me dá náusea. É tão difícil assim admitir que a mulher está fazendo alguma coisa boa para todos nós? Ou que seus motivos podem não ser totalmente egoístas? Ou que ela pode, apenas pode, ser uma pessoa decente? Conheço você muito bem, Hunter. E já o vi com ela. À sua maneira, é protetor. Não quer lhe dizer, mas se ressente de sua presença. Não compreendo o motivo. Ela não está tirando nada de você. Quando vai compreender isso?

Os olhos de Hunter faiscavam.

— Cara, você pirou.

— É a verdade.

— Está gamado por ela. Completamente apaixonado.

— Se estou, não é da sua conta. Pode fazer o favor de calar a boca? Ou então pode continuar a pé, essas botas que se danem.

Hunter prezava demais as botas, ou a amizade de Judd, ou a própria vida, porque não disse mais nada.

Judd manteve os olhos fixados na estrada, os dedos apertando o volante com toda força, o pé comprimindo o acelerador. Disse a si mesmo que não estava apaixonado, que apenas queria chegar em casa o mais depressa possível para sair da neve. Mas, quando James Taylor começou a cantar "Something in the way she moves", ele se apressou em apertar o botão para tirar a fita.

* * *

As dores ocorriam a intervalos de cinco minutos, calculou Chelsea, fazendo um esforço para se manter calma. Não tinha luz, não tinha telefone. A tempestade privara-a dessas coisas duas horas antes. Pouco depois, a bolsa d'água rompera. E logo em seguida começaram as contrações.

O trabalho do primeiro parto durava uma eternidade. Era o que todos diziam. Ela não entendia por que as dores eram tão próximas.

Inicialmente, mantivera-se ocupada, acendendo velas, trocando a roupa de cama, guardando objetos pessoais na mala já pronta, que deixava no closet do vestíbulo. Arrumara o quarto do bebê, embora não precisasse. Era todo em amarelo e branco, alegre até mesmo à luz de velas. Animara-a tanto quanto era possível, ao se considerar que estava sozinha, já em trabalho de parto, no meio de uma tempestade de neve.

Não sozinha. Buck estava com ela, seguindo-a por toda parte. Por mais que fosse um amigo de confiança, no entanto, Buck não podia fazer um parto.

Quando acabaram as coisas que podia fazer, ela foi sentar na sala, na frente do fogo na lareira. Levantou-se para dar uma volta. Quando a contração começou, encostou-se no sofá até a dor passar. Depois, foi até a janela. Não podia ver muito além dos flocos que batiam no vidro, à tênue claridade projetada pelo fogo. Sem uma luz acesa na varanda, a noite além era uma escuridão total.

Ela queria ver faróis. Queria ver Judd. Saber que ele fora retardado pela tempestade não a fazia se sentir melhor. Precisaria de ajuda em breve e não poderia obtê-la sozinha. A perspectiva de dar à luz sozinha não era nada atraente.

Judd tinha razão. Ela deveria ter lido o manual de parto. Pensou agora que qualquer coisa era melhor do que nada, pegou uma vela e foi buscar o livro no quarto. Abriu-o ao acaso, pois não sabia por onde começar. Folheou as páginas, até a próxima contração, quando largou o livro e foi envolvida pela dor.

Depressa demais, pensou ela, depressa demais. O trabalho do primeiro parto leva uma eternidade. As contrações diminuiriam.

Mas não diminuíram. Mal haviam passado quatro minutos quando a contração seguinte começou. Depois que passou, ela deu outra volta. Tentou outra vez o telefone. Acrescentou lenha ao fogo. Abriu outra vez o manual de parto, ao acaso, e descobriu-se a ler sobre parto invertido. Fechou o livro e largou-o longe de sua vista. Tentava se acalmar, manter a dor sob controle, mas se tornava cada vez mais difícil. O bebê tinha pressa para nascer. Ela não planejara assim.

Kevin acertara em cheio, refletiu ela, com um princípio de histeria. *E conhecendo-a, sei que será no meio de uma nevasca. Você nunca fez as coisas pelo caminho mais fácil, Chelsea Kane.* Ela desejou que Kevin estivesse ali. Desejou que Judd estivesse ali. Desejou que *alguém* estivesse ali.

O vento arremessava a neve contra a casa numa barragem incessante. Tremendo agora, com uma mistura de frio, excitamento e medo, ela se envolveu com uma manta. Respirou fundo durante a contração seguinte. Pareceu durar para sempre antes de acabar, o que não era um bom sinal.

Não podia falar com Judd, não podia falar com Neil, não podia falar com a parteira que jurara que não chamaria, embora estivesse disposta a mudar de opinião agora se tivesse essa opção. Sentiu alguma coisa úmida entre as pernas e recusou-se a verificar o que era. Outra contração começou, foi aumentando de intensidade, atingiu o pico e passou, deixando-a mais assustada do que nunca. Afastou os cabelos da testa úmida. Massageou as costas onde doía.

Perdera o controle de seu corpo. Estava fazendo coisas que não podia impedir. Elas assumiram o comando. Ela dissera a Judd: *Não há motivo para ansiedade. O que tiver de acontecer vai acontecer.* Mas agora, no meio de uma nevasca, ela sentia-se ansiosa e desesperada.

— Ninguém atende — disse Judd, voltando ao carro. Ele nem mesmo espanou a neve do casaco antes de dar a partida no Blazer. — Eu não deveria nem ter parado. Pura perda de tempo.

— Por que ela não atendeu?

— Como vou saber?

Ainda estavam a trinta quilômetros de Norwich Notch, o que significava, por causa da tempestade, mais uma hora de viagem, presumindo que não derrapassem para fora da estrada.

— Só uma pessoa idiota sairia com essa tempestade — comentou Hunter.

Judd sabia que Chelsea não era uma idiota. Podia ser teimosa, mas não era uma idiota.

— Há alguma coisa errada com os telefones. A secretária eletrônica não estava ligada. Se ela tivesse de sair, deixaria um recado.

Dez minutos depois, ele parou numa lanchonete, saiu para o vento e a neve e ligou para Nolan.

— Há alguma coisa errada em Boulderbrook. Posso sentir.

— Darei uma olhada. Mas talvez demore um pouco para chegar.

— Não tem problema. Só quero que vá até lá para verificar.

Ele voltou correndo para o Blazer. Encontrou Hunter removendo a neve do capô e dos faróis. O que serviu para melhorar a visibilidade. E também indicava uma coisa. Hunter, em geral, gostava do perigo, mas estava nervoso agora. Judd se perguntou se ele estaria preocupado com Chelsea.

Continuaram a viagem, às vezes quase se arrastando, quando a estrada desaparecia sob a neve. Havia bem poucos outros veículos trafegando, o que era uma sorte. Judd guiava pelo meio da estrada, tão depressa quanto o Blazer e a neve sob os pneus permitiam.

Só experimentou um alívio mínimo quando chegou ao centro de Norwich Notch. Mas seguiu em frente, direto, sem pensar em largar Hunter em casa.

O carro de Nolan saía para Boulderbrook quando o alcançaram. Judd parou ao lado e abaixou sua janela.

— Não consegui passar! — gritou Nolan. — Caiu uma árvore na estrada, derrubando todos os fios. Tentei empurrá-la para o lado, mas não tenho força suficiente. Vamos precisar de um caminhão.

— Pode providenciar?

— As linhas telefônicas estão interrompidas por toda parte, caso contrário eu usaria minha unidade móvel. O caminhão mais próximo está na casa de Willem Dunleavy. Voltarei o mais depressa que puder.

Judd levantou a janela do carro e deu a partida. Não demorou muito para encontrar a árvore caída.

— Continuarei a pé — disse ele a Hunter.

Ele levantou a gola do casaco, pegou uma lanterna no porta-luvas e saltou. A boa notícia era a de que a neve se dispersava ao cair, deixando uma camada de dez centímetros no chão, em vez de vinte. A má notícia era a intensidade do vento que dispersava a neve. Judd correu quando era possível, andou quando não havia outro jeito, inclinou-se contra o vento quase sem fazer qualquer progresso durante as rajadas mais fortes.

Não percorrera mais de cem metros quando Hunter surgiu de repente ao seu lado.

— Pegue o Blazer e volte para casa! — gritou Judd, através da tempestade.

— Uma tentação, mas não seria sensato. Até que aquela árvore seja removida, o Blazer é seu único meio para voltar à cidade.

Judd não havia pensado nisso. Jurou para si mesmo que compraria botas novas para Hunter se as suas ficassem estragadas, e continuou a avançar, tão depressa quanto o vento e a neve permitiam. A casa finalmente surgiu à frente, como um animal enorme e disforme, à luz da lanterna. Um pouco mais próximo, ele divisou uma tênue claridade numa janela. O que lhe deu forças para correr ainda mais. Com a cabeça inclinada contra o vento, subiu pelo caminho, atravessou a varanda. Passou pela porta da frente a tempo de ver Chelsea se contorcendo no sofá.

— Ó Deus! — exclamou ela quando a contração passou. Estendeu a mão trêmula para Judd. — O bebê está nascendo!

Ele descartava as roupas externas cobertas de neve — metade caindo em cima de Buck, que corria excitado ao seu redor — enquanto se encaminhava para o sofá.

— Eu sabia! Eu sabia! Tive um pressentimento! — Ele abaixou-se e pegou a mão de Chelsea. — Quando começou?

— Há três horas. — Ela falava aos arrancos, ainda ofegante da última contração. — Não deveria acontecer tão depressa. As dores estão vindo em intervalos de dois minutos.

Chelsea levou a mão de Judd para sua garganta e desatou a rir e chorar ao mesmo tempo.

— Não pensei que você conseguiria chegar a tempo, Judd! Tinha certeza que ficaria sozinha!

Ele passou o braço pelas costas de Chelsea e levantou-a para aconchegá-la contra seu peito.

— Estou aqui. — Ele afastou do rosto dela os cabelos emaranhados. — Eu sabia. No instante em que começou a nevar, tive certeza.

— Você estava certo sobre o manual. Eu deveria ter lido. Tentei antes, mas não consegui. — Ela respirou fundo enquanto a barriga se contraía. — Ó Deus, outra!

Judd tornou a deitá-la no sofá. Pôs a mão em sua barriga.

— O que posso fazer?

— Fique calmo.

— Estou calmo.

— Fique confiante.

— Estou confiante.

— Eu sabia que você ficaria. Leu o livro.

Chelsea parou de falar com a dor intensa da contração, que foi aumentando e aumentando, até deixá-la ofegante, encharcada de suor. Através da visão turva, ela viu Hunter entrar.

— Vou chamar Neil — disse ele a Judd.

Chelsea agarrou seu braço antes que ele pudesse se mexer. Arregalou os olhos, suplicante.

— Não! Fique aqui! Quero os dois aqui!

Por mais incrível que pudesse parecer, Hunter tocou em sua cabeça.

— Você precisa de Neil.

— Não há tempo! Fique aqui, Hunter! Por favor!

Hunter olhou para Judd.

— Ela precisa de Neil.

Judd acenou com a cabeça.

— Pegue o Blazer e vá até a casa de Dunleavy. Alcance Nolan no caminho, se puder. Ele irá buscar Neil. Volte em seguida.

— Não vá embora! — gritou Chelsea quando Hunter seguiu para a porta. — Ele não voltará a tempo, Judd.

— Ele voltará.

— Quero que ele veja o bebê nascer. Quero que você faça o parto e que ele veja.

Agora que o terror de ficar sozinha desaparecera, as coisas começavam a mudar na mente de Chelsea. A sobrevivência já não era mais o problema... Judd havia mesmo lido o manual. Por isso ela começava a sentir um certo excitamento. Pela primeira vez desde que entrara em trabalho de parto, sentia a emoção do que estava acontecendo.

A contração seguinte foi mais longa e mais forte. Durante todo o tempo, Judd fitou-a nos olhos, massageando a parede rígida da barriga.

— Isso mesmo. Está indo muito bem.

Chelsea não tinha a mesma certeza. A contração não queria terminar. Finalmente desvaneceu, para recomeçar logo em seguida. Ela sentia-se esgotada quando pôde descansar. Judd disse, a voz muito gentil:

— Vou sair por um instante para pegar algumas coisas, está bem?

Ela não gostou da idéia de Judd deixá-la nem por um momento sequer, mas sabia que ele pensava que tinha de ser agora ou nunca, de tão avançado que estava o trabalho de parto.

— Está bem. — Chelsea tocou em seu rosto. — Graças a Deus você está aqui, Judd. Graças a Deus você está aqui. Este bebê é mais seu que de Carl. Sabe disso, não é?

— Sei... eu te amo.

— Eu também... — Ela contraiu o rosto. — Droga! Droga!

Chelsea tentou manter a respiração regular, mas a dor era insidiosa. Contornou a barriga, pressionou todo o resto do corpo, empurrando o bebê para baixo, cada vez mais baixo.

— Tenho de fazer força.

— Não faça isso! — Judd baixou a voz para acrescentar: — Ainda não. Não enquanto eu não der uma olhada para verificar o que está acontecendo, e não posso fazer isso enquanto não tiver alguma coisa estendida no chão. Preciso de lençóis limpos.

Ele massageava a parte inferior da barriga, respirando junto com ela, até que o corpo de Chelsea relaxou.

— Você está bem agora?

— Vá logo. Depressa.

Judd deixou a sala às pressas, acompanhado por Buck. Chelsea estava no final de outra contração quando a porta da frente foi aberta.

— Hunter?

Ele largou o casaco e as luvas numa cadeira, tirou as botas.

— Nolan já havia voltado. Willem e o filho estão removendo a árvore. Nolan foi buscar Neil. Onde está Judd?

— Foi buscar algumas coisas.

Chelsea segurou a mão de Hunter. Ele deixou.

— Outra contração?

— A mesma, outra... não sei mais. Estão começando a se juntar.

Ela fechou os olhos, apertando com toda força. E acrescentou, através da dor que se irradiava da barriga:

— Furar as orelhas não foi nada em comparação com isto.

Hunter deixou escapar um som que poderia passar por uma risada. Judd voltou.

— Agüentando firme, meu bem?

Ela respirava em ofegos curtos e superficiais.

— Só mais um pouco. — Judd tinha os braços carregados. Olhou para o tapete. — Não posso fazer o parto neste tapete.

— Por que não? — indagou Chelsea.

— É um tapete persa.

Ela riu. Sentia muita dor, mas também um excitamento como nunca experimentara antes em toda a sua vida. Seu bebê estava prestes a nascer, sua carne e sangue. Podia sentir que era iminente. Poderia vê-lo em breve, muito em breve, aconchegá-lo em seus braços.

— Era o tapete predileto de mamãe. Ela adoraria saber que serviu para isso. — Chelsea começou a chorar. — Nada é bom demais para meu bebê!

Ela apertou a mão de Hunter. Soltou um grito agoniado. A dor era intensa e interminável.

Quando finalmente diminuiu, Judd tirou-a do sofá e ajeitou no leito de lençóis sobre o tapete persa de Abby, na frente do fogo. Pôs um travesseiro debaixo de sua cabeça. E levantou a camisola.

— Ó Deus, já está nascendo! Onde está Neil?

Chelsea riu. Não pôde evitar.

— Estou fazendo força.

— Não!

— Pode ver a cabeça?

— Tem cabelos.

— Estou fazendo força.

Ela pressionou ao máximo na contração seguinte. Sentiu o bebê deslocar-se para baixo.

Judd deve ter percebido também. Aceitou o fato de que Neil não chegaria a tempo, e subitamente recuperou o comando.

— Fique atrás dela, Hunter. Levante-a. Assim mesmo. A gravidade ajudará.

Ela ofegou quando a contração diminuiu. Agarrou as mãos de Hunter em seus ombros. Fez pressão para baixo quando um novo espasmo começou.

— Isso mesmo — murmurou Judd. — Só mais um pouco de força, querida. O bebê já está quase nascendo.

A contração chegou ao fim. Ela ofegou, limpou a têmpora com o dorso da mão de Hunter e começou a pressionar de novo.

— Lá vamos nós... só mais um pouco... já está aqui!

Chelsea soube no instante em que a cabeça do bebê saiu, como se fosse uma rolha saltando do gargalo. Experimentou um sentimento de alívio imediato. Houve um grito tênue, depois um gemido mais alto, enquanto ouvia Judd anunciar, orgulhoso:

— Você tem uma menina, querida. É pequena, mas perfeita.

As lágrimas escorreram pelas faces de Chelsea. Estendeu os braços, recebendo a criança envolta por uma manta que Judd ajeitou em sua barriga. Uma menina. Filha de Chelsea. Ela riu e chorou, acariciando a filha. Seus dedos atrapalharam Judd, que limpava a menina com uma toalha. Era mesmo pequena. Tinha os cabelos escuros, a pele rosada por baixo do sangue, mas era sem qualquer dúvida a coisa mais linda que Chelsea já vira em toda a sua vida.

Vinte e Três

Neil chegou a tempo de limpar o resto e garantir que a criança era perfeita, como Chelsea já sabia. Pela manhã, a neve parou de cair e a estrada foi desobstruída. A luz só voltaria no dia seguinte, mas Chelsea não sentia falta. Tinha praticamente tudo o que queria: uma menina de um dia para usar o anel de rubi de sua mãe, Judd e até mesmo um fluxo incessante de moradores de Notch, que enfrentaram os caminhos escorregadios para levar comida, bebida e votos de felicidade.

Hunter exibia um ar sutil de proprietário que Chelsea adorou. Donna também ficou muito tempo, alternando entre cuidar do bebê e da cozinha, com freqüência em companhia de Nolan. Para surpresa de Chelsea, Oliver apareceu com Margaret, que ficou olhando o tempo todo para a criança, até que ele a levou embora.

Judd foi o melhor de tudo. Desde o começo, foi ele que deu banho, trocou fraldas e saltou da cama ao primeiro grito da criança para levá-la a Chelsea. Depois, sentava e observava Chelsea amamentar. Às vezes fazia perguntas, mas, na maior parte do tempo, apenas olhava em silêncio. Havia ocasiões em que sua expressão era tão sombria que Chelsea não podia deixar de rir.

— Você parece que perdeu o seu melhor amigo — comentou ela um dia.

— Não é isso. Apenas acho linda essa intimidade.

Chelsea inclinou-se por cima da cabeça da criança e beijou-o. Para ela, a beleza e a intimidade incluíam Judd. Por mais que adorasse a filha, não estaria sentindo tanta paz se não fosse por ele.

Enquanto durasse, ele era sua família, porque Kevin ainda não aparecera. Chelsea telefonara assim que a linha fora restabelecida. Embora sentisse que o pai ficara satisfeito — e comovido pelo nome que ela escolhera —, ele recusou-se a assumir o compromisso de fazer uma viagem para o norte. Ela ficou magoada de novo, até que Judd ressaltou o progresso que já fizera. Kevin conversava com ela. Dera uma importante indicação de trabalho. E não excluíra a possibilidade de uma viagem no futuro. Tudo o que ele pedia era tempo.

Depois de um mês, Chelsea voltou ao escritório. Judd instalou um pequeno berço ali, para que a menina pudesse dormir enquanto ela trabalhava.

Cydra, que fizera uma visita quando a criança tinha duas semanas, dissera que o nascimento da pequena Abby era um sinal das coisas boas que viriam. Chelsea passou a acreditar nisso. Para começar, a resistência de Notch a ela parecia ter sido superada. Com a criança como tema de conversa, pessoas que de outra forma não saberiam o que dizer sempre tinham muita coisa para falar.

Depois, o projeto do hospital foi aprovado. Chelsea não poderia ficar mais encantada, pois uma das conseqüências foi um contrato lucrativo para a companhia de granito.

No exame que efetuou seis semanas depois do parto, Neil deu aprovação para que ela fizesse amor. Vinha esperando por isso, mas foi só naquela noite, quando Judd e ela se ajoelharam juntos de frente um para o outro, ao lado do fogo aceso na lareira, sobre o mesmo tapete persa em que a pequena Abby nascera, que o significado mais profundo lhe ocorreu. Enlaçou-o pelo pescoço e murmurou:

— Esta é a primeira vez.

Ele manipulou a cintura de Chelsea para que os seios roçassem em seu peito. Ainda estavam grandes e cheios, mas a barriga já voltara ao normal. Judd enfiou a mão entre os dois. Acariciou a barriga lisa, antes

Paixões Perigosas 479

de estender os dedos até os cabelos encaracolados entre suas pernas. A respiração de Judd era lenta e profunda, mas um pouco trêmula, de uma maneira que indicaria seu excitamento mesmo que ela não sentisse a ereção.

— Já fizemos amor — murmurou ele, na voz um tanto rouca que era tão viril, tão carente.

— Mas com o bebê entre nós.

— Depois que o bebê nasceu.

— Não dentro. — Haviam feito amor com as mãos e a boca, mas sem penetração, que era o máximo para Chelsea. — Será a primeira vez dentro, só você e eu. A primeira vez em que não estou grávida. A primeira vez de verdade.

Judd foi tão gentil quanto podia ser. Beijou-a ali, acariciou-a e, quando ela estava quente e molhada, penetrou-a com todo cuidado. Chelsea deixou escapar um suspiro de satisfação para ecoar o gemido de Judd. Abriu-se ao máximo para receber toda aquela força. Saboreou o momento com toda intensidade. A vida nunca fora tão maravilhosa.

A Assembléia da Cidade era uma instituição em Norwich Notch. Sempre começava ao anoitecer da segunda terça-feira de março, e se prolongava até que o último item na pauta fosse resolvido, de preferência antes de começar a temporada da lama. Até onde Chelsea podia saber, não havia decisões importantes a serem tomadas naquele ano. Mais do que qualquer outra coisa, a Assembléia da Cidade era um evento social, sinalizando o fim do isolamento do inverno.

Aquela era a primeira de que ela participava, e por isso mesmo uma espécie de iniciação. Ela aguardava ansiosa a ocasião, muito mais do que sentia no Quatro de Julho ou no Dia do Trabalho, porque agora tinha amigas. E foi mesmo muito divertido. Chelsea estava com Abby, que dormia tranqüila. À sua direita, Donna trabalhava numa colcha. No outro lado de Donna sentava sua irmã Janet, que fazia as palavras cruzadas do *Times* de domingo. Ginny Biden sentava à direita de Chelsea, com o seu bebê de um ano também dormindo. Na mesma fila, na frente, atrás, havia outras mães com suas crianças, outras mulheres trabalhando em colchas, bordando, tricotando, mulheres do centro da cidade, mulheres de Corner, mulheres dos quarteirões intermediários.

Os homens estavam no outro lado do corredor, numa divisão machista, que outrora teria irritado Chelsea, mas que não a incomodava agora. Sentia-se confortável sentada entre as mulheres. Se quisesse falar, em resposta a alguma proposta, poderia fazê-lo de qualquer lado da sala. É verdade que havia alguma coisa arcaica na disposição, mas também um certo humor. Os homens prestavam toda a atenção a Emery, que conduzia a reunião por ter sido eleito, mais uma vez, para moderador. Foi discutida uma apropriação de trezentos dólares para a aquisição de pás para o Departamento de Saneamento de Norwich Notch, assim como a instituição de uma multa para as pessoas que permitissem que seus cachorros sujassem a praça antes dos bailes realizados ali. Enquanto isso, as mulheres eram mais discriminatórias. Conversavam em voz baixa, mantinham as mãos ocupadas e dispensavam importância a cada assunto de acordo com uma perspectiva mais apropriada.

Sentada com as mulheres, Chelsea não hesitou quando Abby acordou com fome. Claro que não expôs o seio no mesmo instante, mas pôde brincar com a filha — com a ajuda das mulheres ao redor — até que Abby desatou a chorar, incomodando as pessoas. A esta altura, ela procurou a privacidade de uma sala.

A menina estava aconchegada contra ela, mamando, quando Hunter passou pela porta. Ele mantivera-se a distância desde o nascimento. Chelsea gostava de pensar que isso acontecia porque ele testemunhara o parto. Ele voltara ao seu comportamento habitual, na base do não-me-toque. Afastava as mãos quando Chelsea lhe estendia a criança, mas observava Abby com uma curiosidade intensa.

Agora, ele pôs os cotovelos em cima da mesa e estudou a criança.

— Ela está ficando maior.

Chelsea sorriu e passou um dedo por uma orelha perfeita. Abby era ainda muito pequena, mas se tornava mais bonita a cada dia que passava. Tinha olhos grandes e separados, na tonalidade castanhó-

clara dos olhos de Carl, narizinho arrebitado e uma penugem castanho-
avermelhada no lugar dos cabelos com que nascera. Chelsea conseguui-
ra dar um laço, com uma fita rosa muito estreita, num tufo no alto da
cabeça. Com isso e seu macacão franzido, Abby estava adorável.

— Gosta dela? — perguntou Hunter.

— Adoro. É a melhor coisa que já aconteceu na minha vida.

Além de Judd, pensou Chelsea.

— Porque ela é sua família.

— Isso mesmo.

Ele empertigou-se, enfiou a mão no bolso, tirou um pequeno envelope e largou-o na mesa a que ela sentava.

— Isto é para você. Feliz aniversário.

Chelsea piscou, surpresa.

— Para mim? — Com um sorriso tímido, ela olhou para o envelope, depois para Hunter. — Como soube que era meu aniversário?

— Pela carteira de motorista. Era uma data fácil de lembrar.

— Porque seu aniversário também é em março?

Ele não respondeu, apenas ergueu o queixo na direção do envelope.

— Dê uma olhada.

Chelsea sentiu-se tentada a dizer que ele teria de segurar a criança
enquanto ela pegava o envelope, mas ficou com pena. Hunter sentia-
se angustiado com a possibilidade. Além do mais, Abby mamava
agora, as faces se mexendo enquanto sugava voraz, os dedinhos de
boneca no seio.

Por isso ela pegou o envelope com a mão livre, puxou a aba e
virou-o para despejar o conteúdo. Um olhar para o papel de seda
dobrado fez seu coração parar por uma fração de segundo... e parou
de novo quando abriu o papel para encontrar lá dentro, um pouco
embaçada, mas intacta, sua chave de prata. Olhou para Hunter, emocionada, e perguntou:

— Onde encontrou?

Ele deu de ombros.

— Basta dizer que encontrei.

— Onde? Quem a pegou?

— Não sei.

— Como pode não saber?

— Espalhou-se a notícia de que eu procurava a chave. Provavelmente passou por dezenas de mãos antes que eu conseguisse recuperá-la.

— Quem a deu para você?

Ela poderia verificar da frente para trás, descobrindo aquelas dezenas de mãos.

— Acabou de aparecer na minha caixa de correspondência.

O que significava que ela não tinha por onde começar. Chelsea sentiu a frustração antiga e familiar, outro fio de esperança que desaparecia num beco sem saída.

Ela tirou Abby do seio e ajeitou-a no ombro, esfregando suas costas gentilmente. Desanimada, murmurou:

— Acabou de aparecer em sua caixa de correspondência...

Ela soltou um grunhido de desapontamento, que assustou a criança, fazendo-a chorar.

— Desculpe... — arrulhou Chelsea, beijando a cabecinha cheirosa e embalando-a. — Sinto muito.

Abby perdoou-a com um arroto delicado, que fez Chelsea sorrir contra a vontade. Uma chave era apenas uma chave. Eram as pessoas que contavam. E Abby contava mais do que todas as outras.

— Eu só queria que você ficasse com a chave.

— Obrigada — murmurou Chelsea, com toda sinceridade. — Fico contente de tê-la recuperado. E você foi muito gentil ao se lembrar de meu aniversário.

Hunter deu de ombros.

— Você comemorou?

— Não com a Assembléia da Cidade.

— Talvez possamos comemorar juntos na próxima semana.

— É quando você faz aniversário?

— Não. — Como se estivesse desinteressado, ele acrescentou: — Faço aniversário hoje também.

E Hunter retirou-se, antes que ela tivesse tempo de expressar o espanto apropriado.

* * *

Chelsea subiu a escada para a barbearia Zee's com a maior determinação. Entrou e fechou a porta. Quando quatro rostos se viraram em sua
direção, surpresos, ela encarou-os sem a menor hesitação.

George e Emery estavam na janela que dava para a praça. Oliver
ocupava a cadeira de barbeiro de couro rachado, entregando a barba
em seu rosto à navalha de Zee. George olhou para Emery.

— Você convidou alguém?

— Não. Deve ter sido Ollie.

Ambos viraram-se para a cadeira.

— Não olhem para mim — resmungou Oliver, acenando para que
Zee continuasse.

Chelsea esperou um momento para olhar ao redor. A barbearia
era limpa e clara. Recendia a creme de barbear e café, uma combinação
que nada tinha de desagradável.

— É um ponto de encontro agradável. Posso compreender por que
vocês vêm para cá todas as manhãs.

— A verdade é que viemos pela privacidade — disse George. —
Não podemos ter isso mais tarde. Somos muito ocupados.

Eram mesmo muito ocupados. Chelsea sorriu.

— Neste caso, não tomarei muito tempo de vocês. Há uma coisa
que preciso saber. Como ainda não consegui descobrir as respostas que
procuro, pensei que vocês poderiam me ajudar. São os líderes da cidade. Se alguém sabe, só podem ser vocês.

— Saber o quê? — perguntou Emery.

— Quem são meus pais. Todos já sabem que nasci aqui. Completei
trinta e oito anos na última terça-feira.

George olhou-a de alto a baixo.

— Não parece tão velha.

— Pelo amor de Deus! — exclamou Emery, antes de dizer para
Chelsea: — E daí?

— E daí que há trinta e oito anos alguém desta cidade teve um
bebê e entregou-o para adoção. A cidade não é tão grande para que a
notícia não se espalhasse. Alguém sabe alguma coisa e não está querendo falar. Pelo que imagino, quando as pessoas têm medo de falar,
isso significa que há alguém importante envolvido.

Emery abriu um lenço e tirou os óculos.

George enfiou as mãos por baixo dos suspensórios.

Chelsea olhou de um rosto para outro. Não podia imaginar que Emery fosse seu pai. O moderador da Assembléia da Cidade, agente do correio, proprietário do armazém-geral, era um homem pomposo e superficial. Era também o pai de Matthew e Monti, um duplo ponto negativo contra ele.

Também não podia imaginar George como seu pai. Era verdade que se tratava de um homem de negócios — e não dos piores —, mas tinha uma veia de mesquinharia. E era um devasso.

Dos três, Oliver era o menos repulsivo, o que não significava muita coisa. Era um homem destemperado e teimoso. Tinha uma visão para o granito, mas não para os negócios. Tinha uma mentalidade estreita em relação às mulheres, e era insensível com Donna. O que fizera com Hunter era indefensável. Mas, por outro lado, ele mandara Hunter para a universidade. Comprara-lhe uma casa. Pagava-lhe um bom salário e providenciava para que todas as suas necessidades materiais fossem atendidas. E se o problema fosse ter meios-irmãos, Chelsea escolheria Donna e Hunter sem hesitar.

— Muito bem, vamos tentar outra coisa — disse ela aos três. — Hunter Love nasceu no mesmo dia que eu. No mesmo dia, na mesma cidade, no mesmo ano. Pelo que sei, a gravidez de sua mãe teve a maior repercussão. O mesmo não aconteceu com a gravidez de minha mãe?

Emery continuou a limpar os óculos.

George afagava a própria barriga no ritmo de uma melodia imaginária.

Zee raspava a barba do queixo de Oliver.

— Se outra mulher estivesse grávida, as pessoas não notariam? — insistiu Chelsea. — Notch tinha oitocentos habitantes na ocasião. Será que ninguém notou que duas mulheres ficaram grávidas ao mesmo tempo, fora do casamento?

A parte de "fora do casamento" era uma conclusão recente. Se tudo fosse legal, com os pais casados, seu nascimento não seria um segredo tão bem guardado.

Emery ajeitou os óculos no nariz.

George balançou sobre os calcanhares.

Oliver permaneceu calado.

— São duas situações estranhas — tentou Chelsea, pela última vez. — Uma criança é levada embora horas depois de um nascimento de que ninguém pode se lembrar, absolutamente ninguém, enquanto outra fica escondida por cinco anos, antes que alguém sequer soubesse de sua existência. As pessoas pensaram que Katie Love estava entregando seu bebê para adoção, mas ela enganou todo mundo. Houve uma troca de bebês aqui? Por que ninguém fala a respeito?

Silêncio.

Na verdade, ela não esperava qualquer outra coisa. Emery, Oliver e George formavam um trio poderoso, apoiando uns aos outros em todas as circunstâncias. Ela não fora tão ingênua a ponto de pensar que confrontar os três pessoalmente faria qualquer diferença. Intrometerase no ritual matutino sagrado apenas para firmar uma posição.

Com todo cuidado, ela abriu a parca enorme.

— Pelo amor de Deus, ela trouxe o bebê! — exclamou Emery.

— Ah, as mulheres modernas... — resmungou Oliver, da cadeira do barbeiro.

Abby, presa a Chelsea por uma tipóia, dormia serena. Chelsea começou a desabotoar os dois botões de cima da blusa.

George arregalou os olhos.

— O que ela está fazendo? — indagou Emery.

— Não sei — respondeu George. — Mas o que quer que seja é muito mais interessante do que tudo o que ela disse antes.

Chelsea removeu a chave de prata, recém-polida e suspensa em uma corrente tão delicada quanto a fita vermelha puída que havia antes. Ergueu a chave e aproximou-se dos três homens.

— Algum de vocês já viu isto antes?

— Eu não — declarou Emery.

— Nem eu — acrescentou George.

Ela foi até a cadeira do barbeiro.

— Oliver?

Oliver abriu um olho, irritado.

— O que é agora?

— Já viu esta chave antes?

— Claro que sim. Nolan tem mostrado o desenho a todo mundo na cidade há semanas.

— A chave propriamente dita. Já a viu antes?

— Não.

Ele tornou a fechar os olhos.

— Zee?

Zee, que passava a navalha com todo cuidado pela garganta de Oliver, sacudiu a cabeça.

Chelsea tornou a guardar a chave dentro da blusa, que abotoou. Ajeitava o casaco quando o relógio na parede bateu. Enquanto ela observava, dois bonecos saíram de pequenas casas nos lados, bateram os címbalos quatro vezes e voltaram.

— É maravilhoso — murmurou ela para Zee.

— As crianças gostam de dar corda — comentou Zee com um forte sotaque.

Ela foi até o relógio, pendurado no nível dos olhos e procurou uma chave. Sentiu que Emery e George a observavam, e calculou que Oliver fazia a mesma coisa. Como não houvesse nenhuma chave à vista, ela passou a mão por cima e por baixo do relógio. Encontrou alguma coisa quando enfiou os dedos por trás de uma das casinhas.

Tirou a chave do gancho e suspendeu-a na palma da mão. O arco era um par de címbalos juntos, a lâmina sem qualquer serrilha, como sua própria chave. Sua chave era de prata, aquela era de latão, mas não havia a menor dúvida de que as duas haviam sido feitas, se não pelo mesmo artesão, então no mínimo por artesãos da mesma escola.

Zee já vira a chave dela antes. Quer os outros houvessem visto ou não, Zee seguia o que eles determinavam. Não adiantava fazer mais perguntas naquele momento. Já era suficiente que Zee compreendesse que *ela* sabia.

Com reverência, quase como se fosse dar corda no relógio de Zee com sua própria chave, Chelsea inseriu a lâmina lisa na fenda no lado do relógio. Teve de virá-la um pouco antes de ir até o fim, mas depois foi fácil. Ela deu uma volta no arco, depois uma segunda e uma terceira. Retirou a chave, passou outro minuto admirando o trabalho do artesão, antes de pendurar a chave de volta, com todo cuidado, no gancho por trás da casinha de um dos bonecos.

Ela foi até a porta. Com a mão na maçaneta, olhou para trás.

— Na próxima vez trarei rosquinhas.

Judd e Chelsea conversaram sobre as possibilidades. Mas era difícil se concentrarem por muito tempo em quem poderiam ser os pais de Chelsea quando seu tempo era ocupado por muito trabalho, a pequena Abby e um com o outro.

Ocorreu a Judd que ele se sentia mais feliz do que jamais fora. A dor da morte do pai estava passando, deixando lembranças de Leo no vigor da idade. Além disso, Chelsea e a criança preenchiam agora o espaço que Leo ocupara por tantos anos.

Judd adorava a criança. Ter filhos sempre fora um de seus vagos objetivos, mas ele nunca previra o imenso prazer. A princípio, atribuíra isso ao fato de ter ajudado a trazer Abby ao mundo. À medida que as semanas foram passando, no entanto, ele mudou de idéia. Cuidar de um bebê era um trabalho árduo. Se sua devoção estivesse relacionada exclusivamente com uma aventura numa noite de muita neve, há muito que já teria se esgotado. Mas o inverso era verdadeiro. Quanto mais Abby crescia, mais ele gostava dela. Era uma linda criança, com feições delicadas e uma penugem castanho-avermelhada tão fina que parecia seda. Desde o início que ela dormia bem. Desde o início que tinha um doce temperamento. Agora, já o reconhecia. Sorria quando ele se aproximava do berço... não o sorriso de gases, ao estilo de Oliver, que às vezes exibia, mas um sorriso sincero, espontâneo, terno, as gengivas à mostra. Judd sabia como tranqüilizá-la quando estava perturbada, sabia como brincar para fazê-la rir. Já erguia a cabeça e olhava ao redor. E sempre o fitava em segundo lugar, depois de Chelsea, mesmo quando havia outras pessoas por perto. Judd adorava isso. Fazia com que sentisse que tinha um lugar ali.

Chelsea também fazia com que se sentisse assim. Ela o amava. Era óbvio em tudo o que fazia. Judd também a amava, mais do que jamais amara outra mulher. Um sentimento do aqui e agora, como ela o chamara. Só que ele se descobria a querer que fosse mais... e esse era o dilema. Ao fim do prazo de um ano, haveria mudanças. Não sabia para onde essas mudanças levariam, se ele e Chelsea estariam juntos ou separados, e se, na segunda hipótese, o amor poderia sobreviver.

A ironia era que agora que estava livre para ir embora ele descobria que gostava de seu trabalho na companhia de granito mais do que nunca. Os negócios trazidos por Chelsea eram constantes desafios. Havia contratos detalhados para negociar, mais equipamentos para encomendar, mais mão-de-obra para contratar, prazos de entrega para cumprir e relações públicas para fazer. Judd passava mais e mais tempo no escritório, o que achava ótimo, porque Chelsea e Abby estavam diretamente em cima. Era Hunter quem se deslocava agora de uma pedreira para outra, supervisionando os trabalhos, como Judd sempre fizera.

Era também Hunter quem levava Oliver de um lado para outro durante o dia.

— Você deve estar brincando — resmungara Hunter quando Judd fizera a sugestão.

— Faz sentido. Eu fico na cidade. E é você quem está com Oliver quando ele quer ir às pedreiras. Eu sair do escritório para ir buscá-lo, quando você pode fazer isso na metade do tempo, seria um absurdo.

— Oliver não vai aceitar.

— Ele não terá opção.

A aliança não era fácil. Judd podia se lembrar de histórias de brigas entre os dois, algumas por motivos tão insignificantes que eram cômicas. Judd calculava que se eles conseguissem não se matar, poderiam chegar a uma trégua.

O que ele esperava, na verdade, era o desenvolvimento de um pouco de respeito mútuo. Oliver conhecia seu granito; Hunter conhecia seus homens. Cada um tinha uma coisa a oferecer ao outro se fizesse alguma concessão. Infelizmente, fazer concessões não era fácil para qualquer um dos dois.

Hunter era quem tinha um motivo legítimo para ressentimento. Estava convencido de que Oliver era seu pai e se chateava porque ele não queria admitir. Ultimamente, sentia-se ainda mais perturbado por isso, a serem verdadeiras as histórias que vinham do Crocker's.

Houvera uma época em que o próprio Judd estaria no Crocker's, ouvindo as ameaças e acusações de Hunter feitas com a voz engrolada. Agora que estava com Chelsea, só passava por lá uma ou duas vezes por semana, para rever os amigos e saber as novidades de seus homens.

Mas Crocker sabia onde ele se encontrava, e não hesitou em procurá-lo naquela noite, em meados de abril. Judd acabara de levar o bebê até Chelsea, para a última mamada da noite, um momento de sossego e intimidade, quando o telefone tocou. Vinte minutos depois, Judd sentou num reservado na frente de Hunter.

— Ouvi dizer que houve um pequeno problema aqui.

Fora mais do que isso, se os cacos de vidro varridos pela vassoura de Crocker significavam alguma coisa. Hunter, concentrado na caneca de cerveja em suas mãos, só levantou os olhos. Estavam vidrados.

— Não foi culpa minha — disse ele, tornando a baixar os olhos.

Judd gesticulou, pedindo uma cerveja.

— Então de quem foi?

— De Flickett.

Segundo Crocker, Ned Flickett fora para casa com o nariz quebrado, Jasper Campbell com uma costela fraturada e Johnny Jones com um corte no lábio. Hunter tinha uma equimose no rosto, mas não mais do que isso.

— O filho-da-puta disse que eu era baba-ovo do velho. — Hunter soltou um grunhido. — Ele que se foda.

Judd recostou-se no banco. Ned Flickett devia estar muito bêbado para dizer isso. Um homem sóbrio pensaria duas vezes.

— Como se eu precisasse puxar o saco de alguém. — Hunter mergulhara no mesmo murmúrio particular que sempre acompanhava suas explosões. Depois que a raiva latente era liberada através dos punhos ou de móveis quebrados, ele se tornava um bêbado inofensivo. — Não preciso puxar o saco de ninguém. O emprego é um direito hereditário. Não que ele jamais tenha dito. O desgraçado me vigia o tempo todo. Esperando por um tropeço. Tenho que ser melhor que todo mundo nas pedreiras. — Ele remoeu isso por um momento. — Vou explodir aquele lugar um dia desses. Vou explodir tudo.

Judd já ouvira isso antes. Era uma das ameaças prediletas de Hunter.

— Eu bem que poderia fazer isso — murmurou Hunter. — Tenho o material. Sei onde pôr. O que o velho diria, hein? — Um olho fechou, mas logo tornou a abrir. — Provavelmente a mesma coisa que sempre diz. — A voz se elevou, num arremedo zombeteiro do refrão que até Judd já conhecia de cor. — Você não presta, Hunter Love. Não tem cérebro. Não sei por que ainda me dou ao trabalho de mantê-lo comigo. — Hunter inclinou-se para Judd e baixou a voz para um sussurro de conspiração: — Ele me atura por causa de minha mãe. Instalou-a num barracão, dava música e deixava-a sozinha.

Judd conhecia o amor de Hunter pela música. Sabia de onde vinha. Mas sentiu agora uma pontada de apreensão ao ver o que pareciam ser lágrimas. Já vira muitos bêbados chorando, mas isso nunca acontecera com Hunter.

— Ela a perdeu. E perdê-la deixou seu coração partido.

Judd franziu o rosto.

— Perdeu quem?

Hunter recostou-se.

— Ela chorava por causa disso de noite, e quando eu me comportava mal. Queria nos trocar, só que já era tarde demais.

Judd pensou na teoria de Chelsea, de que Katie fizera um acordo com outra mãe da cidade, para dar a filha dessa mulher para adoção. Com isso, Katie poderia ficar com seu próprio filho. Na ocasião, Judd pensara que era absurda. Agora, tinha dúvidas.

— Queria trocar por quem?

Mas Hunter estava mergulhado em seu próprio mundo.

— Ela sempre chorava quando eu fazia aniversário. Lembrava mais dela nessas ocasiões. Duas. Duas. Sempre duas velas. E eu tinha de soprá-las. Não queria. Detestava. Mas soprava, senão ia para o buraco.

Ele ergueu os olhos para Judd.

— Alguma vez falei para você sobre o buraco?

Judd sentiu um calafrio.

— Já me contou.

— Não sobre o buraco.

— Já me contou.

— Era pior que ficar trancado no armário. Escuro e comprido, todo de terra. Devia ter cem metros de comprimento. Sempre pensei que havia ossos ali, mas nunca encontrei nenhum. — Ele soltou um grunhido. — Nunca pude encontrar nenhum porque não podia ver nada no escuro. E era muito escuro. E comprido. Muito comprido.

Hunter olhou para sua cerveja. Judd sabia que ele não tomaria mais que dois ou três goles antes de pegar no sono. Depois, Judd teria de levá-lo para casa. Hunter fitou-o.

— Você alguma vez quis ter uma irmã?

Judd deu de ombros.

— Nunca pensei muito a respeito.

— Ela seria uma boa irmã.

— Quem?

— Chelsea.

Judd riu. A última coisa que ele queria era ter Chelsea como irmã. Hunter apontou um dedo em sua direção.

— Pensamentos obscenos. Que vergonha, Judd.

— É a hora da noite.

— A menina parece com ela.

Judd podia ver semelhanças na cor dos cabelos, na pele clara, nos olhos bem separados. Contudo, cada vez mais ele via Abby em Abby, ninguém mais. Aos três meses de idade, ela já desenvolvia sua personalidade. Até mesmo Chelsea, sempre preocupada com as semelhanças porque crescera sem isso, concordava com essa opinião.

Hunter apontou para seu queixo. Estendeu o dedo para tocar na face e no queixo.

— Aqui. A menina parece com ela aqui.

— No queixo?

Era o último lugar que Judd diria. Hunter confirmou com um aceno de cabeça. Fechou os olhos por um instante. Tornou a abri-los, apenas uma fenda. A voz era cada vez mais engrolada.

— Tenho fotos.

Judd tomou um gole final da cerveja. Empurrou a caneca para o lado. Saiu do reservado e pegou o braço de Hunter.

— Aposto que tem.

Ele puxou o suficiente para que Hunter se levantasse. Teve de ampará-lo enquanto se encaminhavam para a porta.

— Você acha que estou de porre — balbuciou Hunter.

— Admito que a idéia me ocorreu.

— Mostrarei as fotos.

Mas era uma promessa fadada a não ser cumprida, porque ele já estava dormindo quando chegaram em sua casa; e na manhã seguinte, quando acordou, os eventos da noite anterior haviam sido relegados ao passado.

Maio chegou e havia alguma coisa no ar junto com a fragrância das flores na praça. Como quase todos na cidade eram afetados pela Plum Granite, quase todos sabiam que o destino da companhia seria decidido dentro de um mês. Quase todos sabiam sobre os contratos assinados. Quase todos sabiam que mais uma dúzia de homens fora acrescentada à folha de pagamento. O galpão de corte e polimento funcionava agora vinte e quatro horas por dia. Havia tanta atividade nas pedreiras que até parecia que a poeira da extração de granito nunca assentava.

Era Chelsea contra os nativos no que havia evoluído para uma rivalidade amigável, com tantas fidelidades alteradas. Judd era um nativo, mas estava vivendo com Chelsea. Hunter era um nativo, mas era um visitante freqüente de Boulderbrook. Wendell Hovey era fã de Chelsea, assim como muitos de seus amigos; e se houvesse uma votação, a metade feminina de Cutters Corner, embora seus maridos estivessem trabalhando demais com o aumento da demanda, escolheria Chelsea para conselheira da cidade sem hesitar.

Paixões Perigosas 493

Chelsea não aspirava a qualquer cargo político, mas gostava de ser parte de Notch. Quando passava de carro pelas ruas, as pessoas acenavam. Portas se abriam quando passava a pé pelas calçadas. Havia trocas de cumprimentos. Ela saboreava ao máximo o charme de Notch e não podia sequer começar a pensar que deixaria a cidade para nunca mais voltar, independentemente de seus sentimentos por Judd. Gostava da terra, do ar, das pessoas. Gostava até do provincianismo, que parecia mais hábito do que qualquer outra coisa. As pessoas de Norwich Notch eram, de um modo geral, surpreendentemente modernas. Ela sentia-se à vontade em seu meio.

Aquele dia em particular era bastante claro e ensolarado para levar Abby à praça numa pausa no meio da manhã. A menina estava no carrinho, sacudindo os braços e as pernas, os olhos arregalados para o cenário de passagem. Várias outras mães estavam ali com crianças pequenas. Abriram espaço para Chelsea num banco ao sol.

Se Cydra visse Chelsea ali, com um sorriso radiante e um senso de contentamento, comentaria que ela encontrara seu lugar na vida. Chelsea não chegaria a esse ponto, mas se sentia bastante confiante no que encontrara para não pensar duas vezes ao aceitar a oferta de outra mãe para tomar conta de Abby quando Margaret se aproximou correndo.

Margaret estava substituindo Fern, que fora passar uma semana na Virgínia Ocidental, em visita à irmã. Hunter telefonara, querendo que Chelsea fosse encontrá-lo em Huckins Ravine, uma área que a Plum Granite estava pensando em comprar.

Liz Willis, a mulher que se ofereceu para tomar conta de Abby enquanto Chelsea ia a Huckins Ravine, era a nora do dono da pousada. Chelsea a conheceu quando estivera em Notch pela primeira vez e ficara na pousada. Mas as duas só haviam se tornado amigas depois do nascimento de Abby. Liz tinha uma filha de dois anos, que brincava no gramado, e garantiu que seria um prazer tomar conta outra vez de um bebê. Como Abby acabara de mamar e estaria dormindo, Chelsea calculou que poderia fazer a viagem de ida e volta de vinte minutos com tempo de sobra.

Seguiu com as janelas abaixadas e o rádio ligado num rock suave. Judd gostava de rock suave. Abby também, ou pelo menos era o que

Chelsea imaginava, pois a menina ria quando pegava suas mãos e batia. Não importava que as palmas não acompanhassem o ritmo da música. Nem que a mãe fosse desafinada. Por tudo o que Chelsea sabia, Abby podia não ter um ouvido musical, como ela, mas isso não estragava seu prazer.

Chelsea cantava agora. E o dia transcorria assim. Sentia-se no topo do mundo.

Ela seguiu pela estrada estreita e sinuosa até o ponto da ravina em que haviam sido realizados os encontros anteriores. Mas o lugar estava vazio. Chelsea deu a volta, pensando que Hunter poderia estar à sua espera em outro lugar. Mas não viu qualquer sinal da Kawasaki ou de uma picape cinza e branca da Plum Granite.

Presumiu que entendera errado o recado de Margaret e seguiu até Pequod, a pedreira mais próxima. Usou o telefone ali para falar com o escritório no centro da cidade. A voz de Fern atendeu:

— Você ligou para a Plum Granite Company. No momento não podemos atender...

Era muito estranho, pensou Chelsea. Ela ficou imóvel por um momento, as mãos nos quadris, o rosto franzido. Deixou o pequeno galpão que servia de escritório na pedreira e foi falar com o capataz. Mas ele não vira Hunter desde o início da manhã.

Com um olho no relógio, ela voltou ao Pathfinder. Seguiu para Moss Ridge. Judd estava ali. Se alguém sabia o que estava acontecendo, era ele.

Chelsea relatou o recado de Margaret.

Judd passou o antebraço pela testa, deixando uma mancha de poeira no suor que pretendia remover.

— Ele estava aqui até pouco tempo atrás, mas recebeu um telefonema e partiu. Mas não disse nada sobre a ravina.

— É estranho, pois tenho certeza que foi o que Margaret disse. Talvez ela tenha se confundido.

Ela pediu a Judd que ficasse atento à volta de Hunter, enquanto acabava o trabalho em Moss Ridge, e voltou à cidade. Estacionou atrás do prédio e foi até a praça para pegar Abby. Liz continuava sentada no mesmo banco, mas o carrinho de Abby não estava à vista. E Liz ficou surpresa ao vê-la.

— Hunter acaba de passar por aqui. Disse que você pediu que ele levasse Abby para Boulderbrook.

Chelsea sentiu uma pontada de apreensão.

— Não falei com Hunter. Não consegui encontrá-lo.

Liz franziu o rosto e procurou os acenos de cabeça de duas outras mães, como confirmação do que acabara de dizer.

— Ele estava com o carro de Judd. Pôs o bebê no banco traseiro, dobrou e guardou o carrinho, e foi embora. — Ela também ficou apreensiva. — Não tive qualquer motivo para duvidar do que ele dizia. Vocês dois são tão ligados.

Chelsea forçou um sorriso.

— Não há problema, Liz. Tenho certeza que há uma explicação. Irei para casa agora e Hunter me dirá tudo.

Ela não podia chegar em casa com rapidez suficiente. Quando se tratava de Abby, não gostava de coisas estranhas acontecendo, mesmo que envolvessem Hunter. Se aquilo era sua idéia de brincadeira, então ele ouviria poucas e boas.

Não havia sinal do Blazer em Boulderbrook. Ela entrou, correu de cômodo em cômodo, saiu e contornou a casa. O Blazer não estava ali Hunter e Abby também não.

Chelsea tornou a entrar e ligou para Judd em Moss Ridge. Explicou o que acontecera, fazendo um esforço para falar devagar e com calma. Só no final é que as emoções prevaleceram e ela falou num tom mais estridente do que o normal:

— Quero saber para onde ele levou minha filha!

Judd praguejou, mas manteve a calma.

— Não se preocupe. Abby está bem. Hunter não deixaria coisa alguma acontecer com ela.

— Mas para onde ele a levou?

Chelsea tinha a sensação de que suas entranhas tinham sido subitamente removidas. Por mais que dissesse a si mesma que era parte da maternidade, que haveria ocasiões em que não saberia do paradeiro de Abby, que era melhor se acostumar, não adiantou. Abby ainda era pequena, totalmente desamparada, vulnerável. Haveria de querer mamar em breve. Chelsea já podia sentir o leite se acumulando nos seios.

— Fique aí — instruiu Judd. — Murphy vai verificar nas outras pedreiras. Irei até a casa de Hunter...

— Pode deixar que eu vou. Deixarei um recado aqui, caso ele apareça. Não posso ficar parada, esperando.

— Darei alguns telefonemas. Se não tiver sorte na casa de Hunter, volte para Boulderbrook. Encontrarei você aí dentro de meia hora.

Chelsea saiu voando pela porta. Voou pelas estradas até a casa de Hunter, voou de volta quando não o encontrou. Mas Boulderbrook permanecia em silêncio. Com as mãos por baixo dos braços, tanto para estancar o fluxo de leite quanto para se acalmar, ela pôs-se a andar de um lado para outro da varanda. Estava indiferente ao sol agora, à fragrância da primavera no ar, ao canto incessante dos passarinhos.

Queria Abby.

# Vinte e Quatro

No momento em que Abby deveria estar sugando seu seio, satisfeita, Chelsea andava de um lado para outro em Boulderbrook, em pânico. Judd estava ali, dando telefonemas, à procura de Hunter. Nolan e seu ajudante circulavam pelas estradas.

Donna apareceu pouco depois de uma hora da tarde. "Eles vão encontrá-la", sinalizou ela. "Hunter nunca faria qualquer mal a Abby. Ele também a ama."

— Foi o que também pensei — disse Chelsea, a voz trêmula. — Mas não faz sentido. Ele sabe que estou amamentando. Neste momento, Abby deve estar faminta. Encharcada. E gritando. Por que ele não a trouxe de volta? Por que a levou, em primeiro lugar? E no Blazer? Seria típico de Hunter levá-la para dar uma volta de motocicleta... só que deixou a Kawasaki em Moss Ridge. Não saberia como prendê-la atrás e detesta pegá-la no colo. E, afinal, o que ele está querendo? — Quase sem fazer uma pausa para respirar, ela acrescentou: — E se houve um acidente?

A patrulha rodoviária estava verificando essa possibilidade. Donna sinalizou, com determinação desta vez: "Eles vão aparecer."

Ocorreu a Chelsea que havia uma nova força em Donna. Deveria estar se acumulando há algum tempo, aos poucos, em pequenos incrementos, para ser notada até aquele momento. Desaparecera aquela mulher submissa que se apressava em cumprir as ordens de Matthew.

Esta mulher era mais empertigada, vestia-se com mais elegância, usava os cabelos soltos e ondulados, e embora ainda persistisse em seus olhos uma expressão atormentada, era um conforto para Chelsea.

— Como conseguiu escapar da loja? — perguntou ela, um pouco mais calma.

Donna sorriu. As mãos tinham uma cadência de desafio quando sinalizou: "Eu disse a Matthew que ia sair."

— Ele criou problemas?

"Saí de qualquer maneira."

— Ele ficará furioso.

"Não me importo. Quero ficar com você."

Chelsea sentiu-se grata, cada vez mais à medida que os minutos foram passando sem qualquer sinal de Hunter e Abby. No meio da tarde, metade da cidade estava procurando por eles. Os operários das pedreiras deixaram o trabalho mais cedo para ajudar, seguindo numa direção enquanto as esposas iam para o outro lado. Chelsea permanecia ao lado do telefone, na possibilidade de Hunter ligar.

Ninguém disse que era um seqüestro. Ninguém queria acreditar que Hunter fosse capaz disso.

À medida que a tarde passou, no entanto, houve murmúrios que Nolan, ao voltar a Boulderbrook para conversar com Chelsea e Judd, não podia ignorar.

— Ele poderia ter feito a maioria dessas outras coisas — ressaltou Nolan.

Estavam na cozinha, com Donna, longe dos amigos reunidos na sala.

— Não me entendam mal — acrescentou ele. — Gosto muito de Hunter. Mas o fato é que ele desapareceu e a criança também.

— Isso não significa que ele tencionava fazer qualquer coisa ruim — argumentou Chelsea. Ela mantinha os dedos entrelaçados com os de Judd. Tirava dele a força silenciosa que podia. — Tenho certeza que é um mal-entendido.

Nolan enumerou os pontos contra um ato inocente.

— Você foi quase jogada para fora da estrada por uma picape da companhia... e ele está sempre guiando picapes da companhia. O fio do seu telefone foi cortado... e ele sabe como fazer isso e tem uma botina do tamanho da pegada. Sua chave de prata foi roubada sem sinal de arrombamento... e ele tem uma chave da casa. Seu estábulo foi queimado... e ele é perito em incêndios.

— Não é não. Só ateou um incêndio. — Chelsea olhou suplicante para Judd. — Não há motivo aqui. Não há razão lógica para que ele ligasse para Margaret e me mandasse numa busca inútil. Não há razão lógica para que ele seqüestrasse Abby. Há alguma coisa errada.

Ela fez uma pausa, antes de perguntar a Nolan:

— O que Margaret disse?

— Não disse nada. Foi visitar uma amiga em Peterborough. Oliver disse que ainda vai demorar pelo menos mais uma hora.

Chelsea soltou um suspiro angustiado. Não queria ficar sem Abby por mais uma hora.

— Tenho certeza que aconteceu alguma coisa. Não há nenhuma razão para que Hunter ficasse com Abby durante todo esse tempo.

Nolan tinha uma razão.

— Há uma história de loucura em sua família.

Donna acenou com a mão em negativa, frenética, ao mesmo tempo que Chelsea exclamava:

— Hunter não é louco!

— Ele ouviu vozes de crianças nesta casa.

— Imaginou. As crianças eram suas companheiras. Foram os moradores da cidade que passaram a considerar reais as histórias de um menino de cinco anos. Ele apenas não negou. — À beira das lágrimas, ela virou-se para Judd. — Onde eles estão?

Ele pegou o rosto de Chelsea entre as mãos, gentilmente.

— Ela vai ficar bem.

— Quero minha filha.

— Já vai tê-la de volta.

— Eu morreria se alguma coisa acontecesse.

— Ela vai ficar bem.

— Juro que eu morreria, Judd. Ela significa demais para mim.

Ele exibia uma expressão sombria e preocupada. Chelsea gostaria que ele pudesse assumir um rosto confiante em seu benefício, mas o fato de não fazê-lo agora dizia alguma coisa sobre os seus sentimentos por Abby.

— Por que Hunter não telefona? Deve saber que estou desesperada. Será alguma espécie de *jogo*?

Ela comprimiu um braço contra os seios, enormes e doloridos. Passou a mão pelos cabelos. Vasculhou o cérebro, como fazia há horas, ao que parecia, tentando lembrar se Hunter dissera alguma coisa significativa quando o vira no início daquela manhã, ou se ela fizera algum comentário que pudesse deixá-lo ressentido. Achava que não o ofendera. Não se lembrava de Hunter ter ficado furioso. Os dois se davam bem. E Chelsea não podia pensar em qualquer *razão lógica* para que ele mentisse para Margaret, mentisse para Liz Willis e depois desaparecesse com Abby.

— Aquele garoto não presta — anunciou Oliver da porta.

Chelsea fitou-o com a maior irritação.

— Pare de dizer isso!

— Fiz o melhor possível por ele. Deus sabe disso. Dei a ele tanto quanto qualquer homem em minha posição podia dar.

Sem paciência, ela disse, ríspida:

— Talvez ele precisasse de afeição. Ou de estímulo. Talvez precisasse de uma afirmação de quem é.

Chelsea virou-se. Judd pôs a mão em seu braço, para que ficasse, mas ela não podia mais suportar a retórica egocêntrica de Oliver.

— Preciso dar uma volta — murmurou ela, soltando um suspiro tenso.

Ela atravessou a sala, subiu a escada, vagueou de um cômodo para outro no segundo andar. Não parava de pensar que abriria uma porta e depararia com Hunter e Abby brincando. O quarto do bebê estava desesperadamente vazio. O que também acontecia com os outros cômodos. Ela até verificou na passagem secreta que descia do closet para trás da lareira na sala de estar, mas estava vazia e silenciosa, o que fazia absoluto sentido, Chelsea sabia. Se Abby estivesse em qualquer lugar da casa, há muito que já teria indicado sua presença.

Mas Chelsea tinha de fazer alguma coisa. Não podia ficar de braços cruzados enquanto sua filha poderia estar com fome, molhada,

Paixões Perigosas

cansada, talvez machucada ou correndo perigo. Sabendo que era tolice, mas carecendo de coisa melhor para fazer, ela verificou o segundo ponto secreto que Hunter descobrira, a despensa atrás da copa. Quando constatou que também estava vazia, desceu para o porão, acendendo as luzes na passagem. Abriu o alçapão que dava para o túnel subterrâneo. Até onde podia divisar, também estava vazio... vazio, escuro, deprimente.

Com um grito desamparado, ela sentou na entrada do túnel e cobriu os olhos com as mãos.

— Onde você está, Abby? Onde você está?

Sua voz ecoou pelo túnel, tornando-se mais e mais distante. E continuou mesmo depois que já deveria ter desaparecido. Chelsea ergueu a cabeça e tornou a espiar pelo túnel. Havia vozes ali. Podia ouvi-las. Tinha certeza.

O coração batendo forte, ela levantou-se. Vozes. Não o eco de sua própria voz. Outras vozes. Chelsea entrou no túnel. Havia duas vozes, uma alta, uma baixa, uma de mulher, outra de homem. Ela começou a engatinhar. As vozes eram abafadas, mas nem mesmo a distância podia encobrir o ressentimento entre as partes. Ela prendeu a respiração e escutou.

— Que porra você esperava...

— Isso não deveria acontecer...

— ... Um túnel, pelo amor de Deus, e é por isso que esteve fechado durante todos esses anos...

— ... Deveria estar lá fora...

— ... Velha maluca...

— ... Não foi culpa minha...

— ... Durante todo o tempo...

Chelsea tremia toda, incapaz de se adiantar, incapaz de voltar, paralisada pelas vozes, até que ouviu outro som. Um grito. Um grito de bebê. Era Abby. Ela reconheceria o grito de Abby em qualquer lugar.

Ela rastejou de volta até sair do túnel. Levantou-se, cambaleando, saiu correndo e gritando o nome de Judd, antes mesmo de alcançar a escada. Estava quase em cima quando ele apareceu. Chelsea pegou suas mãos e puxou-o para baixo.

— Há vozes lá embaixo, Judd! Ouvi vozes!

Ele desceu apenas o suficiente para passar o braço por seus ombros.

— Não há vozes, Chels. Era apenas a imaginação de Hunter.

Ela se desvencilhou, tornou a pegar a mão de Judd e deu um puxão.

— Eu ouvi! E você também vai ouvir! Tem de vir!

Chelsea o puxava com tanta força que ele tinha de acompanhá-la ou ambos cairiam pela escada.

— Não estão no túnel, mas em algum lugar próximo. — Ela continuava a puxá-lo. — Ouvi o grito de Abby. Era ela. Tenho certeza.

Ela só parou de puxá-lo quando alcançaram a porta de alçapão.

— Entre!

— Chelsea...

Ela avançou pelo chão de terra, longe do alcance de Judd. Sentou, os braços em torno dos joelhos, e escutou.

— Volte, querida...

Mas Judd seguiu-a, como ela sabia que aconteceria.

— Sente-se — sussurrou ela, levando a mão de Judd a seu coração. — Escute.

O grito do bebê era distante, muito distante, dilacerando o coração de Chelsea. Ela mordeu o lábio para não chorar.

— Fique longe dela! — gritou a voz de homem. — Não ponha as mãos nela!

Por cima dos gritos de Abby, a voz de mulher protestou:

— Não deveria ser assim.

— Eu cuidarei dela. Fique parada aí, onde eu possa vê-la.

O bebê parou de gritar. Chelsea prendeu a respiração.

— Não deveria ser assim.

— Tem toda razão. Só eu e ela deveríamos estar aqui.

— Você fez tudo certo. Arrumei tudo o que for necessário para você permanecer vivo.

— Mas você ia nos prender aqui dentro. Está louca. Quem na cidade acreditaria que seqüestrei a criança e nos isolei do mundo? Como poderia fazer isso? Como poderia pedir resgate se ficasse preso aqui?

— Não deveria ser assim.

Judd virou-se para Chelsea. Ela podia sentir toda a emoção que ele sentia.

— Hunter e *Margaret*?

— Onde eles estão?

Ele tapou a boca de Chelsea para que ela não gritasse. No escuro, comprimiu os dedos contra seus dentes, enquanto continuavam a ouvir as vozes distantes.

— Como vão nos descobrir? — perguntou Margaret, a voz mais contida.

— Uma boa pergunta, já que encobriu seu rastro. Deu o recado para ela, deu outro recado para mim, manipulando tudo com perfeição, porque ninguém desconfiava que era capaz de fazer isso. Como descobriu a existência deste túnel?

— Em jornais antigos.

— Onde arrumou a arma?

— Não pretendia causar mal nenhum.

— Não pretendia? O que está pensando? Acha que seqüestrar duas pessoas não é causar mal? Seqüestrou duas pessoas, cujas vidas correm perigo agora, porque o túnel desabou.

O túnel desabou. Estavam vivos, mas presos ali. Chelsea tentou pensar no túnel a que ele se referia. Havia três passagens secretas. Apenas três. Ela começou a chorar. Judd apertou suas mãos com mais força. Chelsea acolheu a dor como um alívio para a angústia.

— Eu trouxe leite e fraldas para cá — disse Margaret, na defensiva.

A voz de Hunter transbordava de desdém quando respondeu:

— Comida para bebê e fraldas descartáveis não servirão para nada sem oxigênio, porque é disso que vamos precisar muito em breve.

— Meu Deus! — exclamou Judd. — Meu Deus!

Frenética, Chelsea olhou para ele e para os lados.

— *Onde eles estão?*

Judd começou a recuar pelo túnel, puxando-a. Excitado, ele disse:

— Lembra a última vez que ele tomou um porre? Quando tive de ir buscá-lo no Crocker's? Ele falou sobre Katie Love, como ela costumava metê-lo no buraco.

— Não num buraco. No armário.

— Ele disse que era um buraco. Escuro, comprido, de terra. Há outro túnel. Se Katie Love o punha ali, a entrada deve ser pelo velho barracão.

— Mas o barracão não existe mais!

— O assoalho continua ali.

Judd encaminhou-se para a escada. Parou de repente, virou-se e segurou Chelsea pelos ombros.

— Fique aqui. Vou reunir uma equipe enquanto Nolan providencia os equipamentos. A prioridade é bombear oxigênio para o túnel. Depois, vamos escorá-lo e começar a escavar.

— Em que direção?

— Só saberei quando verificar qual é a situação no local. Fique aqui, está bem? Quero-a sã e salva.

— E eu quero Abby sã e salva!

Subitamente, Chelsea pôde imaginar vermes, ossos antigos e terra em torno de sua linda filha.

— Não vai acontecer nada com ela — assegurou Judd. — Sabemos onde ela está. Sabemos que tem comida. Sabemos que ela conta com Hunter. Vamos tirá-los de lá.

Assim que ele saiu, Chelsea voltou ao túnel. Adiantou-se de quatro e ficou acocorada, escutando, enquanto tremia.

— Sei o que você tem contra mim — disse Hunter. — Sempre quis ter um filho e não conseguiu.

— Abortei os meninos! Eles não viveriam!

— Katie teve a mim, sobrevivi, e isso deixou você furiosa.

— Ele disse que havia providenciado tudo! Disse que ela daria o bebê, mas não podia saber que eram dois! Ela deu a menina, mas ficou com o menino!

O coração de Chelsea parou de bater. Ela comprimiu o peito com a mão. Voltou a bater, acelerado.

Paixões Perigosas   *505*

Houve um murmúrio indistinto, seguido por silêncio. Ela levou as mãos aos ouvidos, pensando por um momento que ficara surda. Quando tornou a ouvir, não foi o som de uma voz distante, mas de um movimento humano imediatamente à sua direita.

Teve um sobressalto. Delineado contra a luz no porão, o corpo franzino e a cabeça de cabelos ralos de Oliver eram facilmente reconhecíveis. Ele entrou no túnel. Com um grunhido, encostou-se na parede, a menos de meio metro de Chelsea.

— Ouviu o que ela disse? — perguntou Chelsea, a voz estridente.

— Ouvi.

— É verdade?

— Acho que sim.

Ela tornou a comprimir a mão contra o coração, numa tentativa de fazê-lo bater mais devagar. As batidas eram irregulares, frenéticas, como seus pensamentos. Tentava absorver o que ouvira.

— Katie Love teve *dois* bebês.

— Ninguém sabia. A parteira foi embora com o primeiro. Ela teve o segundo sozinha. Cinco anos depois, encontramos Hunter andando pela estrada e descobrimos Katie morta. Ela deixou um diário com desenhos. Foi só então que soubemos de tudo.

— Quem soube?

— Eu. Meu advogado. A parteira. Sabíamos que uma menina nascera e fora entregue para adoção Quando vimos Hunter, compreendemos que eram gêmeos.

Gêmeos. Ela e Hunter. Chelsea começou a chorar.

— Margaret ficou abalada — continuou Oliver. — A gravidez de Katie Love já fora terrível para ela. Pensava que tudo acabaria com o nascimento. Até que Hunter apareceu. Eu não podia ignorá-lo, porque era meu filho. Mas eu não podia dizer isso ao mundo, pois seria a morte para Margaret. Ela nunca mais foi a mesma desde então. Tentei compensá-la, mas não adiantou. Juro que nunca pensei que ela faria uma coisa assim.

Chelsea parou de tremer. Passou os braços em torno das pernas.

— Desde o início, quando você telefonou para marcar um encontro, compreendi quem era. Sabia que fora adotada por uma família chamada Kane e que haviam lhe dado o nome de Chelsea. Não são muitas as pessoas neste mundo com esse nome, ainda menos as que procuram Norwich Notch. E quando a vi, tive certeza. Vocês têm as mesmas expressões. O nariz e o queixo são diferentes, mas os olhos e a boca são iguais.

Chelsea recordou sua chegada na cidade, quando especulara se seria reconhecida na rua.

— Por que as outras pessoas não perceberam?

— Não estavam olhando da mesma forma que eu. — Oliver soltou um grunhido de irritação. — Não sei por que Katie casou com aquele idiota do Henry Love. Ele não fez nada por ela durante todos aqueles anos. Katie estava melhor sem ele.

— Melhor sem ele? — A voz de Chelsea tremia. — Você a engravidou, para depois abandoná-la. Deixou que a cidade a transformasse numa pária.

— Não tinha opção. Absolutamente nenhuma. Amava Katie, mas Margaret era minha esposa. Tinha de pensar nela e em minhas filhas.

— E em sua posição na cidade.

— Isso também... e não tente escarnecer, menina, porque essas coisas são importantes.

— Mas se sabia quem eu era, por que me deixou vir para cá? Por que deixou que eu me envolvesse com a companhia?

— Também não tinha opção. A companhia estava em declínio. E ninguém mais se ofereceu para ajudar na sua recuperação.

— Ó Deus...

Chelsea pôs os punhos nas têmporas. Era muita coisa acontecendo depressa demais. Ouviu um gemido através da parede de terra, um som angustiante. Soltou um grito desesperado. No instante seguinte, houve uma comoção no porão. Nolan e seus homens haviam chegado.

— Saia daí, Oliver — ordenou Nolan. Ele estendeu a mão para Chelsea. — Venha, Chelsea. Temos de bombear ar no túnel. Judd já começou a escavar no outro lado.

Chelsea pegou a mão estendida e saiu para a claridade do porão. Enxugou as lágrimas das faces e temporariamente pôs de lado tudo o que acabara de descobrir. A única coisa que importava naquele momento era salvar Abby. E salvar Hunter. Seu irmão gêmeo. Seus olhos tornaram a se encher de lágrimas. Preocupada, ela disse:

— Um lado do túnel já desabou. E se o resto desabar também?

— Isso não vai acontecer. Assim que o cano de ar passar, manteremos a criança e Hunter neste lado, enquanto eles trabalham na outra extremidade. Vão escorar o túnel à medida que cavarem. Confie neles, Chelsea. Aqueles homens sabem o que fazem.

Judd com certeza sabia.

Chelsea estava convencida de que ele não deixaria que nada acontecesse com Abby. Ele se sacrificaria primeiro... não que esse pensamento proporcionasse algum alívio. Se alguma coisa acontecesse com Judd ela também morreria, de tanto que o amava.

Isso mesmo, ela o amava. Não procurava amor quando chegara a Notch, mas o encontrara em Judd. Houvera um tempo em que poderia ter atribuído seus sentimentos a uma profunda compatibilidade sexual, mas havia muito mais agora. Chelsea apreciava a maneira como ele lidava com os operários das pedreiras, admirava o modo como ele tratava os compradores, gostava de como ele ajeitava Abby em seu braço e dava purê de maçã com uma colher, adorava a maneira como ele se estendia à noite na cama, um braço a envolvê-la, a respiração em seus cabelos, sempre pronto a ouvi-la. Judd Streeter não era um homem vazio. Era competente e inteligente, sensível e gentil. Era tudo que ela sempre desejara num homem. Mas tudo mesmo

Um braço envolveu-a agora. Era Donna, oferecendo conforto... Donna, a quem Chelsea se ligara desde o início... Donna, a irmã que ela sempre quisera, mas jamais conhecera... Donna, que era uma descoberta preciosa, assim como Judd.

As duas ficaram paradas ali, olhando para o túnel. Quando Nolan se aproximou, Chelsea perguntou:

— Eles sabem que estamos aqui?

— Hunter sabe. Margaret está estranha. Ele tenta fazer com que ela se cale. — Nolan tocou de leve no pescoço de Donna, como se pedisse desculpa. — Acho que ela enlouqueceu.

Donna segurou a mão dele e disse, numa voz distorcida pela emoção:

— Ela precisa de ajuda. Há bastante tempo.

Para Chelsea, muitas coisas começavam de repente a fazer sentido. Margaret podia ser a responsável pelos telefonemas noturnos com vozes de crianças que recebera. Poderia ter queimado o estábulo. Sabia como guiar uma picape da companhia e tinha fácil acesso, sem precisar ir a Moss Ridge. Também tinha acesso às botinas e ferramentas de Oliver para cortar o fio telefônico... e Chelsea desconfiava que ela sabia como fazê-lo.

Margaret era uma pessoa dura e determinada em seu ódio. E foi nesse instante que lhe ocorreu uma coisa:

— Meu chá! Ela pôs alguma coisa em meu chá. Derramou de propósito, para pôr alguma coisa no chá que me serviu. Foi por isso que passei tão mal. — Outro pensamento lhe ocorreu: — Eu estava grávida na ocasião. O bebê podia ter sido afetado. Como ela foi capaz?

Mas ela era capaz. Provavelmente estava dominada pelos demônios que a assediavam há anos... o que não fez Chelsea se sentir melhor em relação à situação atual.

— Por que estão demorando tanto? — perguntou ela a Nolan.

— Precisam ser cuidadosos. A terra tem se mantido estável há muitos anos, mas não querem correr riscos por causa do desabamento que ocorreu agora.

— Qual é a largura do túnel que estão cavando?

— Um metro e meio, talvez dois.

— Há alguma possibilidade de que os dois túneis não estejam ligados?

— Não muita Os escravos fugitivos tentavam evitar a polícia. Queriam um meio de deixar a casa sem serem apanhados. Faz sentido que seguissem por um túnel até o barracão, de onde escapavam pelo bosque.

Alguns minutos passaram antes que um grito viesse do túnel, avisando que o cano alcançara o outro lado. A certeza de que Hunter e Abby não mais sufocariam proporcionou algum alívio a Chelsea. Mas ela estava desesperada para saber o que estava acontecendo. Tornou a entrar no túnel, tremendo toda. Apoiou-se nos ombros, braços e nas mãos estendidas dos homens por que passou. No final do túnel, agora iluminado por um refletor portátil, ela gritou:

— Hunter?

— Estou ouvindo — respondeu Hunter. — Ela está bem, Chelsea. Não gostou muito da mamadeira, mas tomou tudo quando ficou com fome. E agora está dormindo no meu ombro.

Chelsea não sabia se devia rir ou chorar. Fez um pouco de cada, encostando o dorso da mão na testa. Nolan aproximou-se e perguntou a Hunter:

— O que Margaret está fazendo?

A voz de Hunter endureceu:

— Ela está aqui. Armou para que eu seqüestrasse a criança, de tanto que queria acabar comigo. Era um plano meio absurdo, mas ela calculou que a cidade pensaria o pior de mim. Achava que eu iria para a prisão, e que Chelsea ficaria tão traumatizada que voltaria para Baltimore para sempre.

Chelsea inclinou-se para o cano.

— Por que não me contou, Hunter? Já sabe a meu respeito há algum tempo, não é?

Isso também fazia sentido... o desaparecimento de Hunter depois que vira sua carteira de motorista, o fato de mostrar os desenhos de Katie, as visitas freqüentes, ainda mais depois que Abby nascera. E a chave... ela se perguntou o que Hunter sabia da chave que não estava dizendo. Já ia perguntar isso quando ele gritou:

— Estou ouvindo as picaretas no outro lado.

— Fique onde está — disse Nolan. — Espere até que a passagem esteja segura.

Chelsea não tinha a menor intenção de esperar, pelo menos não ali. Sentia os braços doloridos na ansiedade de pegar Abby no colo. Queria fazer isso no instante em que a filha deixasse o túnel.

Já estava escuro quando ela e Donna correram pela campina por trás da casa. Passaram pelo ponto em que ficava o velho estábulo incendiado, atravessaram o pequeno bosque de pinheiros e o campo em que os homens e seus veículos esperavam. O que restara do assoalho do velho barracão fora aberto para revelar um enorme buraco, que se estreitava para um túnel. Havia refletores apontados nessa direção, mas Chelsea não podia ver nada. Ela entrou no buraco. Murphy deteve-a antes que alcançasse o túnel.

— O túnel não é seguro. Não deixe Judd com mais um motivo de preocupação.

— Quero vê-la — suplicou Chelsea.

— Ele a trará mais depressa se sua atenção não for desviada para outras coisas.

Ela esperou. Mordeu o lábio, depois a unha do polegar. Inclinou-se para a frente, na tentativa de ver o que estava acontecendo, mas logo se empertigou. Cruzou os braços sobre os seios para conter o fluxo de leite. Encostou-se em Donna, que estava mais do que disposta a lhe oferecer algum conforto.

Já ia gritar em frustração quando ouviu os latidos de Buck, depois gritos dentro do túnel. Ela foi até onde Murphy permitiu. Cobriu a boca com a mão quando ouviu os gritos de Abby. Foram ficando mais próximos, até que Judd apareceu com a menina no colo. Com um sorriso triunfante, o rosto pálido e sujo de terra, ele entregou-a a Chelsea, que abraçou e beijou a filha. Os cabelos desgrenhados, o macacão torto, Abby estava molhada e muito suja, mas quente e viva. Chelsea sentiu que ela nascera de novo.

— Ela acordou e ficou assustada com tanta confusão — explicou Judd.

Mas o choro já cessara, pelo menos da parte de Abby. Mas Chelsea não era tão flexível. Chorava e abraçava Judd, chorava e abraçava Hunter, indulgente, chorava e abraçava Donna, e nos intervalos chorava e abraçava Abby, que agora, no colo da mãe, limitava-se a observar os acontecimentos com os olhos arregalados.

Em algum momento, entre os acessos de choro e os abraços, Chelsea percebeu que Margaret deixava o buraco, com Oliver segurando seu braço. Donna foi se encontrar com os dois. Chelsea olhou para a mulher por cima da cabeça da filha, suja de terra, e tentou sentir ódio. Não conseguiu. Margaret era velha e derrotada. Precisava de ajuda.

Hunter foi para casa tomar um banho, mas só depois que prometeu a Chelsea que voltaria. Judd teria preferido ficar a sós com suas mulheres, mas podia compreender a necessidade de Chelsea. Ela acabara de descobrir que tinha um irmão... e gêmeo, ainda por cima. Era o suficiente para deixar qualquer pessoa atordoada.

Levaram Abby para casa, onde ela foi recebida com aplausos e dezenas de abraços ansiosos. Houve apertos de mãos, sorrisos triunfantes e agradecimentos abundantes. Depois, todos foram embora e houve um doce silêncio.

Subiram para o quarto principal. Encheram de água a banheira que provocara tantos protestos de Hunter. Deixaram as roupas sujas numa pilha e os três entraram juntos na banheira. Já haviam feito isso antes, mas era a primeira vez desde o nascimento de Abby. Depois que a água suja de terra escorreu pelo ralo, tornaram a encher a banheira com água quente e limpa para aliviar a tensão. Judd acomodou Chelsea contra seu peito, enquanto ela amamentava a filha.

Ela soltou um longo suspiro de contentamento.

Judd sentia o mesmo contentamento, mais profundo do que nunca. Era quase como se, no auge do medo por Abby, alguma membrana interior tivesse se rompido, deixando os sentimentos tocarem em lugares que nunca haviam sido atingidos antes. Ele sabia agora que tinha o que queria na vida. Não seria mais feliz se estivesse em Denver, São Francisco ou Honolulu. Sentia que Chelsea sabia disso. Mais importante ainda, sentia que ela retribuía o sentimento, o que significava que não o deixaria, como Emma deixara Leo... e em relação a Janine, não havia o que comparar.

Ele afastou os cabelos molhados do rosto e pescoço de Chelsea. Roçou um dedo pelos seios. Abby tinha os olhos meio fechados, os dedinhos abrindo e fechando sobre a carne intumescida. Ao menor contato, segurou o dedo de Judd.

— Ela não é linda? — sussurrou Chelsea.

Judd beijou-a na têmpora. Ela inclinou a cabeça para trás e fitou-o nos olhos.

— Ela é linda, você é lindo, isto é lindo. Não quero que acabe. Nunca mais. Não quero perdê-lo, assim como não queria perdê-la. Não vou mais embora, Judd. Independentemente do que acontecer no próximo mês, não vou embora. Está me ouvindo?

Ele sorriu.

— Não poderia deixar de ouvir. Você está gritando.

— E você vai embora?

— Não posso. Há muita coisa para fazer aqui.

— O trabalho não é chato?

— O trabalho é ótimo.

— Não quer viver em outro lugar?

Ele fingiu pensar por um momento, depois deu de ombros.

— Eu poderia passar algum tempo em Baltimore. Talvez até em Newport. Mas não sei se a vida seria a mesma coisa se não tivesse este lugar para voltar.

Ela beijou-o nesse momento. Depois, quando se acomodaram, olhando para a carne adulta e carne de bebê, curvas e depressões, covinhas, sardas, cabelos, tudo distinto, Judd compreendeu que não ficaria satisfeito enquanto suas mulheres não tivessem seu nome. Chelsea Kane Streeter. Abigail Kane Streeter. Claro que ele daria tempo a Chelsea para responder, mas ela diria sim; e se hesitasse, ele chamaria a cavalaria. Donna a pressionaria. Hunter a pressionaria. E o mesmo faria cada homem na folha de pagamento da Plum Granite. Até mesmo Kevin, Judd era capaz de apostar, também a pressionaria.

Portanto era um assunto resolvido. O que o deixava satisfeito.

Já passava de onze horas quando Hunter voltou. Donna o acompanhava. Nenhum dos dois estava preocupado com a hora, muito menos Judd e Chelsea.

Mas Donna recusou-se a sentar.

"Estou me mudando para a casa grande", sinalizou ela. "Meu pai vai levar a mamãe para tratamento. Ele concordou que Joshie e eu ficássemos na casa durante sua ausência."

Paixões Perigosas

— Com Matthew? — indagou Chelsea.

"Sem."

Chelsea pensou em Nolan e deixou escapar um suspiro.

— Finalmente.

Donna acenou com a cabeça. Abraçou Chelsea. Alguma coisa em seu jeito indicava que descobrira que eram irmãs. Havia muita coisa para dizer, mas teriam de deixar para outra ocasião.

"Não quer vir tomar o café da manhã aqui?", sinalizou Chelsea.

Donna tornou a acenar com a cabeça, aceitando o convite. Virou-se para Hunter e disse, em voz alta:

— Fui tão errada quanto a minha mãe. Sabia quem você era. Deveria ter dito alguma coisa.

Mas Hunter sacudiu a cabeça e disse, à guisa de perdão:

— Não podia. Não vivendo com eles.

Ela tocou em seu braço e sorriu em agradecimento.

Hunter observou-a partir, e Chelsea aproveitou para observá-lo. O irmão fascinava-a. A maneira como ele se vestia de preto, com os cabelos castanhos e o brinco de ouro, fascinava-a. A idéia de que era seu irmão fascinava-a. Desde o início que gostara dele, de seu anticonvencionalismo e ousadia. Pensou nos nove meses que haviam passado juntos, pensou nas ocasiões, durante a infância e a adolescência, em que experimentara um sentimento de perda, e especulou se havia alguma relação. Quando Hunter a surpreendeu a observá-lo, ela sorriu.

— Gêmeos... nunca, nem mesmo nos sonhos mais delirantes, imaginei essa possibilidade. É muito difícil acreditar.

— Nem tanto — disse Judd, forçando-se a sentar numa cadeira na cozinha. — Vocês dois são parecidos sob muitos aspectos.

— Mas por que nunca percebi?

— Estava procurando outra coisa.

Chelsea adiantou-se. Enfiou a mão pela gola do blusão, em busca do calor de sua pele, mas foi para Hunter que falou:

— Katie disse que você tinha uma irmã gêmea?

— Não. Ela tinha segredos. Eu era um deles, mas também havia outros. Ela falava com freqüência sobre uma menina. Pensei que era uma irmã mais velha. Só depois que você me deu as pistas... que nasceu aqui, no mesmo dia que eu, e foi adotada... foi que compreendi. E havia também a chave.

Chelsea tirou-a de baixo da camiseta.

— Era sua?

— Era de uma caixa de música que pertencia a Katie. Ela a ganhou de Oliver, que comprou de Zee, que trouxe da Itália.

— Como o relógio na barbearia.

— Isso mesmo. — Hunter olhou para o chão, retirando-se para um mundo de recordações. — Eu adorava aquela caixa de música. Passava horas dando corda, vendo as figuras em movimento, escutando a música até o fim. E dava corda de novo. Ela não me deixava fazer isso sempre. Era um prêmio especial. Mas eu adorava. — Hunter fez uma pausa. — Representava... — ele fez um esforço para encontrar a palavra certa — ... a liberdade, eu acho. Era um mundo além do meu. Eu costumava assediá-la para me deixar brincar com a caixa de música. Tinha ataques quando ela não permitia. — Ele respirou fundo. Deixou escapar o ar com uma cara triste. — Foi assim que aconteceu.

— O quê? — murmurou Chelsea.

Hunter fitou-a nos olhos.

— Ela ficou tão furiosa com um dos meus ataques que também teve um. Foi para a cidade levando a chave. Nunca mais tornei a vê-la, até que você veio para cá.

— Mas por que ela fez isso? — perguntou Chelsea.

Levaria tempo para ela absorver o fato de que Katie também era sua mãe. Ainda sentia uma certa distância, e agora também um pouco de raiva, por conta de Hunter.

— Ela disse que eu não merecia brincar com a caixa de música. Disse que queria que "ela" tivesse alguma coisa. Nada mais justo que eu ficasse com a caixa de música, mas "ela" ganhasse a chave. Desse dia em diante, a caixa de música passou a ser minha.

— Mas você não podia usá-la sem a chave.

— É verdade. — Hunter encostou-se no balcão, cruzou os tornozelos e enfiou as mãos por baixo dos braços. — E por isso me desesperei. Tive um ataque que durou vários dias. Recusei-me a comer. Recusei me a falar. Recusei-me a ler, escrever ou fazer qualquer das outras coisas que ela me ensinara.

Ele desviou os olhos antes de continuar:

— Ela ficou deprimida. Sempre foi um pouco doida. Costumava conversar consigo própria. Eu achava que isso era normal. Mas quando ela entrava em depressão falava sozinha durante todo o tempo, balançando em sua cadeira, olhando para mim. Achava que eu tinha problemas mentais e se culpava por isso.

Chelsea chegou mais perto de Judd, que pegou sua mão quando ela a abaixou.

— Está querendo dizer que Katie cometeu suicídio?

— Não. — Hunter parecia resignado. — Estou apenas dizendo que ela desistiu de lutar. Ela entrou numa espécie de transe, um murmúrio constante para si mesma. Até o dia em que se levantou da cadeira, a perna dobrou, ela caiu e bateu com a cabeça na beira da mesa. Foi o fim.

— Oh, Hunter...

Era por ele que o coração de Chelsea se compadecia, muito mais do que por Katie. Ele era apenas um menino na ocasião, um menino totalmente despreparado para enfrentar o mundo real. Ela saiu do lado de Judd e foi tocar nos braços de Hunter, cruzados sobre o peito.

— Lamento que você tenha passado por tudo isso sozinho.

Ele deu de ombros.

— Eu sobrevivi. Já lhe disse uma vez que não foi tão ruim assim. Ela me amava. — Hunter fez uma pausa. — Ela vivia me desenhando. Alguns dos primeiros desenhos são parecidos com Abby. Mostrarei um dia desses. E as colchas também. Tudo está guardado na arca, junto com os desenhos que fizeram você chorar.

Chelsea estava prestes a chorar de novo quando ele disse, numa voz comovente:

— Eu não deixaria que nada acontecesse com Abby. Ela também é minha carne e sangue.

Chelsea sorriu e balançou a cabeça. Sentia um aperto na garganta. Hunter dissolveu-o ao acrescentar:

— Agora que você sabe quem é seu pai, o que pretende fazer?

Chelsea não pensara a respeito, com tantas emoções durante a noite.

— Não sei — murmurou ela enquanto considerava as possibilidades. — Não muita coisa. Talvez procurar meu pai *verdadeiro*.

Ela gostava dessa idéia. Agora que sabia quem era, a idéia se tornava ainda mais atraente. Procuraria Kevin. Apresentaria Abby ao avô, até mesmo a Carl, se surgisse a oportunidade. Queria que Kevin conhecesse Judd melhor, e queria apresentá-lo a Hunter. Provavelmente se odiariam, já que Hunter era a personificação do lado rebelde de Chelsea. Ainda assim, queria que os dois se conhecessem. Foi então que teve outro pensamento, fazendo com que as lágrimas voltassem a seus olhos.

— O que foi? — perguntou Hunter.

— Eu estava pensando como seria se a mamãe e o papai tivessem adotado nós dois. Se tivéssemos sido criados juntos. Você teria uma vida mais fácil.

— Mas não teria Katie. E sentiria muita falta. Também não teria seus desenhos e colchas. E não teria também as lembranças das histórias que ela me contava. — Hunter sorriu. — E não seria tão rebelde. Que diversão eu teria?

Chelsea riu.

Solene, Hunter acrescentou:

— E não teria a caixa de música.

— Onde está agora?

— Em minha casa.

— Posso vê-la?

— Agora?

Ela acenou com a cabeça em confirmação. Esperara muito tempo.

— Tenho a chave. Não quer usá-la, depois de tantos anos?

Mal fizera a pergunta quando lhe ocorreu que ele já a usara. Chelsea respirou fundo e soltou o ar com uma exclamação acusadora:

— Você!

Ele deu de ombros, os lábios contraídos de uma maneira negligente... e graciosa, pensou Chelsea.

— Você e Judd foram passar o fim de semana em Newport. Achei que era justo que eu me divertisse um pouco.

— E por isso roubou a chave.

— Tomei emprestada.

— Por que não ficou com a chave? Eu nunca saberia.

— Ela queria que ficasse com você. Era sua. Além do mais, não foi a mesma coisa escutar agora. Continua a ser uma caixinha linda, mas ouço música melhor em meu aparelho de som. Já me sinto mais livre do que antes. Conheço alguma coisa do mundo. Não me entenda mal... ainda adoro a caixa, mas não por sua música. Foi um presente de meu pai para minha mãe.

Chelsea não imaginara que Hunter fosse sentimental, mas também não imaginara que fosse seu irmão... o que demonstrava como era intuitiva.

— Pode me trazer a caixa de música?

Hunter lançou um olhar para Judd que Chelsea não teve dificuldade para interpretar.

— Não se preocupe — acrescentou ela, sorrindo. — Judd terá o dele mais tarde. Este tempo é para nós dois. Pode ir buscar agora, por favor?

Judd teve de admitir que se sentira um pouco irritado pela segunda vez naquela noite. Depois de passar um dia infernal, com grandes descobertas e decisões fundamentais, depois de aconchegar o corpo nu de Chelsea contra o seu, o que era a cena mais erótica do mundo para um homem, ele queria o "dele", como ela expressara de uma forma tão sucinta.

Mas Hunter foi rápido em sua motocicleta, levando cinco minutos tanto para ir como para voltar. Abby acordou e quis brincar. Depois do trauma por que ela passara, quer lembrasse ou não, ninguém tinha ânimo, muito menos Judd, para persuadi-la a voltar a dormir.

E depois não tinha mais importância, pois o que aconteceu em seguida foi uma dessas cenas que a mente grava para a posteridade. Com Abby no colo de Chelsea, Hunter mostrou a caixinha de música.

Era uma beleza. De prata, como a chave, tinha o formato de um crescente. A tampa levantava para formar a cobertura de um poço de orquestra em miniatura, em que havia um maestro, um violinista, um violoncelista, um tocador de trombone e um harpista.

Chelsea tirou a chave do pescoço e entregou-a a Hunter, que deu corda na caixa. As figuras começaram a se mover, cada uma de acordo com seu papel, enquanto acordes de alguma música sinfônica espalhavam-se pelo ar. Chelsea prendeu a respiração. Judd podia sentir sua exultação. Abby acenou com a mão, que Hunter pegou no mesmo instante, com tanta gentileza que Judd ficou comovido.

Sentia-se excluído? De jeito nenhum. Tinha o melhor lugar na casa para admirar uma cena de família. Haveria um lugar para ele também, só que mais tarde. Podia esperar. Para as coisas boas, sempre podia esperar.